首届向全国推荐优秀古籍整理图书

惲敬集

〔清〕惲敬 著
萬陸 謝珊珊 林振岳 標校
林振岳 集評

上海古籍出版社

圖書在版編目(CIP)數據

惲敬集 / (清) 惲敬 著; 萬陸, 謝珊珊, 林振岳標校; 林振岳集評. —上海: 上海古籍出版社, 2013. 12 (2025.1重印)
(中國古典文學叢書)
ISBN 978 - 7 - 5325 - 7054 - 6

Ⅰ. ①惲… Ⅱ. ①惲… ②萬… ③謝… ④林… Ⅲ. ①古典散文–散文集–中國–清代②古典詩歌–詩集–中國–清代 Ⅳ. ①I214. 92

中國版本圖書館 CIP 數據核字(2013)第 229594 號

本書出版得到國家古籍整理出版專項經費資助

中國古典文學業書
惲 敬 集
[清] 惲 敬 著
萬陸 謝珊珊 林振岳 標校
林振岳 集評
上海古籍出版社出版發行
(上海市閔行區號景路159弄1-5號A座5F 郵政編碼201101)
(1) 網址: www. guji. com. cn
(2) E-mail: guji1@guji. com. cn
(3) 易文網網址: www. ewen. co
上海展强印刷有限公司印刷
開本 850×1168 1/32 印張 24. 375 插頁 7 字數 502,000
2013 年 12 月第 1 版 2025 年 1 月第 2 次印刷
印數: 1,001—1,600
ISBN 978 - 7 - 5325 - 7054 - 6

I·2758 精裝定價: 118. 00 元
如有質量問題, 請與承印公司聯繫
電話: 021-66366565

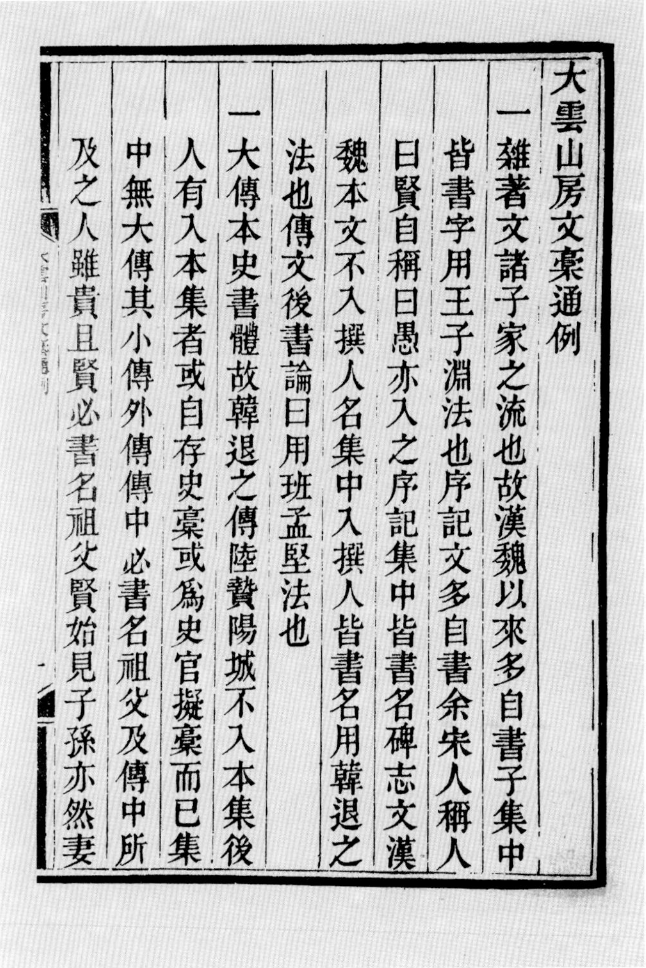

大雲山房文稾通例

一雜著文諸子家之流也故漢魏以來多自書子集中皆書字用王子淵法也序記文多自書余宋人稱人曰賢自稱曰愚亦入之序記集中皆書名碑志文漢魏本文不入撰人名集中入撰人皆書名用韓退之法也傳文後書論曰用班孟堅法也

一大傳本史書體故韓退之傳陸贄陽城不入本集後人有入本集者或自存史稾或爲史官擬稾而已集中無大傳其小傳外傳傳中必書名祖父及傳中所及之人雖貴且賢必書名祖父賢始見子孫亦然妻

《四部叢刊》影印光緒十年本《大雲山房文稿》

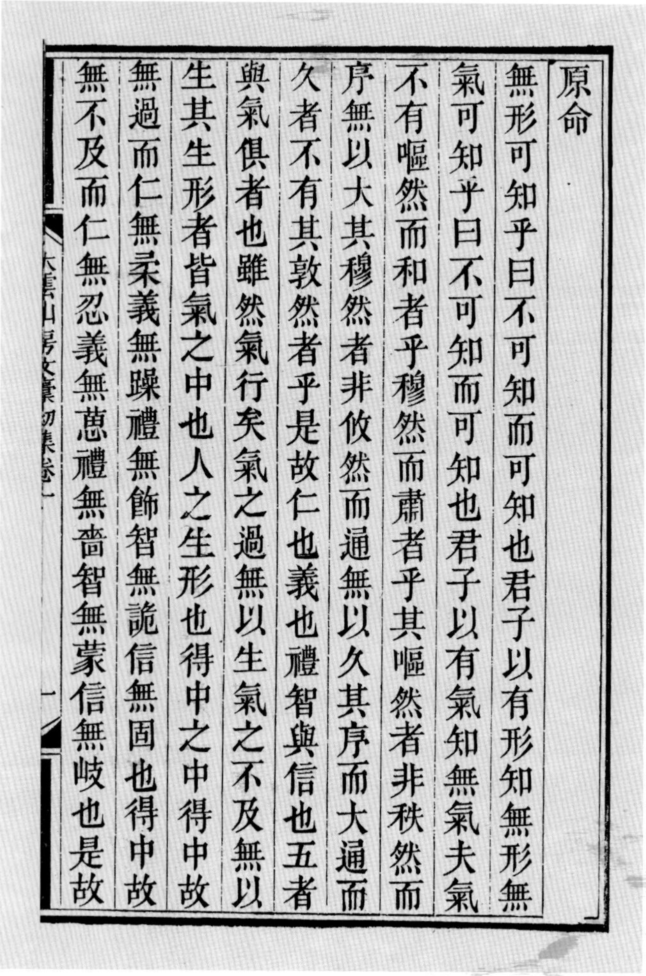

原命

無形可知乎曰不可知而可知也君子以有形知無形無氣可知乎曰不可知而可知也君子以有氣知無氣夫氣不有嘔然而和者乎穆然而肅者乎其嘔然者非秩然而序無以大其穆然者非攸然而通無以久其序而大通而久者不有其敦然者乎是故仁也義也禮智與信也五者與氣俱者也雖然氣行矣氣之過無以生氣之不及無以生其生形者皆氣之中也人之生形也得中之中得中故無過而仁無柔義無躁禮無飾智無詭信無固也得中故無不及而仁無忍義無葸禮無嗇智無蒙信無岐也是故

嘉慶二十年本《大雲山房文稿》

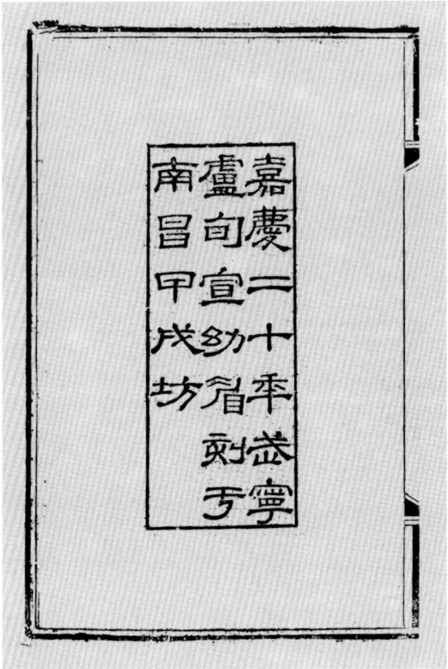

嘉慶二十年本《大雲山房文稿》初集牌記

同治二年本《大雲山房文稿》初集牌記

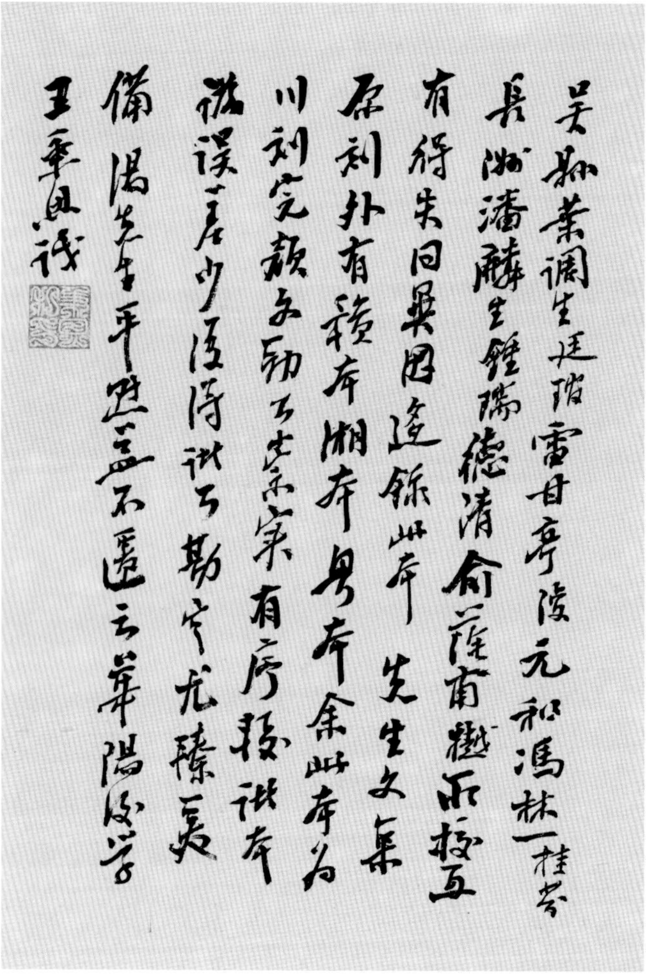
吴縣葉調生廷琯雷甘亭浚元和馮林一桂芬
長洲潘麟生鍾瑞德清俞蔭甫樾所校互
有得失同異因逐錄此本先生文集
原刻外有續本湘本粵本余此本爲
川刻究頗多[illegible]不[illegible]宋有序跋本
譌誤甚少復得訛不勘定尤臻[illegible]
備謁先生平選益不置還云華陽[illegible]
王秉恩識

同治八年蜀刊本《大雲山房文稿》王秉恩跋

惲敬集總目

附録二

前言

惲敬，生於清乾隆二十二年丁丑二月初一（公元一七五七年三月二十日），卒於嘉慶二十二年丁丑八月二十三（一八一七年十月三日），字子居，陽湖人（今江蘇常州武進）。

惲敬在文學上主要以散文著稱，尤其是他的散文理論，系統精到，稱一代之雄，被尊爲陽湖派的創始者與代表作家。

自陽湖派崛起於文壇，迄今已逾兩百年。其間，一般人都目之爲桐城派的支派，不少文學史家與文論家甚至將它與桐城派視爲一體。他們在論證自己的主張時，幾乎都毫無例外地引用惲敬《上曹儷笙侍郎書》中的這段話：「後與同州張皋文、吴仲倫，桐城王悔生游，始知姬傳之學出於劉海峰，劉海峰之學出於方望溪。」但這裏説明的只是桐城三祖之間的師承關係，他們與惲、張自己是否存在裔傳則并未明説。相反，若從該文的上下段落看來，惲敬對方、劉、姚的批評之意倒是十分清楚的。如這句的上段，在估評了唐宋以來的古文大家後説：「然望溪之於古文，則又有未至者，是故旨近端而有時而歧，辭近醇而有時而窳。」談及風靡全國的桐城文派時，他則説：「大江南北以文名天下者，幾于昌狂無理，排溺一世之人，其勢力至今未已。」他甚至以自己未沾染「桐城文氣」爲幸：「所幸少樂疏曠，未嘗捉筆求若輩所謂文之工者而浸漬之，其道不親，其事不習，故心不爲所陷，而漸有以知其非。」所以，如果僅據片言只語即斷定惲敬取法於方、劉、姚，進而論定陽湖派爲桐城派之支派，似還可再作討論。

當然，歷史本身具有繼承性，尤其是文學藝術的繼承性更其明顯。毛澤東同志説：「中國現時的新政治新經濟是從古代的舊政治舊經濟發展而來的，中國現時的新文化也是從古代的舊文化發展而來……」（《新民主主義論》）政治經濟如此，文化藝術更其如此；不同思想體系的新舊文化如此，同一時期的文學流派更是如此。而作爲我國文學史上延續時間最長、影響最大的散文流派的桐城派，更不可能對同代的散文家不産生影響。加之自雍正十一年，方苞替和碩果親王編《古文約選》，爲全國各地諸生提供了「助流政教之本志」的示範書，乾隆初又「詔頒各學官」，成了欽定教材，其「義法」更具毋庸置疑的權威性，終至形成了「天下文章，其出於桐城」（姚鼐《劉海峰先生八十壽序》）的一統局面，甚至説：「桐城之言，乃天下之至言也。」（黎庶昌《續古文辭類纂序》）這樣，追隨者有之，附庸者有之，拉大旗作虎皮者亦有之。陽湖派究竟屬於何種情況，自然就應作具體分析了。陽湖派另一個代表人物張惠言説：「余友王悔生見余《黄山賦》而善之，勸余爲古文，語余以所受於其師劉海峰者，爲之一二年，稍稍得規矩。」（《茗柯文編・文稿自序》）以後，陽湖派的後繼人物陸繼輅在《七家文鈔序》中也説：「乾隆間，錢伯坰魯思受業於海峰之門，時時誦其師説於其友惲子居、張臯文。二子者，始盡棄其考據、駢儷之學，專志以致古文……二子之致力不同，而其文之澄然而清，秩然而有序，則由望溪而上求之震川、荆川、遵巖，又上而求之廬陵、眉山、南豐、新安，如一轍也。」由此看來，惲、張諸公接受過方、劉、姚的影響是肯定的。但若要稱同一流派，就不應僅有一般的影響，而應以共同的或者基本一致的政治傾向、藝術觀點、美學理想爲前提。而這一切又只有從其産生的歷史條件、主要文學主張及創作傾向等方面才能找到正確的答案。

二

陽湖派以地域名，這無疑是受桐城派影響的結果。但惲敬、張惠言、吴德旋等人當初并未以「陽湖派」自命，更無與桐城派角逐的意思。他們被稱爲派，是吴德旋以後的事，而且也還只見於朋友的談笑間。《清史稿》説：「常州自張惠言、惲敬以古文名，繼輅與董士錫同時并起，世遂推爲陽湖派，與桐城抗。然繼輅選七家古文（陸繼輅編選的《七家文鈔》選入者除惲敬、張惠言外，還有劉大櫆、姚鼐、方苞、朱仕琇、彭績——引者注），以爲惠言、敬受文法于錢伯坰，伯坰親業劉大櫆之門，蓋其淵源同出唐、宋大家，以上窺《史》、《漢》，桐城、陽湖皆未嘗自標異也。」（《列傳二百七十三·文苑三》）直到光緒元年，繆荃孫遵張之洞之囑編《書目答問》時，才在集部正式立桐城、陽湖兩派。這説明陽湖派出現於十八世紀末、十九世紀初，正式立名，則應是十九世紀七十年代的事。

馬克思曾經説過：「意識，必須從物質生活的矛盾中，從社會生產力和生產關係間的現存的衝突中去加以解釋。」（《政治經濟學批判》）爲了探求陽湖派出現的客觀歷史條件，我們首先需要了解十九世紀初在我國的物質生活中出現了什麽樣的矛盾，社會生產力與生產關係之間發生了什麽樣的衝突。

十九世紀初葉，正值清王朝由興盛的康（熙）、雍（正）、乾（隆）時期逐步轉向衰亡的咸（豐）、同（治）、光（緒）時期的過渡階段。這種過渡，實際上從乾隆後期，亦即姚鼐的晚年便開始了。它是由當時的國内外形勢促成的。這時，國際上，西方各主要資本主義國家的經濟正以空前的速度飛躍發展，西方近代科學和與之相適應的民主思想像所有處於新生階段的事物一樣，顯示着無限旺盛的生命力。在外國資本主義的刺激和影響下，我國從明中葉後即已出現的資本主義萌芽因素便更迅速地增長。特别是人文萃集的江浙一帶，由於和外國經濟、文化交往頻繁，其發展速度更快。如在蘇、杭一帶，清初曾以「抑兼并」爲名，規定每一絲織機户的織機不得超過百張，康熙時便有所突破，并不得不宣布廢除前令。於是「富有機户」便「暢所欲爲」，至道光時「遂有開五六百張機者」（汪士鐸《江寧府志》）。蘇州還出現了雇傭工人，他們與機户商定，「至於工價，計工受值，視貨物之高下、人工之巧拙爲增減」（江蘇省博物館《江蘇省明清以來碑刻資料選輯》）。還有的「賬房除自行設機督織外，大都以經緯交與織工，各就織工居處，雇匠織造」（《吴縣志・物産二》）。這説明新興的生產力和生產關係正在腐朽的封建機體内萌發、生長。清王朝爲了鞏固其摇摇欲墜的統治，便頑固推行「强本抑末」和「閉關自守」的政策，雍正帝認爲「農爲天下之本務，而工、賈皆其末也」，諭令臣下「留心勸導，使民知本業之爲貴」（《清世宗實録》卷五七）。這樣，便使資本主義萌芽因素與腐朽、没落的封建統治之間的矛盾日益尖鋭化、表面化。作爲這種矛盾的表現，其一是政治上招致了國内各族人民的武力反抗，從川、陝、雲、貴等邊疆到湘、楚等内地，由苗、瑶等少數民族到漢以至滿族内部，諸如白蓮教等反抗組織紛紛出現；其二是思想意識形態内，「泰西」文化的影響在擴大，具有唯物主義思想的進步思想家和文學家亦以自己的著述和作品傳達了時代的召唤與抗争。

在進步的思想家中，比較突出的是比惲敬年長卅三歲、與惲敬的故鄉陽湖相距不遠的安徽休寧人戴震。他四十歲中舉，五十一歲任《四庫全書》館纂修官，不但精通文學、音韻、訓詁、考證，而且對天文、地理、曆算的研究也很精到，是負有盛名的學者、漢學皖派的奠基人。他在那種視諸子百家爲「異端詖説」，獨尊宋儒理學，文字獄猖獗的氛圍桎梏下，敢於向被列爲「十哲之次」的朱熹挑戰，認爲世界的本原不是道，也不是理，而是氣，是陰陽五行。他説：「天道，五行陰陽而已矣。」（《原善》）「陰陽五行，道之實體也。」（《孟子字義疏證》）「道猶行也，氣化流行，生生不息，是故謂之道。」（同上）這就不但指出了道、理的來源均爲物質，而且肯定了物質永遠在運動、發展、變化的總規律。他還説：「血氣心知，性之實體也。」「耳之能聽也，目之能視也，鼻之能嗅也，口之知味也，物至而迎而受之者也。」「耳、目、口、鼻之官接於物，而心通其則。」（均見《原善》）戴震的一再强調道、理、性的客觀性，説明它們是可以通過人的各種感官認識的物質，這對當時把理、道、性抽象爲至高無上、不可知的聖道的「道統」與「治統」合一的理論無疑是致命的一擊。

對當時直接秉承最高統治者的鼻息，因而受到當局寵愛的吴派漢學提倡的埋頭考證、墨守師説、崇古復古的主張，戴震更是針鋒相對，提出「聞道」説加以角牴：「君子務在聞道也。今之博雅能文章、善考核者，皆未志乎聞道，徒株守先儒而信之篤。」（《答鄭丈用牧書》）他的「聞道」説，對於把生員士子從故紙堆中引到關心現實生活上來確是有重大意義的。在這裏，他的「道」不但與方苞、姚鼐的直接代之以程、朱「義理」不同，而且和他們讓「考證」直接爲「義理」服務的主張更有本質之别。他雖然説：「古今學問之途，其大致有三：或事於義理，或事於制數，或事於文章。事於文章者，等而末者也。」（《與方希原書》）但他又認爲：「以理爲學，以道爲統，以心爲宗，探之茫茫，索之冥冥，不如返而求之六經。」（《原善》）却不能不説是切中桐城派之時弊的。

恩格斯説：「每一時代的理論思維，都是一種歷史的産物，在不同的時代，具有非常不同的形式，并且具有非常不同的内容。」（《自然辯證法》）如果説，桐城派是適應了爲建立鞏固的統一多民族國家的需要，産生於清王朝的興盛時期，而當時統治者的意願與社會發展的進程是合拍的，因而出現之初起了一定的積極作用；那麽，當清朝政府面臨由盛到衰的過渡，面臨内外矛盾日益加劇、中國歷史的轉折點——鴉片戰争即將到來的新局面，還一味死抱「義法」説不放，就難免要成爲新思想的桎梏了，關於這點甚至桐城諸公自己也深切感到了捉襟見肘之苦。如被稱爲「曾門四大弟子」、曾代表桐城派主全國文壇、編《續古文辭類纂》的黎庶昌就曾哀歎：「自劉向父子總《七略》，梁昭明太子集《文選》，而後先古文章始有所尚。宋歐陽氏表章韓愈，明茅順甫録八家，而後斯文之傳若有所屬。姚先生興於千載之後，獨持灼見，總括羣言，一一衡量其高下，銖黍之得、毫釐之失，皆辨析之，醇駁較然。由是古今之文章，謬悠殽亂，莫能折衷一是者，乃姚先生而悉歸論定，即其所自道述，亦浸淫近復於古。然百餘年來，流風相師，傳嬗賡續，沿流而莫之止，遂有文敝道喪之患。」又説：「桐城宗派之説，流俗相沿，已逾百歲，其弊至於淺弱不振，爲有識者所譏。」（《續古文辭類纂序》）這説明連他們自己也看到了桐城派如不革新主張以適應新的形勢，勢必重蹈他們的先輩唐宋派文人的覆轍。進行這種革新嘗試的其實應首推惲敬、張惠言等一批生活在資本主義萌芽因素較爲發達的陽湖地區的文人，這就是陽湖派。

二

陽湖派的創始人是惲敬。他出身於下層正統知識分子家庭。其父「自祖考皆不仕，以經授鄉里，教其三子。爲人好善而嫉惡，持之甚嚴，辨取予甚力，不取虚美，不逐世法，獨行己志」（張惠言

《茗柯文編・封文林郎惲君墓志銘》）。惲敬自己，三歲學小學，十一歲學詩文，十五歲學六朝文、漢魏辭賦，十七歲學唐、宋諸大家文。他在成年之後，隨舅父鄭環外出，尤其是廿六歲中舉，廿八歲進京科考，後任咸安宫官學教習，在與同鄉莊述祖、莊獻可、張皋文，桐城王悔生的交往中，開始接觸桐城古文，并「漸有以知其非」。據張皋文稱，在京時他們「議論文章，磨切道德，乃始奮發自壯……八年之間，共躓於舉場，更歷困苦，出頫仰塵俗，入則相對以悲……」（《茗柯文編・送惲子居序》）惲敬自己也説：「敬生於下里，以禄養趨走天下吏，不獲與世之大人君子相處，而得其源流之所以然。同州諸前達多習校録，嚴考證，成專家。爲賦詠者，或率意自恣。」（《上曹儷笙侍郎書》）此後，他雖曾出仕多年，但始終只能充任地方小吏，知浙江之江山，山東之平陽，江西之新喻、瑞金等縣。他嚴於職守，持法以正，所以每知一縣，均得士民好評。關於他的政績，《清史稿》曾這樣述評：「選令富陽，鋭欲圖治，不隨羣輩俯仰。大吏怒其强項，務裁抑之，令督解黔餉。敬曰：『王事也。』怡然就道。後遭父喪，服闋，選新喻。吏民素横暴，繩以法，人疑其過猛。已乃進秀異士與論文藝，俗習大變。調知瑞金，有富民進千金求脱罪，峻拒之。關説者以萬金相啗，敬曰：『節士苞苴不逮門，吾豈有遺行耶！』卒論如法。由是廉聲大著。」（《列傳二百七十二・文苑二》）他持節如此，當然得不到當政者的歡心，也容易受陰謀家的暗算。也就在吴城就任時，「坐奸民誣訴隸詐財失察被劾。忌者聞而責曰：『惲子居大賢，乃以贓敗耶！』」（同上）不過，這些經歷使他能與下層士民有較多的接觸，而這正是他能適應時代發展的需要，寫出一批「澄然而清，秩然而有序」（陸繼輅《七家文鈔序》）的散文的重要基礎，也是他的思想藝術之花植根的土壤。

惲敬利用從政的間隙，還「究心於黄宗羲《明儒學案》，有所見輒筆記之」（吴德旋《惲子居先生行狀》）。所以吴德旋認爲，惲敬「之治古文，得力於韓非、李斯，與蘇明允相上下，近法家言。叙事似班孟堅、陳承祚」，「於陰陽、名法、儒墨、道德之書既無所不讀，又兼通禪理」（同上）。這説明，惲敬不像方、劉、姚那樣，言理，離不開孔、孟、程、朱，濂、洛、關、閩；言文，則局限於韓、柳、歐、蘇。加之他的家鄉資本主義萌芽出現較早，發展較快，受西方近代科學技術和民主思想影響較大，他上能取我國古代諸子百家之長，下又體恤民情，洞悉民意，還能兼習「泰西文化」，這也是他能提出在當時堪稱有見地的文學主張，以救桐城之弊的重要原因。因此，他的思想就必然要比居高位、囿成見的桐城大家高明得多。

桐城古文在思想内容上最突出的特點是十分强調以唐宋八家之文去載程朱理學之道，因此他們都把程、朱奉若神明，將他們的思想看成顛撲不破的聖道。方苞以「學行繼程、朱之後，文章介韓、歐之間」（王兆符《望溪文集序》）相標榜，「非闡道益教、有關人倫風化者不苟作」（方宗城《桐城文集序》），甚至説：「人者天地之心，孔、孟以後，心與天地相似，而足稱斯言者，舍程、朱而誰？」（《與李剛主書》）劉大櫆論文時，直接論及程朱處雖然不多，更多的是談「義法」之「法」，但他的「法」是完全爲表現程朱之「義」服務的，他把「義理」稱爲「行文之實」、「作文之本」（《論文偶記》）。姚鼐則比方、劉又更前進了一步，他既明確提出「明道義、維風俗以昭世者，君子之志；而辭足以盡其志者，君子之文也」（《復汪進士輝祖書》），又具體闡發了將「義理、考據、辭章」三者合一的主張，以「考據」充實「義理」之内容，以「辭章」完善「義理」之表達，説來説去，還是把宣揚孔孟之「道」、程朱之「義」放在第一位。

惲敬與他們不同，由於時代、階級，也由於世界觀的局限，他雖不能如黃宗羲那樣提出「無氣則無理」——没有物質則没有精神的唯物論命題（《明儒學案·河東學案》），也不能如顧炎武那樣一針見血地揭穿理學的實質——「所謂理學，禪學也」（《與施愚山書》），或者像戴震那樣徹底戕伐理學的危害——「酷吏以法殺人」，理學家「以理殺人」（《與某書》），「人死於法，猶有憐之者；死於理，其誰憐之！」（《孟子字義疏證·理》）但至少他是堅持對程、朱持批判態度的。在《姚江學案書後一》中，他認爲即使程朱義理當時可立，也會時過境遷，應「合前後之説相較」，「若夫守陳腐之言，循迂僻之行，耳不聞先儒千百年之統緒，目不見士大夫四海之淵源，而曰『吾主朱子』，『吾主敬齋』，『吾主敬軒』，欲與爲先生之説者力抗，至則靡耳」。何況「朱子、敬齋、敬軒揆之聖賢，又有過不及哉」？他甚至把王陽明的「致良知」説譏爲「權救饑」的「道人講義」，認爲「黑固不可以爲白也，夜固不可以爲晝也」，關鍵還在自己要「善觀之而已」。在《姚江學案書後二》中，他雖表示不同意有人完全把「陽明之學」看成「禪學」，也修正了自己認爲「禪有近於朱子理在氣先之説」的觀點，從「學之本源」的探求比較中得出了「朱子本出禪而非禪，力求乎聖而未盡乎聖」的結論。

上引兩文均寫於嘉慶十八年，即自康熙把朱熹抬進孔廟、配祀十哲之列以後，文綱大張，告訐者紛起的時期。作爲吴城同知的惲敬敢於「觸網」，剥去朱熹身上「御披」的聖衣，當然不是出於一時激憤的貿然之舉，而是有其深刻的思想根源的。從認識論的角度看，惲敬雖曾自稱「吾之言性，主孔子之言而已」（《喻性》），但仔細分析，我們仍然不難發現其間的差異。即從「性」、「命」這些被歷代思想家反復討論的命題來看，認爲「性」、「命」是有形的還是無形的，或者説「性」、「命」是後天的物質世界決定的還是先天的虛幻世界決定的，便是唯物與唯心的分水嶺。從孔孟到程朱，都把它們歸結於冥冥之中的造化，而惲敬則不然。他曾明確指出：「無形可知乎？曰不可知而可知也，君子以有形知無形。無氣可知乎？曰不可知而可知也，君子以有氣知無氣。」從而得出「以有形知無形，以有氣知無氣」的結論。所謂「命」、「性」、「情」，他認爲「皆形乎氣，止乎形者也」（以上均見《原命》）。在《喻性》中，他更公開對北宋程顥、程頤兄弟的「性之本即理」的唯心主義提出異議，説：「程子之言善，離氣質而言也；吾之言善，不離氣質而言也。」他對夢的解釋也和莊周的主觀唯心論（「夢者，陽氣之精也，心所喜怒，精氣從之」）不同，還是比較接近科學的。他説：「夫覺猶形也，夢猶景也；有形而景附之，有覺而夢從之。」（《釋夢》）通過上、中、下三篇《説仙》，他更反復論證了世界上的萬事萬物，都是由物質的「氣」生成，并以「形」的外表表現的結果：「物之生也，氣與形二者而已。」在其他諸如《説山》、《説地》、《駁史伯璿月星不受日光辯》等直接論述大自然各種物象的文章中表現的對科學解釋的探尋與追求更是十分明顯的。正因爲有這樣堅實的基礎，所以他才能批評程、朱的許多觀點是「不涉其藩，不登其堂，不入其室」而「斷其是非得失」的武斷批評，要「後之君子」「不爲所眩奪」（《五宗語録删存序》）。

對自然世界如此，惲敬對社會生活的認識亦表現了對儒道的突破。仁、義、禮、智、信五德是從孔孟到程朱都認爲是「穆然而肅者」、「唯上智與下愚不移」的東西，而惲敬則認爲「五者」是與「氣俱者也」，「天有時焉，地有宜焉，物有應焉」（《原命》）。面對清王朝日益尖鋭的内憂外患，惲敬曾就如何富國强民提出了不少頗有見地的看法，這些都見于連續八篇的《三代因革論》。如該論之五列出了當時農、工、商三民負擔過重，因而造成「天下蔽」的因由後，提出「三民之力」是天下治亂的關鍵所在的主張，他并且具體説：「聖人之道奈何？曰不病四民而已。不病四民之道奈何？曰不病農、工、商，而重督士而已。夫不病農、工、商，則農、工、商有餘；重督士，則士不濫。士且不能濫，彼十民（指不事生産的十種人——引者注）者安得而濫之？不能濫，故常處不足。十民不足，而農、工、商有餘，争歸於農、工、商矣，是故十民不日減不能。」由「不病四民」，他還論及政策、法度的興廢不是某個聖人個人所能決定的。他説：「夫法之將行也，聖人不能使之不行；法之將廢也，聖人不能使之不廢。」（《三代因革論之四》）這一方面表明他對被儒家正統捧上了天的「十聖」的褻瀆，另一方面反映了他對歷史發展的客觀規律的唯物主義的認識。正因爲如此，惲敬才能對被歷代孔、孟、董仲舒的信徒視爲「異端」的漢代傑出唯物主義思想家王充的《論衡》予以公允的評説：「吾友張皋文嘗薄《論衡》，詆爲鄙冗，其《問孔》諸篇，益無理致。然有不可没者，其氣平，其思通，其義時。」（《讀〈論衡〉》）至此，他會悉心研讀政治傾向鮮明的黄宗羲《明夷待訪録》也就不難理解了。

惲敬的勛績，已如前述。他是反對嚴刑峻法、濫施刑罰的。據《子居决事序》自述，他自「初領縣事」後，即謹奉太夫人的教誨：「折責以四十爲限，爾當止三十五，其五爾母所貰也。」笞杖如此，其他酷刑更極少動用。年過五十，他還時時反省自己决事的樁樁件件，分類輯録，慨歎説：「天道之盛衰，人事之進退，不可不防其流失也。」面對日漸衰敗的「國運」，作爲正直的中下層知識分子，他的努力雖然難以救弊，但他能時時感到「愧汗」以策勵自己，就屬難能可貴了。

陽湖派中，除惲敬外，還有張惠言、吴德旋、錢伯坰、趙懷玉、陸繼輅、李兆洛等人。他們中除張惠言曾任實録館纂修官三年外，其他均爲地方小吏或設館教習古文的老師，屬中下層知識分子，他們的思想均未超出惲敬。所以從陽湖派主要成員的出身、經歷及思想、政治傾向來看，他們實際上是一羣受到進步思想的影響，在一定程度上體現了時代要求的中下層進步知識分子的代表。他們的思想、政治觀點是其文學主張的基礎；他們的文學主張則是其思想、政治觀點的具體反映，同樣折射着時代的光影。

三

桐城派實際上是適應了清朝統治者爲建立多民族的統一國家的需要，繼承了歸有光、唐順之等唐宋派反對復古派的形式主義的主張，以「言有物」、「言有序」相號召，獲得大部分文人的擁戴而漸成氣候的。但由於他們面對發展、變化了的時代，仍死抱「儒者生程朱之後，得程朱而明孔孟之旨，程、朱猶吾父師也」不放，顛倒了内容與形式的關係，不可避免地墮入了新形式主義的淵藪。所以桐城派以反形式主義起家終又被新的形式主義所窒息。這樣，陽湖派要藥桐城派「文蔽道喪之患」，就必然首先要向它的新形式主義開刀。

惲敬曾對方、劉、姚的文章一一加以評説：

望溪之於古文，則又有未至者，是故旨近端而有時而歧，辭近醇而有時而窳。（《上曹儷笙侍郎書》）

近得劉海峰先生集，筆力清宕，然細加檢點，於理多有未足。（《答曹侍郎》）

本朝作者如林，其得正者，方靈皋爲最，下筆疏樸而有力，唯叙事非所長；再傳爲劉海峰，變而爲清宕，然識卑且邊幅未化；三傳而爲姚姬傳，變而爲淵雅，其格在海峰之上焉，較之靈皋

則遜矣。(《上舉主陳笠帆先生書其一》)

承見示《海峰樓文集》,二十餘年前在京師一中舍處見之。今細檢量,論事論人未得其平,論理未得其正。大抵筆鋭於本師方望溪先生而疏樸不及,才則有餘于弟子姚姬傳先生矣。前閣下以潔目之,鄙見太史公之潔,全在用意捭落千端萬緒,至字句不妨有可議者。今海峰字句極潔,而意不免蕪近,非真潔也。姬傳以才短不敢放言高論,海峰則無所不敢矣。懼其破道也。又好語科名得失,酒食徵逐,胸中得無滓穢太清耶?(《與章澧南》)

這些批評,按方苞的「義法」説,不僅涉及「法」,而且涉及「義」,亦即内容方面。他正是從内容與形式統一的角度,以「天成」作爲標準來探尋桐城諸子的得失,并上溯得失之淵藪的。他説:「文章之事,工部所謂天成,著力雕鎸,便覿面千里。儷體尚然,何况散行? 然此事如禪宗箍桶脱落,布袋打失之後,信口接機,頭頭是道,無一滴水外散,乃爲天成。……是以敬觀古今之文,越天成越有法度。」(《與舒白香其一》)按照這個標準,他上對桐城派所宗的先師進行了評斷,下對受桐城派影響的同輩也逐一作了分析。他認爲:「袁中郎等乃卑薄派,聰明交游客能之;徐文長等乃瑣異派,風狂才子能之;艾千子等乃描摹派,佔畢小儒能之;侯朝宗、魏叔子進乎此矣,然槍棓氣重;歸熙甫、汪苕文、方靈皋進乎此矣,然袍袖氣重。」(同上)「震川先生……集中壽序八十餘首,皆庸近之言,稍善者以規爲諛而已,不諛者未之見也。本朝魏叔子多結交淡泊奇瑋之士,爲壽序抑揚抗墜,横驅别騖,力脱前人之所爲；然不諛其事諛其志，要之亦諛而已。夫震川先生、魏叔子，近世所推作文之巨擘也，而尚如此，其他則又何責焉？」（《與衛海峰同年書》）再往上，則論及桐城諸公眼中的聖哲，「敬三十後，遍觀先儒之書，陸、王固偏，程、朱亦不無得此遺彼之説。合之《大學》、《中庸》，覺聖賢與程、朱、陸、王下手有偏全大小之分，佛、道二氏之書不足言矣」，認爲程、朱、陸、王等理學家於真正的儒學「其爲門外，斷斷無疑」（《答姚秋農》）。對同輩後學，他則認爲「江右乾隆間古文家如魯潔非、宋立崖皆識力未至，束縛未弛，用筆進退略有震川、堯峰矩矱而已」（《與李汀州其一》）。由此，他總結説：「自南宋以後束縛修飾，有死文無生文，有卑文無高文，有碎文無整文，有小文無大文。」（《上舉主陳笠帆先生書》）究其原因，從内容上來説，是「宋、明以來，士大夫以儒林之聲氣爲游俠，以游俠之勢力爲貨殖，以貨殖之羸餘復附於儒林」（《與來卿其三》）；從形式上來説，則由於「束於體制，塗飾巧僞」，只知「依附其體而爲之」，而不能將「平生之才與學，沛然於所爲之文之外」，這樣用模式套出來的文章，體是正了，但究其實際，却是「自厚趨薄，自堅趨瑕，自大趨小」，即使高明如王慎中、歸有光、劉大櫆、姚鼐也不能改變這種局面（以上見《上曹儷笙侍郎書》）。所以他主張即使對他所贊賞的明末清初幾個名家的文字也需作具體檢擇。他説：「彭躬庵文氣甚和，而鋒不可犯。丘邦士文奇濬，不襲前人一語一意。明季年多異才，吾宗遜庵先生文亦然，然皆非正宗。擇之可也。」（《答陳雲渠其一》）

惲敬文論之可貴，在不但能破，并且能立。他不但提出了以「正宗」來檢擇歷代文派，區其長短、正誤、得失，而且提出了「折之以六藝」以救「百家之敝」、「起之以百家」以藥「文集之衰」的主張。他進而指出，關鍵的關鍵還「在乎人之所性」，這才是挽救「文敝道喪」的根本。其方法即在於「日修六藝之文，觀九家之言，可以通萬方之略」，同時發耳目之用，統事物之賾（以上見《大雲山房文稿二集自序》）；「識高則筆力自進，力厚則詞采自腴」（《答來卿其一》）。這樣，惲敬便在營造我國古代文論的寶庫時能够進獻比他的師輩方、劉、姚，同代張、吴、陸更爲熠熠其華的瑰寶！

桐城派在總結我國散文理論，使之系統化，成爲一個較爲完整的體系方面是有着不滅的功績的。其中重要的一點，便是在「文以載道」的基礎上，明確將散文分成「有物」、「有序」，即思想内容與藝術形式兩個方面，并提出了二者并重、相輔相成的統一觀點。爲此，方、劉、姚都特别强調，要把古文和一般散文區别開來。方苞曾説：「辯古文氣體，必至嚴乃不雜也。」（《古文約選·序例》）在辯體上，陽湖派繼承了桐城諸子的主張，在「至嚴」的基礎上提出了「至正」的要求：「古文，文中之一體耳，而其體至正。不可餘，餘則支；不可盡，盡則敝；不可爲容，爲容則體下。」（《上曹儷笙侍郎書》）「至正」與「至嚴」相較，有三點較大的突破：

其一，要「體正」，但不能「依體而爲文」，即要講究文體法度，但不能被法度束縛了手脚，把「法」、「體」當成模式；否則，「爲支、爲敝、爲體下，不招而至矣」（同上）。惲敬説，求法過深，「反不得灑然，稍繚綴之，則所自出可知矣」（《答來卿其二》）。他曾以《史記》、《漢書》中實在前、虚在後的寫法與蘇東坡《司馬公神道碑》相對比，説明由於蘇軾敢於破格，將「實在前，虛在後」，變成「虛在前，實在後」，而同樣收到了「盤空擣虛，左回右轉，令其勢稽天匝地」的藝術效果，説明要敢於「顛倒其局用之」，「變化竊取子長，嚴謹則竊取孟堅」（《上舉主陳笠帆先生書其二》）。

其二，體之「正」、「嚴」與否，要看「法」，更要看内容，「體」以「法」定，更受制於内容。他曾以自己寫《遊廬山序》爲例説明，雖然自己覺得寫成了流於「元明游記習氣」、「格殊卑」的東西，但由於面對「如此奇境，若圖高簡，不下手暢寫，山靈有知，後日遊山必有風雨之阻」（《答方九江》），爲了内容的需要，他没有「削足適履」，寧願落個「體弱」之名，這樣後世才能讀到如此暢達的名篇。他還以韓愈《汴州水門記》爲例，説明何處「小題不可大作」，何處「大題亦不可大作」，并且説：「知此，雖著述汗牛充棟，豈有浮筆浪墨耶？」（《答來卿其二》）

其三，持「法」、辯「體」，目的都在自立。他主張「責己則攻短，論人則取長」（《與李汀州其一》），即使對待「法」、「體」這種相對穩定的東西，也要取衆家之長融於一身。他舉自己的《同遊海幢寺記》爲例，説明此文採用司馬遷《史記》中《河渠書》、《平準書》以及各列傳手法。從總體來説，他的「古文法盡出於子長，其孟堅以下，時參筆勢而已」（《與黄香石》）。取是爲了用，所以「人以惲子居爲宋學者固非，漢唐之學者亦非。要之，男兒必有自立之處，不隨人作計，如蚊之同聲，蠅之同嗜，以取富貴名譽也」（《答方九江》）。只有這樣，才能寫出「無一語不自古人來，無一語似古人」（《與徐耀仙》）的至文。

從上述三點我們可以看到，惲敬比方、劉、姚是更懂藝術的辯證法的。他既重法度，認爲：「體裁所在，亦不可忽。……《易》有《易》之體，《書》有《書》之體，各經皆然，不相雜也。即百家之體，亦不相雜。若一切妄爲之……譬之横目縱鼻、穢下潔上者，人也；必横鼻縱目、潔下穢上，新則新矣，奇則奇矣，恐非復人形也。淩雜之文，何以異是？大抵意可新不可奇，詞可新可奇，文之體、文之矩矱無所謂新奇，能善用之，則新奇萬變在其中矣。」（《與來卿其二》）但又主通變，并把「字字有本，句句自造，篇篇變局，事事搜根」概括爲「古人不傳秘密法也」（同上）。重法度、主通變的結果，則文自「天成」。所以他説：「敬觀古今之文，越天成越有法度。」（《與舒白香》）把「天成」、「自然」當成文章格調的最高境界。他曾引張彦遠《名畫記》中的話説：「失於自然而後神，失於神而後妙，失於妙而後精。精之爲病也，而成謹細。自然者，上品之上；神者，上品之中；妙者，上品之下。精者，中品之上；謹細者，中品之中……畫如是，文可知矣。」（《與來卿其一》）這就不僅與法有關，而且牽涉到文章的内容了。

如果説，在藝術形式上還可以看出陽湖派與桐城派的淵源較深，那麽在散文的思想内容方面，它們的歧異便較大也較明顯了。

散文的思想内容，從方苞的「義」到姚鼐的「義理」，中間雖然加了個「考證」以充實之，但放在第一位的仍然是程朱理學，目的全在「明」封建統治者主張的「道義」。如前所述，由於惲敬對程朱理學也是持批判的態度，只把它當成百家之一家、十學之一學來看待，而不是像桐城諸公一樣把它當成「聖哲」加以獨尊的，因此他的「作文之法，不過理實氣充」（《答來卿其一》）和劉大櫆的「行文之道，神爲主，氣輔之」（《論文偶記》）及姚鼐的「神、理、氣、味者，文之精」（《古文辭類纂序目》），雖在提法上十分相近，但究其實却有質的差別。這種差別首先表現在對「理」與「氣」的内涵的理解上。

何謂理？何謂氣？我們先看惲敬自己的回答：

理實先需致知之功，氣充先需寡欲之功。致知非枝枝節節爲之，不過其心淵然，於萬物之差別一一不放過。故古人之文無一意一字苟且也。寡欲非掃净斬絶爲之，不過其心超然，於萬物之攻取，一一不黏著，故古人之文無一字一句塵俗也。（《與來卿》）

在這裏，他强調的是從「萬物之差別」中求理，從「萬物之攻取」中練氣。用我們今天的話説就是：要在對客觀世界萬事萬物的比較、認識中獲得豐富的知識，掌握其發展變化的規律并培養、鍛煉自己的品德，使自己不致成爲平庸的人。這種估評過高了嗎？我看不會，他自己的下一段話便是證明：

文者，私作也，必以公行之；文者，藝事也，必以道成之。固有賢人君子窮極精慮之所作述，而一得之士可以議之者。（《答伊揚州書一》）

當然，惲敬作爲一個封建皇權統治下的知識分子，而且還是個有頂戴的官員，其「公」、其「道」都含有時代的、階級的局限，我們不能把他「捧」得太高。但我們在看待他的局限性時，是否也應防止責之太苛、求之太全呢？

其次，表現在對「理」、「氣」或者説「識」與「性」和作文的關係的認識上。

我國古代進步的文論家歷來有求文品必先人品之説，這裏的人品是包括作家的思想認識水平和道德品行兩大方面的。關於此，我們前面曾肯定過惲敬「識高則筆力自進，力厚則詞采自腴」一類觀點，除此之外，他還結合自己的實際體會或引他人的創作經驗加以印證。比如：「須平日窮理極精，臨文夷然而行，不責理而理附之；平日養氣極壯，臨文沛然而下，不襲氣而氣注之。則細入無倫，大含無際，波瀾氣格，無一處是古人，而皆古人至處矣。」（《答來卿其一》）「古文之訣，歐陽文忠公已言之，曰多讀書，多作文耳。然必有性靈，有氣魄之人，方能語小則直湊單微，語大則推倒豪傑。」（《與來卿其二》）這裏説的，是他自己的經驗談。下面引的，則是他人成功的先例：「大兄胸次本高，故下語倏然自得。不求異今人，今人自不能及；不求避古人，古人自不能掩。」（《與陳賓摩》）「退之以重望自山陽改官京曹，方有大行之志，故其詩恢悦；子厚負釁遠謫，故其文清瀏而迫隘。」（《沿霸山圖詩序》）從自己的體會和他人的經驗，惲敬得出「邊幅不廣」是枯槁之士的文病之結論，他既用此批評過劉大櫆，而且以此稱許文壇小輩：「吾弟氣逸體縱，有不可覊的之概，而風回雨止，仍復寂然，此得天之最厚者。由是而充之，排金門，上玉堂，與時賢頡頏；再充之，吞曹、劉，奪蘇、李，與古人頡頏，分内事耳。然不可自高，自高則所見浮；不可自阻，自阻則所進淺。浮與淺則下筆俳巧、甜俗、粗率皆來擾之，而且自以爲名家、大家矣。」(《與鄒立夫》)

最後，還表現在他對如何窮理養氣的論述上。

理需窮，氣要養。途徑有二：一曰「看文」，「讀文」；二曰「求於行墨之外」。關於前者，他説得十分明確具體：「看文可助窮理之功，讀文可發養氣之功。看文看其意，看其辭，看其法，看其勢，一一推測備細，不可孤負古人。讀文則湛浸其中，日日讀之，久久則與爲一。然非無脱化也。歐公每作文，讀《日者傳》一遍，歐文與《日者傳》何啻千里？此得讀文三昧矣。」(《答來卿其二》)

看文讀文，面宜廣，貴在自己得之於心，這是惲敬的一大講究。他和桐城諸子不同，後者只把「四書」當作「一字不可增減」的經典，將《史》、《漢》及唐宋八家文視爲模本，不但周末諸子的文章被斥爲「汪洋自恣，不可繩以篇法」，而且韓愈的墓志銘等文體也因「奇崛高古清深」而「皆不録」(均見方苞《古文約選》)。惲敬則曾在多種場合反復强調，要廣涉諸子百家之言，取衆家之長。陸繼輅稱惲敬「泛濫百家言，其學由博而返約」(《七家文鈔序》)。他不同意孟子「詖辭知其所蔽，淫辭知其所陷，邪辭知其所離，遁辭知其所窮」、「此四者皆不達」的説法，認爲「是四者，有有之而於達無害者焉，列禦寇、莊周之言是也……有時有之，時無之，而於達亦無害者焉，管仲、荀卿之書是也」(《與紉之論文書》)。因此,他主張「修六藝之文,觀九家之言」,只有如此,才能「通萬方之略」(《大雲山房文稿二集自序》)。爲此他一正一反,以例佐證。正面的是:「賈生自名家、縱橫家入,故其言浩汗而斷制;晁錯自法家、兵家入,故其言峭實;董仲舒、劉子政自儒家、道家、陰陽家入,故其言和而多端;韓退之自儒家、法家、名家入,故其言峻而能達;曾子固、蘇子由自儒家、雜家入,故其言温而定;柳子厚、歐陽永叔自儒家、雜家、詞賦家入,故其言詳雅有度;杜牧之、蘇明允自兵家、縱横家入,故其言縱厲;蘇子瞻自縱横家、道家、小説家入,故其言逍遥而震動。」反面的是:「後世百家微而文集行,文集敝而經義起,經義散而文集益漓。」造成這種局面的原因,就在於學人士子自「少壯至老,貧賤至貴」,只局限於「聖賢之精微,闡明於儒先之疏證」,「附會六藝,屏絶百家,耳目之用不發,事物之賾不統,故性情之德不能用也」(以上均見《大雲山房文稿二集自序》)。更爲難能的是,惲敬自己不但涉百家,廣耳目,而且敢於犯禁,對被宣布爲「異端詖説」的不少明遺民的詩文,如著名進步思想家黄宗羲的《明儒學案》悉心研究。他還引用清初另一唯物論者顧炎武斥責明代學者「出入儒釋,如金銀銅鐵攪作一爐,以爲千古不傳之秘」的話,説:「此病今尚遍天下。」(《與李汀州其一》)

惲敬的力主破門户之見,讀百家書,决不是死讀書,而是强調「淘汰之,播揚之,摩揣之,釁沐之,得於一是而止」(《上舉主陳笠帆先生書》)。他認爲讀古文不能圖輕便,找捷徑,讀批本,所謂「一人獨行,其衢路曲折,皆歷歷可記;隨人行,則怳惚也」(《答來卿其一》)。

窮理養氣之道，惲敬强調了讀書，對讀書的作用他提得還是比較準確的，這就是「看文可助窮理之功，讀文可發養氣之功」（同上）。最重要的，其實還應求於「行墨」之外。他在談及侯某的文章時説：「侯君文清瀏見底，波折皆出天然。以初作，膽未堅，神未固。此事如參禪，必須死心方有進步，所謂絶後再蘇，欺君不得，及當觀時節因緣是也。若止於行墨中求之，則章子厚日臨《蘭亭》一本，書格能不日下耶？」（《與秦省吾》）當年蘇東坡論及文、書時，也曾多次表示過當求工於外的意思。惲敬此處的求於行墨之外的具體含義雖没明説，但統觀有關言論，似與蘇氏主張相通，即指生活積累和思想品德修養。他曾説：「敬自能執筆之後，求之於馬、鄭而去其執，求之於程、朱而去其偏，求之於屈、宋而去其浮，求之於馬、班而去其肆，求之於教乘而去其罔，求之於菌芝步引而去其誣，求之於大人先生而去其飾，求之於農圃市井而去其陋，求之於恢奇弔詭之技力而去其詐悍。」（《上舉主陳笠帆先生書》）這裏除指求教於名家的著作、主張外，很明顯的還向社會各階層，包括下層的「農圃市井」以至於「恢奇弔詭之技力」學習。他還説過：「違心之言，澳涊齟齬，必不能工；工矣，而羞惡之心不泯，則逸之而已。」（《與衛海峰同年書》）所以他反對「有意爲古文」，力主將「平生之才與學」，「沛然於所爲之文之外」，於是「支者如山之立，敝者如水之去腐，體下者如負青天之高。於是積之而爲厚焉，歛之而爲堅焉，充之而爲大焉」，這才是藥支、救敝、治體下的根本辦法。至於什麽是才與學，他引曾鞏的話作了回答：「明必足以周萬事之理，道必足以適天下之用，智必足以通難知

之意，文必足以發難顯之情。」（以上均見《上曹儷笙侍郎書》）

由此看來，惲敬對散文思想內容的論述，不但比方、劉、姚的視野要開闊得多，而且認識也要深刻、精湛得多，其中體現的某些唯物論的因素，更非桐城諸公所可企及。不過，除此之外，要是觀其對文章風格、意境的論述，則與劉大櫆，尤其是姚鼐的「陰陽剛柔之美」相比就未免相形見絀了。是的，他也曾説過「近時袁子才有『格調增一分，則性情減一分』之説，鄙意以爲，無性情之格調必成詩囚，無格調之性情則東坡所謂『飲私酒吃瘴死牛肉』發聲矣」（《與黎楷屏》），及「華之中而實寓焉，整之中而變寓焉，平淺之中而高與深寓焉」（《與陳賓摩》）等語，但或失於平淺，或重復他人口舌，均不能讓人十分滿意。

陽湖派其他人論文的言談也不少，但基本觀點都與惲敬一致，更無超出他的地方。如張惠言説：「古之以文傳者，雖于聖人有合有否，要就其所得，莫不足以立身行義、施天下致一切之治。」他列舉了百家之所長後總結説：「各有所執，持操其一以應於世而不窮，故其言必曰道，道成而所得之淺深醇雜見乎其文。無其道而有其文者則未有也。故乃退而考之於經，求天地陰陽於《易》虞氏，求古先聖王禮樂制度於《禮》鄭氏，庶窺微言奧義以究本原。」（《茗柯文編・文稿自序》）這是張惠言論文最完整也最重要的一段話，但他對諸子百家的態度、對「道」的認識均還在惲敬的論述之內。吴德旋説：「作文立志要高，北宋大家雖不可以不學，然志僅及此，則成就必小矣。《史》、《漢》及唐人常在意中也。」「古文體忌小説，忌語録，忌詩話，忌時文，忌尺牘，此五者不去，非古文也。」（均見《古文緒論》）也是同一個意思。至於趙懷玉、李兆洛相繼重新提倡駢儷，主張駢中夾散，散中夾駢，甚至專門編輯《駢體文鈔》，雖然比惲敬、張惠言、吴德旋以兼治百家來反對桐城派的新形式主義走得更遠，是又一種以形式反對形式的錯誤傾向，但他們論文的基本主張仍服膺於惲敬。

總之，陽湖派產生於我國歷史面臨巨大變化的鴉片戰爭前夜，其進步與局限都是歷史的產物，其主要傾向則吸取了當時進步的思想，體現了時代的要求。如這些主張得以實現，是能够藥桐城派「文敝道喪」之病的。因此，與其説它是桐城派之支流，還不如稱它是爲中興桐城的一次最早的嘗試。

四

列寧説：「判斷歷史的功績，不是根據歷史活動家没有提供現代所要求的東西，而是根據他們比他們前輩提供了新的東西。」（《評經濟浪漫主義》）我們肯定清朝的康、雍、乾時期，是和明朝的泰（昌）、天（啓）、崇（禎）相比較而言；我們肯定桐城派的初期，也是和明末諸多文派的相比較而言。這點就連曾經猛烈抨擊過桐城派的章炳麟與梁啓超也敢於承認。章説：「明末猥雜佻侻之文，霧塞一世，方氏起而廓清之。」（《蓟漢微言》）梁則説：「平心論之，桐城開派諸人，本狷潔自好，當漢學全盛時，而奮然與抗，亦可謂有勇，不能以其末流之墮落，歸罪於作始。」（《清代學術概論》）我們之肯定陽湖派，也是從面對變化了的現實，雙方代表人物文論主張的相比較方面來立論的。惲敬去世七十多年後，王先謙編《續古文辭類纂》，對惲敬論文多有疵議，認爲「不可爲法」。這時，正是曾國藩的湘鄉派控制文壇，所謂「桐城謬種恣肆」的時候，其對惲敬的貶毁正證明了惲敬「以六藝救百家之敝，以百家起文集之衰」與曾國藩「篤守程朱之説」、視「義理爲質」的桐城姚氏爲「舉天下之美」（《歐陽生文集序》）的主張之對立。因此，我們不能僅以曾國藩對惲敬的評價爲據，否定陽湖派對當時文壇的影響及其在文學史上的地位。

惲敬一生，始終以「上則先國後家，下則先民後己」（《戒旦圖序》）爲操守，兼且傲視權貴，得罪了不少人，所以得不到升遷，最後還爲奸人所誣陷。他曾與友人説：「敬匏繫江西，智竭於胥吏，力屈於奴客，謗騰於上官，怨起於巨室，所喜籬落畊氓、市墟販豎尚有善言。去秋東歸，雖臥具未質，優於從前，然十月無裘，則與在都時平等矣。」（《與莊大久》）他對待文事，也像對待人事、政事一樣，始終置人之謗議於不顧，但求心之所安。在説到自己撰寫《同遊海幢寺記》的方法原委時，他曾表白自己只是意在「留古文一支在海南，勿使野牛鳴者亂頻伽之聽耳」（《與黄香石》）。他還説：「臯文最淵雅，中道而逝。仲倫才弱，悔生氣敗。」（《上曹儷笙侍郎書》）又説：「古文自元明以來，漸失其傳。吾向所以不多作古文者，有臯文在也。今臯文死，吾當并力爲之。」（吴德旋《惲子居先生行狀》）所以他每仕一地，都十分重視藝文，興辦學校，獎掖後進，并且親自作文。直到今天，江西之瑞金、寧都、新喻、南昌還留下他的不少遺墨，許多動人故事，爲百姓所樂道。

正如惲敬自己看到的，「文人之見日勝一日，其力則日遜焉」（《上曹儷笙侍郎書》）。惲敬的理論主張與創作實踐還是有距離的。他雖寫出了一批「澄然而清，秩然而有序」，或者説比「拘謹枯淡」的桐城文「更有氣勢，也更有詞采」的散文（游國恩等《中國文學史》），但終究没産生如桐城文那樣大的影響，没有達到藥救「文敝」的目的。這當然有歷史的原因，也有其自身的局限。馬克思、恩格斯曾説過：「統治階級的思想在每一時代都是占統治地位的思想。……支配着物質生産資料的階級，同時也支配着精神生産的資料。」（《德意志意識形態》）陽湖派的主張既然與「欽定」的桐城派相牴牾，其失敗也實屬必然了。嗣後，以曾國藩爲代表的湘鄉派繼起，他們追求同治中興，高揚「文章與世變相因」（《歐陽生文集序》）之纛，與桐城三祖的初衷相去愈來愈遠，因而被史家稱作「桐城末流」，甚至是「桐城謬種」，後亦爲「五四」新文化運動所蕩滌，此種自然也是時代巨變使然。但歷史終歸是公正的，經過時間的揀擇，不論是桐城派還是陽湖派抑或湘鄉派，其正誤得失都會顯明于後世。這也許就是我們今天重新整理出版這些歷史文獻的現實意義。

萬陸己巳春草於北師大

補記

我與惲敬，應該説是有些因緣的。不才出生於惲敬曾經仕事的江西瑞金縣，自幼就聽前輩講及惲敬的不少故事，稍長更有鄉師推薦惲敬的一些詩文，要我輩誦讀，他們一律敬稱惲氏爲「子居先生」。後來我讀大學、參加工作，都自然而然地對惲文多加留意。所以，國家古籍整理部門公布第一批需整理的書目後，我即欣然接受了點校《大雲山房文稿》的任務，并從二十世紀八十年代起，利用教學空餘時間，兩次前往惲敬故鄉武進石橋灣，走訪惲敬曾經的居所，查閲鄉里文獻，收穫頗豐，遂在點校正本之外，增加了不少附録内容。書稿完成後，由於種種原因，未能及時出版。此後工作調動，益發無暇顧及。

大約兩年前，蒙上海古籍出版社認可該書的價值，又體諒學人的艱難，與我商議出版事宜。但稿件放置近二十年，難免有些散亂，還有不少應按今日要求修訂完善的方面；而我已年齒漸高，又遠離學界多年，兼且雜務纏身，深感力不從心，難以完成重新整理提高的工作。幸得廣東五邑大學謝珊珊副教授幫助，重訂了正文，處理了大量謄寫、核正的工作。上海古籍出版社第一編輯室奚彤雲主任和責任編輯郭時羽女史也積極設法，請復旦大學林振岳碩士進行補訂。振岳在再次校訂正文之外，還收集了多家清人的評語（現附於校記後），補充了附録内的不少篇章，并撰寫《版本考》一文，梳理版本脉絡。這些都對本書質量的提高大有裨益，在此表示真誠的感謝。

《前言》的主幹部分，録自不才發表于《江淮論壇》一九八四年第二期的《桐城派陽湖派歧異辨》。今天讀來，難免有老舊之嫌，但基本觀點或還站得住腳，因此僅略作了一些細微的改動，大體一仍其舊，意在保留當年面貌，留下一點歷史感。

本書從開始收集資料、標點校對，到現在終於能够付梓出版，經歷了二十年時間。其間不管是我自己，還是珊珊、振岳二位，以及出版社的編輯們，都爲之付出了許多心血。但我們也知道差錯在所難免，祈請讀者指正。

萬陸壬辰夏補記於鵬城寓所

叙例

一、惲敬《大雲山房文稿》的流傳，最早有嘉慶十六年刻《初集》四卷，爲初刻本。嘉慶二十年三月于南昌重刻《初集》四卷，八月于廣州續刻《二集》四卷（二十一年刻成），出于惲敬手定。此本嘉慶末年後印本，又增刻尺牘《言事》二卷，今合稱爲「嘉慶二十年本」。同治光緒間，後人陸續翻刻嘉慶二十年本，版式行款，一仍其舊。所見有四種：一、同治二年惲氏從子世臨刻于湖南，《初集》、《二集》、《言事》共十卷。二、同治八年嗣孫念孫重刻于四川，增入所輯《補編》一卷，共十一卷。三、光緒十年據同治八年本重刻，亦有《補編》。四、光緒十四年族曾孫元復重刻《初集》、《二集》，共八卷，其中《初集》四卷刊有圈點評語。（詳見附録一《版本考》）

二、本書整理，以《四部叢刊》影印光緒十年刻《大雲山房文稿》爲底本，以其所收最全之故。以嘉慶二十年本爲對校本，并參校其餘各本。因嘉慶二十年本爲惲敬生前手定，故遇異文，多據之改正。

三、除參校以上各本外，還參考前人校本三：沈成章校本（簡稱「沈校」）、楊葆彝校本（簡稱「楊校」）、王秉恩過録各家校語本（簡稱「王校」）。其中王秉恩本所過録諸家校語，分别爲劉遵變、汪曰楨、葉廷琯、雷浚、馮桂芬、潘鍾瑞、俞樾七家。

四、光緒十四年本《初集》文末附刊評語，傳爲惲敬自評，今過録爲篇末「評語」。凡「評語」未標明出處者，皆録自該本。

五、另上海圖書館藏有過録批語本五種，所過録評語與光緒十四年本所刊者大致相同，皆源自「大雲山人手評本」。其有出於刊本評語之外者，并加摘録，同時標明據何本過録。各家批點本之簡稱如下：陶濬宣過録批點本（簡稱「陶批」）、關豫過録批點本（簡稱「關批」）、王秉恩過録批點本（簡稱「王批」），另録有七家校語）、楊葆彝過録批點本（簡稱「楊批」），另有楊葆彝校語）、佚名過録批點本（簡稱「佚名批點本」）。其中楊批書中多夾帶簽條記録嘉慶十六年本某篇前尚有某篇，今均過録於《補編》相應篇目後，以存原貌。

六、書前目録篇名與正文標題多有出入，今據正文標題重新編製。

七、凡文中避諱字、明顯刻誤字等，皆徑改不出校。

八、文中引用他書，未必步趨原文，此爲古人素習。整理時仍加引號，以示起訖，以便讀者。

九、輯佚部分，除佚文外，并輯其詩詞。詩詞本當入外集，因其已無傳本，特附文集以行。

十、附録二，分輯與惲敬生平、著述相關之文字，以及有關《大雲山房文稿》之評論、序跋等。

目録

卷二

卷四

大雲山房文稿二集

卷三

卷四

大雲山房文稿言事

卷一

卷二

大雲山房文稿補編

輯佚

佚文

三　評論

吴德旋評（五篇）

包世臣評（一篇）

李元度評（一篇）

陸繼輅評（三篇）

【校記】

〔一〕底本目録此後有《上陳笠帆按察書》一篇，此篇有目無文，惟光緒十四年本補刻此篇四葉，版心「大雲山房文稿補佚」。同治八年本刻入補編，底本沿之。

〔二〕底本目録此下注「以下家書」。

〔三〕底本目録此下注「以下補遺」。

〔四〕底本目録此前載佚文《南宋論》一篇。

〔五〕底本目録此後載佚文《上秦小峴按察書》一篇。

大雲山房文稿初集

大雲山房文稿初集自序

右《大雲山房文稿》初集四卷目録，瑞金陳蓮青雲渠排次讐校。凡雜文一百六十篇。嘉慶十有六年五月刻于京師琉璃廠，工冗雜不應尺度，且未竟；九月補刻，并修治于常州府小營前，以稿本篇自爲葉，不用漢唐寫書首尾相銜法，爲日若干而竣。二十年三月，武寧盧宣旬幼眉改定二十篇入外集，復刻于南昌甲戌坊，附通例于後。惲敬子居自爲序録曰：

惲氏著于南宋，自方直府君十一傳而至明湖廣按察司副使東麓府君巍，東麓府君三傳而至典儀正敬于府君紹曾，敬于府君入本朝，四傳而至子渭府君士璜，子渭府君生先府君輪。子渭府君好讀書、飲酒、鼓大琴。先府君無所嗜好，于世事無所阿，三十年教授窮山中。

敬生四年，先府君教之四聲，八年學爲詩，十一學爲文，十五學六朝文，學漢魏賦頌及宋、元小詞，十七學漢、唐、宋、元、明諸大家文。先府君始告以讀書之序，窮理之要，攝心專氣之驗，非是不足以爲文。于是復反而治小學，治經史百家。凡先府君手録天官、地志、物理、人事諸書，亦得次第觀之，然未有所發也。時于一二日中得一解而油油然，數十日中得一解而油油然。至索之心，誦之口，書之手，仍芒芒乎摇摇乎而已。先府君曰：「此心與氣之故也，不可以急治，當謹而俟之。滅嗜欲，暢情志。嗜欲滅則不淆雜，情志暢然後能立，能立然後能久大。」自是之後，敬不敢言文者十年。旋走京師，遊中原，南極黔楚，與天下篤雅恭敏〔一〕之士交，竊窺其言行著述，因復理先府君之言，欲有所論撰，而下筆迂回細謹，塊然不能自舉。

嗚呼，天地萬物皆日變者也，而不變者在焉，不變者所以成其日變也。文者，生乎人之心。天地萬物之日變，氣爲之；心之日變，神爲之。神之變速于氣之變，而迂回之弊循循然而緩，謹細之弊切切然而急，于神皆有所閡焉，敢不力充之以求所以日變者哉？然而，有不可變者。《典論》曰：「學無所遺，辭無所假。」《史記》曰：「擇其言尤雅者著於篇，可以觀矣。」雲渠所録皆嘉慶建元以後論譔，謹以年次其目録，庶得失進退有以自考焉。其改定入外集者，目録皆删之，所存如左。

嘉慶元年在富陽，四月往貴州，十月至江山，得文七首：《與紉之論文書》、《東麓先生家傳》、《遜庵先生家傳》、《南田先生家傳》、《紀言》、《劉先生祠堂銘》、《王盛墓〔二〕石記》。

二年八月至常州，得文二首：《亡妻陳孺人權厝志》、《女嬰壙銘》。

四年在常州，九月至京師，得文十一首：《讀〈晏子〉一》、《讀〈晏子〉二》、《先塋記》、《石橋灣惲氏祠堂記》、《后谿先生家傳》、《少南先生家傳》、《香山先生家傳》、《衷白先生家傳》、《書山東知縣事》、《書王麗可事》、《兵部額外主事王君墓志銘》。

五年在京師，六月至新喻，得文九首：《喻性》、《三代因革論一》、《三代因革論二》、《三代因革論三》、《三代因革論四》、《釋弁一》、《釋弁二》、《釋弁三》、《釋鈎》。

六年在新喻，七月至南昌，十二月還新喻，得文十六首：《説山》、《釋夢》、《九江考》、《康誥考上》、《康誥考中》、《康誥考下》、《周公居東辯上》、《周公居東辯下》、《桑中説》、《蝃蝀説》、《有狐説》、《讀〈論衡〉》、《〈三國志〉書後》、《〈諸夏侯曹傳〉書後》、《上秦小峴按察書》、《答蔣松如書》。

七年在新喻，得文十三首：《駁史伯璿月星不受日光辯》、《張真人府印説》、《匏有苦葉説》、《雄雉説》、《黍離説》、《雞鳴説》、《鴟鴞説》、《東湖書院記》、《新喻東門漕倉壁〔三〕記》、《新喻羅坊漕倉記》、《胡氏學田記》、《張皋文墓志銘》、《祭張皋文文》。

八年在新喻，得文六首：《〈鈐山堂集〉書後》、《與湯編修書》、《新喻文昌宫碑銘》、《新喻文昌宫碑陰録》、《徐恭人墓志銘》、《董孺人權厝志》。

九年在新喻，六月至南昌，得文七首：《〈金剛經〉書後一》、《〈金剛經〉書後二》、《二僕傳》、《甘宜人墓志銘》、《李夫人墓志銘》、《饒府君墓志銘》、《國子監生周君墓表》。

十年在南昌，四月至瑞金，得文四首：《遊翠微峰記一》、《遊翠微峰記二》、《書獲劉之協事》、《姜太孺人墓志銘》。

十一年在瑞金，四月至南昌，十一月還瑞金，得文十一首：《雜記》、《顧命辯上》、《顧命辯下》、《〈楞伽經〉書後一》、《〈楞伽經〉書後二》、《上曹儷笙侍郎書》、《答吴白厂書》、《東路記》、《謝南岡小傳》、《後二僕傳》、《舅氏清如先生墓志銘》。

十二年在瑞金，得文六首：《答曹儷笙尚書書》、《重修萬公祠記》、《遊羅漢岩記》、《海會庵放生河碑銘》、《前臨川縣知縣彭君墓志銘》、《寧都州學正聞君墓志銘》。

十三年在瑞金，五月至南昌，六月回瑞金，十月復至南昌，得文十五首：《原命》、《説地》、《駁朱錫鬯〈書楊太真傳後〉》、《讀〈五帝本紀〉》、《讀〈管蔡世家〉》、《讀〈魯仲連

〈孟子荀卿列傳〉》、《讀〈貨殖列傳〉》、《讀〈霍光傳〉》、《讀〈張耳陳餘列傳〉》、《讀〈鄒陽列傳〉》、《讀〈古今人表〉書後》、《上汪瑟庵侍郎書》、《上陳笠帆按察書》、《子居決事序》、《袁州府訓導李君墓志銘》。

十四年三月還瑞金，七月至南昌，得文九首：《三代因革論五》、《三代因革論六》、《三代因革論七》、《三代因革論八》、《雜説》、《得姓述》、《重修瑞金縣署記》、《饒陶南墓志銘》、《彭澤縣教諭宋君墓志銘》。

十五年在南昌，十一月至常州，得文十首：《天發神讖碑跋》、《乙瑛碑跋》、《孔羡碑跋》、《先賢仲子廟立石文》、《都昌元將軍廟碑銘》、《兵部侍郎銜署直隸總督裘公神道碑銘》、《寧都營參將博羅里公墓志銘》、《張府君墓志銘》、《刑部江西司主事曹君墓志銘》、《鸚武冢石記》。

十六年在常州，二月至京師，八月還常州，得文十四首：《西楚都彭城論》、《辯微論》、《續辯微論》、《釋拜》、《明儒學案條辯序》、《五宗語録删存序》、《羅臺山外傳》、《前太子少保雲貴總督劉公祠版文》、《前四川提督董公神道碑銘》、《廣西按察使朱公神道碑銘》、《太子少師體仁閣大學士戴公神道碑銘》、《外舅高府君墓志銘》、《楊貫汀墓志銘》、《前浙江分巡杭嘉湖道陝西候補道李公墓表》。

凡文之事曰典：典者所以尊古也。若單文無故實，則比于小學諸書，當時語據制詔及功令是也。曰自己出。毋勦意，毋勦辭是也。曰審勢。能審勢，故文無定形。古之作者言無同聲、章無同格是也。曰不過乎物。不過乎物者，必稱其物也。言事、言理、言情皆以之，請以質當世之君子。

【校記】

〔一〕「恭敏」，原作「恭敬」。案：諸本皆作「恭敏」，作「恭敬」者光緒十年本手民之誤，今據改。

〔二〕「墓」，原闕，據正文篇名補。

〔三〕「壁」，原闕，據正文篇名補。

大雲山房文稿通例

一、雜著文，諸子家之流也，故漢魏以來多自書子，集中皆書字，用王子淵法也；序記文，多自書余，宋人稱人曰賢，自稱曰愚，亦入之序記，集中皆書名；碑志文，漢魏本文不入撰人名，集中入撰人皆書名，用韓退之法也；傳文後書論曰，用班孟堅法也。

一、大傳本史書體，故韓退之傳陸贄、陽城不入本集，後人有入本集者，或自存史稿，或爲史官擬稿而已。集中無大傳，其小傳、外傳傳中必書名，祖父及傳中所及之人雖貴且賢必書名。祖父賢始見，子孫亦然，妻妾有故始見，傳非碑志體也。官與地必書本朝之名，紀實也。爲異姓作家傳非正例，集中同姓家傳名書諱某，不書姓，不書所籍，子孫之言也。傳中所及之人，書某公某名、某君某名，儒者書某先生某名。與祖父交，尊之也，存其名，記事之體也。遠祖家傳，所交之人止書姓名，世不及也。

一、大傳書名書字不書號，史法也。儒者於傳中事，別書稱某號先生，亦史法也。外傳、小傳或書號，或書別號、道號，著〔一〕性情也。古者，幼名冠字，故於名下書字。世人加字於名上者，非也。集中名字并書者，字皆在下。號或取地，或取所居，始六朝之稱清溪、大山、小山，禪者亦稱南嶽、青原，至宋人人稱之。世人止稱號而加於名之下，是稱其人而後綴其地及所居，亦非也。集中名號并書者，名皆在下。別號如漫郎、醉吟先生，道號如華陽真逸、無垢居士，集中有故則書。

一、傳目自《漢書》以下皆書名，《史記》或書名，或書字，或書官，或書爵。集中家傳皆書號，書先生，外傳、小傳皆書字或書人所稱，如曹孝子是也。

一、碑志文較史傳例稍寬，集中凡文中所及之人書某官、某姓公或某姓君，再書名；其滿州、蒙古不紀其氏者書某官、某名公或某名君，用元色目人例也，紀其氏者書如漢人。

一、碑志文目書階官、書職官、書爵、書謚，此通古今例也。古人集多不畫一者，集中止書職官，其階、爵、謚於文中見之。書石則目具階、職、爵、謚，用當時法也。

一、集中碑志文目監司以上書公，以下書君，成一家學者書先生，所尊書府君，友書字，婦人書所生之姓。姓所以別女子也，其夫之姓文中見之。

一、集中碑志文目止書某公、某君、某府君。其妻之合葬者文中見之，以合葬志非古法也；祔葬志書祔葬，從夫之義也。

一、集中遺事述書法如碑志，行狀、行略書法亦如碑志，書事之書法如傳。

一、墓表有列銘及詩者，變例也，集中皆不列銘及詩。碑記列銘及詩者，正例也，集中皆列銘及詩。壁記則無之，其壁銘有序者書并序，以別於壁記也。

一、碑志文有序、有志、有銘。記作文緣起，序也；記事及葬年月，志也；詠歎之，銘也。集中志文有作文緣起者，目書并序，餘不書；其有志無銘者，目止書志；志略者，目止書銘。碑文皆書碑銘，不書并序，碑以無序爲正例也。

一、《爾雅》「歲名」、「歲陽」〔二〕二章，曰歲在甲，歲在寅，而以閼逢、攝提格名之。太史公《律曆志》書閼逢攝提格，而《年表》書甲子。後儒謂年不書甲子者，謬説也。然《尚書》、《春秋》皆書年數，各史書因之。故記事之文以書年數爲是，集中從之。

一、碑志文書甲子則不書日數，書日數則不書甲子，正例也。集中有書日數并書甲子者，以之別疑表信，變例也。書越三日戊申，越五日甲寅，其法也。

一、集中碑志文書始遷祖及曾祖以下，其高祖有功德則書。書母、書前母、繼母、生母，不書曾祖母、祖母，其書者變例也。書妻、書子、書女，不書孫，以孫應書其父之碑志也，有故則書。集中有應書之人而不書者，必有當絶之道焉，此《春秋》之義也，傳中亦用之。

一、集中碑志文必書葬月日及地，不書者，乞文時未卜月日及地也。必書曾祖以下及官名，其書某官、某名止從某某者，狀失體不官不名或失體不及其上世也。

一、集中碑志文曾祖以下有官者書職官，卒後贈職官亦書，至子孫貴封贈官止書階官，以不治事也。

一、集中傳文止書某年進士、舉人，不書某科，史法也。碑志文書鄉試中式，會試中式，殿試賜進士及第、出身、同出身，詳之也。

一、集中序文地名據今時書之，官名亦然。其或書古官者，自唐以後人多稱古官，至今沿之，存當時語也。碑志文述人言書古官者，亦存當時語也。書、上書、言事皆與序文同。記文不書古官，紀實也。

一、集中書、上書，目皆書姓、書官，座主、舉主及所受業稱先生；其目書官，文中書先生者，非所受業也。友書字，其書號者或其字不著，或其字不應古法，如號之取地取所居也。漢人友稱字，唐人稱行，宋人稱官，於所學稱號，自明以來，及門俱稱號矣，時爲之也。
一、集中書、上書，首必書某人閣下、足下、執事，末必書某月日某謹上，以别於尺牘也。
一、禪悦文古人入外集，以爲佛家言也。集中辨正經論者仍不入外集，辨正道家言亦然。
一、《史記》、《漢書》載四言詩、歌行，《晉》、《唐書》以後載五七言古近體詩，此史法也。文家載詩則格下，集中載詩者皆入外集，詞曲不載。
一、集中文格近者亦入外集。
一、詩目唐人或書行，或書名，或書字，或書今官，或書古官，或書所官之地；宋、元、明人或書號，或書世所妄稱之官，如總制、宫諭是也。集中書號、書古官，不書所官之地，號亦地名，不可與所官之地相沓也。不書妄稱之官，懼雜也。一人再見，不書姓；遷官者，改書官。其年數六朝以後皆書甲子，集中從之。
一、詞目以曲名爲目次，行低一格注題，不注題者皆無題也。

【校記】

〔一〕「著」，原作「者」，諸本皆作「著」，《四部叢刊》早期印本亦作「著」，作「者」字當爲後印本描改（參附録《版本考》）。

〔二〕「歲陽」，同治二年本作「歲陰」。

卷一

原命

無形可知乎？曰不可知而可知也，君子以有形知無形。無氣可知乎？曰不可知而可知也，君子以有氣知無氣。

夫氣不有嘔然而和者乎，穆然而肅者乎？其嘔然者，非秩然而序無以大；其穆然者，非攸然而通無以久。其序而大，通而久者，不有其敦然者乎？是故仁也，義也，禮、智與信也，五者與氣俱者也。雖然，氣行矣，氣之過無以生，氣之不及無以生，其生形者皆氣之中也。人之生形也，得中之中〔一〕。得中故無過，而仁無柔，義無躁，禮無飾，智無詭，信無固也；得中故無不及，而仁無忍，義無葸，禮無嗇，智無蒙，信無岐也。是故五者與形俱者也。

雖然，形生矣，天有時焉，地有宜焉，物有應〔二〕焉。氣之清者湜焉，濁者淖焉，清而濁、濁而清者粗焉，於是乎有氣之痼。雖然，形生矣，而渾渾焉，而胚胚焉，而息息焉。嘔然者不行而不止乎？穆然者不行而不止乎？秩然、攸然、敦然者不行而不止乎？于是乎有氣之流。是故五者有過焉，而柔、而躁、而飾、而詭、而固焉。且有不及焉，而忍、而葸、而嗇、而蒙、而岐焉。過不及之至，五者互相賊，而害仁、害義、害禮、害智、害信焉。相賊之至，五者各相反，而滅仁、滅義、滅禮、滅智、滅信焉，是惡也。然其所以生皆中也，中皆善也，善者所以爲命也，命者所以爲性與情也。是故知命爲仁、義、禮、智、信之中，而性之善見；知性爲仁、義、禮、智、信之中，而情之善見；命、性、情皆形乎氣止乎形者也，而形氣之善見；知形氣之善，而無形無氣之善見矣。

故曰：以有形知無形，以有氣知無氣也。

【校記】

〔一〕「得中之中」，同治二年本改作「得氣之中」。

〔二〕「應」，嘉慶十六年本作「感」。案：王校：「雷云：『應』當作『感』。」

【評語】

天頭眉批：「有轉有折，有抽有補，有暗渡有明過，有緩趨有急赴，如渾天儀旋行，無累黍缺陷，而其巧至不可言，非止以雄古見才，正實見學也。」案：此條見光緒本天頭眉批。陶批録在篇末，末識「自記」二小字。

篇末評語：「《易》、《中庸》從氣上説理，二氏及諸儒所言多與之背者，作《原命》正之。」案：陶批末識「自記」二小字。

喻性

孔子曰：「性相近也，習相遠也。」曰：「唯上智與下愚不移。」言性者，主孔子之言而已。孟子曰：「人無有不善。」曰：「乃若其情，則可以爲善矣；若夫爲不善，非才之罪也。」宋之程子爲之説曰：「孔子言氣質之性也，性之本即理也；孟子之言性善者此也。」噫，性一而已，孔子言其一，孟子又言其一，聖賢固若是乎哉？是説也，吾不敢以云。

吾之言性，主孔子之言而已。曰：然則孟子之言非歟？曰：孟子之言即孔子之言也，程子之爲之説非也。何以言之？性者，自乎人而言之者也。自乎人而言之，蓋郛實乎氣質者也。善者，自乎性而言之者也，自乎性而言之，蓋萌達乎氣質者也。孔子、孟子之言，皆言此性也。何以言之？性者，具於心者也。性之發爲情，輔情而行者爲才，才者知與能是也。是如火然：烺然而耀，心之知；灼然而然，心之能；炎然而上，心之性。上者火之性也，善者人之性也。情則自善而之惡，其返也自惡而之善，才之所至如其情。是故烺然者上行而耀，下行而耀，旁行而亦耀。心之知，知善能盡，知惡亦能盡也。灼然者，上行而然，下行而然，旁行而亦然。心之能，爲善能達，爲惡亦能達也。唯炎然而上者，抑之下則游，障之旁則摇。其炎然者，得隙則越焉，何也？其性也。是故火之性，上行之時其性上，旁行、下行之時其性亦上也；人之性，爲善之時其性善，爲惡之時其性亦善，不爲善、不爲惡之時其性亦善也。

堯、舜、湯、武皆性善也。諫蹻、蹠者不以爲愚以爲聖，蹻、蹠受之，其性善也。若是者孟子之言也，其同於孔子奈何？曰：善也者，統乎智與愚言之也；近也者，别乎智與愚言之也；上下也者，極乎智與愚言之也。其善何也？曰：性也。其近何也？曰：性也。善，故近也；近，故無不善也。是故智之性亦善也，愚之性亦善也，上智下愚之性皆善也。其智愚上下何也？曰：才也。其智愚而移何也？曰：情之遷也。其才能赴之也，是習之驗者也。其智愚上下而不移何也？曰：才之不遷也，其情不能强之也，是習之不驗者也。性宥〔一〕乎才，發乎情；習動乎情，竭乎才；移不移者，知與能爲之也。才也，非性也，是故才行乎情之善，其性之善無銖兩之加也；才行乎情之不善，其性之善無銖兩之耗也，故曰善也。

孔子曰：「一陰一陽之謂道，繼之者善也，成之者性也。」以命言性而善者也。孟子曰：「惻隱之心，人皆有之。羞惡之心，人皆有之。辭讓之心，人皆有之。是非之心，人皆有之。」以情言性而善者也。故曰：孟子之言即孔子之言也，程子之爲之説非也。雖然，人之才有智焉，有愚焉，有上下焉，其上下之中，抑有大小焉。聖與聖，十其量；賢與賢，百其力；庸與庸，千其用；姦與姦，萬其爲。束藴而庸，庸積薪而熚炥，焚山燎原而萬人皆却走，皆如其分之所至而已，是火之才也，而豈火之性哉！曰：堯、舜、湯、武、蹻、蹠皆性善，是無差也，無差者理也。其何異於程子之説歟？曰：程子之言善，離氣質而言也；吾之言善，不離氣質而言也。夫火之炎然而上，非火之氣質爲之耶！且如程子之説，有氣質即有不善，是與於性惡之説也。曰：然則由子之説，謂氣質無惡可乎？曰：非也，向固言之矣。言氣質者，兼言知與能，各有其善惡，火之烺然、灼然是也；言性之善者，不兼言知與能，火之炎然是也，無智愚上下之殊。曰：孟子之言性，皆言氣質乎？曰：無氣質，是無性也。孟子曰：「命也，有性焉；性也，有命焉。」曰：「形色，天性也。」是也。子思子曰：「天命之謂性，率性之謂道。」即孟子之言也。曰「修道之謂教」〔一〕，則與孔子之言若相發然，此傳孔子而之乎孟子者也。韓子曰：「性之品有上、中、下。上焉者，善焉而已矣；中焉者，可導而上下也；下焉者，惡而已矣。」是以才言性也，戾乎孟子，即戾乎孔子者也，以爲祖孔子，非也。

【校記】

〔一〕「宥」，王校：「俞云：『宥』當作『囿』，然古亦通。」

【評語】

「性、情、才，看得確，發得盡。行文兼孫卿、韓子之長，千門萬户，繩直砥平，可以言法矣。」

案：陶批末識「自記」二小字。

「性兼言氣質，則韓子之説合乎孔子，否則何以有習之驗不驗耶？子居之論未得其平，然文則上追管、韓而無愧色矣。」（吴仲倫）　案：此條據陶批、王批過録。王批不記作者，陶批記作吴仲倫語。

説地

凡形附形，凡氣合氣。土石，形也，而息氣焉。氣液形爲水，水亦形也。土、石、水附而地立焉。火純氣而見形，其形皆氣也。凡形之氣亦爲火，其合也，形不能間，則天也。形附形，是故鳥之翔必止，人與獸之走必踐，木草之根必植。魚，泳物也，泳於水亦附也。氣合氣，是故爲土石，爲水，爲鳥，爲人與獸，爲草木，爲魚，其氣皆天也。而息焉，而液焉，而翔且走、且植、且泳焉。

雖然，土、石、水，形勝而繫乎地者也；火，氣勝而繫乎天者也；萬物，形氣均而繫乎天地者也。人者，首陽而足陰，故縱生。鳥、獸、魚，腹陰而背陽；木草，本陰而末陽。本陰而末陽，故逆生；腹陰而背陽，故旁生。縱生者，首繫天而足繫地焉；逆生者，末繫天而本繫地焉；旁生者，背繫天而腹繫地焉。其繫天，合也；繫地，皆附也。是故地之圜九萬里，土石附焉，水附焉，萬物以其陰陽循而附焉〔一〕。

【校記】

〔一〕嘉慶十六年初刻本此下尚有「作説地」三字。

【評語】

「柳子厚《説車》學《考工記》，此文斬截似柱下吏。」案：陶批末識「自記」二小字。

説山

敬前自京師之泰安，將爲泰山之遊。既至郭西二十里，停車問逆旅主人泰山所在，主人指車前翼然者曰，主山也，最上爲封禪臺。敬以爲不然，蓋意中東望海，西望秦，南望吴門之泰山，何止若是？至縣，同年生華君榕端爲之宰，誇其有是山，北面指曰：何如？則向之翼然者而已。敬大詫，以爲泰山負我。已而，華君具三日糧而登。登三之一，城郭人民如垤蟻，風翏翏然。再登，徂徠諸山如土封之偃地，五汶之交如帶。至封禪臺，而雲氣可下視矣。蓋天下事期之者過甚，大率不能如吾之意，而遂卑小之，則吾之知將反有所不實焉。是故君子不以古人之能概今人，則可以交士大夫；不以古人之事概今事，則可以適家國天下之用。

後以使事自黔返楚，舟過彭蠡湖，湖之北廬山横起際天。舟行一日，山如近接舟首。及至星子，泊舟支岡下之石堤，而山不可見。其堤長二里所，高數丈，舟隱其下爲所障，故不復見廬山。噫，以廬山之高且大，拔見數百里之外，而障於是堤，非舟之近堤過甚歟？是故君子無近小人，則大人之迹不爲所誣；無近小事，則大事之方不爲所蔽。

子由、子寬從敬於渝水，將就試京師，二山皆所道也。作《説山》以告其行。

三代因革論一

聖人治天下，非操削而爲局也，求其罫之方而已，必將有以合乎人情之所宜。是故中制者，聖人之法也，其不滿乎中制與越乎中制之外者，于人情苟不至甚不便，聖人必不違之，此三代之道也。夫五霸，更三王者也；七雄，更五霸者也。秦兼四海，一切皆掃除之，又更七雄者也。漢興百餘年之後，始講求先王之遺意，蓋不見前古之盛六百餘年矣。朝野上下，大綱細目，久已無存。遺老故舊，亦無有能傳道者。諸儒博士，於焚棄殘剥之餘，搜拾竄觚蠹簡，推原故事，其得之也艱，故其信之也篤。書之言止一隅，必推之千百隅而以爲皆然；書之言止一端，必推之千百端，而以爲不可不然。嗚呼！何其愚也。

夫禮樂刑政，皆世異者也。禮樂之微，非百姓所能窺也，且行之於天子諸侯者，十而五六，行之於大夫、士者，十而三四，其在野者略焉而已，是故聖人之制作也，則自斷之。刑者，情之百易者也，書之策不可盡也，是故與諸侯、大夫、士斷之。政者，治亂之紀，上與下之統也，是故與諸侯、大夫、士、百姓共斷之。夫所謂共斷之者何也？曰：中制者，聖人之法也，其不滿乎中制與越乎中制之外者，于人情不至甚不便，聖人必不違之是也。吾故詳論之，求王政之端而究其同異，以破諸儒博士之説，庶聖人治天下之道可無惑焉。

【評語】

「八篇瑰瑋絶特之文，首篇起處以輕筆颺開，如華旌展空。末篇結處以重筆劃住，如巨斧斫地，真奇觀也。」

「《三代因革論》八篇以國制、兵法、田政、役事四大端概其餘，置局極整。而田政分第三、第四兩篇發明，兵法、役事又從第五篇抽出，故整而能變。」案：陶批末識「自記」二小字。楊批文字次序小異，又夾簽曰：「初刻本上本有此評語，惟多『子寬曰三代因革論八篇』十字，即接以『國制』句。」據其言，則此條評語爲子居之弟子寬所爲。

三代因革論二

《孟子》曰：「公、侯皆方百里，伯七十里，子、男五十里。」《周官》曰：「諸公方五百里，其食者半。諸侯四百里，諸伯三百里，食三之一。諸子二百里，諸男百里，食四之一。」孟子周人，所言周制也，而《周官》與之互異焉。

鄭氏衆曰：「『其食者半』，公所食租稅得其半耳，其半皆附庸小國也，三之一者亦然。」是説也，公之地其半爲附庸，侯、伯之地其三之二爲附庸，子、男之地其四之一爲附庸，理不可通。且五百里之半爲百里者十有二，而餘侯、伯、子所食與《孟子》之説均不合，惟男食四之一爲五十里而已。

陳氏君舉曰：「『方五百里』以圍言，其徑百二十五里。」是説也，男之地徑二十有五里，公與伯之地徑百里、七十里而餘，與《孟子》之説亦不合，惟侯徑百里，子徑五十里而已。

唐氏仲友曰：「古之爲國，有軍有賦。軍出于郊者也，賦出于遂者也。言百里、七十、五十里者，軍制也；五百、四百、三百里者，兼軍、賦及所轄言之也。諸男言百里者，兼軍、賦言之也。」噫，聖人之書豈若是參錯邪？是不可訓之説也。

惲子居曰：古者洪荒之世，自民所歸而各立之君，其時政刑未備，羈縻所及，大者百里而已，殺于百里者則七十、五十里焉，聖人準之以差封國之地，是故百里、七十、五十里者，聖人之中制也。國立矣，不能無争；争矣，不能無所并。黄帝之時萬國，成湯之時三千餘國，武王之時千七百七十二國，蓋所并者幾十之七八焉。若是，則保無有百里而爲五百、四百里者乎？七十、五十里而爲三百、二百、百里者乎？聖人于是定之以所食之數，使與百里、七十、五十里之制不至相絶，所以折無厭，明有制，至明順也。又使百里、七十、五十里之國有可以齊于五百、四百、三百、二百、百里之制，而山川土田附庸之典行焉。武王封太公于齊，百里之國也，益之至五百里〔一〕。成王封伯禽于魯，百里之國也，益之亦至五百里〔二〕。于是天子得平其威惠，諸侯咸勤于功德，亦至明順也。是故五百、四百、三百、二百、百里者，亦聖人之中制也。蓋諸侯之能并地者，若反仁滅義，以詐力吞噬，將不旋踵而覆亡隨之。其能及久遠者，必自其先世已有不泯之功德，又君臣皆有過人之才，民庶皆有順令之用，然後能滅國而鄰不争，收土而民不叛。逮相襲既久，上下爲一，各固其疆。聖人必履封而裁之，計數而割之，則天下亂矣。是故夏之季世，其諸侯并地大者，殷仍其國；殷之季世，其諸侯并地大者，周仍其國。若興王崛起，親賢夾輔，其功皆可享茅土之奉，其才皆可任方伯連〔三〕帥之職。聖人于封國之後復大啓其地，以收大小相維、新舊相制之功。故曰皆聖人之中制也。

雖然，是中制者非引繩而直之，絜矩而方之，布算而乘除之，不容出入增損于其間也。其山川之奥則有畸，其鄰國之錯則有畸，其都邑之系屬則有畸，越于五十、七十、百里者有之，越于百里、二百、三百、四百、五百里者有之，不滿者亦有之。陰陽得其序，原隰、斥鹵、墳壤〔四〕得其理，戰守形勢得其會，如是而已。故曰：越乎中制與不滿乎中制者，非人情所甚不便，聖人必不違之也。

是故由吾之説，則三代之所以久安〔五〕長治可知也；不由吾之説，則禹、湯、文、武之時已潰裂矣，其子孫豈有一日之暇哉？此可質之萬世者也。

自記曰：《韓詩外傳》：「百里諸侯以三十里爲采，七十里諸侯以二十里爲采，五十里諸侯以十里爲采。」本朝惠半農先生據之謂封五百里、四百里其采百里，封三百里其采七十里，封二〔六〕百里、百里其采五十里，欲合《王制》、《周官》之説。其説據《外傳》而與《外傳》歧，又封采之數五等，多寡不畫一，不可從。

【校記】

〔一〕嘉慶十六年本有雙行夾注：「《鄭氏詩譜》。」

〔二〕嘉慶十六年本有雙行夾注：「《詩正義》：魯地七百里。兼附庸言，實止五百里。」

〔三〕「連」，嘉慶二十年本誤作「運」，重刻諸本皆改作「連」。案《禮記·王制》：「千里之外設方伯，五國以爲屬，屬有長。十國以爲連，連有帥。」作「連」爲是。

〔四〕「壤」，原作「壞」，據諸校本改。

〔五〕「安」，原作「妥」，據諸校本改。

〔六〕「二」，原作「三」，據諸校本改。

【評語】

王秉恩於文中「惲子居曰」處批曰：「自標其字，不典。」

案：此批語殆據管同《因寄軒文集》二集卷六《題王悔生文集》「惲氏《大雲山房文集》動於篇中署『惲子居曰』四字，意甚以爲不典」之語。而方濬師《蕉軒隨録》卷四「自署其字」條爲之有辨：「管異之孝廉同《題王悔生先生文集》中有云：『惲氏《大雲山房文集》動於篇中署「惲子居曰」四字，意甚以爲不典。惲氏孤學無師，無足怪耳。桐城王悔生從海峰遊，於此等宜素講，今其集首《孟獻子論》亦自署王悔生曰，是豈合古人之義法哉。』不知張河間《髑髏賦》起首云『張平子將目於九埜，觀化乎八方』，西漢文字已如此，不得謂之不典也。」

三代因革論三

《孟子》曰：「夏后氏五十而貢，殷人七十而助，周人百畝而徹。」〔一〕曰貢，曰助，曰徹，中制也。曰五十，曰七十，曰百畝，亦中制也。其名不同，其法不同，其數又不同。惲子居曰：先王治田，亦有越乎中制、不及中制者焉。是故貢、助、徹三者，聖人皆先自其〔二〕國都行之，推之于諸侯之可行者而亦行之，其不可者待之。先代之制其可更者更之，不可更且不必更者仍之，如是而已。

何以知其然也？井田者，始于黄帝，廢于秦。未有井田之前，所行者貢而已。廢井田之後，所行者亦貢而已。至行井田之時貢亦不廢者，田有不可井與可井而不及井，及上世已來已定溝澮之制者也。是故「五十而貢」，夏禹治田之法，而其時黄帝之井田〔三〕在焉，《夏小正》曰「初服于公田」是也。「七十而助」，成湯治田之法，而其時公劉之徹行焉，《詩》曰「徹田爲糧」是也。「百畝而徹」，文王治田〔四〕之法，而其時湯之助存焉，《公羊傳》曰「古者十一而藉」是也。若是者何也？天下至大，民人至衆，聖人者期于均其利、去其害者也。周之有天下也，定其可井不可井，以九一、十一推一王之制，仍其五十、七十，以貢、助存先代之法，民各安其業，樂其政，下不擾，上不勞，如是而已。

然而尚有進焉者。貢者，古今之通法；井田者，聖人因時以均民情。貢者，自諸夏至絶徼之通法；井田者，聖人因地以均民力。是故聖人之世以井田爲上治，以貢爲通法。上治，所以見王道之尊；通法，所以見王道之大。揖讓，上治也；與子，通法也。揖讓之名至高，于事至順，非堯得舜，舜得禹不可行。井田之名至高，于事至順，非殷受夏，周受殷不可行。而貢則無不可行。故聖人之行井田也，以貢輔之，而不責人之必行，如是而已。

何以知其然也？齊之内政，五家爲軌，五軌爲里，四里爲連，十連爲鄉。井田以三起數，内政以五十起數，使齊之封内爲井田者十之九，爲貢者十之一，齊能三其田而五十其人乎？抑破壞〔五〕其井而五十其田乎？是齊之田井者少，不井者衆也〔六〕。楚蔿掩爲司馬，度山林，鳩藪澤，辨京陵，表淳鹵，數疆潦，規偃豬，町原防，牧皐隰，井衍沃。賈逵皆以井數之，其説爲誣。九地之土，惟衍沃可井，杜預之説是也。是楚之田井者少，不井者衆也。鄭子駟爲田洫而侵〔七〕四族田，是鄭之田不盡井也。魏文侯曰：今户口不加而租賦歲倍，是課多也。井田非税畝，賦不能加，魏未聞有此法，乃增其貢也，是魏之田不盡井也。聖人之行井田也寬大如此，豈有方三千里，爲田八十萬億、一萬億畝之事哉？烏乎，此求方罫之説也。又豈有百里之國必萬井，五百里之國必二十五同之事哉？烏乎，此亦求方罫之説也。

【校記】

〔一〕「孟子曰」三十二字，嘉慶十六年本作「昔者三代之授田也」。

〔二〕「其」，嘉慶二十年本、同治八年本作「是」。王校：「『是』當改『其』，劉批以爲衍文。」

〔三〕「黄帝之井田」，原作「黄帝井田之」，據諸校本改。

〔四〕「治田」，同治二年本作「制田」。

〔五〕「壞」，原作「壤」。據諸校本改。

〔六〕嘉慶十六年本有雙行夾注：「大司徒：比閭族黨亦以五十起數乃鄉遂用貢之地。」

〔七〕「侵」，原作「浸」。沈校曰：「按杜注作『侵四族』，此『浸』字當爲『侵』。」今據改。

【評語】

「鄭氏、陳氏、唐氏論封建之地不可不辨以細求其分數，至先儒論貢、助、徹，求之步之大小、畝之分合，于理牴牾顯然，不必糾繞。其發端仍引《孟子》，與第二篇同，以明置陣之法。子書置陣多不換頭，《韓非》、《吕氏春秋》最爲劃一也。」案：光緒本印作天頭眉批，陶批未識「自記」二小字。

三代因革論四

井田，不可廢之法也而卒廢，儒者皆蔽罪商鞅。雖然，鞅之罪，開秦之阡陌也，彼自關以東，井田之廢非鞅之罪也。

夫法之將行也，聖人不能使之不行；法之將廢也，聖人不能使之不廢。神農氏作，民知耕而食之，誅草萊，摘沙礫，各治其田而已。黄帝因民之欲別，而以經界正之；因民之欲利，而以溝洫通之；因民之欲便于耕鋤、饁饟、守望，而以廬井合之：是故井田者，黄帝之法也。所以井田者，天下之民之欲也，此井田之所以行也。而其所以廢者，三代之時，山林、斥鹵，積漸闢治，足給其民，又以餘者爲圭田、餘夫之田、士田、賈田；後世餘地日少，生齒日衆，田不敷授，一也。三代之時，吏道淳古，歸田受田無上下其手者；後世肥瘠不均，與奪不時，二也。三代之時，國之大者不過數百里，其田悉可按行而差等之；後世地兼數圻〔二〕，憑圖書稽核而已，必有不能實者，三也。三代之時，私田稼不善則非吏，公田稼不善則非民；後世吏不可非，而民不勝其非，四也。抑又有甚者，十一不足，從而增其征，則財匱；千乘不足，從而加其卒，則民煩。魯之税畝、丘甲，晉之州兵、原田，其見于書者也。是故春秋戰國之民，其先世享井田之利不可見也，所見者身蒙井田之害而已。利遠則易忘，害近則其去之也速，而又日見貢之簡略易從，爭趨之以爲便我。便我，于是急公好利之君之大夫，徇其民而大變之。蓋井田之行也，自黄帝至周之初，歷一千有餘年，而其法大備。井田之廢也，自春秋戰國漸澌漸泯，至秦之始皇五百餘年，而後掃地無餘。天道之推移，人事之進退，皆有不得不然者。是故秦者，古今之界也。自秦以前，朝野上下所行者皆三代之制也；自秦以後，朝野上下所行者皆非三代之制也。井田其一也。

然則聖人處此奈何？曰：聖人者，非所能測也。雖然，其書具在，可考而知焉。孔子曰「行夏之時，乘殷之輅，服周之冕」而已，無一言及于兵與農者，何也？其事當以時變者也，貢之爲助，助之爲徹是也。孟子于民産蓋屢言之，然必曰：「此其大略也，若夫潤澤之，則在君與子。」亦孔子之意也。夫王莽没民之田，而民叛之；後魏限民之田，而民亦叛之。使孔子、孟子生於始皇之時，豈必驅天下而復井田哉？噫，此俗儒必争之説也。

【校記】

〔一〕「圻」，嘉慶二十年本作「坼」。

三代因革論五

三代以上，十而稅一，用之力役，用之田獵，用之兵戎，車、馬、牛，楨幹、芻糧、器甲，皆民供之，而民何其充然樂也。三代以下，三十而稅一，力役則發帑，田獵、兵戎則召募，車、馬、牛、楨幹、芻糧、器甲皆上給之，而民愀然怫然，若不終日者然，何也？

韓子曰：「古之爲民者四，今之爲民者六；古之教者處其一，今之教者處其三。」農之家一，而食粟之家六；工之家一，而用器之家六；賈之家一，而資焉之家六。雖然，未既也。一人爲貴，而數十人衣食之，是七民也；一人爲富，而數十人衣食之，是八民也；操兵者一縣數百人，是九民也；踐役者一縣復數百人，是十民也；其數百人之子弟、姻婭又〔二〕數十人，皆不耕而食，不織而衣，是十一民也；牙者互之，儈者會之，是十二民也；僕非僕，臺非臺，是十三民也；婦人揄長袂，躡利屣，男子傅粉白，習歌舞，是十四民也。農、工、商三民爲之，十四民享之，是以天不能養，地不能長，百物不能產，至于不可以爲生。雖有上聖，其若之何？

古者上有田而民耕之，後世富民有田募貧民爲傭。一傭可耕十畝而贏，畝入十，取四不足以給傭。饑歲則畝無入，而傭之給如故。其賃田而耕者，率畝入三，取一歸田主，以其二自食，常不足。田主得其一，又分其半以供税，且困于雜徭，亦不足。此農病也。古者工皆有法度程限，官督之；後世一切自爲，拙者不足以給身家，巧者爲淫巧，有數年而成一器者，亦不足以給身家。此工病也。古者商賈不得乘車馬，衣綿綺，人恥逐末，爲之者少，故利豐；後世一切儕之士人，人不恥逐末，爲之者衆，故利減。其富者窮極侈靡，與封君大僚争勝，勝亦貧，不勝亦貧。此商病也。夫以十四民之衆，資農、工、商三民以生，而幾幾乎不得生。而三民又病若此，雖有上聖，其若之何？

惲子居曰：三代之時，十四民者皆有之，非起于後世也。聖人爲天下，四民日增其數，十民日減其數，故農、工、商三民之力能給十一民，而天下治；後世四民之數日減，十民之數日增，故農、工、商三民之力不能給十一民，而天下敝矣。聖人之道奈何？曰：不病四民而已。不病四民之道奈何？曰：不病農、工、商，而重督士而已。夫不病農、工、商，則農、工、商有餘；重督士，則士不濫。士且不能濫，彼十民者安得而濫之？不能濫，故常處不足。十民不足，而農、工、商有餘，争歸于農、工、商矣，是故十民不日減不能。夫堯舜之時，曰「汝后稷播時百穀」，曰「疇若予工」，曰「懋遷有無化居」，所諄諄者三民之生而已。殷之《盤庚》，周之《九誥》皆然，此聖人減十民之法也。曰：三代之時二氏蓋未行也，十民之説可得聞乎？曰：太公之華士，孔子之少正卯，孟子之許行，皆二氏也。有遺戍則已養兵，有庶人在官則已顧役，有門子、餘子則已有富貴之游閑者矣，其餘皆所謂閑民、惰民是也。有天下之貴者，其亦于三民之病慎策之哉。

【校記】

〔一〕「又」，原作「人」，嘉慶十六年本、嘉慶二十年本、同治八年本同，同治二年本及光緒十四年本作「又」，於意較通，今據改。

三代因革論六

然則三代之養兵可得聞歟？曰：可。周制六鄉爲六軍，六遂倅之，此民兵之制也，三代皆同者也。民兵既同，養兵不得不同，何也？《周官》：「司右，掌羣右之政令。凡國之勇力之士，能用五兵者屬焉。」鄭氏康成曰：「選右當于中。」夫選右則皆兵也，曰屬焉，必非散之井牧者也，非養兵而何？「虎賁氏：虎士八百人。」鄭氏康成曰：「不言徒，曰虎士，徒之選有勇力者。」夫徒皆食于官者也，非養兵而何？虎賁氏主環衛，然武王用之伐殷矣，《周官》「八百人」，而武王三千，是必有倅卒也，非養兵而何？非直此也。古者戍皆更代，更代必以期，期之内皆不耕者也。主芻茭之峙有人，主糧糗之供有人，主兵甲之用有人，主壁壘之防有人，與養兵何異乎？此兵之守者也。

周公東征，至三年之久；穆王西征，至萬里之遠。皆驅之戰者也，與養兵何異乎？夫司右、虎賁氏，周之官也，然夏、殷不能無勇爵，不能無環衛之士可知也。《采薇》、《出車》、《杕杜》，周之詩也，然夏、殷不能無屯守之卒可知也。殷餘之難，荒服之勤，周之所由盛衰也，然夏、殷不能無觀扈之討、鬼方之伐可知也。是故民兵既同，養兵不得不同。其故何也？

古者，大國不過數百里，小國不過數十里，疆事之争多，而越國之寇少，耕耘之氓可以戰守，是故以民兵守其常，以養兵待其變。至春秋而有逾山海之征，連諸侯之役。戰國之世，抑又甚焉。秦漢以〔一〕降，萬里一家，一起事或連數十郡，一調兵或行數千里。是故以養兵持其常，以民兵輔其變，二者交用，各得其宜，不可偏廢也。且人之受于天也，古厚而今薄；教于人也，古密而今疏。故古者士可以爲農，農可以爲兵。後世驅士于農則士壞，驅農于兵則農壞。泛令之，則詭入詭出于二役而無用；嚴束之，則積怨畜怒于一役而不安。情勢之所趨則禁令窮，時俗之所積則聖智廢也。

世之儒者以漢之南北軍爲是，而八校爲非；唐之府兵爲是，而彍騎爲非。夫南北軍、府兵已非三代之制矣，何必此之爲是，而彼之爲非耶？况乎郡兵之法未改，則八校無害于南北軍；屯田之制能行，則彍騎無害于府兵。宋之保毅義勇，明之箭手礦夫，則養兵且借助于民兵矣，是在養兵者善其制耳。不然，取後世之民而日以荷戈責之，幾何不速其畔也哉！

【校記】

〔一〕「以」，原作「已」，據諸校本改。

三代因革論七

然則三代之顧役可得聞歟？曰：可。《周官·小司徒》：「會萬民〔一〕之卒伍而用之」，「以起軍旅，以作田役，以比追胥，以令貢賦。」貢賦之外，皆役事也。起軍旅，兵役也；田，田役也；役，力役也；追胥，守望之役也。後世兵出召募而兵役廢，兵役廢而田役亦廢，守望之役亦廢，所不廢者力役而已。至并租庸調爲兩税，而力役之征亦廢，古之役事無有存焉。《周官》「鄉大夫」之屬比長、閭胥、族師、黨正，鄉官也。「遂大夫」之屬鄰長、里長、酇長、鄙師，遂官也。漢曰三老，曰嗇夫，曰游徼，皆賜爵同于鄉遂之官。唐曰里正，曰坊正，則役之矣。宋曰衙前，督官物；曰耆長，曰壯丁，捕盜賊；曰散從，曰承符，曰弓手，任驅使：則役之而且虐用之矣。是故鄉官、遂官，即後世之民役也，其禄即後世之顧役也。

《周官》「宰夫八職」，五曰「府」，掌官契以治藏；六曰「史」，掌官書以贊治；七曰「胥」，掌官序以治序；八曰「徒」，掌官令以徵令。其制歷代皆行之。是故府、史、胥、徒即後世之官役也，其禄即後世之顧役也。

鄉官、遂官，三代之時不爲役，三代之顧役當專屬之府、史、胥、徒，所顧者官役也。宋衙前之役，如官役之府、史；耆長、壯丁、散從、承符、弓手之役，如官役之胥、徒。其官中之府、史、胥、徒自若也。宋之顧役不專屬之府、史、胥、徒，所顧兼民役也。其民役之事同于官役，則有其漸焉。自唐之中葉，天下擾攘，官役不足以周事，遂取之于民以助之；助之既久，則各有職司；職司既定，則各有功過。是故，其始以民役代官役之事而視爲固然，其繼以民役供官役之令而亦視爲固然，其後以民役任官役之過而亦視爲固然。至熙寧之時，而民役不可爲生矣。是故鄉、遂之末流變爲差役，差役之末流變爲顧役。差役則民勞而財日匱，顧役則民逸而業可常。天下無無弊之制，無不擾民之事，當擇其合時勢而害輕者行之。後之儒者以熙寧之法而妄意詆諆，非知治體者也。

曰：民役之宜顧則然矣。官役顧則久，久則爲民害無已時，如之何而可祛其害歟？曰：三代聖人已行之矣。賦之禄，所以安其身；寬之時，所以習其事；教之道，所以正其向；威之刑，所以去其私。如是而用之，豈有虎冠鷹擊、蠆螫蜮射之事哉？後之治天下者，知官役之可顧而宫府修，知民役之可顧而閭里寧；知官役之可減而苛擾之事除，知民役之可盡罷而海内皆樂業矣。

【校記】

〔一〕「民」，原作「氏」，嘉慶二十年本、同治二年本、同治八年本同，光緒十四年本作「民」。沈校曰：「此『氏』字當依《周禮》原文作『民』字。」今據改。

三代因革論八

由是觀之，聖人所以治天下之道，蓋可知矣。利不十不變法，功不十不易器，此經常之説也。三代不同禮而王，五伯不同法而霸，此便私挾妄之説也。雖然，有中道焉。先王之道因時適變，爲法不同，而考之無疵，用之無弊，此權衡于〔一〕前二説而知其重輕俯仰者也。

夫莫大于封域之制，莫要于人民之業，莫急于軍國之務，而聖人一以寬大行之，況乎節目之細，尋常之用哉？夫人之養生也，日取其豐；人之趨事也，日得其巧。聖人節其過甚而已。如宫室之度，求其辨上下可也。夏之世室，殷之重屋，周之明堂，其不同者也，而民之蔭室何必同？如冠服之度，求其行禮樂可也。夏之毋追，殷之章甫，周之委貌，其不同者也，而民之裋褐何必同？俎豆之華疏不同于廟，干戈之琱塗不同于師，車旗之完敝不同于朝，粟帛之純量不同于市。是故聖人之治天下有二，倫物之紀，名實之效，等威之辨，授之以一成之式，齊之以一定之法。

天子親率諸侯、大夫、士以放之于民者，必使如絲之在繅，陶之在甄，無毫黍之溢減，而天下之心定焉。若其質文之尚、奢約之數，或以時變，或以地更，故養生不至于拂戾，趨事不至于迂回，于是首出而天下歸之，三代聖人蓋未之能易也。彼諸儒博士者，過于尊聖賢而疏于察凡庶，敢于從古昔而怯于赴時勢，篤于信專門而薄于考通方，豈足以知聖人哉？是故其爲説也，推之一家而通，推之衆家而不必通；推之一經而通，推之衆經而不必通。且以一家一經亦有不必通者，至不必通而附會穿鑿以求其通，則天下之亂言也已。

【校記】

〔一〕「于」，原作「乎」，同治八年本同，嘉慶二十年本、同治二年本、光緒十四年本皆作「于」，疑爲同治八年本翻刻之誤，而光緒十年本沿之，今據改。

西楚都彭城論

自淮陰侯斥項王不居關中而都彭城，史家亦持此説。後之言地利者祖之，以爲項王失計無有大于此者。

惲子居曰：項王之失計，在不救雍、塞、翟三王而東擊齊，不在都彭城。何也？項王立沛公爲漢王，王巴蜀〔一〕、漢中，而三分關中，王章邯于雍，司馬欣于塞，董翳于翟，所以距塞漢王也。夫三人之非漢王敵，不必中人以上知之。項王起江東，敗秦救趙，遂霸諸侯，業雖不終，見豈必出中人下哉？吾嘗深推其故，而知項王都彭城，蓋以通三川之險也。通三川，蓋以救三秦之禍也。以彭城控三川，即以三川控三秦。是故都彭城者，項王不得不然之計也。何以知其然也？乃者，項王自王，蓋九郡焉。自淮以北，爲泗水，爲薛，爲郯，爲琅邪，爲陳，皆故楚地。爲碭，爲東郡，皆故梁地。是時，彭越未國，地屬西楚。自淮以南，爲會稽，會稽之分爲吴，《灌嬰傳》「得吴守」是也，亦故楚地。九郡者，項王所手定也。軍于手定之地，不患其不安；民于手定之地，不患其不習；國于手定之地，則諸侯不得以地大而指爲不均。據天下三分之一以爭中原于腹心之間，此三代以來未有之勢也。彭城者，居九郡之中，舉天下南北之脊，關外之形勝必爭之地也。故曰：都彭城者，項王不得不然之計也。

雖然，項王之不取關中何也？曰：項王非不取關中也。乃者，漢王先入關，義帝之約固宜王者也。項王聽韓生之説而都之，關中之人安乎？不安乎？關外諸侯無異議乎？項王所手定之九郡，將以之分王乎？抑自制乎？度其勢，必自制之矣。自制之而一旦有警，其將去關中自將而東乎？關中者，固漢王所手定也。舍己所手定之九郡，而奪他人所手定之關中，既奪他人所手定之關中，又不分己所手定之九郡，一旦自將而東，天下之人安乎？不安乎？是故關中者，項王所必取之地也。取之而名不順，勢不便，則緩取之；取之而名不順，勢不便，且召天下之兵，則以棄之者取之。何以知其然也？乃者，陳涉首難，諸侯各收其地而王之矣。三王，秦之人也，以秦之地付三王，此秦漢之際諸侯之法也。使三王者據全秦之勝，扼全蜀之衝，包南山之塞，窒棧道之陘，終身爲西楚藩衛，則朝貢徵發，何求而不可？若其以百戰之燼，生降之虜，寄仇讎之號令，驅鄉黨之儔匹，一有擾動，西楚廢其主，刈其民，若燎毛射縞耳。指揮既定，人心自固，誠如是也。漢王不得援前説以争秦，諸侯不得舉前事以責楚，名與勢皆順便矣。所謂緩取之也，所謂以棄之者取之也。是故不付之張耳、臧荼者，不以關外之將相制關中也；不付之共敖、黥布者，不以西楚之將相制關中也。陽示天下以大公，而陰利三王之易取。是故三秦者，項王之寄地也。其告韓生曰：富貴不歸故鄉，如衣錦夜行，人誰見之？此項王之設辭也，非項王之計也。

雖然，關中，重地也；取關中，重計也。其取之之次第奈何？曰：項王之計不急于收三秦之地也，急于阻漢王之東而已。何以知其然也？乃者，項王之所忌，唯漢王也。是故未爲取秦之謀，先爲救秦之策。三川者，救秦之要道也。以瑕丘、申陽據三川，而北函谷、南武關絜其要領矣；以司馬卬輔三川之北，而函谷之軍無阻矣；以韓成夾三川之南，而武關之軍無留矣。二王皆趙臣，趙睦于楚，故道通，韓成不睦于楚，不使之國而楚制之，故道亦通。道通矣，然而西楚之都不能朝發夕至，則猶之乎未通也。彭城者，去函谷千有餘里，去武關亦千有餘里，輕騎數日夜可叩關，北收燕、趙之卒，南引荆、郛之師，關外可厚集其勢，關中可迭批其隙。漢王一搖足，則章邯先乘之，司馬欣、董翳疊乘之，西楚傾天下之力而急乘之，漢何患不衄？秦何患不全？漢王且不能保巴蜀、漢中，豈能移尺寸與楚爭一日之利？故曰：以彭城控三川，即以三川控三秦，都彭城者，項王不得不然之計也。

不意四月諸侯就封，五月而田榮反齊，是月而陳餘反趙，六月而彭越反梁，西楚之勢，不能即日西兵。而漢王已于五月破章邯，八月降司馬欣、董翳矣。蓋項王止策漢王，而田榮、陳餘、彭越三人非其所忌，故有此意外之變，此則項王之失計也。然使當日者不受漢間，東兵擊齊，舉三楚之士分兩路捷走争秦，其時申陽、司馬卬未敗，韓成已廢，兵行無人之境，函谷破，武關必降。武關破，函谷亦不守。淮陰侯挾新造之漢與旋定之秦，以當百戰必勝之卒，勝負之計必不如垓下以三十萬當十萬之數矣。如是，則三秦可復。三秦復而三川益固，九郡益張，齊、趙、燕三國有不折而入于楚者哉？而卒棄之不爲，此則項王之失計也。故曰：在不救雍、塞、翟三王而東擊齊，不在都彭城也。

夫戰争之事，一日千〔二〕變，古人身親其事，凡所設施，必非偶然，不可以成敗輕量也。後世如六朝之割裂，如五季之紊亂，草澤英雄崛起一時，必有異人之識，兼人之力，爲衆所不及者。天下大器，置都大事，曾是項王而漫付之？吾故推其所以然，以明得失之實。如必以項王爲慮不及此，彼亞父〔三〕者亦非不審于計者也。

自記曰：項王王梁、楚九郡，《史記》、《漢書》無明文，全謝山先生以爲有南陽、黔中、楚三郡。黔中久入秦，非楚地，且遼絶，西楚不能越九江、衡山而有之。南陽即宛，亦久入秦，非楚地。西楚定封時，王陵在南陽，無所屬。又宛，漢王所定，項王未嘗過兵，不能并王。始皇二十三年滅楚，號楚郡。二十六年，分楚爲泗水、爲薛、爲郯，爲琅邪，爲會稽，爲九江，共六郡。而《漢志》「六安國」下注「故楚」，是六郡之外尚有楚郡，如謝山之言。然漢六安都陳，則楚郡即陳郡。秦楚之際，書陳不書楚，則已爲陳郡矣。南陽、黔中、楚三郡不應列九郡之内。姚姬傳先生以爲有陳、鄣二郡，鄣非秦置，劉原父常言之。漢王分西楚地，自陳以東與韓信，是漢收陳爲天子郡，故後此會諸侯于陳。陳本秦郡甚明，宜在九郡之内。又《灌嬰傳》「得吴守，遂平吴〔四〕、豫章、會稽」，吴與豫章、會稽參列，是西楚以吴開國，與會稽分郡矣。今定爲泗水、薛、郯、琅邪、陳、會稽、吴、東郡、碭，俟博雅君子詳之。

錢竹汀先生據《地理志》定秦三十六郡〔五〕，内泗水、東郡、會稽、琅邪、碭、薛六郡，同其郯、陳、吴三郡不在三十六郡之内，即先生所謂二世改元之後，豪傑并起，分置列郡也。先生亦言有吴郡，漢復并省焉。

【校記】

〔一〕「巴蜀」，光緒十四年本同，嘉慶二十年本、同治二年本、同治八年本作「巴屬」，下同。

〔二〕「千」，原作「十」，據諸校本改。

〔三〕「父」，原作「夫」，同治八年本同。嘉慶二十年本、同治二年本、光緒十四年本作「父」，據改。

〔四〕「吳」，原闕。案：《漢書·灌嬰傳》作「得吳守，遂定吳、豫章、會稽郡」（清武英殿本），有「吳」字。下文亦云「吳與豫章、會稽參列」，則「吳」字爲刊刻所漏，今據補。

〔五〕「三十六郡」，同治二年本作「三十六國郡」。王校：「湘本（案：即同治二年本）有『國』字，劉校爲衍文。」

【評語】

「真見得當日事勢，故能言之鑿鑿，非好翻案也。」案：陶批末識「自記」二小字。

「篇中多用此者，未可爲訓。」案：此條據王批過録。

辨微論

有天下之實，人之所樂居也；簒天下之名，人之所不樂居也。可以居有天下之實矣，不居簒天下之名可也。可以居其實，而幾幾乎不能居，則進不足以取萬乘，而退且至于覆全宗。于是乎名有所不顧，而簒隨之。

建安十五年十二月，曹操下令曰：「孤始舉孝廉，欲好作政教以立名譽。徵爲典軍校尉，意更爲國家討賊立功，使題墓道曰『漢故征西將軍曹侯之墓』，此其志也。」明年正月，即以子丕副丞相，去下令止數十日耳。十七年而加殊禮，十八年而受九錫。是故操之爲篡，決于下令之時。

夫篡已決矣，而其令如是，豈奮言歟？非也。凡人之志，皆自小而之大，積漸成之。方曹操入仕之初，漢祚雖衰，羣雄未起，度其心亦不過望中外二千石而已。及遇亂離，則忠主救民，策勛拜爵之心人人所同。奸人之雄亦人也，何必不同乎人情？以是觀之，曹操之令，皆由中之言也。如是則破黄巾，討董卓，豈常〔一〕有篡之説在其計中哉！迨至邀袁術，逼陶謙，而事一變；朝洛陽，遷許下，而事又一變。東縛吕布，北并袁紹，南下劉表，而天下大半歸曹氏矣。然謂操之篡決于此時，則大不可。何也？操之强，固天下莫當者也。提數十萬之衆，乘數百戰之威，使一旦孫、劉順命，吴、楚内降，孔明、公瑾諸人不敢一舉手抗拒，軍威遐暢，訖于嶺海，固可下視秦、項，追迹高、光。即不然，而赤壁之役絶江破敵，窮追而豫州走死，疾下而討虜面縛。于是收江表之豪傑，規山南之形勢，巴蜀效圖而納土，關隴送質而入朝，操即北面逡巡，再三退讓，天下誰居操之右者？何必害荀彧〔二〕，殺崔掾〔三〕，弑皇后、皇子，至梟獍狗彘之不若哉！不幸水師被燬，陸路解散，鼎足之形已成，席卷之勢已壞，又況兵敗之後，內權動摇，肘腋之間，悉成機械。于是而曹操所處非前日之勢矣。其令曰：「誠恐離兵，爲人所禍，既爲子孫計，又已敗則國家傾危，是以不得慕虛名而受實禍。」亦由中之言也。蓋未敗之前，曹操有有天下之志，而不必有篡天下之心；既敗之後，曹操有失天下之疑，而不得不爲篡天下之舉。善取不得則惡求，緩圖不得則急攫。慕義不若貪利之急，求福不如避禍之周。故篡之事起于喪師，而篡之局成于下令，斷斷然也。

夫王莽無功，故東郡平而即真，其勢定也。桓温有功，故枋頭敗而廢立，其勢不定也。勢不定者，必求所以定之。曹操才大，故既敗之後尚伐吴，以作其氣；桓温力薄，故既敗之後即徙鎮，以蓄其威，皆所以求其定也。求定而後篡成，篡成而後身固，然自是而畢生之行盡爲逆資，蓋世之功悉成盜道矣。若是者，勢也，而其中有至微之機焉。伊尹歸政數十年，周公歸政亦數年。無纖微之嫌可疑，無毫髮之患可避，人人之所知也。曹操輔政，自比伊尹；削平僭亂，自比周公。赤壁之事，勝則以禮制諸侯，敗則必以威劫共主，而終于不勝而敗者，何哉？天下爲仁義之言而心懷彼此，其言未嘗不仁義也；爲忠孝之事而心懷彼此，其事未嘗不忠孝也。然天道人事必不能使終身爲仁義忠孝之人，故必有以激動之，使自覆之而自露之，如劉裕秦未定而旋師，李存勗梁未滅而改號，皆是故也。是以君子慎于内則防私，慎于外則戒僞，動四海、振千古之事，其上至于媲聖賢，其下極于儕盜賊，皆于心之至微形之，作《辨微論》。

【校記】

〔一〕「常」，同治二年本作「嘗」。

〔二〕「荀彧」，原作「苟彧」，據諸校本改。

〔三〕「崔掾」，原作「崔椽」。王校曰：「椽當改掾。」案：曹操所殺者崔琰，曾任東曹掾，典選舉之職。今改作「掾」。

【評語】

「健而宕，置局即引令語爲界畫，而能極連犿之致。」案：陶批未識「自記」二小字。

續辨微論

周恭帝元年正月辛丑朔，遣檢校大尉領歸德軍節度使趙匡胤率師禦北漢。癸卯，次陳橋驛，將士謀立匡胤爲天子。李處耘以事白匡胤弟匡義及趙普，部分將士環立待旦，遣郭延贇入京報石守信、王審琦。甲辰黎明，將士逼匡胤寢所，匡胤被酒卧，徐起，將士擁還汴。乙巳，即皇帝位。惲子居曰：宋之受命，太祖蓋授謀于太宗，非一日矣。不然，以太祖之英武，豈有軍中大指揮四出，而主將獨被酒卧，至亂兵入寢，尚徐起之事耶？是故太祖之有天下，太宗之力也。而秦王廷美無勛焉，此趙普所親與也。

宋太祖建隆二年夏六月，宋太后杜氏殂，召趙普入受遺命，謂太祖曰：「周有長君，汝安得至此？汝百歲傳光義，光義傳光美，光美傳德昭。」普即榻前爲誓書，於紙尾署曰：「臣普記。」惲子居曰：此飾説也。夫太祖之傳位太宗，以太宗與聞乎禪代也。與聞禪代不可以示後世，則飾爲遞傳之説。遞傳之説不可以示後世，則飾爲長君之説。不然，授受大事，太后何至〔二〕真泠時始及之耶？蓋此議之定也，亦非一日矣。是故廷美以無勛之人亦得列于誓書，此亦趙普所親與也。

開寶九年十月，帝崩，晉王光義即位。太宗太平興國四年五月，平太原，劉繼元降。六月圍幽州，與契丹戰敗績，軍中常夜驚，不知帝所在，有謀立德昭者。八月師還，久不行太原之賞，德昭以爲言，帝怒曰：「汝自爲之，賞未晚也。」德昭退，自刎。六年春，皇子德芳卒。九月，柴禹錫、趙鎔、楊守一告秦王廷美驕恣，將有陰謀。以趙普爲司徒兼侍中察之，帝以傳國訪普。普曰：「太祖已誤，陛下豈可再誤？」廷美遂得罪。七年三月，罷秦王廷美開封尹爲西京留守，勒就第。五月，貶爲涪陵縣公，安置房州。雍熙元年，涪陵公廷美以憂卒。惲子居曰：人之生未有不愛其兄及其弟者也，下愚且然，況于上智乎？太宗以絶人之資，好學深思，明于治亂，斷無有處心積慮，上負其兄，下殺其弟者也。而至如此者何也？蓋先王之所以治天下也：曰是曰非，是非明，而褒者知榮，貶者知辱矣；曰功曰罪，功罪明，而賞者不驕，罰者不怨矣；曰利曰害，利害明，而趨者得生，避者免死矣。庸人計利害而不計功罪，聖人以功罪制之；豪傑計功罪而不計是非，聖人以是非權之；拘儒計是非而不計利害，聖人以利害濟之；愚民無所知也，聖人就其所知之是非、功罪、利害以導安之。此天下之大防也。至聖人之治一家，則曰親疏而已。夫親疏者，不可以是非較，雖大舜、曾參之爲子，不能自言其理也；不可以功罪衡，雖周公、召公之爲臣，不能自名其勞也；不可以利害惑，雖累錐刀至富有四海，積鄉秩至貴爲天子，皆不足敵吾天屬之愛也，此人之所同然也。而其壞也，庸愚間家庭以利害，拘儒薄骨肉以是非，而爲豪傑者皆陷于計功罪。是故如太宗者，其心以爲吾有有天下之功，吾受天下于吾兄，吾固無愧于天下者也；吾兄有一天下之功，吾受天下于吾兄，而傳之以至于吾兄之子，吾尤無愧于吾兄者也。觀其怒德昭之言，其始念必傳之德昭瞭然矣。不意德昭自殺，德芳旋即夭亡。于是，以爲彼廷美者無尺寸之功，何德〔二〕干之？且恐干之而不致之太祖之子孫也。于是功罪之念勝，而利害益明，是非益晦，趙普之邪説遂得而入之矣。

夫兄弟之友愛，未有如太祖、太宗、廷美者也。重之以太后之命、宗臣之書，其要結不可謂不至也。而計功一念，遂潰裂之。如唐太宗之于建成、元吉，明代宗之于英宗，其始亦必無相排之意也。太宗讓太子，而計化家爲國之功，故有玄武門之戕。代宗迎上皇，而計易危爲安之功，故有南内之錮。彼數君者，何常〔三〕無孝子悌弟之説在性分中哉？勢奪其外，理敗其中也。夫宋太宗者，精敏亞于唐太宗，宏豁勝于明代宗，未嘗不欲歸國于太祖之子孫，以成家世之美談、朝廷之盛事也。是故太祖即位，即以太宗爲都虞侯，趙普爲樞密直學士，賞開國之功也。太宗即位，即以廷美爲開封尹，德昭爲武功郡王，明傳國之次也。其事若成，豈非超漢軼唐，千載未有之統緒哉？而惜乎其不遂也！惟唐明皇有功，宋王成器能讓兄弟，乃終身無間言。蓋人之功不可忘，己之功不可不忘，此又不可不知也夫！

【校記】

〔一〕「至」，原作「事」，據諸校本改。

〔二〕「何德」，王校：「俞云：『德』疑『得』誤。」

〔三〕「常」，同治二年本作「嘗」。

【評語】

「三論有功倫常，剖晰精渺，推明周備，於文家自成一格。」

「三峰相銜，以最後一峰爲主，幾於上劃九霄，旁迫四隩，而卸入平地處，又連作數十峰，屼峍陂陀，直趨曲轉，各極其勢。惟用法熟，故不爲法縛耳。」案：陶批末識「自記」二小字。

釋　夢

《晉書·樂廣傳》衛玠問廣夢，廣曰：「是想。」玠曰：「形神不接，豈是想邪？」廣曰：「因也。」《周禮·占夢》三曰「思夢」，廣所言「想」也。一曰「正夢」，二曰「噩夢」，四曰「寤夢」，五曰「喜夢」，六曰「懼夢」，廣所言「因」也。後人以因羊念馬，因馬念車，釋

「因」是亦「想」耳，豈足盡「因」之義哉？

然則「因」之義奈何？曰：因其正而正焉，因其噩而噩焉，因其寤而寤焉，因其喜懼而夢喜懼焉。莊子曰：「夢者，陽氣之精也。心所喜怒，精氣從之。」〔一〕其因乎内者歟！列子曰：「不識感變之所起者〔二〕，事至則惑其所由然。識感變之所起者，事至則知其所由然。知其所由然，則無所怛。一體之盈虚消息〔三〕，皆通于天地，應于物類。」其因之兼乎外者歟！古者聖人明于陰陽之故，明以治禮樂，幽以治鬼神，其所餘者卜龜筮蓍。《占夢》所言，亦得原始反終之故。是故以覺爲夢之所由生，以夢爲覺之吉凶所由見，其理中正不可易如此。若夢與覺粗雜言之，《列子》、《莊子》與《淮南子》及近世佛氏之書多有其説，不可溺也〔四〕。

夫覺猶形也，夢猶景也，有形而景附之，有覺而夢從之。以形之必敝，以爲如景之必亡，可也。以爲必敝之形即景，必亡之景即形，此不可也。若是，則何疑于覺之與夢哉？作《釋夢》。

【校記】

〔一〕此爲《莊子》佚文，見於《太平御覽》卷三百九十七引文：「《莊子》曰：夢者，陰陽之精也。心所喜怒，則精氣從之。」(《四部叢刊》景宋本)「陰陽之精」，後之類書多引作「陽氣之精」，文中據之。

〔二〕「所起者」，原作「所由起者」。光緒十四年本「由」字旁刻「衍文」二小字。案：《列子》本文無「由」字(《四部叢刊》景北宋本)，今據删。

〔三〕「一體之盈虚消息」，嘉慶十六年本引文無此句前文字。

〔四〕「近世佛氏之書多有其説不可溺也」，嘉慶十六年本「多」作「蓋」，「不可溺也」作「非儒者所宜道也」。末接「吾友楊夔調夢青蓮居士授書一卷，相城闞雯山爲之圖，因作《釋夢》貽之」。而「夫覺猶形也」至「作《釋夢》」之文字，爲嘉慶二十年本所增訂。

釋拜

《周官》「九𢷎」，近世多臆説，謹以古義正之。

《説文》：「𢷎，首至地。」「古文拜從二手。」「揚雄説拜從兩手下。」是故「拜」，從首得義也，從手得義也。《説文》：「跪，拜也。」「跽，長跪也。」臣鍇曰：「伸兩足而跪。」〔一〕是故「跪」，從足得義也。其曰「跪，拜也」何歟？古者，拜皆跪也。其拜皆跪奈何？跪，即古之坐；跽，即古之危坐。言坐不言拜者，跪不拜也，坐洗爵、坐奠爵是也。言拜不言跪者，拜皆跪也，再拜興是也。是故言拜則跪見，言跪則拜不見。

然則肅拜何歟？鄭司農曰：「如今之撎。」鄭説非也。撎，不跪；肅，亦不跪，肅拜則跪。何以知撎之不跪也？《説文》：「撎，舉手下手也。」《儀禮》「賓厭介，介厭衆賓」注：「推手曰揖，引手曰厭。今文皆作揖。」疏：「厭或作撎。」是故撎與揖，皆不跪也。

何以知肅不跪，肅拜則跪也？《左氏傳》郤至免胄曰「不敢拜命」，是不拜也，不拜則不跪也。曰「敢肅使者」，是不拜而肅也。不拜而肅，則不跪而肅也。既不拜矣，而名曰肅拜，是贅其拜不可；既拜矣，而名曰肅，是隱其拜亦不可。是故不跪而舉手下手曰撎，曰肅；跪而舉手下手曰肅拜。謂肅如撎可也，謂肅拜如撎不可也。

然則不言稽顙何歟？吉拜、凶拜，皆稽顙也。齊衰不杖爲吉拜，先拜後稽顙，是故手拱至地舉之，又博顙也。杖齊衰以上爲凶拜，先稽顙後拜，是故博顙舉之，又手拱至地也。拜者爲賓也，顙者爲己也。《公羊傳》：「公再拜顙。」失國，去宗廟，故顙。非喪、非失國，無稽顙者，其顙非禮也。是故顙拜之變也，明迫也。䭫首、頓首、空首非拜之變也，容皆舒焉。其䭫首、頓首、空首奈何？空，控也。手拱至地，首控于手，曰空手，施之于臣焉。《説文》：「頓，下手〔二〕也。」「䭫，下〔三〕首也。」空手而引首至地，下于手即舉，曰頓首，行于敵焉；頓首而不即舉，曰稽首，致于君焉。䭫，稽也。《説文》：「留止也。」周公拜手稽首，正也。王拜手稽首，非正也，示不臣爾矣。振動，兩手擊也，抃拜也。奇拜，一拜也。褒拜，再拜也。倚拜，持節拜，則雜漢儀焉，非正詁也。是故䭫首、頓首、空首，從首得義也，其首皆下衡也。稽顙無容，變文曰吉拜凶拜，不從首得義也。振動、奇拜、褒拜，手皆至地，從手得義也，其首皆平衡也。肅拜，手不至地，亦從手得義也，首俯而已。《容經》俯首曰肅坐是也。

夫三代之儀亡矣，漢徐生以頌爲禮官，天下郡國有容史，頗講求焉，然不盡如古也，學者何幸而生三代之盛哉！

【校記】

〔一〕「跪」，《説文解字繫傳》（《四部叢刊》景述古堂景宋鈔本）作「跽」。

〔二〕「手」，《説文》原文作「首」（中華書局景印清陳昌治刻本）。

〔三〕「下」，原作「不」，諸校本皆作「下」，合於《説文》原文，今據改。

【評語】

「周詳如《儀禮》，古宕如《檀弓》、《考工記》。」案：陶批末識「自記」二小字。

説弁一

弁，《説文》作「覍」，象形。《釋名》：形如人手之弁合。《漢・輿服志》：「度長七寸，高四寸，其制如覆杯，前高廣，後卑鋭。」古者，杯俱橢長。《淮南子》曰：「窺于盤水則圓，杯水隨。」隨讀爲橢是也。弁制橢，故有高廣卑鋭之異。有高廣卑鋭，故如人手之弁合焉。後世禮家，率圖如覆盂，不知杯，因不知弁，况禮樂沿革之大者？其轉而相訛，寧有既邪。學者甫涉禮書，即有意聚訟，庶幾慎其言可也。

説弁二

《周禮・弁師》：「王之皮弁象邸。」注：「下柢也。」古者，冠、冕、弁皆冠于髮。取其冠，曰冠；取其俯，曰冕；取其槃，曰弁。以弁有柢，知冠與冕皆有柢也。其有柢奈何？凡冠髮者，必堅正柢。所以爲堅正也，漢之幘，晉之巾，周之幞頭，皆自額以上，則用通帛焉。

陶宗儀曰：「古者，冠自額以上。後世設巾幘，故止加冠于髮。」此言非也。古者，斂髮以纚，如後世之巾幘焉。皮弁止高四寸，施之于額，無以覆纚與髮，知宗儀之妄也。

説弁三

《郊特牲》：「委貌，周道也；章甫，殷道也；毋追，夏后氏之道也。」言玄冠也。漢委貌如皮弁，章甫、毋追，其諸不相遠歟？周弁，殷冔，夏收，言爵弁也。《詩》：「厥作祼將，常服黼冔。」《毛傳》：「夏曰收，周曰冕。」古士以爵弁爲冕，冕而祭于公，即爵弁服也。「三王共皮弁素積」，言皮弁也。

噫，昔人《禮經》明正，大率如此，而後世多紊之，皆求深與博之過也。

説鈎

古者，大帶以襘結，鞶帶以鈎。《楚辭》「若鮮卑只」注「滚頭帶」，即鈎也。《晉語》「鈎近于袪」，《荀卿子》「縉紳而無鈎帶」是也。漢鞶帶、玉鈎鰈鰈者，鈎牝也。唐、宋定帶銙之制，自十三至七爲差，然首皆用鈎。《通考》：「開元中，帶鈎穿帶本爲孔，宋始周折之。」是也。明制，前三銙曰三台，鞶帶始廢鈎，好事者因以鈎鈎畫。今所傳多古帶鈎，小者甲帶鈎及佩鈎，以爲畫鈎者市井之言耳。

夫服御以適用而已，後世徒爲美觀，如帶之銙于環，帶何損益邪？君子觀于鈎，而知先王之禮樂無虛設者也。

【評語】

「戴文端曰：集中文此篇極大。」

駁史伯璿月星〔一〕不受日光辯

中西法皆言月星無光，受日光以爲光，儒者言天亦主之，惟史氏伯璿以爲不然。其辯月光非受日光，曰：「物之影必倍于形，地與水十萬里，對日之衝，影當倍此。以天度計之，一度二千六百里有奇，地影二萬里，當掩八十餘度。如月本無光，則月行在日衝八十度内，當爲地影所掩，望日及望前後，月皆無光矣。」此言非也。

凡形在光與光所衝之間，以遠近爲影之大小。如徑丈之室，置火東堵，規形之徑三寸者，去火五尺而中表焉。其影至西堵，倍三寸耳，何也？光與光所衝相去均也。引之令去火二尺五寸，則去西堵七尺五寸，而影不啻再倍之；再引之去火寸，則且百十倍之，而西堵皆掩矣，何也？去光近，去光所衝遠也。若移之去火七尺五寸，則去西堵二尺五寸，其影如形之徑三寸焉。移之去西堵寸，影亦如之，何也？自中表以往去光遠，去光所衝近，皆如其形以爲之影焉故也。

今法，地周九萬里，徑及三萬里。日之歲輪，距地一千六百萬里又五萬五千里有奇；月之歲輪，止四十八萬二千里有奇。月行在隔地日衝之日，地去日至遠，去月至近，影宜如其形不及三萬里〔二〕，而月之歲輪其周得三百萬里有奇。以不及三萬里之影，在三百萬里之中，而以月之經緯度與日之經緯度推之，地影之掩月暫矣。此月所以不恒食，食亦止一二時而復也，何至有掩八十餘度之説邪？

其辯星非受日光，曰：「月受日光，自一綫而弦而滿，以去日遠近爲差。經緯星近日、遠日皆滿，是星自有光，不受日光可知。」此言亦非也。今法以遠鏡測太白光，時晦，時上下弦，時滿。蓋太白伏見輪，附日而行，在日下則晦，日上則滿，日旁則弦，與月均爲受日光無疑。辰星小于太白，伏見輪附日更近，晦弦滿如太白，而合散無常。占驗家以爲變化猶龍者，其理有三：人之視辯于〔三〕大，惑于小，一也；光遠，則光所爍，得圜體之半，近，則過其半焉，光力勝也，二也；辰星得水之氣，太白得金之氣，光爍金常得圜體之半，爍水則如無質焉，而皆能徹，三也。金、水星與月，其歲輪皆在日天之内，故各以其度與質受光，同不同若此。熒惑歲輪去日一千萬里有奇，歲星歲輪去日一萬一千萬里有奇，填星歲輪去日二萬四千萬里有奇，恒星十九萬萬里有奇，皆在日所行輪之外。凡在光之外繞光旋行者，自中視之，所受之光皆滿焉，此熒惑、歲星、填星、恒星無晦、弦之故也。至星不爲地影所掩，亦有説焉。凡形在光中，其見於光所衝之影必有所絶。徑三寸之影，法當十二丈而絶。地影不及三萬里，法當一千二百萬里而絶。太白、辰星之行附日，不居隔地日衝，爲地影所不至，既不能掩；熒惑、歲星、填星、恒星之行，有時居隔地日衝之舍，其距地皆在一千二百萬里之外，地影已絶，亦不能掩。此地影〔四〕能食月不能食星之故也。

今法多出歐羅巴，測經緯星大小及相去里數，本不可盡信，近又改定之，而星體及遠近高庳之大概則信焉。故據之以質史氏，後之君子，必有以知其不誣矣。

【校記】

〔一〕「星」，原闕，嘉慶十六年本、嘉慶二十年本、同治八年本同，同治二年本、光緒十四年本補「星」字。案：目録有「星」字，今據補。

〔二〕「宜如其形不及三萬里」，原作「宜如其形三萬里」，無「不及」二字。嘉慶十六年本、光緒十四年本作「宜如其形不及三萬里」。案：下文言「以不及三萬里之影」，則此處當有「不及」二字，今據補。

〔三〕「于」，原作「乎」，同治八年本同，嘉慶十六年本、嘉慶二十年本、同治二年本、光緒十四年本作「于」，今據改。

〔四〕「影」，原作「形」，同治八年本同，嘉慶十六年本、嘉慶二十年本、同治二年本、光緒十四年本作「影」，今據改。

【評語】

「奥衍精醇，直逼史公《天官書》，後世史家言天各志皆平直不能古也。」案：陶批末識「自記」二小字。

駁朱錫鬯書楊太真外傳後

《唐書·玄宗紀》：「開元二十五年四月乙丑，廢太子瑛及鄂王瑶、光王琚爲庶人，皆殺之。」「十二月丙午，惠妃武氏薨。」「二十八年十月甲子，以壽王妃楊氏爲道士，號太真。」「天寶四載八月壬寅，立太真爲貴妃。」數事皆大惡，皆日之，此史家之慎也。

朱檢討錫鬯據宋敏求《唐大詔令》謂：開元二十三年十二月二十四日册壽王妃；

二十五年正月二日爲道士，號太真。作意與史背。敬按：《唐大詔令》非完書，傳寫多誤脱，其時日本不足爲據。又檢討之説，于本事皆不相應。何也？唐制納后，凡納采、問名、納吉、納徵皆下制書，非册也。至册后之日始宣册，授册寶，即告期，其曰「奉迎」。皇太子、親王納妃亦然。檢討謂册壽王妃始納采，嗣行六禮，非受册即入壽邸。此言非也。太真之號，以居内太真宫，如歸真觀在安仁殿後是也。太真爲道士，已入宫，玄宗欲掩人耳目，故遲至天寶四載方册爲貴妃耳。檢討謂自道院入宫，非自壽邸入宫，此言亦非也。以是考之，即使如檢討之説，二十三年十二月册壽王妃，二十五年正月爲道士，是迎入壽邸已越一年，不能爲太真諱矣。況太真以惠妃薨後入宫，惠妃薨在殺太子、二王之後，豈有四月方殺太子、二王，而正月太真先已入宫之事哉？是太真爲道士，實在二十八年，非二十五年，甚明白。在壽邸且六年，益不能爲太真諱矣。檢討之説，于太真之節不能有絲毫之益，徒使天下之人竊意如是大惡，千百年後尚有人緣飾之，則何憚而不爲惡？是決倫紀之閑，而長淫穢之志也。

又《曆志》，武后永昌元年初，用周正，以十二月爲臘月，建寅月爲一月。《武后紀》皆書正月、臘月、一月至十月，此武后改正法也。竇后被殺，在長壽二年臘月，乃建丑之月，檢討謂竇后忌辰在建子正月。中宗用夏正，即以建寅正月爲忌辰，順宗方改建子十一月。其説甚荒謬。

檢討生平多顛倒舊聞以就己説，然此風蓋漢、宋大儒所不免，以致羣經破碎，後學迷誤，其可惜千百於檢討所著，後之學者可不慎哉？《舊唐書》于二十八年十月不書以壽王妃爲道士，而書甲子幸華清宮，即《新書》妃爲道士之日。于天寶四載八月，書册太真妃爲貴妃。太真，道士之號而已，稱妃，其意益微而顯矣。惟《舊書》事在甲辰，與《新書》壬寅不合，蓋《新書》據下詔之日，《舊書》據禮成之日耳。

雜記〔一〕

凡彗孛，皆地氣騰至泠際以上，天氣攝之合爲形，故天運而彗孛隨之，所繫之次舍不可易。天狗，流星之屬也，亦地氣所騰。火沸金，金抱土，金土就下，故不爲天氣所攝，激而墜焉。雲氣乍聚乍散，不繫次舍，以所見之地爲占。寶氣埋則聚，出則散，亦占所見之地，不繫次舍。《晉書·張華傳》：「雷煥曰：斗牛之間，常有異氣。華曰：是何祥也？煥曰：寶劍之精，上達于天耳。因問曰：在何郡？曰：在豐城。即補煥爲豐城令，掘獄得雙劍，并刻題，一曰龍泉，一曰大阿。遣使送一劍與華。華報書曰：詳觀劍文，乃干將也，莫邪何以不至？」此陋妄之説也。煥，豫章人，去豐城百里，當以望氣蹤迹得之，因干華。華〔二〕托斗牛，神其説耳。又《越絶書》：「楚王使干將、歐冶子作劍三，曰龍泉、太阿、工市。」《吴越春秋》：「吴王使干將作劍二，曰干將、莫邪。」《晉書》合之，陋妄乃至于此。嘉慶十一年四月十九日，舟過豐城記此。

《世説》：「殷洪喬作豫章郡，臨去〔三〕，都下人因附百許函。既至石頭，悉擲水曰：沈者自沈，浮者自浮。殷洪喬不能爲寄書郵。」《世説》言石頭，皆指秣陵之石頭，如王敦住石頭，蘇峻至石頭是也。豫章之石頭，見《晉書》周訪及侯安都傳。今《世説》此條蒙作豫章郡，而曰既至石頭，其豫章之石頭歟？其時朝野多故，豫章大鎮，或書有不可達者，故託辭爲此；抑爲州將者，以此聳人聽聞，豫絶繫援，皆未可知。《世説》列之《任誕》，非也。八月二十八日過石頭記此。

寧都民多立廟祀漢高祖，《州志》言州北八十里爲高祖祖墓，故祀之。此言鄙野，無故實。地志之謬，多此類也。《漢書·高祖紀贊》曰：「高祖即位，置祠祀官，則有秦、晉、梁、荆之巫。」注：「范氏世祀于晉，故有晉巫。范會支庶，留秦爲劉氏，故有秦巫。劉氏隨魏徙大梁，故有梁巫。後徙豐，豐屬荆，故有荆巫。」是漢之先世自晉而秦，而魏，而豐，較然可數，于寧都不相涉。《贊》又曰：「豐公，蓋太上皇父。其遷日淺，墳墓在豐鮮焉。」是豐公葬豐也。太上皇葬櫟陽，昭靈夫人葬小黄。豐公以前，當葬梁。寧都無高祖祖墓可斷已。漢制，郡國皆立廟，然必巡幸所至者。其時豫章郡治今南昌，高祖未嘗至，而寧都又未置縣，以山谿隸雩都，益不宜有廟。北漢劉晟、南漢劉龑皆號高祖，然北漢沙陀人，南漢彭城人，其時寧都爲楊吴、李唐所據，與南北漢爲敵國，亦不宜有廟。唯《十國春秋》載劉龑之祖自上蔡徙閩，或寧都爲道所經，有旅葬者，故後世祀龑歟？龑奢虐，爲民害數十年，然則寧都凡祀高祖者，其廟皆可毁也。十一月八日過寧都記此。

【校記】

〔一〕嘉慶十六年本篇名作「雜記三則」。

〔二〕「華」，沈校：「此『華』字疑衍。蓋托斗牛之説乃焕，非華也。」

〔三〕「去」，原作「上」。各本皆誤作「上」，據《世説新語·任誕》改（藝文館景印金澤文庫藏宋本）。

【評語】「小文耳，意筆皆上至九天，下窮九淵，由於平日心精而氣固也。」案：陶批末識「自記」二小字。

雜　説〔一〕

《西域聞見録》言京師望北斗，直北少迤西而已；而西域望北斗，較京師更迤西。按西域在京師西南幾三萬里，視北斗〔二〕應迤東矣，而反迤西者何哉？蓋地之體九萬里，地平之上，中國所見日出入，東西不及五萬里，而黄道斜倚天中，日行自東而東南，而正南，而西南，而西以入于地平。凡人在地平，皆據向日爲南，西域當日歷西南而西之道，則西域向日之南，乃中國之所謂西南矣。既向中國之西南視日，則背中國之東北，而北斗出其右，故以爲較京師更迤西。夫天地，有形質可測者也。自衆人至聖人，其視于天地，無殊目焉，而已顛倒轉移若此。况人性之深微、天道之蕃變，衆人之所見必不能同乎聖人者哉？故君子觀道必要其備，立言必求其安，蓋庶幾所見之無眩也。

《職方外記》言極北有鳥魚國，半年無日。其地離南陸甚遠，日行南陸，爲地氣所障，故秋分後無日。《臺郡雜志》言海中有暗嶴，亦半年無日。蓋在地極南，離北陸甚遠，日行北陸，則爲地氣所障也。《北史》稱北方日入尚見博，烹羊胛熟，日已東升。其地當在鳥魚國之南，地氣尚不障日，而地之圜體漸迤漸小，故日行空中之時多，入地平之時少耳。觀于此，知有形者必有所限隔窮極，雖光氣至虚，亦有限隔窮極焉，心之靈如光氣耳。記曰：雖聖人有所不知。是也。若知之本體，則無限隔窮極，當以養復之，學者不可不察也。

【校記】

〔一〕嘉慶十六年本篇名作「西域望北斗説」。

〔二〕「北斗」，嘉慶十六年本同。嘉慶二十年本、同治二年本、同治八年本誤作「斗北」。

真人府印説

江西貴溪縣真人府印，凡大小四，其三皆曰「陽平治都功印」。案宋仁宗時，安福縣官林積以張魯敗于陽平，故印稱「陽平治都功」，聞于朝，毁之。林君之識非人所及，然其言有未盡者。魯弟衛敗于陽平時，魯在南鄭，非魯敗于陽平，且「治都功」未竟其説。敬官江西，真人府以三符至，故爲説以通之。

《異苑》：「錢唐杜明師夢人入其館，是夕謝靈運生，其家送杜治養之。」注：「治音稚，奉道家静室也。」此印文「治」義也。《後漢書·百官志》：「郡守有功曹，主選署功勞。」《通典》：「督郵，監屬縣，有南、西、東、北、中五部，功曹之極位。」《前漢書·文紀》：「遣都吏巡行。」注：「今督郵是也。」此印文「都功」之義也。《三國志·張魯傳》：「來學道者，初名『鬼卒』，受本道已信，號『祭酒』，各領部衆，多者爲治頭。」「治都功」其即「治頭」歟？魯之祖道陵，本沛人，隱鶴鳴山，在今四川劍州。魯之父衡繼之，魯據漢中，今漢中府也。陽平關即今府屬褒城縣之陽平驛，爲漢中之阸。魯既用「鬼道」，陽平當設治以治之。然自魯祖父至魯及子富，以降魏人許下，無居陽平者，惟衛嘗築城于陽平。今子孫居貴溪，爲其道數千年，止用陽平印，不可解也。其一印中爲交午，以達于四際，中與四際各圍以朱白，圍其方中，左右各二。左爲文，衺置之；右爲文，平置之。有陰陽變化之理，乃鬼道符記也。

夫真人府所以惑人者，印也，而鄙誕不經如此，其他可知。自東晉以來，士大夫奉其道者不可勝數，皆附會神仙，誇飾變異，以神其説，亦獨何歟！

得姓述

吾惲之初，不詳所自出。明洪武中，吴沈纂天下姓，得一千九百有奇，惲姓始著。官譜以爲出于漢平通侯楊惲，子孫徙安定，遂以名爲姓。敬考謝承《後漢書》，平通之孫楊豫自徙所上書乞還本土，是未嘗以名爲姓也。意者豫之後方易姓歟？顔師古《匡謬正俗》引晉灼《漢書音義》證楊有盈音。意者自楊而之盈，自盈而之惲，爲音之近歟？皆不可知。而吴沈之書已五百年，舍是别無可依據，故言吾惲之得姓必本平通侯。

敬十世祖東麓府君《黄山集》載元之季有發冢者，得碣曰「漢梁相國惲子冬之墓」，故推子冬爲始祖，如是而已，不詳其名，不詳其仕時，不詳其世次。東麓府君生明成化中，距元亡不百年，事當得實。而嘉靖中所輯私譜，載子冬府君之名曰貞道。考新莽至東漢無二名，其附會可知。載仕時曰諫梁王劉永，曰避王莽之難東遷。考劉永爲梁王，在王莽伏誅之後，其附會亦可知。載世次曰自子冬至方直凡四十四世，然皆一人耳，而展轉垂一千二百餘年，于理不可信。曰二十六世原爲齊平江路總管，曰三十七世荃爲唐洪都刺〔一〕史。考元始置平江路，唐置洪州，無洪都，此皆事之不可信者。故敬竊意惲姓世次，自子冬至方直府君，當別爲一表，于表序詳辨之，而表方直府君爲世次之首。方直府君長子曰紹恩府君，居河莊，爲惲姓北分之祖，子孫若而人；次子曰繼恩，遷上店，爲惲姓南分之祖，子孫若而人。如是，則可以示後世矣。

夫氏族之學自秦漢之世多所淆訛，如以國、以邑、以氏、以官爲姓，于諸姓中最爲可據。然古之民，居是國，則從其君之姓；居是邑，則從其大夫之姓，所出已不可問，況至後世，中外遞更，貴賤互易，而譜之者必欲强爲之説，不至自誣其祖幾何？後之事吾譜者，庶幾其慎之可也。

【校記】

〔一〕「刺」，原作「制」。沈校：「『制史』是『刺史』之訛。」諸校本作「刺史」，今據改。

卷二

九江考

《禹貢》九江之説有三。陸氏德明《音義》引《潯陽記》曰：一烏白，二蚌，三烏，四嘉靡，五畎〔一〕，六源，七廩，八提，九箘。《緣江圖》曰：一三里，二五州，三嘉靡，四烏土，五白蚌，六白烏，七箘，八沙提，九廩。五州即畎，三里即源也，一名白蜆。此一説也，其地在潯陽江之北。又引《太康地記》曰：九江，劉歆以爲湖漢九水入彭蠡也。一鄱、二餘、三修、四豫章、五淦、六盱、七蜀、八南、九彭。九水入湖漢〔二〕，通湖漢爲十水。此一説也，其地在彭蠡湖之南。曾氏旦曰：《楚地記》巴陵在九江之間，今巴陵之上即洞庭也。羅氏泌曰：《山海經》洞庭之山在九江之中，《吴録》：「岳之洞庭，荆之九江也。一沅、二漸、三潕、四辰、五敘、六酉、七澧、八資、九湘。」朱子則去潕、澧二水，易之以瀟、蒸。此一説也，其地在洞庭湖之南。

按蔡氏沈《書傳》曰：「潯陽九江屬揚州。」此言非也。漢之潯陽治今黄梅縣。九江始于鄂陵，終于江口，會于桑落州。鄂陵在武昌縣，江口在黄梅縣，皆荆州也。惟桑落州在德化縣，爲揚州。然至此已合爲大江矣。其不合《禹貢》者，《導水》曰：「過九江東迆北，會于匯。」今彭蠡在潯陽南數百里，以潯陽爲九江，則《禹貢》之文歧。《導山》曰：「至于衡山，過九江，至于敷淺原。」今衡山迆東北至敷淺原，而潯陽在敷淺原之北西亦數百里。以潯陽爲九江，則《禹貢》之文益歧。是以曾氏、羅氏不從，别主洞庭之説。至彭蠡九水源委，皆在揚州，于荆州無可附會，不足置辯。

敬嘗考之，潯陽之九江，秦始皇之九江也；彭蠡之九江，王莽之九江也；洞庭之九江，《禹貢》之九江也。秦九江郡，仍楚都，治壽春，兼有漢九江、廬江、豫章三郡地。而潯陽以大江界南北之中，故舉九江而通郡，得其要領。如治吴而舉會稽，治粵而舉蒼梧，皆相距百千里。此秦始皇之九江也。漢分潯陽屬廬江，王莽改九江爲延平，豫章爲九江，而潯陽仍屬廬江，非豫章所隸，遂以彭蠡九水爲九江，是莽臣之諛也。如移衡山于天柱，即名南岳；移恒山于大茂，即名北岳是也。此王莽之九江也。光武興，郡國悉還漢名。于是彭蠡之九江無聞，而潯陽甚著。且漢初儒者即以爲《禹貢》九江，于是《地理志》、《郡國志》諸書皆主之。蓋以今冒古，以己意冒聖賢，以所知冒所不知。説經大率如是，曾氏、羅氏始大反之。今揆之經文，洞庭在彭蠡西南，于《導水》之文合。衡山并洞庭趨敷淺原，于《導山》之文亦合。是據經以折傳，據三代以折漢、唐，不可謂之叛古也，故曰《禹貢》之九江也。

【校記】

〔一〕「畞」，嘉慶十六年本作「畎」，王校：「汪按：『畞』疑『畎』。」

〔二〕「九水八入湖漢」，嘉慶十六年本、嘉慶二十年本、同治八年本、光緒十四年本同。同治二年本改作「九水入　湖漢」，「入」字下徑空一格。楊校：「『九水八入湖』，先刻本不誤。『入』字係『八』字之誤，空處當補『入』字，言九水有八水入湖漢也。」王校：「汪按：當從原刻。劉按：『八』在『入』上，似衍文，新刻本作『入八』，更誤。潘云：似當云九水入湖入漢，通湖漢爲十水。」今依原刻作「八入」不改。

康誥考上

馬氏融、王氏肅皆以康爲國名，與《孔傳》合，《孔傳》僞不足信，馬、王説不可廢也。

惟鄭氏玄説康爲謚，有不可通者二焉。

《左傳》祝佗曰：「命以康誥而封于殷墟。」如康爲謚，是生而賜謚也。《史記》曰：「康叔卒，子康伯立。」如康爲謚，是父子并謚也。若是，則康爲國名無疑。《路史》曰：「康叔故城在潁川。」《水經注》曰：「潁水東歷康城。」《寰宇記》曰：「陽翟縣康城，少康故邑。」其諸康叔始封，因其地歟？管叔封管，今鄭州廢管城縣。蔡叔封蔡，今上蔡縣。曹叔封曹，今曹縣。郕叔封郕，今濮州。皆在紂封東南，與康叔相去不過數百里，其諸東方諸侯助殷抗周，武王俘之，以其地分建母弟歟？馬氏、王氏皆言圻内之國，其諸殷之圻内，後世因周都洛，誤以爲周之圻内歟？《逸周書·作雒解》曰：「建管叔于東，建蔡叔、霍叔于殷。」《地理志》曰：「鄘，管叔尹之；衛，蔡叔尹之；邶，以封武庚。」孔晁曰：「霍叔相武庚。」霍叔所封在今山西霍州。「三監」蓋去其國而爲殷之監歟？《作雒解》曰：「王子禄父北奔，俾康叔宇于殷。」《詩譜》曰：「成王殺武庚，以殷餘民封康叔于衛。」其諸武王封康叔于康，至是始封衛歟？

夫以千載之下推明千載之上，其事勢皆可以理驗之。宋儒自胡氏棫謂武王封康叔于衛，後之言《書》者并爲一辭，而不知不中于理。夫武庚尚奉殷祀，「三監」分治殷都及下邑，武王何所奪殷之地而封康叔耶？是故封康叔于康，武王之事也；封康叔于衛，成王之事也。此不易之論也。

康誥考中

《康誥》，武王之書也。曰「孟侯朕其弟」，曰「小子封」，曰「乃寡兄勖」，皆武王之辭，非周公之辭也。

《酒誥》、《梓材》，成王之書也。曰「王」，曰「封」，不曰「小子封」，君臣之辭也。曰「故我至于今，克受殷之命」，天下終定之辭也。曰「和懌先後，迷民用懌，先王受命」，殷民畔而服，服而不復畔之辭也。皆成王之辭，非武王之辭也。

然則三誥之相次何歟？惲子居曰：武王封康叔于康，所以誥之者，治國之要，法聖戒愔之説，蓋詳哉乎其言之，可以治康，即可以治衛，成王與周公無以加也。惟朝歌紂都，爲逋逃藪數十年，奸人負釁藏匿，結黨幸禍，一旦竊發，皆以予復爲辭。而其人皆有朋家之助，沈湎之習，是以爲惡必始于羣飲。今武庚已誅，十七國九邑已定，微子已封，天下大勢已必不可動，其人不過跳浪嘂號之徒而已。故成王没其子復之言，以安四海之反側，正其羣飲之罪，以除商邑之奸宄，乃事勢必然不可緩者。後世説《酒誥》，疑聖人無如是過重之刑。何哉？至政令法度，武王立「三監」之時已極詳慎，周公平殷亂，復整齊之，康叔因之可也，潤澤之可也，此《梓材》之義也。是故《康誥》之言詳而法，《酒誥》之言嚴而隱，《梓材》之言婉而仁。是三誥也，周公蓋于作雒之日命康叔治衛之始。推當日事勢及成王所以望康叔之意，爲《酒誥》、《梓材》二書以告之，而武王之書，則康叔終身所受命者也。故史臣以《康誥》冠《酒誥》、《梓材》，均次于《大誥》之後。後世不察，謂三誥皆成王之書，致義疏割裂，幾不可解。宋儒復盡反之，至元金氏履祥，以《酒誥》、《梓材》與《康誥》均入武王克殷之年，妄爲編録，蓋不詳之過也。夫《酒誥》之首，曰「明大命于妹邦」，明《康誥》之非爲妹也。若《康誥》爲妹言，史臣當書爲妹誥，與《柴誓》同例矣。

康誥考下

《康誥》文曰：「惟三月哉生魄，周公初基，作新大邑于東國洛，四方民大和會。侯、甸、男邦、采、衛，百官播民和，見士于周。周公咸勤，乃洪《大誥》治。」蘇氏軾曰：此《洛誥》之文，當在「周公拜手稽首」之上。按召公相宅，周公營焉，作《召誥》、《洛誥》。「惟二月既望」至「庶殷丕作」，度邑之辭也。「太保乃以庶邦冢君」至「用供王能祈天永命，召公奉幣」，因周公陳戒成王之辭也。「周公拜手稽首曰」至「公其以予萬億年敬天之休，周公自洛伻告吉卜于豐」，成王諾之之辭也。「拜手稽首誨言」，周公達太保奉幣之戒，成王納之之辭也。今以《康誥》之文入《召誥》、《洛誥》之間，于前後文何所當邪？其言「作邑」與「新邑營」重文，其言「朝衆」與「取幣」重文，其言「《大誥》治」與「朕復子明辟」及「以圖及獻卜」不相統。是蘇氏之説非也。

金氏履祥曰：此《梓材》之文，當冠于篇首。《召誥》曰：「周公乃朝用書命庶殷，侯、甸、男邦伯。」命庶殷之書，《多士》是也；命侯、甸、男邦伯之書，《梓材》是也。按《多士》曰：「周公初于新邑洛。」洛邑已成也。《召誥》自庚戌攻位，至甲子用書，十五日耳。洛邑未成，則用書非《多士》之書也。《梓材》曰：「王曰封。」是誥康叔也。《召誥》、《洛誥》無康叔之文，則用書非《梓材》之書也。金氏之謬一也。「王曰封」之文，金氏以爲《孔傳》僞文，當以「周公曰」冠之，詭稱伏生《大傳》，《梓材》命伯禽之文。今《大傳》言周公、康叔、伯禽、商子之事而已，無此文，不知金氏所據何本？金氏之謬二也。《梓材》多殘闕，「王啓監」至「惟其塗丹雘〔一〕」，原王封衛之意，在安定衛也。今「王惟曰」至「永保民」，原王封衛之意，在安定衛以徠天下也。此《梓材》大指也。金氏皆以爲程役之辭，支離附會，而終不可解。金氏之謬三也。是金氏之説非也。

自東漢儒者説經，始改易經字以從己言。宋人遂至刊落本文，移彼續此，一皆委之錯簡。《康誥》今文書也，如其簡錯于伏生以後，則鼂錯諸人受天子命，數千里受書，不應率爾若此。如其簡錯于伏生以前，則是時秦未焚書，先王之風未遠，天下博士數十百家，伏生大儒，何至一無是正，讀是誤書至篤老而不倦？如其簡錯于元成之時，則劉向方以中古文天子之書，校正三家經文，何以獨不加是正？于理皆不可通。是故《康誥》之文仍之于《康誥》而已。蓋周公始以流言居東，後迎歸攝政，即東征武庚授首之後，又以徐、奄不靖，往反安定，至是方徙封康叔于衛。《康誥》此文，所以序周公代成王收集東土，艱勤王室，迨太平之日復建邦啓土，爲永永年所之計。史臣親見其盛，揄揚詠歎，不能以已，故其文詳備雍容若此。此史臣所作三誥之序無可疑也。《堯典》之「曰若稽古帝堯」，《禹貢》之「禹敷土，隨山刊木，奠高山大川」，《盤庚》之「率籲衆戚出矢言」，皆序也。噫，史臣既序之矣，孔子又從而序之哉？

自記曰：《書序》乃爲僞者增益《史記》文爲之，不知史家叙述古書自有此例。觀《王莽傳》可見鄭玄、馬融、王肅諸儒以《書序》爲孔子作，觀疏中「依緯文而知」一語，已瞭然爲緯家之附會矣。

【校記】

〔一〕「丹臒」，原作「丹艧」，據《尚書·梓材》（阮刻《十三經注疏》本）改。

【評語】

「子居行文如淮陰侯治兵，不過分數明而已，然其力足以擒陳餘、殺龍且、摧項羽。讀《康誥考》三篇，可以概其餘。」案：陶批末識「自記」二小字。

周公居東辯一

《書·金縢》：「周公乃告二公曰：『我之勿辟，我無以告我先王。』周公居東二年，則罪人斯得。」僞《孔氏傳》曰：「辟，法也。我不以法法三叔，則無以成周道告我先王。」

「周公既告二公，遂東征之，二年之間，罪人斯得。」

夫書東征而没之曰「居東」，古無此書法也，此飾説也。宋歐陽氏從之，朱子《詩傳》亦從之。漢鄭氏《詩箋》曰：「周公遭管、蔡流言，避居東都。」宋蔡氏《書傳》曰：「二年之後，王始知流言之爲管、蔡，斯得者遲之之辭也。」元金氏履祥從之，《朱子文集》亦從鄭氏。是二説如聚訟，而鄭氏之説爲長。何也？《史記·周本紀》，言周公奉成王命東伐，《魯世家》亦然。如成王方疑周公，而周公即東征，是矯王命也；不然，則迫取王命也。聖人不爲，一也。《本紀》又言，唐叔得嘉穀，成王以歸周公于兵所。是東征之時，王于周公無間然，理當在迎周公之後，二也。且周公避位而出，古書多可證者。《蒙恬傳》曰：「王乃大怒，周公旦走而出奔楚」。《竹書紀年》曰：「元年，周公出居于東。」《越絶書》曰：「周公乃辭位，出巡于邊。」《竹書紀年》、《越絶書》雖戰國、秦、漢所雜記，然與《史記》合，不可盡謂無稽，三也。是故《金縢》，周公避位之書也；《大誥》，周公復位而討亂之書也；《康誥》、《酒誥》、《梓材》，周公既平東土建侯之書也。其相次有然。《七月》，周公攝政教成王之詩也；《鴟鴞》，周公釋讒之詩也；《東山》、《破斧》，周公成功之詩也。其相次又有然。《詩》、《書》之言明白條貫如此，何疑于避位之説邪？至唐孔氏穎達謂「居東待罪」，則又不然。何也？周公，宗臣也。其避位也，必假國事以行也。是故于奔楚之説，吾知周公有以固南陲焉；于出巡之説，吾知周公有以和東國焉。後此淮徐之興，禄父之難，不能煽荆、舒，佚陳、鄭，皆是故也。周公内以紓成王及二公之疑，外爲國家集厚〔一〕其勢，使患至而不至于大壞，聖人之德用深博蓋如此。若自投遐遠，閉户却掃，君臣之間如吴越人之相伺，而國事益窳敗，何如束身司寇之爲愈哉！此治鄭氏之説而誤者也。曰：成王于周公既疑之矣，何以知其尚與國事耶？曰：《金縢》言「未敢誚公」，君臣之禮始終未替可决也，彼蒙恬之言傳之過甚者也。

【校記】

〔一〕王校：「俞云：『集厚』當作『厚集』」。

周公居東辯二

東都，洛邑也。周公居東之時，洛邑未營，鄭氏以爲避居東都，何邪？蓋殷之圻，北負大行〔一〕，南及于南亳，西固于黽，洛邑所孕也。武王伐紂，收圻内地，禄父封于朝歌，其餘皆王官治之。而洛邑實爲天下阨塞，周公障東事，非是不得形勢。其出巡也，殆以之楚爲始事，而以之洛爲期會歟？出巡則地不一，故冒東言之。《書》言居東，《詩》言自東，同義也。一則書地矣，王來自奄，太保初至于洛是也。是故疑其迹則曰奔楚，紀其政則曰出巡，括其地則曰居東。三書之言皆是也。明茅氏坤從《僞魯詩》之説，謂周公避居于魯。近日方氏苞從王巽功臣之説，謂周公避居于周。若是則與臧孫紇之居防、商鞅之居商、周勃之居絳，其迹何異邪？舅氏鄭清如先生，謂周公居文王之墓，以寤成王。文王葬畢在鎬西，豈居東邪？是故周公居東，居于洛邑也。成王迎周公，亦親逆于洛邑。金氏履祥曰：「成王以袞衣歸周公而俟于郊。」夫俟于郊，不得爲親逆明矣。《金縢》曰「天大雷電以風」，曰「天乃雨反風」，皆間日事也。周公之歸，非間日所能至也。成王不得俟于郊以數周公之至又明矣。是故書「王出郊」，非駐于郊也，明王首路而天意大明也。書「二公命邦人」，明王往東都，不在鎬也。夫東都去鎬七百餘里耳，卜洛之後，歲朝會諸侯皆集于此，況迎周公之事，萬萬非尋常朝會可并説者。乃慮七百里勤成王，而謂俟于郊邪？有以知其不然也。

僞孔氏曰：「周公既誅三監，留東未還，成王遣使者迎之。」夫挾近逼之親，居讒疑之間，負不世之功，推刃同氣之兄弟，而擱然擁兵待人主之致禮，周公而非聖人則可，周公而聖人也，豈爲之哉？又有以知其不然也。

【校記】

〔一〕「大行」，同治八年本、光緒十四年本同，嘉慶十六年本、嘉慶二十年本、同治二年本作「大形」。王校：「盧本作『形』，馮云：當作『太行』。俞云：《列子·湯問》篇作『大形』。」

顧命辨上

或問：《顧命》所書禮歟？曰：禮也。蘇氏子瞻以爲禮之失，何歟？曰：蘇氏所言，非先王之意也。由乎蘇氏之説，則《顧命》所書非禮矣。本朝顧氏寧人從而爲之辭曰：《顧命》蓋有闕文焉。「狄設黼，扆綴衣」，其前皆成王崩之事也，其後皆康王逾年即位之事也，非柩前即位也，其間有闕文焉。顧氏之意，以爲逾年即位則禮也，喪服可釋也，可反也；柩前即位則非禮也，喪服不可釋也，不可反也。夫喪服釋之、反之于始成喪與逾年之喪〔一〕，皆未除喪也，有以甚異乎？無以甚異乎？亂聖人之經以附後世之説，莫此爲甚。敬請先抉顧氏之妄，以定經之本文。經之本文定，而蘇氏之説蓋可徐理矣。

顧氏之説曰：未没喪不稱君，今《書》曰「王麻冕黼裳」，是逾年之君也；卒哭而祔，今《書》曰「諸侯出廟門俟」，是既祔之後也；天子七月而葬，同軌畢至。今《書》曰「太保率西〔二〕方諸侯」，「畢公率東〔三〕方諸侯」，是既葬之後也。顧氏之説，大者此數端而已。

敬按《公羊傳》始終之義，一年不二君，故未葬稱子。臣民之心不可曠年無君，故逾年稱公。孝子之心則三年不忍當，故諸侯于封内三年稱子，天子亦然。雖然，《顧命》者，布之天下，傳之後世者也。即位之首，稱子以臨可乎？文元年春王正月，公即位。定元年夏六月，公之喪至〔四〕自乾侯。戊辰，公即位，是逾年未葬稱公也。昭二十二年夏四月乙丑，天王崩，六月葬景王，劉子、單子以王猛居于皇，是已葬未逾年稱王也。是故即位不書子，則《顧命》不得不稱王，逆子釗稱子，王麻冕黼裳稱王，皆禮也。孔氏曰：「廟門，路寢之門也。」成王之殯在焉，故曰「廟」，且古者「寢」與「廟」有同稱焉。《爾雅》曰：「室有東西廂曰廟。」是也。廟門之説何疑于既祔乎？蘇氏曰：諸侯蓋以問疾至者。顧氏以爲不然，是矣。雖然，王畿之内非會葬，遂無諸侯之至者乎？其至者皆領于二伯者也。諸侯之説何疑于既葬乎？抑葬祔之説，顧氏爲逾年即位證也。而于經有不可通者，作謚而葬，葬而祔，禮也。成王三十七年四月崩，葬當在十一月，葬則舉謚，而曰新陟王，何歟？曰命作册度，曰御王册命。册命者，册康王爲天子之命，自「皇后憑玉几」至「用答揚文武之光訓」是也，書之册而史臣宣之之辭也。成王崩即爲此册，遲至一年宣之，何歟？逾年即位，見于祖廟，承先王先公而止陳皇后之命，何歟？三宿、三祭、三咤，説者以爲奠于殯，禮之哀而殺也。見于祖廟而行之，何歟？然則《顧命》之書，非逾年即位之書也。非逾年即位之書，則爲柩前即位之書無疑矣，而何所謂闕文耶？蓋古者始死，東方正嗣子，所以别其尊；既殯，柩前立嗣君，所以傳其統；逾年，朝廟改元，所以慎其初；三年，諸侯朝于天子，天子見于諸侯，所以明其治，蓋至是而親政矣。三年之禮，于高宗諒陰明之；逾年之禮，于《春秋》書「即位」明之；柩前之禮，于《顧命》明之，皆折衷于孔子。始死之禮，于《士喪禮》明之，大夫、士、庶人同者也。

【校記】

〔一〕王校：「俞云：『喪』當作『後』。」

〔二〕「西」，原作「東」，據《尚書·康王之誥》（阮刻《十三經注疏》本）改。

〔三〕「東」，原作「西」，據《尚書·康王之誥》改。
〔四〕「至」，原闕，嘉慶二十年本、同治八年本同，同治二年本、光緒十四年本補「至」字，合於《公羊》原文（阮刻《十三經注疏》本），今據補。

【評語】
「前半如春水細流，後半如秋雲亂捲，言禮之文而其致如是，由胸中高勝也。」案：陶批末識「自記」三小字。

顧命辨下

然則《春秋》不書柩前之即位，何歟？曰：始死，正嗣子之位，全乎子者也；三年，朝天子，見諸侯，全乎君者也。且位之定久矣，故不書逾年。即位必朝廟，朝廟必改元。改元，君之首事也，故書；柩前即位不改元，故不書。定公即位柩前，其書者以改元也。是故始死全乎子，則全乎喪者也；三年全乎君，則全乎吉者也。惟柩前即位與逾年即位，喪也，皆以吉行之。蓋先王之制禮也，自一人旁推之一家，自一家旁推之一國，自一國旁推之天下，自天下而上推之治天下之一人，自治天下之一人而上推之于祖，推之于天，于是乎有尊尊之義。自一身上推之于父，于祖，于曾、高祖，下推之于子，于孫，于曾孫，于玄孫。其旁推之也，視所出爲等殺。于是乎有親親之義。

尊尊者，天下之事也；親親者，一身之事也。一身之事可奪于天下，天下之事不可奪于一身。即位者，尊尊之事，以人君爲統。服喪者，親親之事，以人子爲統。故天子之服可以天下釋之，且天子使天下之人得其生，故尊于天下。天子之父使天子治天下之人以得其生，故尊于天子。天子之祖以天下傳之世世子孫，使治天下之人以得其生，故尊于天子之父。天則無不尊者也。禮者，上可以廢下，下不可以廢上〔一〕，故天子之父之服，可以天與祖釋之。雖然，反喪服而持之終喪，則親親之義亦伸矣。是故短喪者非聖人之〔二〕所許也。

曰：然則蘇氏之言何如？曰：蘇氏之言，非先王之意也。其引冠子有齊衰、大功之喪，因喪而冠，此言非也。冠之禮，從乎子者也。子不加父，故不能加于己之齊衰、大功，以喻即位，不幾于無等乎？其引葬晉平公「諸侯之大夫欲見新君，叔向辭之」，此言亦非也。大夫之欲見新君，前不及柩前即位，後不及逾年即位，則賓禮也不可行矣。是故舍即位之禮，喪服無時而可釋可反也。

【校記】

〔一〕「下不可以廢上」，嘉慶二十年本、同治八年本、光緒十四年本無「下」字，同治二年本及底本補「下」字，於義爲通，今從之。

〔二〕「之」字原無，據諸校本補。

【評語】

「理貫乾坤，氣薄日月。漢唐言禮之文，無如是雄整者。」案：陶批末識「自記」二小字。

「筆力高古，直逼秦漢。」案：此條據王批過録。

匏有苦葉説

衛之賢者，知宣公之不可仕而爲此詩。一章言徒濟也，二章言車濟也，四章言舟濟也。「匏有苦葉」，言所持不及用也。「濟有深涉」，言所遇不可嘗也。「深則厲，淺則揭」，言治進亂退也。雖然，有冒然赴之者焉，以爲吾之車足恃云爾，殷之膠鬲，周之正大夫凡伯，其不濡軌也幾希。蓋内淫者必外亂，外亂則賢者無所用其賢，才者無所用其才，此濟盈而聞雉之説也。夷姜烝，宣姜奪，故三章以歸妻之禮言之。本正則無不正矣，夫匏可游，車可乘，舟則可絶流矣。然非我友則舟之害甚于車與匏焉，王陵、周昌之于漢，五王之于唐可以觀矣。後之君子庶幾其慎之哉！

【評語】

「子居説《詩》，以漢儒爲主，以宋儒爲輔，然後以己意斷之。其行文用公、穀釋《春秋》法，而不襲公、穀形貌，在集中别爲一格。」　案：陶批末識「自記」二小字。

雄雉説

此刺忮求之詩。隘人之進則忮，冒己之進則求。忮求生媢，媢生嫉，嫉生讒，讒生亂，亂生亡。亡者，忮求之大積也。其端則堯、舜、禹、湯、文、武之世皆有之，不使達而已。夫文明者，君子之外也，而易耀耿介者，君子之内也；而易午，故詩人以雄雉興之。耀與午則阻，非自詒耶？身之計，家之計，國之計。噫，危乎哉！所謂「實勞我心」者，此也。「百爾君子，不知德行。」蓋如《巷伯》之卒章，諷之耳，非勉之也。

桑中説

《小序》曰：「《桑中》，刺奔也。衛之公室淫亂，男女相奔，至于世族在位相竊，妻妾期于幽遠，政散民流而不可止。」子朱子曰：「《樂記》曰：桑間濮上之音，亡國之音也。其政散，其民流，而不可止也。桑間即此篇。」東萊呂氏曰：「鄭康成曰：濮水之上，地名桑間，師曠所言亡國之音，于此水出焉。《桑間》乃紂樂，非《桑中》之詩也。」

惲子居讀之而嘆曰：吾于《桑中》，見所謂發乎情止乎禮義者焉。云「誰之思」，思也；「期我乎桑中」，思乎期焉；「要我乎上宫」，思乎要焉；「送我乎淇之上矣」，思乎送焉。古人之爲詩也，以思言之，若曰若是其越也，抑之可也。後人之言詩也，以事言之，若曰若是其亂也，絶之可也。以思者比乎情，以事者比乎欲。比乎情，禮義之所能制也；比乎欲，非禮義之所能制也。《國風》言情之書，非紀欲之書也。如以事言之，彼三孟邪，無以爲叔季解也。姜、弋、庸，其妻妾于衛邪，無以爲諸姬之在室者解也。桑中、上宫、淇上，皆淫舍邪，無以爲迭至而迭去解也。故曰《國風》言情之書，非紀欲之書也。溱洧之士女，刺相謔而已，過此則不逾閾者也。

【評語】

「子居之文以雄健勝，而如此篇之清婉可誦者亦鮮。」（吴仲倫）案：此條據陶批過録。又王批：「簡堂先生文以雄健勝，此篇却清婉可誦。」不題作者，當即吴仲倫語，文偶差耳。

蝃蝀説

蝃蝀，謂之雩虹也。雌曰蜺，蜺曰挈貳。日之煇五色，衝雨則見爲虹，陰陽之亂氣也。氣亂則有物乘之，故有飲于釜、飲于井者，非虹也，物之乘焉者也。山之蠱爲虹，蛟蜃之氛亦爲虹。此詩爲女子之懷婚姻者而言。

夫婦之父母相謂曰婚姻，男女之以禮合者也。雖然，有信焉，二姓之言不可渝；有命焉，夫婦之恒不可妄。雖然，婚姻矣，行矣，父母兄弟其遠乎，幽之女子所以及同歸而悲也。懷之則奈何？父母之命未及也，媒妁未至也，而有速行之意焉。蓋不勝其燕昵也。

夫淫者人之所能知也，懷者人之所不能知也。雖然，天地之陰陽亂則虹升，不勝其燕昵則人之陰陽亂，而有善感之容色，故詩人以蝃蝀刺之。夫懷之，是朝叔而暮伯也，故曰大無信也；懷之，是援姬而避姞也，故曰不知命也。詩之辭止于此而已。言詩者曰淫，重之曰淫奔，豈詩人意邪？雖然，懷婚媾者不必淫而可以至于淫，淫者不必奔而可以至于奔。是故刑禁之于已然，禮制之于將然，詩防之于未然。先王之道行則夫婦正矣，此《蝃蝀》之義也。

【評語】

「精博如董江都，《有狐》一篇亦似江都。」案：陶批末識「自記」二小字。

有狐説

《有狐》，刺非禮也。「之子」其「無裳」乎？無裳，非禮也。其「無帶」、「無服」乎？無帶、無服，非禮之至也。先王之制禮也，以辨夫婦爲君臣、父子、兄弟、朋友之本，以明廉恥爲辨夫婦之本，以裳、帶、服爲明廉恥之本。無裳、無帶、無服，是禽獸之道也，故憂之。

噫，寡而欲爲室家，康成氏之説曷爲來哉。石絶水爲梁，投亂石，絶澗也，澗絶則水冒梁，而爲瀨，梁之隘可施橋焉。瀨有廣輪，如裳之有幅，故以興無裳。厲，履石渡水也。水冒梁，則于梁置砥，蓋步爲一砥焉，以達于津，其延如帶，故以興無帶。側，懸厂也。懸，故以興無服。

世之儒者，于名物勿辨也，而妄逆古人之意，則益疏也已。

黍離説

《黍離》作于已亂者也，故其辭哀。雖然，亂未艾也，故其思深。其曰「謂我心憂」何也？昔者幽王之禍，三代以來所未有也。晉文侯、衛武公、鄭武公輔周而東，天下以爲王室復定矣。然其時楚起于南，齊横于東，秦萌芽于西，鄭伏于肘腋，天下有潰裂之勢。而平王一以高拱揖讓行之，不至凌夷以至于亡不止。憂也者，憂此也。不然，宗周已棄矣，過其城者，傷之可也，何憂之足云哉？

其曰「謂我何求」何也？昔者平王之君若臣，蓋有辭焉。作洛之志始于武王，平王從先王居，諸侯宗之。以言君父之仇，則犬戎已逐矣；以言朝會之故，則昭夷以降已不能及遠矣：尚何求哉，尚何求哉？蓋國削必苟安，苟安必諱禍，其泄泄有如此者。作于將亂者，爲《魏風》之《園有桃》。已亂則其人懼，將亂則其人偷，「謂我何求」，懼而疑也。偷則斥之曰「士也驕」耳。已亂，則中材之士皆寤矣；將亂，非上智不能知。《黍離》之詩人曰「知我者」，曰「不知我者」，得半之辭也。《園有桃》之詩人，曰「其誰知之」，是國人皆失日也。蓋世之將亂也，天下知其是非進退之謬，而朝廷視所施以爲皆宜，敵國伺于外，權臣伺于内，奸民〔一〕伺于下，而朝廷晏然康樂，以爲吾國家無可乘之隙，其憒憒有如此者。其所以如此者，則《園有桃》所謂「彼人」主之。「彼人」者，如皇父之專是已，如榮夷之好利是已。

然而，《黍離》之詩人不暇責也。一則曰「此何人」，再三則曰「此何人」。「此何人」，蓋即指晉文侯、衛武公、鄭武公言之。何也？幽王事起倉卒，君滅國殘，然四方及畿内諸侯無恙也。三君者，能同心討賊，滅之，絶之，修城池，建社稷宗廟而守之。周可以不東而卒東者，由鄭桓公死難，武公内怛，不敢與犬戎抗，晉文侯、衛武公去西都千里，各顧其國，不爲王室圖久遠也。夫皇父、榮夷，斲之于方茂者也，然且〔二〕纖才侈欲、容悦之徒而已。若三君者，天下仰望爲聖賢豪傑，王室所倚重，而乃至于此，不重可責邪？此《黍離》詩人之意也。

【校記】

〔一〕「奸民」，原作「奸臣」，嘉慶二十年本、同治八年本、光緒十四年本同，嘉慶十六年本、同治二年本作「奸民」。王校：「俞云：『奸臣』當作『奸民』。」今據改。

〔二〕「然且」，王校：「俞云：『且』疑當作『皆』。」

【評語】

「構局奇正相生，置榫雌雄互接，若從激昂馳驟處着眼，便爲買櫝還珠。」案：陶批未識「自記」二小字。

雞鳴説

賢妃之御，其心瞿然，虞晏安之溺焉。雞鳴，未明也；蒼蠅之聲，則將明矣。將明，故蠅聚而爲聲。寐而瞿然曰雞鳴，不知已蒼蠅之聲也，是遲而誤言早也。東方明，已明也；月出而能有光，則未明矣。寐而瞿然曰東方明，不知尚月出之光，是早而誤言遲也。蓋心之警者，其情事之惚恍如此。

不然，蠅無夜聲，且蠅之聲非雞鳴可類也。詩人之比物豈若是邪？是故君子先度物而後言詩。

鴟鴞説

《爾雅》：「鴟鴞，鸋鴂。」郭注曰：「鴟類而已。」《玉篇》始有鵂鶹之説。案《爾雅》列「鵅，鵋鶀」，注云「江東呼鵂鶹爲鵋鶀」，是郭未嘗以鴟鴞爲鵂鶹，《玉篇》之説非也。《方言》、陸疏、《釋文》、《正義》皆言「巧婦鳥」。以《詩》言「綢繆牖户」推之，其諸不甚謬歟？鴞如鳩，一名鵩，一名流離是也。土鴞食母，一名梟鴟是也。鴟鴞如雀，一名鸋鴂是也。鴞、土鴞、鴟鴞，俱名鴞，如五鳩名鳩，九扈名扈，故郭曰鴟類也。「鴟鴞、鴟鴞」，鳥自呼之聲，爲鳥言者皆自呼「姑惡、姑惡」是也。「取子」、「毁室」，指下民言之。此詩《書》僞孔傳以爲作于東征之後，《詩》鄭箋以爲作于東征之前。《史記》以爲既迎周公遂東征，東征西歸乃作詩貽王。今取詩言繹之。

「予惟音曉曉」，是成王未寤也。成王未寤，則《史記》謂迎周公之後非也。曰「予未有室家」，「予室翹翹，風雨所漂揺」，是東國未定也。東國未定，則《史記》、僞孔傳謂東征之後皆非也。

周公作此詩當以鄭箋爲信。然鄭箋謂「取子」爲成王誅周公之屬黨，「毁室」爲絶其官位，奪其土地則甚非。夫周公聖人也，二公亦聖人也，成王大賢人也。周公聞流言，義宜避。二公當周公之避，義宜調護朝廷。成王者，蓋不能釋然于周公耳。曾是三聖一賢，而君臣之間如晉之于荀寅、士吉射，秦之于穰侯、商君乎哉。是故「既取我子」，取管、蔡也。其時管、蔡未誅。取者，管、蔡已外比武庚也，周公蓋傷之也。「毋毁我室」

者，東國有叛志，周公虞之之詞也。「徹土」、「捋荼」、「蓄租」，周公居東，輯侯封，繕王旅，以障東國也。「拮据」、「卒瘏」，周公之勤也。夫二公以勳舊勤勞于内，周公以太保冢宰出巡，既親且賢，勤勞于外，故武庚内引管、蔡，外引徐淮，兵興幾半天下，不旋踵而掃除之。知此，則《鴟鴞》之詩所以開諭成王，思往慮來之故，皆可以觀矣。

讀晏子一

《晏子春秋》，《七略》録之儒家，柳子厚以爲墨子之徒爲之，宜録之墨家。本朝《四庫全書》録之史部。《崇文總目》曰：「《晏子春秋》八篇，今無其書。今書後人所采掇。」其言是也。如梁丘據、高子、孔子皆譏晏子三心，路寢之葬，一以爲逢于何，一以爲盆成适，蓋由采掇所就，故書中歧誤複重多若此。而最陋者，孔子之齊，晏子譏其窮于宋、陳、蔡是也。魯昭公二十九年，孔子之齊，至哀公三年，孔子過宋，桓魋欲殺之。明年，阨于陳、蔡絶糧，皆在定公十年晏子卒之後。今《晏子》乃于之齊時，逆以譏孔子，豈理也哉？其爲書淺隘，不足觀覽，後之讀書者，未必爲所惑。然古書奥衍，遠出《晏子》之上而悖于事理者，蓋多有之，不可不慎也。

讀晏子二

吾州孫兵備星衍爲編修時，常校刊《晏子春秋》，釐正次第，補綴遺失，于是書有功焉。而叙中有不可從者二，是不可不辯。《春秋》：「昭公十七年，有星孛于大辰。」《史記·十二諸侯年表》書之于魯。《左傳》：「昭公二十六年，齊有彗星。」杜注云：「不書魯，不見。」《年表》書之于齊，蓋《史記》之慎也。《左傳》昭公二十年十二月，齊侯至自田，晏子侍于遄臺，景公有「據與我和」之言，飲酒樂，景公有「古而無死」之言。《史記》《齊世家》、《孔子世家》及《年表》俱書田、書入魯境，在書彗星前六年。此事之的然者。今兵備據《晏子》謂遄臺之遊，與論禳彗星乃一時事，甚非也。其謂彗星實在昭公二十年，則益非。彗星地氣所騰耳，非如經緯星有行度纏〔一〕次可推，何以二千載之後逆知爲二十年之事，非二十六年之事邪？且謂二十六年，因陳氏厚施之事追言災祥，陳氏豈至是始厚施邪？古今之書衆矣，當求可依據者而從之，其依據不可考，則視著書之人之德與學，與其書之條理明白者而從之。今舍左丘明、司馬遷，信後人采掇之《晏子》，吾不敢云是也。

《史記》：「越石父賢，在累紲中。晏子出，遭之途，解左驂贖之。」《呂氏春秋》、《新序》云：「齊人累之。」累、縲古通，即縲紲也。《晏子》：「越石父反裘負薪，息于〔二〕途側，曰：吾爲人臣僕于中牟，見使〔三〕將歸。」古者惟罪人爲臣僕，爲臣僕之罪皆可贖。《史記》之言與《晏子》無異也，今兵備據《晏子》謂越石父未嘗攖罪以非《史記》，吾亦不敢云是也。

【校記】

〔一〕「纚」，同治二年本作「躧」。

〔二〕「息于」，原作「息干」，據《晏子春秋·内篇·雜上》（《四部叢刊》景明活字本）改。

〔三〕「使」字原無，據《晏子春秋·内篇·雜上》補。

讀五帝本紀

古者有氏有姓，別姓者其初皆氏也。太史公《五帝本紀》于黃帝曰「姓公孫」，明其非氏也。《夏本紀》曰「姓姒氏」，《商本紀》曰「賜姓子氏」，《周本紀》曰「別姓姬氏」，明其以氏爲姓也。然猶虞後人之略之也。于是于《五帝本紀》之末發其凡曰：「自黄帝至舜、禹，皆同姓而異其國號，以章明德。故黄帝爲有熊，帝顓頊爲高陽，帝嚳爲高辛，帝堯爲陶唐，帝舜爲有虞，帝禹爲夏后而別氏〔一〕，姓姒氏。契爲商，姓子氏。棄爲周，姓姬氏。」嗚呼，可謂慎矣。而鄭漁仲詆之，不亦淺之乎言之哉！後之人于本三代之姓，當如太史公之書姓公孫，于別三代之氏爲姓，當如太史公書夏、商、周之姓，則文得其所矣。

【校記】

〔一〕「氏」字原無，據《史記·五帝本紀》（清武英殿本）補。

【評語】

「子居生平得力《史記》，故太史公心之精微皆能道之。讀《史記》五篇，真前無古後無今也。」

案：陶批末識「自記」二小字。

讀管蔡世家

太史公著《管蔡世家》，始書曰：「武王同母兄弟十人，母曰太姒，文王正妃也。其長子曰伯邑考，次曰武王發，次曰管叔鮮，次曰周公旦，次曰蔡叔度，次曰曹叔振鐸，次曰成叔武，次曰霍叔處，次曰康叔封，次曰冉季載，最少。」末書曰：「伯邑考，其後不知所封。武王發，其後爲周，有本紀言。管叔鮮作亂誅死，無後。周公旦，其後爲魯，有世家言。」「成叔武，其後無所見。霍叔處，其後晋獻公時滅霍。康叔封，其後爲衛，有世家言。冉季載，其後世無所見。」以後世史例言之，同母兄弟不宜書于《周本紀》，而《魯世家》宜書。太史公不書，其懼傷周公之心歟？

然必書之《管蔡世家》者，所以見聖人之不幸也。且管叔、蔡叔均罪，而管叔無後，不得有世家。太史公不書曰「蔡世家」，而曰「管蔡世家」，蓋聖人之處兄弟也，盡乎當然之仁義而已。使管叔有後如蔡仲，周公必言于成王，如蔡仲之封，豈有異哉！太史公之智足以知聖如此，故曰紹明世，正《易傳》，繼《春秋》，本《詩》、《書》、《禮》、《樂》之際也。

讀魯仲連鄒陽列〔一〕傳

太史公以鄒陽附《魯仲連傳》，自《索隱》疑其時代懸隔，後人不得附傳之，故遂疑《漢書》鄒陽説王美人兄，以解梁孝王之難，與魯仲連解邯鄲之厄同。夫王美人之事，宵人由竇者所爲，豈足以辱仲連先生？敬蓋讀是傳，而知太史公之傷之也。夫翕訿者據高位，愚賤者服先畝，天下之士不能待死牖下，又不能通籍于天子之庭，則挾技以游于諸侯間耳。而諸侯者方且曰：是吾故豢之，是吾故不妨辱之、殺之。是故如仲連者，飄然遠舉，不受羈紲爲可耳。不然，能不如鄒陽之受禍哉！

今去太史公之時二千年矣，凡客游者不如仲連以策干，即如鄒陽以藝進，輕爵禄則如仲連之高，懷恩私則如鄒陽之辱。由是言之，彼四公子之門，其擾攘何如，當有不可以意推者矣。故君子之就也，擇地而不違于義；去也，審幾而不傷于仁。

【校記】

〔一〕「列」字原無，據目録補。

讀張耳陳餘列傳

穀梁子曰：「君子之于物，無所苟而已，石鶂猶且盡其辭，而況于人乎？故五石、六鶂之辭不設，則王道不亢矣。」古之作史者辯于物，析于事，慎于文。辯于物，故名正；析于事，故理順；慎于文，故勸懲明。《史記·張耳陳餘列傳》：「廷尉以貫高事辭聞，上曰：『壯士！誰知者？以私問之。』」「壯士」，意其可以私問也。「中大夫泄公曰：『臣之邑子素知之，此固趙國立名義不侵爲然諾者也。』上使泄公持節問之。」「立名義不侵爲然諾」，不可以私問也。「使泄公具告之，曰：『張王已出。』因赦貫高，貫高喜曰：『吾王審出乎？』」貫高之心惟知有王，故問出王，不問赦高也。「泄公曰：『然。』泄公曰：『上多足下，故赦足下。』」泄公之心惟知有高，故複言赦高，不言出王也。至貫高絶肮死，太史公斷之曰：「當此之時，名聞天下。」如是而已。何也？家臣知有家，而不知有國，諸侯之臣知有國，而不知有天下，皆大亂之道。如貫高者，足以聳動激昂，入人肝膈，然而君子不以仁義褒焉。

孟子曰：「孔子成《春秋》，而亂臣賊子懼。」于此可以觀矣。

【評語】

「王葵園曰：筆力雄大，而識足以緯之。」案：此條據王批過録。王葵園，即王先謙，此條見王氏所選《續古文辭類纂》是篇文末評語，王秉恩殆據彼過録。

讀貨殖列傳

作史之法有二，太史公皆自發之。其一，《留侯世家》曰：「所與上從容言天下事甚衆，非天下所以存亡，故不著〔一〕。」此作本紀、世家、列傳法也，而表、書亦用之。其一，《報任少卿書》曰：「究天人之際，通古今之變。」此作表、書法也，而本紀、世家、列傳亦用之。《史記》七十列傳各發一義，皆有明于天人古今之數，而十類傳爲最著。蓋三代之後，仕者惟循吏、酷吏、佞幸三途，其餘心力異于人者，不歸儒林則歸游俠、歸貨殖，天下盡于此矣。其旁出者，爲刺客，爲滑稽，爲日者，爲龜策，皆畸零之人。是故貨殖者，亦天人古今之大會也。鍾伯敬謂補《平準書》所未備，可以操治天下之故，其義乃推而得之，其諸非太史公之本義歟！

【校記】

〔一〕「著」，原作「書」，據《史記·留侯世家》改。

【評語】

「周自庵曰：心思獨到。」案：此條據王批過録。又見於王先謙《續古文辭類纂》，王秉恩殆據彼過録。

「看似平直，其實曲折奥衍，奇氣横溢。」

「得力在一簡字。」案：此二條據楊批、佚名批點本過録。

讀霍光傳

此傳七千餘言，所書者四事耳。其一，受遺輔政；其二，殺燕王、蓋主、上官桀；其三，廢昌邑王，立宣帝；其四，霍氏謀反伏誅而已。

孟堅之文整贍得大體，即此傳可見。而著光之罪，則微而顯焉。何也？昌邑羣臣，坐無輔道之誼，陷王于惡，光悉誅殺二百餘人。出死，號呼市中，曰：「當斷不斷，反受其亂。」是昌邑羣臣謀光，光因廢王殺羣臣耳。光懲于此，故立宣帝，以起側微，無從官及强媚親爲黨也。爲人臣而如是，即無弑許后之事，豈有不滅族者哉？禹、山、雲皆少年愚騃，非能爲惡者，孟堅皆詳書之，而篇末載徐福抑制霍氏，書所以責宣帝不能全功臣之後，載謁見高廟而斷之曰：「霍氏之禍，萌于驂乘。」所以見不臣之罪，不始于禹、山、雲，而在光，故曰良史也。

讀論衡

吾友張皋文嘗薄《論衡》，詆爲鄙冗，其《問孔》諸篇益無理致，然亦有不可没者，其氣平，其思通，其義時歸于反身。蓋子任稟質卑薄，卑薄故迂退，迂退故言煩而意近。其爲文以荀卿子爲途軌而無其才與學，所得遂止此。然視爲商、韓之説者，有徑庭焉。

卑薄則易近于道，高强則易入于術。斯亦兼人者所宜知也。

孟子荀卿列傳書後

敬十五六時讀《史記》，以孟子、荀卿與諸子同傳不得其説，問之舅氏清如先生。先生曰：「此法史家亡之久矣。太史公傳孟子，曰『受業子思之門人』，曰『道既通』，蓋太史公于孔子之後，推孟子一人而已。而世主卒不用，所用者孫子、田忌，戰攻之徒耳；次則三騶子、淳于髡諸人，其術皆足以動世主，傳中所謂牛鼎之意也。而孟子獨陳先王之道，豈有幸邪？荀卿者，非孟子匹也，然以談儒、墨、道德廢，况孟子邪？蓋罪世主之辭也。其行文如大海泛蕩，不出于厓；如龍登玄雲，遠視有悠然之迹而已。孟堅、蔚宗不能至也。然世主所以不用孟子者何也？陷于利也，而不知即所以亡，故以梁惠王言利發端，又引孔子罕言利以明孟子之所祖。是以荀卿形孟子，以諸子形孟子、荀卿，故題曰《孟子荀卿列傳》。若孟堅、蔚宗，當題『孟二騶〔一〕淳于列傳』矣。此《史記》所以可貴也。」後見敬讀《文選》，曰：「汝知從横之道乎？言相并，必有左右，意相附，必有陰陽，錯綜用之，即從横也。」敬思之竟日，仍于先生之言《史記》得之。于是，讀天下之書皆釋然矣。

嘉慶十一年，敬年五十，于南昌道觀爲余生鼎言之。十二年，于瑞金官舍讀陶庵先生文，乃知清如先生之所本，遂書之，兼以寄余生。

【校記】

〔一〕「二騶」，當作「三騶」。《史記·孟子荀卿列傳》「齊有三騶子」（清武英殿本），爲騶忌、騶衍、騶奭三人。前文亦云「三騶子」。

古今人表書後

《漢書·古今人表》〔一〕始太昊宓羲氏，終于董翳、司馬欣，而漢之君臣不與焉。顔師古曰：「但次古人，不表今人者，其書未畢也。」

惲子居曰：顔氏此言非也。孟堅爲漢人，于漢之君臣將如何而差等之？是故次古人即以表今人也。哀、平之間，蓋多故矣，孟堅于身無事功而爲弒與被弒、被滅者列之第九等之愚人，而有事功者列之第八等，所以著哀、平、王莽之罪也。身爲弑而列第七等者，惟崔杼、慶封、陳恒，蓋莊公下淫，景公廢嫡，亂不自下始也。是故覆漢祚者，平帝可原，哀帝不可原，推而上之，成帝亦不可原。齊桓公列第五等，秦始皇列第六等，而高祖、武帝可推而知。老子列第四等，而文帝可推而知。

蓋古人多以絶人之才識，百慮千計而筆之于書，讀之者委曲推明尚不能得其十五。太史公曰：「非好學深思，心知其意，未易爲淺見寡聞道也。」敬以此法讀三代、秦、漢之書，自魏、晉以下，則知者鮮矣。

【校記】

〔一〕「漢書古今人表」，嘉慶二十年本、同治二年本、光緒十四年本作「漢書古今表」，同治八年本校補「人」字，底本沿之。

三國志書後〔一〕

秀水朱錫鬯氏稱陳承祚削魏氏受禪碑，而詳書漢中王武擔山即皇帝位文并羣臣勸進表，爲以統與蜀，此承祚意也。後人讀史不尋始末，較其書法所在，據一端之偏即深文斥之。如謂《史記》尊黄老，《三國志》帝篡竊，古人豈任此邪？敬反覆觀之，復得數端，可以發錫鬯氏之説。

《史記》、《漢書》之法，曰傳，曰志，曰表，曰論，曰贊。承祚作史，有傳，無志、表，何也？彼三國者，不足當一代之制也。蜀得國最後，失國最先，吴據江表，魏以篡終始，故皆奪之。然蜀用漢儀法，無志、表亦傳。若吴、魏之制，皆不傳矣，此奪之至也。其以評易論，而無贊，何也？吴、魏之君若臣，皆亂世之雄耳，贊之是長亂也。蜀以討賊號天下，故于《楊戲傳》載蜀君臣贊以别之，是正于吴、魏也。其目書曰「武帝操」、「明帝叡」，何也？與「先主備」、「吴主權」同書也，明魏之非帝而已。魏非帝，而蜀之宜爲帝，人無有知之者，故于《蜀書》曰「先主備」，而于《吴書》曰「吴主權」，不稱「先主權」，吴者非蜀儕也。吴非蜀儕，魏又何得以蜀爲寇敵邪？此與之至也。

《春秋》之義，微而顯，志而晦，《史記》蓋得其意幾十之六七，《漢書》得四五，《三國志》得一二，自《晉書》以下戛戛乎幾無有焉。《五代史》知此法而不能用，故書法必自爲論，以道達之。此史之所以不古若歟！

【校記】

〔一〕篇名原作「書三國志後」，目録作「三國志書後」，與前後體例一致，今據改。

諸夏侯曹傳書後〔一〕

《武帝紀》注引《曹瞞傳》及《世語》，以操父嵩爲夏侯氏之子，于惇爲叔父，後人謂承祚合傳夏侯、曹以此。此殊乖剌。

按傳，太祖以女清河公主妻惇子楙，而淵子衡亦尚太祖弟海陽哀侯女，尚適室又曹氏女也。操雖鬼蜮，何至汙亂若此邪？蓋二氏世爲婚媾。惇、淵有開國勳，與仁、洪、休、真等。及其亡也，爽與玄先後誅夷，大權始盡歸司馬氏。故合傳之以觀魏氏興衰之所由，乃作史定法也。賈詡卑雜，因諫〔二〕易世子安危所係，乃得與二荀同傳，其諸亦此義歟！

【校記】

〔一〕篇名原作「書諸夏侯曹傳後」，目録作「諸夏侯曹傳書後」，與前後體例一致，今據改。

〔二〕「諫」，同治二年本作「謀」。

鈐山堂集書後〔一〕

分宜萬輞岡上遴以《鈐山堂集》見遺，凡若干卷。其詩文庳陋，無足言者。序凡十餘，皆忸怩之言，而湛若水爲最，以唐順之之才識，所言亦無殊異焉。

嗟乎，士生晚近世，而號于天下曰能文，其不受此辱者幸也。閻立本以畫水禽爲恥，章誕題淩〔二〕雲臺榜至自悔絶筆法，以今視之，孰若此辱之甚哉！

【校記】

〔一〕篇名原作「書鈐山堂集」，目録作「鈐山堂集書後」，與前後體例一致，今據改。

〔二〕王校：「『淩』當作『陵』。」案：當作「淩云臺榜」，原文不誤。

金剛經書後一

《金剛經》凡六譯，今多行鳩摩羅什本，通五千一百八十七言。敬嘗誦言及之，張皋文以敬言爲儒墨混，敬何敢然邪？且佛氏非墨也。凡敬之爲言，以明孔子之道。如是，佛之言與後之爲佛者，竊孔子之言以爲言，皆莫外乎孔子之道而已。因書于是經之後，以考其出入焉。

經曰「應如是住，如是降伏其心」，曰「應無所住而生其心」，曰「應無所住行于布施」，三言而已。《中庸》之言曰：「經綸天下之大經，立天下之大本，知天地之化育，夫焉有所倚？」所謂「無所住」非邪？曰「肫肫其仁，淵淵其淵，浩浩其天」，所謂「生其心」非邪？子貢曰：「如有博施于民，而能濟衆何如？」孔子曰：「何事于仁，必也聖乎。」所謂「行于布施」非邪？《大學》之言曰：「心有所忿懥，則不得其正；有所恐懼，則不得其正；有所好樂，則不得其正；有所憂患，則不得其正。」所住之過如此。曰：「心不在焉，視而不見，聽而不聞，食而不知其味。」不生其心之過如此。蓋天之生人，均是髮、膚，耳、目、心、志，其于道也，皆一本焉。故心之本然，聖人能知其故而言之者，佛與爲佛者亦能知其故而言之，特不能如聖人之中且正而得實。譯者又多以意比附，故諸經之言或明或晦，或詭或法，而是經亦多覆沓卑雜之辭。至其精審，未有不與聖人之言相當有如此者。慧可曰「我已息諸緣」，曰「不成斷滅」，亦此義也。若其誑誘之術，矯僻之行，汪洋寥廓之談，愈遠而愈歧，則未有所抵也夫！

【評語】

「兩篇之議，如水潑成，如鐵鑄就，分合得失，俱還他實落處，與明儒以儒證佛，以佛證儒，俱推入洸洋中者不同。」案：陶批末識「自記」二小字，批在《金剛經書後二》篇末。

金剛經書後二

《金剛經》曰：「若有善男子、善女人，以七寶滿恒河沙數，三千大千世界以用布施，得福多否？須菩提言甚多。世尊佛告須菩提：『若善男子、善女人于此經中，乃至四句偈等爲他人說，而此福德勝前福德。』」此言財施也。又曰：「若有善男子、善女人，初日分以恒河沙等身布施，中日分復以恒河沙等身布施，如是無量百千萬億劫以身布施，若復有人聞是經典，信心不逆，其福勝彼，何况書寫、受持、誦讀、爲人解説？」此言身施也。

孟子曰：「中天下而立，定四海之民，所性不存焉。」《金剛經》言受持，即「所性」也。言施財、施身，即「中天下而立，定四海之民」也，故其福德不侔如此。雖然，猶有進于布施必言無住，于受持《金剛經》必言無一法可得。孔子曰：「巍巍乎，舜禹之有天下也，而不與焉。」蓋于道庶幾矣。其異于聖人者，聖人以能充本然之知爲用，故循性以達情，而五倫序，萬事備。佛以不撓本然之知爲體，故返情以合性，視五倫爲外附之物而決去之，而萬事懈涣矣。聖人言物言事，而至微至幽者在焉。佛以言理言道爲大障，而求其無障者，故自言而自非其言，且自非其非言之言。如脱繫蹄而繫益堅，如推拳手而拳益酷，教乘宗乘未有能出乎此者，此不可不知也。

楞伽經書後一

周萬載伯藹前令星子，于廢招提得《楞伽經記》，明沙門德清戍粤東時所著也。其記漫衍，頗有不附經旨者。敬假之伯藹，自南昌至寧都輿中讀之。訖一過，書後歸之。

凡佛經之説，其辭旨無甚大異。此經不立一義，而諸義皆立，悉與《金剛經》相比，惟艱晦過當。達摩至中國，掃除一切文字，以此經付慧可大師。蓋艱則難入，晦則難出。難入則意識無所用，難出則怡然涣然者皆得之自然。乃即文字中斷文字障法也。

至鴻忍大師易以《金剛經》，簡直平易，人皆樂從，故道法大行，而禪復流于文字，此《五宗語録》之所以歧互也。經中開卷斥百八句皆非，則全經語句無著爲最勝處。蓋《金剛經》先説法，後説非法；此經先説非法，後説法，一而已矣。其言不離妄想即見正智，與《楞嚴》「無始生死根本」、「無始元清淨體」義同，與《法華經》「是法非思量分別之所能解，惟有諸佛乃能知之」義亦同。佛法豈在多求邪？德清記此經有四千卷，此十分之一，以驚〔一〕愚者耳。

【校記】

〔一〕「驚」，光緒十四年本作「警」。

【評語】

「先生自言：『如此下語，人以惲子居爲宋學者固非，漢唐之學者亦非也。男兒必有自立之處，豈肯隨人作計。』」案：此條據楊批、佚名批點本過録。實出自先生《大雲山房言事》卷二《答方九江》中文字，録爲自評，故題「先生自言」。

楞伽經書後二

德清曰：「《楞嚴》以阿難入淫舍，故唱《斷淫》；《楞伽》爲夜叉王説法，故唱《斷肉》。」今檢經語疏《斷肉》之故，十有七其義皆陋，而最妄者，謂一切衆生從本已來，展轉因緣，常爲六親，不應食肉，使生怖懼。

夫親想肉不應食，非親想肉應食耶？展轉因緣，有色無色，有想無想皆有之。而佛聽穀食，并食蔬果何也？蓋佛經多爲無識者附益，故陋而且妄如此。

天發神讖碑跋

嘉慶十五年六月丙午，歙汪古香于南昌市中購得《天發神讖碑》摹本二，一自藏，一詒建平龔西原。時西原攜酒飲陽湖惲子居齋中，子居書其後。

此碑相傳爲皇象休明書，按《吴志·趙達傳》注：「象，廣陵江都人，幼工書。時有張子并、陳梁甫能書，甫恨逋，并恨峻，象斟酌其間，甚得其妙。」逋即庯之借，通餔，屋上平也。平曰陠，險曰峻，此碑書險絶，亦恨峻，不知休明之斟酌何在。官帖中休明《文武帖》能斟酌遒峻之間。《書斷》言休明八分亞于蔡邕，邕八分亦無過遒、過峻者，則此碑非休明書也。《金陵瑣事》以爲蘇建書，《書史會要》稱建書與皇象同，今建書《國山碑》與此碑殊不相入，後之君子闕疑，其庶幾歟！

乙瑛碑跋

右張子潔所藏《乙瑛碑》，頗有神采，其整暇暢美，爲唐人分書作嚆矢矣。宋張穉圭定爲鍾元常書。《隸釋》考元常生卒與立碑歲月不相及，然此碑韻勝處視元常正書、行押〔一〕書亦相發。二王風流始于元常，蓋東漢之末，其風氣漸及六朝，可以觀世變也。

【校記】

〔一〕「押」，同治二年本作「狎」。王校：「『押』當改『狎』。」案：行狎書即行書，押、狎皆通。

孔羡碑跋

右魏《孔羡碑》殘本，常熟嚴相君故物。相君藏全本，身後散落，書賈得其三之一，以詒陽城張子潔。摹拓尚佳，可藏也。

全碑「置百石卒以守衛之」，「卒」上缺一字，《隸釋》作「吏卒」，後人因漢有「百石卒史」、「二百石卒史」，遂以《隸釋》爲不然。敬按《百官表》，二百石以上爲長吏，百石以下爲少吏。「卒史」者，將卒之史，即吏也。卒者，吏卒、正卒也。其不將卒，亦稱卒史者，五經卒史、文學卒史，秩比卒史也。此碑卒史將守衛之卒止書官稱，卒史書官，并書所將，可稱吏卒，故《三國志》亦書吏卒。而《乙瑛百石卒史碑》碑末書「造作百石吏舍」，可互觀證焉。〔一〕

明人跋此碑多罪魏氏父子，乃史論體耳。金石之學至本朝大明，考正字畫則通會小學，參次年月則推明史事，故其學斷不可廢。若如史論，讀史足矣，何必爲金石耶？《隸釋》于金石有功，此碑之説則謬甚。魏氏立國，殊不足道，而《隸釋》以爲味素王之言，行六經之道，不止鼎峙之業，是獘簒也，其論又在明人下矣。

【校記】

〔一〕嘉慶十六年本文止「可互觀證焉」，無「明人跋此碑」以下文字。

卷三

與紉之論文書

紉之吾宗足下：敬與紉之同出于提舉公，蓋二十餘世矣，不可謂不遠。雖然，吾宗之能學者不數人，能學而行復有儀矩者益不數人，敬于紉之心之近之也久矣。昨者相見，敬所以望紉之者甚博，而紉之以古人之所以爲文者問焉，紉之之志止乎是耶，抑敬之所知者不足以越乎是邪？甚非敬之所望也。

文者，小道也，而人喜爲之，爲之而復喜言之。本朝如魏叔子、姜西溟、邵子湘諸人，皆累累言之矣，盡矣，敬復何所言邪？等而上之，元明之人言之矣，宋之人言之矣。如和鼓然，其聲無以甚異也，敬復何所言邪？雖然，紉之之意不可無以應也。且敬所謂甚博者，未嘗不可于言文推之，紉之慎擇之可也。

夫後世之言文者，未有如退之之爲正者也；退之之言文，則告尉遲生、李生爲最。

吾少之時，蓋嘗讀而樂之。若柳子厚、李習之與韋中立、王載言〔一〕所言，視退之相出入者也，紉之求之乎是焉，足矣。雖然，退之、子厚、習之各言其所歷者也，一家之所得也；于天下之文，其本末條貫，有未備者焉。敬請合三子者之言爲紉之申言之。其是邪，其未是邪，紉之擇之可也。

孔子曰：「辭達而已矣。」孟子曰：「詖辭知其所蔽，淫辭知其所陷，邪辭知其所離，遁辭知其所窮。」古之辭具在也，其無所蔽、所陷、所離、所窮四者，皆達者也。有所蔽、所陷、所離、所窮四者，皆不達者也。然而是四者有有之而于達無害者焉，列禦寇、莊周之言是也，非聖人之所謂達也。有時有之，時無之，而于達亦無害者焉，管仲、荀卿之書是也，亦非聖人之所謂達也。聖人之所謂達者何哉？其心嚴而慎者，其辭端；其神暇而愉者，其辭和；其氣灝然而行者，其辭大；其知通于微者，其辭無不至。言理之辭，如火之明，上下無不灼然，而迹不可求也；言情之辭，如水之曲行旁至，灌渠入穴，遠來而不知所往也；言事之辭，如土之墳壤鹹瀉，而無不可用也。此其本也，蓋猶有末焉。其機如弓弩之張，在乎手而志則的也；其行如挈壺之遞下而微至也；其體如宗廟圭琮之不可雜置也；如毛髮肌膚骨肉之皆備，而運于脈也；如觀于崇岡深巖，進退俯仰而横側喬墮無定也。如是，其可以爲能于文者乎？若其從入之途，則有要焉，曰：其氣澄而無滓也，積之，則無滓而能厚也；其質整而無裂也，馴之，則無裂而能變也。退之、子厚、習之，能之而言之者也；敬，未能之而言之者也。天下有能之而言不能盡者矣，未有未能之而言能盡者也。紉之益申之可也。十一〔二〕月十五日敬謹上。

【校記】

〔一〕「王載言」，原作「王載」。沈校曰：「按《李文公集》中有《答王載言書》，此文『載』字下當是脱一『言』字。」案：王載言，《李文公集》他本又作朱載言、梁載言。今據補「言」字。

〔二〕「十一」，原作「十」，據諸校本改。

【評語】

「合韓、柳數書觀之，行文之體用盡矣。」

「此書皆道其得力。」案：此二條據王批過録。

上秦小峴按察書

小峴先生閣下：往者敬居京師，知先生善詩、古文。及官富陽，先生分巡杭、嘉、湖三府，敬以屬吏見，所言者官事耳，其他未之敢言。何也？詩、古文者，藝事也，縣官非言藝之官，且敬于先生非故舊也，則未知大人之門，以言藝進者，相率以言藝歟，抑不免視所好而投之以是歟？如視所好而投之以是，是與操瑟之工、獻狗馬之客相去無幾何也。且視所好而投之者必有所求，縣官于分巡，其所求非如操瑟之工、獻狗馬之客衣食利益而已也，夫是以不敢。

後先生奉命按察湖南，敬知新喻，先生道過而辱存之，敬所以待下執事者，皆天下所謂縣官之事也。何也？敬于先生知之未深，則未知先生于敬亦深知之歟，不深知之歟？則爲敬者，天下所謂縣官而已矣。及先生以爲過上，事後復移書賜之以善言，敬始自悔；又聞以引疾去官，敬益用自悔。何也？天下惟賢者能以賢望人，亦惟能退者必能進而有所爲，是先生非猶夫世之所謂分巡按察而已。而敬之兢兢自外，淺之乎爲丈夫也。

蓋敬積十五年而後敢言深知先生，其前後審慎如此。雖然，未之知與知之未深，則彼此如途人之偶值可也。知矣，知之深矣，則友也。友之道，近則相示以行，遠則相示以言，皆中于道而後可。

詩、古文，藝事也，而道見焉。今先生所爲詩，所爲古文，業已集而刻之，敬之意以爲宜排次之，不宜以多多積之也。以多多積之，則于道多歧。先生所與言藝者，仲倫、惕甫，皆敬友也。仲倫達心而懦，惕甫强有力而自是。仲倫之于道也僉，惕甫之于道也越，其于先生之詩、古文，燕閒之見必言之盡力矣，然二子所見于道未能盡也。敬者，于道能知之而不能行之，于文能言之而不能爲之，然義不可以無言也，則請即二子者之序言而下籤以言之，先生以爲異于操瑟之工、獻狗馬之客歟，抑非然歟？然今者敬無所求于先生，并不如操瑟之工、獻狗馬之客有衣食利益之志也，則又在乎先生知敬之深也已。九月十九日惲敬謹上。

【評語】

「翩然矯然，骨韻絶勝，通體用《戰國策》。用古法，方不爲古人所壓。」案：此條據陶批、楊批過録，陶批末識「自記」二小字。

上曹儷笙侍郎書

儷笙先生閣下：　前者，敬在寧都上謁，先生過聽彭臨川之言，諄然以昔人之所以爲古文者下問，侍坐之頃，未能達其心之所欲言。回縣後，竊願一陳其不敏。而下官之事上者，如古之奏記，如牋，如啓，皆束於體制，塗飾巧僞，殊無足觀。至前明之稟，幾于胥隸之辭矣。古者，自上宰相至于儕等相往復，皆曰書，其言疏通曲折，極其所至而後已。謹以達之左右，惟先生教正之。

古文，文中之一體耳，而其體至正。不可餘，餘則支；不可盡，盡則敝；不可爲容，爲容則體下。方望溪先生曰：「古文雖小道，失其傳者七百年。」望溪之言若是，是明之遵巖、震川，本朝之雪苑、勺庭、堯峰諸君子，世俗推爲作者，一不得與乎望溪之所許矣。望溪謹厚，兼學有源本，豈妄爲此論邪？　蓋遵巖、震川常有意爲古文者也。有意爲古文，而平生之才與學不能沛然于所爲之文之外，則將依附其體而爲之；依附其體而爲之，則爲支、爲敝、爲體下，不招而至矣。是故遵巖之文贍，贍則用力必過，其失也，少支而多敝；震川之文謹，謹則置辭必近，其失也，少敝而多支。而爲容之失，二家緩急不同，同出于體下，集中之得者十有六七，失者十而三四焉。此望溪之所以不滿也。

李安溪先生曰：「古文，韓公之後惟介甫得其法。」是説也，視望溪之言有加甚焉。敬常〔二〕即安溪之意推之，蓋雪苑、勺庭之失，毗于遵巖，而鋭過之，其疾徵于三蘇氏；堯峰之失，毗于震川，而弱過之，其疾徵于歐陽文忠公。歐與蘇二家所畜有餘，故其疾難形；雪苑、勺庭、堯峰所畜不足，故其疾易見。噫，可謂難矣！然望溪之于古文，則又有未至者，是故旨近端而有時而歧，辭近醇而有時而窳。近日朱梅崖等于望溪有不足之辭，而梅崖所得視望溪益庳隘。文人之見日勝一日，其力則日遜焉，是亦可虞者也。

敬生于下里，以禄養趨走下吏，不獲與世之大人君子相處，而得其源流之所以然。同州諸前達多習校録，嚴考證，成專家。爲賦詠者，或率意自恣。而大江南北以文名天下者，幾于昌狂無理，排溺一世之人，其勢力至今未已。敬爲之動者數矣。所幸少樂疏曠，未嘗捉筆求若輩所謂文之工者而浸漬之，其道不親，其事不習，故心不爲所陷，而漸有以知其非。後與同州張皋文、吴仲倫，桐城王悔生遊，始知姚姬傳之學出于劉海峰，劉海峰之學出于方望溪。及求三人之文觀之，又未足以饜其心所欲云者。由是由本朝推之于明，推之于宋、唐，推之于漢與秦，斷斷焉析其正變，區其長短，然後知望溪之所以不滿者，蓋自厚趨薄，自堅趨瑕，自大趨小，而其體之正，不特遵巖、震川以下未之有變，即海峰、姬傳亦非破壞典型、沈酣淫詖者，不可謂傳之盡失也。若是，則所謂爲支、爲敝、爲體下，皆其薄、其瑕、其小爲之。如能盡其才與學以從事焉，則支者如山之立，敝者如水〔二〕之去腐，體下者如負青天之高。于是積之而爲厚焉，斂之而爲堅焉，充之而爲大焉，且不患其傳之盡失也。然所謂才與學者何哉？曾子固曰：「明必足以周萬事之理，道必足以適天下之用，智必足以通難知之意，文必足以發難顯之情。」如是而已。皋文最淵雅，中道而逝；仲倫才弱，悔生氣敗。敬蹉跎歲時，年及五十，無所成就必矣。天下之大，當必有具絕人之能，荒江老屋，求有以自信者，先生能留意焉，則斯事〔三〕之幸也。附呈近作數首，聊以塞盛意。愧悚愧悚。十月二十日惲敬謹上。

【校記】

〔一〕「常」，原作「當」，據諸校本改。

〔二〕「水」，同治二年本作「木」。

〔三〕「事」，嘉慶十六年本作「道」。陶批：「『事』當作『道』。」

【評語】

「委蛇滃蕩，各極其觀。」案：陶批末識「自記」二小字。

答曹〔一〕儷笙尚書書

儷笙先生閣下：九月中得手書，欣慰無似。先生當代大君子，乃肯垂念愚鄙之夫所不足者而教正之，先生所以厚待敬者至矣。敬且感且奮，思竭力自湔濯，以副所期，先生亦必許其能改也。然往歲之事，竊有小人之心二端，不敢不爲知己告者。敬家貧無可爲生，官事支缺多端，又待質幾五閲月，意欲棄官歸不肖之身于先生，庶幾過貴州，就一授經之席，使俯仰無虞，而道藝亦有所益，一也。士之處下位者，入門户則終身不能出，而可以罷官可以不罷官之時，門户之界也。今歲春首，有書與知交，言不爲熙寧之附介甫，亦不爲元祐之附司馬公，況在往歲，豈敢不慎？故寧直無曲，寧激無隨，二也。此二端，皆私心妄作，言之慚甚，豈敢自附于古之强項者邪？然先生知其外之强項而有以進之，即知其内之并不及强項，亦必不鄙之棄之，而復有以進之，此敬所以敢披露肝膽于左右也。

正月中，秋潭來書，述先生之命徵秋潭詩并及鄙文，敬以贈送序多諂諛之辭，恐獲罪門下，未敢率爾執筆。三月中，聞秋潭被劾，四月中而訃至。傷哉！傷哉！撫軍非欲殺秋潭之人，而秋潭竟死。秋潭非以被劾致病之人，其事亦非被劾可致病之事，而秋潭竟以病死，如之何？如之何！方秋潭在時，人多異議者；今秋潭死矣，何處復得一彭秋潭？惜其子奔走衣食，敬三索行述不得，然銘墓之辭，敬前與秋潭定交，曾以後死自任，不負此諾也。稿本并近作數首奉呈，惟暇中正定之。書中名帖，不敢當，不敢當。

先生〔二〕德位崇重，下交于奔走之吏，先生之道益光矣。然天下必有言敬之僭者，謹附繳，惟先生曲諒之。乍寒，一切爲道自重。七月十一日惲敬謹上。

【校記】

〔一〕篇名「曹」字原無，據目録補。

〔二〕「生」，原作「王」，據諸校本改。

【評語】

「激昂之文，最難清瀏，此性分中不可强也。」案：陶批末識「自記」二小字。

上汪瑟庵侍郎書

瑟庵先生閣下：敬奔走塵俗，逾二紀矣。所治荒遠，久不奉教于賢士大夫。竊意迂戇之質，百無可爲，惟耗升斗禄爲讀書自守之資，可以盡年，可以長世，然未嘗不以弇陋爲懼也。

古之君子，學于古人則思畢其異同，學于今人則思正其得失。小生之所知，下吏之所能，其不可自晝明矣。然不敢輒以之干人者，或好尚不同，徒取憎惡，或事權所在，迹涉梯媒，與其過而近，毋寧過而遠，與其近而人知，毋寧遠而人不知。此居下之道也。然敬嘗觀之，古人蓋有自達之于當路者，意者或一道歟？夫天下未有以自達爲道者也，意者或有其不苟者歟？昔者，退之上盧邁、趙璟、賈耽書，皆誚責諷刺之言。蘇明允上韓樞密、富丞相書，皆劫持誇誕之言。及答李習之與歐陽内翰，則大伸其性情學問之所得。是故一介之士，屏人獨處，仰而思，俯而書，無論富貴酣養者，不足與其旨甘，分其膏澤，即如韓樞密之瓌傑，富丞相之重碩，文丞相之敦惠，若與之抽毫命牘，酬酢古今，析毫黍之理，舉丘山之事，恐未能盡其精微，周其博大。天之生才，各有所尚，不可强也。若是，則所謂不可苟者，亦有其不可失者歟！

先生自通籍時即以好古力學聞天下，然而不知者曰：「是宗漢儒，不宗宋儒；是喜治經，不喜治史。」敬在下風，蓋有年矣，區區之忱，未能無惑。及前日上謁，而淵然之容，雍然之論，所謂異同黨伐，古今愛薄之説，無幾微見于神志語言，而後知前之云云者，皆淺人附和，未能深窺，而性情之平頗，學問之純雜，非親接不足以得大凡也。

敬五十之年，斷斷此事，不日進則日退，惟得有道教正之，或可不爲流俗人所限。謹録舊作一首、近作五首呈之左右，惟先生諒焉。九月二十五日惲敬謹上。

【評語】

「神淵無風，其淪漣淡蕩處，亦非池沼之觀。」　案：陶批末識「自記」二小字。

答吴白厂〔一〕書

白厂二兄足下：二十一日使至，得手書，藉悉興居萬福，慰甚。蒙惠寄細絹墨竹一幀，吴綾仿宣紙墨松各一幀，而命敬以一言告後世之知者，敬何人斯，敢當斯語邪？然常從二兄于舒三白香之所，二兄大醉狂叫，稱畫則文湖州、米襄陽復生，詩〔二〕尚當讓出一頭地。敬觀前人之推湖州者，曰「富瀟灑之姿，逼檀欒之秀」而已。二兄畫竹，堅潤通脱，豈惟雁行湖州，蓋駸駸乎抗衡齊首，而將毋越之。襄陽畫擅場人物山水，乃二兄所不作者。然襄陽自詡，謂不使一筆入吴生，又謂無一筆關仝、李成俗氣，是襄陽以高古出塵爲宗。二兄畫松，作氣滿前，如驟雨，如旋風，當求之張文通以下。惟襄陽爲裕陵書屏，反繫袍，跳躍便捷，不爲富貴所懾。二兄當之應無愧昔賢耳。湖州、襄陽所傳之《丹淵集》、《襄陽集》，其詩如工部之文，如記室之賦，意趣與俗懸別。二兄則揣摩諸家而能洗刷之，浩浩乎，儵儵乎。敬常謂乾隆中江右第一，信有湖州、襄陽所畏者。

雖然，古人極深、極微、極正之作何如？深而可至，微而可探，正而可感發之作何如？可至而仍超遼，可探而仍窅渺，可感發而不妨恣詭之作何如？此則敬所願望于二兄，而畜之于心甚久甚久者也。敬于此事，雖自八歲即受法于先人，然所得無何，故律嚴而拘，思通而近，氣盛而易竭，響切而易流，其境去二兄遠矣。今敢率爾有所言者，蓋以古人待二兄，不得不以古人自待，交友之道貴如是也。

敬回縣後，諸事如蝟毛不可爬梳，所幸老母康强，細弱均安善，無勤遠念。前過貴郡，本欲至草堂，而輿夫出城即取東道，以致相左。昔者，楊少師西遊，僕人挽之而東，往日之事得毋類此。抑又有可釋之二兄者。勝公榮者，不可不與飲，今無其人。不如公榮者，不敢不與飲，敬今之投刺待見，屏息雅拜者皆是也。惟公榮可不與飲，非二兄而誰？則敬之不過草堂，後世必有引首慨慕，舉觴抽紙以歌詠之者，二兄其何憾耶！附上《畫松歌》一首，乃章門所作。劣甚，勿見笑。乍寒，一切珍重。十月十六日惲敬謹上。

【校記】

〔一〕「厂」，同治八年本、光緒十四年本同，嘉慶十六年本、嘉慶二十年本、同治二年本作「广」。案：

「厂」、「广」皆「庵」字。下同。

〔二〕「詩」，陶批曰：「『詩』，疑當作『時』。」若是，則以「復生時」爲辭。案：此兼論畫、詩二者，原文作「詩」字不誤。

【評語】

「從六朝脱化，其縱蕩處仍自諸子得來。」　案：陶批未識「自記」二小字。

答蔣松如書

松如大兄足下：三月中，兩得書，知于往歲來江右，無因得見，盡心意所欲言，甚惘惘；復知得交于梅臯太史，多磊落之遊，甚喜。而書中三致意，則以所爲四子書文屬序于敬，此敬所不敢辭也。

數月來，爲吏事所苦，不得暇，鹿耔頗與知顛末，是以不及作報。五月之望復得書，以古君子之道望敬，而責其不恭，皆切直。敬所未至，甚愧感。然謂敬不屑爲足下作序，則甚非事理也。敬與足下初接于州中汪氏，奉舅氏清如先生之命而後相見于都中，一握手即相背去幾十餘年，復會飲于州東之園亭，今又三易寒暑矣。與足下蹤迹不可謂不疏，然心甚懸懸于足下者，則以足下之爲人，敬所願交而不敢失者也。願交而不敢失，則言宜誠，故請得盡其愚。

序者，蓋始于史臣之序《詩》、《書》。漢人著書多自序，魏晉崇尚詩文，始有爲人序專集、類集者。唐宋人爲贈送序，此謂不經。明之壽序、考察序、升擢序，又其不經者也。是故漢之所無，魏晉有之；魏晉之所無，唐宋明有之。文者，因事而立體，順時而適用而已。唐試帖經，無經義文。宋之經義文，皆附于詩文集，故無其序。自明以來，四子書文皆專行矣。專行則宜有專序，乃今之號爲知古文者，曰不得作四子書文序。嗟乎，誠使陸敬輿、司馬君實諸人生于今日，爲四子書文，韓退之、李習之、曾子固諸人爲之序，傳之數千載之後，其尊于揚雄之僞言、劉歆之飾説，蓋可必也。若是，則爲足下作序何不屑焉？昔者歐陽永叔爲惟儼文集序，許其自言曰「笞兵走萬里，立功海外」，曰「佐天子號令賞罰于明堂」。後惜其老不得意，則曰：「考其筆墨馳騁，文章贍逸之能，可以見其志。」嗟乎，惟儼爲浮圖者也，永叔序之，蓋較梅聖俞、江鄰幾有進，何也？其人非儔人也。

足下自二十入少年場，三十讀古雜家言，四十與天下之士相角逐，必有位置可以自信者。若是，則足下之文敬將求而序之，又何不屑之與有？雖然，古人之序，序著書之意而已，故一集不再序。後世或爲貢諛，或附于有大力者，則序至十數焉。足下文得梅皋太史之序足矣，敬又從而附益之，其貢諛歟？則敬不敢爲；爲附于有大力者歟？則敬非其人，且無以處足下。足下其以敬是書附之集末，則足下之爲人與敬之所以交于足下者，皆有源委，可告之後世。惟高明裁之。四月初十日惲敬謹上。

與湯編修書

敦甫先生閣下：敬處卑就陋，年及五十而無所成，常好從天下賢士大夫遊，然所交又千百之一二而已。往者，張皋文寓書盛稱先生高義，皋文旋即捐館舍，敬無以自通。後秋農自粤過南昌，敬以聞于皋文者質之秋農，而益知先生之所以自處者。敬其可居今之世，而不求得當于先生邪？

臯文爲人，其始爲詞章，志欲如六朝諸人之所爲而止，已遷而爲昌黎、廬陵，已遷而爲前、後鄭，已遷而爲虞、許、賈、孔諸儒，最後遇先生，遷而爲濂、洛、關、閩之説。其所學皆未竟，而世徒震之，非知臯文者也。臯文寡欲多思。寡欲，故言行多行于自然，而有爲者鮮；多思，故事藝皆出于必然，而無爲者亦鮮。自然、必然，二者合之，進道之器也。然有爲者鮮，則于道易近；無爲者亦鮮，則于道易遠。必也有爲者亦歸于無爲，則庶幾于斯道乎！雖然，敬竊有疑焉者。宋人之説至明而變，至本朝康熙間而復。其變也多歧，其復也多仍。多歧之説足以眩惑天下之耳目，姚江諸儒是也；多仍之説足以束縛天下之耳目，平湖諸儒是也。二者如揭竿于市以奔走天下之人，故自近日以來多慭置之。慭置之者非也，揭竿于市者亦非也，且如彼此之相詈，前後之相搏，益非也。夫所謂濂、洛、關、閩者，其是邪？其揆之聖人猶有非是者邪？其變之仍之者，是非其孰多邪？知其是非矣，何以行其是去其非邪？敬交于臯文之時，臯文未及此也，其所得敬未之知。而先生者，臯文之與學而引之敬者也，則敬之所宜受教也。故陳臯文之行以自通于先生，而卒致其所疑焉。先生其有以大益之，則幸甚。不宣。三月二日惲敬謹上。

明儒學案條辯序

黄梨州先生《明儒學案》六十二卷，列崇仁、白沙、河東、三原、姚江、止修、泰州、甘泉、東林九宗，而于姚江復分浙中、江右、南中、北方、粤閩五宗。其崇仁、白沙爲姚江之源，止修、泰州、甘泉、東林爲姚江之流，不相入者河東、三原而已。若授受在九宗之外者，别爲諸儒學案統之。表彰前修，開引後學，爲功甚巨。

然先生之學出于劉蕺山先生，蕺山先生之學大旨悉宗姚江。是以先生于河東、三原，均有微辭，而姚江之説則必遷就之以成其是。一遷就不得，則再遷就、三遷就之，此則先生門户之見也。

敬天禀凡雜，人功疏妄，于先生蓋無能爲役，而少日所聞于先府君及同學諸君子者，質之先生之説，頗有異同。如水之分合，脉絡可沿；如山之高卑，顛趾可陟。非敢强爲是非，劃分畛域也。因謹循此書之前後，分條下籤，求其公是。如不當者，不憚移定，以盡彼此。蓋三歷寒暑，而後會而録之，可付寫焉。

孔子曰：「博學于文，約之以禮。」此河東、三原之學所自出，同于朱子者也；然不曰「四時行焉，百物生焉」乎？孟子曰：「人之所不學而知者，其良知也；不慮而能者，其良能也。」〔一〕此姚江之學所自出，同于陸子者也；然不曰「明于庶物，察于人倫」乎？子思子曰：「自誠明，謂之性；自明誠，謂之教。誠則明矣，明則誠矣。」又曰：「尊德性而道問學，致廣大而盡精微，極高明而道中庸，温故而知新，敦厚以崇禮。」其先後之序，并行交致之功，庶幾其備焉矣乎！

夫遊説之士計利而不計害，言得而不言失，後之人尚引大道以責之。若言聖人之道者，據其始而攻其終，操其末而伐其本，則所明者不及所晦之多，所守者不及所攻之當，何以驗之心身而施之國家天下哉？夫善其言，所以善其行也，請與天下後世諸君子昭然確然言之。若攻伐之説，敬不敢附，惟諸君子諒焉。

【校記】

〔一〕沈校曰：「引《孟子》文當照原書作『不學而能，不慮而知』爲是。」

五宗語録删存序

敬年十五即讀道家書，後于吴山道院翻《道藏》，鄙倍不可訓者十之七，凡下者十之二。周、秦以來諸子及所存古注家，其善者也，若魏伯陽、張伯端所述，亦道之一隅而已。至山右，始讀佛氏書，行江東西，時時至佛院讀之，爲鄙倍，爲凡下，有過于《道藏》者，其精博之説微渺汪洋，神生智出，《道藏》視之，蓋瞠乎後矣。中歲喜讀諸禪師語録，于三乘之言本無差歧，而其從入之門與從出之徑無轍迹，無依持，蓋人心之用不能無如此一境，非强爲者也。惟傳授漸遠，積習日深，及其末流，幾于優伶之辭，駔儈之行，此則不可之大者也。敬條其可觀者，得若干卷。行修力積，其道自至，確然隤然，不容一隙者，爲第一集；機微鋒迅，一擊即解，潛魚出鈎，飛鳥墜繳者，爲第二集；發明天人，依附經論，渾融包孕，條理分晰者，爲第三集；片辭之設，具見性靈，一目所存，偶涉道要者，爲第四集。其餘附會之陋，修飾之工，加二十八祖偈言，歷代禪師評唱，一概削之，以絶龐雜。程子曰：「佛氏之書，學者當如淫聲美色遠之。」夫不涉其藩，不登其堂，不入其室，豈可以斷其是非得失之分數哉？朱子曰：「佛衰于禪，禪衰于棓喝。」夫曹溪之説法，豈可謂佛之衰？百丈之見大寂，臨濟之見大愚，豈可謂禪之衰？後之君子于此能自得焉，而不爲所眩奪則可矣。

子居決事序

太史公曰：「蜀守馮當暴挫，廣漢李貞擅磔人，東郡彌僕鋸項，天水駱璧推減，河東褚廣妄殺，京兆無忌、馮翊殷周蝮鷙，水衡閻奉扑擊賣請，何足數哉！」

惲子居曰：本朝法皆畫一，行臺省大吏權不敵漢郡守，州縣吏權不敵漢户賊曹，皆謹奉功令，無敢恣意者。敬初領縣事，太夫人教之曰：「縣官得自決笞杖而已。折責以四十爲限，爾當止三十五，其五爾母所貰也。」先大人曰：「死刑不可減也。雖然，斬刑必先比絞律，不當，而後入斬；立決刑必先比監候律，不當，而後入立決。」敬謹志之勿敢忘。

然敬褊中，遇事輒任氣擊斷之。晨起坐齋中，抱牘進者差肩立，敬手畫口指，毋留其應聽者，翻竟即擲下如風雨。已坐聽事，問數語，書牘尾輒數十行，意張用濟、劉元明不過如是。而昔友張皋文過縣曰：「此酷吏也。」敬大駴，就求其説。皋文曰：「凡天下以易心言吏事者，與手殺人一間耳，不意此事近出吾儕。」敬聞此言，爲之愧汗。今年五十矣，精力志意漸不如前，始患過者，今未必不患不及，天道之盛衰，人事之進退，不可不防其流失也。因類前後所決事爲若干卷，以自觀省焉。其目曰稟，以達上官；曰批，以受民辭。《宋史》：「大事奏稟畫黄。」唐有批勅，宋有批答，皆朝廷之辭。其行之官司，不知所自始。曰論，即漢之教；曰斷，即唐之判也。

先塋記

孤塵山西崖，絶地數十丈，鑿崖而窆，爲十二世祖恢庵府君之兆，西向，陳孺人、祁孺人、再繼陳孺人合葬焉。其昭兆葬十一世祖贈户部山西清吏司主事存省府君，謝安人合葬焉。孤塵山之東，曰亭子灣，爲十世祖明湖廣按察司副使東麓府君之兆，東向，蕭恭人合葬焉。其昭兆葬九世祖全州同知海亭府君，嚴安人合葬焉。昭兆迤東，葬秀水丞慎所府君，敬八世祖也，吴孺人合葬焉。其穆兆迤東，葬慎所府君之弟國子監生良卿。塋限之外，迤東北，爲七世祖慶府典儀正敬于府君之兆，周孺人合葬焉。是爲孤塵山東西墓地。西兆二，東兆五，石橋灣惲氏歲祭之。

石橋灣之北路西墓地，爲六世祖縣學生繩武府君之兆，西向，王孺人合葬焉。其穆兆葬方顯府君，敬高祖考也，高孺人合葬焉。其昭兆，葬府君之弟達初。昭兆之南，葬府君之兄赤初。穆兆前行，夾葬赤初之子文元、武元，蓋墓位紊矣，其故不可考。同六世祖者，歲祭之。

石橋灣之西牛車基墓地，爲曾祖考爕臣府君之兆，西南向，巢孺人合葬焉。其昭兆葬祖考贈富陽縣知縣子渭府君，錢孺人合葬焉。其穆兆先府君葬焉。同曾祖者，歲祭之。

惲氏自南宋以後，著譜者多書葬所，然墓頗夷失，其未夷失及近窆者，謹記之如右，子孫庶有考焉。傅純曰：「古不祭于墓者，明非神之所處也。」蔡邕曰：「古不墓祭，今朝廷有上陵之禮，始謂可損。今見威儀，乃知至孝惻隱，不可廢也。」是二説者，其可以言古今之禮歟！

石橋灣惲氏祠堂記

石橋灣惲氏，同出湖廣按察司副使東麓府君，副使生全州同知海亭府君。同知之冢子曰秀水丞慎所府君，丞生典儀正敬于府君，始居石橋灣，敬七世祖也，子孫爲房三。同知之次子曰良卿。良卿之伯子曰紹先，子孫居雷宋村；仲曰日森，子孫居常州府城之城灣；季曰鴻祥，子孫居江陰縣之青陽；唯叔子紹憲二傳無後。順治中，典儀之孫方顯府君招雷宋村紹先之曾孫朝元、聯元來居石橋灣。朝元之子孫爲房十，聯元之子孫爲房五，于是石橋灣惲氏凡十有八房。

乾隆三十八年，朝元之曾孫吉濂諏于族，爲祠堂祀副使以下。嘉慶三年，敬葺其楹宇及庭陳，祠堂之制始備。惲氏譜自副使上推十一世，爲宋提舉方直府君，其世次、官爵、里居皆可考證。自提舉上推四十三世，爲漢梁相子冬府君，代遠多疑似者。提舉之冢子爲紹恩府君，次子爲繼恩。東麓府君，紹恩之後也，嘗師友李獻吉、邊廷實諸人，始以忤劉瑾外補，終以忤江彬等斥官。在湖廣八年，北俘羅山、竹山流寇，南定郴〔一〕州、桂陽州屢叛傜賊，東扼寧王宸濠西潰之師，蓋終身皆在艱難讒構、崎嶇戎馬之間，而確然守道自立，不稍爲俯仰依倚者，後之子孫尚其念先德乎哉！

【校記】

〔一〕「郴」，原作「彬」，據諸校本改。

重建東湖書院記

東湖據豫章城之東隅，周古步十里有奇。東崖爲蘇圃，有宋高士蘇雲卿之遺迹；其南泮翼然亭臨之，祀漢徐孺子。故言東湖之故，必以徐孺子、蘇雲卿爲先。南泮之北沙斗入〔二〕，北佩湖，南以南泮爲至，環三面皆水也。

宋嘉定中，通判豐君有俊建東湖書院，館四方游學之士。迨明之初，以其地爲縣學，而書院遂廢，今幾五百歲矣。羅山黎君來令南昌，復卜地于縣學迤東，蓋前事以虧帑没入其宅者。黎君歸帑于官，爲銀若干；諸鄉先生任講堂、學舍築削之貲，爲銀若干；脩脡、粱糗、膏油、舟輦之貲，復爲銀若干。于是深衣博帶之士，揖讓弦誦于其中，而書院復興。

夫聖人之道大矣，學者必先去其害道者而後事焉。孔子曰：「行己有恥。」孟子曰：「人有不爲也，而後可以有爲。」昔者，徐孺子不與陳仲舉鈎黨之難，蘇雲卿當宋播越之餘，張德遠欲有所圖，而雲卿褰裳去之，其心皆斷然有不可涅者。夫鈎黨爲君子之過，且遠之如此，況小人歟？張德遠處已甚正，所圖雖不成，其志皆仁人志士所扼腕者，且遠之若此，況以人國爲徼幸者歟？學者能見于此，然後依附攻訐之學術，苟且之事功，不足動其豪末，由是而深造之，則庶幾矣。

【校記】

〔一〕「入」，嘉慶十六年本、同治八年本、光緒十四年本同，嘉慶二十年本、同治二年本作「八」。案：若作「八」，或當讀作「南泮之北，沙斗八，北佩湖，南以南泮爲至，環三面皆水也」。民國王楚香《音注惲子居文》謂「斗」通「陡」，讀作「南泮之北沙斗入，北佩湖」，兩通。

新喻東門漕倉記

三代之時，自諸侯、卿、大夫、士皆其國人，而鄰長、里宰、酇長、鄙師即同井廬以行相推擇者，故下之俗易達于上，上之風易究于下。天子者，稽其成而已。漢祖秦，設郡縣，所命官奉三尺法以裁山海千萬里之民，於是上之所行有非下之所任者，而治日衰；然其時，三代之制猶不至盡廢，鄉亭之官是也。迨唐宋以後，爲三老、嗇夫、游徼者，苦官中侵辱，多避免，因悉改爲輪差，歸之保正、户長。保正、户長以微民與官絶遠，不能通閭里之情于郡縣，如鄉亭之官與令、丞、尉相教令。嗚呼，此郡縣長吏所以囂然獨行其意于上，而民終不可治也已。

新喻附城爲五坊，坊有坊長。鄉爲五十七圖，圖有地保。坊長、地保如保正。坊、圖皆有十甲，甲有管首。管首如户長。其輪差之歲，則管首迭爲坊長、地保，獄訟、賦税、盜賊皆督之。獄訟取居間及爲佐證，盜賊主踐更；而賦税則至時，坊長、地保以酒食召管首，管首召户丁，爲期悉納之坊長、地保，坊長、地保納之官，故賦税無後時者。

敬莅縣，坊長、地保皆以禮訓督之，可事事。凡縣中有舉置，令縉紳先生學弟子諭意于坊長、地保，揆其平，衆從而後行，事皆辦。

漕倉者，最初在城之南門，康熙間改建于中城之保房，前事鮑君又遷于治之東南隅。基峻而隘，民不便，於是坊長、地保以改建請。縣中大姓胡蕚有第在東門内，門堂廡毬場皆宏整，直可錢五千緡，以千緡售于衆，而旁舍及地不取直。大姓章美亦以地益之。遂復遷漕倉于東門。湖北試用州判黎士煊等，任其事加勤，無私利，三閱月而功竣。

夫漕所以爲國家也，爲國家者，必不可病民。覯于胡蕚、章美之好義，及在事諸君子之所爲，天下豈有不可使之民邪？然欲使民，必自訓督坊長、地保始，後之人勿以敬爲古可也。

新喻〔一〕羅坊漕倉壁記

羅霄江自袁東徑臨江入章貢水，春、夏、秋三時得雨漲發，萬斛之舟隨流東下，疾如弩矢。及冬水落，瀏然見底，散石鱗次，而州渚之歧，沙石相排擁，舟益艱重不可行，故袁之屬縣無漕。

新喻屬臨江，漕二萬四千餘石，皆道羅霄江。自縣顧舟行五十里，至羅坊，水淺甚；自羅坊行九十里，至臨江治，水差深；再下三十里，水益深，可方舟達南昌兑軍。故新喻運漕以羅坊爲便，而縣西、南、北近袁，納米多順流。縣東附臨江，溯流至縣，遠者幾百里，殊患苦之。故縣東納米亦以羅坊爲便。

嘉慶八年，士民請建倉于羅坊，凡縣東區若干，圖若干，米若干，納于羅坊倉，計縣漕蓋得三之一減運五十里。敬與同官計之，僉以爲宜。於是請于府及行臺省，得允。十月倉成，十一月漕事畢。是役也，訓導胡君實左右之，其在事者，縣東縉紳之士及保正等皆有勞績焉，爰書名于左方。

【校記】

〔一〕篇名「新喻」二字原無，據目録補。

沙隴胡氏學田記

新喻之南郭曰沙隴胡氏，胡生嶺世家焉。生之曾大母傅，買田于官田灣，得畝四十有八，租五十石，子孫從師及就試所司，咸取給事。在乾隆之二十八年，越年若干，傅卒，葬峽江。又越年若干，爲嘉慶元年，生與其宗賣官田灣之田，以直買峽江溪瀾之田，得租四十四石，于前額不符，又買沙隴之田，得租十四石，額遂溢，而請余爲之記。

古者士皆授田，自井田廢，而田私于農，故士遂無授田者。後世君子，于私田之公于族者，曰義田。義田之給于士者，曰學田。儻亦古者士田之遺意歟！是非特資其身也，蓋將養其廉恥，以爲德業之助，胡生與其宗勉之可也。

重修萬公祠記

瑞金踞五嶺尾脊，東户八閩〔一〕，而長汀爲汀州府治，所宿重戍扼之，故閩非大亂，兵無至瑞金者。縣西南越汀州之武平，以及于粤，多石陘荒絶。粤有饑擾，即躪瑞金，自前明至本朝凡數十。至明弘治中，賊循陘夜襲城，知縣萬公琛巷戰死，縣人立祠祀之，其事爲最著。蓋瑞金遇大亂則東備閩，小亂則南備粤，其勢如此。

而縣之北，爲所隸寧都州，州負廣昌，左挾石城，宿戍不及長汀。其溪谷深雜，與武平等。嘉慶八年，廣昌奸民廖幹周聚衆焚掠，寧都、石城奸民應之，瑞金亦有應者。大府以兵馳至，始勦絶。蓋瑞金于閩、粤，兵皆外至，可臨事偵探。其自内起者，常連寧都、石城，必先事部分乃能得要領。其勢又如此。

敬上事瑞金，去廖幹周之平一年矣。求士夫可與戰守者不可得，最後陳君象昭見曰：「明府君無憂瑞金。瑞金聚落無可容五百人，起事者若五百人以下，聚落中義勇能破之。」敬行縣時，潛勘驗，語皆信，知可幸無事。遂一意吏治，暇則以儒術鐫摩之。陳君之子雲渠，從敬游，好治經，能詞賦，亦喜言兵。嶺嶠多好奇之士，如陳君父子可尚也已。一日酒次，與雲渠言萬公祠已就圮，雲渠慨然任之。葺門垣，築階陳，塗墉壁，設檽楯，事竣爲位，以祀萬公。

敬與同志者左右將事，咸偲偲然若有所感焉。因記其事之始卒，使刻石于壁間，且詳瑞金兵事緩急難易之數，以告後之有責于斯土者。

【校記】

〔一〕「八閩」，原作「入閩」，同治八年本同，嘉慶二十年本、同治二年本、光緒十四年本皆作「八閩」，今據改。

【評語】

「細細鉤染，而渾古之氣溢於楮墨間。構局如鎖子骨，相銜接處一筆收，足有龍象獨行之勢，難在仍不失記體也。」案：陶批末識「自記」二小字。

遊羅漢岩記

瑞金陳石山之南，曰羅漢岩。八月望後一日，與楊生、鍾生遊焉。大石翼然，下可列坐千人。沙門爲佛屋，據其廣之半，皆庳陋。大石之上爲天池，水常滿，少溢則漉于石之唇齒間，無徑可登。西行繞岩，岩盡而北而東，登數嶺有石隘，入隘數十丈，下過石穴，聞水聲琤然，天池也，出岩背矣。

《法住記》言佛涅盤時，以無上法付屬十六大阿羅漢，各與眷屬分住世界，此世所稱十六羅漢也。《四分律》言佛涅盤後，大迦葉差比丘得四百九十九人，皆是阿羅漢，阿難以愛恚癡怖見屏。後阿難聞拔闍子比丘偈得果，在王舍城共集三藏，此世所稱五百羅漢也。釋氏之言多鄙誕，鄙則愚夫婦易知，誕則易惑，故名山水及荒厓絶壑，人多以羅漢、觀世音名之。嶺北且數十處，此其一也。觀世音爲三〔十〕大菩薩之一，以《普門品》言聞聲赴救，四天下皆尊事之。

今士大夫擁高位厚貲，不知推所職以及遠，而詭談性命，相率不讀佛書，不奉佛法，恐亦未必見録于孔子也。既以語二生，因并記之。

【校記】

〔一〕「三」，同治二年本校改作「四」。案：三大菩薩之説亦有之，此不必改「四」。

【評語】

「看結語可見一切議論，不至破壞記體。」

「由羅漢并舉觀世音，却從觀世音放開作結，法熟而無不可。」案：陶批未識「自記」二小字。

東路記

南昌城下溯豫章江，南至贛州，東北折，溯貢水至瑞金，共一千五百里。敬上事及赴行臺省期會，皆由之，此西路也。

東路止八百九十里。嘉慶十一年十月二十六日己亥，奉回任檄，出進賢門，宿舒白香天香館，寢甚安。二十七日下晡發，行六十里，宿茌港。夜，大雨。二十八日早發，泥濘不可行，行六十里，宿進賢。大風，寒。二十九日晴，早發，行九十里，宿臨川署中。

秦臨川言于清端公成龍作縣事甚備。三十日上晡發，行六十里，宿桐樹亭。桐即桓，《山海經》注所謂葉似柳、子似楝者是也。桓音近華，華近和。《漢書·尹賞傳》注：「桓表，陳、宋之俗，言桓聲如和，謂之和表。師古曰：『即華表也。』」和又近何，俗遂作桐。十一月初一日甲辰朔，早發，行九十里，宿南城，過曾香墅、鄧蘭士、蘭士從弟薌州。初二日下晡發，取便道。吴白厂草堂在城南，不及過。行四十里，宿揚村。初三日行八十里，下晡至南豐。王南豐滌硯十一，閱之。渡河復五里，宿楓嶺。初四日行八十五里，宿甘竹，雨。初五日行三十里，下晡至廣昌，復三十里，宿竹橋。初六日行九十里，宿寧都州。初八日早發，行八十里，宿葛藤凹，雨。初九日行八十里，下晡至瑞金。初十日上事。

南昌至南城皆平道，南城之南始山行。麻姑山旁薄有靈氣。其西南隱然浮一峰〔一〕，雲氣界爲三成，如仙嶠搖漾不可測。最上一成，雲氣背落日如紅綃，真奇觀也。問之，則南豐西之軍封山，蓋拔見在二百里〔二〕之外。軍封之南至寧都，多石山，千幢萬旟皆南指，然無如軍封山者。

廣昌之北，盱水北流，至新建與豫章江會。廣昌之南二十里，溪皆南流，又三十里復北流，又三十里復南流，皆不可舟。四十里至寧都會梅水，可舟。寧都之南溪皆北流，六十里至九段嶺始南流，四十里至嚴阬復北流，五十里至麻子陜復南流，不可舟。三十里至瑞金，會貢水，可舟。皆東路也。貢水至雩都會寧都之梅水，至贛縣入章水，合爲豫章江，即西路也。豫章江至新建縣北，入鄱陽湖。

【校記】

〔一〕「一峰」，原作「十峰」。諸校本皆作「一峰」。案：校者實地考察，確爲一峰，據改。

〔二〕「二百里」，原作「三百里」。諸校本皆作「二百里」。案：校者實地考察，確爲二百里，據改。

【評語】

「真記體。」案：陶批末識「自記」二小字。

遊翠微峰記一

自寧都西郭外北望羣山，有虎而踞者二峰，若相負。北峰爲翠微峰，「易堂九子」講學之所也。背郭十里，陟山西折而北，過前所望虎而踞之南峰，有厓，復北有巖，夾磴而上，西折有岡，岡之西爲金精洞，北即翠微峰。循岡行，有石門，木闔背扃之，仰視絶壁而已。岡之東望，果盒山有樓閣，於是欲返遊果盒山，而闔爲從遊所排，遂遊焉。

過石門，有南北厓，相去以尺數，倚立俯仰相隱閉。北厓爲隥以登，級三十有六。道絶植梯，級十有六，以出于穴。有木構，少息，爲第一巢。復登，爲梯隥之〔一〕，級二十有八，有巢，隘于前巢，不可息，爲第二巢。級十有七，爲第三巢。級八十有三，爲第四巢。皆可息。至此始出厓，日杲杲然射諸峰，峰如相蕩矣。復得隥八十有三，有坪爲「易堂」，已燬廢。其北有屋，魏氏居之。其旁後無他道，復循故道而下。

魏氏之先爲避亂計，故鑿山無左右折，上下皆懸身，以難其登。登山極勞弊，無遊覽之勝。然「九子」窮居是山，能各有所守，不欺其志，是則不可没者。「九子」：寧都魏際瑞、際瑞弟禧及禮、李騰蛟、丘維屏、彭任、曾燦，南昌林時益、彭士望。惟際瑞爲本朝招吴三桂賊將韓大任，被難焉。

【校記】

〔一〕「之」，王校：「雷云：『之』當作『三』，句領下云『級二十有八』、『級十有七』、『級八十有三』，即所謂『梯隥』也。」

遊翠微峰記二

下翠微峰，南西折至金精洞。洞北立石三，如古敦甗，洞構横閣㲉之，石之奇不見。閣前横術之外，石呀然起于櫚際，泉自石落，散如珠，絶境也。

洞之南，石山相倚如服匿。《地志》稱，漢仙女張麗英于此上升。其言不經。下金精洞復西行，石山中小者如屋，大者皆隱天，如鑄精鏐，如地不能負，渾渾澐澐，首銜尾逮，肩跂腋附，蓋三百步所。而北折得平疇數百畝，復折而東五百步所。出翠微峰之北，石山横蔽之，其奇如金精洞之西。復三百步所，至果盒山，石矗起數十丈，如冰相附。自南而西而北，隥而上焉。

寧都之山界閩粤，逶迤不可盡，而城西數十里皆石山，益奇古駭心目如此。余嘗行太行、泰山、衡山，多旁薄藴畜，如聖賢豪傑舉事，不與人以一端窺測。若兹山者，其俠徒隱士之流歟？是亦可以觀矣！

重修瑞金縣署記

府、州、縣用古諸侯禮，大門皆臺門。瑞金以閣爲大門，爲楹三次。内曰儀門，其名始于唐之節度使，後官寺皆冒焉。爲楹三，左右門即漢之閤門，三公則黄之。次内曰大堂，爲楹五，有東西廊，爲楹二十有四。左右列八房，以應官，其名始于唐之中書、尚書省，後官寺亦冒焉。八房者，曰承發，古都吏；曰吏，古功曹；曰户，曰屯〔一〕，曰工，古户曹；曰禮，古議曹；曰兵，古兵曹；曰刑，古決曹、賊曹也。次内曰宅門，爲楹三。《後漢書·明帝紀》云：「應門擊柝，鼓人升堂。」〔二〕古者，惟路寢有堂鼓，其置路門歟？應門之鼓曰應鼓，其應門亦置鼓歟？若是，則路門其亦置柝，如鼓之應歟？諸侯其以雉門、路門應柝與鼓歟？鐵磬即方響，南齊代鐘以記漏。漏五夜以二十五點節之，故名點。次内曰二堂，爲楹五。有東西廂，爲楹四。二堂之前皆治官事之地也。其後曰上房，爲楹七，古謂之小寢。上房之東南曰東上房，爲楹三。有東西廂，爲楹二，古謂之高寢。與上房同周垣，古謂之宫牆。二堂之東曰庫房，爲楹三。古者，庫在庫門，藏車、甲，後世無車、甲，所藏貨賄而已。故内之乃府也，而以庫名焉。庫房之東曰東院，爲楹三。東院之南曰後門房，以居典謁，西向，爲楹四。二堂之西曰華廳，以燕賓，爲楹三。有東西廊，爲楹六。《玉篇》云：「廳，賓廚也。」唐以後以聽事之所爲廳，傎矣。《儀禮》：「侯氏聽于天子曰聽事。」以決事爲聽事，亦非也。華廳東後室爲籤押房，漢曰「畫諾」，君臣同辭。唐、宋曰「畫黄」，曰「押詔」，君之辭；曰「輪筆」，曰「判押」，曰「書行」，臣之辭。皆押也，宜押者籤之。《南史》：「籤前直叙所論，後云謹籤月日下。」是也。華廳之前曰前華廳，爲楹三。以上皆燕閒之地也。

華廳之後有周垣，垣以内，南北各爲楹三，以處賓僚。上房之後垣外迤，西曰廚房，爲楹三。自大門至廚房，共八十有六楹。

嘉慶十年四月十一日至瑞金，周視多頹損，旋葺治之。三閲月而功竣。後四年，去瑞金，爲之記以告後之人焉。

【校記】

〔一〕「曰屯」，王校：「俞云：『曰屯』，『曰』字乃『古』字之訛，以上例推之。」案：此「曰户，曰屯，曰工，古户曹」三者連言之，乃合「八房」之數，俞説非。

〔二〕「應門擊欜，鼓人升堂」，文見《後漢書·明帝紀》注引薛君《韓詩章句》，文作「應門擊柝，鼓人上堂」（清武英殿本）。

東麓先生家傳

先生諱巍，字功甫，號東麓。弘治十六年進士，由户部主事遷刑部員外郎，尋遷郎中。時武宗任用劉瑾，有急獄，瑾必欲置之死。先生知其冤，白之，忤瑾意。先生在部素廉謹，瑾怒無所泄，遂以例出爲湖廣按察司僉事，伺其失。瑾旋伏誅，得免。正德六年，霸州流賊劉六、劉七自河南來入境，率師逆擊，賊北走。其明年，賊復來犯。先生東擊賈勉兒于羅山，敗之。劉六、劉七乘間躪武昌，執殺巡撫馬炳然，掠其家，順流趨江西。先生旋軍南擊，敗之，還炳然妻子，斬首五百級。復旋軍，西擊四川流賊藍廷瑞、鄢本恕，于陝西石泉敗之。追至漢中，復敗之。以功遷按察司副使。十二年，從湖廣巡撫秦金討郴州、桂陽州叛傜龔福全，禽之。遂合南贛巡撫王守仁攻江西桶岡叛傜藍友貴、夷魚黄寨。奏食三品奉。十四年，寧王宸濠反，率師趨黄州，宸濠敗，罷師。

先生前後在軍凡八年，止進一官，不自得，欲投劾去。會侍郎吴廷舉奉命赴湖廣，與先生治永順宣慰司彭明輔獄。彭明輔者，與彭惠姻親。惠與保靖宣慰司彭九霄争兩江口地，明輔助惠攻殺，懼不直，以巨金鬻獄，先生拒之。廷舉素知先生功，以此益知先生，特疏薦爲湖廣巡撫。有幸臣索賄不遂，章上不報。後一年罷官，罷官後八年卒于家。

論曰：先生以拒賄受知于吴侍郎，即以不納賄見抑。彼江彬等不足責，何宰相無一人若是哉？正德當有明中葉，天下徼幸無事，人但爲先生惜耳。如高陽孫承宗者，廢棄十年，天下瓦裂，其又何如哉，又何如哉！

后谿先生家傳

先生諱釜，字器之，號后谿。年十七補縣學生，正德五年舉于應天，十四年試禮部中式。十六年世宗即位，與張璁同賜進士出身，知安陸州。時議起興獻王陵爲顯陵，達官、外戚、内侍以事至無時。有内侍責供帳，鬨擊州通判。先生令民擁通判去，曰：「罪在知州，毋累若也。」由是，内侍在中持事者皆不悦。

江夏民陰殺人，瘞尸山中，讐者訟之。民因令兄子竄去，反指所瘞誣讐者殺其兄子，獄不得決。先生承巡按御史檄鞫之曰：「若兄子，年幾何？」愕曰：「三十五矣。」乃發瘞驗之，髮盡白，獄遂決。

先生常有德于衛指揮使，指揮使畢盛饌實銀叵羅畢中，以暮抵先生。先生列吏卒堂下，將發畢，固請入室，不允，叩頭復持去。自後無干以私者。在州二年，以憂去。

後如京師補官，張璁爲侍郎，方向用，欲引先生附己，執手謬爲策曰：「若忤中貴人，恐中傷。賴天子甚聖，若疏其惡暴之，渠輩言不得入，非特免禍，且大用。」先生以璁等亂政，避其黨不對，大忤璁。復出知均州，治如在安陸。嘉靖七年，擢南京户部員外郎，旋晉郎中，調吏部。張璁曰：「吾温人也，温乏守，須得一好官。」因閱郎官籍，指先生名曰：「是人可。」吏部即具疏題補温州府知府。先生至温，一以法治，貴游之私人不得逞。張璁又曰：「温海邦，幸無事，守誠好官，毋乃屈耶。」吏部即具疏題補成都府知府。先生聞之不怡，曰：「吾不能枉道，幸有先人之廬，足容賤子也。」遂不赴官。三十五年卒，年七十三。

論曰：漢世孝廉重同歲生，至唐進士同年益厚，然未有若明之徇者也。當日人盡如先生，朝廷豈受門户之禍耶？先生守温，境内淫祠檄毁幾盡，此非隱微無愧不敢爲，張璁乃欲羅致之，謬矣。

【評語】

「叙事之文如純綿裹鐵，文格最高。」一　案：陶批末識「自記」二小字。

少南先生家傳

先生諱紹芳，字光世，號少南。嘉靖二十六年進士，由刑部主事洊擢員外郎、郎中，外轉湖廣按察司僉事、福建布政司參議。

先生性褊直。有同縣人改庶吉士者，先生曰：「一爲史官，竟置産百萬耶？」後其人位顯，爲所中罷官。

論曰：先生在刑部時，與李于鱗、王元美遊，今遺集視七子風尚相似，可知得力所自矣。

香山先生家傳

先生諱本初，字道生，號香山老人。年二十一補常州府學附生，以例貢國子監，居京師三十年不遇。崇禎十七年，舉賢良方正，除内閣中書，棄官歸。卒于順治十二年，年七十。先生與遜庵、衷白兩先生爲羣從兄弟，相師友。棄官後更名向，畫學董源，南田先生少時師之。

論曰：先生之學雜于浮圖、老氏，遜庵、衷白又甚焉。至忠孝之際，三先生未有以異也。自百氏横議，先王之道，崎嶇榛莽，分裂歧出，後之爲二氏者，得援吾道以附會雜亂之。是故唐以前言二氏，與吾道畫然者也；宋、元、明言二氏，皆竊吾道之近似以支拄排之者之口，士大夫益以爲精微可喜，通脱自得，從而浮其津，造其厓，雖學道之士不免焉。然而，顔清臣、蘇子瞻、張子韶諸人，大節炳然，百折不變，不爲虚緩頽放之學所誤。蓋五倫之道，根于天性，順推曲致，其力皆足以自遂。此以見吾道之自然，而二氏之爲矯拂也。三先生所得豈在彼哉？

衷白先生家傳

先生諱厥初，字伯生，號衷白，萬曆三十二年進士，由行人轉户部主事。天啓元年，水西蠻安邦彦反，先生以兵部主事受上方劍，馳至四川，督將吏平之。二年，魏忠賢子良卿叙慶陵功蔭指揮僉事，先生爲郎中，宜署牘，乃托辭請外補。補浙江按察副使，轉福建右參議，擢湖廣按察使。

崇禎二年，大清兵自遵化州入口，京師戒嚴，先生督鎮筸兵三千人勤王。是時，各省兵大集，糧不繼，沿途多逗撓。先生獨先至，且贏三月糧。兵部尚書梁廷棟閱師，入奏曰：「惲厥初非書生，大將才也。」帝遣内侍勞，且問方略，先生疏陳利害，得温旨。然兵部一切調發，無如先生言者，乃以疾乞休。福王稱帝南京，召爲光禄寺卿。先生曰：「疆場無勝算，而朝黨日争，時事可知。且江北四鎮分據，地隘兵衆。左良玉在上游，朝夕有王敦、桓温之禍，誰爲王、謝諸人哉？」乃不赴召。順治九年卒，年八十一。

論曰：吾惲氏仕者，先生與東麓先生最號知兵，然皆未竟其用。後先生多爲浮圖言，虞山錢陸燦至比之張無盡，豈知先生之不得已哉？然先生善觀時變，與爲進退，必籌可爲而後爲之，此則先生終隱之意也已。

遜庵先生家傳

先生諱日初，字仲升，號遜庵。祖紹芳，福建布政司左參議。父應侯，國子監生。先生由武進縣學生入國子監，中崇禎六年副榜貢生，遂久留京師。十六年，應詔上《備邊五策》，不報，先生知時事不可爲，乃歸。攜書三千卷，隱天台山中三年而兩京亡。唐王聿鍵入福州自立，而魯王以海亦稱監國于紹興。吏部侍郎姜垓薦先生知兵，魯王遣使聘先生，先生意以監國爲不然，固辭不起。大清兵下浙，避走福州。福州破，走廣州。廣州復破，爲浮圖，名明曇。已復至建寧之建陽。是時大兵席卷浙、閩、粤三省，唐王與弟聿鐭被執死，魯王亦敗走海外，湖廣何騰蛟、江西楊廷麟等皆前破滅，而明遺臣民擁殘旅倔彊走拒，遥奉永明王由榔。金壇人王祈聚衆入建寧，屬縣多響應，于是，建陽士民數百人噪于先生之門，固請。先生不得已至建寧見王祈，非初志也。先生曰：「建寧八閩門户，建寧守則諸郡安；然不得仙霞嶺，建寧終不守也。欲取仙霞嶺，宜先取浦城。」時先生長子楨自常州至，與副將謝南雲先趨浦城，失利，皆死。而御史徐雲兵連入數州縣，甚鋭。先生説令夜襲浦城，自督後軍繼進。會大雷雨，人馬衝泥淖，行不能速，將至城下已黎明，軍遂潰。大清總督陳錦、張存仁，侍郎李率泰統兵六萬來圍建寧。永明王使兵部尚書揭重熙赴援，先生復上書重熙，請徑取浦城，斷仙霞嶺餉道，俟餒亂，選精卒南下，與圍中諸將夾擊之。重熙至邵武不能進，建寧遂破。王祈力戰死，先生收散卒走廣信，尋入封禁山中，糧乏，勢益弱，喟然曰：「天下事壞散已數十年，如何救正？然莊烈帝殉社稷，普天率土，嚙齒腐心，小臣愚妄，謂即此可延天命，今迺至于此，徒毒百姓，何益？」遂散衆獨行，歸常州。久之，張煌言與鄭成功圍江寧，敗走。詸傳煌言弟鴻翼，先生門人，從師匿縣，官將收捕。先生色如常，曰：「吾當死久矣。」既而事解。卒年七十八，康熙十七年也。

先生少時，與楊廷樞、錢禧交，爲文章縱麗，于百氏無所不窺，尤喜宋儒書。時商業于同里張瑋，後會稽劉念臺先生宗周爲左都御史，瑋副之，因介先生師宗周，學由是益進。先生既不得已歸常州，仍服浮圖服，而言學者多宗之。無錫高世泰，忠憲公攀龍從子也，重葺東林書院，先生與同志習禮其間。知常州府駱鍾麟屢求見不納，去官後與一見，言《中庸》要領，喜而去曰：「不圖今日得聞大儒緒論也。」先生次子桓，幼子格，避兵時常從。後于建寧被略，桓不知所終，格自有傳。

論曰：先生以高才爲世家子，宜任天下事，然前既卷懷不用矣。區區建寧，不足當天下于一，顧欲藉烏合之衆，陸梁進退，與天命争衡，先生之知豈出此？抑謂據阨死拒，割裂畸餘，可稍延明朔，然大圜鴻覆，欲遺一隅何可得也？豈忠與知不并行歟？抑出處成敗，要由運算，有不自主者歟？説者斥先生既改服，復爲儒言，則一端之論也已。

南田先生家傳

先生諱格，字壽平，後以字行，改字正叔。少居城東，號東園草衣生。遷白雲渡，號白雲外史。既老，號南田老人。先生年十三，隨父遜庵先生依王祈于建寧。陳錦破建寧，被略。錦無子，其妻子之。後從錦遊杭之靈隱寺，遇遜庵于塗，遜庵因與寺主諦暉謀。俟錦妻入寺，紿言此子宜出家，不然且死。錦妻留之寺中，泣而去，先生始得歸。先生以父兄忠于明，不應舉，惟攻古文詞。其于畫，天性也。山水學王蒙，既與常熟王翬交，曰：「君獨步矣，吾不爲第二手也。」遂兼用徐熙、黄筌法作花鳥，自爲題識書之，世稱「南田三絶」。宋尚書犖語人曰：「南田畫，吾暗中摹索能辨之，世多贋作，其至處必不可贋。」王太常時敏遣使招致，先生方出遊，不時至，至則太常已病，喜甚，榻前一握手而逝。

先生家甚貧，風雨常閉門餓，以畫爲生，然非其人不與也。卒年五十四〔一〕。子念祖不能具喪，王翬葬之。

論曰：昔淮南王叙《離騷》，以爲其志潔，故稱物芳。蓋深知屈子者。先生泥塗軒冕，鶉居蟬飲，身世之際，可謂皭然。而世徒以畫知先生，末矣。然先生之志之潔，于畫何嘗不可見哉？

惲氏作畫，自香山先生始，遜庵先生以枯墨作山水，殊古簡，然非作家。後南田先生負重名，羣從子弟皆作畫，遂成風尚。今畫法多流蕩矣，敬謹擇其有意者著之于左。

珝，字相白，畫學南田先生。

源濬，字哲長，善吹鐵簫，號鐵簫老人。天津縣丞。畫法一準徐熙，下筆有芒角，生氣坌涌，如雲展潮行，惜稍俗耳。爲人爽邁任氣，必踐言。去官後卒于天津。

源景，字希述。冬官正轉工部主事。畫法黄筌。官京師垂五十年，無車馬，塵屋敝幃，不見厭苦之色。

冰，字清于，父鍾嶐，南田先生族曾孫也。冰寫生芊眠藴藉，用粉精絶，迎日花朵俱有光。適同縣毛生鴻調，鴻調不應舉，築小樓夫婦居之，以吟詩作畫老焉。

宅仁，字原長，畫多贋南田先生，然質重，韻味無絶勝者。

與三，字德三，歙縣教諭。能山水華卉，筆法清婉。兄弟皆困乏，爲教諭不能贍其家，棄去，鬻畫京師。客雄縣，遂卒。

【校記】

〔一〕案：惲南田卒年説法不一。據《甌香館集》凡例：「先生卒年，惲鶴生傳五十有八，《續疑年録》同，而惲子居傳云五十四，《畫徵録》作六十餘，彼此互異。」案《石谷己丑畫柳跋》：「南田前有題予畫柳詩，今南田殁且二十年。」由己丑逆計，當爲康熙庚午，則鶴生傳似可信。又據張維驤《毘陵名人小傳》及《疑年録》亦稱惲南田生崇禎癸酉，卒康熙庚午，享年五十八，此或惲敬所記有誤。

羅臺山外傳

臺山名有高，瑞金人。父讓，生子三，長有京，次即臺山。年十六補縣學生，三十一充優貢生，三十四順天鄉試中式，四十六卒。子之明，縣學生。

臺山少好技擊，兼治兵家言，後與雩都宋昌圖同學于贛鄧元昌，修儒者之業，彬彬然適矣。其于書無所不窺，精思造微，湊隙而出，于道大著，遂喜佛氏之書。自京師歸，忽登樓縱火自焚，家人驚救，得不死。臺山遂狂走，入深山數月，後乃迹得之。服沙門服，不下髮，趺坐，與人言孝弟，而歌泣無時。下揚子，度錢塘，過甬東，多託迹佛寺中。奉化快手怪其服，意爲盜，合曹輩數十百人篡臺山，臺山徒手禦之，不可近。因詣縣，趺坐縣庭，與縣官爲禪語，縣官憆不解。同年生主事邵君洪時家居，識臺山，乃釋之。遂遊普陀，寓西湖，已復走京師，乃歸而卒〔一〕。所著有《尊聞居士集》行于時。

論曰：敬至瑞金，臺山没二十餘年矣，而士大夫多言臺山遺事者。臺山于倫甚修，所以處之甚厚，不得已乃至于如此，其諸無愧于爲聖賢之徒者歟？昔程子以佛氏爲逃其父，欲以中國之法治之。夫事在數千載以前，數萬里之外，又何以知其心之所存與事之所至，而爲是論哉？如臺山者可以觀矣。

【校記】

〔一〕「乃歸而卒」，同治八年本「乃」字作「及」，於義較通。

【評語】

「微而顯，志而晦，應書而不書，即書法也。」

謝南岡小傳

謝南岡，名枝崙，瑞金縣學生。貧甚，不能治生，又喜與人忤，人亦避去，常非笑之。性獨善詩。所居老屋數間，土垣皆頹倚，時閉門，過者聞苦吟聲而已。會督學使者按部，斥其詩，置四等，非笑者益大嘩。南岡遂盲，盲三十餘年而卒，年八十三。

論曰：敬于嘉慶十一年自南昌回縣，十二月甲戌朔，大風，寒。越一日乙亥，早起，自掃除蠹書，一册墮于架，取視之，則南岡詩也。有郎官爲之序，序言穢腐，已擲去。既念詩未知如何，復取視之，高邃古澀，包孕深遠。詢其居，則近在城南，而南岡已于朔日死矣。南岡遇之窮不待言，顧以余之好事，爲卑官于南岡所籍已二年，南岡不能自通以死，必死後而始知之，何以責居廟堂擁麾節者不知天下士耶？古之人，居下則自修而不求有聞，居上則切切然恐士之失所，有以也夫。

二僕傳

順喜，其父孫祥，丹陽人，賣身于敬族兄用霖。用霖賣孫祥及其妻張于子渭府君。順喜隨孫祥至，始八歲。少長，一切不肖皆爲之，惟事主則勤至，出于至誠。先府君卧病十二年，順喜日侍至丙夜，抑搔折手節、解疲肢無倦。後與楊和兒溺死采石江中。

楊和兒，河南洛陽人，隨董達章超然至京師。性戇甚，不得超然意，遂隨子寬至富陽，已復隨至都。子寬出都過河間，逆旅火，跳而行，是日覆車于圯，幾壓且溺，皆仗和兒得免。後復事子由。嘉慶九年，太孺人年七十，和兒自鎮江偕順喜溯江來新喻祝太孺人。三月二十八日次采石，有沙門丐于舟，舟人靳之。沙門曰：「生非我有也，財何吝邪？」舟行至中流而没。和兒于羣僕中最善順喜，其不肖多同爲之，而事主勤至則同，死亦同。

噫，二人之不肖，無死法也，而卒以非命死。觀沙門之言，其有數存邪！然天下有法宜死而反富壽，是數之不平固如是邪！且天何不能反此數，以爲事主者勸也？

後二僕傳

嗚呼！民之愛其生，性也；至不愛其生，而以戕賊作亂，豈一日之故哉？瑞金處萬山，民性悍，喜邪説。敬視事期月矣，上下無所感動，咎其何辭？陳明光者，世業壊，通符録，與湖陂司巡檢比而不喜典史吏卒。嘉慶十一年四月十三日庚寅，敬以事赴行省。明光之族人明偉有婦何，私其族人明讀。明讀挈而逃，明偉訴于明光，達巡檢，獲之，以何付明光。明光亦與何私，忌明讀，相鬭鬩。巡檢執械明讀，故陳族人惡巡檢，而不直明光。二十四日，族人鬨而至，明光知巡檢不足倚，以刀至頸取少血即撲地，使其妻劉訴縣。縣曹付典史往驗，又不直明光，而明偉之妻何，前爲族人擁去。明光既失何，復得不直名，于甲夜自起，暗噁獨飲酒，持刀奔巡檢司殺明讀，傷守者一人；奔典史署，殺皂隸一人，傷三人，復殺門子一人。典史闔門大噪，明光反走。道縣門，念終不得活，遂入傷鈴下二人，砍閽者孫福，傷肩，自後户走避。夏清、柳芳避入室無後户，同死。方明光殺人時，無發聲及與支拒者。書手劉懷仁曰：「其諸爲符録所禁歟？」明光赴州審録，于路自恨曰：「縣官在，吾不至是也。」

夏清，仁和人。敬知富陽時來從，以小失遣去。嘉慶元年，敬餉軍銅仁，道五千里，而自武陵以南即出入叛苗中，幾一千餘里。夏清願從，餉銀十五萬兩，爲鞘一百五十，皆夏清主之。役旋，從至江山，敬以先府君之喪去官，復遣之。而敬貧甚，左右無一人，夏清復來，遂從入都，從至新喻，最後從至瑞金。前被殺一月，敬心忽不樂，欲遣之，不去而死。嗚呼，命也！

夫敬上推八世祖秀水丞慎所府君華卿，年五十二始生七世祖典儀正敬于府君紹曾，譜不載所自出。夏清常從除祠堂，奉祧主一出于室，敬就視之，曰「夏孺人神主男紹曾奉祀」。然後知出于夏也。夏孺人侍慎所府君當于官浙時，而清籍浙，其不偶然歟？

然輾轉千萬里，以死于瑞金，何也！

柳芳，武進人，傭書府户曹，不得意〔一〕。嘉慶五年從敬于新喻，凡投謁及詩、文、詞草稾，柳芳主之，能日書一萬字無塗注。前被殺三月已辭去，復反而死。

敬束下素嚴，夏清、柳芳皆布衣履，言語訥訥然，以此得久，然即死因也。

【校記】

〔一〕「意」，同治二年本作「志」。

【評語】

「左氏骨法，而神貌俱肖《五代史》。」案：陶批末識「自記」二小字。

「只安防妥當，此種不可入書事體，以無大關係也。若從陳明光源起叙述入，則非法，且筆下糾擾矣。觀此可知前明及國初諸家僕人傳之非法也。」案：此條據楊批過録，實質爲檃括先生《大雲山房言事》卷二《與來卿（其二）》中文字，録爲「自評」。

紀言

嘉慶元年，敬以富陽縣知縣餉貴州平苗軍。五月丁巳次益陽，有大星隕于西南，聲隆隆然。癸亥次武陵，一騎自西南來，白衣冠，聞嘉勇貝子薨。庚午次桃源，同餉軍者裘烏程世璘曰：「吾屬在浙，貝子方平林爽文凱旋，自三衢方舟下嚴陵江。舟設重樓，陳百戲，中流鼓吹競作，從官舟銜舳艫，并兩岸疾下。頃之，有嘩于從官舟者，乃一巴圖魯與都司飲，争酒佐。貝子出坐親鞫之，色甚和。貝子曰：『汝二人何功？』叩顙曰：『花翎，通諸羅道賜，比旋役，各進一官。』貝子曰：『今天子神聖，軍以功返，汝二人不知謹，虧朝廷體邪！然重懲汝，非優功盛旨也。』目左右曰：『花翎不稱，去之。』二人叩顙下，卒不問所坐何事。」方紹興應逵曰：「吾聞文武事貝子，貝子必優以官。頃有府經歷三年至同知，試用知縣五年至分守道者。」鍾慈谿德溥曰：「吾鄉人嘗事貝子，官亦分守道矣。往歲，貝子輿夫與守備争，毆之傷額，鄉人杖輿夫四十。貝子曰：『若忘富貴所自邪，何躪我也？』鄉人懼，數月不敢見。」

語有間，敬告之曰：「吾聞之張皋文，張皋文聞之副都御史方葆巖先生，維甸先生曰：『貝子援諸羅時，壯勇公海蘭察前行。行約百里，貝子督師夜繼進。大雨，天黑如覆盤，遇土山，駐軍山頂。貝子中坐，隨軍官圍貝子坐。外親軍，外正軍，皆圍坐。賊遊兵近山，踐泥濘過，火炬千萬。賊自炬中上窺山，黝黑無所見，疑有軍，發銃礮擊之。貝子令曰：「無出聲，無動。」久之，賊過盡，雨霽，天益明。壯勇公已入諸羅城，捷使至，軍始起行，無一傷，視銃礮子，歷落入山腹也。』先生又曰：『貝子征衛藏，有隘道幾一里。賊屯軍守隘北甚嚴，大軍屯隘南三十里許。貝子調軍伏隘東、西，而以前軍分五軍攻隘，迭退迭進。戰一日，蓋數十勝負。貝子在大軍中，前軍軍報沓至，不動。及二更，前軍大敗，退不止。賊逐前軍出隘南，忽銃礮聲大震，火炬盡爇，照耀如白晝。東、西伏軍皆起，賊驚退，相蹂躪，我軍躡之入隘，貝子急上馬，萬騎齊足。頃刻至隘口，前軍、伏軍已過隘，聞貝子至，勇氣百倍，大軍乘勢合攻。遂夷賊屯，追奔五十里而後止。』」

【評語】

「起法、排法、結法俱妙，下筆不受古人牢籠，而能直到古人。」 案：陶批末識「自記」二小字。

書山東知縣事

山東知縣者老矣，以進士授知縣，在縣八年。縣之人有讐大姓者，誣以不軌，列頭目數十人，上變于巡撫。巡撫下上變者于獄，檄按察使督府都司以三百人馳掩之，按察使先令健步夜馳三百里，密檄縣爲備。知縣得檄，驚曰：「奈何？此良民也。」因問健步兵去縣幾何，曰：「昨發，度行不過百里，今去當二百里耳。」於是，知縣從健步，跨一馬疾迎兵，于百里外見按察使，曰：「大人所捕反者，非反者也。知縣能呼之來，若兵往，不能無驚竄，竄則反實矣。」按察使怒曰：「此大事，縣何脱？爾少誤，當坐縱反者斷頭。」知縣叩頭曰：「知縣在縣久，此數十人如家之人耳，婦稚、耕種、牧養能悉數之，豈不知反不反哉？如一人跳去者，願以八口殉，非直斷頭也。大人其馳使白察院，急止兵。大人單車來，此數十人迎馬首矣。」於是復上馬疾馳反縣，親至諸應捕者家，曰：「滅門矣，速從我可活。」乃羣從至縣，按察使亦至縣。知縣引而前，衆皆跪號哭。按察使愕然，良久，令衆至所司投獄，具情白于巡撫。

巡撫以屬司道、府司道、府治，無一驗，悉縱之，而斃上變者于獄。蓋自始變至事白不及十日，大吏遂皆以知縣爲能。

更一年，巡撫、按察使相繼遷去，會大計，主者當知縣年老官，勒休。

【評語】

「似孫可之。」 案：此條據陶批、關批、楊批過録，陶批末識「自記」二小字。

書王麗可事

陝西華陰縣丞王銑，字麗可，武進人，明御史忠烈公章後也。李自成陷京師，忠烈公服朝服罵賊死。兵部主事金忠節公鉉亦死御河。其後，湖廣巡按劉忠毅公熙祚死衡州端禮門。世稱「武進三忠」。

麗可白皙，弱而文，以四庫館謄録監生授華陰縣丞。居官貧甚，又常以介不合上官。嘉慶三年，白蓮教往來擾湖北、四川、陝西三省，官軍次第收捕，賊蔓延不可驟滅。行臺省督軍餉銀甚急，麗可承檄餉經略勒保營。祖之日祀忠烈公，泣已而謂人曰：「吾此行死矣，吾寧能效他人苟且耶？」二月十三日，行至雒南廟溝坡，坡迤高二里所。麗可已北下坡，而家人吴連押後隊逾坡脊未下，背望賊高均德大隊雜遝至坡南，探騎二縱轡馳上。吴連大呼：「賊來，速下馬避。」麗可回望不應，吴連復大呼，而賊探騎已至坡脊。吴連下馬叩首，賊不顧，馳下，左右夾麗可疾〔一〕馳去。幾一里，復勒騎馳回。一騎以矛刺〔二〕麗可，破面墜馬。一騎就刺胸及脅五創，皆洞過而死。年五十九。二騎馳會大隊，下坡營平地，留賊五人卓帳〔三〕守麗可尸。既一日，無議贖者，拔刀殘之而去。又二日，吴連求得尸，凡創五十餘，以禮殮。行臺省上奏，賜祭葬，子襲雲騎尉。其時，經略額勒登保禽高均德，送京師，伏誅西市。

【校記】

〔一〕「疾」，諸校本均作「絶」。

〔二〕「刺」，諸校本均作「剟」。

〔三〕「卓帳」，原作「車帳」，諸校本皆作「卓帳」。案：「卓」，立也，作「車帳」者非，今據改。

書獲劉之協事

高宗純皇帝乾隆五十九年，教匪大頭目、安徽太和劉之協以訟事赴質河南扶溝。十月十五日丁酉，聞陝西白河教匪事發，跨黄騾夜走，遂入郟縣，聚徒衆作賊，自稱天王劉之協。於是陝西、河南、湖北、四川教匪皆起，官軍勦捕降斬以千萬計，户部轉輸至萬萬。皇上嘉慶五年六月二十八日己卯，今分巡吉南贛寧道灊山〔一〕廖公寅莅葉縣，捦之協送京師，伏誅西市。教匪既失本帥〔二〕，遂解竄。經略額勒登保等以次討滅，四省乃平。

先是，廖公長公子以省覲至葉，葉居賊衝，列兵城門爲守計。長公子雜候騎出五里所，于柳樹下見一人貌怪偉，露膊坐，眉入于鬢，即賊黨冀大榮也。疑之，返以色目告城門兵朱中林。歸署舍脱韡韈，方濯足，而大榮已從之協至城門，與中林相識，踦梱語，中林紿使入城。大榮指之協曰：「張掌匱也。」强之入參飲于肆，而陰洩于中林。長公子聞報，徒跣赴肆中，手拉之協佩刀，斷其褌繫。之協俯護褌，遂扼項仆之。廖公率吏卒縛之協，擁至縣。蓋之協敗于鄧州，去其衆，思迂道入南陽再起，故過葉也。皇上以廖公功賜花翎，簡放鎮江府知府，旋擢今職。河南遷官者數人，冀大榮亦賜把總銜，今益貴矣。

長公子者，名思芳。敬前在南昌，長公子不以介紹見，下馬入門，爽拔之氣照左右，曰：「思芳行天下，多願交思芳，思芳拒之。今聞兄高義，故至此。思芳不喜讀書，毋混〔三〕我；然忠孝大節不敢辱，知我也。」其自命如此。

惲子居曰：敬以屬吏事廖公幾七年，厚德退讓君子也。及交長公子，始知公少時常貯米竹篦，負走三十里餉二親，創背，陰雨常瘤瘤然。又聞在河南，驕帥有索賄者，力拒之，拔刀砍館垣，斷其刃，帥氣懾而去。蓋仁者之勇，發不可遏。知長公子之風，爲有所自矣。

【校記】

〔一〕「瀨山」，原作「瀨水」，同治八年本同，嘉慶十六年本、嘉慶二十年本、同治二年本、光緒十四年本均作「瀨山」，今據改。

〔二〕「帥」，原作「師」，嘉慶十六年本、嘉慶二十年本、同治八年本同，同治二年本、光緒十四年本校改作「帥」，今據改。

〔三〕「混」，同治二年本作「溷」。

【評語】

「如見其事不難，難在并事之情皆見。『掌匱』見邸報，與朝制同，不止用當時語也。『護禅』一段自《北史》、《唐書》脱化。能如是，則叙天下事無窒礙矣。」案：陶批末識「自記」二小字。

先賢仲子廟立石文

嘉慶十六年七月丁丑，江西瑞金縣知縣惲敬謹立石先賢仲子廟之庭中〔一〕，而刻文曰：

昔者，仲子仕于衛大夫孔悝。衛靈公出亡之世子蒯聵争其子出公輒之國，執孔悝以求立，仲子死焉。後儒竊有異議者，敬以爲不然，請爲主客之辭，以盡其事之勢與義，而折其衷于孔子。

按《史記·孔子世家》：「魯哀公六年，孔子自楚反衛。」此去楚之年也。《十二諸侯年表》：「哀公八年，孔子至衛。」此至衛之年也。其時當出公之六年，出公之定爲君久矣。則試問出公之定爲君，義乎？不義乎？則謹應之曰：《左傳》靈公之謂公子郢也，曰「予無子」，是靈公未赦蒯聵也，蒯聵不得自爲赦也。曰「將立女」，是靈公不以蒯聵爲世子也，蒯聵不得自居于世子也。然則《春秋》之書衛世子奈何？曰：蒯聵之出亡，以將殺南子也。靈公蓋爲南子諱焉，未嘗以廢告諸侯也。《春秋》用史官之法，蒯聵之書世子，宜也。雖然，靈公之心則以爲廢之云爾。人子者，心父母之心，斷斷不宜自居于世子。是故蒯聵不宜立者也，宜立者出公而已。立公子郢，非法也。

問出公之拒父何如？則謹應之曰：出公未嘗拒父也。衛靈公生于魯昭公二年，其卒年四十七，而蒯聵爲其子，出公爲其子之子。蒯聵先有姊衛姬，度出公之即位也，内外十歲耳。元年，蒯聵入戚。二年春，圍戚，衛之臣石曼姑等爲之，非出公也。出公長而勢已不可爲矣。歸罪出公，從君之辭也。

問石曼姑之拒蒯聵何如？則謹應之曰：蒯聵者，非曼姑之所宜拒也。蒯聵得罪靈公，靈公可以父絶之，出公不得以子絶之。是故蒯聵不可爲衛之君，而可爲衛君之父。不可爲衛之君，所以定靈公、蒯聵父子也；可爲衛君之父，所以定蒯聵、出公父子也。孔子曰：「必也正名乎。」正靈公父子之名，則蒯聵宜逐。宜逐奈何？終身不入國可也。正蒯聵父子之名，則出公不宜拒。不宜拒奈何？蒯聵在戚，出公以國養可也。以是言之，出公之定爲君無過也。定爲君無過，斯仕于出公者無過也，仕于孔悝者益無過也。

則試問高子之不死何如？則謹應之曰：高子者，公臣也，士師也。蒯聵之入，高子無軍師之謀，故無死事之義，無親暱之任，故無從亡之義。孔子曰「柴也其來」，以此也。

則試問仲子之死何如？則謹應之曰：仲子者，家臣也，邑宰也。以孔悝爲主君，視其禍而不之〔二〕救，禮歟？孔子之于衛也，蒯聵與其亡不與其争，出公與其立亦不與其争，是故蒯聵之入，出公之亡，仲子不與也。曰太子焉用孔叔？曰：必舍孔叔，知有孔悝而已。所謂食焉不避其難也。孔子曰「由也其死」，以此也。

夫以一聖知一賢，豈有不揆于義，以其愚而決其來，以其勇而決其死哉？且夫聖人之道，五倫而已。不辨于君臣，則父子、兄弟、夫婦、朋友之倫不序；不辨于去就死生，則君臣之倫不明。君臣之始事去就爲大，君臣之終事死生爲大。仲子之仕孔悝也，君子將以推明乎去就之義。其死孔悝之難也，君子將以求當乎死生之仁。顏淵死，子曰：「天喪予，天喪予！」子路死，子曰：「天祝予，天祝予！」曾是去就死生之不辨，而冒然爲之者？此後儒之過言也。世之爲聖人之徒者，其視茲刻焉。

【校記】

〔一〕「庭中」，王校：「俞云：當作『中庭』。」

〔二〕「之」，原作「知」，據諸校本改。

【評語】

「整而奇，立石文中別爲一格。論事直，細入毫芒，大函天地。」案：陶批末識「自記」二小字。

新喻縣文昌宮碑銘

嘉慶六年九月二十六日，江西省臨江府新喻縣奉本府正堂牌開：爲移咨事轉奉布政使司奉巡撫部院，准禮部咨議奏文昌帝君仿照崇祀關帝典禮致祭一摺，奉旨，依議，欽此，移咨遵照辦理等因到縣。

該縣每年春秋祀文昌帝君，動地丁銀二十六兩，牛一，羊一，豕一，登一，鉶二，簠簋各二，籩豆各十，鑪一，鐙二，帛一，香盤一，尊一，爵三。承祭官朝服行三跪九叩禮。祀文昌帝君三代，羊一，豕一，登一，鉶二，簠簋各二，籩豆各八，鑪一，鐙一，帛三，香盤三，尊三，爵九。承祭官行二跪六叩禮。時敬奉檄襄文武鄉試在南昌，十二月十一日回縣任事，與儒學訓導胡君暨縣中同官屬縉紳先生耆老謀所以安神者。於是筮地，得吉于虎闞山至聖先師廟之西偏。爲門三楹，東西塾爲殿三楹，序夾室階陳皆備，祀文昌帝君。少後爲殿三楹，祀文昌帝君三代。爲位于八年四月戊辰，越六月己巳〔一〕落其成，斫礱丹雘如禮。

是日，肇祀于新宮。牲腯酒馨，旌旄從風，羣執事給敏以暇，終事益虔。環門而觀者，忻舞相告，喁喁于廣術，皆知神之具醉飽，而有以福吾喻之人也。敬肅受嘉胙，爰揚厥美，刻之廟石，而系以詩。詩曰：

油油清渝，虎闞其坻。倚厓爲墻，蕩蕩持持。贇門居阽，焕乎樓闔〔二〕。其脩五雉，畫霞爲畛。作宮于旁，維神則宜。我父我子，協于筳蓍〔三〕。乃糾乃斂，乃削其坪。其廷則直，乃碣乃楹。庖犧肆醴，業虡之所。自門而階，而堂而户。皤皤文學，弟子具來。役夫不勞，不匱于財。維神聰明，欽其信直。登筵憑几，强飲强食。維吾喻民，各服其疇。禾麥茂茂，滿吾車篝。維吾喻民，舟車所通。伐梓捕鯉，以有以豐。維神之職，厥曰司禄。維吾喻士，以貞延福。天子之德，際天并海。維神相之，便章同軌。吾喻一隅，如治待型。千山萬水，尺鼎先成。小大稽首，荷神之庥。于萬斯年，毋怠毋尤。

【校記】

〔一〕「六月己巳」，原作「翼日己巳」，諸校本皆作「六月己巳」，嘉慶十六年本作「六月初六日己巳」。案：嘉慶八年六月初六，合於己巳之日，今據改。

〔二〕「闐」，同治八年本同，嘉慶十六年本、嘉慶二十年本、同治二年本、光緒十四年本作「軥」。

〔三〕「筵著」，原作「筵著」，嘉慶十六年本、嘉慶二十年本、同治二年本、光緒十四年本作「筵著」，同治八年本誤作「筵著」。案：筵、著皆占卜之草，作「筵著」爲是，今據改。

【評語】

「公牘入碑，本古法，銘辭似相如。」案：陶批末識「自記」二小字。

文昌宫碑陰録

古者，天子祀天、地、社、稷、宗廟，五祀而已。《祭法》：「有天下者祭百神。」山林、川谷、丘陵是也。《周官·大宗伯》：「以疈辜祭四方百物。」八蜡是也。漢用方士之説，祀典多無稽。後世佛氏日昌，所祀神皆託之西域，及所謂四天下焉。道士生中土，祖方士之言，效佛氏爲誑誘。陶弘景、寇謙之、杜光庭諸人，妄構真靈，紀官篡職，復舉中土君臣之名迹及叢祠淫鬼，錯入徵之，其説至後世益乖歧，無可信考者。

文昌帝君之祀，不知其所始。崔鴻《後秦録》：「姚萇隨楊安伐蜀，至梓潼嶺見一神人，謂之曰：『君早還秦，秦無主，其在君乎！』萇請其姓氏，曰『張惡子也』。後據秦稱帝，即其地立張相公廟祠〔一〕之。」常璩《華陽國志》：「梓潼縣善版祠，一名惡子，民歲上雷杼十枚。」璩志終于永和三年，在萇稱帝前五十餘年，是萇之前已祀惡子矣。唐封順濟王，宋改封英顯王，元以道士之説，封輔元開化文昌司禄弘仁帝君。於是，山經地志、稗乘外書附會不經之辭，布滿天下。道士悉剌取之，以意牽合，録爲《化書》。而學士大夫之好怪者，竊其妄説，捕聲附影，瞶聽瞽説。嗚呼，可謂不祥也已！

在前明之季年，大臣議禮者，以爲宜罷其祀，是又不然。夫王者受命進退羣神之祀，凡以爲民已耳。其合乎天神、地祇、人鬼之典法者，秩宗之所掌，縫掖諸生之所誦習，百世不廢者也。其不合乎天神、地祇、人鬼之典法，而能見靈爽，爲徵驗，捍禦水旱兵革，爲天下所奔走，王者亦秩而祀之，所以從民望也。

本朝承平既久，上下以休養爲福，愚氓積煽，遂盗兵戈。今全蜀就平，楚陝亦靖，皇帝以文昌帝君爲蜀之神，歸功底定，祗閟其祀。有司考定禮樂，頒之四埏，意以天下之集寧，則將士之宣力不暇，百姓之效順也。然以天下之大，智者、愚者皆赫然于天人之交際，百神之呵護，則國家之大祉〔二〕，百世之所以治安也。敬以愚瞽，隨肩州縣下吏，無以仰輔朝廷之制作，竊以私見鄙識窺測萬一如此。若夫道士所言，如里巫巷祝，視鬼造妖，以惑蚩蚩者之視聽，豈足信哉？豈足信哉？敬以其行世已久，恐爲大蔽，爰取其太甚者條辨之，列于左方，使天下知朝廷所以祀文昌帝君，在彼不在此，庶幾后夔、伯夷之倫所是許焉。

《王氏見聞録》：「巂州越巂縣張翁畜蛇，令欲殺之。一夕雷電，縣陷爲巨湫，蛇爲陷河神張惡子。」謹按：梓潼嶺即七曲山。《華陽國志》：「五丁迎秦女，見蛇，拽之，山崩。」即其地也。因五丁之説，附會蛇爲梓潼嶺之神，遂取邛都地陷之説益之，即《見聞録》所傳是也。考《後漢書·西南夷傳》：「武帝初置邛都縣，無幾而地陷爲污澤，因名爲邛池。」無陷河神之説。邛都至隋始改爲越巂縣，《見聞録》之言其出隋、唐間野人歟？又《明一統志》稱，神爲越巂人報讐，避居梓潼，蓋始以神附會爲蛇，繼復以蛇附會爲人。《化書》又託之戚夫人、趙王如意，皆可謂無忌憚也。

《太平寰宇記》：「濟順王本張惡子，晉人，戰死而廟存。」《文獻通考》從之。謹按：《華陽國志》、《元和郡國志》俱無晉人戰死之説，是後人以秣陵尉蔣子文戰死爲神附會之無疑。《路史》：「黄帝子揮造弓矢，受封于張，爲張氏。」《詩傳》：「張仲，賢臣也。」《箋》：「吉甫之友也。」《化書》以張仲著于《詩》，附會神爲張仲，且以爲張宿之精。謹按：《史記·天官書》：「張素爲廚，主觴客。」《晉書·天文志》：「張六星，主珍寶、宗廟所用及衣服。」于張氏何與耶？于張仲之孝友何與耶？《酉陽雜俎》：「天翁姓張名堅，竊騎劉天翁白龍，至玄宫易百官，劉天翁失治，爲太山守。」是張角謀代漢之妖言也。「竈神姓張名單，有六女，皆名察。」以張爲廚，故竈神張姓，張六星，故神六女，皆妖言不可從。

《晉書·天文志》：「文昌六星，在北斗魁前，天之六府也。」「四曰司禄、司中、司隸，賞功進。」與《天官書》「四曰司命，五曰司中，六曰司禄」不同。《星經》又言：「六曰司法。」蓋古之言天者，以四獸配四時，占生殺。其附天樞者，皆占宫廷，命名徵驗，取近是而已。《化書》既以文昌帝君爲魁前之司禄，又以爲外垣之上相，吾誰欺？欺天乎？蓋唐宋之時，士大夫及進士過梓潼嶺得送者，皆爲宰相，得殿魁，如《鐵圍山叢談》所記多矣。妄者遂有司禄之説，其尤妄者證以星之司禄，并尊以星之上相，以相煽動，而不知二星之不相屬也。本朝朱錫鬯氏求其説而不得，謂文昌祀蜀之文翁，何其益誕耶？《説文》：「魁，羹斗也。從斗，鬼聲。」臣鍇曰：「謂斗首爲魁，柄爲標也。」蓋器名耳。星象之故北斗、南斗、小斗、中斗同名，皆以首爲魁，柄爲標，於是轉訓爲首者爲魁，《漢書》「里魁」、「黨魁」是也。復轉訓試名之冠其曹者爲魁，《老學庵筆記》「宋元憲夢大魁天下」，《揮麈録》呂〔三〕文穆等以大魁至鼎席是也。今乃以斗倚鬼爲魁星之神，復以文昌在斗魁之前，而祀之于文昌宫，大可弜也。其他如《化書》所言以白騾進信宗，乃因明皇青騾入蜀而附會之。朱衣神則因歐陽文忠公而附會之，不知《鯸鯖録》所言乃刺關節者得售以誣文忠，不可訓也。

【校記】

〔一〕「祠」，嘉慶十六年本、嘉慶二十年本、同治八年本、光緒十四年本同，同治二年本校改作「祀」。案：崔鴻《十六國春秋·後秦録》原作「祠」（明萬曆刻本），今存其舊。

〔二〕「祉」，原作「神」，據諸校本改。

〔三〕「吕」，原作「昌」，諸校本皆作「吕」。沈校：「案『昌』字似『吕』字之誤，蓋謂吕蒙正也。」案：吕蒙正，謚文穆，引文出自《揮麈前録》卷二第四十九條作「吕文穆」（《四部叢刊》景印汲古閣景宋鈔本），今據改。

【評語】

「宏厚如西京議禮文。」案：此條據陶批、關批過録，陶批末識「自記」二小字。

都昌元將軍廟碑銘

天下有形必有神，而有血氣者最驗。有血氣之中，毛羽鱗介并在五蟲，而人爲最驗。人之骨肉筋血毛髮一體也，而心爲最驗。人心之神與毛羽鱗介之神，推之天地之神，昭明肹蠁，微分巨合，充塞乎無間。是以日月之明，山嶽之成，江湖之盈，其積形之神與有血氣者常往來。而人之所接皆以人之事事神，爲之像設，爲之廟庭，爲之牲牢、酒醴，爲之官爵、名號，蓋神之依于人道固如此。然而神依于人以爲禍爲福，而所憑或假之毛羽鱗介者，何也？其物皆老則血氣聚，聚則變；其物若有知若無知，則血氣專，專則通。日月、山嶽、江湖即以其神之變與通者憑之，故聖人能知萬物之情狀，而後能知鬼神之情狀。

都昌元將軍自明洪武中敕封，附祀于左蠡山之湖神廟。嘉慶十有四年，江西巡撫先福公立廟特祀，奏請加號，敕封顯應元將軍，公用古碑法勒部咨于石。敬與都昌知縣陳君煦交過左蠡，爲碑文言其所以神，以發明朝廷進退百神之義，詒陳君，使立石于廟庭。銘曰：

萬物之動，一道所蕃。沄沄渾渾，根支萬千。其分如沙，其合如水。神哉神哉，何此何彼。惟元將軍，黑帝股肱。雲旗千尋，指揮鯨鵬。左蠡之山，據湖三面。爰宅將軍，爲門爲殿。天子之命，顯應孔昭。萬艘安行，五兩蕭蕭。水之爲波，乃氣之涬。以理平之，微于絲忽。上達九天，下通九淵。將軍所屆，其雲沛然。吏走民奔，擊鮮進旨。鼓鐘絃絃，將軍歆此。天子甚聖，百神是懷。滁江障海，萬福具來。

【評語】

「千人辟易之氣，萬劫照耀之理，山重塹複之勢，風迴雲轉之情。」案：陶批末識「自記」二小字。

海會庵放生河碑銘

《金剛經》云：「應無所住而生其心。」夫生其心，亦無所住而已。無所住，則生即無生也。此法也。不取法，乃非法也。不取非法，乃非非法也。如此者，心之量一切具足，包括天地，通徹古今，聖人愚人，善禽惡獸，如大海中浮漚，大空中飛塵揚〔一〕焰，皆吾心之量所攝受。順其生死則道通，逆其生死則道窒，是故無生之法以有生爲用，有生之法以生生爲用。無生者，性之域，有生生者，情之倪。此大雄氏所以重能仁，而《楞伽經》必以斷殺爲入門第一義諦也。

嗚呼，四生在天下，至水族之愚，可謂極可悲憫矣，而世反輕殺之，何哉？蘇州葑門外海會庵舊有放生池，爲弓徑若干，圍若干，不足以蕃脱網者。其地又爲周垣所迫，無可擴，而庵臨大河，民爲斷絶流，日殺無算。蓋一垣之隔，而死生判焉。且生之之數與殺之之數相懸實甚，亦君子之心所宜動也。嘉慶十年，歸安張公來視行中書省，以蘇俗侈，侈則多殺，時勸導之。今年春，放生池董事何灴等請以河之東西橋所拒之中爲放生河，禁捕者，且鐫放生河之名于橋以示後。其秋，公奉命撫江西，董事遂立石庵之中庭，志不忘德〔二〕焉。銘曰：

惟帝好生極天地，殺害生者全生生。横目之民其壽康，近自輦轂周環瀛。觀物無始互啖食，旁及羽介兼毛鱗。至仁惻然不忍言，誰徹砧俎袪羶腥。其中救一德千萬，千萬億命皆圓成。公奉德意治江介，欲挽殘饕歸清淳。放生之河偶事蒧，爲琢貞石垂休銘。

【校記】

〔一〕「揚」，原作「場」，據諸校本改。王校：「俞云：『揚』疑作『陽』。」

〔二〕「志不忘德」，「志」、「忘」二字原誤倒，今據諸本乙正。

【評語】

「三乘義諦，四通八闢，銘辭起用重筆提振，中用重筆鉤勒，末止用輕筆，落落莫莫，一點便過，用意最是。」

劉先生祠堂壁銘并叙

敬嘗讀《史記·倉公傳》，切脈辨聲色，審經絡藏府，皆攝心專氣之言。而《扁鵲傳》言長桑君、趙簡子、虢太子事，殊怪偉不可訓。倉公學扁鵲者也，何不同若此哉？蓋天下之至神，皆天下之至精者也。神者不可傳，精者可傳，倉公傳扁鵲之精者也。唯精者可以至于神。其生也，出明入幽，如《扁鵲傳》所言是矣。而其死能出幽入明，或食于一鄉，或食于一郡一縣，或食于天下，或時驗或時不驗，蓋視其生之時心解之麤密、氣用之强弱而應之。

吾常所祀劉先生雲山者，名朝宇，江陵人。以醫行江淮間，不遇；去之都，益不遇；去之保定，遂死。死之後見神于常，爲人治病多愈。常之人事之已百年矣。乾隆之五十一年，敬遊太原，得胃疾，脘時張欲裂。夢色揚而髯者進飲，覺暴下，下數日已，已後復下，時下時已，幾一年而疾除。入都以語常之人，常之人曰：「此劉先生也。」後五年，敬還常，拜先生祠，而銘其壁焉。銘曰：

世之人用心之靈，如耳目之聰明，以形爲之扃；用耳目之聰明，如手足之運行，以物爲之程。故以之爲道不至，而爲術不成。耳目手足皆腐者也，心如耳目手足，而欲死而有知，此元氣之所不能已乎哉！盍觀之先生。

【評語】

「精闢超渾，唐宋諸家所無。」

「銘辭是退之敵手。」（吴仲倫）　案：此條據陶批、王批過録。

卷四

前太子少保雲貴總督劉公祠版文

嘉慶十有五年二月，敬自瑞金以事至南昌，前太子少保、雲貴總督劉公之孫、署餘干縣知縣焜泣而請曰：「先少保仕高宗朝，受殊遇，以儒臣節制西封。會緬甸兵事方起，所遺將失律，先少保引罪致其身。純皇帝推始終恩禮，許歸葬。然子孫以先少保未復前資，不敢銘墓，不敢碑，不敢狀于史氏，今四十五〔二〕年矣。大懼没先人之行，無以見先人。謹惟先少保自述年譜一卷，始康熙四十年，終乾隆三十一年，書事悉如史法。吾子其次爲文，焜將書之祠版。焜世世子孫，顧能坐甲執兵，爲國家捍守邊徼，驅縛狼貙，以畢我先少保之志。朝廷蠲濯前迹，收録後效。當世鴻達君子，得由吾子之文而闡揚之。焜死且不朽。」語竟，伏地泣不能起。敬禮不敢辭。

按譜，公諱玉麟，字麐兆，姓劉氏，世爲兖州府曹州人。曹州升府，爲曹州府菏澤縣人。曾祖捷，兗州府學廩膳生，貤贈資政大夫。祖拱辰，父澄清，曹州學歲貢生，俱贈資政大夫。曾祖妣袁氏，祖妣田氏、袁氏，前妣張氏、妣張氏，俱贈夫人。公年始十五，補兗州府學生，二十補廩膳生，二十三充拔貢生，二十五考取八旗官學教習，二十六補正藍旗官學教習，應順天鄉試中式，二十七引見以教諭用，二十八選觀城縣學教諭。純皇帝乾隆元年，公舉博學鴻詞，御試列二等第三名，授翰林院檢討，年三十六矣。三十八奉特旨改名藻，記名以御史用，充順天鄉試同考官。三十九充會試同考官，升右春坊右中允，升侍講，轉侍讀，上書房行走。四十升太常寺少卿，轉通政司右通政，升都察院左僉都御史。自公爲檢討至僉都御史，皆純皇帝特簡，在廷以爲榮。是時純皇帝御極已五年，躬節儉以率天下，而海内無事，物力充殷。公虞有以豐豫之説進者，凡園囿燕遊瞽御之事，屢愷切言之，純皇帝悉嘉納。四十一升内閣學士，充順天鄉試正考官，充江蘇學政。四十三以失察寶應縣學生劉洞罪狀，降三級調用，補宗人府府丞。至京，仍上書房行走。六月，以母張太夫人年老，乞養親，得允。五十奔皇長子定安親王之喪至京，賜復内閣學士原銜。五十四丁張太夫人憂。五十六服闋。時純皇帝幸闕里，公送駕至德州，授陝西布政使。

公在籍侍養，凡十有二年。年譜中，止載朝廷賜予并所奉温旨。敬次至此，焜復泣曰：「先少保在養親假中，至德州迎駕者二，入都祝皇太后萬壽者一。始奔皇長子定安親王之喪，繼奔孝賢皇后之喪。其餘日，朝夕侍張太夫人，飲食起居皆躬事。蓋事親以事君，不敢欺如此。」

是時，准噶爾豪賊阿睦爾撒納内附復叛，官軍勦之。公始之官陝西，察哈爾、吉林兵方由陝西赴軍。自潼關廳至長武縣東西八百里，設軍臺七所。其平道分設車三百輛、騎七百匹，其山道分設騎千五百五十匹；臺設草六十萬斤、豆二千石。公日與按察使、驛傳道釐其事，軍行無留。直隸送軍前馬萬一百六十匹、駱駝千六百頭，陝西送軍前贏千二百頭，四川送軍前馬千三百九十匹，過陝西亦無留。明年，定邊將軍兆惠遂連戰破賊，阿睦爾撒納走死。

五十七調湖北布政使，升雲南巡撫。雲南運京銅下四川，峽險甚，自乾隆四年至二十一年共沉三百十九萬四千一十五斤。户部奏雲南四正運，運原額京銅；二加運，運廣西停鑄之銅。而第二運至峽，當四、五、六前後三月江漲之時，多失事，議分二運于前後五運以避險。公以正運乃解官顧船，加運自漢口以上即地方官撥船，合之不便，議并四正運爲三運，二加運爲一運。八月自瀘州開第一運，十月開第二運，十二月開第三運，次年二月開加運。每年止四運，而四、五、六、七前後四月無銅船出峽，于避險爲益慎。奉旨依議。

六十三署貴州巡撫，加太子少保。六十四回雲南巡撫任，升雲貴總督。六十五加兵部尚書銜。雲南〔二〕西、南二面俱鄰緬甸，西爲永昌，南爲普洱。是時，緬甸貴家土司宫裹雁與木疏酋戰敗，竄孟坑，其妻囊占率衆内附我。孟連土司刀派春脇取其貲，囊占怒，殺派春。永昌知府楊重穀遂誘誅宫裹雁，囊占走，煽緬甸諸土司犯邊。公方撥土練守永昌，而普洱之孟艮土司有族人召散者，糾緬甸賊數千，攻掠九龍江等地，甚猖獗。公馳至普洱，遣總兵劉成得、參將劉明智往剿焉。先是，公在雲南，雲南無事垂十年，純皇帝倚任無與比。一旦東西皆擾，公内不自安，而參將何瓊詔、遊擊明誥、守備楊坤違節制，擅渡九龍江，大敗。潰卒還，以三人戰没告。方入奏，而三人自緬甸遁還，公益不自安，當三人逗撓律，而純皇帝以三人乃臨陣退縮，皆斬。奉旨降公湖北巡撫。公望闕叩首如禮，閉户作書處後事。擲筆，抽佩刀自刎。時乾隆三十一年二月二十三也，年六十六。後一月，部議至雲南，以前事革職。

公娶徐氏，繼娶田氏，再繼娶李氏。長子本，菏澤縣附貢生。次子木，山西蒲州府同知。季子林，候選布政司經歷。孫焜，壬子舉人，前知江西南康、龍泉縣，今署餘干縣。次子木出。

敬於是復于焜曰：古者，大臣有坐盤水加劍，造請室而請罪，小罪自弛，大罪北面自裁，其三公則賜之上尊、養牛，使者中道因以不起聞。若是者，雖以禮相切，直與取而殺之無異也。至蓋寬饒、蕭望之、朱博，皆以下吏就死，其畏罪與辱明甚。今公始左遷，純皇帝遇夙厚，可復用，而奮不自顧至于如此，蓋公事皇上誠至，一不得當即以爲孤負明恩，無以自立于天下。此蓋古人所難，非蓋寬饒、蕭望之、朱博諸君子等，不可以不銘。於是系之銘曰：

至聖御宇，禮及大臣。非賄非奸，皆釋以恩。惟公之咎，成于將士。天子仁明，左遷則已。觥觥我公，志古臯夔。一眚不汙，星隕山頹。命牘抽豪，爰攄厥志。刻之廷陳，告千萬世。

【校記】

〔一〕「四十五」，原作「五十五」，嘉慶二十年本、同治八年本同。同治二年本、光緒十四年本校改作

「四十五」。王校：「『五』當作『四』，劉之自劄在乾隆三十一年，至嘉慶十五年，寔四十五年。」今據改。

〔二〕「雲南」，原作「雲貴」，同治八年本同，嘉慶二十年本、同治二年本、光緒十四年本作「雲南」，今據改。

【評語】

「步伐精嚴，體裁鴻雅，中一段自《霍光傳》脱化。」案：陶批末識「自記」二小字。

兵部侍郎銜署直隸總督裘公神道碑銘

公諱行簡，字敬之，姓裘氏。始祖萬頃仕宋，爲大理寺司直，自會稽遷新建，遂世爲江西南昌府新建縣人。曾祖琅，歲貢生。祖君弼，刑科給事中。父曰修，太子少傅，工部尚書，謚文達。妣一品夫人熊氏。文達公生子四：長麟，翰林院編修；次師，國子監生，皆早卒。次即公；次行恕，湖北漢陽縣知縣。

公年二十，丁文達公艱。服闋，高宗純皇帝欽賜舉人，内閣中書，推文達公舊恩也。

旋直軍機處，遷侍讀，擢山西寧武府知府，調平陽府，以熊太夫人年老請内用，補户部陜西司員外郎，仍直軍機處，升刑部福建司郎中。本朝之制，凡章奏陳達，制詔宣降，軍機大臣取進止，章京行之内閣六部，或徑下各直省及外藩。公在直二十餘年，内嫺掌故，外悉四方之政，於是朝野之論，皆以爲能可大用。今上加意人才，大臣多以公名舉奏，升内閣侍讀學士，奉命祭南海。是時教匪未靖，經略額勒登保公駐略陽。公奏請陜西、四川帶兵大臣，扼衝嚴守，使陜匪不入川，川匪不入陜，然後逼使東竄。經略以大兵蹙之，可計日梟縛。復命後升太僕寺少卿，奉特旨偕大理寺少卿窩里額公犒軍，公奏請自寶雞至褒城棧道，兵卡宜復設，且於要害設大營，隔賊走路，兼通大軍糧運。而其時，經略引嫌請止舉劾麾下功罪，公奏請五路帶兵大臣所統將士皆聽舉劾，移書四川總督威勤伯勒保公，爲陳廉頗、藺相如相下之義，兩帥大和。公論事多中機宜，得大體類如此。途次鳳縣，升太僕寺卿。次西安，除河南布政使，調江寧布政使，賜花翎。丁熊太夫人艱，未禫，除福建布政使，旋調直隸布政使兼按察使、護直隸總督。先是天下大政事，賑貸、轉輸、供億，皆以州、縣爲經由藪匯，錢穀出入多未釐正。高宗純皇帝欲以曠蕩之恩滌之，暨今上登極，下詔盡免廢負。而地方大吏，鈎稽簿領，束于成格，不能一概除豁，官民或借以爲煩擾之具。公以爲非清帑無以塞僥倖，去煩苛，遂一以清帑爲首事。福建布政司册目十有一，公于中分子目一千五百有畸。於是支解者豪黍皆見，吏不能欺，得銀若干萬兩。直隸民逋，議分年隨輸〔一〕，官逋議分年罰繳，得銀若干萬兩。前後兩省，凡清帑若干萬兩。旋奉特旨，以兵部侍郎銜署直隸總督。嘉慶十一年，永定河溢，公舟行視堵築。九月庚午，感急疾卒，年五十有三。遺表聞，予實授總督卹典，賜葬銀五百兩、碑銀三百五十兩、祭銀二十有五兩，謚恭勤。

配莊夫人，禮部侍郎存與公女。子六：長元善，欽賜舉人，候補内閣中書；次元淳，國子監生；次元俊，副榜貢生，候補鹽場大使；次元遜，候補通判；次元穆；次元英。孫開甲，元善出。女六，皆適名族。

某年、月、日，元善等奉諭旨葬公于新建慈菇鄉之硃砂岡，立碑設祭如禮。敬于元善相習，知公爲詳，謹條其大端，碑于墓道之左。銘曰：

文達蓄德，是延恭勤。上品之才，如擢寒門。截鵠斷犀，導鋒微至。精心一往，用其不二。遂涉吏事，佩乎青朱。囊封之言，天子是俞。治戎以和，治事以肅。大將柔心，小胥重足。甫授節鉞，爲方鎮臣。祁雨未周，已墜其雲。幽幽青原，戴吾君賜。子孫繩繩，于千萬世。

【校記】

〔一〕「隨輸」，同治二年本作「遺輸」。

【評語】

「清帑一段能推見本朝愛民勤政，極大規模，文格亦峻，上有藴蓄。」案：陶批未識「自記」二小字。

「先生《致裘春州書》云：于文襄所作《文達公墓志》乃墓表體，袁子才所作《文達公神道碑》，又雜墓志體，其間書法不合處甚多，兹作則不敢妄下一語也。」案：此條據楊批過録，實質爲先生《大雲山房言事》卷一《與裘春州》中文字，録作「自評」。

「其意以未竟用爲綱領。」案：此條據楊批過録。

前四川提督董公神道碑銘

高宗純皇帝乾隆四十一年，大小金川平，頭人七圖葛拉爾思甲布傳送行在，純皇帝命軍機大臣問爲逆狀，對甚悉。復言陷底木達時，四川提督董天弼將所部二百人，抽短兵力戰，不可敗。夜半，領兵頭人以鳥槍數百斡環擊殺之。先是在軍諸大臣劾董公失守要隘，純皇帝徙公之子聯轂等伊犁，至是赦還，復聯轂舉人原資，賜内閣中書。聯轂等乃招魂葬公于城南之兆。

公諱天弼，字霖蒼，先世明永樂中自無爲州遷大興，遂世爲大興人。曾祖大才，祖承詔，父其倫，皆贈明威將軍。母劉氏，贈淑人。

公雍正十〔一〕年武進士，授四川提標前營守備。從討占對，升馬邊營都司。從討大金川，軍功加三等，升峩邊營遊擊。大金川旋請降，罷師，升章臘營參將。調綏寧營，再調提標中營，率師討巴唐，平之，升維州營副將。小金川與黨霸爭地，公單騎入其境，諭以禍福，兩土司皆聽命。郭羅克者，黑帳房部落也，掠衛藏入貢刺麻僧。公奉總督檄，出黄勝關察之。郭羅克不承，公夜合雜谷兵逼賊巢，先發鳥槍驚其馬，羣馬盡逸，賊不得遁，生擒其酋麻茲滚布，得所掠物。事定，升松潘營總兵，旋賜花翎，升四川提督。

乾隆三十六年，小金川酋僧格桑復叛，圍沃日土司于達圍。公由卧龍關往勦，拔密耳，賊據斑斕山死守，公仰攻八日，糧匱，士卒拔草茹之，不得已退軍至關。大學士温福公自雲南來，亦至關。公請統大軍堅守，自將重慶兵一千，循黄草坪救沃日。道甲金達山〔二〕，較斑斕尤斗峻，不可上，乃下令軍中求間道，得近山得勝溝。溝在兩厓間，厓壁高數仞，賊夾溝設守卡厓上。會大風雪，公將健卒，夜伏馬鞍行溝中，賊守者皆不覺，遂直抵達圍破賊，達圍圍始解。乘勝拔日隆關，迎大軍會于關下。時大軍久不得公軍問，諸大臣已劾公逗撓，而公以用奇大勝，得免死爲卒伍，將兵五百人，守資利寨。參贊額駙王色與公論軍事，大奇之，入請賜副將銜。拔曾頭溝，升重慶營總兵。拔卓克采，復賜花翎。拔横梗山梁，抵谷葛，復繞坎竹溝間道進攻，燒大木城一，旁擊碉寨數十，皆下。連拔没藥山、大版昭，復迎大軍會于布朗郭宗。時南路參贊阿桂公亦拔美諾賊巢，僧格桑由底木達賊巢，竄入大金川，大軍拔底木達。是役也，公常爲軍鋒，而得勝溝、坎竹溝之捷，冒死入險地以迎大軍，功爲最。三十八年，純皇帝聞大金川酋索諾木嘗助小金川，命温福公爲定邊將軍討之，擢公爲四川提督守黨霸。將軍奏底木達新定，乃賊巢，且諸軍要隘，公宿將，宜鎮之。與兵五百人，守底木達。底木達當賊衝，勢危甚，而將軍復調兵三百赴大營，其後路接應兵一千二百亦徹之。當是時，將軍自屯木果木，軍屢勝之後，不以賊爲意。七圖葛拉爾思甲布等千餘人乘軍惰，因先後詭降。將軍開軍門納之，使雜厮養，七圖安堵爾等因得入大營，誘降人爲内應，且探知底木達兵弱無後援，遂定計先犯底木達，道通，即劫木果木大營。六月初一日，賊自山後擁衆來犯，公遂遇害，年六十二。後九日，賊劫大營，將軍亦死焉。

公貌瓌瑋，美須髯，臨陣常身先士卒，所向無前。有哈薩克二赤驃馬，極雄健，將軍常索之。公曰：「天弼上陣，倚此二馬，金川小醜必蕩平。俟手梟二逆，并二馬上將軍。」嗚呼，孰知公之志以此竟不遂哉！

後純皇帝命阿桂公爲定西將軍，進戰皆捷。僧格桑死，獲其尸。攻克索諾木賊巢，于葛拉依俘送京師。設鎮安營鎮其地，如公所預策焉。今皇上御極，録死事，後予公世襲恩騎尉。

公配吴夫人，繼田夫人。子六：長聯轂，由中書爲淮安府裏河同知；次聯理，與公同死事；次聯璽，縣學廩生；次聯琛、聯珩，早卒；次聯瑄，國子監生。女七，俱適名族。公殁三十八年，陽湖惲敬爲文刻石于公墓之左。銘曰：

天縱高宗，收諸逆夷，歸四海家。將將臣臣，罪罪功功，慄不敢譁。公起遠疏，志攫鯨鯢，擲之泥沙。將尊師微，爲賊所窺，來蹈其瑕。生誣幾死，死誣不生，孰詑而嗟。高宗至明，死興其孤，生高其牙。將士感銜，皇武所周，廓無垠涯。公神之行，沛然江流，勢不可遮。二馬尚從，歷塊蹴塵，上躡蒸霞。刻石墓左，公顧頷之，我銘無夸。

【校記】

〔一〕「十年」，王校：「雍正十年壬子無武會試，『十』字或當作『十一』。」

〔二〕「甲金達山」，原作「由金達山」，同治八年本同，嘉慶二十年本、同治二年本、光緒十四年本作「甲金達山」。案：甲金達山，山名（見清阿桂等撰《平定兩金川方略》，《景印文淵閣四庫全書》本），今稱夾金山，據改。

【評語】

「叙事筆力直逼子長、孟堅，用意精微周匝，亦足抗衡齊首。」案：陶批未識「自記」二小字。

「觀此見當時國典之重，軍律之嚴，似此偉節孤忠，事白後汔不得謚，亦無有爲陳請者，非寡恩也，全盛之世固然。」案：此條據楊批過録。

廣西按察使朱公神道碑銘

公諱爾漢，字麗江，姓朱氏，先世自鄞遷餘姚。曾祖名進，祖大彬，不仕。父健，遷大興，官絳州吏目。大彬、健，皆贈朝議大夫。前母林氏，母熊氏，皆贈淑人。

公神明挺動，有識斷，能得人死力，奴客悉以兵法部之。自初入仕，即在行間，後遂與教匪相終始。少時，吏于户部，以吏目分發甘肅，署寧夏典史，再署岷州吏目。被議，輸貲復官，借補靖遠典史，赴衛藏迎班禪額爾德尼入朝，道聞熊太淑人之喪，去官。服闋，赴甘肅候補。時平凉鹽茶廳回豪田五作亂，公與通判吴君廷芳、知縣黄君家駒守靖遠城，賊仰攻一日，引去。靖遠回豪哈得成等一百三十有八人，期夜半爲内應，公鈎得賊情，令守者悉登，無驗不得上下。漏初下，乘馬至哈得成之門，陽科其穀餉軍，因拘焉。所分遣捕賊人，亦誘捡城下餘賊。而賊雜守者在城上且數十人，縣胥鐵光保最爲劇賊。公登城，給使獻刀，即反接，以布襪其口，直掖下城，遂令鳴角。城上捕賊人聞角聲，皆拍賊肩曰：「視地！」賊視地則扼而反接之，于是無脱者。夜將半，城外賊復引向城，公呼語之，復引去。於是，公以知兵聞，升署隆德縣事。諭底店據呰降回徙之，補隆德縣知縣，升直隸涇州知州。預捡教匪頭目劉松并其孥，升鞏昌府知府。

嘉慶元年，教匪起陜西白河，湖北當陽亦起。二年，賊大入四川，總統宜綿公駐達州，檄公參軍事。是時賊渠王三槐拒總統于方山坪。白岩山者極險固，賊渠林亮工、樊人傑屯山上，與方山坪爲聲援。將軍舒亮公、提督穆克登布公屯山前之韓彭坳。公將成都兵三百，募兵三千，屯山後之排亞口。排亞口之上曰金鳳觀、曰草店、曰鴨坪，公一日盡攻克之。復進，有木栅當隘，不見賊，唯一犬號號然。我兵有躍而攀栅者，賊乃自匿旁引刀斷其指，我兵擲火焚栅。賊鳴鑼掣所樹旗，左右招賊，賊大至。公慮斷後路，退師。時九月九日也。先是，與韓彭坳爲師期，而韓彭坳之師中道而綏，賊得專力山後，我兵不能克。十月，奉節賊千餘人援白岩，公敗之，捦賊渠邱廣福。十一月，白岩賊久困欲走，傾巢來犯，戰一晝夜不得路，仍退至屯。公以親搏〔一〕戰創甚，回巹昌，道遇河州總兵保興公，曰：「君文官，乃能爾，吾輩當何如？」後保興公與王三槐戰于三匯，遂死事。

三年，公運甘肅麥十萬石餉軍，行至成縣，賊渠高均德將衆七千窺麥。公與涇州知州沈君清、都司馬君良棟敗賊于格樓霸，生捦賊軍師李得勝。四年，賊渠張漢潮犯秦州，公赴成縣會勦，而巹昌警至，馳還，賊已據城東鴛鴦河。公夜掠賊卡，至城守始固，賊不敢攻，以功升巹秦階道。

生番鐵布者，世居西傾山中，凡十餘萬人。乘教匪猖獗，時出盜内地。主兵内怖四川教匪，謀留軍勦鐵布。公以鐵布未叛亂，且地險，一構兵非數年不平。鐵布奉回教，公召其阿渾諭曰：「鐵布非反者，然爲惡不已，且移軍至奈何？其不爲惡，知盜蹤者速來首。」於是來首者踵至。公一日出姓名紙一，曰：「此鐵布盜也。」復出圖紙一，曰：「盜巢及出没要隘盡于此。」分遣一百數十人捕之，其來首者助之縛，悉就捦，鐵布乃定。

六年，陝西、湖北、四川教匪捕斬略盡，餘賊多竄甘肅。公將千六百人遮尾之，前後數十戰，而西河呰、東溝堖、南家渠、卷洞溝、硝厓廠、睡佛洞諸戰皆大勝，生捦其渠。八年，甘肅教匪平，上功狀第一，賜花翎。

公用兵常分數隊，迭前迭後，賊不知衆寡。隊各就地勢結陣，槍箭不妄發，賊近在三十步始發之。賊陣動，則追殺；不動，結陣而待，賊攻則彼此互援，常以此獲勝。其助戰者，鄉勇侯達海，侍衛李榮華，武舉劉養鵬，千總銜鄒坤桂、攀桂，皆操刺健兒也。旋調肇羅道，升廣西按察使，署布政使。十二年三月十八日，卒于按察使任，年六十有三。

配江淑人。子：長浩，江西候補知府；次沅，浙江候補運判。女：長適天津知縣黄德棻；次適陝西候補縣丞陸湝。公葬通州里橋之祖塋。銘曰：

教匪之至，以萬衆先。公所部兵，極于三千。摧孱蹈弱，遂無重堅。大將倚之，如臂在肩。斬蜀之棼，決秦之阻。陣如撒星，戰如集雨。手撫瘡痍，目馴貔虎。帳合千旌，城堅萬杵。皇帝眷功，以擢以褒。貂蟬之錫，出于兜鍪。善哉始終，無有瑕尤。子子孫孫，蒙國之庥。

【校記】

〔一〕「搏」，原作「博」，王校：「雷云：當作『搏』。」今據改。

太子少師體仁閣大學士戴公神道碑銘

嘉慶十有六年四月戊申朔，太子少師體仁閣大學士戴公薨。事聞，皇上軫悼。己酉，榮郡王奉命奠。甲寅，皇上親臨喪次，奠爵三。戊午，贈太子太師，謚文端，祀賢良祠。壬申，禮部遵行諭祭禮。是年十二月甲子，公之喪至南昌。越一年，十一月甲申，公之子嘉端遵行諭葬禮，葬公于南昌岡前嶺之兆。立祭葬碑如令式，而神道之左，禮宜銘。

先是，公以省墓歸南昌，敬見于丙舍。公慨然久之，仰視日，舉酒曰：「吾身後文屬子矣，子無辭。」時敬起立負牆，曰：「願吾師爲富鄭公、文潞公。」曾幾何時，公遽捐館舍，言之爲憮然。然敬與弟子籍最先，在京師視公含斂，今復襄窀穸之事，其敢自外？謹次公之事如左。

公諱衢亨，字荷之，一字蓮士。曾祖時懋，由江都遷大庾，誥贈通奉大夫，累贈光禄大夫。曾祖妣傅氏、周氏、梁氏，誥贈夫人，累贈一品夫人。祖佩，贈官如曾祖。祖妣温氏，贈封如曾祖妣。父第元，太僕寺少卿，誥授通奉大夫，累贈光禄大夫。妣彭氏，誥封夫人，累贈一品夫人。

公年十七，本省鄉試中式。二十二，應天津召試，欽賜内閣中書，直軍機處。乾隆四十三年，公年二十四，會試中式，賜一甲一名進士及第，授翰林院修撰，旋充湖北正考官。復命後，奉旨仍直軍機處，充江南副考官，督山西學政。繼丁内外艱，服闋，充湖南正考官，督廣東學政，升右中允，累擢侍講、左庶子、侍講侍讀學士。嘉慶元年，皇上登極，凡大典禮諸巨製，悉出公一人。公之受深知，膺殊眷，内贊緝熙之業，外宣康定之猷，蓋于是乎始。二年，賜三品京卿銜，隨軍機大臣學習，轉少詹事，升内閣學士，補禮部右侍郎，轉户部。四年，高宗純皇帝賓天，朝廷黜陟誅賞之事甚殷，公夙夜攀慕且趨事，遂疾，乞假。假滿，兼吏部左侍郎。五年，轉户部左侍郎。六年，教習庶吉士，升兵部尚書。十二月，教匪平，加太子少保，世襲雲騎尉。八年，調工部。十年，調户部，充會試總裁，直南書房。十二年，協辦大學士，充經筵日講起居注官、翰林院掌院學士，充順天府鄉試正考官。十三年，奉命視南河，予假省墓。十四年，皇上五旬萬壽，加太子少師。十五年，授體仁閣大學士，管理工部事務。十六年三月，皇上以綏懷西北屬國，幸五臺，公扈從。臨發，送敬于正寢之門，復理前丙舍語。敬愕然不敢對，辭去。閏月回蹕，公途次得疾。至正定，疾甚，奉命歸京師治疾，馳至圓明園邸第。敬往問，公不語二日矣。是日遂不起，年五十有七。

敬允惟唐宋以來，羣輔肩背相望，然或賢矣而不得其時，則節耀而功不暨；得其時矣而不得其主，則業豐而禮不終。若夫功暨禮終，朝野動色，而世有先賢之狀，家藏舊事之録，褒揚過溢，漸至攘誣，斯亦古者大臣之心所必不敢承者也。惟我聖清一家作述，太祖、太宗肇造丕基，世祖、聖祖并包寰海，世宗、高宗以勤以養，訖于無外。歷溯國家創業守成，諸大臣皆匑匑粥粥，如不勝衣，其麻懿之謨，鴻讜之論，敷陳密微者，朝廷時布之遠邇，以爲天下光。蓋有道之世，進退之權，毁譽之柄，皆自上操之，道固如此。

前教匪戡定，皇上以公知無不言、言無不盡詔天下。公薨，復申繹之。而公所面取進止，雖同直勳舊大寮及公之親屬，無有能知其説者。於是而知公之爲國家非淺近所能測識，不可没也。

公性清通，無聲色之好。朝退，四坐皆士大夫，言人人殊，公不置可否，而朝廷設施，有見之數月、數歲之後者。其燕閒之論，則以爲先代黨禍，皆驟加摧落，有激而成，若以事漸去之，必無他變。論度支，主減費，守常賦；論治河，主謹隄防，不改道；而論三省教匪，則以爲小醜跳梁無遠略，當以忠勇將帥驅殄之，勿使文臣支格其間。此即公立朝大指也。

公娶陶夫人。子一，嘉端，徐宜人出，年始十一，欽賜舉人，世襲騎都尉。銘曰：

王澤之和，萬物承之。芃芃盎盎，在于所施。河收其洶，山斂其嵃。篤生哲輔，如磨如錯。始對大策，遂冠仙瀛。出馳使車，入奉樞庭。皇上龍飛，試之心膂。操圓循規，引方合矩。蕩乎而升，芒乎而作。景星在天，青狼自落。雲駛月運，舟行岸移。扁之當楣，爲萬事儀。如何徂謝，曾不崇朝。丹旐南來，霜冽風蕭。兼金之純，大玉之粹。巧鏤萬變，其真則貴。九州四隩，視此刻辭。後世之公，敢告不欺。

【評語】

「前以排比叙次家世、科名、官位，至此提筆作數十百曲，盤空擣虚，左回右轉，以極力震蕩之，古山自言用東坡《司馬温公碑》之法，而顛倒其局。至變化則取子長，嚴整則取孟堅也。」

案：此條據王批過録，實則隱括二集卷二《上舉主陳笠帆先生書》（其二）中文字。又，「古山」爲惲敬之號。

張皋文墓志銘

張皋文名惠言，先世自宋初由滁州遷武進，遂世爲武進人。曾祖采，祖金第，父蟾賓，皆縣學生。母姜氏。

皋文生四年而孤，姜太孺人守志，家甚貧。皋文年十四，遂以童子教授里中，十七補縣學附生，十九試高等，補廩膳生。乾隆五十一年，本省鄉試中式。明年，赴禮部會試，中中正榜，例充内閣中書，以特奏通榜，皆報罷。是年考取景山宫官學教習。五十九年，教習期滿，例得引見，聞姜太孺人疾，請急歸，遂居母喪。嘉慶四年，今皇帝始親政，試天下進士加慎，皋文中式。時大學士、大興朱文正公珪爲吏部尚書，以皋文學行特奏，改庶吉士，充實録館纂修官、武英殿協修官。蓋皋文前後七試禮部而後遇，年三十有九矣。六年，散館，奉旨以部屬用。文正復特奏，改授翰林院編修。七年六月辛亥，以疾卒，年四十二。

皋文清羸，須眉作青紺色，面有風稜，而性特和易。與人交無賢不肖，皆樂之。至義之所在，必達然後已。其鄉試中式，文正以侍郎主考。皋文自出其門，未嘗求私見，以所能自異，默然隨羣弟子進退而已。文正潛察得之則大喜，故屢進達之，而皋文齗齗以善相諍，不敢隱。文正言天子當以寬大得民，皋文言國家承平百餘年，至仁涵育，遠出漢、唐、宋之上，吏民習于寬大，故奸孽萌芽其間，宜大伸罰以肅内外之政；文正言天子當優有過大臣，皋文言庸猥之輩，倖致通顯，復壞朝廷法度，惜全之當何所用？文正喜進淹雅之士，皋文言當進内治官府、外治疆埸〔一〕者。與同縣洪編修亮吉于廣坐諍之。亮吉後以上書不實遣戍，赦歸田里。皋文則竟死矣。

方皋文爲庶吉士時，今皇帝加上列聖尊號。盛京太廟舊藏寶，例遣官磨治，篆所加尊號刻入之。皋文以能篆書受廷推，言于當事者，宜自京師下所司等上上玉刻成，遣使奉藏，其舊藏寶不得磨治。當事者以爲然，格于例，不果奏。又言于當事者，翰林院乃皇帝侍從，奉命篆列聖寶，宜奏請馳驛，不得由部給火牌。亦格于例，不果奏。已而歎曰：「天下事皆如是邪！吾位卑，能言之而已。」皋文篆書初學李陽冰，後學漢碑額及石鼓文，嘗曰：「少温言篆書如鐵石陷入屋壁，此最精。《晉書》篆勢，是晉人語，非蔡中郎語也。」少爲辭賦，嘗擬司馬相如、揚雄之言。及壯，爲古文，效韓氏愈、歐陽氏修。言《易》主虞氏翻，言《禮》主鄭氏玄。始至京師，與王灼賓麓、陳石麟子穆及敬友最善，嘗曰：「文章，末也，爲人非表裏純白，豈足爲第一流哉？」

皋文娶于吴，子成孫，女適國子監生董士錫。銘曰：

車掣馬攻駕千里，隆隆之輪躓于阤。勿乎皋文誰訊此，銘之幽扃俟來祀。

【校記】

〔一〕「疆場」，原作「疆場」，嘉慶十六年本、同治八年本、光緒十四年本同，嘉慶二十年本、同治二年本作「疆埸」，王校作「疆埸」，今據改。

【評語】

「中一段用《趙世家》及《韓安國列傳》法。」案：陶批末識「自記」二小字。

舅氏清如先生墓志銘

先生諱環，字清如，一字夢暘，自號東里居士。而清如之字特著，士之能學者皆稱之曰清如先生。

先生少時喜兵家言，後出入于縱横家、法家，最喜道家「雄雌」、「白黑」之説，推陰陽進退，人事盈歉，其緒餘爲步引芝菌，神鬼誕欺，怪迂之術，皆好之。爲文章峭簡精强，必己出。讀書條解支劈，鑿虚躡空，旁抉曲導，必窺意理之所至。四十後，爲陸象山、王陽明二家之言，已又以爲未盡，反之張子、邵子之説。蓋先生之學凡五變，而精力亦彫涸，不足以赴所志矣。然好古求是，克治彊勉，爲之于天下不爲之日，有篤老不變者。

先生教人諄諄，必數千言反覆之，如刲心著地，示以必信；如旁翼後推，必引之康莊，坐之奥室，不計其人何如。亦時或不置一語，而意已可喻。先生接人，腐生、賈客、田翁皆欲導之于善，而責貴人爲甚。常言爲己一介不可苟，爲天下計不可守苛節，無益于時。時獨身至海塘河工，度地勢，求聖祖、高宗之所講明者，彊聒之當事，一再見屏勿恤。湖北教匪初起，先生以爲嘉勇貝子方以勦逆苗駐湖南，苗自守賊不足慮，宜急徹兵至湖北，期一月掃除，勿使蔓溢。昏暮走大學士誠謀英勇文成公及大學士忠襄伯之門，欲白事，門者拒之。最後至大學士諸城劉文清公之門，得入，文清公謝不敏，遂怒而出，而城門已闔，不得已宿于護軍校之邏舍。其拳拳于世如此。

年二十四補縣學附生，二十七補廩膳生，五十一充歲貢生，五十七本省鄉試中式。六十六大挑二等，留京師，恭與千叟宴。七十選甘泉縣訓導。嘉慶十一年十一月甲子，卒于官，年七十七。

曾祖留耕府君，諱垣。祖琢庵府君，諱章，府學生。父賓石府君，諱之罕，府學生，貤贈文林郎，甘泉縣訓導。前母段孺人，母卜孺人，皆贈太孺人。配朱孺人。子二：長旦興，順天舉人，以好奇遠遊，不知所往；次旦勳，國子監生。女一，適袁穀。孫良弼，國子監生，旦興出。同産姊一，適卜師誠；妹一，敬母太孺人也。

先生出滎陽鄭氏，始遷祖光遠，南唐保大中自歙來丞晉陵，遂世爲武進人。南唐以前，系絶無可考，其附會皆非也。銘曰：

南宋季葉，以儒居奇，貿公與卿。其下擁徒，鉤帶百千，或攘而爭。有明變學，別推波流，背古式程。于于縫掖，爲詭爲迂，大道其盲。惟我聖清，束天下術，收之朝廷。士愿而循，應科歷官，如水地行。先生大呼，排道學門，衆睽且驚。如負千鈞，夜登崇阿，杲不得征。繄聞先子，先生之學，廢人任己。任己之極，刻思而一，通天地始。廢人之極，外無應者，卒隘于理。聖門狂狷，不逆所稟，行乃不違。嗚呼先生，志〔一〕勤言勞，知者其誰！

【校記】

〔一〕「志」，原作「至」，同治八年本同，嘉慶十六年本、嘉慶二十年本、同治二年本、光緒十四年本作「志」，今據改。

【評語】

「極力推重，過退之《施先生銘》，然無一語溢美。」案：陶批末識「自記」二小字。

前臨川縣知縣彭君墓志銘

嘉慶十一年，皇帝廑念江西吏治，簡刑部侍郎金公光悌巡撫其地。金公爲當世鴻達敏毅君子，以好士名天下。問士于僚佐，僉稱臨川縣知縣彭君淑第一，金公曰然。然臨川吏民，訐其縣官事違格，非奏請解所任，竟其事，無以直縣官。十二年三月癸卯朔，批摺下，軍機處奉旨革職挐問。是日，彭君遊南昌城南，適病寒，歸邸舍。少飲即僵卧，越六日戊申，竟不起。十八日庚申，軍機處廷寄乃至江西，金公爲不怡累日。臨川多姦蠹，素稱難治，知縣屢以訐去官。前行臺省擇能者以屬君，君引疾，敬强起之。至縣，即以法發遣黠吏黄河清等，故爲其黨持短長，遂敗。嗚呼，可哀也已。

君字谷修，秋潭其自號也，湖北長楊人。乾隆三十五年恩科鄉試中式，大挑一等，分發江西試用知縣，委署瑞昌、弋〔一〕陽縣事，題署崇仁縣知縣。丁本生母劉太孺人憂，服除，起署瑞金縣事，題補吉水縣知縣。大計卓異，引見，奉旨回任候升，旋署浮梁縣事，調臨川縣知縣。凡爲知縣十九年，行臺省以君年勞，題署廣信府同知。未及引見而卒。年六十一。

曾祖上達。祖廷芝，縣學生。父商賢，本生父祖賢，候選教諭。妻官氏。子二：長富柟，浙江試用知縣；次人檀，縣學廩膳生。女三：長適同縣劉倬；次適東湖候選、從九品甘清；次君卒後二月乃生，側室吴氏出。

君治縣，一意振厲，所至皆有聲。爲人精悍，而言笑儻蕩。裘馬室宇皆鮮整，酒酣論古今事，騰躍揮霍，不主故常，期可施之于實用。詩深峭，無近今浮華習氣。前署瑞金，屏賓佐，獨身赴縣，途次即捡治惡少年數十輩。一日判一百八十餘牘皆竟。召學官弟子登縣東山，作《重九淋漓飲賦》。敬至瑞金時，人士尚能言之不置也。銘曰：

宋元郡縣勢積輕，鞭械之外無餘刑。顧役久踞姦所并，丞簿尉史各意行。閭豪偷長交縱横，吏卒逐捕無尺兵。詆購得姦縛囹圄，所犯十罪九息停。其一上言獄不平，檄催獻狀流如星。或竟置對口與争，垂囊長吏儕黔萌。一朝掣挽弓絶弸，張趙坐罪皆虧名。嗚呼彭君古健者，收淚勒此幽臺銘。

【校記】

〔一〕「弋」，原作「戈」，嘉慶十六年本作「弋」，沈校：「按瑞昌無戈陽縣，當是弋陽縣之訛。」今據改。

【評語】

「止志劾官一事，因前後治瑞金，復以餘筆寫瑞金一事，而全神皆振。銘中一健字作斷筆，力横絶，須看咽住處，有無限淒涼。」

「秋潭之卒，頗有他説，故詳書日月及疾狀。銘中縱筆言州縣之難，非止惜秋潭，亦爲治道起見。」案：陶批末識「自記」二小字。

兵部額外主事王君墓志銘

君諱育琮，字秉玉，世爲武進人。曾祖滋生。祖家梓，國子監生。父光燮，以進士起家，終福建連江縣知縣。母白氏，生母黄氏。君自爲諸生，好高吟大嘯，不循俗流矩度，而内行修潔無疵，與人交無城府邊幅。乾隆五十三年鄉試中式，明年會試中式，殿試賜進士出身，授兵部額外主事，武選司行走。部中諸曹故事，掌印郎中主可否，其次郎中、員外郎，其次主事。若額外主事，雖同官，以後進，嘗嚴事諸僚。掾史持牘至，視已名署訖不敢問。如呈牘于尚書侍郎所，隨諸僚刺促行次立，俟署已乃退。尚書侍郎亦不問一言，如未見者。君至部，意有所否則不署。時湖南搜捕苗匪，上功狀不平，郎中以下皆已署。君曰：「吾不能爲此。」尚書命改牘平之，諸僚知其誠，不忤也。京朝官雖倍禄，時苦乏，君以不治生益困。正月朔，不能具朝衣冠入殿門陳賀。旦日，偶驅車過所知，駐大清門外，下車九叩首，人大非笑之，君曰：「屬者，吾發于心，不能自已，不叩首不能復上車行。公等所謂禮，非吾所及也。」噫，君之心于朝廷嚴摯如此，使得竟其用，肯飾纖芥以欺朝廷哉？

君能篆書，爲文縱麗自喜，以嘉慶元年七月甲子卒於京師，年四十一。娶吴氏，繼娶徐氏，再娶黄氏。無子，以仲弟寶雲之子成錦、叔弟育璣之子成鉽〔一〕爲嗣。成錦，國子監生；成鉽，順天舉人。八年正月丙子葬于城東之原。銘曰：

玉之駹，石之硞也，無珉之尤也。竹之溝，節之臁也，無萑之摎也。性壹氣行，堅直不可煣也。琢之，雕之，鏃之，羽之，聖人之求也。

【校記】

〔一〕「鉽」，原作「鉞」，據諸校本改。

寧都州學正聞君墓志銘

乾隆三十一年，上命王大臣，以身言差天下舉人之久次吏部者，一等試知縣，二等試學正、教諭、訓導，著爲令，曰大挑，更數年一舉行。至嘉慶六年，而聞君星杰與焉。

先是海内殷繁，朝廷至行省臺〔一〕皆法令具備，知縣但據案行文書，而坐擁脂膏。不肖者遂以爲囊槖，其賢者不日遷去，或十年即建旌節，於是舉人皆願爲一等。聞君儒者，不以爲然。當推排位，廷中以十人爲班，主者援筆曰第七，可一等，即有宣聞君名者。聞君久之曰：「星杰第八耳。」於是改置二等。聞君出，語人曰：「以冒得官，雖三公吾不爲也。」十年，授寧都州學正。十一年十二月初九日壬午，卒于官，年五十有五。陽湖惲敬聞之曰：聞君蓋能不妄進者，于法宜銘。按狀，君諱星杰，字羽儀，世爲袁州萬載人。年二十七充府學生，三十七補廩膳生，三十八鄉試中式。曾祖歸，從九品銜。祖達，國子監生。父望光，府學生。妣易太孺人，生妣王太孺人。配王孺人。子三：宗恕、宗旭、宗弼。弼，縣學生。銘曰：

青原沈沈石㠊㠊，中有幽宫白日揜。三公何盈君何歉，以禮爲室廉爲門。彼貴苟得非吾倫，子孫勿忘視斯文。

【校記】

〔一〕「行省臺」，王校：「潘云：當作『行臺省』。」

【評語】

「自退之《藍田縣丞壁記》脱化。」

袁州府訓導李君墓志銘

君諱步廷，字瀛仙，姓李氏。先世自吉州遷寧都，世爲贛州府寧都縣人。本朝升寧都爲直隸州，遂爲州人。曾祖成泰，祖國良，父榮，母邱氏。

君年二十一補州學附學生，三十四鄉試中式，三赴會試不第。大挑二等，選袁州府訓導。乾隆五十七年卒于官，年五十有二。

君文辭修飭，其行事造次必以禮，一門之内雍雍然。娶曾氏，繼娶羅氏。子四：長彬，州學附學生，曾出，早卒；次楨，州學廪膳生；次作雲，國子監生；次振玉，州學附學生。女二：長適彭，次適邱，皆羅出。

本朝學校之官，府曰教授，州曰學正，縣曰教諭，其佐皆曰訓導。以師道爲官任，儒者多樂居之。其不肖者，以官冷不可耐，常與府、州、縣官之不肖者比而爲熱。熱甚或遷而爲縣，以至爲州、府官，或勢甚而敗，或勢未甚而敗。而訓導不掌印，其勢者常與教授、學正、教諭之掌印者相猗求。其以德藝與諸生切劘能其官，往往不可得。

敬自至新喻，去袁州百餘里，即聞李君賢。至瑞金，去寧都亦百餘里，益聞李君賢，皆以爲能其官。敬分校所取士賴生池有學行，復介君之子楨來受經，楨復介其從兄諫相見，皆知孝友，于世事退慎。將卜葬李君，以銘請敬，于是不愧，爲李君銘。銘曰：

其身康，其慮定，其趨道也徑，故君子爲勢不如爲冷也。車馳奔，與禍隣。吾誰歸？歸李君。

饒府君墓志銘

本朝取士之制，監于有明而遞損益之。乾隆五十一年奏〔一〕定第一場試四子書文三首，五言八韻排律詩一首；第二場試五經文五首；第三場試策五道。敬嘗言，文者，精神之所動，才力德度之所見，故自將相及有司百執事，其能不能，俱可于三場決之。而老師宿儒，硜硜如，齗齗如，守先王之道，待後之學者，與聖賢大小純駁不同，然皆各有得力，老死而不自足。嗚呼，是亦有取士之責者所宜知也。敬充江西同考官，得卷呈主考，三呈三見屏。徹闈後來謁，爲副榜貢生饒廷訒，因得盡讀其文，于所謂老師宿儒，蓋無愧焉。廷訒復以尊府君狀請銘，蓋前後五世皆高才，生而皆不遇，可感也已！

按狀，府君諱珊，字仲節，姓饒氏。先世自靖江遷彭澤之竇梁阪，曾祖萬英，祖有任，皆縣學生。父鞏，歲貢生，雩都縣訓導。母賴氏，繼母胡氏。府君少力學，補九江府學生，屢應鄉試不得解。而子廷訒，補九江府學生，遂罷舉。嘗告廷訒曰：仕以利人，度不能，不如無仕。世之仕者，未嘗求名。夫名不可求也，而世乃求利焉，何也？

府君歿于嘉慶二年六月庚辰，年六十有四。娶歐陽氏，生子四：長即廷訒；次廷謹；次廷諄，國子監生；次廷譚。謹、譚早夭。女如男之數：長嫁府學生曾杰，次嫁縣學生周大觀，次嫁高鳳，次嫁曾瑛。銘曰：

味也者，孰知其正？色也者，孰知其正？吾又烏知貴之非賤，富之非貧邪？又烏知翕翕者之愈，而泠泠之反病也？噫！

【校記】

〔一〕「奏」，原空闕，同治八年本同，嘉慶十六年本、嘉慶二十年本、同治二年本、光緒十四年本有，今據補。

饒陶南墓志銘

狗、馬、牛皆四足，儈牛者察筋骨、毛尾、蹄角，知其强弱之質，順逆之性，修促之數，十不失一；然移之馬則不知，移之狗益不知，移之虎、豹、犀、象則望而走。今夫龍亦四足也，使龍加首于牖，儈牛者驚怖視之，其又奚知？而四足之外，充之爲無足，爲多足，其又奚知？雖然，是儈牛者于牛固十不失一也，稍下十而失四五焉，再下十而失七八焉。蓋天下物不可限，惟盡性、盡人性、盡物性者，知亦不可限，其餘皆限之，類如此。

彭澤饒廷訒爲人端慎，能文章，最長于江西五家四書文之法，奥衍清瀏，無有能得其用意者。前後應十五舉不得解。乾隆五十三年恩科，已得而復失之，充副榜貢生，以貧授經南昌。嘉慶十四年十月二十四日，寄死于橋步街藥肆，年五十。不能殮，其友惲子居與同志殮之，歸其喪于彭澤。爲之銘，使其子禮葬之。

廷詡字陶南，曾祖有任，祖犖，父珊，母歐陽氏。配宋氏。子文敷。銘曰：

以貧死，以貧葬；以賤死，以賤祭。一客不弔亦不悔，魄歸黃泉魂上天，爲銘永之千萬年。

【評語】

「如累棋，如躍劍，惟豪黍不失，故能出奇無窮。」

彭澤縣教諭宋君墓志銘

江西東南并嶺嶠，州、縣以十數，縫掖之士萬人，其著于世者，于瑞金曰羅君有高，于新城曰魯君士驥，于雩都曰宋君華國，三人皆以贛鄧自軒先生元昌爲本師，其學宗子朱子，其言守前明薛文清公、本朝陸清獻公，如積矩然。後羅君遇家難，遁而攻浮屠氏之書；魯君奔走令長，非其好，棄去；獨宋君官儒官，始終行其意。故其爲文，羅君奧衍而多俶詭之詞，魯君端雅自惜邊幅，宋君則沖夷如不欲爲文。敬初至江西，三人皆已没世。得其文讀之，常推見其爲人。瑞金陳生蓮青，受業于宋君。宋君之子惟駒與陳生交，謀宋君窀穸之事，因陳生以銘來請。

按狀，君名華國，字雨宜，自號立厓居士。先世由廬陵遷雩都之賴村。曾祖敬禧，縣學生。祖日景，早世。父啓攸，恩貢生。母譚氏。君年二十爲縣學附生，明年爲廩膳生，年三十充拔貢生，五十選石城縣教諭。旋丁太孺人艱，服闋，署吉水縣訓導，補彭澤縣教諭，引疾乞長假。卒于嘉慶八年十一月戊申，年六十有九。配劉氏。子二：長惟駒，舉人；次惟騆，縣學廩膳生。

君壯歲而孤，家貧，授經以養母，太孺人忘其貧。官石城，迎太孺人養署舍，朝夕無倦容。及太孺人卒，適大雨，山水驟至，壞署舍，君號于神，太孺人柩卒無損。伯兄昌國〔二〕艱于子，爲三置妾，竟舉子。季弟光國早世，君聞其名則掩耳而走，終身皆然。官石城、吉水，教士以禮，毋怠于其業，毋訐訟以爲常。

敬嘗考江西道學之傳，子朱子之後，一傳爲劉子澄、黄直卿。子澄臨江人，直卿久官于江西。皆不愧其師説。再傳爲向浯、饒魯，已離其宗。三傳則多爲詭僞之士所託，有絶可歎詫者。自軒先生奮于百世之下，追而從之。君與羅君、魯君同事自軒先生，乃各有其所就。蓋志氣之彊弱，性情之緩急，天時人事之推禮，皆于學有消長。進退異同之故，其始甚微，而其積甚巨，大賢以下皆然，不可不察也。

敬于羅君、魯君，止讀其文。于君，兼得考其行事，以爲喜幸，爰不辭而爲之銘。

銘曰：

以問學爲人，以文行爲出。其于道也，至則如晝之日，不至則如夜之月。然聖人之教不越路，不由徑者，車行地無異轍，人行地無異迹也。不循其轍，不蹈其迹，是爲無行地之説。噫，如君者，其知之，其能知之。

【校記】

〔一〕「伯兄昌國」，「國」字原作「圖」，同治二年本作「國」。案上文言「君名華國」，下文言「季弟光國」，則「昌國」、「華國」、「光國」之名相配，今據改。嘉慶十六年本作「伯兄某」、「季弟某」，不載其名。

【評語】

「四山風雨，雜沓而來，倏然而止，青空無聲，驗之車轍，無一毫越過也。銘奇奡，儒釋之分，朱陸之辨，衡平繩直，何容口舌争耶！」

「三人皆未見，止從文字想像其得力處，故後一段言學消長、得失、異同，皆渾渾寫去，然學道者讀之不通身汗下，必非聖賢路上人。」案：陶批末識「自記」二小字。

寧都營參將博羅里公墓志銘

公諱博羅里，字祥卿，國拉記氏，鑲藍旗富明阿佐領下人。聖祖仁皇帝康熙十三年，發關外精勇實京師，公之曾祖松窩羅隨檄入關，早卒。祖阿里瑪，父史達，驍騎校。母那拉氏。公以將家子爲護軍，擢護軍校、護軍參領，先後凡三十八年。高宗純皇帝歲幸熱河，獮木蘭圍場皆從，其他幸所亦從。今皇上嘉慶元年，兵部舉年勞引見，奉旨發江西，以參將補用。是年，署建昌營遊擊。三年，隨勦義寧州教匪有功，旋署寧都營參將。營制，把總以下升授，巡撫、總兵官主之；千總以上，總督主之。江西營屬兩江總督，故總督兵房吏權極重，與副將以下爲兄弟稱。公于例當即補寧都營參將，兵房吏以書通，公罵其使曰：「吾皇上領兵大員，如苟且，何面目見皇上？若主胥也，吾與若主何兄弟？」兵房吏遂摭事掎之，不得補。四年，署袁州營副將。十年，署撫標中軍參將。十一年，復補寧都營參將。去前署寧都營八年矣。公曰：「此命也，吾何尤？」

公短小，須眉稜起，不讀書，天性剛介。其嫉惡如不勝，如不欲容之于世，然能改則歡然相從，曰：「當如是也。」在官不以家累從，自寢室至廳事掃除必潔，器必整，犁旦即起，自拂牀榻，盥漱畢，衣韡危坐。日出，治軍書，接賓，已復危坐。日晡，射矢十，日入即息，以爲常。奉入之外，不侵將士一錢，亦不令他人得侵之。故將士皆敬公，終日侍無懈者。凡遇總兵官過所部，公出奉銀二百兩，葺垣舍，峙芻茭，以所餘置頓。曰：「朝廷將士，冒風雨寒暑來，豈可不一餐？外此，吾不敢。」所屬都司、守備欲助公，公不允，曰：「吾多所餘，諸君有身家。身家安，乃可爲皇上盡力。勿以吾故，令諸君乏也。戰守兵亦有身家，諸君能諒之足矣。」總兵官聞之，常先造謝，待以殊禮。寧都有在籍大官，甫識公，輦厚儀以進，公曰：「朋友之饋無不可，雖然，若未知吾何如人，不可饋，吾不知若何如人，亦不可受。少遲之，異日定交後可耳。」牙中兵夜直千總營，千總姣之，兵走訴公，公訶曰：「何得污長官！」逐出，千總喜。明日，公坐便坐，呼軍吏具申文，劾千總廢弛，請革職，而以前訴，別書稟，同函申。三日後，千總知上劾，闖然至堂皇大詬，一營皆不平，請杖之。公曰：「彼有老母，劾其官，罪當矣。以此事得杖，何面目復生？是殺其子母也。」于是寧都民大悦，公出，皆擁觀，以得見誇于人。刑部尚書金公光悌巡撫江西，聞公名，調署撫標中軍參將。

公進退以禮，會有急獄繫四人，發中軍，其一人當繫，未得指揮，後呼囚止四，金公斥之。公曰：「參將不知獄情，大人指揮繫四人，參將不敢五也。如參將面從，受大人斥，是長大人過，大人何用千里調一面從參將爲中軍？」是日，金公下演武廳試騎射，公拍刃侍甚久。金公勞之曰：「少休，好參將也。」十三年，復署袁州營副將。十四年，以疾乞長假。十五年四月五日，卒于南昌私館，年六十七。是日尚危坐，日晡始就卧，曰：「吾不起矣。」時敬在南昌，視公含斂加詳。

公娶母氏之黨，生子玉福，禮部祠祭司拜唐阿。孫喜忠、喜明。七月二十四日，玉福來江西扶柩歸京師，敬因次公行事素所見知者，俾志公之墓。銘曰：

猾之絶物，自高如狂。而遇所施，先峻其防。失至于隘，我與公同。盛明之朝，人亦見容。啓手啓足，公行不復。我愧沾沾，云何其淑！

【評語】

「用《李將軍列傳》法。」

張府君墓志銘

敬始官江西新喻，即聞永豐張瓊英有行，能學術。新喻鄰永豐，而瓊英官瑞金縣學教諭，去千數百里，不得見。及敬調瑞金，瓊英已官安徽天長縣知縣。而瑞金士大夫皆賢之，飲酒必舉瓊英所居，曰：「鶴舫先生時臨我。」出其詩曰：「此所贈也。」少年必相尚曰：「我，鶴舫先生弟子也。」後敬以公事赴南昌，道出吉安。時瓊英以疾去官歸，授經青原山中，相遇。今年，復相遇于南昌。瓊英棄知縣，願就府教授，敬以此高之。瓊英以尊府君狀請志銘，敬不敢辭。

按狀，府君名奏勳，字匡世，縣學廩膳生，勅封修職郎，瑞金縣學教諭。世爲永豐人。曾祖眉友，縣學生。祖睿干。父振皋，拔貢生，雩都縣教諭。母郭氏。

府君性和易，喜爲文章，教子弟有禮法。生平不佞佛亦不斥佛，曰：「吾爲儒，儒之道，自盡而已。」凡道書丹經皆不觀，曰：「修身謹疾而已，天下豈有仙人？」嘉慶十一年七月二十八日卒，年七十。配聶氏，勅封孺人，十二年七月十八日卒，年七十一。是年九月一日葬于東坑之原。二十九日，聶孺人祔焉。子三：瓊英，字珩賓，嘉慶六年進士，饒州府教授；次瓊芝，次瓊荎，皆縣學生。銘曰：

二氏溺人，徧大九州，盡未來際。居貴當富，冀延福命，惑同婦寺。其中賢智，好談精渺，雲縱波肆。肌血貫注，如父子性，師師弟弟。豈知律教，溢爲禪悦〔一〕，義外立義。上昇不驗，遁言尸解，守尸尸敝。全真之説，以仙援佛，類彼非類。而爲儒者，後身先口，以静而辟。吁嗟大道，爲識所界，萬端破碎。府君持論，能平則正，勿謂近易。刻之堅石，永永無泐，爰告後世。

【校記】

〔一〕「悦」，同治二年本作「説」。

刑部主事曹君墓志銘

君諱惪華，字迪諧，一字山甫，姓曹氏。宋寶慶中，兵部尚書彦約自歙遷都昌。十傳至廷賓，自都昌遷新建之蘆阬。三傳至文寶，自蘆阬復遷魯江。君曾祖家甲，福建龍溪縣知縣。祖繩柱，福建布政使。父穎先，候選州同知。妣萬氏。君年十九，爲南昌府學生。次年，爲廩膳生。乾隆四十八年，江西鄉試中式。五十八年，會試中式。六十年，殿試賜同進士出身，以内閣中書用。是年，考取軍機章京。嘉慶二年，補内閣中書。三年，充山東副主考。四年，充方略館纂修。七年，升刑部江蘇司主事。九年，充方略館提調。十一年，總辦秋審。十二年二月初九日，卒于官，年五十有七。配彭氏。子二：紳業、紼業。女，長適候選從九品熊文濬，次適太學生彭邦彤。

君貌豐下，須眉羅羅，然進止語言甚温雅。而耳重聽，語非促膝不聞。所官内閣及刑部皆繁要，又督攝皆天子親信，才德重臣。故少年厲鋒穎求合，反多不得當，君以重聽聞于勳舊，諸老先生皆加意察之，然君從容十餘年，無一事齟齬者。憲皇帝雍正五年，設軍機處，論者以爲如宋之樞密院。然樞密院止掌兵事，與中書省并重而已。本朝軍機處主受天下之成，如宋中書平章事；主内制，如宋翰林學士；主徵發、賞罰、功罪，如宋樞密使。三者，惟明之内閣兼之。今内閣在午門，不能常見，止奥擬進呈。軍機處在乾清門，大臣每面取進止，益嚴重，故軍機章京常急速趨事以爲能。然君亦從容十餘年，無一事齟齬者。嗚呼，諸老先生能容君，與君能見容于諸老先生，足以稱矣。

先是，純皇帝南巡，君獻賦行在，賜緞二匹。後君外舅彭文勤公元瑞直内廷，純皇帝清問及之，朝士以爲君成進士，必賜及第，而竟列三甲。内閣侍讀員缺，例用内閣中書一人、軍機中書一人，故行走者皆洊陟侍讀。會直隸總督題十三州、縣被水，復題誤爲十二，君正之。皇上嘉其勤，朝士以爲君必擢侍讀，而竟以平教匪議叙升主事。若是者，其命邪！然非君能安之，何以及此？

君能詩，善篆、分，不恒作，行書、正書皆精能。畫山水學南宋，溢爲花鳥、人物、草蟲，得其意，然多偶然爲之，不殉〔一〕貴游請屬。自君之曾祖、祖以進士起家，羣從悉貴盛，而君從父文恪公秀先以侍從官〔二〕六卿。君生長世胄，始終清素自守，有寒門所不能者。君殁後一年，紳業、綈業自京邸扶柩還新建，將卜葬，以敬與君爲鄉試同年生請銘。銘曰：收視者明，返聽者聰，餘于道則其事習，其藝工，故形之選，非德之充也。

【校記】

〔一〕「殉」，同治二年本作「徇」。

〔二〕「侍從官」，原作「待從官」，嘉慶二十年本、同治八年本同。嘉慶十六年本、同治二年本、光緒十四年本作「侍從官」，今據改。

【評語】

「曾子鞏因之。古之人有功德材行志義之美者，懼後世之不知，則必銘而見之，或納於廟，或存於墓，一也。」案：此條據陶批過録。

外舅高府君墓志銘

府君姓高氏，名光啓，字曙初，世爲武進人。曾祖爾傅，江浦縣教諭。祖誾，江西萬年縣縣丞。父希準，敕封文林郎。妣程氏，敕贈孺人。文林君推産兄弟，洎府君長而家益貧，文林君磊落不爲意。程太孺人常早起，無可炊則危坐鼓琴。府君聽之淒然，傷不能養，脱身走京師，就太孺人之弟文恭公景伊于邸第。已而太孺人卒，因移家依文恭。文恭清厲自守，無所餘，府君則藉客授所入以養親。前後七應順天鄉試，不得解。四庫館謄録考滿，選山東菏澤縣縣丞，署定陶、武城、齊河縣事，調汶上縣縣丞，擢掖縣知縣。考最，署平度州知州。其時，大吏有以縱恣伏法者，連僚屬多人，法至死戍，其中有不幸者。而府君適以失囚，幾上劾，急捕得免，曰：「疇官之法可知矣，吾豈可危吾親？」遂乞養歸。府君之弟、沅陵縣縣丞桂在湖南，并呼之歸曰：「吾宦雖不成，然視入都時足以養矣，與弟共之可也。」

歸五月，而文林君即世。又十年，府君終不出，卒于家，嘉慶五年八月丙寅也。勑授文林郎、掖縣知縣，例授奉政大夫、候選同知。年六十有五。

府君性淳篤，未嘗以聲色加人。而吏事修舉，人不能欺。少日往來文恭邸第十餘年，其時，同州如劉文定綸之清慎，錢文敏維城之警健，莊侍郎存與之淵雅，皆朝廷偉人。文恭則以長者在崇班中，能持正無所阿徇。府君請益諸君子，而言行則性近文恭，故能善其始終内外如此。敬赴江西時，常拜府君于庭。後歸而見府君同産妹之夫趙甌北先生翼，觀其文章議論邁往無等。追思府君之爲人，温然盎然，與先生若有徑庭，而終身相厚善，蓋各安其中之所獨至者。使敬得侍文恭，其志意氣局又當何如？而惜乎其未及見也。

府君娶孫宜人，繼吴宜人。子二：長德英，候選府通判，沅陵君子，府君子之，繼府君卒；次德洋，候選知縣，吴宜人出。女三：長歸于敬，次適國子監生徐士爔，次適劉焜望。二十年九月戊子，卜葬于城東五路橋之原。銘曰：

宜于己，宜于人。譽兄弟，繩子孫。兆于斯，奠幽室。以寧爲天靈爲日，天昭日明永無極。

楊貫汀墓志銘

明南京國子監博士楊瀒餘先生以任，爲瑞金文學儒者。其七世孫曰縣學廩膳生元申，字貫汀，能文，有行檢。敬初至瑞金，貫汀學焉。兄五人，其三人前卒。曰元棗，字美汀；曰元芻，字牧汀。皆縣學生，敬皆得交。美汀不久卒，敬以計吏入都，及返而貫汀已卒。問牧汀，牧汀亦卒。

嗚呼，瑞金如貫汀方可進于古之學者，而兄弟相繼頹落如此。澹餘先生年三十五未竟用世之志，著述未畢業。今貫汀亦年三十五，不大可感歟！

貫汀卒于嘉慶十五年九月十九日。曾祖方堅，祖于昭，皆縣學生。父其恂，母張氏。貫汀娶于賴，子會九。銘曰：

殤非夭，彭非修。如其然，吾何尤？

【評語】

「是貫汀志無人可移。」案：陶批末識「自記」二小字。

徐恭人墓志銘

嘉慶八年五月甲辰，朝議大夫、南昌府知府楊君焯之恭人徐恭人卒于治所之内寢。九年，子鼎高、書高以朝議之命，歸葬于陽湖城南之原。恭人世爲武進人，曾祖永寧，大理寺左評事。祖朝柱，内閣中書，候補主事。父熊占，福建福州府通判。前母楊安人，母高安人，繼母楊安人。恭人年十八歸朝議，自朝議爲庶吉士及知縣于柘城、商丘、固始、平鄉，同知于南安、袁州，恭人皆從。其卒年五十有二，勅封孺人，進宜人、恭人。子二：鼎高，太學生，考取實録館謄録；書高，太學生。女四：長適商丘拔貢生陳彬，次適仁和太學生金孝集，次適同縣鹽運分司湯貽恩，其季字吴縣太學生張昆元。

朝議狀恭人曰：恭人嫻婦儀，事繼母得其歡心。逮事先大夫涪州府君，而事先太恭人陳太恭人二十餘年以禮如一日。好讀書，尤悉于史事。予性戇，當官無所避，常讀《馮道傳》，詆之。恭人曰：「長樂老名節掃地矣。雖然，其所遇之人何如哉？虎豹蛇蝎而能使之皆馴，當必有道矣。」

惲子居曰：大哉此言！天下爲君子者，能知所以處小人之道，則下無鈎黨之禍，上無棄賢任佞之敗；然惟有名節者方可議處小人，而能處小人者，其名節又必如泰山大河，磊落汪洋，可信于天下後世之匹夫匹婦方爲善耳。恭人不可不銘。銘曰：

婦德愉愉，氳兮若蘭。玉珮鏘鳴，以肅以歡。紘綖大帶，及于瀡瀡。蒸蒸之化，視斯則已。有美碩人，宜于厥家。敬相夫子，如輔在車。立朝之要，一言日益。憎主詢多，毋構于隙。鳳凰不擊，鷙鳥革心。麟之般般，嶽嶽在林。凡百君子，其敬聽之。貞珉不泐，永此刻辭。

甘宜人祔葬墓志銘

甘宜人，奉新人。曾祖諱汝來，太子太保、吏部尚書，謚莊恪。祖諱禾，禮部主事。父諱立功，翰林院編修。母熊氏，浙江巡撫諱學鵬女也。宜人年十九歸南昌曹君庠業。曹君以拔貢生授玉山縣訓導，歷知浙江武義、錢塘，福建龍溪諸縣，遷知廣西新寧州，奉特旨知四川直隸茂州，調瀘州〔一〕，署夔州府事。先宜人卒。宜人卒于嘉慶八年六月二十三日，年四十有五。以十一年二月己丑祔葬于新建城西曹君之兆。子二：長熊，舉人，候補内閣中書；次熙。女二：長嫁南昌候選從九品鄔宣諭，次許嫁吴縣國子監生蔣兆鄂。

江西入本朝大家之守家法者，于南昌府所隸，曰曹、曰甘、曰熊、曰彭、曰裘，皆起家侍從至大僚，而曹氏自地山先生秀先以重厚端實爲朝廷大君子，甘與熊兼著治幹風節。宜人熊之自出，教成于甘，而女于曹，故才質德行皆有儀法。昔韓退之志京兆韋夫人，援《詩·碩人》之義以叙宗親，蓋大家子孫顧惜門第，而女子益爲繩矩約束，多適于禮者。敬爰按中書之狀，比其事以銘宜人之幽，使後有所考焉。銘曰：

膝下婉婉，服于聲詩。不幘之言，王母色怡。言歸于曹，重闈是養。綉纓有節，燠寒無恙。割田而貸，脱珥而輸。姻族熙熙，以義爲腴。夫子之型，子也是式。勿爲秋霜，晌之以日。綿綿荒原，松櫝永存。宜人之德，施于孫孫。

【校記】

〔一〕「瀘州」，嘉慶十六年本、同治八年本同。嘉慶二十年本、同治二年本、光緒十四年本作「濬州」。

姜太孺人墓志銘

本朝之制，命婦不得以節旌門，所以教士大夫之家守禮明讓也。張皋文曰：「聖天子整一海内，激揚大典，輕重以倫，法備矣。若爲子者之心，以爲有列于朝，吾母不寵旌門，將以邀天子之命，不幾于以子之貴加母之節歟？其罪與没親之善等。」皋文成進士，改庶吉士，其明年當以高宗純皇帝升祔禮成，覃恩海内，因亟呈牒禮部，爲母姜太孺人請旌門。事下府、縣，然後復呈牒禮部，如庶吉士例賜孺人，始卜日改葬。皋文師友多大官，爲文章宗師，顧以敬之言爲不欺後世，屬之銘。嗚呼，皋文可謂能事其親者矣！

按狀，太孺人武進人，父本，濰縣學增廣生。母胡氏。太孺人年十九歸皋文尊府君，同縣府學廩膳生蟾賓，二十九而寡。貧甚，日不得一食。卒守志不易，撫孤以訖于成人。乾隆五十九年十月十八日卒，卒年五十九。子二人：長即皋文，名惠言，孤始四歲，翰林院編修；次翊，遺腹生，縣學生。女一人，適國子監生董達章。銘曰：

之死難，寧飢死而不死尤難，而甘之及三十年，宜其子之賢也。

李夫人墓志銘

嘉慶十年四月乙丑，前資政大夫、巡撫廣西、南康謝公啓昆之叔子學垌，葬其嫡母李夫人之柩于新建大山之原。去夫人之卒十有九年矣。先是，資政之仲子學崇與學垌議葬事既定，于正月赴都下補官。而孟子學增早卒，其孤振晉傳重與季子學培皆幼，故夫人之葬惟學坰釐其事加詳，且以兄學崇之命爲辭，請敬爲之志。

夫人，資政同縣人。曾祖執中，歲貢生。祖上謙。父逢湛，國子監生。母王氏。夫人年十五歸資政于南康，後三十五年，爲乾隆五十二年正月甲申，南昌私第火，夫人卒，年五十。誥封恭人，晉贈夫人。子四：學增，二品蔭生，候選主事，繼室劉夫人出；學崇，嘉慶七年進士，翰林院庶吉士；學坰，候選員外郎，皆側室盧孺人出；學培，候選府同知，衛孺人出。孫振晉，二品蔭生。夫人生女一，盧孺人生女一，管孺人生女三，高孺人生女一。自資政爲庶常、編修，夫人常從，及資政外爲鎮江知府，移揚州、寧國，亦從。其卒也，資政以寧國府知府家居，用五行家言，緩葬。後資政由南河河庫道擢浙江按察使，遷山西、浙江布政使，最後巡撫廣西，皆遠宦，間以上事道出南昌，不及葬。迨資政卒，用形法家言，不合葬。

夫人素賢能逮下，及見學增、學崇之生，學坰、學培皆後夫人之卒始生，而學坰竟克葬夫人，亦夫人之賢其得于子，義與命宜如是也。銘曰：

夫邪子邪？ 貴邪富邪？ 夜宫其晝邪？ 已焉哉！

【評語】

「書法謹嚴如《春秋》，較之尹河南各志止求簡者不同。」案：陶批末識「自記」二小字。

董孺人權厝志

吾常董潯州思駉以户部員外郎出守，卒于官。恭人高氏與敬妻爲同高祖姑姪，恭人之女董孺人歸國子監生楊鼎高。鼎高從其尊府煒守南昌，而孺人歿于官舍。日者言歲陰所在，于法不宜葬，遂卜日權厝于城南之原。

孺人年十七于歸，歿以嘉慶八年正月甲子，年二十有九。去姑徐恭人之喪不及一年，去先後丁孺人之喪逾一年。蓋南昌與鼎高及鼎高之弟書高，二年之間相繼遭此變故，是可哀也已。而孺人之母高恭人居本貫，鼎高亦以事回里，均未得臨孺人之喪。子三，嘉寶、應寶、三寶；女一，皆幼小，失所恃重，可哀也已。

敬以姻族知孺人之賢，教于室，而宜于楊氏之家，爰爲之銘曰：

生慈于姑，死從之，心勿悁也。先後之不年，天爲之，不知其所然也。母也天只，勿損所安也。吁嗟所生，惟夫子怙之，勿棄捐也。

【評語】

「杼軸與《楊貫汀志》同，銘幽宕。」

「《韓非子·解老》篇：『萬物之所然也。』子居爲文，無一字無來歷，世人弗妄彈射。」案：陶批末識「自記」三小字。

亡妻陳孺人權厝志

孺人武進陳氏，名雲，父士寧，母鎮氏。孺人年十九歸同縣惲敬，日纑高昌棉十兩，織日得布一匹，自先大人、太孺人與敬悉衣之。二十六，敬赴試禮部，遂留京師，太孺人以孺人多病，禁勿織，孺人撚雜綫，蹙之爲菊、牡丹、鳳子、鸜鵒數十類，俱創意不襲舊式，或綴雜綾絹爲之，率三日可得白金一兩，助甘旨。暇則讀《論語》、《孝經》，蓋如是者十年。敬終不成進士，就知縣，始從官于富陽。二年，調江山，旋聞先大人之喪，孺人以疾歸，遂不起，年三十九。時嘉慶二年閏月丙辰也。生子以道，女玉嬰，皆不育。烏乎，可哀也已！

先是，敬官富陽時，大吏非意侵辱，敬以禮拒之。適湖南苗擾辰沅間，因急檄，使護銀十五萬兩餉軍，道出賊中。孺人聞檄至，驚得胸膈疾。而代者日求敬公事缺陷，欲擠之以快大吏，不得，則以小事惱敬家口。孺人畏憒，疾益篤，及敬餉軍役返，上事江山，常小差，後卒以是疾死。

烏乎，人孰不願其夫之仕者？然未仕不過勤苦而已，既仕乃至如此，此豈可盡委之于命邪？敬蓋自尤之不暇，而暇他尤邪！以是年十一月辛未權厝牛車之西阡。敬喪先大人始祥，禮不宜有所撰著，然事旨有非他人所可言者，没之又不忍，禮亦宜許自言，遂爲之銘曰：

名乎有詭成者矣，而願之乎，而不願之乎？宦乎有巧達者矣，而善之乎，而不善之乎？遇乎有日豐者矣，而獨歎乎，抑吾之歎而歎而乎？其若是儉乎？噫！

女嬰壙銘

惲敬子居之女嬰，生于乾隆四十八年七月八日。時敬館陽湖横林之徐氏，三月後一歸視之。明年正月，往京師。又二年，敬方遊太原。五月十六日，嬰以痘殤，葬居西師子墩，屬武進縣通江鄉。九月，家問至太原。後，嘉慶二年，嬰之母陳孺人卒，無子。敬蓋年四十矣，感奔走之苦，身世無所就而煢恤如是，追埋銘于嬰之壙前前五步，志永傷焉。銘曰：

吾未見嬰之生也，而死亦然。以是爲天屬，其疑于薄也，盍悔旃！

國子監生周君墓表

敬治新喻之三年，召鄉三老，求孝弟于家、恤于里黨者，旌其閭。于是，國子監生爲琳、縣學廩膳生爲瓚，狀而請曰：「先人之棄琳、瓚，在嘉慶五年二月丙申，八年十月乙酉葬于西郭之北原。分宜林大任銘諸幽。今明府君陳高義，激揚吾喻之人能哀先人而表其行，是賜先人以不朽也。」敬惟昔者歐陽文忠公爲乾德令，表屯田員外郎李仲芳以石隄捍水，有功于縣民，應山處士連舜賓賙貧匱者，卒後二十年，文忠公亦表之，遂不敢辭。

按狀，周氏世居吉水之泥田，十七世祖長卿爲新喻教授，遂家新喻。君諱志濂，字江臣，入貲爲國子監生。處父母兄弟能歡，爲祠堂，祀元公爲始祖，祭器衣服皆備。祭田若干畝，贏以周宗之人。縣有緱山書院，燬于火，君復置之。率縣人修孔子廟，以餘力爲屋十二楹，館縣之試行省者。縣漕二萬四千石，君以倉隘，增徙之，復請于縣，爲社倉于雲路門，至今貧者得貰其穀。蓋君之力于事以施其德多如此。

曾祖天民，祖可從，父廷標，母傅氏。君卒年八十有二。娶同縣廖氏，子爲琳，女適縣學生胡繼良。繼娶山陰祁氏，子爲瓚，女適縣學廩膳生萬介齡。

敬既次周君之行，乃揚于衆曰：「人之善，性也。雖然，爲之者必視其分焉。世嘗有秉均軸，擁麾節，所行得罪于天下後世，而鄉之人懷其惠，尸而祝之者，是不明于大小公私之分而已。夫有天下之任者，以利天下爲善；有一州一郡縣之任者，以利一州一郡縣爲善；有一鄉之任者，以利一鄉爲善。如周君所爲，令秉鈞軸、擁麾節者爲之，無增于其身之善，亦無減于其身之惡，何也？大小公私不相敵也。今周君處下，竭其才量，爲善于其鄉，皆視其分爲之；且周君爲其分之所宜爲，訖有事實功效，垂之永永，蓋非虛辭揖讓、取長厚名者所能至。其足爲爲善者坊乎！」遂書之碣，而列于墓左。

浙江分巡杭嘉湖道陝西候補道李公墓表

國家倚東南財賦，而浙江居十之三。大府總督浙江、福建者行部過浙江，所取州、縣公使銀且二十萬。州、縣力匱，則盜正帑應徵索，而歲稽其上供之數，以後歲所供揜之。自前協辦大學士覺羅吉慶公巡撫浙江，躬廉潔率屬，歲裒所餘益帑，總督徵索悉不應，其爪牙支格者悉以禮遣之。行之數年，而浙江之財賦大贏。其時，左右吉慶公提綱舉凡，使衆畫一者，曰分巡杭嘉湖道李公翮，警敏强毅君子也。

公山東金鄉人，字逸翰。曾祖怦，祖爾傑，皆縣學生。父來鵬，副榜貢生。妣周氏。公以乾隆三十八年〔一〕進士補祠祭司主事，升儀制司員外郎、郎中，改福建道監察御史，升禮科給事中，轉吏科掌印給事中，除分巡杭嘉湖道，署布政使，一署按察使。再以周太恭人年老乞養歸。後服闋赴部，奉旨發陝西，以道員用。旋以疾歸，卒年六十有六。公在禮部，以清謹聞；充雲南副考試官〔二〕，以能得士聞；爲御史給事中，以敢言聞。有列卿之子冒得官，公發其罪，同官有庇囚者，公亦發之。高宗純皇帝常〔三〕下特旨奬其伉直。巡視中城、北城，明科教，肅姦宄，平道塗，飭市城，衆不敢犯。赴官陝西，抵留霸廳，教匪大至。公募鄉勇拒守七晝夜，賊始退，留霸獲全。移駐興安，奏記領兵大臣，請鄉勇各守堡，無調發，有警則互援，自是鄉勇心始固。教匪不能侵，多解散者。在行間，與衆共甘苦，上下山谷皆單騎，歷險阻，忍飢渴，以致得疾，不竟其用，論者尤惜焉。

始公之在浙江也，吉慶公知公賢，事皆取決，而總督以前事銜公。會公復署按察使，義烏民何世來等倡邪教，相署置，造違禁物，有以急變告者。公曰：「此愚民耳。」白吉慶公毋以兵過江，自馳至義烏，檄府、縣官次第縛之，以邪教入〔四〕奏。而總督得守備報，具反狀奏之，且擁重兵自福建向浙江，揚言浙江縱反者當窮治。吉慶公大撓，公曰：「福建摺過浙江屬耳，今浙江急驛以邪教所署置及違禁物續奏，可先達至尊。至尊知福建邀功，不録也。」後得旨，令總督還福建，毋妄動。終公去職，總督未嘗能以聲色加公。後一年，總督之事遂敗。

敬初仕浙江，公已交替，嘗謁公。公貌循循然如無所能者，而浙中大小吏言及公之抗總督，皆動色，以爲不可及。嗚呼，屬官不敢犯大府，虞其以法相中耳。一嚬笑，一指揮，不敢逆，而公乃驟褫其公使銀至二十萬，其毒公當何如？然大府之技，充之至以黨逆中人止矣。而公脱然始終，名高身泰，雖公之智計足以投抵間隙，摧落機牙，然非宸扆之抑邪、昊穹之右善，何以至此？其至此，則人理天道之的然可見者也。世之俯首終身，如檻羊紲犬者亦奚爲哉，亦奚爲哉！

且敬嘗計之，一行省可減二十萬，十行省即可減二百萬，歲歲儲峙，不外靡〔五〕，不私没，朝廷内撫諸夏，外御屬國，用何患不充？事何患不理？用充事理，則有司取之于民何患不平？況乎不狥大府之欲，僚屬必不敢汙。不屈大府之威，政事必不敢暇。一事就軌，萬理咸備，敬均可爲天下决之。公之行甚修，事甚辦，而此一事所係極重，又敬仕浙江時所習知者。故推論以表公之阡，使後世有所興起焉。

公配周恭人，繼配周恭人，側室朱宜人。子四：庭芬，國子監生，候選州同知；庭禧，拔貢生，南城兵馬司指揮；庭業，優貢生，正白旗官學教習；庭英，幼。女三：長適候選縣丞周嘉謨，次適周之勉，次適候選知縣楊大勳。

嘉慶十五年十一月初九日，庭芬等葬公于金鄉小樓莊之兆。陽湖惲敬謹表。

【校記】

〔一〕「三十八年」，王校：「『八』當作『七』或作『六』。按三十八年癸巳無會試。」

〔二〕「官」，原作「宮」，同治八年本同，嘉慶二十年本、同治二年本、光緒十四年本作「官」，今據改。

〔三〕「常」，同治二年本作「嘗」。

〔四〕「入」，原空闕，嘉慶二十年本、同治二年本、同治八年本同，光緒十四年本補「入」字，今據補。

〔五〕「靡」，同治八年本同，嘉慶二十年本、光緒十四年本作「縻」，同治二年本作「糜」。

【評語】

「墓志銘可言情，可言小事，墓表則斷不可。神道碑、廟碑凡宏麗寬博之言皆可揄揚，墓表必發明實事，乃定法也。此文止表浙江二事，自爲首尾，文即以之爲首尾，而中間隱括諸事以隔之。馬、班常用此法而能不見，韓文偶用之即見，乃才之大小淺深也。然歐公志尹河南，遂至爲文自辨，蓋舉一羽而知鳳，睹一毛而知麟，非買菜求益者所能曉也。或以忌諱爲慮，則其事已見上諭及邸鈔，非一家私言也。」案：此條據楊批過録，實隱括自《大雲山房言事》卷二《與李愛堂》中文字，録爲評語。

王盛墓石記

嘉慶元年，浙江富陽縣知縣惲敬解餉軍銀十五萬兩至貴州銅仁交納。役旋，經江西豐城，隨行民壯王盛物故，葬之城西高原。五年，赴任新喻，爲立石墓次。盛亦歿于王事也，後之君子勿侵毀焉可也。

鸚武冢石〔一〕記

惲子居上新喻，助前事陸允鐸公錢二百餘萬。允鐸報以鸚武一架，相隨十年。瑞金受代，居新建，貍搗鸚武，傷髀而死。余伯維葬之園中紫檀梅花樹下。《賢愚經》曰：「須達長者有二鸚武，一名律提，一名賒律提，聞阿難説四諦，歡喜持誦，後爲貍所食。展轉生天，凡七返，復生人中得辟支果。」嗚呼，佛經三藏，蓋十之八如《賢愚經》焉。

【校記】

〔一〕篇名「石」字原無，據目録補。

祭張皋文文

維年月日，謹于新喻之崇慶寺設位致祭于吾友張皋文之靈，曰：

四瀛茫茫，日月何遒？目眢心忳，已矣誰儔？吁嗟皋文，産予同州。有唱予和，有酢余醻。豪攢英族，子拔其尤。前攀愈翺，旁睨師侯。百世之行，萬人之學。雷絶電歇，河截其流。吁嗟皋文，作噩之春。同謁文學，揖予于門。宛兮清揚，其神則尊。予弱而狂，一語未申。單閼之舉，子罷予解。北上折翼，嗷于中野。歲舍四遷，厥宫巨蟹。子偕郡計，卸車都下。逆旅相值〔二〕，比戟交弓。秦齊一馳，屹乎西東。志合心齊，如金在鎔。澄沙汰礫，以精爲同。聚散之迹，垂載十五。遇蓼求甘，得薺慮苦。春官駮放，歸途載阻。共職四門，艱屯可數。籧篨構屋，月僦半千。土𡋯炎炎，石炭親然。其塵刺鼻，漲地熇天。瀦水横堂，敗壁臨筵。鷄栖有車，駕騾以俟。伸指論值，計錢當里。

均茵而乘，斂衣覆履。摇摇淩淖，艅艎在水。待假而裘，待質而炊。不肥斯臞，毋覦于危。簸今而友，揚古而師。一語脱唇，萬目睽睽。予吏于浙，子憂去官。視予富渚，開余以寬。綿綿疾疢，言與死隣。子決爲活，冀道之伸。予葬先子，子官于朝。白璧燿光，匪襲可韜。公卿側席，首乎羣髦。予亦來都，注官于曹。渝水官符，朝下夕赴。送予闉闍，頓軛而語。誰知死别，成此終古。訃來當食，投箸吐哺。無爲爲善，斯言太苦。

吁嗟皋文，人孰不貴仁義？如子之勉焉勿棄，予知其難易。皚皚之白，勿拭則滓。吁嗟皋文，人孰不願富貴？如子之傀焉勿及，予知其得失。滔滔之轍，勿詭則躓。

吁嗟皋文，生不昏惰，死其有知。千里行匶，勿淹勿危。妻單子稚，内外誰支？念此零丁，惻愴肝脾。葬子崇岡，二甫能力。伐石之辭，惟予是職。尚饗！

【校記】

〔一〕「值」，同治二年本作「置」。

大雲山房文稿二集

大雲山房文稿二集自序

右《大雲山房文稿》二集四卷目録，凡雜文九十六篇。嘉慶二十年八月，長洲宋揚光吉甫刻於廣州西湖街，爲日若干而竣。二十一年自贛往歙，武進董士錫晉卿復爲排次，增定十篇，叙録曰：「昔者，班孟堅因劉子政父子《七略》爲《藝文志》，序六藝爲九種，聖人之經，永世尊尚焉。其諸子則别爲十家，論可觀者九家，以爲雖有蔽短，合其要歸，亦六經之支與流裔。」至哉此言，論古之圭臬也。

敬嘗通會其説。儒家體備於《禮》及《論語》、《孝經》，墨家變而離其宗，道家、陰陽家支駢於《易》，法家、名家疏源於《春秋》，從横家、雜家、小説家適用於《詩》、《書》。孟堅所謂《詩》以正言，《書》以廣聽也。惟《詩》之流復别爲詩賦家，而《樂》寓焉。農家、兵家、術數家、方技家，聖人未嘗專語之，然其體亦六藝之所孕也。是故六藝要其中，百家明其際會；六藝舉其大，百家盡其條流。其失者，孟堅已次第言之。而其得者，窮高極深，析事剖理，各有所屬。故曰：修六藝之文，觀九家之言，可以通萬方之略。後世百家微而文集行，文集敝而經義起，經義散而文集益漓。學者少壯至老，貧賤至貴，漸漬於聖賢之精微，闡明於儒先之疏證，而文集反日替者，何哉？蓋附會六藝，屏絶百家，耳目之用不發，事物之賾不統，故性情之德不能用也。敬觀之前世，賈生自名家、從横家入，故其言浩汗而斷制；晁錯自法家、兵家入，故其言峭實；董仲舒、劉子政自儒家、道家、陰陽家入，故其言和而多端；韓退之自儒家、法家、名家入，故其言峻而能達；曾子固、蘇子由自儒家、雜家入，故其言温而定；柳子厚、歐陽永叔自儒家、雜家、詞賦家入，故其言詳雅有度；杜牧之、蘇明允自兵家、從横家入，故其言縱厲；蘇子瞻自從横家、道家、小説家入，故其言逍遥而震動。至若黄初、甘露之間，子桓、子建氣體高朗，叔夜、嗣宗情識精微，始以輕雋爲適意，時俗爲自然，風格相仍，漸成軌範，於是文集與百家判爲二途。熙寧、寶慶之會，時師破壞經説，其失也鑿；陋儒襞積經文，其失也膚；後進之士，竊聖人遺説，規而畫之，睇而斫之，於是經義與文集并爲一物。太白、樂天、夢得諸人，自曹魏發情；静修、幼清、正學諸人，自趙宋得理。遞趨遞下，卑冗日積。是故百家之敝，當折之以六藝；文集之衰，當起之以百家。其高下、遠近、華質，是又在乎人之所性焉，不可强也已。敬一人之見，恐違大雅，惟天下好學深思之君子教正之。

嘉慶十七年正月至南昌，三月往瑞金，八月復至南昌，十二月至吴城，得文七首：《〈朱贇府殉節録〉書後》、《記蘇州本〈淳化帖〉》、《上舉主陳笠帆先生書》、《重刻〈脈經〉序》、《重修松寶庵記》、《重修松寶庵後記》、《萬孺人祔葬墓志銘》。

十八年在吴城，十二月至南昌，得文三十一首：《讀〈大學〉一》、《讀〈大學〉二》、《讀〈孟子〉一》、《讀〈孟子〉二》、《〈戒旦圖〉序》、《〈姚江學案〉書後一》、《〈姚江學案〉書後二》、《〈崇仁學案〉書後》、《〈靖節集〉書後一》、《〈靖節集〉書後二》、《〈靖節集〉書後三》、《〈李氏三忠事迹考證〔一〕〉書後》、《〈維摩詰經〉書後》、《〈壇經〉書後一》、《〈壇經〉書後二》、《上董蔗林中堂書》、《上舉主陳笠帆先生書》、《答伊揚州書》、《答伊揚州書二》、《答張翰豐書》、《答趙青州書》、《吴城令公廟記》、《遊廬山記》、《遊廬山後記》、《子惠府君逸事》、《前翰林院編修洪君遺事述》、《前濟南府知府候補郎中徐君〔二〕遺事述》、《吴城萬壽宫銘》、《刑部尚書金公墓志銘》、《孫九成墓志銘》、《林太孺人墓志銘》。

十九年在南昌，得文二十一首：《説仙上》、《説仙中》、《説仙下》、《〈得姓述〉附説》、《〈楞伽經〉續書後》、《張子實臨徐俟齋手札跋》、《答伊揚州書三》、《答伊揚州書四》、《與宋于廷書》、《答鄧鹿耕書》、《答鄧鹿耕書二》、《〈誦芬録〉序》、《〈十二章圖説〉序》、《〈古今首服圖說〉序》、《艮泉圖詠〉記》、《楊中立戰功略》、《前光祿卿伊公祠堂碑銘》、《漢中府知府護漢興道鄧公墓志銘》、《國子監生錢君墓志銘》、《莊經饒墓志銘》、《卜孺人墓志銘》。

二十年在南昌，六月至廣州，得文三十六首：《〈春秋〉說上》、《〈春秋〉說下》、《釋舜》、《釋莪》、《釋鳲鳩》、《釋蟪蛄》、《大過說》、《小過說》、《困說》、《明夷說一》、《明夷說二》、《碧玉說》、《〈卓忠毅公集(三)〉書後》、《〈文衡山詩稿〉跋》(四)、《〈黄石齋先生(五)手札〉跋》、《〈堅白石齋詩集〉序》、《〈香石詩鈔〉序》、《〈聽雲樓詩鈔〉序》、《瑞安董氏祠堂記》、《陳白沙先生祠堂記》、《望山亭記》、《舟經丹霞山記》、《遊六榕寺記》、《同遊海幢寺記》、《遊羅浮山記》、《分霞嶺記》、《茶山記》、《酥醪觀記》、《光孝寺碑銘》、《潮州韓文公廟碑文》、《資政大夫葉公祠堂碑銘》、《贈光祿大夫陳公神道碑銘》、《新城鍾溪陳氏房次科第階職記》、《黄太孺人墓表》、《南儀所監掣同知署揚州府知府護兩淮鹽運使李公墓闕銘》、《浙江提督李公墓闕銘》。

二十一年二月至贛州，六月至歙，得文十首：《〈相鼠〉說》、《〈東門之枌〉說》、《〈北山〉說》、《散季敦說》、《〈得姓述〉附說一》、《〈醴泉銘〉跋》佚、《〈說文解字諧聲譜〉序》、《遊通天巖記》、《朝議大夫董君華表銘》、《翰林院庶吉士金君華表銘》。

【校記】

〔一〕「考證」，二字原無，據正文篇名補。

〔二〕「徐君」，二字原無，同治八年本同。據嘉慶二十年本、同治二年本、光緒十四年本及正文篇名補。

〔三〕「卓忠毅公集」，正文篇名作「卓忠毅公遺稿」。

〔四〕「文衡山詩稿跋」，正文篇名作「文衡山先生詩册跋」。

〔五〕「先生」，原闕，據書前目録補。

卷一

春秋説上

記曰：「比事屬辭，《春秋》之教也。」鄒氏、夾氏其爲説不可知矣，左氏、公羊、穀梁三傳皆於屬辭窺聖人之意。所謂比事者，舉其略焉。漢、唐儒者仍之，至宋則比事之説漸廣，然取其一而遺其二三，取其二三而遺其十百，故聖人之意未能觀其備以折衷之。本朝儒者乃條《春秋》之文十百系焉，於是聖人之意可以事推，可以文合。敬以其法讀《春秋》，推之合之，得數條，列之如左：

「桓十一年夏五月癸未，鄭伯寤生卒。秋七月，葬鄭莊公。九月，宋人執祭仲。突歸於鄭。鄭忽出奔衛。」「十二年十有一月，公會鄭伯，盟於武父。」「十四年春正月，公會鄭伯於曹。」「十五年五月，鄭伯突出奔蔡。鄭世子忽復歸於鄭。秋九月，鄭伯突入於櫟。」「莊四年夏，齊侯、陳侯、鄭伯遇於垂。」「十四年冬，單伯會齊侯、宋公、陳侯〔一〕、衛侯、鄭伯於鄄。」「十六年〔二〕春，齊侯、宋公、陳侯、衛侯、鄭伯、許男、滑伯、滕子同盟於幽。」「二十一年〔三〕夏五月辛酉，鄭伯突卒。冬十有二月，葬鄭厲公。」

《春秋》所書鄭事如此。中間桓七年高渠彌弒忽，立子亹，十八年齊殺子亹，立子儀，皆不書。莊十四年鄭殺子儀，納突，亦不書。若是者何哉？蓋寤生之爲惡也非一日矣，至繻葛之戰拒敗王師，人人之所得誅也。其時，天王既無再舉之師，諸侯亦無勤王之議，此非惟齊、宋、魯東大諸侯皆與寤生交也，蓋出於祭仲之謀焉。既戰之後，即使勞王。勞王者，有以賄王也；問左右者，有以賄左右也。古者謂遺曰問，王不可言問，故言勞也。以伐鄭始，以賄終，賄王事未必濟，賄左右則事必濟。於是寤生之罪可以不討，寤生之國可以不夷，而寤生之爵可以不削矣，故卒葬如諸侯之書。

雖然，突之書名，忽之書名，何也？其時，寤生不能有所達於王，且以爲不必達焉，是故忽之爲世子未嘗命於王之朝，突之爲公子亦未嘗達名於王之朝。鄭突書「突」，忽書「鄭忽」而已。雖然，突書「鄭伯」何也？其時，忽在位三月，未及請命可知；突以争國歸，其速請命亦可知。盟武父、會曹必已命也。書曰「鄭伯」，書曰「鄭伯突」，尊王命也。

雖然，忽之書「鄭世子」何也？其時，忽在衛，突已受命爲君，忽之告周也，必以嫡正居長爭國而自引爲世子。周之報之也，既不能奪突之爵以與忽，又不能抑忽之長以從突，亦必以嫡正居長稱之爲世子。文告之往來，傳之於天下，藏之於諸侯，三年於兹矣。於其歸也，書之曰「鄭世子」，亦尊王命也。

夫如是，則鄭之受命於王爲鄭之君者，突一人而已，忽不得而干之，子亹、子儀豈得而干之哉？夫突出奔者也，出奔則絶爲君。突入櫟者也，櫟亦鄭也，入櫟則不絶爲君。突不絶爲君，彼忽與子亹、子儀之居〔四〕鄭者，王不得而命之矣，國無二君之義也。是故三人之立與弑皆不書，亦尊王命也。至遇於垂之鄭伯，先儒以爲子儀，豈有是哉！觀與齊、陳睦，則亦突而已。

今夫痛生之大逆，其子孫皆宜誅者也。乃既赦其身，復扶樹其子孫，且舍長立幼，以亂其國，周之政刑可謂傎矣。然而失政刑者，天下之共主也，天下不得不奉其所失之政刑。失政刑因以失名號者，共主之朝典也，史官不得不書其名號。一以見權必統於一，而不可妄干；一以見名必從其正，而不可旁假；一以見事必傳其實，而不可曲没。

且由是推之，以寤生及忽與突之敗常亂俗如是，而必乞靈於天子之名號以令其衆，則主名號者不可輕以寤生及忽與突之乘强肆悍如是，而終不能藉天子之名號以蓋其惡，則受名號者不可恃。夫如是，則朱子門人所列不書姓、不書官、不書爵以爲誅絶之例者，豈聖人之意哉？

「定十四年秋，衛世子蒯聵出奔宋。」「哀二年夏四月丙子，衛侯元卒。晉趙鞅帥師納衛世子於戚。冬十月，葬衛靈公。」「十二年秋，公會衛侯宋皇瑗於鄖。」續經：「十六年，衛世子蒯聵自戚入於衛。衛侯輒來奔。」觀於續經，知經書「會衛侯」亦輒也。其書「衛世子」、「衛侯」，皆王命也。蒯聵命於出奔之前，輒命於既立之後也，此之謂慎名。

【校記】

〔一〕「陳侯」，各校本同。案：《春秋經傳集解》（《四部叢刊》景印宋刊本）無此二字，當删。

〔二〕「十六年」，原作「十五年」，據《春秋經傳集解》改。

〔三〕「二十一年」，原作「三十一年」，據《春秋經傳集解》改。

〔四〕「居」，原作「君」，同治八年本同，嘉慶二十年本、同治二年本、光緒十四年本作「居」，今據改。

春秋説下

「桓三年九月，夫人姜氏至自齊。」「十八年春王正月，公會齊侯於濼，公與夫人姜氏遂如齊。夏四月丙子，公薨於齊。丁酉，公之喪至自齊。冬十有二月己丑，葬我君桓公。」「莊元年三月，夫人孫於齊。」不書姜氏，蒙上之辭也。夫人享齊侯，一如齊師，一會齊侯，三皆書姜氏，知此文不書非貶也。書於葬後者，已至魯而復孫也。先儒以爲留齊未歸則宜書於喪至之前矣。不書，復絶之也。

「莊二十四年八月丁丑，夫人姜氏入。」「閔二年秋八月辛丑，公薨。九月，夫人姜氏孫於邾。公子慶父出奔莒。」「僖元年秋七月，夫人姜氏薨於夷，齊人以歸。十有二月，夫人氏之喪至自齊。」「二年夏五月，葬我小君哀姜。」喪至不書姜者，齊桓公討之，絶其屬籍，故不得稱姜，由齊之辭也。葬書姜者，魯人請之，由魯之辭也。

夫文姜、哀姜之惡至矣，爲薨、爲孫、爲享、爲如、爲會、爲奔莒，連類書之，而其事瞭然可推，豈在書姜不書姜、書氏不書氏哉？雖然，自三《傳》言之，文姜、哀姜之淫、之弑可擢髮而數之也；不自三《傳》言之，則《春秋》所書曰「薨」、曰「孫」而已，文姜、哀姜之淫、之弑不可擢髮而數之也。聖人之經，欲以傳信於後世而爲不盡之辭，曰可推而知，則推而得者有之，推而失者亦有之；推之而得其全者有之，推之而得其半者亦有之矣。聖人之經夫豈若是？蓋古者史官之掌，凡朝廷記載之詳，與國文告之繁，王朝典章之備，皆萃於史官。如三《傳》所言，其時故府之牘必且有十倍之數。十倍之者，韓宣子見《易象》與《春秋》曰「《周禮》盡在魯」是也。然或以年積而放失，或以事雜而舛錯，是非乖違，名實紊亂，皆由於此。《春秋》其綱也。聖人取其有關於治亂者筆之，無當於褒貶者削之，由是魯史之放失者可求，魯史之舛錯者可正。討論之於前，垂著之於後，而是非大明，名實大著，故曰「《春秋》成而亂臣賊子懼」，曰「知我者其惟《春秋》乎？罪我者其惟《春秋》乎」？先儒乃求之瑣屑之間，隘矣。是故《春秋》者，魯史之會要也；魯史者，《春秋》之實録也。魯史存，而三《傳》作；三《傳》成，而魯史亡。其不亡者，附于三《傳》，後世讀而知之；其亡者，不附于三《傳》，當時讀而知之。聖人豈爲不盡之辭哉，抑更有可證之於經者？

「僖七年〔一〕，鄭殺其大夫申侯。」「十年，晉殺其大夫里克。」「十一年，晉殺其大夫丕鄭父。」「二十八年，楚殺其大夫得臣。」「三十年，衛殺其大夫元咺。」「文六年，晉殺其大夫陽處父。」「九年，晉人殺其大夫先都。晉人殺其大夫士縠及箕鄭父。」「十年，楚殺其大夫宜申。」「宣九年，陳殺其大夫洩冶。」「十三年，晉殺其大夫先縠。」「十四年，衛殺其大夫孔達。」「成八年，晉殺其大夫趙同、趙括。」「十七年，晉殺其大夫郤錡、郤犨、郤至。」「十八年，晉殺其大夫胥童。齊殺其大夫國佐。」「襄二年，楚殺其大夫公子申。」「五年，楚殺其大夫公子壬夫。」「十九年，齊殺其大夫高厚。鄭殺其大夫公子嘉。」「二十年，蔡〔二〕殺其大夫公子燮。」「二十二年，楚殺其大夫公子追舒。」「二十三年，陳殺其大夫慶虎及慶寅。」「二十七年，衛殺其大夫甯喜。」「昭二年，鄭殺其大夫公孫黑。」「五年，楚殺其大夫屈申。」「十二年，楚殺其大夫成熊。」「二十七年，楚殺其大夫郤宛。」「哀二年，蔡殺其大夫公子駟。」夫殺大夫書國、書官、書氏、書公子公孫、書名、書字，其正也，有罪無罪皆然，美惡不嫌同辭也。魯史詳之則美惡見矣。或書名，或書字，從文告之辭。名從主人，如後世以字行也。

「成十五年，宋殺其大夫山。」不書氏者，山殺魚石，亡宋無蕩族也。「襄二十三年〔三〕，晉人殺欒盈。」出亡，非大夫也。「莊二十二年〔四〕，陳人殺其公子禦寇。」「昭十四年，莒殺其公子意恢。」不爲大夫也。皆顯然者也。

莊二十六年書「曹殺其大夫」，僖二十五年書「宋殺其大夫」，文七年書「宋殺其大夫」，何哉？其必非闕文可知也。先儒以爲殺無罪，故不名。於是洩冶、郤宛皆文致之。是《春秋》之書，周內之書也，其可歟？蓋無君命也。君名其臣，臣不得名其大夫。陽處父、先都、箕鄭父、胥童之殺，必假君命以赴也。慶虎、慶寅，君討始殺之也。

文八年書「宋殺其大夫司馬，宋司城來奔」，何哉？其必非闕文可知也。書司馬者，死司馬之節也；書司城者，致司城之節也。其不名，亦無君命也。

是數條者，比魯史讀之，則所殺、所奔之人見；不比魯史讀之，則所殺、所奔之人不見。聖人豈爲不盡之辭哉？而惜乎三《傳》所紀，或無傳或有傳而妄設例焉。是故古之《春秋》無待於三《傳》而自明，今之《春秋》有待於三《傳》而反晦，知此者可以讀《春秋》。

【校記】

〔一〕「七年」，原作「六年」。據《春秋經傳集解》改。

〔二〕「蔡」，原作「楚」。據《春秋經傳集解》改。

〔三〕「襄二十三年」，原作「襄二十年」。沈校：「按殺欒盈在襄公二十三年，此文『十』字下當脱一『三』字。」今據補。

〔四〕「莊二十二年」，原作「莊二十年」。光緒十四年本校補「二」字，合於《春秋》經文，今據補。

讀大學一

自陽明先生極推古本《大學》，天下學者翕然從之。先生有功于遺經矣。而其釋「格物」也，曰「去欲如宗門所謂不著一物而已」；其釋「致知」也，曰「良知如宗門所謂自性起念而已」。聖人之學夫豈若是哉？今之學者多不從其説。聰明之士，千枝萬條，互相剖辨，而言「格物致知」也，大旨皆以朱子之言爲宗。雖然，朱子以爲有闕文而補之，此則未厭後人之意者也。

夫《大學》之條理燦然者也，曰誠意，曰正心修身，曰修身齊家，曰齊家治國，曰治國平天下。皆一一釋之，而「格物致知」獨無所釋者，何哉？蓋「致知」者不可釋者也。夫所謂「物」者何哉？天下、國家、身、心、意是也。所謂「格物」者何哉？天下、國家、身、心、意之理之至是也。知者，知此也；致知者，致此知也。而何以知？何以致？《大學》無一辭焉，即要之曰「此謂知本，此謂知之至也」，何哉？蓋知者，至廣極大，析精剖微，不可端倪者也。所入之途千百焉，所出之途亦千百焉，大小相乘，緩急相引，若以繩尺加之，必有閉焉窒焉者矣，必有强智以愚、强愚以智而不相及者矣。是故致知者，任人之用力而已。其所以用力者，雖聖人不能與乎人也。是故「致知」者，不可釋者也。

「致知」不可釋，而「格物」必舉其事焉。是以《大學》反覆天下、國家、身、心、意相因之實，相待之要，而一以知本要其至。於是，天下之人之知皆涣然怡然于聖人之途軌，而智者不至于歧，愚者不至于罔，高者不至于磒虚，卑者不至于閡實矣。蓋聖人之于「致知」也，不如儒者之與之梏，亦不如異端之决其邪。

讀大學二

夫「知」之體何如哉？人之心，五性主之，曰仁、曰義、曰禮、曰智、曰信；七情發之，曰喜、曰怒、曰哀、曰懼、曰愛、曰惡、曰欲。而輔其情之發以行乎性者有二焉，曰知、曰能。能者，所以實其知者也。情未發之時其知先耀，情既息之後其知尚渟，而能皆退聽焉。是故「知」者，周乎内外始終者也。異端見之，即以之爲心。聖人者，「知」爲心之一端而已。而其用足以舉心之内外始終，故以「致知」爲入聖之本。

夫「知」之用何如哉？《咸》之九四[一]曰：「憧憧往來，朋從爾思。」往來者，思慮之道也；憧憧往來者，非思慮之道也。孔子釋之曰：「天下何思何慮，天下同歸而殊途，一致而百慮。」天下何思何慮，知乎此則非思慮之道息矣。復釋之曰：「日往則月來，月往則日來，日月相推而明生焉。寒往則暑來，暑往則寒來，寒暑相推而歲成焉。往者屈也，來者信也，屈信相感而利生焉。」知乎此，則思慮之道行矣，義止矣，無以復加矣。

然而孔子繼之曰：「尺蠖之屈，以求信也。龍蛇之蟄，以存身也。精義入神，以致用也。利用安身，以崇德也。」若是者何如哉？蓋屈伸之道，有有心者焉，尺蠖是矣。君子之精義入神如之，心至則氣動，其知以力進也。有無心者焉，龍蛇是矣。君子之利用安身如之，氣息則用神，其知不以力進也。於是孔子又繼之曰：「過此以往，未之或知也。窮神知化，德之盛也。」若是者何如哉？蓋以力進之知與不以力進之知，顯與晦交焉，動與静守焉。其積之久也，不推所以神而能窮神，不求所以化而能知化，此非力之所能致也，乃德之盛而已。窮神知化，即精義入神之至也。德之盛，即利用安身之至也。此知之用之極也。

夫有心而知進，朱子致知之言已不能盡矣，況無心而知亦進，又豈言語之所能盡哉？故曰：致知者，不可釋者也。知乎此，則《大學》如《中庸》，一以「慎獨」爲始事，而「誠意」又推本「致知」，其次第均無可疑焉。

【校記】

〔一〕「九四」，原作「九三」。案：此文在《周易》「咸」之九四（《四部叢刊》景宋本），今據改。

讀孟子一

真西山先生因《史記》言「孟子受業子思之門人」，遂以七篇之言一一比之《中庸》，此宋儒之勤也。雖然，聖賢之學有所自則可矣，若一一比之，不爲後世附託而無實者開一徑歟？

敬觀《中庸》，求端於天命，其終篇所言皆性、道、教也。至末章始要之曰：「『上天之載，無聲無臭。』至矣。」子思此言，蓋聖人之至極。天地以合，萬物以成，與異端所言本不同，然至此則性、道、教無可言而歸之命，命無可言而歸之天，天無可言而歸之無聲無臭矣。使後人復附益之，何怪異端之揚其波，而他流煽其焰而旁燭哉？《孟子》七篇未嘗一言及之者，蓋不敢導其波之竇，而投其焰之薪也。此孟子善學子思，而正人心、息邪説、距詖行、放淫辭之本，故曰功不在禹下。

讀孟子二

孔子之教，曰「博文」，曰「約禮」，曰「博學之，審問之，愼思之，明辨之，篤行之」。上智如顔子，下愚如哀公，教之未有以異也。然皆入道之門徑而已，非以爲即道也，故復要之曰「下學而上達」，若是則於道豈有不至者邪？孟子之教，曰「學問之道無他，求其放心而已矣」，曰「無爲其所不爲，無欲其所不欲，如此而已矣」，曰「人之所不學而能者，其良能也；所不慮而知者，其良知也。孩提之童，無不知愛其親也；及其長也，無不知敬其兄也。親親，仁也；敬長，義也。無他，達之天下也」。敬少嘗疑焉。陸子耳自聰、目自明之言，不有相若者乎？陽明先生求諸心、不求諸事物之言，不有相若者乎？孟子，學孔子者也。而孔子之教如彼，孟子之教如此，是首變孔子醇篤謹慎之尺度以趨簡易，使後儒之異説得託之皆由於孟子，而其末流之弊將有不勝究者也。既而思之，孟子言求放心，先之曰「仁，人心也；義，人路也」。言無爲不爲，無欲不欲，輔之曰「人能充無欲害人之心，而仁不可勝用也；人能充無穿窬之心，而義不可勝用也」。孟子皆以仁義言之，言「良知」、「良能」亦然，則言實矣，豈如後儒之無畔岸哉？且時至戰國，人益夸誕巧强，不可控抑，其視孔子「博文」、「約禮」之教，必以爲卑陋迂小而不爲，故孟子就其心之所達可以導之於聖賢者而示之，使之心明意豁，翻然有以自悔，然後可以反循孔子之教，非謂爲學之道可不從「博文」、「約禮」入也。故曰「博學而詳説之，將以反説約也」。明儒謂陸子及陽明先生之學出於孟子，而盡力附會之，亦蔽之甚者已。

説仙一

龍以肉飛，信之乎？曰信之。禽以翼飛，魚以鬣飛，信之乎？曰信之。若是，則仙之冲舉何不信之與有？龍大函天地，細若蠶蠋，信之乎？曰信之。布穀爲鷂，鷂復爲布穀，雉爲蜃，爵爲蛤，蝮育爲蟬，竹爲蛇，信之乎？曰信之。若是，則仙之幻化何不信之與有？有朝夕爲壽夭者，蜉蝣是也；有三十日爲壽夭者，蟬是也；有三年爲壽夭者，爵是也；有三十年爲壽夭者，馬是也；有百二十年爲壽夭者，人是也；有千百年爲壽夭者，虎象是也。信之乎？曰信之。若是，則仙之長生何不信之與有？

管子曰：「人，水也。」夫水之行皆火也，水火相守而物生焉。水之需爲肉，其堅爲骨，而火運焉。火之明爲知，其炎爲運動，而水養焉。

物之生也，氣與形二者而已矣。形九而氣一者，爲土石；形七而氣三者，爲草木；形五而氣五者，爲人與獸。形氣等，故能行。形四而氣六者爲魚，形三而氣七者爲禽，氣勝形，故能飛。形一而氣九者爲龍，故能藏，能見，能高，能下。夫仙，純氣也，故列子御風而行。氣能化形，故噓爲風雨，畫爲江河。氣能固形，故高爲星辰，堅爲金石。然必有不附形而立者而氣始純，其諸爲至人、真人、化人之極歟！

説仙二

夫不附形而立者，其始皆附於形者也。今夫火，滅燎而滅之，火之形亡矣，而熱不亡，蓋久之久之而或息焉。今夫水，隙地而灌之，水之形亡矣，而濕不亡，蓋久之久之而或息焉。火與水其形也，熱與濕其氣也。今夫人，其形渺然者也，而其氣則薄萬物焉，橫古今焉，通物我貫幽明焉，何也？百夫之長，其氣旺於百夫，合百夫之氣也。千乘之相，其氣旺於千乘，合千乘之氣也。觀鬭獸者其氣充，觀舞禽者其氣豫，靈蠢不能閡也。癰可潰之以樹，疾可洩之以草，動植不能間也。祭祀而享吐焉，卜筮而從違焉，微顯不能隔也。若是，則合之於天地，充之於古今，豈以大小遠近爲疆域哉？

若是，則不附形而立者何哉？與天地準則與天地闔闢，與古今齊則與古今流行而已矣。是故理大物博，莫不尊親，此其上也；一行之極，通於神明，此其次也；形蜕矣，其氣皆不息者也，又其次。則行有大小，而氣亦有遠近焉。形蜕矣，其氣或百年而息，或數百年而息，或數千年而息者也。方士之術，氣未充則積之，氣未永則守之，其形不可委也。於是芝菌導引行焉。充矣，永矣，夫然後可委而去之，其氣亦或百年而息，或數百年而息，或數千年而息者也，所謂劫也。夫冤之氣不散則存，剛戾之氣不散則存，取精多、用物宏之氣不散則存，皆鬼也，陰類也。仙則陽類也。方士之術，養形以制氣，得氣以變形，攝陰於陽者也。陰者尚存，而況於陽哉？此蓋不附形而立之一術而已，非至人、真人、化人之極也。

説仙三

至於附形而立者，亦各有其等焉。邵子曰：「百二十年者，常數也，不及者皆傷也。」然則聖賢有傷焉者乎？曰：傷之於天者，上古之稟厚，中古之稟漸薄也；傷之於人者，衆人傷於縱己，聖人傷於拯人也。其不傷者，雖衆人亦及數焉。能養則逾之倍之，惟其力之所至。雖然，有以養得者，即有以不養得者，其骨肉必强固，其知、其運動必和而勁，寶掌禪師、李百八等是也。此天與之也，殊氣也。若是者，長年而已。

委形之後，有道則合陽而亦爲仙，無道則合陰而遂爲鬼。氣盛則爲鬼者近於仙，氣衰則爲仙者近於鬼。因絶則爲鬼爲仙之氣其終皆合於太虚，因不絶則爲仙爲鬼之氣其變復歸於萬物，天地自然，無足怪也。

若方士之術，則以養得之者也。其書多廋詞，多歧旨。芝菌，一術也，而以爲麟焉，以爲鳳焉。道引，一術也，而以爲龍焉，以爲虎焉。白石之説，累變而益陋；黄庭之説，屢遷而益誣。其上者却疾延年而已；其下者且益其疾，促其年，不可救也。惟有道之士不藉其術以治氣，而假其術以留形。既得其術以留形，遂即其形以治氣，是爲方士之至道極功，而於仙可漸而至焉。然而知之者蓋亦廑矣。世之爲其術者或附之於天，或附之於日月，或附之於《易》，或附之於《莊》、《列》，或附之於釋氏，各有得以眩世之人，皆譸言耳，君子慎毋爲所惑焉。

嘉慶十有八年十二月甲寅，與建平龔西原説仙，因識之。

釋舜

《説文·舛部》："「舜，草也。楚謂之葍，秦謂之藑。蔓地連華。象形，從舛，亦聲。」按《鄭風》「顔如舜華」，此舜是也。《説文·草部》："「蕣，木堇也。朝華暮落。從草，舜聲。」按《月令》「木堇榮」，此蕣是也，二物也。是故《鄭風》之「舜」，非《月令》之「蕣」也。其「舜」之非「蕣」奈何？蕣之榮如戎葵，近萼黑，遠萼者微有光曜而已，以擬女之顔，《詩》之比物豈若是歟？舜之身，蔓地步以百計焉。舜之榮，連華英以億計焉。紅而暈，暈而善惑焉，故曰「顔如舜華」。是故《鄭風》之「舜」，葍也，藑也；《月令》之「蕣」，木堇也。二物也。是故《鄭風》之「舜」，非《月令》之「蕣」也。

雖然，《詩》之《傳》固辨於草木者也。其傳《鄭風》曰「舜，木堇」何歟？按《爾雅》「椴木堇，櫬木堇」，郭注「别二名」。夫《爾雅》之别名，蓋有焉。唐蒙女蘿，女蘿菟絲，此别菟絲也，一物也；芣苢馬舄，馬舄車前，此别車前也，一物也。皆重文言之。椴、櫬，無重文，鶾天雞、螒天雞之類耳，二物也。則未知舜之木堇爲椴歟、櫬歟？則未知蕣之木堇爲椵歟、櫬歟？古者，白爲椵，《爾雅》「椵」、「㮅」是也。赤爲櫬，《爾雅》「櫬」、「梧」是也。蕣，白身，其椵歟！舜，赤身，其櫬歟！是故《鄭風·傳》之言木堇，爲舜言之也，櫬木堇也。《月令》之言木堇，爲蕣言之也，椵木堇也。其「舜」與「蕣」之皆爲木堇奈何？葉堇也，身木也。皆爲《釋草》奈何？《爾雅》于木之小而弱、弱而灌生者草之，「舜」與「蕣」皆小也，皆弱也，皆灌生也。後之釋者以《爾雅》木堇爲一物，於是「椵」、「櫬」混焉。以《月令》之木堇釋《鄭風》之木堇，於是「舜」、「蕣」混焉。「舜」、「蕣」混，而「舜」之名不立矣。「舜」之名不立，於是蔓地連華之「舜」遂以「檉河柳」當之。夫「檉」在《釋木》，非小而弱、弱而灌生者也。郭注「赤莖小楊」，即赤楊也。高至尋丈焉，豈蔓地連華者哉？

嘉慶十六年，偕子寬自都還江南，見蔓地連華者。問之土人，曰「日及華」也。江南名河柳，蓋木堇華，名「日及」。椵、櫬通焉，河柳則誤名也。其誤名者「日及」，在江北皆蔓地連花，至江南有尋丈者焉，即赤楊也，故牽連及之耳。十八年十二月，在吴城作此釋正焉。

釋荍

《爾雅》：「荍，蚍衃。」郭云：「今荆葵也，似葵，紫色。」陸云：「華紫緑色。」羅云：「華似五銖錢，粉紅，有紫文縷之。」數説皆是也，以名荆葵，故北方名江西藾。藾，蒿也。唐《十道志》「江南西道，北盡鄂岳，南極涪黔」，皆荆境也。以紫色、紫緑色，似五銖錢，粉紅，有紫文縷之，故南方名藍菊。藍言色，菊言形也。

然則以爲似葵者何歟？古者，茹末大曰葵，《説文》：「葵，菜也。」《爾雅》「莃菟葵」、「芹楚葵」、「終葵」、「繁露」，皆葵類也。其華之名葵者，莔戎葵是也。郭云：「今蜀葵也。華如木堇華。」夫戎葵如木堇，與荍懸甚矣。以爲似葵者何歟？蓋華如木堇而五色者曰蜀葵；華如木堇而黄者曰秋葵，即黄蜀葵也；華如菊而大徑五寸、莖及丈者，曰黄葵、衛足葵也；華如菊而大徑一寸、莖餘尺者曰荆葵，即荍也。似葵者，似黄葵，非似蜀葵也。

然則以爲蚍衃者何歟？其蕚廣，其萼蔟，如聚蛾子焉，故曰蚍衃也。《古今注》以蜀葵混荆葵，後人求所謂蚍蜉而不得，遂以紫荆爲蚍蜉，謬矣。

釋鳲鳩

鳲鳩，鳴鳩也。鳴鳩，鴶鵴。鴶鵴，布穀。布穀，郭公也。羽黑，翅尾如反舌，有紒焉。如鸜鵒，其鳴多聲，聲二十四轉，故曰鳴鳩。黄鸝十二轉而已。其哺子，朝從上下，暮從下上。故《小宛》之詩以興懷二人焉。夫父子之倫正，推之無不正矣。《鳴鳩》之詩大矣哉。〔一〕

戴勝，戴鵀也。大如鴿，長喙，赤黑雜羽，而有白文。其勝在首，度周尺，尺有畸，兩鋭而中椨，如五木，亦赤黑而白文。古者，力所能勝曰任，任者任其所能勝也，故所任之物名之曰勝。戴鵀，戴所任；戴勝，戴所勝也。西王母戴勝而處西極之地，其國俗以戴任爲業耳，豈有仙人之説哉？後之言勝者至以飾其首，非初義矣。

【校記】

〔一〕王校：「潘云：下半篇釋戴勝，與上半篇絶不牽合，似另一篇。當分爲二則，合百有六篇之數矣。」

釋蟪蛄

蟪蛄草居，非蟬也，而似蟬，蟬皆木居也。蟪蛄大如幺貝，身、羽、足深緑色，羣族菅茅中。四月應陰氣，千百相和而鳴，其聲喧沉，留耳中啾啾然。故曰：「違山十里，蟪蛄之聲尚猶在耳。」「蟪蛄鳴兮啾啾。」《爾雅》「蠽，茅蜩」注：「江東呼茅蠽。」此蟪蛄也。知蟪蛄之爲茅蜩，而後《爾雅》釋蜩可別焉。

「蜓蚞，螇螰」注：「即蝭蟧也，一名蟪蛄。」此景純之誤也。疏：「《方言》：蛥蚞，齊謂之螇螰，楚謂之蟪蛄。」此子雲之誤也。蝭蟧木居，似馬蜩而差小，黑黄色，其鳴自呼曰「蝭蟧」，夏蟬也，非蟪蛄也。「蜺，寒蟬〔一〕」注：「寒螿也。」亦木居，似蜓蚞而復小，黑黄色，其聲鏘鏘，如舞鐃，如鈴，故曰「螿」，非蟪蛄也。

「蚻，蜻蜻」注：「《方言》：有文者謂之蠽。」亦木居，似蜺而尤小，青赤色，其聲札札，如繅，如丁寧，故曰「蚻」，非蟪蛄也。後人以蜺爲蟪蛄，以蚻爲蜺，亦謂之蟪蛄，轉而相淆，豈有既耶？蜺蚻，秋蟬也。蜩蜋、蜩螗、蜩蝒、馬蜩，皆夏蟬也。自其蜕言之曰蟬；自其鳴言之曰蜩；自其采言之曰蜋，具五色也；自其蝘言之曰唐，首正偃也；自其大言之曰馬，馬、蜀、胡皆大也；蝒之義如蝘。

【校記】

〔一〕「蟬」，諸本同，《爾雅》作「蜩」，郭璞注：「寒螿也，似蟬而小，青赤。《月令》曰：寒蟬鳴。」（《天祿琳琅叢書》景宋監本）案：「蜩」多用作蟬之別名。

大過說

大過，陽過也。四陽居二陰之中，曰大過。九四「棟隆」上比五，故隆也。《象傳》：「不橈乎下。」言比乎上也。九三「棟橈」下比二，故橈也。《象傳》：「不可以有輔。」言二不能輔也。凡卦皆以二五爲位，觀全卦之德，此卦陽之過在中，故以中二爻比二五者，與卦同辭焉。

其卦辭獨取棟橈之義何歟？「棟」，《說文》謂之極，《爾雅》謂之桴。棟之本末以受節斲之，斲之則弱矣。巽棟而兌斲也。橈與隆，中爲之，不在本與末，而本末有其責焉。

隆非初上之功而與有功，橈非初上之過而與有過，故《彖傳》言「本末弱」。棟多橈，而隆者寡；大過之時，事多凶而吉者寡也。

其二與五取夫婦之義何歟？二變則爲澤山咸，少男少女之感也；五變則爲雷風恒，長男長女之久也。二變則外卦少女不動，爲女妻，當大過之時，艮極而反，震爲老夫。五變則内卦長女不動，爲老婦，當大過之時，震極而反，艮爲士夫。「大過」取義於陰陽，陰陽莫見於夫婦。夫婦者，萬物萬事之始，可以觀陰陽之過焉。故二爻辭如此。老夫女妻，陽雖過而就衰，過而不過，故言无不利，而吉在慎始，如初之「藉用白茅」可也。老婦士夫，陽既過而方盛，過而益過，故不言凶，而凶在怙終，如上之「過涉滅頂」是也。此卦三與四爲對，二與五爲對，初與上爲對也。巽爲楊，兑伐爲枯，澤潤爲生，稊生於下而能成，華生於上而不能成。茅，巽在下；涉，兑在上也。諸儒釋此卦之義多未盡，故申之。

小過四陰居二陽之外，陽盛在中，陰盛在外，陰包陽，陽納陰也。頤對大過而取養者，陰盛於中，口食之義也。中孚對小過而取信者，陽盛於外，化邦之義也。

小過説

小過，陰過也。此卦亦初與上爲對，二與五爲對，三與四爲對，如大過。大過象棟，小過象飛鳥者，陽動而過必静，陰静而過必動也。下止上動，飛鳥也。中陽爲身，外陰爲翼，飛鳥之象也。飛而遺之音，則動之至矣。音下振而上浮，親上不親下，抑高從卑，所謂宜下也。如《象傳》「行過乎恭，喪過乎哀，用過乎儉」也，故大吉也。

大過三四，如卦辭取棟，小過初上，如卦辭取飛鳥。陽自内而充，陰自外而斂也。大過三凶而四吉，小過初凶而上亦凶。陽過之卦主吉凶半之，陰過之卦主皆凶，且小過六爻無吉占也。二比初，陰比陰，陽不用事，故有過祖、遇妣、不及君、遇臣之象。二居地之上，卦辭所謂下也，故無咎。五比上，亦陰比陰，陽不用事，故有「密雲不雨」之象。五居天之下，得位可有爲，卦辭所謂宜下也，故弋在穴。三，内卦主守，如事之過防；四，外卦主有爲，如事之過遇也。

聖人作《易》六十四卦，三百八十四爻，如天行之渾成，如地勢之安固，諸儒乃於一卦六爻即割裂之，以就其説，以致卦與爻不相攝，爻與爻不相通，敬故累舉其端以明三聖人之意。有志者能於卦爻一一推之，以求其極，言《易》豈有齟齬耶？至以理釋《易》，始於《十翼》，不可蔽罪於王輔嗣、歸過于程正叔也。

困説

《彖傳》曰：「困，剛揜也。」剛指二五言，揜指三上言。二五卦主，三上揜之，一也。坎之初二，於四象爲少陽；兑之初二，於四象爲老陽。而加一皆陰以揜之，二也。先儒取坎爲兑揜之義釋《彖傳》，凡陽卦内，陰卦外，皆可言困矣，其諸非聖人之意歟？

困未有甚於富貴者也，故二五以朱紱、赤紱言之。朱紱君服，赤紱臣下之服也。二困於三，居下卦，困未甚。神昏於酒，氣窒於食而已。昏而不敢不飲，窒而不敢不食，此則貧賤所無也。然而不能求息於妻子，求息於朋友也。何也？朱紱且方來焉，置傳焉，置頓焉，饋餼焉，饋廩焉，困矣。然而禍福且未可知也。五困於上，居上卦，困已甚。劓何也？曰無以爲顔也，俯仰皆慚也。刖何也？曰無以爲行也，進退皆危也。其爲赤紱者，所困如此。無以爲顔，必有説以爲顔；無以爲行，必有説以爲行。姑徐之云爾。徐則意變，意變乃善飾也。然而榮辱且未可知也。困之至者，必有鬼神之事以求助焉，故二用享祀，五用祭祀也。三上皆困人者也，困人者必自困，困人不可訓也，故取自困之義。困於石，前遇險也；據於蒺藜，後據險也。當困之時，父子不相諒，兄弟不相慰者，妻能釋之，不見其妻，困之至也。於葛藟，遇柔而困也；於臲卼，遇剛而困也。三，困之中，故凶；上，困可解矣，故征吉也。

初與二爲體，小民之事也。困於株木，其止不可也。古者，危坐任膝，安坐任足，夷坐任臀，株木惟夷坐可任焉。入於幽谷，其行不可也。古者，大事以三歲焉，不覿則終困也。四與五爲體，諸侯大夫之事也。困於金車，如求金求車是矣。古者，以金車爲上下之禮。困於金車，困矣，其終必至俯仰皆慚，進退皆危焉。是故困未有甚於富貴者也。

明夷説一

「明入地中，明夷」，《彖傳》、《象傳》同辭。離爲明，坤夷其明。二離主，五坤主，爲義至顯。先儒以上爲坤主而統全卦，其諸非聖人之意歟？地體如丸，地之中乃闇之主，其上下皆日所繞也。上之辭曰：「不明晦，初登於天，後入於地。」指日之繞言之。晦者，明之漸；入於地者，登於天之漸。明夷之時，日方入，而出之理在焉，故爻辭兼明晦登天入地言之。以爲坤主而統全卦，其諸非聖人之意歟？

五之辭曰「箕子之明夷」，何也？蓋文王繫明夷，慨然有所感，而繫之曰「利艱貞」，其時箕子未爲之奴也。至周公繫明夷，傷文王之意而不忍言。是故二，文王也；五，紂也。於紂之最比近者，得爲奴之箕子焉，繫之曰「箕子之明夷」。微子、比干皆夷其明，獨繫箕子者，於「利艱貞」之義相附也。文王臣也，箕子親也。文王外諸侯也，箕子內諸侯也。事益有難言者矣！箕子之難見，而紂之暴可推；紂之暴見，而文王之德益可推矣。至孔子繫明夷，乃達周公之意，而曰「內文明而外柔順，以蒙大難，文王以之」，言羑里也；「內難而能正其志，箕子以之」，言爲之奴也。於是二與五二爻之義始大白焉。三聖人之意蓋相條貫如此，知此則諸爻之辭可釋然矣。

明夷說二

陽，明也；陰，闇也。明之見於天地者，日爲之宗。日無夷之者，故取象於入地。明之見於人身者爲目，明之見於人心者爲知。知之夷不可象也，日之夷則全卦象之矣。故二四取象於人身。左腹者，肝與膽之居也。肝膽病則目耗，此明夷之所以然。所謂明夷之心也，《傳》釋之曰：「獲心意也。」意者，心之所達；目耗者，肝膽病之所達也。獲之，則可出於門庭以復其明，耳、目、口、鼻皆門庭也。四居坤下，日既入則地之下皆明，故取復明之象。

四，大臣之位，周公於成王，伊尹於太甲，皆其象也。股者，陰陽蹻之所行，左病則先入肝膽，故二之辭取左股焉。讀《易》如是，凡漢宋諸儒所未言者可發其覆，所已言者可破其鵠矣。

自記曰：惠松厓先生曰：「箕子當從古文作其子。劉向云：今《易》其子作荄滋。其與亥、子與茲，古音義皆同。坤終於亥，乾出於子，用晦而明，明不可息也。」此論近儒視爲秘義，特恐於孔子《彖傳》有違耳，故前篇略爲别擇，此篇復推明爻義以附焉。

相鼠説

此詩一章言無儀，三章言無禮。禮者儀之幹，儀者禮之表也，惟二章言無止。《毛傳》：「止，所止息。」箋云：「止，容止。」箋别鄭義，後儒多從焉。夫言「容止」，則一章言儀已盡之矣，箋義非也。人必忘道然後無儀，無儀然後無禮，無禮之至，則弑君父矣，而其禍皆始於無止。饜飫之求，輕暖之取，逸豫之就，宫室車馬之擇，高爵厚邑不足以償之，於是自足恭至於吮癰舐痔，自長傲至於裂冠毁冕，自好樂至於上烝旁報，自争權至於劫主遷后，皆所謂無止也。詩人始窺其端以無儀，終要其亂以無禮，中發其痼以無止，故三章皆以死絶之。不然，無儀無禮之人遠之可矣，何詩人之嚴如此哉？《終風》，無儀也；《新臺》、《牆有茨》、《鶉之奔奔》，無禮也。衛之滅以此，故戴公復國，國人深戒焉。

東門之枌説

《朱傳》以南方之原爲地。按《毛傳》：「原，大夫氏。」箋云：「以南方原氏之女可以爲上處。」《簡兮》箋：「上處者，前列上頭也。」毛、鄭知南方之原非地者，本經言宛丘與蕩同地，言東門與東門之池、東門之楊同地，故一章言國之交會，民之所聚，不復以二章南方之原爲地也。子仲爲大夫之氏，原亦爲大夫之氏，蓋并舉以刺焉。

此詩一章言男子歌舞也，二章言女子歌舞也，三章言男女歌舞，且往觀歌舞也。「視爾如荍，貽我握椒。」其諸風人之風乎？惲子居曰：吾于此詩得性善之義焉。荍，芘芣也；椒，芬也。《傳》之釋止此耳。箋曰「男女交會而相説」，曰「我視女之顔色如芘芣之華，然女乃貽我一握之椒」，以通情好也。夫芘芣，紫赤色，顔色之美而喻以芘芣，左矣。蓋男女之以禮相接者，其授受皆無所慚。無所慚者，以其無牀笫之志也，祭享是也。男女之不以禮接者，其授受皆有所慚。有所慚者，以其有牀笫之志也，投報是也。慚則顔之色如芘芣矣，此一慚充之可以止乎禮義，故聖人録焉。不然，《溱洧》之詩前之矣，何必復申之哉？佗之殺以外淫，平國之弑以下淫，陳之爲國可知矣。而民之是非羞惡無殊焉，此删詩之義也。

北山説

此詩刺大夫不均也。役不均，則飾之曰：「是賢焉，非斯人莫任此也。」「是賢焉，而未老，而方將，而方剛焉，非斯人莫任此也。」於是平均之説不得入，而惟大夫爲之政矣。問之王，王以爲宜役也。大夫以賢之説進王，必曰是大夫也忠。問之卿士，卿士以爲宜役也。大夫以賢之説進卿士，必曰是大夫也才。今日簡書曰某也税於某，則驅車從之。明日簡書曰某也税於某，則驅車從之。蓋役之發也，其令自上而下，王而卿士，而大夫，役之僎也。其政自下而上，大夫而卿士，而王。故曰刺大夫不均也。

其不均奈何？有居息者焉，古者倚几曰居；有息偃者焉，古者正卧曰偃。夫居息息偃，皆渠渠沉沉者也。有當關焉，故不知叫號，皆庸庸泄泄者也。有適囿焉，故棲遲偃仰。然而未已也，爲淫焉，爲酗焉，則湛樂飲酒。然而未已也，爲讒焉，爲譏焉，則出入風議。夫至於出入風議，其人之心志面目可知也，皆大夫之所狎也。于是居息者康而無事，賢者盡瘁焉，一時之勞也。息偃者卧而自恣，賢者于行焉，則非一時之勞也。不知叫號者，人不能謁，賢者劬勞焉，一事之勞也。棲遲偃仰者，事不能涉，賢者鞅掌焉，則非一事之勞也。然而未已也，或以爲怨謗焉，或以爲懈弛焉，則慘慘畏咎。然而未已也，士卒之苦共焉，僕隸之辱共焉，則靡事不爲。夫至於靡事不爲，其人之身家姻族可知也。皆大夫之所疏也，故曰刺大夫不均也。

碧玉説

右碧玉拓本。嘉慶二十年十月辛巳，謁陳白沙先生祠，登碧玉樓，其裔孫禮所詒也。玉以周尺度之，厚半寸，袤尺二寸，首廣三寸二分微羨。下射廣四寸，剡之去首二寸强。爲孔周二寸弱，當孔之左右爲兩珥，横出五分强，下迤之以放於射。玉之質，《潛確類書》所稱「甘清玉，色淡青而帶黄」是也，非碧玉。

碧玉南産倭奴，西産于闐，皆蒼緑色也。玉之澤，手近之則津，其諸記所稱水玉歟？謹按《周禮·玉人》：「大璋、中璋九寸，邊璋七寸，射四寸，厚寸。」此言璋也。「黄金勺，青金外，朱中。」此言勺也。「鼻寸，衡四寸，有繅。」此合言璋勺也。先鄭謂鼻爲勺之龍鼻，後鄭謂鼻爲勺之龍口。若是，則駔琮無勺無龍首，經言鼻寸不可通矣。古者謂紐爲鼻，璋之鼻其以系繅歟？此玉兩珥各寸，如璋之鼻；射四寸，如璋；厚寸，亦如璋；當兩珥度之衡亦四寸，如璋。惟袤逾三寸。敬觀淳熙《古玉圖》尺度多過於古者，此玉之袤偶異而已。經下文云：「大璋亦如之，諸侯以聘女。」蓋天子大璋、中璋、邊璋皆有勺，故以淉〔一〕。諸侯大璋無勺，故以聘女。此玉蓋古聘女之大璋也。

敬前在廣州，問碧玉樓之故，有言明憲宗以聘先生者。及至新會，考之志乘，無其説。《白沙集》碧玉樓諸詩亦無之。先生《記夢文》在成化三年已言卧碧玉樓，而憲宗之聘在十九年，其非聘先生之玉無疑義矣。先生詩言玉失而復得，其諸先人之所留遺歟！

《唐書·五行志》：上元二年，楚州獻寶玉十三，其一曰玄黄天符，形如笏，長八寸，有孔，云辟兵疫。按唐笏直，宋始弓之，笏頭亦微羨，與此玉極似。唐人妄加之名耳，疑即大璋也。宋程棨《三柳軒雜識》有片玉，長可八寸，闊三兩指，如刀有靶，名挟衣。古帝王既御袍帶，以此抹腰，無褶縐，與此玉亦極似。二説存之，以質之博古者。

【校記】

〔一〕「淉」，王校：「馮云：《考工記·玉人》作『祼』，查注或作『淉』。」

散季敦説

婺源董文舫明經，言其戚鐵樓程君於江右市中得古銅敦，敬因索觀之。越二日，有健足負巨廂，頓於地，啓之，則敦與汪雲海所作圖在焉。圖之上下，書程讓堂賢良、董小查太史所作識考，而搨敦銘於其右。文舫登敦于几，觀之追然古也。其尺寸，讓堂言之，銘及文不合《博古》、《考古》二圖，小查言之，而文舫復以説請。説曰：

文王臣散宜生，古注家皆以散爲氏、宜生爲名。近世釋者，本《大戴禮》「堯娶於散宜氏」之文，以散宜爲氏、生爲名。今以銘考之，其諸注家之説是歟！然商周之間無二名者，惡來名革，飛廉以獸名謂之，非名也。若是，則宜生何以二名？其諸初氏散宜，子孫去宜氏散歟？抑散與散宜爲二氏歟？《明堂位》曰：「有虞氏兩敦，夏后氏四連，殷六瑚，周八簋。」釋者皆以爲黍稷器。而《周禮·玉府》「共玉敦」以歃，敦之用固不一歟？《儀禮》惟《公食大夫》言簋。《婚》、《喪》、《虞》、《特牲》爲士禮，言敦。《少牢》爲大夫禮，亦言敦。釋者遂有士用敦之説，而於《特牲》之分錋簋不可通變。言同姓從周制，敦與簋之等亦不一歟？《周禮·舍人》「共簠簋」，注言：「方曰簠，圓曰簋。」《説文》：「簋方簠圓。」《禮圖》言：「簠外方内圓，簋外圓内方。」鄭、許其各據一端言之歟？敦以瓦，「旊人爲簋」，亦以瓦。釋者言天地外神以瓦，宗廟以木，簋之質亦不一歟？其敦、簠、簋皆以銅，始於何時歟？自兩漢至今幾二千年，學者依經據傳，推明古制，以必求其是，而終不可得，況古器之流傳者，有時代之異制，有真贋之異物，有全缺之異文，而欲據一端以定是非，此言金石之大蔽也。是故君子之於學也，舉其大而略其小，用心於有益而不用心於無益焉。

程君捐館舍已一年，子孫善藏此敦，則古者能守之義也已。

得姓述附説一〔一〕

惲氏得姓，推本平通，無可依據。若更他附，益非理矣。然有可疑者，當詳考之，亦所以明慎也。

按新、舊《唐書·藝文志》有《蔣王惲家譜》一卷〔二〕。蔣王，太宗第七子也。《新唐書·宗室表》：蔣王生子十六人，第十子爲潯陽郡公爽。爽生子三人，長爲右長衛將軍森。森生子五人，第三子爲杭州刺史構。構生子七人，第二子爲常州司法參軍税。唐世宗室子孫多籍於官所者，税既官常州，其諸有籍於常者歟？《新唐書·地理志》：「江州潯陽郡，本九江郡，天寶元年更名。」是天寶前無潯陽郡也。爽爲太宗孫，與中宗、睿宗同時，不應至天寶後始封。若是，則《宗室表》「潯陽郡公」乃「鄱陽郡公」之誤也。税爲惲五世孫，惲既於皇唐玉牒外别有譜，其諸子孫因是别姓惲歟？税爲爽曾孫，其諸即以封鄱陽爲望歟？

今惲氏望鄱陽，而世居常州。敬故詳考之如此。若十國時，楊再惲名與平通同，而世較近，然史不載所籍，俟廣搜之。

【校記】

〔一〕「附説」，光緒十四年本同，嘉慶二十年本、同治二年本、同治八年本作「書後」。

〔二〕「新舊唐書藝文志」，疑「舊」字衍，因《舊唐書》不稱《藝文志》。又《蔣王惲家譜》僅見《新唐書·藝文志》著録，并不見於《舊唐書·經籍志》。

得姓述附説二

近世道家刻《五岳真形圖》，中岳姓惲名㷀，㷀無音釋，道士僞造也。《五岳真形》始見于《漢武内傳》，乃六朝人所作，未嘗言圖中列姓名，止言帝藏之而已。《河圖》曰：「東方太山君姓圜，名常龍。南方衡山君姓丹，名靈峙。西方華山君姓浩，名鬱狩。北方恒山君姓登，名僧。中岳嵩山君姓軍壽，名逸〔一〕。」段柯古《酉陽雜俎》引《河圖》而不引《真形圖》。柯古，中唐人。意者僞造在唐以後，柯古不及見歟？自緯書造五帝名，道書仿之，肆無所忌，天地百物皆爲姓名以目之，鄙倍拉雜不可名狀，後又竄入符籙，以誑愚蒙。吾惲氏有執姓惲名嵠之説爲典要者，非也。然後世道教尊于江右，而惲氏望鄱陽，意者有慕于其説而易姓從之，是亦事之未可知者。或謂惲氏著于紹興以後，其時士大夫多自北方南渡，鄆出于邑，渾出于部落，僤出于官，皆北方姓，而與惲皆相近，然各望皆于鄱陽無涉也。

【校記】

〔一〕「中岳嵩山君姓軍壽名逸」，案：《太平御覽》卷第八百八十一引《河圖》文作「中央嵩山君神姓壽名逸群」（《四部叢刊》景宋本）。

卷二

姚江學案書後一

《世説新語》：愍度道人始欲過江，與一傖道人爲侶。謀曰：「用舊義往江東，恐不辦得食。」便共立心無義。既而此道人不成渡，愍度果講義積年。後有傖人來，先道人寄語云：「爲我致意愍度，心無義那可立？治此權救饑爾。」按，此術明儒多用之，嘗立一義以動天下。其才力不及者，亦必于師説少變焉，如止修諸人是矣。而開其始者，陽明先生致良知之説也。

夫言致則不得爲良，言良則不得爲致，致良知之義豈可立哉？孟子兼良能言之，愛敬即能也。陽明先生去良能言之，良知之義亦不可立矣。于是一變而爲良知即未發之中，未發豈有知耶？再變而爲良知即天理，天理豈有知耶？及無端自言之，則曰人心靈明而已。是良知不能該良能矣，不能該良能必不能該性與情也。又無端自言之，則曰是非之心而已，是良知不能該惻隱、羞惡、辭讓矣。不能該惻隱、羞惡、辭讓，必不能該性與情也。其後及門更多支駢，互相矛盾，皆由于此。大抵先生才高氣盛，不受漢、唐、宋以來諸儒籠絡，故能懸旌立幟，奔走天下，而議論偏宕，才氣又足以拯之，東擊而西馳，南攻而北走，不可端倪捉搦。及至合前後之說相較，其不能相應固有如此者。然天下及後世才力聰明之士皆喜徑惡曲，喜簡惡煩，故爲先生之說十嘗〔一〕得八九，其斷然能別擇先生之是否者，累世不獲一焉。

若夫守陳腐之言，循迂僻之行，耳不聞先儒千百年之統緒，目不見士大夫四海之淵源，而曰「吾主朱子」、「吾主敬齋」、「吾主敬軒」，欲與爲先生之說者力抗，至則靡耳。況朱子、敬齋、敬軒揆之聖賢，又有其過不及哉？雖然，黑固不可以爲白也，夜固不可以爲晝也，是在學者善觀之而已矣。

【校記】

〔一〕「嘗」，同治二年本作「常」。

姚江學案書後二

本朝陸清獻公深斥陽明先生爲禪，而欲廢其從祀。夫陽明先生之學，是非可得而微辨焉，若以從祀言之，聖人之門豈若是之小哉？

敬嘗觀禪有近於朱子「理在氣先」之說者，如魯祖「茶盞在世界前」之言是也；有近於朱子「知在行先」之說者，如仰山「行履在何處」之言是也；有近於朱子之論性與氣者，如趙州「有業識無佛性」之言是也；有近於朱子之論體與用者，如溈山「有身無用，有用無身」之言是也。此皆議論之時，枝葉波流偶然相及，非爲學之本源，故雖甚近，不可據此謂同於朱子。若達磨所言「浄智妙圓，體自空寂」、大鑒所言「真如自性起念，六根雖有見聞覺知，不染萬境，而真性常自在」，此皆本源之言，與陽明先生良知之說無異。故先生之學，不得不謂之禪。然而有與禪異者：亦言戒慎、恐懼，亦言慎獨，亦言禮，亦言仁義，亦言孝弟，此則其異者耳。至朱子之學，其榘矱[一]繩尺與聖人之教皆一轍焉。惟兢兢然，孑孑然，自拔於禪。寧言之實而不敢高，寧言之紆而不敢徑，寧言之執而不敢通，遂有與聖人不相似者。敬嘗謂朱子本出於禪而非禪，力求乎聖而未盡乎聖，蓋此故也。

夫聖人之道，固極其正者也，異端不得而混之。然其大，則如天地之持載覆幬焉。冉有、宰我之過，後人爲之，宋儒所必擯也，而以言語、政事爲高弟子。曾子明孝道，其後有吴起。子夏好論精微，其後有莊周、七十子之徒，有顔子驕、施子恒、琴子張諸人。若是，則聖人及門固非若一人之言，一人之行者，豈得謂聖門之雜哉？天地之道固如是也。

今觀浮圖之有功力者，蓋異於衆人矣，况其精大者乎？是故釋迦、達磨、大鑒諸人，苟世與孔子相及，當有所以待之者；而謂高朗博大如陽明先生，必不收録在弟子之列，此敬之斷不敢信者也。

【校記】

〔一〕「榘矱」，原作「榘度」，同治八年本同，嘉慶二十年本、同治二年本、光緒十四年本作「榘矱」，今據改。

【評語】「古山於陽明先生時予時奪，往往有自相牴牾處，此篇斷制平允。」案：此條據王批過録。又，「古山」爲惲敬之號。

崇仁學案書後

康齋先生其聖門之狷者乎？平生刻苦自立，所著語録多返責之身心，無後儒恣睢之習，其聖門之狷者乎？至與弟訟祭田一事，世儒多爲先生設辭以解者，此未得先生之意也。先生爲宗子，守祭田，而弟鬻之，以爲弟得罪於祖若父，已不得私焉而已。大抵狷者必褊隘，自律嚴，律人亦嚴，所見一有所執，其潰裂必至於此。夫家事與國事有不同者，管、蔡危社稷，周公不得不奉王命以討之；若家事，則以恩彌縫之而已，豈可較短長哉？事過之後，先生必有所歉然也。

靖節集書後一

《直齋書録解題》載蜀本《靖節先生集》有吴斗南《年譜》一卷、張季長《辨正》一卷。今坊間本止存《年譜》一卷而已，疏謬處甚多，而最悖理不可不辨者，則以先生爲受桓玄之辟，此先生出處大節，豈可誣之！

按昭明太子序曰：「素愛其文，不能釋手，故加搜校，粗爲區目。」是先生之詩并無先後次第也。斗南見《始作鎮軍參軍經曲阿》一章，在《庚子自都還阻風規林》、《辛丑赴假江陵夜行塗口》二詩之前，意先生庚子辛丑起官，可謂固矣。又意其時桓玄方當事，乃以鎮軍歸之。而《桓玄傳》并未爲鎮軍將軍，遂意殺殷仲堪後，代其任。不知《仲堪傳》止進冠軍，又辭不受，并未加鎮軍也，是曲折求通而終於不可通也。况戊戌七月，桓玄反，陷江州，己亥十月，桓玄反，陷江陵，皆在庚子辛丑前。庚子三月加督八州，辛丑十一月桓偉鎮夏口，明年桓玄大敗，王師遂入建康。豈先生而爲之參佐以奬逆哉？此必無之事也。

然則先生庚子至都何耶？曰：先生《飲酒》詩言「遠遊」，言「飢驅」，言「營一飽」，則非仕事矣。其言「阻中途」，即阻風規林事也。是先生以遠遊至都耳，乃瞭然者也。

先生辛丑赴假江陵何耶？曰：先生本傳曰：「州召主簿，不就。」先生既抱羸疾，召主簿必以疾乞假，至滿則赴之，而終以疾辭。故本詩言「投冠」，言「不縈好爵」是也。先生江州人，州召主簿應赴江州而赴江陵者，是時桓玄領江州刺史駐南郡，是先生以辭主簿至江陵耳，亦瞭然者也。

合前後觀之，先生不汙於玄可信矣。而斗南於千餘載之後誣之，誠何心哉？是故先生爲鎮軍參軍，當以《文選》李善注「元興三年甲辰參劉裕軍」爲是。裕建義旗，先生從之，故自題「始作」，蓋幸之也。其經曲阿，則裕本始事丹徒，當更有收集之事耳。庚子辛丑先生未仕，則《辛丑遊斜川》、《癸卯懷古田舍》二詩俱可通，不必如斗南改辛丑爲辛酉，改癸卯爲辛卯矣。

宋人讀書好武斷，斗南至改年歲以就之，可謂怪誕之甚者矣。季長《辨正》，他日當更求閱，不知與敬所見同異何如也。

靖節集書後二

《宋書》傳靖節先生言：「自以曾祖晉世宰輔，恥復屈身後代，自高祖王業漸隆，不復肯仕。」《南史》亦同。此言似〔一〕得先生之心矣，然未悉當日事勢也。何也？

先生生于晉哀帝興寧三年，及壯，當安帝之初。其時王國寶、司馬元顯、桓玄相更代，故先生無宦情，一起爲州祭酒即自免去，徵主簿不就，蓋不欲與諸人之難也。至元興二年，桓玄篡位。三年，劉裕復京邑，行鎮軍將軍，追桓玄過潯陽，先生乃爲其參軍，年四十矣。先生附義旗而起，以劉裕爲可安晉室耳。明年，劉裕從兄劉惟肅爲建威將軍，先生爲其參軍，其秋即令彭澤。敬思先生與劉穆之、王弘、徐羨之、謝晦同在劉裕幕府，其差池不待言，而劉裕之懷異志，穆之等之附裕，先生必微窺得之，于是晉室之安無可望，故自鎮軍參建威，自建威令彭澤，然後脱然遠去，永遂其不臣二姓之志耳。先生去官時，劉裕尚未執政，以爲王業漸隆者，非其實矣。先生處己之高、見機之决、進退之裕，皆于此可見。

其詩清微通澈，雄厲奮發，如其人，如其人焉。楊吴江夢孫亦潯陽人，徐知誥表爲秘書郎，夢孫乞天長令去，其庶幾聞先生之風者歟！

【校記】

〔一〕「似」，原作「此」，嘉慶二十年本、同治八年本、光緒十四年本同，同治二年本改「似」，王校改作「差」。今據同治二年本改「似」。

靖節集書後三〔一〕

敬嘗遊廬山，求所謂栗里者得之。其地西南距柴桑，東北望上京，廬山之陽谷也。先生始居上京，後遷柴桑，暫居栗里，復還柴桑。年月遺落，前人考求頗未當。敬就《晉書》本傳并先生詩文推正之，《遊斜川》詩在辛丑，《懷古田舍》詩在癸卯，是辛丑至癸卯，先生尚居上京無疑。甲辰夏爲鎮軍參軍，乙巳春遷建威參軍，其秋乃令彭澤。爲《鎮軍》詩言「與田野疏」，言「返班生廬」；爲《建威》詩言「田園夢想」，言「懷歸舟」，皆未遷居之言也。《本傳》：先生謂親朋曰：「聊欲絃歌以爲三徑之資，可乎？」

《歸去來辭》曰「三徑就荒」，曰「攜幼入室」，蓋先生未赴縣時，遷家累於柴桑，當乙巳之秋，至冬罷彭澤，遂居之。《歸田園》詩言「宅」，言「屋」，言「後園」，言「堂前」，即柴桑宅也。《還舊居》詩則自柴桑偶還上京，故言「周故居」而已。以爲自彭澤還上京者，非也。若遷栗里，乃在戊申之秋，觀《遇火》詩、《移居》詩可見，乃倉卒事耳。意其時，故人龐通之等居栗里，故先生往從之，以爲在庚戌者亦非也。且不久即還柴桑，觀《庚戌西田》詩、《丙辰下潠田》詩亦可見也。「五柳館」當在上京，先生未仕時事。「歸去來館」當在柴桑，先生休官時事。今栗里有二館，後人之企附也。

夫古人之事往矣，其流傳記載百不得一，在讀書者委蛇以入之，綜前後異同以處之，蓋未有無間隙可尋討者。若是，則古人之事大著，可由其事以求其心焉。及古人之心大著，可復引其心以斷其事。此尚友之道也。若任情肆意爲之，雖今人朝夕共處之事且不能得要領矣，況古人哉！

【校記】

〔一〕篇名原作《陶靖節集書後三》，目録無「陶」字，與前兩篇一致，今删「陶」字。

李氏三忠事迹考證書後

宜興李慶來鹿耔采集其先世三忠事迹，爲《考證》一卷，而以諸名人所爲傳、志、雜文冠之，皆明永明王時殉節者也。曰用楫，官兵部侍郎，肇、高、廉、雷、瓊巡撫，拒大兵於合浦，戰敗，自沉於靈山之勞家池；曰耒，用楫同産弟，官監軍道。大兵敗李定國於肇慶，耒走死德慶州；曰頎，用楫同姓，祖父行，官江西道監察御史，與大學士吴貞毓等十八人謀召李定國誅孫可望，可望遣其黨鄭國殺之隆安之馬場。謹案本朝於明三王死事之臣，悉仍其官予之謚，所以勵名義也。用楫、耒抗顔行以死，死而未及達其名於本朝議禮之官，謚不及焉，然其皎然之意如日月也。若頎之死，則有不可不詳辨者。

定國、可望，始皆流賊也，繼皆張獻忠養子也，其在賊無異也。可望流入雲南、貴州，定國流入廣西，皆奉永明王，其歸朝亦無異也。舍可望就定國，於義何居焉？蓋當日者永明王再返肇慶，可望邀「秦王」封，先發難，大罪一；及走隆安，可望下兵貴州，脅乘輿，大罪二；擅殺嚴起恒、楊畏知，大罪三；馬吉翔等謀晝《堯舜禪授圖》，大罪四；

改國號，易印文，大罪五。此五大罪，皆不可赦者也。可望，劇盜耳。其勢不及王彌、秦宗權，於曹操、司馬懿不能爲其奴隸也。然而劫遷、易衛、殺人望、加殊禮，皆已爲之矣。是故可望必誅者也。欲誅可望，非召定國不能。十三鎮在湖南，定國於隆安尚近，宜召一；湖南兵次第敗散，定國能敵可望，宜召二；各降將朝暮反側，定國知尊朝廷，宜召三。此三宜召，皆不可易者也。若是，則永明王雖無詔書，尚當以安國家利社稷爲之，況當日之奉命行事哉？

自江介自立，南服播遷，諸臣多結黨藉援，構災煽亂，馬士英倚黄得功而左良玉反於楚，金保主何騰蛟而鄭芝龍叛於閩，吴楚之黨内訌，黔粵之師外潰，皆由私意彼此，流禍無窮。若召定國一事，則大義所在，國統攸關，非諸臣反覆者比也。後此，可望反於貴州，遂降本朝，定國始終求出永明王於緬甸，不克而死。若定國者，其可謂晚蓋者歟！

朱贇府殉節録書後

南城朱茂才以六世祖新城贇府延忠《殉節録》求士大夫記載、歌詠之，茂才從祖父新城校官元錫所撰也。徵傳于敬，敬告以大傳非文集體；復徵書事，敬告以文集與府、縣志不同，若累累言忠節，乃志體耳。而茂才請不已，遂取其録書後歸之。

贊府聞李自成陷京師，棄官後以不下髮被逼自殺，其死正矣。敬獨悲其未死時已見夢於妻姜孺人，言得從崇禎皇帝，此忠臣魂魄，死生一致，而一家之中其誠足以相及之驗也。

江右〔一〕前明殉節諸臣，吉水李左都邦華、宜春袁僉都繼咸、峽江曾文淵櫻、清江楊東閣廷麟爲最著，諸君子忠謀亮節，照耀寰宇。贊府以位卑，所行無他表見，然歸命君父，如水之百折必東，與諸君子艱危戰守，死而猶視，豈有異耶？

士大夫幸生平世，當求贊府所以能自立之故，則知伊、周可與龍逢、比干易地，而所成之事其大小高卑於性分蓋無二焉。

【校記】

〔一〕「江右」，同治二年本作「江左」。案：下所舉地名皆屬江西省，作「江右」爲是。

卓忠毅公遺稿書後

瑞安林監州從炯蒐次卓忠毅公遺稿，并附各文及詩之傷忠毅者，爲三卷刻之，而徵辭於敬。敬以名與忠毅同，不敢附於篇末。監州謂：「古者既葬而諱，恐傷生者之心耳，非如字之尊名。後世不達此指，以不斥名爲禮，傎矣。又諱必及其世，今已去忠毅四百餘年，且非臨文之義。」敬遂不敢辭。

謹按，忠毅授命於建文四年，其生平經濟氣節，前人已表章之，如日月之著矣。敬所惜者，劉忠愍所作原傳載忠毅著述有遺書十卷、詩文五十卷，今止存數十首。忠毅門人黄潮光所作年譜、行狀，今悉不存。夫古之大人具蓋世之氣，全不世出之節者，其生平無不謹小慎微，事事得其所處。若跅弛之士，感激一旦，竟成其名，史書及府、縣志紀録則有之，必不能千百年之後人人變色動容，有一百折不屈之人，如在其心，如出其口，若忠毅、方學士、鐵尚書者也。故敬嘗喜於詩文集求古人性情之所在，年譜行狀求其瑣屑不經意之事，以觀其學問之所至，而惜乎忠毅之竟歸散落也。李將軍名將，子長記其被獲，卧兩馬間；張都督百戰保江淮，退之記其不忘名姓；段太尉手擊朱泚，子厚記其躍馬償債。皆其人精神意氣流露於不及覺者，故可以爲觀人之法。忠毅本學宋儒，其言行必精密有步驟，而竟無可考證，豈不重可惜哉？然忠毅遺文、遺迹雖散落，幸有此數十首及忠愍所作原傳，讀者能一一推之，未嘗不可以測忠毅。此後監州其益蒐次之，或更有所得，則益幸也。

維摩詰經書後

此經亦鳩摩羅什所譯大乘經，史稱與釋道安相合。白太傅曰：「證無生忍，造不二門，住不可思議解脱，莫極於《維摩經》。」蓋指其中精語言之。行文則弇陋平雜，不足觀也。其經之全旨，在注明維摩詰示疾爲緣起，蓋佛教人出家，而維摩詰以居士見身，故此經《佛道品》言「煩惱泥中，有衆生起佛法」，乃即病與藥耳。然執藥治病，藥即病矣，故下章《入不二門品》盡掃除之，所以爲大乘經也。如此義諦，惟佛地位能决之，諸弟子并大菩薩豈任問此疾耶？蓋全旨皆出於佛，而筆授者非過量人，雖釋道安、鳩摩羅什無如之何也。

楞伽經續書後

盍亦觀車之行於大塗乎？引而之乎千里者馬也，視乎險夷曲直者人也，其載則車也。人之心譬之車，而載與人、馬皆具焉。是故性之五，情之七，心之載也。知爲心之人，能爲心之馬，善不善爲心之險夷曲直，其至爲心之千里。若是者，盍亦觀車之行於大塗乎？性，善者也。情，善而之乎不善者也。知之體，洞然無善無不善者也。而其用能知善不善。能之體，充然可以爲善，可以爲不善者也。而其用，或專於善，或專於不善。是故孟子性善之言以性言性，而舉其全；荀子性惡之言以情言性，而要其末；揚子善惡混之言以情言性，而混其末與初；韓子性有三品之言以知能之用言性，而忘其體；惟浮圖之言則能舉知能之體焉。而能者有畔岸者也，故多舍能而言知，曰「常惺惺」，曰「活潑潑」，皆知之體也。以此爲性，故其言曰「性無善無不善」。程子、朱子引「常惺惺」、「活潑潑」之説而附之以儒言，失其旨矣。

此經六識分見，第七識合見，第八識爲性海，皆由知之用以推極知之體。六識、第七識即《楞嚴》生死根本也，第八識即《楞嚴》常清浄體也，其義宏深浩渺，細極無際，大含無涯。陽明先生終身言良知，無出是範圍者。其徒雖屢變他説，又何從出之哉？故其言曰：「良知包括天地。」夫知之體，宏深浩渺如是，若於能之體尺寸推之，必有可敵《楞伽》斯義者，而惜乎律家所言不能盡也。

壇經書後一

大通禪師偈曰：「時時勤拭拂，不使惹塵埃。」大鑒禪師反之曰：「本來無一物，何處惹塵埃？」今《壇經》所言皆拂拭之功，何耶？蓋圓、頓、漸三教未有不終身拂拭者也。未悟之先，拂拭導之；既悟之後，拂拭養之。宗門宿德皆如此。然滯於拂拭，有漏之因耳，故大鑒以無一物救之；滯於無一物亦有漏之因耳，故大滿以未見性救之。《涅盤經》言：「佛性常，諸法無常。」大鑒乃言：「佛性無常，諸法有常。」皆以解黏去縛而已。惟如此，方可以言拂拭之功。《壇經》所言，非止爲接引初機設也。

壇經書後二

大鑒禪師臨涅槃，次傳授之世，自摩訶迦葉尊者至菩提達摩尊者，凡二十有八，而吉迦夜所譯《付法藏記》止二十四，至師子尊者而絶。宋沙門契嵩據《三藏記》著《傳法正宗》，論定爲二十八祖，是矣。然契嵩呰彌遮伽多等七尊者無師弟子傳授之義，則非也。

敬觀佛書記師弟子傳授，大約附會成之，甚鄙誕不可訓，不止如朱子所詆「用中國音韻聲律」而已。浮圖稍有識力，如元沙備、徑山杲〔一〕必不爲是言，況諸尊者之超然哉？故《壇經》止次其世，無綴辭焉。後之人可以無惑於附會之説矣。

【校記】

〔一〕「杲」，原作「果」，同治八年本同，嘉慶二十年本、同治二年本、光緒十四年本作「杲」。案：徑山杲禪師名作「杲」，今據改。

文衡山先生詩册跋

陽曲李巽宇同年藏《文衡山先生詩稿》四册，揭陽鄭總制家故物也，曾歸真定梁蕉林相公，總制官直隸，故歸總制。凡爲古近體詩若干首，皆清瀏雋上，書法則出入顔、褚，極率意處皆有法可尋。真迹也！古大家、名家所作，自性情流出，故生氣坌涌，大小高下如其人之生平。贋者支支節節爲之，則索然矣。

衡山先生託志高尚，而此册有不可遏抑〔一〕之勢，朱子讀陶詩而歎其凌厲，蓋隱士胸中之氣皆如是也。夫事功較之文章異矣，然未有不本之性情者。總制以治才著乾隆中，蕉林相公在聖祖朝委蛇黼黻，極一時之盛，二人胸中其亦有不同於俗，未易以淺近窺測者歟！巽宇必以敬之言爲不謬也已。

【校記】

〔一〕「抑」，原作「如」，同治八年本同，嘉慶二十年本、同治二年本、光緒十四年本作「抑」，今據改。

黄石齋先生手札跋

汀州伊墨卿太守藏石齋先生手札一通，《與熊魚山書》也。詳書中所言，當在崇禎九年先生起官之後。時魚山以事降官，牢落在外，故辭多隱約耳。書後歸心丹訣，其有所託而爲之歟。

古者忠義之士如顔平原及先生，皆學仙而得明驗於授命之日者也，富鄭公丹訣一匣，康節舉而焚之，曰「先去一大病」。善學古人者可以互觀焉。

張子實臨徐俟齋尺牘書後

右陽城張子實臨《俟齋先生尺牘》，并三家跋語作一卷。敬愛其雋宕清超，假歸案頭一月餘。第八行爲下食婢汙損數字，不可治，因書後歸之。

敬今秋至南昌，首見左忠毅、史忠正手札，次見董文敏初入翰林時家書，次見俟齋尺牘，皆真迹也。忠毅之言如苦行沙門，眼超語峻，必證上果；忠正處分軍事，謹密當事機；侯齋隨手作書，莊語謔詞具見格調，如接王、劉諸人談嘯；文敏皆家常語耳。劉豫州聞之，當自卧百尺樓上矣。於此見士大夫性分風尚各有所近，而所處之世緩急治亂亦可尚論焉。

忠毅、忠正手札藏桐城左氏。《侯齋尺牘》查守樗自廣東攜歸京師。文敏家書爲子實所藏。因并識之。

記蘇州本淳化帖

嘉慶十一年十月，敬在南昌於彭臨川處見板本《淳化帖》十卷，卷數下有「臣王著摹」四字。檢卷後，仍摹「奉聖旨摹勒上石篆書」，則卷數下四字爲賸矣。士大夫必不至此，其爲市井所爲僞本無疑。十四年八月，復於南昌見之，知爲瑞州吴司馬故物。後至京師，見多鬻之者。旋過蘇州，則賈人以數帙炫賣焉，然後知爲蘇州本也。

《六研齋筆記》王文肅所藏《淳化帖》，卷數下四字與此同。又第二卷鍾繇書，第三卷孔琳之書，增多處亦同。惟文肅本裂文八處，此本或見或不見。文肅本「莆田陳知古王俊刻」等字，此本皆無之。據此，則此本爲翻刻文肅本亦無疑。文肅於此事雖未見深嗜，其家庭門館多知者，何至弃此贋物？豈賈人先饋之爲聲價歟，抑文肅好廣而漫購之歟？文肅本鈎摹不知何如，吴司馬本則俗〔一〕甚，然尚是百年前拓本，今市中本則更下也。

【校記】

〔一〕「則俗」，原作「俗則」，同治八年本同，嘉慶二十年本、同治二年本、光緒十四年本作「則俗」，今據乙。

上董蔗林中堂書

中堂大人閣下：敬前在都，不及見吾宗宛平君。宛平君有孤女二人，中堂爲猶子娶其少者。敬欽風義之日久矣，然處卑賤，不願自通於左右。後令富陽，爲中堂鄉縣，以禮至邸第一投謁，而中堂辱存之。侍坐之頃，妄測淵雅之衷、宏通之量，蓋庶幾唐之張子壽、宋之王子明者，是用益不敢苟然致獲咎於大君子。蓋十五年之間，未嘗一日忘，未嘗一事干，此則敬之所以自立於天下士大夫，而中堂之所深知深知者也。

雖然，上之於下也，知其識，知其才，知其守，皆有迹可求者也。故雖以卿相之尊，欲知草茅初進之士難矣而實易。下之於上也，有奏狀之言，有制詔之辭，有朝議之公，有輿論之詳，易矣而實難。何也？彼在上之庸淺者蓋亦有之矣，而不爲庸淺者，識至遠而不見其識，才至大而不見其才，守至堅而不見其守，皆無迹可求者也。而以庸淺測之，則惡乎知，惡乎不知？是以敬之於中堂不敢以庸淺測之，則請言敬之所能測者。

曩者，敬以官事久羈浙中，中堂歸富陽，一切以古禮自處，而人人所道者，入官寺如甘寧〔二〕，過里中如石建，敬以爲此自好者所能，不足以見中堂。敬所竊窺者，其時海内無事，而中堂獨居念之深，念之至深，處若忘，行若遺，在堂則循階，在室則繞柱。且中堂立朝，素不以辭色從人者。及自富陽至天津，至京師，而不惜委蛇行之。行之而無所圖，則向之念之深、念之至深者何爲也？行之而有所圖，則向之念之深、念之至深者何不聞一親者之與聞、一智者之與議也？及數年之後，朝廷施大賞，用大罰，而後使敬渙然而意得之，此則中堂之不見其識，不見其才，不見其守有如是也。然而敬尚不敢信以爲如是也。及往歲侍坐，微及古今相業有旋乾轉坤者，中堂悚然惕然，言何敢承，何敢承！而後益信爲必如是也。敬所能測中堂者此一事耳而已。如是推之，則中堂輔佐兩朝垂四十年，其中識之遠、才之大、守之堅而無迹可求者，豈易更僕數哉，豈易更僕數哉？

敬生有狂名，而所守皆狷者之事，惟好觀古今之大人，察其人人之所不諒者。此則分外之想，分外之志，其世人所謂狂歟！然性之所喜，不能以已。敬座主戴文端公於中堂淵源最近，道義最深，其忠愛勤勞亦有深隱不可驟識如中堂者。敬文稿《上書》一首、《神道碑文》一首，庶幾得其大凡，不可不呈之中堂。古者語必以類，故詳叙敬之所以測於中堂者以先之，惟留意焉。正月十八日惲敬謹上。

【校記】

〔一〕「入官寺如甘寧」，郭象升曰：「此子居誤記也，當作『入官寺如凌統』耳。《吴志·凌統傳》：『過本縣，步入寺門，見長吏懷三版，恭敬盡禮。』統父爲甘寧射殺，相仇久之，吴王爲之解釋乃止。子居因淩、甘有此事，二人又皆吴之勇將，故涉筆致誤也。」（見《郭象升藏書題跋》）

上舉主陳〔一〕笠帆先生書(其一)

笠帆先生閣下：前者旌旆自江西移湖南，士聚於庠，商告於市，民要於野，願一叩首馬前。先生豈人人被之澤，以要結之哉？心之所及，足以相信有如是也。而其中能詩文者，復揄揚其事以獻之左右，先生亦深慰藉之。後敬追隨至九江，先生問獨無詩若文，以言别之故，敬對而未悉也。

古者贈送詩若文，多規戒之辭。至明而盡出於諛悦，蓋不問其人若何，而皆有以諛之悦之者。其升擢朝覲，則諛悦之辭從同同，是故敬集中無是也。且詩文集序及題辭亦無之，何也？五尺之童，未知丁倒即有集，此誑科第耳；遺種之叟，萬事瓦裂亦有集，此無聊賴耳；富貴酣養，欲爲清流亦有集，此乘豪横耳。序者纍纍焉，題辭者纍纍焉，一言以爲知，一言以爲不知，此不必更附其後也。况禍福之端，一人造之，一人當之，已末不稱本，若以從他人，豈不大可惜哉？是故敬集中亦無是也。

先生文章事業出於人人，不在鮿生之揄揚。敬事先生，與人人殊，不在隨人人爲揄揚，故先生之去亦無之。惟先生之去亦無之，而後四海之大，百年之久，無有再以贈送之詩若文責敬者，而集中之義例遂如金城之不可攻，湯池之不可越矣。然而有白之先生者，故九江之對，請以書進，幸得畢其辭焉。蘇子由曰：「古之君子不用於世，必寄於物以自遣。」敬之庸劣，不敢附於古之君子。霑竊微禄近二十年，不敢謂不用於世。然今之天下人才衆矣，任鈞軸者有人，任疆場者有人，任河渠者有人，任漕輓者有人，任百執事者有人，皆循循然奉功令赴期會。較其貴賤，則有相懸者矣；論其賢不肖之相去，其間豈能以寸哉！是何也？世亂則才勝法，世治則法勝才。太平既久，無異政，無殊俗，豪傑與凡庸同功，正直與詭隨并譽，如洪鑪熾則金鐵雜投而皆鎔，大海泛則淨穢疾下而同化也。若是，則敬雖服卑官二十年，豈敢謂用於世？即等而上之，再等而上之，又豈敢謂用於世哉？若是，則寄於物以自遣之説，敬何敢辭焉！且夫操觚之臂可引六鈞，習於射也；超距之足可越三丈，習於踊也；測理之心可達千聖，習於文也。敬自能執筆之後，求之於馬、鄭而去其執，求之於程、朱而去其偏，求之於屈、宋而去其浮，求之於馬、班而去其肆，求之於教乘而去其罔，求之於菌芝步引而去其誣，求之於大人先生而去其飾，求之於農圃市井而去其陋，求之於〔二〕恢奇弔詭之技力而去其詐悍。淘汰之，播揚之，摩揣之，釁沐之，得於一是而止。是故「質諸鬼神而無疑，百世以俟聖人而不惑」，竊有志焉而未逮也。

本朝作者如林，其得正者，方靈皋爲最，下筆疏樸而有力，惟叙事非所長；再傳爲劉海峰，變而爲清宕，然識卑且邊幅未化；三傳而爲姚姬傳，變而爲淵雅，其格在海峰之上焉，較之靈皋則遜矣。其餘諸子，得固有之，不勝其失也；是固有之，不勝其非也。敬才駑下，終其身而已矣。若夫文之堅毅者必能斷，文之精辯者必能謀，文之有始終者必能持正，則所謂鈞軸、疆埸〔三〕、河渠、漕輓、百執事，蓋無二道焉。然或寓之文而充然，寓之事而未必不欿然者，則又存乎其人、存乎其時而已，敬非敢自矜也。茫茫千古，如驅羊，如履豨，如害馬，不力辯焉，則此事皆爲謬種矣。惟先生諒之。八月二十一日惲敬謹上。

【校記】

〔一〕篇名原無「陳」字，據目録補。

〔二〕「之於」，諸校本均無「之」字，是本剜改作「之於」（兩字并排共占一格）。王校：「應有『之』字。」

〔三〕「疆埸」，原作「彊場」，刻誤，據前文「任疆埸者」改。

上舉主陳笠帆先生書（其二）

笠帆先生閣下：本月十六日接奉鈞諭，辭旨精審，以敬爲可教而諄諄示之，言藝如是，言事、言道必悉如是，此古人所以能日進之道也。而簡末及于亭孝廉，則知幕府賓從，皆見敬前書而幸正之。先生知交遍海内，幕府之盛幾於裴丞相、錢留守。敬以言藝進，當始終盡其愚并以質之諸君子焉。

書日之法始於《尚書》，而詳於《春秋》。《春秋》書魯大夫之卒，《穀梁》言日者正也，不日者惡也。《公羊》則以不日爲遠。今考公子牙以後二十三人，賢與不肖卒皆日，則不日者以遠失之，《公羊》爲是。故古者金石文卒皆書日也。《左傳》：「衆父卒，公不與小斂，故不書日。」孔《疏》以季孫行父等證之，是君臨宜日也。《文端碑》書「甲寅皇上親臨喪次」，其法本此。至賜謚，賜祀賢良，賜祭，《春秋》無明文可比，然不日則疑於與臨喪同日矣，故謹書之。《春秋》於喪之歸皆書日，桓公、昭公是也。故文端之喪至南昌，亦謹書之，葬之日不日。《公羊》有渴葬、慢葬〔一〕之説，而以不日爲正。然《春秋》書魯公之葬、夫人之葬各十，皆日，則他國之不日者亦以遠失之，非如《公羊》之説也。故文端之葬亦謹書之，數條皆金石文通例也。

若書三代封贈之法，其以一筆書者，必官封無異焉。今箎圃先生有官階不可没，彭太夫人受夫封，亦不可没，是以前後詳書，而中以如曾祖、如曾祖妣，變文以隔之，此亦金石文通例也。其所以必三代排比書，不合書有官無官，有封無封，而一筆以封贈結之者，抑更有説。此文自「嘉慶十六年」至「如令式」〔二〕，以日排比書。舉人中書，以文端之年排比書。賜及第以後，以國家年號排比書。而於賜及第書文端之年，爲上下轉捩，蓋前後數百言皆排比法，以見謹也。若書三代，獨不排比，則爲文體不純矣。《史記》、《漢書》有排比數千言者，其後必大震蕩之。此文實在前，虚在後，所以如此者，因通篇不書文端一事，故用排比法，叙次家世、科名、官位，然後提筆作數十百曲，皆盤空擣虚，左回右轉，令其勢稽天匝地，以極震蕩之力焉。此法近日諸家無人敢爲，亦無人能爲也。東坡《司馬公神道碑》虚在前，實在後，所以如此者，由一切事業不足以盡文正，故竭力推闡在前，後列數大事，止閒閒指示如浮雲，如小石，此文正人之大，東坡手筆之大也。文端雖賢，必不敢自儕古人。敬才弱，不敢犯東坡，因顛倒其局用之。至變化則竊取子長，嚴整則竊取孟堅也。

自南宋以後，束縛修飾，有死文無生文，有卑文無高文，有碎文無整文，有小文無大文。韓子詩曰：「想當施手時，巨刃摩天揚。」南宋以後，止於水航之尺寸粗細用心，而不想施手時，故陵夷至此也。

婦人稱「太」，始於太姜、太任、太姒，戰國始見「太后」之稱，漢、晉以來有「太夫人」之稱。其夫在不稱「太」，乃定制於北宋，至今沿之；而夫婦皆亡，則仍不稱「太」，與歷代升祔不稱「太」同。文端爲修撰之時，篔圃先生夫婦相繼而逝，故封一品時應去「太」字，于亭之言是也。如尚有未當，祈即續示爲幸。十月十一日惲敬謹上。

【校記】

〔一〕「慢葬」，原作「漫葬」，王校作「慢」，合於《公羊》之文（阮刻《十三經注疏》本），今據改。

〔二〕原作「『嘉慶元年』至『如公式』」，沈校曰：「按前讀碑銘原文以嘉慶十有六年起，至下云『如令式』，此『元』字、『公』字似當照原本作『十六』字、『令』字爲是。」今據改。

答伊揚州書一

秋水先生閣下：不見二十餘載矣！天下不過此數人耳，何日忘，何日忘！今年在椒丘舟中，得二月二十二日書，喜甚。開椷讀之，知在粤東見敬《文稿》，過蒙奬借，不安殊甚。惲子居他日何以副朋友之所期耶？不日進即日退，恐文質無所底，愧見諸君子，則今日之詅癡符，亦終歸於覆醬瓿、貯敝筐而已。藹如其言，昱如其光，皦如其音，先生視敬，有一焉否也。

清夫徵士，時時於往來中知其爲人，其文必有過人者。往歲敬北下章江，先生爲故人子所發書并清夫徵士集均未寄到，至下籤之説，敬何人斯，敢當斯語？然有可復之先生者。曹子建云：「後世誰相知，定吾文。」劉彦和云：「善爲文者，富於萬篇，貧於一字。」歐陽永叔文成即黏壁，時時讀之；蘇子瞻用事必檢出。此數人者，其用心可以觀矣。是故，文者，私作也，必以公行之；文者，藝事也，必以道成之。固有賢人君子窮極精慮之所作述，而一得之士可以議之者。然則清夫徵士之集，敬請得因先生之言而一一籤之，天下當不以爲僭也已。

敬於孟詞爲鄉試同年生，孟詞卒後，未聞其一事，心嘗恤然。其生平學問又未得其要領，所命云云，皆敬心中所朝夕念也；然如何而可以不負孟詞，惟復命之。

聞先生明歲有江右之行，當可作數日遊，所欲言者無窮極也。七月初七日惲敬謹復。

答伊揚州書二

秋水先生閣下：前奉韶州手書，七月中作復，并《文稿》四部由瑞金楊茂才國芸寄李汀州處矣。如未達，可向署瑞金邵君促之，甚便也。八月下旬，清夫徵士之少君蘭芳來寓手書并清夫文集一部，始知遲遲之由。蘭芳事已與料理矣。敬前復書，蘭芳録本奉呈，想已達也。清夫爲今之作者，先生來書何言之謙耶？貴省近日古文，推朱梅崖先生，清夫得之梅崖，梅崖始終學韓公者也。大抵韓公天質近聖賢豪傑，而爲文從諸經諸子入，故用意深博，下筆奥衍精醇。梅崖止文人，而爲文又從韓公入，故詞甚古，意甚今，求鍊則傷格，求遒則傷調，自皇甫持正、李南紀、孫可之以後，學韓者皆犯之。然其法度之正、聲氣之雅，較之破度敗律以爲新奇者，已如負青天而下視矣。清夫猶是也。敬與清夫所學不同，若强清夫之文以從敬，是猶毁鼎彝而鑄刀劍，舍琴瑟而聽鼓鼙，後者未成，先者已棄。鄙意欲於其目録之不劃一者齊之，稱謂之不相當者易之，當時語之不合法者删之，如是而已。望寓書清夫，視所見同否也。九月初五日惲敬謹復。

答伊揚州書三

秋水先生閣下：前月得舍弟書，知過嶺修謁，重蒙嘉惠，感謝感謝。舍弟蹉跎二十年，不得已請書於先生，從此或有遇合以成其用，皆先生之賜也。目下尚在瑞金，望後方可至章門。所賜家南田畫未得展玩，而心之欣然已不成寐矣。惠書舍弟先附來，昨又得九月二十七日書，所以慰藉期待敬者良厚，不敢當不敢當。

敬近日觀尹河南、范忠宣所以處患難之言，褊心暴氣，似有銷釋之漸。其餘世事，俟大定後與世之大君子權之，不敢求進亦不敢言退也。光禄公人倫模楷，專立祠堂，頌述功德，敬得附名其間，可謂幸甚。惟來示命以作記，敬思記體謹嚴，唐宋諸名人雖破體爲之，不過抑揚唱歎以遠神激蕩而已。氏族官位既不能詳列，學問事功又不能實載，是以改作祠堂碑銘，可以用大筆發揚，用重筆結束。太夫人祔廟亦於體得書矣。先生必以爲宜然宜然也。

古者，講學之人祠堂記多稱號、稱先生，今用祠堂碑例，宜稱官稱公，至惠州之事，例不宜書。太夫人生平之事，例不宜書。孫、曾銜名，例不宜書。先生亦必以爲宜然宜然也。道學異同，若入碑文中，少涉筆則不透徹，多涉筆則辨體論體矣，不涉筆則通篇之文如玉卮無當，玉盤缺角，故起首推明朱子之學，後列高宗之諭及文恭之論，君友共證明之。遞入銘中，可以縱横往來，使銘辭瀏然確然，與碑文相照耀，乃變法中正法也。鄙意如是，必屑屑自明者，敬以後學爲先進作碑文，庶幾慎之又慎，或免咎戾，先生亦必以爲宜然宜然也。

敬爲飢寒所迫，秋來又病腰脚，明春得暇，清夫之文當卒業焉。或天假之緣，得朝夕晤對，則可益盡其愚，清夫必不鄙夷之也。

龔西原署瑞州，周雨亭署南昌同知，皆時見，已致盛意矣。方茶山在遠，未得見也。冬寒，一切爲道自重。不宣。十月初五日惲敬謹復。

答伊揚州書四

秋水先生閣下：二十三日舍弟自瑞金至南昌，盛言先生兄弟之樂、子姓之謹、精神之固、問學之勤，爲之欣然，可以觀所養矣。又言秋水園古樹數章，修篁數十畝，池館位置得疏宕之意，兼有近石遠山，引人着勝。先生何修而得此耶！敬在千里外已神游化人之宫矣。能繪一圖來，當以小賦或小記償之，庶幾此山之靈，欣然解顔也。

所惠香山老人畫，是其晚年之筆，意境超遠，體勢雄厚，皆以篆籀法爲之，惜神已敗矣，緣懸挂積年，爲塵土所侵，裝潢家又以低手壞之也。敬過眼雲烟，幾數千軸，大約以俗冒雅者貴，以雅箴俗者賤，以邪干正者賞家多，以正排邪者賞家少。小道尚如此，如何奈何！

《光禄公祠碑銘》，先生當自書之，或用青石大碑四統，如《表忠觀碑》，書徑三寸字，四圍以石柱石押束置一處，可得五百年不毁，五百年後必有再刻之者。如此則此碑之獨雄宇内，無窮期也。

先生銜名，例應直書，已書之矣。今人作文，即不書名一節已成大謬也。光禄公之曾祖司鐸何地，望示知，可填入拙集中。不宣。十一月二十五日敬謹上。

答趙青州書

味辛先生閣下：往歲在鄉郡，敬將返江右，而先生有關中之行。千里鑣驅，彼此同之，所慮者敬少壯於先生，江右一水可通，無多勞勩，先生則未免車馬之苦耳。今歲十月，得印山大兄書，知道體違和，有南轅之意，尚未深悉。十二月中，孟巖廉使詣部，始知其詳，并得手書。知左手足枯重，急切未愈。昔之名人，多有此疾。當由性情耿介，中懷時有所不然，又多危坐讀書，血氣不行所致。然關右風高，可愈積濕，何遽至如此？將毋爲甚寒所中耶？若是，則湯散不可專補血氣也。

先生自作輓匾、輓聯，雖佳甚，然豈得便議此？自靖節自作輓歌，近代名人沿結習爲之，或數十年後尚康强逢吉，不幾於欺謾當世後世耶？閲書至此，當乙之以一笑愈疾可也。

敬嘗觀之古人，其畜道德能文章者，饑寒之外復多變故。或家室違異，或朝廷歧阻，或毁敗於讒譏，或展轉於疾病，使歷睽變之人情，發幽沉之己志，故一旦事權會屬，則智力所詣，適中機牙，而牢落一生者，其遺文逸事、法書名畫，皆能曲折精微，鴻懿絶特，不類乎人人之所爲。孟東野曰：「身病始知道。」道尚可進，其他所得寧有既哉？寧有既哉？

大集之序，乃後死之事，比之元晏，愧何敢當？然元晏之才，實不及太沖，當時皆耳食耳。茫茫天下，作者幾人，知者幾人？此後先生即不徵敬文，敬亦有以報也。續刻《文稿》於原刻多改正，附呈一部，祈是正之。五月六日惲敬謹上。

與宋于廷書

于廷孝廉仁弟足下：獻歲擾擾，過從未盡所欲言。居陋意蕪，致足下與漁橋登舟北行，不及一執手。迨正月垂盡，因雨霽赴江干，旌旆久已東發矣。

今年會試，聞言路又先事及之，當事者必加意束縛，或藉此可得真讀書人。若是，則足下及諸與敬相知者獲儁必倍蓰也。

敬近況如相見時，家慈已來章門，子寬尚在吴城。爲舉債計，終恐無益耳。西原太守時時來，夏首可署撫州。

《見懷詩》清宕可諷誦，中引嵇中散事極相肖，若戴九江事則鄭漁仲所誣也，敬久欲雪此言，今因足下詩輒分疏之。案《通志》叙次《小戴記》，斥之曰「身爲贓吏，子爲賊徒」，而引《漢書·何武傳》爲證。敬求之漢人他書，無有言九江事者，故漁仲於《何武傳》之外亦未引他書。今止據此分疏，可無漏落。《傳》曰：「九江太守戴聖，《禮經》稱小戴者也。行治多不法，前刺史以大儒優容之。及武爲刺史，行部録囚徒，有所舉以屬郡。聖曰：『後進生何知，乃欲亂人治！』皆無所決。武使從事廉得其罪，聖懼，自免。」原文言「多不法」，言「得其罪」，未嘗言「受贓」也。此如以意决事、不守功令期會，或過誤賞罰、科斷乖背皆是。觀刺史所舉，九江尚敢廢閣，殆倚聲望，傲然爲之，致積愆過而已。不當二千載之後，懸入以受贓。使如漁仲言，貢禹以職事爲府官所責，公孫弘以罪免，皆可曰受贓矣。《傳》又曰：「後爲博士，毁武於朝，武聞之，終不揚其惡。而聖子賓客爲羣盗，得繫廬江，聖自以子必死。武平心決之，卒得不死。」原文言「平心決之」，則武非縱盗也。武非縱盗，則九江之子非盗黨也。此蓋漢法連坐，其子之賓客爲羣盗，故子繫廬江，緣漢人市好客名，多通輕俠耳。漁仲斥之曰「賊徒」，如斥九江「受贓」，失事實矣，可哂也！

北宋以後，儒者喜刻深，而讀書又不循始終，即妄爲新論，專以決剔前人瑕累爲快，如諸葛忠武、文中子，皆詆毁無完膚，况九江哉？至明程篁墩拾漁仲謬説，遂有罷祀之議，廢己之耳目，隨人之是非，益可哂也。冉子有聚斂，端木子貢貨殖，南宫子容載寶而朝，皆記載明確，以親受業聖人，不敢議。於九江，則正史所不書者，以意加之，儒者之言宜如是歟？且九江父子果大惡，則容贓吏、祖賊徒，蜀郡何君公何以爲賢刺史也？

敬前過栗里，考陶靖節事，知吴斗南言靖節仕桓玄甚非事實；今九江事得敬此書，當大白矣。如後此有數十年暇日，當遇事爲古人分疏，勿使漁仲諸人陷溺昔儒，詿誤後學也。近《十二章圖説》、《首服圖説》、《兵器圖説》已定稿，寫畢當呈請是正。三月十六日惲敬謹上。

答張翰豐書

翰豐仁弟足下：爲别三載矣！中間時一通問，不盡欲言，遼闊之忱如何能置？春間書來，乃聞蘭畦先生之訃。近園孝廉亦前後書來，事至於此，奈何奈何！然悠悠之人，至欲歸咎診候藥物，長安居真不易矣。五月中，近園復有書來，以志屬敬，敬義無可辭，辭則無以對蘭畦先生矣！屬草稿之後，有知舊者謂不宜作如是言，宜言國家恩遇，門地貴盛，終世無過。嗚呼，知舊其愛敬者歟？然此無過之志銘，長安貴人能操筆墨者不下五百人，何必江南惲子居千里嘔心，起古之揭日月、泣鬼神者，而質其然否也！

敬嘗謂南宋以後，爲志銘者如壞畫工，凡傳之師授之徒者，知衣冠佩帶而已，他非所知也。是故所爲顔、閔之容，無甚相遠也；所爲欽光、鶩子之容，無甚相遠也。爲志銘者，官閥之外言其和於家，言其勤於朝，言其惠於朋友，千百人皆此數語耳。安眉於目上，植須於頷下，頎頎然，團團然，去衣冠佩帶，孰辨爲顔、閔、欽光、鶩子哉？若是者，皆可以無過者也。

夫天下有生平煦煦嘔嘔，言行無可指訾，而死後不得爲君子之徒者；或衆所忌怨，生平所爲有得有失，千載之後必有仰企之論焉。此無他，觀其大體而已。敬於蘭畦先生，本其性情，得其形貌，故讀之終篇，如見轉盼而思，厲聲而呼，高步而望，倚几而指揮。至於朝廷知人之明，用人之當，層疊皆見，則知舊所謂無過者或亦庶幾焉。然而揭日月、泣鬼神者，未嘗不可見。仁弟詳觀之，其有以告我。

秋中，彦惟當北行，見時爲道念。六月十五日惲敬謹上。

答鄧鹿耕書一

鹿耕先生明府閣下：前蒙惠書，所陳皆古人之義，敬何敢承？知即日舟赴章門，可面罄一切，未及作報。嗣恩恩奉謁，先生益有以奬借之，敬益用自愧。然何幸得此聲於天下士大夫，此後不敢不自勉矣。使來，復奉書及多儀，愧甚愧甚。

尊甫大人名儒循吏，伐石之辭，敬得操筆墨以揄揚盛美，方懼不稱所使，何敢濫叨嘉貺，詒誚古人？然却之則非先生事尊甫大人之心，因先生之美，遂忘鄙人之陋，謹再拜登之。前鶴舫先生曾以蟾蜍大研、孔雀補見賜，亦不敢辭，其於他人則未之敢受也。尊甫大人志文，敬因作意部勒，故用筆未得自然，下語亦不能堅定，心常嗛嗛。近塗改數字，删易數語，較呈西原太守本略似整齊。然未敢信也，謹鈔録奉寄。如已諏〔一〕日，可先付鈎摹。敬有更定，自存集中可也。

先生論史筆不難於簡，難於有餘，最爲高識名論。敬更有復之先生者。王右軍寫《樂毅》則情多怫鬱，書《畫讚》則意涉瓌奇，《黄庭經》則怡懌虚無，《太史箴》又從横争折。此如太史公傳《儒林》、《循吏》，皆筆筆内斂，與《游俠》、《酷吏》不同。是以敬於尊甫大人志文不敢縱宕行之，遂致神太迫，氣太勁。若《儒林》、《循吏》，神與氣何嘗不有餘？此古人之不可及也。先生以爲何如？

江廣文十載知交，札應即復。敬性疏脱過甚，竟忘其别字。不敢隱於相知，又不敢率爾作世俗之稱，望示明後報之。北上何時路過吴山，必留數日是幸。不盡及。八月十二日惲敬謹上。

【校記】

〔二〕「諏」，諸校本作「陬」。

答鄧鹿耕書二

鹿耕先生明府閣下：昨奉賜書，知尊甫大人大事誠信無悔，敬不能隨執紼諸君子與觀盛禮，又葬期在既禫之後，不得復有所附達，將其慺慺之忱，而先生諄諄然致過分之言，愧甚矣。承示塋兆形勢，極慰。意此事自古有之，觀孟堅所志各書，可見其理。與《周禮》「九州」、《爾雅》「四極」相通貫，皆氣之變爲之。棄骨裹而足疾平，穴蟻除而脅疾愈，生死一理而已。惟小人棄本求末，不務脩德，止求吉葬，無論天道人事，不能得善地，即得之必有物以敗焉。若君子思安其親，其爲造化之所福無疑也。鄙見如是，先生當必以爲然。

敬近況如常，家慈精神如五六十人，惟向爲濕氣所苦，近飲木瓜酒，漸輕除矣。大著《周禮條考》尚未寓目，因西原太守於長至日丁内艱，不能索觀也。古人詩文，必各自成家。先生儒者之言，以和平慎密爲主。敬前盡其愚，不以見責而反褒之，敬何以自安耶？壽田茂才進境何如？敬與先生交非尋常，而賜書過爲謙下，敬何敢當？自後斷不可見外也。十月初三日惲敬謹上。

卷三

重刻脈經序

晉王叔和《脈經》十卷，《隋書》、新舊《唐書》、《宋史》各《經籍志》皆有之。此本爲明萬曆三年福建布政司督糧道刊本，有袁表後序。其卷首列宋熙寧元年國子監博士高保衡等請鏤板劄子并校正及進呈各銜名，次列廣西漕司重刻陳孔碩序，次列元泰定四年江西龍興路重刻移文并柳貫、謝縉翁序。蓋此書前後凡四刻矣。各序皆斥五代高陽生《脈訣歌》援勦經説，粗工便之，致此書傳習不廣，此醫學所以日陵夷也。

袁表後序言第十卷録載《手撿圖》二十一部，而卷中止復論十二經脈、奇經八脈、三部二十四脈，無《手撿圖》。高保衡劄子言俗本有二：其一分第五卷爲上下卷，其一入隋巢元方《時行病源》一卷爲第十卷。意者本經第十卷《手撿圖》已亡，後世據所見或分第五卷，或入元方書以足十卷之數歟？若是，則今之第十卷亦高保衡所改定，非本經原文也。

菽原朱君世藏此書，沈南昌重刻行世，移卷首徐中行書附之後序之左，以從時世，并於十卷録下删夾注十二行，以註意見後序中，不應復列也。若夫是書之精微博大，足以發軒岐之奥窔，通天地之門户，則四刻各家具言之，學者可得其要領矣。

誦芬録序

敬於歸安鄭柳門先生爲年家子。先生就養星子，折行輩交之，甚引重也。敬每脩起居，先生諄諄以所輯《誦芬録》命之序。後敬居南昌，先生以書促之，敬禮不敢辭。《誦芬録》者，録滎陽鄭氏自浦江遷歸安諸先正之言行也。古者，譜牒之學以明世系、定昭穆爲宗。後世稍裒集〔一〕嘉言善行以附益之，於以章前功、訓後嗣，如史書所載英賢録、官族傳是矣，然多出著述家，非子孫之言。若李繁《鄴侯家傳》、韓忠彦《魏公家傳》、王皞《沂公言行録》，雖出子孫，又止一人之事而已。惟明粲《明氏世録》、崔鴻《崔氏世傳》，則通記一姓之人。《誦芬録》之體例蓋視乎此，而所録言行則以遷浦陽之後爲限斷焉。

浦陽自南宋以孝友傳家，垂數百年。義門之名滿天下，本源深固，支派蕃衍，其分散遷徙者俱守義門家法，以長其子孫。歸安於浦陽分居浙東西，風氣相及，是以録之。所載大者至兄弟争死，名動萬乘；小者推財讓能，有益於人，以及守一術之微勤，一事之細類，皆有長者之意，不愧其先，可謂善矣。使鄭氏子孫有得乎此，可善其一家；若天下士大夫能推而行之，相勉以和，相厲以節，其所成未可以〔二〕意量也。若是，則先生之爲此書也，其意不甚盛歟！

敬，鄭之所自出，系自歙，爲南祖之裔，與浦陽自北祖者不同，然皆望滎陽。舅氏清如先生家法恂謹，敬少時私淑焉。故敬於是書樂附名其間，且推闡之如此。嘉慶十九年十月既望陽湖惲敬序。

【校記】

〔一〕「裒集」，原作「褎集」，王校作「裒集」，今據改。

〔二〕「可以」，原作「以可」，同治二年本、光緒十四年本校改作「可以」，今據乙。

十二章圖説序

古者，十二章之制始於軒轅，著於有虞，垂於夏殷，詳於有周，蓋二千有餘年。東漢考古定制，歷代損益，皆十二章，亦二千有餘年，可謂備矣。中間秦王水德，上下皆服袀玄，西漢仍之，隔二百有餘年。是以諸經師不親睹其制，多推測摹擬之辭，然搜遺袪妄，各有師承，考古者必以爲典要。至歷代《輿服志》具載不經之制，而冕弁服則兢兢然不忘乎古焉。其大臣議禮之説，多可采者。是故言史不折以經不安，言經不推以史不盡也。敬自束髮受書，頗窺各家禮圖得失，今上采箋注，下揆史志，爲十二章，分圖若干，合圖若干，歷代圖若干，附其説於後。世之君子其有以是正之，則幸矣。

古今首服圖説序

古者有冒，有冠，有纚。纚者，所以韜髮也，《士冠禮》「緇纚」是也。纚之變爲幘，幘之覆爲巾，巾之變爲幅巾、爲帢。三代加冠於纚，後世加於幘，若幅巾、帢則不加焉。帢之變爲葛巾，幅巾之變爲幞頭，常冠也。幞頭之變爲翼善冠。自纚至翼善冠凡八物，皆非冠也。而幞頭、翼善，則冒冠名焉。

冠者，冠也，冠於紒也。冠之别，一曰緇布冠，「太古冠布，齋則緇之」是也；一曰玄冠，周委貌、殷章甫、夏牟追，皆玄冠也；一曰爵弁，士冕也，周弁、殷冔、夏收，皆爵弁也；一曰冕，夏后氏收而祭，商人冔而祭，周人冕而祭，皆冕也；一曰皮弁，「三王共皮弁素積」是也；一曰韋弁，「凡兵事，韋弁服」是也。自緇布冠至韋弁凡六物，皆冠也，而名皆别焉。

冒者，冒也。《通典》：「上古冒皮。」〔二〕冒之名所繇起是也。其制先於冠冕，後世庶人無爵者服之。北魏朝臣皆服，便乘騎也。江左君臣則私居服之。

夫三代之時，爲制備矣，而首服益嚴。觀禮經記載，其用劃然者也。自漢以後，士大夫喜趨於苟簡，三代首服之制以意增損之。增損既久，與古全乖。其燕閒所服，更無故實，牽彼就此，以古合今。故禮圖所繪，不能無失。敬考各家經注及史傳，參伍始終，錯綜正變，爲《圖説》若干卷。冠之類從冠，以著其儀；纚之類從纚，以推其等；冒之類從冒，以盡其便。立乎千載之後，以言乎千載之前，豈敢謂出於盡是？然浮假之説，歧雜之言，則不敢及焉。若夫朝祭之用，則經史具有明文，考古者可自得之矣。

【校記】

〔一〕「上古冒皮」，《通典》卷五十七作「上古衣毛帽皮」（清武英殿本），「冒」字作「帽」。

堅白石齋詩集序

静樂李石農先生爲詩四十年，少即遠遊不遑息，曰《行行草》；官西曹，曹有白雲亭，曰《白雲初稿》；分巡温、處二州，曰《甌東集》；提刑雲南，曰《詔南集》；謫迪化州，曰《荷戈集》；分巡天津，曰《七十二沽草堂吟草》；提刑廣東，曰《訶子林集》。合爲《堅白石齋詩集》若干卷。陽湖惲敬爲之序。序曰：

言詩於今日，難矣哉。古近之體備於唐，唐之詩人蓋數十變焉。宋較之唐，溢矣，亦數十變焉。元較之宋，斂矣，且屢變焉。明較之元，充矣，又屢變焉。本朝順治中，詩贍而宕；康熙，則適而遠；雍正，則瀏而整。夫積千數百年之變，而本朝諸名家復變焉。於是自乾隆以來，凡能於詩者不得不自闢町畦，各尊壇坫。是故秦權漢尺以爲質古，《山經》、《水注》以爲博雅，聱軒竭陀以爲詭逸，街彈春相以爲真率，博徒淫舍以爲縱麗，然後推爲不蹈襲，不規摹。是故言詩於今日，難矣哉！

夫詩有六義焉，兼之者善也，其不兼者必有所偏至，而詩之患生焉。六義者，天下人之性情也。性情者，給於萬事，周於萬形。故得性情之至者，六義附性情而各見於詩，雖合古今而契勘之，何虞乎蹈襲，何畏乎規摹哉？且夫性情者，撢之而愈深、窒之而愈摯者也。石農先生自髫年及於中歲，室家之近，羈旅之遠，科名之所際，仕宦之所值，多處憂患之中；即偶有恬適之時，亦思往念來，不可終日。其胸中鬱然勃然之氣、悠然繚然之思，要以皭然確然之志，而又南極滇海，西窮濛汜，久留幽燕冠蓋之場，遠託吴越山水之地。故其爲詩清而不浮，堅而不劌，不求肆於意之外，不求異於辭之中，反覆以發其腴，揉摩以去其滓。何也？性之至者體自正，情之至者音自餘也。今夫思婦之朝吟必長，無律吕以節之，而未嘗無抗與墜也；感士之夜嘯必厲，無聲韻以限之，而未嘗無調與格也。伯奇「行邁」之篇，簡子「憂心」之什，《北山》之所怨尤，《何人斯》之所刺詈，「采葍」之孤行，「弋鳧」之獨往，揆之皆閎雅之體，詠之皆唱歎之音，此性情爲之也。使彼數詩人者爲遊歌之作、燕喜之章，何嘗不鏘然如韶鈞，蔚然如虎鳳哉？是故愁苦可以遣懷，歡娱亦可以致感，知此者可以讀堅白石齋之詩矣。

敬於身世之遇未至如石農先生，性情亦淺薄無所施，惟有生以來不可釋不可言之隱未必諒於他人者，有同慨焉。故因論詩發之，且以質於能詩之君子。

香石詩鈔序

敬在江右交順德黎仲廷。十年，仲廷棄官歸嶺南，旋復遊吴越，過江右，與敬會于百花洲，甚相樂也。仲廷篋中攜《香石詩鈔》四卷，清瀏蕩漾，遠具勝情，於是始知香山黄子實之名。而子實之友，番禺張子樹、陽春譚子晉之詩亦得次第讀之。子樹之詩高邁，子晉之詩渾逸，翁覃溪學士目爲粤東三子者也。及敬過嶺首，與子實定交，始知子實尊甫仰山先生以儒名，而先世雙槐、粤洲、泰泉三先生在明之中葉皆爲儒，立朝居家，具有風範。子實持身亦甚謹，不背其先人，則又歎黄氏之多賢，而子實之能繼其門地也。

夫聖人之道，惟爲儒者可言。《詩》三百篇爲體不同，合之《易》、《書》、《禮》、《春秋》諸經，其義無以異也。後世爲儒者，詩多質勝文，詩人則文勝質，兩家遂不能相通。即如粤中白沙、甘泉之詩，世所謂不爲道學所掩者，而於近今詩人之意已不能厭飫，況其他哉？昔仲廷嘗和陸子、朱子鵞湖講學詩，敬告以言心性不必爲詩，即爲心性詩不必學陸子、朱子此詩，蓋皆爲此。今子實世爲儒，善矣，而詩又善詩人之詩也。由於其爲學也，儒與詩分而習之，故其爲詩非猶夫爲儒者之詩也。夫道，一而已矣，然必分習之而後得其合。故儒可以揚道之華，而詩可以既道之實。能如是，庶幾通儒與詩兩家之蔽焉。請訊之子樹、子晉及粤東諸君子，若仲廷則夙以鄙言爲不謬者也。

聽雲樓詩鈔序

粤東之詩，始盛於南園五先生。王彦舉題其集曰「聽雨」，黄庸之構聽雪篷，而題其集曰「雪篷」。蓋詩人于蕭閒寥闃之時多所慨寄，故名之如是。番禺張子樹題其集曰「聽松」。松之於雨，於雪，則有間矣，其爲蕭閒寥闃則一也。陽春譚子晉題其集曰「聽雲」，敬嘗訊之子晉，曰「此幻也」。噫，天下孰爲幻，孰爲非幻哉？則請爲子晉畢其辭。

夫聖人之作也，必正名百物焉。自百家出，而夢可言覺，覺可言夢者有之，生可爲死，死可爲生者有之。卵有毛，丁子有尾，白馬非馬，臧三耳，皆此説也。古人有言，爲兩耳甚易，而實是也；爲三耳甚難，而實非也。至佛氏之書沿之，而音可觀，林木可聞焉，未已也。自文人沿之，而天可問，風可雌雄焉；自詩人沿之，而雲可養，日月可沐浴焉。近世且有以「聽月」名者，若是，則子晉「聽雲」之説何獨不然？雖然，雲之中萬籟未嘗息也，則所聽者非雲也，蓋淺之乎言聽也。夫天下之動者必有聲，形與形值則有聲，氣與氣值則有聲，形氣相值則有聲。雲在形氣之間而動者也。夫人之耳不可執不可恃也，蟻動而以爲牛鬥，蜻蜓翼而以爲曳大木。震雷發乎前而聾者不聞，使鯈俞、師曠之徒側耳於氤氲變滅之中，必有如水流之儵然，如火炎之爆然者矣。若是，則子晉「聽雲」之説何獨不然？然而聖人必正名百物者，何也？爲兩耳甚易而實是也，爲三耳甚難而實非也。是故爲詩必言其易與是者，勿言其難與非者焉。知此，則唐、宋、元、明諸詩人之大小得失見矣。

説文解字諧聲譜序

本朝言韻學者數十家，而顧氏炎武最著。其《古音表》析唐韻二百十部，而類從之爲十部。字以從韻之部，諧聲以定韻之字，而古音復明，江氏永《古韻標準》之祖禰也。江氏析爲十三部，後段氏玉裁復析爲十七部，其言時時反攻顧氏，以自見其學；然綱而紀之、範而圍之者顧氏也。吾友莊述祖寶琛析爲十九部，以小篆寫之。寶琛未竟其業，屬之張惠言皋文，復析爲二十部。皋文寫畢，復之寶琛，題曰《説文諧聲譜》，以小篆皆用許氏原書，不增減也。敬按「説文」即五百四十部之文，「解字」即九千三百五十三之字，改題曰《説文解字諧聲譜》而爲之序。序曰：

昔者，先王虞書名之淆也，于是設官以達之。書者，有形者也，其一之猶易也。名者，無形者也，無形則差數生，而一之爲難。皋文此書，書宗許氏，於書蓋覩若矣，而名則以顧氏爲大。凡後世之音悉排之，所趨可謂正矣。雖然，脣齒之差，父不能得之於子焉；宫徵之易，君不能强之於臣焉。輕重相承，疾徐相生，毫釐之間，可以千里，况廣之以四海，引之以千古哉？ 是故聖人之作《爾雅》也，廣輪之變曰《釋言》，山河之隔，都鄙之囿是也； 古今之變曰《釋詁》，歲月之積，時代之遷是也。 其不變者，聖賢所録，方策所傳，别之曰《釋訓》。 經語史論，以義爲重，故無所變焉。 夫《釋言》之文，音之以横被者也，後世於是有方言之書；《釋詁》之文，音之以從貫者也，後世於是有古今韻之書。 方言之變有窮，而古今韻之變無盡，故言韻者必以别古今韻爲要領，而方言從之，縱得而横自序之義也。 夫周公、孔子，大聖人也。 子夏諸儒，大賢人也，而《釋言》、《釋詁》所收如是，未嘗尊雅而屏俗，揚遠而抑近也。 是故，言韻者以廣取爲宗，用韻者以適時爲大。《易》之韻歸之《易》，《詩》之韻歸之《詩》，秦漢之韻歸之秦漢，唐、宋、元、明之韻歸之唐、宋、元、明。 爲繇，爲頌，爲箴，吾以從乎《易》焉； 爲誄，爲銘，爲四言詩，吾以從乎《詩》焉； 爲騷，爲賦，吾以從乎秦漢焉； 爲五七言詩，吾以從乎唐宋焉； 爲詞曲，吾以從乎元與明焉。 若夫成一家之絶學，求前人之墜緒，開後來之精識，皋文此書之所得，蓋有未易幾及者。 學者能潛心於是，則書與名之學其亦庶幾焉也已。

戒旦圖序

秦臨川以《戒旦圖》寫真見示，爲《女曰鷄鳴説》序之。此詩漢、唐、宋諸儒之説不同者三：其一，《序》主刺，朱《傳》主美，變《風》、《雅》中，朱《傳》多持此論。雖然，刺詩有可美者焉，《魚藻》之義是也；美詩有可刺者焉，佩玉晏鳴，《關雎》刺之是也。是在讀者自得之而已。其一，鄭《箋》主士大夫，朱公遷主士庶人。按首章言「弋鳧與鴈」，士大夫亦爲之；次章言「琴瑟静好」，末章言「雜佩贈之」、「問之」、「報之」，此非庶人之事也。當以鄭《箋》爲長。其一，「宜言飲酒，與子偕老」，鄭《箋》主燕樂賓客，朱《傳》及宋人多以夫婦言之。按首章言「子興」，次章言「與子」，末章言「知子」，無歧義也，當以朱《傳》爲長。知此三義，則《詩》説與臨川此圖皆可比附焉。

夫是詩言夫婦各治其事，以相和樂，而以親賢友善爲保其和樂之本，陳義可謂高矣。乃毛《傳》必推之間於政事，何哉？蓋古之君子上則先國後家，下則先民後己。先國後家，則大倫舉矣；先民後己，則庶事治矣。是故論所操之本末，則自身而家而國而天下；論所權之輕重，則天下重於國，故王朝之事先於諸侯；國重於家，故諸侯之事先於士大夫。不問於政事，則和樂室家者皆非君子之事也。毛《傳》故推本言之歟！

臨川自筮仕至令大邑，勤勞安静，於所謂先國後家、先民後己者，兢兢惟恐失墜，而其孺人復能輔相焉。若臨川者，其可以和樂室家者也。至末章之義，則近致者贈之，遠託者問之，先投者報之。蓋耽於色者必不説於德，和於内者必能宜於外，是以《卷耳》之詩及於官人，而此章於朋友之際唱歎往復至於如此。臨川不妄交，交必有道，其亦有得於詩所云者乎？若臨川者，其可以保其和樂者也。

敬與臨川相處以誠以禮，故能知之詳而深信之，遂書於圖之後，使兩家子姓不忘斯義焉。

吴城令公廟壁記

吴城令公廟者，唐御史中丞、副河南節度使張公巡之廟也。稱令公者，自唐之中葉，節度使累加中書、尚書令，其下皆以令公稱之，如六代之稱令君，後遂爲節度使之稱也。明太祖皇帝與陳友諒戰於鄱陽湖，得神助，歸靈於公，封公爲安瀾之神。有司以春秋祀，至今幾五百年矣。漢魏至唐，祀宮亭神在湖北之神林浦，宋祀順濟王在湖南吴城山之左，今祀靖江王在湖中央左蠡山。而公之廟在順濟王之右，東、南、北三面臨湖，自大門、儀門至寢殿，凡三成，高五十級，爲巍焕焉。

方友諒窺江西，劉齊、朱叔華、趙天麟等皆死之，而趙德勝、鄧愈力守洪都，以待救至。是時，浙西及吴東屢失屢復，安瀾神之祀其諸爲守臣勸歟？

考《舊唐書》李翰等論，公蔽遮江淮，沮賊勢，天下所以不亡。此猶以功伐言之耳。公之告令狐潮曰：「君未識人倫，焉知天道？」君臣者，人倫之首也，守官者死官，守土者死土。公守睢陽，六萬人死亡盡，不汙賊，則六萬人皆人倫中人矣。降固非人倫，走亦非人倫之至也。且走則江淮以南必有屈於賊者，不走則關、陝、河、洛聲應氣接，各效馳驅，而人倫大明於天下，豈止睢陽六萬人哉？人倫明則天道自定，千萬世忠義之士未有不與天地爲一者也。

敬嘗修祀事於廟，故推論之，以告後之有志者焉。

瑞安董氏祠堂記

敬前在浙中登胥山，遇泰順董正揚眉伯，後於江右章江門舟中復遇之，意甚相得也。及居百花洲，眉伯自大庾來，朝夕過從。眉伯以六世祖龍溪先生祠堂記請焉。

先生諱應科，明諸生，國變後坐卧一小樓者二十餘年。其時，嘉興徐節之先生以避地來隱縣之天闕山，相去五里許。兩人皆汐社遺老，而不往來，不通書問，至今稱城南兩先生而已。董氏子姓，以高節推龍溪先生爲别祖，爲祠堂祀之，所出皆祔。凡爲門若干楹，堂若干楹，乙丙舍若干楹，如功令祠堂式。

昔有明之季，吾鄉鄒衣白先生之麟亦終身坐卧小樓，隱於書畫。而吾宗衷白先生厥初閉户不通賓客，隱於禪。其心皆皭然可白於天下者也。

本朝於前明諸死事之臣，與專謚、通謚者三千餘人，皆有官守言責、亡軀湛族者也，而荒遐榛莽之中，引義不屈又多如此，可不謂難能而可貴歟！然非本朝激揚忠義，群有司奉行得其道，諸君子又寧得宴然而爲此歟！是故在下可以觀節，在上可以觀政也。

節之先生諱與齡，黃石齋先生主浙江考時所取士也，眉伯言《泰順志》逸其事矣，子孫何如，眉伯至浙中當一訊之。嘉慶二十年三月朔，陽湖惲敬記。

陳白沙先生祠堂記

新會小廬山下有白沙先生祠，即舊宅也。先世居仁會里，至先生始遷小廬山大門之外，有石坊，曰「母節子賢」，次曰「貞節堂」，吴康齋先生爲林太夫人所題也。次爲享堂，次曰「碧玉樓」。「貞節堂」、「碧玉樓」名皆始於先生，其宇則子孫所葺治也。同年李君巽宇宰新會，以修祠未有記，令子弟導敬謁祠，因記之如右。

有明以來，言學者人人殊矣，然未有不致慎於五倫者。《虞書》曰：「敬敷五教在寬。」《中庸》曰：「天下之達道五，所以行之者三。」《孟子》曰：「人倫明於上，小民親於下。」聖賢教人如此而已。先生自正統十二年舉於鄉，十三年赴會試，景泰二年亦赴會試，後更十五年，至成化二年始赴會試，此何爲哉？蓋明代宗之立，所以守社稷也，於義本甚正。然英宗歸而錮之南内，則君臣之禮廢，而兄弟之恩絶矣，易太子則父子之道殄矣。至英宗復辟，輔之者幾如行篡焉。於是而〔一〕君臣、父子、兄弟之倫不可復明，遂成一攘奪之天下。嗚呼，此先生之所以不出也。憲宗則序宜立者也，故先生復出焉。魯定公從亡於乾侯，後昭公薨，季氏扳而立之，與明代宗、英宗不同。故孔子不仕於陽貨執政之時，而仕於季斯悔禍之日。若先生，則非止避徐有貞、石亨也。人倫明而後道學正，故先生爲大儒。李君其以示新會之人，且俾先生之子孫咸喻於此義，亦教訓正俗之要也。嘉慶二十年十一月朔，後學惲敬記。

【校記】

〔一〕「而」，同治二年本作「則」。

重修松竇庵記

敬始至瑞金，即聞有松竇和尚者，在本朝初年以詩名嶺南北。求其詩讀之，蓋灑然有以自得焉。及見黎參議所爲塔銘，始知和尚初習禪觀於縣東之烏華山。得法後，縣人營招提以居之，環院宇橋道種松千萬樹。其山巖谷深奧，日月如竇中仰視，故名之曰「松竇」。敬心向之，而未得即往也。

後陳茂才雲渠來談縣西山水之勝，皆遠在數十里外，以暑不及遊，因同遊縣東之松竇。陟岡繞澗，盤旋於陂陀曲折中，意境頗幽寂可喜，及望見烏華之麓，則偃仰者不過三五樹，餘者久摧爲薪，其院宇橋道亦荒落矣。

清潤者名悟增，和尚之三傳弟子也。性清苦，亦爲詩，寄居南塔寺。聞敬遊松竇，請復住持，而田屋皆已廢斥。州司馬楊家騂、茂才楊國芸等悲清潤之志，請於敬，謀之數年，用公使銀葺佛殿及寮房，贖其田歸之，而清潤復住持松竇。敬時已去瑞金矣。喜清潤能繼其師，而諸君子不廢古昔，爲嶺南北勝事，雲渠聞之，當亦快然撫掌作再遊之計也。遂記其始末如此。

重修松竇庵後記〔一〕

松竇山施於顧廷舉，其佛宇衆善成之。今存者已葺治，其頽廢者附記名題及間架於左方，庶後有能復之者焉。常住田皆開山時所買，後廢斥未贖者四十一畝，已贖者三十五畝，亦附記於左方。

護生居三楹，有左右廂各一楹。

田寮，東三楹，西三楹。

廚房三楹。

右共屋十四楹，在烏石山下，見存。

大殿三楹。

殿東，怡雲室三楹，即方丈。

殿西，齋堂三楹，廚房三楹，石香樓五楹。

殿前，甘露閣三楹。

殿後，嶺上藍浮亭，左下古月臺。

右共屋二十楹、亭一、臺一，在烏石山上。雍正十三年燬於火。

民田四十一畝，租四十五石。

右楊姓民田，康熙十二年、十四年前後買，至乾隆五十六年僧達念、峻山、空階、真皎、空仲出賣，未贖。

軍田二十五畝。

右羅姓軍田，康熙十五年頂畊，乾隆五十七年達念等出退，已贖回。

軍田十五畝。

右乾隆二十四年僧繼慧報墾，乾隆五十七年達念等出退，已贖還。

嘉慶十八年八月初八日，知瑞金縣惲敬記。

【校記】

〔一〕篇名原無「重修」二字，今據目録補。

望仙亭記

谷鹿州之東接京家山，陂陁岅㢸，具隈蔚之勝。其陽爲觀，祀純陽真人。相傳爲宋丞相京鏜舊宅，曾有真人之迹焉。住持孫霖因之爲望仙亭。亭之址高五尺，亭爲再成。登之，西望江，北望羣山，東南望則高天下垂，行雲無極而已。亭之下爲脩廊，廊之西爲室如舫，舫之西復爲亭。篔簹之清，樅檜之嚴，楓柳之森疏，華蕚〔一〕之動摇，皆若環而侍於望仙者。寧化伊墨卿太守過而樂之，書其楣榜，陽湖惲敬爲之記。

道家之説，老子、列子、莊子所言，釋氏之先路也。一變而爲徐福、欒大，再變而爲張道陵，三變而爲陶弘景、葛洪，四變而爲寇謙之、杜光庭，五變而爲張伯端、丘處機，然後復歸於釋氏。若純陽真人，求之縉紳先生之撰述，未嘗言其學於釋氏也。而釋氏必牽挽之，道家亦以釋氏日尊，以爲吾之師亦有其説。學術之弊，始則妄相別異，終則詭相附託，歧之中復有歧，互之中復有互，九流皆然，不足怪也。

雖然，純陽真人固道家所謂得仙者也。昔漢武帝讀《大人賦》，飄飄有凌雲之氣；謝仁祖企脚北窗下彈琵琶，有天際真人想；李供奉可與神遊八極之表。如是，則斯亭之上所謂西望江、北望羣山者，其有御風而過之者耶？所謂高天下垂、行雲無極者，其有翺翔而往來者耶？若京鏜之生平，真人必聞聲覽氣而速去之。以爲有其迹者，當時之讆言也。是故五倫之道、忠佞邪正之辨，千古如一，無所謂歧與互焉。

【校記】

〔一〕「蒪」，王校：「雷云：當作『旉』，《易》『震爲旉』，當無蒪字。」

艮泉圖詠記

步蒙子獨立玄覽，超然止於浮山之阿。浮山者，《南越志》稱浮水所出，故名浮，與羅山共體，故曰羅浮是也。徐道覆始有會稽浮來之説，袁彦伯以爲蓬萊三島，此其一焉。

艮泉者，在浮山山背，步蒙子始搜得之，名之曰艮泉，《山志》「瀑布九百道」所未及也。羅浮四百三十二峰、十五嶺、七十二石室，步蒙子闢艮泉而廬之，如山中梅花千萬樹，是爲花之一房而已。然一房之中，或爲蒪〔一〕焉，或爲萼焉，或爲英焉。是故曰楓臺，曰修篁徑，以物名；曰砥行岩，曰養正廬，以行名；曰調琴石，曰趺霞處，曰代葦舟，以事名；曰琉黎潭，曰游龍澗，曰雲梁，以想名。而匯瀑亭仍以艮泉名。

夫山可浮，九天九地何所不浮？泉可艮，九天之上、九地之下何所不艮？蒙之叟曰：「昔者，莊周夢爲蝴蝶，栩栩然蝴蝶也。俄而覺，蘧蘧然周也。不知周之夢爲蝴蝶與，蝴蝶之夢爲周與？」夫艮泉固花之一房也，而山中之千萬樹自在也。步蒙子遠矣，於是古山道人輾然手其圖而起，繼諸君子之詠以賡之焉。

【校記】

〔一〕「蕚」，王校：「雷云：當作『萼』。」

遊廬山記

廬山據潯陽彭蠡之會，環三面皆水也。凡大山得水，能敵其大以蕩潏之則靈；而江湖之水吞吐夷曠，與海水異，故并海諸山多壯鬱，而廬山有娛逸之觀。

嘉慶十有八年三月己卯，敬以事絶宫亭，泊左蠡。庚辰，檥星子，因往遊焉。是日，往白鹿洞，望五老峰，過小三峽，駐獨對亭，振鑰頓文會堂。有桃一株，方花。右〔一〕芭蕉一株，葉方茁。月出後，循貫道溪，歷釣臺石、眠鹿場，右轉達後山，松杉千萬爲一桁，橫五老峰之麓焉。

辛巳，由三峽澗陟歡喜亭，亭廢，道險甚，求李氏山房遺址，不可得。登含鄱嶺，大風嘯於嶺背，由隧來。風止，攀太乙峰。東南望南昌城，迤北望彭澤，皆隔湖，湖光湛湛然。頃之，地如卷席，漸隱；復頃之，至湖之中；復頃之，至湖壖，而山足皆隱矣，始知雲之障自遠至也。於是，四山皆蓬蓬然，而大雲千萬成陣起山後，相馳逐，布空中。勢且雨，遂不至五老峰，而下窺玉淵潭，憩棲賢寺。回望五老峰，乃夕日穿漏，勢相倚負，返宿於文會堂。

壬午，道萬杉寺，飲三分池。未抵秀峰寺里所，即見瀑布在天中。既及門，因西瞻青玉峽，詳睇香爐峰。盥於龍井，求太白讀書堂，不可得。返宿秀峰寺。

癸未，往瞻雲，迂道繞白鶴觀，旋至寺，觀右軍墨池。西行尋栗里卧醉石，石大於屋，當澗水。途中訪簡寂觀，未往。返宿秀峰寺，遇一微頭陀。

甲申，吴蘭雪攜廖雪鷺、沙彌朗圓來，大笑排闥入，遂同上黄巖，側足逾文殊臺，俯玩瀑布下注，盡其變。叩黄巖寺，跐亂石尋瀑布源，溯漢陽峰，徑絶而止。復返宿秀峰寺，蘭雪往瞻雲，一微頭陀往九江。是夜大雨，在山中五日矣。

乙酉，曉望瀑布，倍未雨時。出山五里所，至神林浦，望瀑布益明。山沉沉，蒼醲一色，巖谷如削平。頃之，香爐峰下白雲一縷起，遂團團相銜出；復頃之，遍山皆團團然；復頃之，則相與爲一，山之腰皆弇之。其上下仍蒼巄一色，生平所未睹也〔二〕。夫雲者，水之徵，山之靈所洩也。敬故於是游所歷皆類記之，而於雲獨記其詭變〔三〕足以娱性逸情如是，以詒後之好事者焉。

【校記】

〔一〕「右」，王校：「俞云：『右』當作『有』。」

〔二〕「生平所未睹也」六字，原脱，同治八年本同，據嘉慶二十年本、同治二年本、光緒十四年本補。

〔三〕「敬故……詭變」十九字，原脱，同治八年本同，據嘉慶二十年本、同治二年本、光緒十四年本補。

遊廬山後記

自白鹿洞西至栗里，皆在廬山之陽；聞其陰益曠奥，未至也。四月庚申，以事赴德化。壬戌侵晨，沿麓行，小食東林寺之三笑堂。循高賢堂，跨虎溪，卻遊西林寺，測香谷泉，出大平宫，漱寶石池。甲子，渡江，覽湓口形勢。乙丑，返宿報國寺，大雨，溪谷皆溢焉。

丙寅，偕沙門無垢，藍輿曲折行澗中，即錦澗也。度石橋，爲錦繡谷，名殊不佳，得紅蘭數本，宜改爲紅蘭谷〔一〕。忽白雲如野馬傍腋馳去，視前後人在綃紈中。雲過，道旁草木羅羅然，而澗聲清越相和答。遂躡半雲亭，睨試心石。經廬山高石坊，石勢秀偉不可狀，其高峰皆浮天際，而雲忽起足下，漸浮漸滿，峰盡没。聞雲中歌聲，華婉動心，近在隔澗，不知爲誰者。雲散，則一石皆有一雲繚之。忽峰頂有雲飛下數百丈，如有人乘之行，散爲千百，漸消至無一縷。蓋須臾之間已如是。徑天池口至天池寺，寺有石池，水不竭。東出爲聚仙亭、文殊巖，巖上俯視，石峰蒼碧，自下矗立，雲擁之，忽擁起至巖上，盡天地爲綃紈色，五尺之外無他物可見。已盡卷去，日融融然，乃復合爲綃紈色，不可辨矣。返天池口，東至佛手巖，行沉雲中。大風自後推排，雲氣吹爲雨，灑衣袂。蹊坐昇仙臺，拊御碑亭，雲益〔二〕重。至半雲亭，日仍融融然耳。無垢辭去，遂獨過鐵塔寺而歸。天池之雲，又含鄱嶺、神林浦之所未見。他日當贏數月糧居之，觀其春秋朝夕之異。至山中所未至，亦得次第觀覽，以言紀焉，或有發前人所未言者，未可知也。

【校記】

〔一〕「名殊不佳」至「紅蘭谷」十五字，同治八年本脱。

〔二〕「益」，原作「蓋」，光緒十四年本同，嘉慶二十年本、同治二年本、同治八年本作「益」，今據改。

舟經丹霞山記

自南雄浮湞水而下，過始興江口，岸山皆卑扈無可觀。行六七十里，忽舟首横土岡數重，岡趾相附錯，岡之背見大石磊落列天際，其氣酣古偉岩，在十里外。登岸望之，有平爲嶂者，穴爲岫者，重爲巘者，沓爲崑崙者，立爲厓者，俯爲巖者。心樂之，而無徑可往，遂返舟。舟行附錯之岡趾間迴旋而達，石時見時不見。於是，有始爲嶂而如岫者，始爲巘而如崑崙者，始爲厓而如巖者，其復爲嶂與巘與厓亦如之。行數里，出岡趾，石不復見。水繞沙如半環，一灘斗落，前有峭壁横截焉。舟人放溜恐觸壁，以繂逆挽其舟，逶迤投壁下，故得從容其境。頃之壁盡，而向之石復見。石之下皆石岡也，二大厓爲之君，過大厓則石峰相累而下控於地。自大厓回望石岡，舟向厓而近，則石岡爲厓蔽，如斂而促；舟背厓而遠，則石岡如引而長。異境也！

敬聞韶有韶石山，虞舜南巡奏樂於是，以爲是山之奇勝足當之矣。及至州，按《圖經》，乃仁化之丹霞山也。韶石山在其西，益奇勝不可狀。

夫聖人之心華邃鴻遠，包孕天地，豈若拘儒之規規者哉？洞庭可以見天地之大，韶石可以見天地之深。敬觀於奏樂之地，可以推黄帝、虞舜之性情矣。洞庭前十五年過其東，韶石未至，蓋先於丹霞山遇之焉。

遊六榕寺記

東坡先生過陽羨，書周孝侯斬蛟之橋。敬在常時往求遺迹，橋已易名廣濟，先生書石刻藏之敗屋中矣。過嶺求六榕寺遺迹，先生書懸門之楣，寺亦易名浄慧。廣濟、浄慧於先生所名，不待智者能決其得失，而世人必易之，何也？

六榕已久廢無存，院宇爲諸沙門障隔成私寮，牆壁縱横，階徑迂曲，無可遊憇。其舍利塔重建於宋與明，頹陋甚。先生所書《永嘉覺證道歌》共四碑，面陰皆刻之。一碑在塔之左，餘三碑不知没何所，可歎也！敬前與石農廉訪飲六榕山房，語及先生此書。後數日過光孝寺，天雨新霽，望舍利塔浮浮然，遂與定海藍奉政及二沙門往遊，不謂敗意如此。東坡先生年五十九以謫過嶺，敬休官後至此亦五十九。文質無所底，於先生何能爲役？而石農廉訪擁傳來，年五十八，方以風節、經濟、文章自厲，求所以不愧古人者。若是，則六榕山房之必傳於後如六榕寺無疑，特未知世人所以易之者又何如耳。蓋天下是非成毁之數，君子所不能争，亦必不争，而其可信者自在，皆如此也。

同遊海幢寺記

順德黎仲廷善琴而嗜於詩，與海幢寺沙門江月爲方外之交。海幢寺者，長慶空隱和尚經行道場也，在珠江南壖，西引花田北，東環萬松嶺，爲粤東諸君子吟賞之地。敬至廣州，樂其幽曠，嘗獨往焉。八月之望，與仲廷飲於靖海門之南樓。隔江望海幢，如在天際，意爲之灑然。仲廷遂邀同志於後三日集於海幢。

是日，至者皆單衫、青鞵、蒲葵扇，其齊紈畫水墨數人而已。南村麥學博鼓大琴，爲

《關雎》、《塞上鴻》之操；鳳石鍾孝廉以樂書吹笛定其弦；敬獨卧江月房，仲廷起之，與蒼厓黄提舉、聽雲譚孝廉聽焉。而青厓梁中翰與隱嵐吕明經棋於側，若不聞者。人心之用固如是歟！澧浦謝庶常創意畫元人六君子圖，立大石主之。其仲退谷上舍及東坪伍觀察、墨池張孝廉、小樵何上舍、香石黄明經爲點筆渲墨。隱嵐棋罷，亦有事焉。澧浦謂石庳不足主六君子，退谷增之及尋丈。文園葉比部與其仲雲谷農部謂宜歌以詩，於是在坐者皆爲六君子詩，且侑之以酒。何衢潘比部後至，亦爲詩，皆性之所近也。仲廷、香石遂訊子居爲遊記，枏山張孝廉書之幀首，期後日刻石於方丈之壁間。

江月，空隱下第九世也。空隱一傳爲雷峰禔，再傳爲海幢無。海幢無整齊如百丈，靈雋如趙州，汪洋如徑山，國初龔芝麓、王漁洋諸人俱共吟賞焉。夫士大夫登朝之後，大都爲世事牽挽，一二有性情者，方能以文采風流友朋意氣相尚，至枯槁寂滅之士，無所將迎摇撼〔一〕，故嘗有超世之量、拔羣之識如海幢無者，蓋佛氏上流。敬爲儒家言數十年，惜乎未得生及其時，與之掃榻危坐，各盡其所至也。

【校記】

〔一〕「撼」，原作「憾」，王校作「撼」，案《莊子·知北遊》：「無有所將，無有所迎。」言心寂無所動摇，故無所摇撼亦言枯槁之士不爲所動。今據改。

遊羅浮山記

羅浮山之以致勝者也，如見荀奉倩、劉真長諸人，如讀張文昌詩，如觀王叔明畫。山南氣藴藉，如廬之龍眠山；山北氣峭蒨，如杭之龍井山。峰必有泉，泉必有谷，則二山所無也。瀑布以黄龍洞爲最，二泉源于山頂，重叠走樹石間，至黄龍斗落數十丈，而交于山之足。其東谷復有一泉，勢足相敵。惟廬山瀑布直下，羅浮稍迤邐之，爲不同耳。西爲浮山，東爲羅山，遊者山南由浮入羅，曰龍華寺，曰華首臺，曰黄龍洞，曰延祥寺，曰寶積寺，曰白鶴觀，復東繞山至北。由羅入浮，曰冲虚觀，曰九天觀，曰茶山庵，曰酥醪觀，皆釋老之宫也。樹與石甚勝，其附近名迹可一一尋之。大率前後不出五十里外，爲是山甂腴之地。餘諸峰壑，漸裏漸遠漸粗惡，所謂羅浮五百里者，統外山言之也。浮山西南距海百里有畸，羅山二百里有畸，蓋廣東地勢，廣州治已傅海，而東地又邪入海中也。大率地志山經常有所誇飾，釋老二氏之書更多荒誕之言。愚者往往爲所眩惑，以古爲今，以虚爲實；其一二矯抗之士，止求奇偉駭心目者以爲山水之至，一丘一壑則委而去之。此均非善遊者也。《三百篇》言山水，古簡無餘辭，至屈左徒肆力寫之，而後瑰怪之觀、遠淡之境、幽隩潤朗之趣，不名一地，不守一意，如遇於心目之間，故古之善遊山水者以左徒爲始。知此，則羅浮之名動天壤幾二千年，必有能得其故者矣。敬留山中十日，所作詩無可觀，若誇飾之說則未嘗附焉。

分霞嶺記

羅山之北西接浮山，有横嶺高及千丈，而盂頂曰佛子隩。隩之南連岡叠巘，如青霞拍天，左右陵陵，然其上即鐵橋也，界羅、浮二山如懸畛。番禺張子樹易佛子隩之名曰分霞嶺，於是，遊羅浮者皆以分霞嶺目之。

嶺之背爲入浮山之徑，有門，寧化伊墨卿名之曰蓬萊門，徑取徐道覆「蓬萊左股」之語也。蓬萊門徑之内曰玉液亭，爲義漿以濟行者。亭無泉，自南之最高峰，曲折數里，以筧接渠，引之匯爲池，上爲濯纓池，下爲濯足。其側爲庲，以煮茶酒蔬脯，曰雲廚。玉液亭之右，爲靈官殿，爲土地祠。玉液亭之左，爲洞賓仙館，祀純陽真人，曰天香室，爲憩賞之所，種木樨繞之。而環分霞嶺種松、桃榔、梅及千萬樹。樹雖稚氣，已薄巖谷矣，皆酥醪觀住持所營築也。

夫秦漢方士多鑿空之言，而所謂神山、玉京、閬苑，數千載之人如目遊，如身踐，今分霞嶺則朝夕可至者也。諸君子一一名之，後世其有未至而思，既至而樂，以寤寐歌嘯之者耶？住持名本源，自號雲濤道人，番禺人也。

茶山記

自分霞嶺以西，循浮山之陰入第一谷，過小溪，爲茶山。道士曾復高祀黃〔一〕野人，因名曰黃仙洞。山中以野人傳者有三：東晉葛稚川之隸，一也，其廬在冲虛觀之南。南漢禎州刺史黃勵，二也，其廬在水簾洞。二人皆居羅山之陽。唐處士黃體靚，三也，其廬在觀源洞，居浮山之陽。今茶山所祀，東晉黃野人也。

始登，多小石。及山之半，樹參天際，大石間之，隱隱聞瀑聲。佇足睇望，白濤走樹間，爲枝葉所障，或見數尺，或及丈。落地北行，即前所過小溪也。再登，得小堂，屋再成，依厓立。堂之右，過石澗，有瀑懸巖而下，長數丈，如雙練，爲前樹間瀑之源，谷最深處也。山中之洞，大率皆谷耳，而以洞名焉。茶山荒寂杳深，蹊徑犖确，遊屐不恒至，故能全其幽。復高棄塵世來山中，於山又取其如是者，其意可尚也已。

茶山之西，第二谷爲小蓬萊，邃而曲；第三谷爲艮泉，曠而適，皆有瀑數十道焉。艮泉則步蒙子黎君應鍾隱居也。

【校記】

〔一〕「黄」，原作「王」，沈校：「按下文『黄仙洞』、『東晉黄野人』，則此『王』字亦似當作『黄』字。」王校：「當作『黄』，劉校同。」今據改。

酥醪觀記

茶山、小蓬萊、艮泉三谷之水匯爲大溪，西南奔注，曰下陂，曰白水砦。大溪之中阻與岡阜爲回合，而酥醪觀翼然臨之，葛稚川北庵也。楹牖廉廡甚飾。其樹多松，大者數十圍；其竹多篔簹、龍鍾；其花多木芙蓉、木犀；其鳥多謝豹、搗藥鳥，時有五色雀。

《集仙傳》云：「安期生與神女會于玄丘，醉後呼吸水露，皆成酥醪。」此度詞也，取之名觀，不知所自始。

觀之東北隅，有樓一楹，香山黄子實名之曰「浮山第一樓」。觀之外爲小築，亦有樓。敬入山居之七日，名之曰「八龍雲篆之樓」。觀之前有大坪，坪之前有池，池有紅白蓮。住持度大坪將爲觀門，左右益構丹室焉。浮山之勝會於雙髻、符竹、蓬萊三峰，三峰之勝會於酥醪觀。

自酥醪觀過下陂，背白水砦，以登於麓，羣峰擁之，西至分水嶺，即浮山之外山矣。蓋浮山東閾分霞嶺，西閾分水嶺也。

復五十里至增城，敬常薄暮過之城牒之上，山俱作紺碧色，山外落日如盤，爲五色蕩之，其時真神遊八極之表矣。嘉慶二十年九月癸丑，陽湖惲敬記。

遊通天巖記

巖，岸也；岸，水厓而高者。有垠堮者曰厓，無垠堮而平曰汀。是故巖、岸、厓皆際水者也，其不際水者曰礹。礹，石山也。通天巖不際水，皆石山，宜名礹；而冒巖名者，天下石山蓋皆冒焉。

巖在贛治西二十里，敬自粵返，與雩都牛君、贛吴君往遊。背城過迤岡，復過欹嶺，見通天巖沓諸石山之上，縱横偃仰不可狀，其旁皆谿谷也。山瀆無所通，曰谿；泉出通川，曰谷。望之益谺谺青也。循山脅行，下水磧，以屬于巖。蘭若見於林中，巖差池相次，皆厂也。蘭若充之。厂，人可居也。厂之上盤盤然爲墮，爲巉，爲崛，斵佛像數十百，横爲行疊之，甚敦古。引而左，宋以後諸題名雜鐫厂下。復北而左，過主巖，巖益盤盤然。南折而西，有岫出巖背，曠然也，曰忘歸巖。自忘歸巖返登主巖，鑿石爲隥如大階，以及于頂，遠山皆見。於羣巖之外，小山岌大山，大山宫小山，小山别大山，皆有之。雲四塞下垂，霆霓發於雲足，乃反蘭若宿焉。雨大至，參飲於碓旁，亦厂也。

二君語及柳子厚諸遊記，敬以爲體近六朝，未爲至。凡狀山水，莫善於《爾雅》，而《説文》次之。遂記之如右。牛君，安邑人。吴君，敬同縣人也。

子惠府君逸事

金壇進士史悟岡先生所著《西青散記》，多記山中隱居及四方遊歷瑣事。爲詩文性靈往復，頗亦灑然。其遊孟河，則雍正十二年也。

敬幼侍先祖父子惠府君，言先生自孟河偕巢訥齋、惲寧溪來，善飲酒，能畫，能作篆分書。子惠府君鼓琴多古操，即受之先生者也。《散記》中鄭痴庵常與先府君過從，去先生遊孟河時幾四十年矣。爲人頎長，白須冉，攜椰櫪杖，有出塵之表，見敬嘗令吟詩，時亦點定敬文，則大笑稱快甚。蓋其時天下殷盛，士大夫多暇日，以風雅相尚，所謂非古之風發發者，非古之車揭揭者，未之有焉。故悟岡先生及其友朋能自逸如此。

嘉慶十有八年十月戊申望，吴城治西錫箔坊火，北風大作，焰參天際，往南走。太孺人望火道叩頭，忽東風卷火壓山隅，隅曠無人居，火遂止，所全迤南當火道者數百家。時敬趨救火還治，始知太孺人至懇，反火道也。太孺人慰勞，旋告之曰：「汝知汝祖子惠府君之德乎？」往在有明之季，七世祖敬於府君遷石橋灣之莊舍，其廳事悉以柟構飾，共九間而三分之。乾隆六年四月壬寅，廳事火。火初至，家人皆避火。子惠府君之祖母高孺人年八十矣，挾宅券坐黄荼蘼架中。府君冒入屋下，求高孺人不得，三往始於架中得之。負孺人趨而出，出而廳事下頹，皆燼焉。後至三十八年，東鄰火，府君叩頭曰：「吾生平食祖德，無不義財。」火頹牆焦柱矣，而忽滅。四十年，市屋西鄰火，亦如之，今爲府君祠堂者是也。

敬思府君生平詆佛法，不信鬼神，而所感如是，此可以觀天事矣。

前翰林院編修洪君遺事述

君諱亮吉，字君直，一字稚存。唐宣歙觀察使宏經綸改姓洪氏，子孫世爲歙人。君曾祖璟，大同知府。祖公寀，候選直隸州州同，贅於武進趙氏。武進後分陽湖，君爲陽湖左廂花橋里人。父翹，國子監生，母蔣氏。

君生六年而孤，家貧苦，身力學。由縣學生充副榜貢生，常橐筆游公卿間，節所入以養母。母卒，君時客處州，弟靄吉不敢訃，爲書言母疾甚，促君歸。君亟行，距家二十里，舍舟而徒，方度橋，遇賃僕之父仇三，問得家狀。君號踊，失足落水中。流數里，汲者見髪颺水上，攬之得人，有識君者共舁至家，久之方甦。君以不及視含斂，後遇忌日輒不食。

年三十五，順天鄉試中式。更十年，爲乾隆五十五年，會試中式，賜第二人及第，授編修，充文穎館纂修官，順天同考官，督貴州學政。貴州之士向經史之學，爲歌詩有格法，君有力焉。

皇上嘉慶元年，充咸安宫官學總裁官，旋奉旨上書房行走。君初第時，大臣掌翰林院者網羅人才，以傾動聲譽，君知其無成，欲早自異。遂於御試《征邪教疏》内力陳中外弊政，發其所忌，隨引弟靄吉之喪，乞病假歸。後高宗純皇帝升遐，坐主朱文正公珪有書起之，復入都供職。

君長身，火色，性超邁，歌呼飲酒，怡怡然。每興至，凡朋儕所爲，皆掣亂之爲笑樂。而論當世大事，則目直視，頸皆發赤，以氣加人，人不能堪。會有與君先後起官者，文正公并譽之，君大怒，以爲輕己，遂怏怏不樂，君於是復乞病假。行有日矣，留書上成親王并當事大僚言時事。成親王以聞，有旨軍機大臣召問。即日覆奏落職，交軍機大臣會同刑部治罪。君就逮西華門外都虞司，羣議洶洶，謂且以大不敬伏法。君之友中書趙君懷玉見君縲絏藉稿坐，大哭投於地，不能言。君笑，字謂趙君曰：「味辛今日見稚存死耶，何悲也？」頃之，承審大臣至，有旨毋用刑。君聞宣，感動大哭，自引罪。奏上，免死，戍伊犂。明年，京師旱，皇上下手詔赦君，在戍所不及百日。自君獲罪至戍還，文正公常調護之，君與文正各盡其道蓋如此。十四年，君以疾終於家，年六十四。

君娶於母黨。長〔二〕子飴孫，舉人，候選知縣；次符孫；次胙孫；次齮孫。

君學無所不窺，詩文有逸氣。所著《左傳詁》十卷、《比雅》十二卷、《六書轉注録》八卷、《漢魏音》四卷、《乾隆府廳州縣圖志》五十卷、《三國疆域志》二卷、《東晉十六國疆域志》六卷、詩文集若干卷，行於時。

論曰：敬與君同州，君多遊四方，未得見。後敬居京師廢招提中，君日晡攜大奴叩户入，曰：「聞子居在此，攜斗酒隻鷄來飲食之，不愈於他日酹墓地乎？」是年，君官侍從，數往來。及出官貴州，敬作縣江表，至竟未一相遇。然君於敬，不可謂非深知異待也。君之智力足以顛倒英豪，激揚權勢，獨於名義所在，一心專氣以必赴之，此非經生文士之所能企逮，而惜乎所見止於如此。然君不遇聖主，受殊恩，非伏鑕稿街，則襲棺絶域矣。吾州多異才，敬於君尤爲惋歎焉。

【校記】

〔一〕「長」，嘉慶二十年本、同治八年本、光緒十四年本作「一」，同治二年本及底本改作「長」。王校「母黨」下曰：「當作『子四』。曰楨按：『一』字當作『長』字。」案：「一子」義不通，當依底本改「長子」爲是。

前濟南府知府候補郎中徐君遺事述

君諱大榕，字向之。先世自江陰馬鎮遷武進呂市橋，遂世爲武進人。曾祖允榮，縣學生。祖材，國子監生。父瓚，新繁縣知縣，從將軍温福公勦大金川，死木果木之難，贈兵備道。母楊氏。

君性縱達，一切細行多不檢，遇大富貴人，兀奡臨之如無物者，居禮席與少年埸無異，興盡則䠱去之。補縣學生，兩試落解，遂入都充順天解額。乾隆三十七年成進士，補户部浙江司主事，旋擢員外郎，轉郎中，隨原任大學士李公侍堯讞獄湖北。李公貴倨有大才，而甚奇君才，君由是知名。君在部，有勳家子爲侍郎，年未二十，以小事斥司官。其事不必争，君睨之，不發一語。侍郎怒，君表立益睨之，侍郎無可置言，起去。君曰：「兒曹長矣，不能如若翁待吾輩也。」同列皆大笑。君逋不貲，歲除，廳事悉債家，君衣冠出，曰：「色寡人者入室坐，錢則無，且吾豈久負若者？」遂閧而散。其玩世若此。

君雖起家掌計，而讞獄最長，其思無不入，能平心察辭氣，盤旋左右，忽急赴指其情。會出知萊州府平度州，民羅有良者悍而詐，伺其姊之夫張子布外出，鬻其姊，子布歸，索婦，鬥於室，母庇壻，趨救之。有良拳子布仆地，悶絶，懼殺人罪，遂蹴母腹下，斃之，大呼曰：「子布殺吾母，吾報仇挩殺子布矣！」鄰人至，而子布適甦，方紛挐時，子布不記己力所加格，到官，遂以殺妻母誣伏。獄已具矣，君閲原診，腹下傷橢方，曰：「吾訊子布，跣足鬥，而有良納鐵裹鞻，今傷橢方，乃有良蹴也。」時行臺省與州官爲首尾，反劾君故出入，落職下濟南獄。君走所親訴之部，純皇帝命大臣成之。引囚入，方嚴冬，震雷發於庭，聲訇訇數日不止。有良盡吐蹴母狀，事得白，君復原官。

調知泰安府。泰安縣民張培以張子宣爲子，娶子婦。已而以事積怒子及子婦，漸不可解，張文成等復間之，遂手絞子并子婦，磬〔一〕之桑園，以子婦與縣學生薛枝通事發，夫婦就縊聞於縣，縣如其辭讞之府。君曰：「婦人姦敗，死常耳。其夫何爲？且縊則傷入耳後，手絞者無之，易辨也。」移獄至府。治之，盡得手絞始末。發棺診之，皆手絞傷也。出薛枝，抵培等罪。巡撫福寧公過府，與君言，大喜，調知濟南府。

君既以能讞獄聞，又氣高，時持人短長卑侮之，自巡撫以下無所忌，於是凡有疑獄益埤之，卒以是敗。有爲盜焚殺者，指其仇，君疑之，而行臺省强君連署。後獲盜，君與同讞者三人皆落職。行臺省内慚，欲代君輸貲復官。君闞山東有公使銀應輸京者十餘萬，自薦攜之。行至京，没其大半，以十之一周故舊，請於部，改郎中，盡攜所餘而歸。買大宅，置姬侍，通輕俠少年，日擊鮮釃酒，弄刀劍，鬥蟋蟀、鵪鶉，數年盡散之。欲起官，而以痟疾卒，年五十七。

君治事之外不爲雜戲，具則棋，不棋則作書，不作書則爲詩，詩至數千首。方在濟南獄時，山東官吏欲置之死，鉗鈦之外繫大鐵索苦之。方暑，環以糞穢，君吟嘯自如，得詩數十首，真健才也。

君娶姜氏。子維賢，襲雲騎尉；次維幹。

論曰：君好漫罵〔二〕人，遇禮俗之士未嘗罵，翹足摇膝對之，或作他語趨去而已，所罵者，皆鄙妄人也。由是觀之，君胸中所取與，於清濁大小何嘗無尺度哉？世但以跅弛之士目君，失其指矣。

【校記】

〔一〕「磬」，王校：「雷云：《禮·文王世子》『公族有死罪，則磬於甸人』，此磬字所出，蓋謂既絞而復懸之如磬也。」

〔二〕「漫罵」，王校：「雷云：《漢書》作『嫚罵』。」

楊中立戰功略并序

吾常州唐荆川先生爲沈希儀叙廣右戰功，直躪子長、孟堅堂奥，而無一語似子長、孟堅，奇作也。江西撫標右營遊擊楊光時官河南時，從討教匪，以偏裨聽指揮，與希儀專制一方、戰守奇正得自主者不同，故功止臨陣斬俘可紀。然觀其處患難及進退之際，綽然皆有不易之道焉。使得處希儀之地之時，深謀警策，未必讓希儀獨絶如荆川所書也。於其乞休而歸，用《周勃灌嬰傳》法，爲戰功略詒之。蓋事勢既殊，文體亦異，非避荆川就子長、孟堅，蹈空同、于鱗所尚也。

楊光時，字中立，河南唐縣人。乾隆四十五年武鄉試中式，旋官河北鎮標左營把總，升右營千總，署衛輝府王禄營守備，年四十二歲矣。今皇帝嘉慶元年，教匪起河南，陷新野。中立從遊擊揆明戰，所將卒斬俘二百人；復戰，斬五人。從巡撫景安戰，斬二人。從南陽總兵王文雄戰，斬三人。二年，從參將廣福破賊李官橋，斬七人。破賊都司前，斬二人，俘四人。從參將蔡鼎搜内鄉、淅〔一〕川，俘三十一人。破賊酆家河，斬二人。在軍，署南陽守備，以功加一等。時湖北、河南教匪次第入陝西，陝西教匪亦起。王文雄由總兵升固原提督，赴陝西。中立以河南兵從之。在軍，升彰德營守備。三年，將二十五騎探賊，遇賊騎，斬三人；復戰，斬二人，俘三人。合大隊戰盩厔焦家鎮，陷陣，斬十人。戰圪子邨，賊鋭甚，圍官軍，官軍排火器四面擊破之，斬俘五十人。戰尹家衛，陷陣，斬五人。賜花翎。戰渭南厚子鎮，俘二人。戰盩厔板子房，斬一人，俘一人。追賊南鄭黄官嶺，斬二人。戰褒城廉水險，陷陣，斬十人，俘九人。戰西鄉兩河口，陷陣，斬十人，俘五人。戰南鄭鋼廠，賊張兩翼來犯，伏起陣右澗中，鋭甚，別將奮勇八十八人迎擊澗上，破之，斬五十人，俘七人。

四年，戰西鄉二里亞，斬持大白旗賊渠一人，追斬四人。至老鷹崖，復斬五人，俘二人。戰分水嶺，斬乘馬賊一人。戰牛頭山，陷陣，斬二十人。戰鍾家溝，斬五人，俘一人。戰褒城瓦子嶺，斬二人。戰西鄉堰河口，斬三人，俘一人。戰南鄭烏亞子，斬十人，俘二人。升陳州營都司。

五年，戴家營賊犯周家坎，別將於野貓溝迎擊，斬二人。賊楊開甲掠喬麥灘，合大隊迎擊於洋縣之三岔庵，俘二十七人。迎擊賊唐大信於節草霸，賊逾山遁，追戰魏家寨，破之，竟三日夜。追戰萬曲灣、火石亞、山王廟、麻柳灣，皆破之。戴家營賊合烏二、馬五犯西鄉宛豆坡，追戰破之，斬五十人。

凡在軍六年，戰河南十一，戰陝西二十八，奏首虜功數如前。其未奏者二十八戰，首虜功皆没無可紀。前後進官三，賜花翎一。

自中立至陝西，提督令將騎，每戰當軍鋒。素恤士卒，糧乏即以己貲分之。至是，糧乏四十餘日，不能軍。兵臨陣失伍，歸河南。中立追至南陽，令歸伍，皆大哭，言等死耳，顧以潰師伏法，無一人肯西向者。遂跳身還營，提督劾之，聽勘。軍方惰，賊適大至，置陣，自山梁馳下。衆軍仰禦之，忽陣動崩下山，不可止，賊遂殘提督。而河南巡撫吴熊光具潰師始末入奏，皇上下其事經略額勒登保。經略知提督軍情，欲中立訐其實。中立曰：「軍主已没王事矣，豈可以一劾嫌，使不保令名，自脱罪哉？」對簿七晝夜，無異辭。經略爲動容，盡以中立前後恤士卒狀并戰功上之。皇上免死，革花翎并四品頂戴〔二〕，以都司從軍。

從經略戰西鄉，西渡河，破之。從固原提督慶成戰馬灣、土地嶺，皆破之。别將防茶鎮口，賊渡漢，從提督迎擊，斬俘二百三十人。六年，旋師河南，别將赴湖北鄖陽，駐南化。七年，駐小蓮灘，以守禦功復四品頂戴。十一年，教匪平。積年資，擢江西撫標右營遊擊。

中立守職勤，事上有禮，與同官温温然，未嘗自言功。忽不自得，投劾去，當事惜之，不能留也。敬前權官吴城，教匪起上江。中立將二百人赴湖口，陰備之。過吴城，敬至其舟，士卒帶刀立甚整。糗糧、甲胄、旗纛甚備，悉藏舟中無知者。敬心異之。更一年，而中立乞休。敬適劾官，數過從。故知之詳如此。

【校記】

〔一〕「淛」，原誤作「浙」，同治八年本同，嘉慶二十年本、同治二年本、光緒十四年本作「淛」，今據改。

〔二〕「頂戴」，同治八年本同，嘉慶二十年本、同治二年本、光緒十四年本作「頂帶」。王校：「俞云：『革花翎并四品頂帶』，蓋止革去翎頂耳，其官無恙，故下文亦止言復四品頂帶，不言復官也。都司本四品，則『四品』字似贅。『頂帶』似應作『頂戴』。本朝品級，頂有異，帶無異也。乃近來公牘多作『頂帶』，此字宜核之。」

卷四

吴城萬壽宫碑銘

符録之法盛行於南北朝，道家之支駢溢於神仙，神仙之旁劇紛於符録。符録之用，充志壹神，以通馭萬靈，禁劾百物。是故道足者氣勝，道歉者氣敗，聖人用之而周萬世，賢人用之而行一方一州，庸人用之而囿一術，纖人用之而災其軀，邪人用之而亂及天下。

夫黄帝教熊羆、貔貅、貙虎，禹驅蛇龍，周公驅虎豹、犀象，射妖鳥，殺水神，與後世幻人詭士所行，其得失豈不徑庭哉？然所以能通馭禁劾之故，於理無二制焉。惟道大則所成者峻博，道久則所流者充長，不可誣也。

吴城萬壽宫者，祀敕封靈感普濟之神許真君之廟也。真君遺迹遍嶺北，而在新建者，生米游帷觀，爲真君舊宅。大中祥符中，賜號玉隆，改觀爲宫。政和中，加號萬壽，故凡祀真君之廟，皆號萬壽宮。吴城處新建之東北陬，北臨宮亭湖，其東贛江挾餘、鄱二水入之，西附山爲修水宮亭。贛江、修水之間有大州，隸建昌，相傳爲真君斬蜀精之地。宮亭之東爲鄱陽湖，北爲潯陽江，真君分遣弟子斬蛟之地也。其地勢悉與吴城相附注，是以真君於吴城功最著，其食於吴城爲最宜。先是，來蘇、後顯二坊之間爲萬壽宮祀真君，甚庳陋。乾隆八年改作之，加侈。嘉慶十一年復斥而大之，爲日計八年，費錢至八百萬有畸而後竣事。蓋江西之人欣戴歌抃，願副崇高，以爲非是不足以飾後觀、彰美報也。

敬權官吴城，朔望祇謁殿下，仰眙俯惕，有以見真君之得於斯民者，於是進縉紳先生而告之曰：真君之功赫矣！自晉至今垂一千五百餘年，自大庾嶺至潯陽江及二千里，自楚塞至閩嶺及七八百里，縉紳大僚、牛童馬走、婦人稚子，無不如親事真君，燠其寒，飫其嗛。又況自今以至千萬年，自江西以至薄海，振振闐闐，日盛日遠，此何故也？天下萬世之功氣制之，天下萬世之氣道貫之。道大者德大，故肫然而敦，溥然而遠，及道久者業久，故優然而裕，綿然而不窮。黄帝、禹、周公之峻博充長如彼，真君之峻博充長如此。敬常意真君之於道，必有望聖人而未及其量、率賢人而大得通者，故能涵衍古今，廓穹天地。

考真君事不見於正史，其雜見晉、唐小説者，皆瑣異神靈之説，而忠孝之事則以設教之名附益焉。然未有不忠孝而能餘於道，不餘於道而能務於功，不務於功而神於術，而無害於人者。至於寇謙之、杜光庭之徒，依附朝廷，驚駭愚賤；張角、宋子賢、劉鴻儒，妄作訞訛，毒流無既，有斯世之責者，方將搔其芽而揠其心，窒其源而障其潰，豈可隨俗接踵，陷於阸阱哉？既以語於衆，遂書而碑之庭。

銘曰：

我來斯宫，當歲之更，天開地除。廣場千尋，連翰重牆，中周四隅。眈眈翼翼，扶日掖月，上憑天虚。之而爲禽，鄂不爲華，鑿堅彫疏。旌旄委蛇，帷帟跐豸，連璧環琚。投體崩角，肩摩蹠錯，以劬爲愉。如核而坼，如抱而啄，如蟄而蘇。神威恪儼，德意洽浹，不鞭而驅。大矣聖人，天覆地持，不異智愚。真君得之，一體具體，合性之初。若執不祥，變怪之端，乃爲其餘。赫赫明明，翼我赤蒼，漸漬被嵎。天子之命，爲羣祀神，品其牢葅。豈如歷朝，仍不經言，妄附寶書。噫嘻後人，率土之臣，勿誕而誣。

光孝寺碑銘

光孝寺在廣州府治迤西北一里所，於晉曰王園，於唐曰法性，於宋曰乾明，於明曰光孝。本朝順治十三年，東莞長者蔡元真重建。其時，靖南王、平南王勦李定國，駐師粤中主其事，後碑文以違詔格毁，廢垂一百五十七年。今皇帝嘉慶二十年，陽湖惲敬至廣州，沙門齊方暨諸檀那咸以爲請。敬以光孝寺爲粤中大道場，多天竺及支那應化之迹〔一〕，而大鑒禪師於寺下髮秉戒，開最初法，浮圖之教，大鑒有功力焉。可以發明本末，分析源流，使後世無所倚惑，於是爲之銘，使碑於庭。

蓋自菩提達摩尊者航海居嵩嶽，二傳得大祖而始尊，五傳得大滿而始著，六傳得大鑒而始大，八傳至大寂無際而始變，十一傳至臨濟、洞山〔二〕、仰山而始分，十三、十四傳至雲門、法眼而始極。大鑒之前皆精微簡直，而大鑒有以昌導之。大鑒之後皆超峻奥衍，而大鑒有以孕括之。故敬嘗謂大鑒之於浮圖，如孔子之教之有孟子，蓋謂此也。

大抵西域君與師分治，主教者不治事，故浮圖之教引之而愈高，推之而愈微，由律而教，由教而宗。宗之始至中國也，求道之人皆堅持戒律，博涉經論，然後竭生平之力歸心正法，其意識之障積漸銷除，故一言指示即契大旨，如琴動而弦應，山頹而鐘鳴，以順得順者也。其後江西、湖南玄風大行，人人求一日之悟，東西推測，皆意識爲用，故廣設門庭，抑之使不得出，截之使不得行，庶幾塞極而通，閉極而剖，如鱗羽之化者必蟄其體，草木之拆者必固其孚，以逆得順者也。至於大鑒，遇言則鏟，遇見則拔，縱橫無礙，浩汗無極，以縛爲解，以相爲空，如火之燎不可近，如海之泛不可禦，兼用順逆者也。後世學浮圖之人，上下根皆接，大小乘俱圓，權實皆滙於大鑒，此唐、宋、元、明以來其徒所不能易也。中國則君與師兼治，故孔子之教以下該高，以顯該微。其傳之後世也，戰國諸子亂其緒，兩漢諸儒拾其膚，宋、元人以浮圖之實言附孔子而諱其名，明人以浮圖之玄言攻宋人而紊其次。合之聖人遺經，各有得失。是故戰國之言通達，通達久則生厭，而浮圖之律乘得行；兩漢之言滯執，滯執久亦生厭，而浮圖之宗乘得入；宋、元、明之言往復變動，往復變動則生疑，而浮圖之教乘得以游衍附託。此則陰陽之屈伸，人心之往來，其互相乘除者也。其間有大力者，於後世儒者之言必求之孟子之書，以定其歸；浮圖之言必求之大鑒之書，以要其會。然後本末可明，源流可見。

夫元魏滅沙門，而菩提達摩來；李唐立南北宗，而韓退之、李習之出。萬物散殊，百爲并起。庸人逐其迹，聖人明其端；庸人争其小，聖人立其大；庸人排其虚，聖人修其實。孔子之教，明人倫，定家國天下，雖五大州各師其師，各弟其弟，豈能在範圍之外哉？雖中國自漢以來代有浮圖之教，愚者逐其粗，智者溺其精，又豈能在範圍之外哉？故曰：「譬如天地之無不持載，無不覆幬；譬如四時之錯行，如日月之代明。」敬故因論大鑒而詳述之焉。銘曰：

有大菩薩來四天，力破迷執無重堅，巨象行地龍行天。有大護法居人王，爲國驅逆如箠羊，劃金銀地還道場。有大長者開寶宫，浮雲翼霞摇虚空，上繼無始垂無終。顧山居士目雲漢，轉一藏經止轉半，以銘爲筏筏登岸。大道無界住色位，大法無著住道位，大人無私住法位。

【校記】

〔一〕「迹」，原作「節」，同治八年本同，嘉慶二十年本、同治二年本、光緒十四年本作「迹」，今據改。

〔二〕「山」，原作「仙」，當係刻誤，今據文意改。

潮州韓文公廟碑文

潮州韓文公廟有二：其一在城南，宋元祐中知軍州王滌始建，蘇文忠銘之，今城南書院是也；其一淳熙中知軍州丁允元遷城南廟于城西，即忠祐廟也。自前明至本朝，春秋祀事皆行於城西。嘉慶二年，知海陽縣韓君異葺治之，陽湖惲敬爲碑文，郵之潮州，與潮之賢士大夫商公之故，且告後世焉。

公以諫迎佛骨貶潮州，去菩提達摩入中國二百八十餘年矣。其時，關東西則有丹霞然、圭峰密，河北則有趙州諗、臨濟玄，江表則有百丈海、溈山祐、藥山儼，嶺外則有靈山巔。其師友幾遍天下，皆以超世之才智、絶人之功力，津梁後起，以合於菩提達摩之傳。而公之生也，與之同時；公之仕也，與之同地。嗚呼，於此而言不惑，不其難歟！且其時，上無孔子之師，下無七十子之友，老、莊之所流別，管、墨之所出入，馬、鄭之所未攻，孔、賈之所未辯。嗚呼，於此而言不惑，不其難歟！是故公之闢佛，闢於極盛之時；宋人之闢佛，闢於既衰之後。宋人之闢佛，以千萬人攻佛之一人；公之闢佛，以一人攻爲佛之千萬人，故不易也。

雖然，公之闢佛至矣，而佛之教至今存焉，何也？蓋聖賢之於天下，去其甚而已。禹抑洪水，而水之氾濫仍世有之；周公兼夷狄，驅猛獸，而夷狄〔一〕、猛獸之侵暴亦仍世有之；孔子成《春秋》，亂臣賊子懼矣，然不避於當時，不絶於後世；孟子距楊、墨，楊、墨息矣，然人或竊其行，家或傳其書。若是者，皆然矣。然而孔子、孟子之功，終天地盡日月不可没者，以人人知其爲亂臣，爲賊子，人人知其爲楊、墨也。今天下三尺童子抱書入塾，即有公闢佛之説據於胸中。甲胄之士、耒耜之夫、行商坐賈，皆習其説。其宦成名立，才行出人，而沉溺教乘者，朋友、子孫、門弟子皆能别擇於其後。愚夫、愚婦膜〔二〕手梵唄，隨衆經行，其心皆知有孔子之教。是故，公之德揆之孔子、孟子，有大小純雜之殊；公之功揆之孔子、孟子，有平頗公私之異；而得墜緒於前世，收明效於後來，未嘗不如一也。

且夫天地之道一而已矣，而人事自二三以及千萬焉。行之於行，見之於言，施之於教，皆人事也。惟聖人與道同，其餘皆有出入多寡。申不害、韓非，一術也，則傳；李悝、商鞅，一術也，則傳；孫武、吴起，一術也，則傳；王詡，一術也，則傳；張魯，鬼道也，而亦傳；寇謙之、杜光庭，鬼道之下也，而亦傳。佛者，如中國百家之一耳，其徒推演師説，下者可以囿凡愚，高者可以超形氣，故其傳較百家愈遠而愈大，屢滅而屢復，蓋將與天地終焉。是故世有孔子之教，則佛之教亦必行，此天道之所以爲大也；世有佛之教，則公闢佛之功亦益見，此人事之所以爲久也。自公斥爲子焉而不父其父，而爲佛者知養其親；自公斥爲臣焉而不君其君，而爲佛者知拜其君，供賦税，應力役，未嘗不事其事。世之儒者知中國之變而爲佛，不知佛之變而爲中國；知士大夫之遁於佛，而不知爲佛者自托於士大夫。人理所同，豈能外哉？

自公之後，儒者好爲微言渺論，或由孔子之書失其旨而反墮於偏，或由佛之書得其會而忽反於正，是又在乎善學者焉。失者不得妄附聖人之遺經，得者亦不必諱言佛乘也。嘉慶二十年十月惲敬謹記。

【校記】

〔一〕「夷狄」，嘉慶二十年本無「狄」字，後刻諸本皆補「狄」字。

〔二〕「膜」，嘉慶二十年本、同治八年本作「摸」。王校：「當作『膜』。劉校同。」

前光禄寺卿伊公祠堂碑銘

閩南爲儒者，世服朱子緒言，雖親受業陽明先生之門如薛行人中離，于朱子不敢悖。本朝安溪李文貞公、漳浦蔡文勤公，益推而明之。文勤授寧化副都御史雷公，雷公授同縣光禄寺卿伊公。其爲學以慎獨爲本，其推行始於固窮，成於成仁取義，故其道近而難至，其事質重而光明。嘉慶十有九年，公之子，前揚州府知府秉綬爲祠堂於學宫之里以祀公，門塾堂室皆備，諏日升主於室。公之配羅夫人祔焉。而寓書於陽湖惲敬請銘。古者，士大夫立家廟祀曾祖以下，有功德則專立祠堂，於禮甚宜。其麗牲之石刻之銘亦應古義。惟是敬以後學，操簡畢與廟廷之事，懼勿任爲罪於後世。而秉綬請勿暇，遂不敢辭。

公諱朝棟，字用侯，姓伊氏。先世自河南遷福建之寧化縣，世爲寧化人。曾祖應聚，官順昌學訓導，贈儒林郎。祖爲皋，父經邦，俱贈中議大夫。公縣學拔貢生，乾隆二十四年鄉試中式，三十四年會試中式，殿試賜進士出身。歷官刑部安徽司主事、河南司員外郎、湖廣司郎中，掌浙江道監察御史、户科給事中，擢光禄寺少卿、通政司參議、鴻臚寺卿、大理寺少卿、光禄寺卿，積階中議大夫，加封資政大夫。予告後，就子秉綬養於惠州及揚州。卒年七十有九。

公以官刑曹，持法平，素不近要人，故無推薦公者。以小心供職，受知高宗純皇帝，不及三年，即拔置九列，常召見，諭曰：「福建理學之邦，汝謹厚守繩尺，朕所知也。」會得末疾，未竟其用，天下惜焉。居家循循然，造次必以禮。文勤之從子文恭公新常曰：「居貧實樂，居喪實憂。吾於伊比部見之。」羅夫人，同縣人，有懿行，例封淑人，加封夫人，卒年八十一。子二，秉綬其長也；次秉徽，國子監生。

古者，銘廟之辭多紀勳伐，至北宋以後始有推本所學，爲後世經程者。今公之學，既遠有統宗，遇聖天子激揚表暴之，誠信不欺如右所紀。敬雖淺瞀，謹於銘著古今爲儒之所以然，秉綬謹下丹加額如碑法，以告天下後世之有志於學者。其辭曰：

聖貫天地，宙合百家，蟲人萬千。内外精粗，如左右腓，相互而前。漢守秦燼，負器抱經，壘高而堅。性天之説，波瀾瀾淳，纖流涓涓。人心蓄靈，有隙必通，汲爲清言。剖精析微，沖虚南華，意同語玄。達摩乘之，提第一機，無聖廓然。曹溪始大，西江八十，眩地熏天。帝王民氓，至智極愚，頹身重淵。韓公舉幡，闤市之中，一喙獨拳。致彼飾詞，淡泊儒門，棄爲蹄筌。北宋中葉，大儒之生，渾渾桓桓。就彼所言，推之吾書，極天地先。堯舜開明，遞及子輿，旁薄綿延。性天之説，此挈其總，彼擠其偏。如失盜家，復已刼資，匡綏室田。如逋訟人，直己折辭，粲竄頑姦。雖其所言，有過不及，軌轍無愆。朱子懃懃，江匯於海，杓攜於躔。入聖之要，下學上達，宣尼所傳。存之存之，隱微持之，功該本原。傳録漸多，遂涉支離，溺於言詮。陽明間氣，振臂一呼，力破攣牽。此如夏冬，以反爲成，六氣乃宣。此如吸呼，以斷爲續，百骸以安。上五千載，下五千載，抑高轉圜。新故所代，如南北陸，如上下弦。聖人無我，賢者迭勝，以扶其顛。其中軒輊，得失多寡，尚可尋沿。朱子之弊，極於拘曲，不溢他端。陽明之弊，顛倒狂聖，反覆坤乾。故爲儒者，必始朱子，勿怠而遷。

資政大夫葉公祠堂銘

南海葉氏，遷自福建之同安，同安遷自福清。其遷南海者曰振德，誥封資政大夫、欽賜鹽運使銜廷勷之曾祖也。資政公命其子姓爲祠堂，推振德爲始遷祖，配王氏祔祭。第二世曰興邦，貤贈資政大夫，配陳夫人。第三世曰長青，晉贈資政大夫，配邱夫人。第四世即資政公也，配顏夫人。嘉慶二十年二月乙亥，祠堂成，整幄升主如公式，陽湖惲敬推明古今之禮而銘之於庭。

古者，别子有二：諸侯之庶子，别於爲君之冢子，其後世祖之，一也；始來此國，别於本國之宗子，其後世亦祖之，二也。此立宗法也。大夫始祖之廟有三：諸侯之庶子，始爵爲大夫，一也；始來此國，又始爵爲大夫，二也；别子之後，起士庶爲大夫，三也。此立廟法也。自封建廢，而天下無諸侯庶子之宗，於是始遷祖之禮起。自田邑廢，而天下無大夫始祖之廟，於是祠堂之禮行。資政公世濟其勤，黽勉於孝弟，以昌大其家，克襄於軍旅力役之事，天子嘉之，錫爵進階，顯於祖父，施於子孫。其得爲祠堂以祀其先，宜矣。

自宋以後，在朝列者祠堂皆祀及四世。資政公祠堂之制如之，允孚於今之人，勿違替於古昔，禮之盛也。自資政以後，傳之永永，則始遷祖之祀宜勿暇益虔。蓋古者諸侯與王國之大夫、侯國之大夫皆有始祖之廟，後世八品即當古之再命，而祠堂之祭殺於三廟焉。是故聚族而祭始遷祖者，議禮之君子許之。資政公子三：長夢麟，刑部郎中；次夢龍，户部員外郎；次夢鯤，光禄寺署正。孫十有五人。銘曰：

池東流，術環之。卜其南，墩爲祠。翼如堂，赫如墀。嚴豆籩，肅尊罍。介爾福，無不宜。

贈光禄大夫陳公神道碑銘

自古高望華閥，品升於朝門，地著於天下，振振繩繩，世服厥家者，其始皆以功德拯其民，輔其世。以功者，多享社茅廟鼎崇高焜燿之奉；以德者，必有賢者爲之子孫顯揚中外，不墜其前光。今皇帝嘉慶四年，高宗升祔禮成，覃恩海内，於是前賜同進〔一〕士出身，誥封中憲大夫、浙江分巡金衢嚴道陳公，加贈光禄大夫〔二〕、工部右侍郎，禮得刻銘於神道。敬〔三〕交公之季子守譽，因交公之孫椿冠、曾孫效曾。敬曾於用光、希祖、希曾皆有雅故，遂不敢以不文辭。

公諱道，字紹洙，世稱爲凝齋先生，江西新城人也。江西自鄒東廓、聶雙江諸先正主陽明之學，末流放失，羅念莽起而正救之，爲功於王門者〔四〕甚巨。公始學於廣昌黄静山永年，静山力主念莽，而公之友如雷翠庭鋐、祝人齋淦皆主朱子，故公之學自陽明入朱子，力行以幾於成。公之成進士也，爲乾隆十三年，年四十二。孫文定公嘉淦欲以庶吉士薦公，公辭讓於同歲生之年少者，後其人以文章名。公當選於吏部，以養親辭，後詔舉經學，亦固辭。其在家雍雍如也，教子孫甚嚴，皆以誠感之，不加訶譙。在鄉黨，於所乏無不給也。朋友之急難，無不赴也。死生貴賤如一。静山官常州，爲人所排去官，旋卒於蘇州。公以師禮喪之，歸其喪於所籍。人齋無子，以注《禮》在公家十餘年，生具皆資之，有子六歲而人齋始卒。其處事遠睹近矚，無不周也，既成，無矜容。其言學能别是非，而未嘗黨也。公年五十有四卒，乾隆二十五年八月己亥也。配楊夫人，副室雷太恭人。子五：守誠、守詒、守中，楊夫人出；守訓、守譽，雷太恭人出。公始封以子守誠官，加贈以曾孫希曾官。

公之先世在宋自江州義門遷新城，二十餘傳至縣學生諱一翰，爲公之曾祖。縣學生貤贈奉直大夫諱以汧，爲公之祖。州同知貤贈資政大夫諱世爵，爲公之父。始遷縣西之鍾溪，自遷鍾溪而有家之業始大，公以爲儒顯於世而名始盛。公卒後數十年，子孫守家法，言儒言，行儒行，各以其列服勤於皇家，自立於士大夫且數十人，故海内言大家在江西，必曰新城鍾溪陳氏。敬推其所致，皆自於公。

昔漢世碑陰止書立碑姓名，而柳子厚爲侍御史府君神道并記先友。今公之子孫房次、科第、階職不勝書，於碑之體又不應詳書，謹記之碑陰，以見公之遺澤，且爲當世勸法，而於碑記公之大行，因系之以銘。銘曰：

仲尼之道，八儒歧之。去聖益遐，道尊人卑。千差萬別，迭爲盈虧。延及有明，遂擾而漓。公起嶠西，肫然其心。得師求友，馨我蘭襟。油油春陔，穆穆秋琴。家徵人瑞，國貢天琛。既對大廷，羣公拭目。翩然南返，衣縫冠木。我息我游，我磨我錯。是非之公，昔言是服。軌物者義，及物者仁。蔚然其施，逮乎疏親。我懷如晝，物氣如春。百年慕澤，千室歸淳。明明天道，厥後大昌。五子登朝，孫曾鴈行。外分絳節，内服朱裳。訓承柳郢，德紹王祥。欺者喪名，矯者敗節。拘者性梏，肆者情裂。勤勤躬行，以刻爲平。嘵嘵立説，以混爲別。是皆飾己，無德於人。勉世而已，不及後昆。惟公和正，所蓄有餘。一身觚簡，奕世簪裾。凡百君子，視此刻書。各敬爾儀，毋怠毋渝。

【校記】

〔一〕「進」，原作「賜」，同治八年本同，嘉慶二十年本、同治二年本、光緒十四年本作「進」，今據改。

〔二〕「光禄大夫」，嘉慶二十年本此處衍一「禄」字，作「禄光禄大夫」，後刻諸本皆校删之。

〔三〕「敬」，同治二年本、光緒十四年本「敬」字下有一「始」字。殆前删去「禄」字，而於此填補一字以合嘉慶二十年本原來版式。

〔四〕「者」，同治八年本同，嘉慶二十年本、同治二年本、光緒十四年本無。殆前删去「禄」字，而於此填補一字以合嘉慶二十年本原來版式。

新城鍾溪陳氏房次科第階職記

光禄房：

守誠，浙江分巡金衢嚴道，誥授資政大夫，晉贈光禄大夫。子四人，長元，次奉寬，次允恭，次觀。元子三人，長希祖，次希曾，次希孟。奉寬子五人，長希賢，次希濂，次希宋，次希軾，次希轍。允恭子二人，長希範，次希岱。觀子三人，長希哲，次希顔，次希榕。希祖子一人，紀儒。希曾子一人，綎儒。希賢子一人，紱儒。

元，光禄寺典簿，誥授〔一〕資政大夫，晉贈光禄大夫。

奉寬，貤贈奉政大夫。

允恭，附貢生，貤贈奉直大夫。

觀，乾隆庚子科舉人，甲辰科進士，工部郎中，洊擢江寧布政使，誥授資政大夫。

希祖，乾隆丙午科舉人，庚戌科進士，刑部主事，擢員外郎，誥授奉直大夫。

希曾，乾隆己酉恩科第一名舉人，癸丑恩科第三〔二〕名進士及第，翰林院編修，洊擢工部右侍郎，誥授資政大夫。

希孟，乾隆〔三〕辛酉科拔貢生，即用知縣，候選同知。

希賢，候選主簿。

希濂，國子監生。

希宋，縣學生。

希軾。

希轍，國子監生。
希範，縣學生。
希岱，國子監生。
希哲，嘉慶甲子科舉人。
希顔，縣學生。
希榕。
紀儒。
綖儒。
紱儒。

陳州中憲房：

守詒，兵部郎中，歷官河南陳州府知府，誥授中憲大夫。

子三人，長煦，次繼光，次用光。煦子二人，長蘭祥，次蘭森。繼光子一人，蘭畦。

用光子二人，長蘭瑞，次佛喜。

煦，欽賜丙午科舉人，候選光禄寺署正。

繼光，甘肅寧州知州，誥授奉政大夫。

用光，乾隆庚申恩科舉人，辛酉恩科進士，翰林院編修。

蘭祥，嘉慶癸酉科拔貢生。

蘭森，縣學生。

蘭畦，國子監生。

蘭瑞，國子監生。

佛喜。

内閣中憲房：

守中，乾隆乙酉科拔貢生，庚寅恩科舉人，候選内閣中書，貤封中憲大夫。

子十二人，長應泰，次銑，次旭，次燿，次淳，次彪，次沅，次炳，次沆〔四〕，次魁，次紀〔五〕，次汾。燿子三人，長星緯，次廷賜〔六〕，次八官。淳子三人，長四官，次六官，次七官。彪子二人，長慶官，次九官。

應泰，歲貢生，候選訓導。

銑〔七〕，國子監生。

燿，附貢生。
淳，廩貢生。
彪，國子監生。
沅，嘉慶戊午科舉人。
炳，廩貢生，候選訓導。
沆。
魁，國子監生。
紀，國子監生。
汾，國子監生。
星緯，府學生。
廷錫，縣學生。
八官。
四官。
六官。

七官。

慶官。

九官。

通議房：

守訓，刑部郎中，歷官江蘇按察使，誥授中憲大夫，晉授通議大夫。

子三人〔八〕，長文冕，次雲冕，次玉冕。

文冕，候選布政使經歷，誥封奉政大夫。

雲冕，候選縣丞。

玉冕，候選縣丞。

奉直房：

守譽，乾隆辛卯舉人，候選内閣中書，誥封奉直大夫。

子一人，吉冠。吉冠子二人，進福、增福。

吉冠，乾隆己酉恩科舉人，候選都察院都事，誥授奉直大夫。

進福。

增福。

右據楊太夫人行述開載，皆乾隆五十五年前所增子姓也。今奉直房共子六人，孫三人，曾孫八人矣，宜并五房嘉慶二十年前所增子姓，統開載列於碑陰。

【校記】

〔一〕「授」，王校：「潘云：應作『贈』。」

〔二〕「三」，同治八年本同，嘉慶二十年本、同治二年本、光緒十四年本作「二」。王校曰：「『二』字當係『三』字之訛。是科一甲二名爲陳遠雯先生雲。」案：陳希曾，《續碑傳集》、《國史列傳》、《國朝耆獻類徵》皆有傳，爲乾隆癸丑進士殿試一甲第三名，作「三」字爲是。

〔三〕「乾隆」，王校：「『乾隆』當作『嘉慶』。」

〔四〕「沆」，原作「炕」，嘉慶二十年本、同治二年本、同治八年本同，光緒十四年本作「沆」。案：下文作「沆」，王校：「雷云：當作『沆』，即秋舫名。」今據改。

〔五〕「次紀」，二字原無，今據上下文補。

〔六〕「廷賜」，諸本同。王校：「俞云：下分行作『廷錫』，此作『賜』，必有一誤。」

〔七〕「銑」，王校：「潘云：『銑』下漏『旭』一行，應補。」案：諸本皆漏此一行。

〔八〕「子三人」至「次玉冕」十二字，原接於「通議大夫」之後，不另起行。王校：「潘云：照前例于『子三人』應另行低一格。『文冕』以下三人行亦衹應低一格，不應低二格。」今據改。

刑部尚書金公墓志銘

嘉慶十有七年十一月辛亥，刑部尚書金公卒於位。明年正月乙亥，公之訃至南昌。五月壬午，公之孤勇以狀來請銘。先是公爲郎中時，敬之弟敷試禮部，以薦與弟子籍。公巡撫江西，敬爲縣瑞金，以計吏出公門。是以敬於公之事最習，於公之心推測之最詳。謹惟蘇子瞻氏受知於張安道，爲之銘，韓退之氏在袁州爲屬於王鴻中，亦碑其墓，於是不敢辭。

公諱光悌，字汝恭，姓金氏，世爲英山縣人。十世祖國寶，明太常卿。曾祖天爵。祖紹偉。父序珽，進士，候選知縣。三世皆贈如公官。妣聞氏，贈一品夫人。

公年十六補縣學生，二十二鄉試中式，旋官内閣中書。三十四會試中式，殿試賜進士出身，歷宗人府主事、刑部浙江司員外郎、四川司郎中，以事降官，復起爲浙江、廣東司員外郎，升陝西司郎中。奉滿，奉旨以京堂官用。有吏人坐贓敗，妄引公，皇上命待質，事白，益向用，升光禄寺少卿，内閣侍讀學士，外轉山東按察使，升布政使，即升刑部侍郎，巡撫江西，升刑部尚書。卒年六十有六。

本朝刑部尚書用人最慎。部中司官，明慎者方總辦秋審；其尚書，多取歷總辦，并踐中外習故事者擢之。公性精敏，自爲總辦時，一部之事必關公，及爲尚書，益自力無所阿徇。而天下讞獄者承列祖覆育之後，以寬厚爲福，多稍稍減罪狀上之。公以爲不可，懸千里推鞫，苟引律當，毋更議。其直下刑部及法司會議者，公必持律不得減。於是部中多以公爲嚴於用法焉。然歲斷獄大小以千百計，自同官至羣執事，無有能執公所具改從輕比者。嗚呼，可以觀公矣！

舊例監守自盜，限内完贓者減等。乾隆二十六年改重不減等，公主稿奏復舊例。後阿克蘇錢局章京盜官錢，計贓五百兩以上，主者引平人竊盜律，當章京絞情實。公曰：「盜官錢當擬斬監，追不決，絞情實則決矣，不得引竊盜律。」奏平之。皇上覽奏曰：「官盜罪較私盜反薄耶？」公免冠謝曰：「『與其有聚斂之臣，寧有盜臣』，律意如是也。」嗚呼，此可以觀公矣。

公爲按察、布政、巡撫，皆如在〔一〕刑部，核名實，别功過，釐市井，飭軍伍，多以一人智斷行之。蓋公仕宦數十年，計必達乎至微，力必摧乎至巨，持成格以繩崎嶇數變之情，援古義以削浮沉苟安之習。自謂卑獨此心可奉聖主，故嶄然有以自見如此。

公性好士，聞之如恐不見，既見如恐不得當。嘗一爲江西副考官、廣東正考官，兩爲會試同考官，得士爲盛，多才望大僚。而公言門下士，必首及故編修張惠言，天下之士皆以爲然。公疾惡甚，不能忍。少時遊江南總督幕府，有華士負重名，公語總督絶之，曰：「名教外人，不可使汙階前地也。」在江西，有兵官素瀾浪而無迹可劾，求見公，公切齒投其謁於地，後公旋去官，終不見。嗚呼，此可以觀公矣。

公娶懷寧丁夫人。子三：長宗邵，内閣中書，協辦侍讀；次嘉，國子監生。宗邵、嘉皆先公卒。次勇，舉人。女一，適山陰李氏。孫三，震、謙、泰，皆宗邵出。公師文成公阿桂，文成奇賞公，公常語敬曰：「欲知文成之爲人乎？」敬起立拱而俟，公久之曰：「心地厚。」復久之曰：「魄力大。」

十八年九月乙亥，勇葬公於祖塋。銘曰：

湛盧之鍔，孰砮其銛？鞲韝之脊，孰尤其堅？如吴育剛，如姚崇警。浡沼飛雲，俯鞍躡景。旐旐我公，文成之士。宿將沈機，重臣引體。我公得之，大水破沙。力刷其阻，氣吞其涯。殊恩特簡，拔之庶僚。方晉列卿，隨畀麾旄。聽天下成，執憲最久。束吏循文，治奸斂手。好無爾我，惡不比人。天性所行，理無逡巡。好者晨星，各守一隅。光不相及，纍纍可吁。惡者震霆，耳之皆應。山通谷合，走告相證。幸遇至仁，保全終始。生安其位，死歸其里。兹原之山，其石峩峩。側行危立，有高可歌。兹原之水，其流泯泯。湍旋瀨折，有澄可詠。兹原之窆，鑿之深深。我公於宅，前道後林。兹原之銘，故吏所勒〔二〕。日月可移，是非不没。

【校記】

〔一〕「在」，原作「是」，同治八年本同，嘉慶二十年本、同治二年本、光緒十四年本作「在」，今據改。

〔二〕「勒」，嘉慶二十年本作「勤」。

漢中府知府護漢興道鄧公墓志銘

嘉慶十有三年十一月庚辰，前漢中府知府鄧公卒於福建羅源縣之署舍。時子傳安知羅源，公就傳安養也，年八十有六。十四年八月乙卯，公之喪至本貫浮梁。十九年十月丙寅，傳安卜地葬公於浮梁青峰之原，公之配陳恭人合葬焉。先是，公以耆德奉命重赴甲子科鹿鳴宴來南昌，敬介公之姻江訓導幼光謁公，傳安又與敬同出戴文端公衢亨之門，至是以銘請，敬不敢辭。

敬觀班孟堅、范蔚宗傳循吏，皆推本儒術，或列所治經，舉其科，可謂知爲政之要矣；然所載多郡國二千石，縣令惟蔚宗傳王渙一人，任峻附見傳中，且以明發姦伏爲未充德禮之教。夫德禮苟不相應，則姦伏之心侈矣，何明發之功可紀哉？縣令官卑，其權不足攝下，故爲縣令視二千石爲難，而德禮之效則以能明發姦伏爲治縣符驗，能如是未有不爲良二千石者也。

公諱夢琴，字虞揮，姓鄧氏。曾祖國挺，自南城遷浮梁。祖文諫，貤贈朝議大夫。父以忠，贈朝議大夫。母石氏，贈恭人。繼母吳氏。公年十八補縣學附生，二十一爲廩膳生，二十二鄉試中式，三十會試中式，以進士候選吏部，授四川綦江縣知縣。縣人相沿呼大府胥吏爲老上司，橫甚。公察其尤者先予杖，後申請治罪，遂俱斂。貴州遵義有巨盜，亡命過縣，公遣捕人迹至二千里外之萬縣獲之。以能署江津。江津民宋志聰者，與楊在位争博，負在位，毆之仆死，置尸黄君相之門。江津前政比君相殺人罪，已瘐死〔一〕矣。公鈎距得獄情，讞之。前政因推事官巧請於按察使，掎其獄，公力争，按察使遂怒。此初獄也。而前政在江津事多率爾。民周景康盜樹，爲樹主斫顱左，旋以他事與周秉魯争，傷腹下乃死。前政以比樹主。公請復診之，腹下傷重，罪當比周秉魯。而按察使挾前怒，欲如前政比，以傾公。此繼獄也。當是時，前政已因宋志聰獄去官，公復持此獄甚急。於是諸黨按察使有氣力者爲蜚語，以爲公好排人，人已墜坑阱〔二〕尚下石。按察使雖知公直，而必洩前怒，幸其言。公勢危甚。會公還綦江，定遠民譚學海被殺，不得主名，縣攝民六人笞服之。至府，皆不承。公奉府檄，廉知諸偷鄧理瑶等實殺人，一訊獄具，此最後獄也。公白府分功定遠，定遠得免議，諸大府益信公非排人者。適按察使權布政使，周景康獄乃如公讞焉。

丁吴太恭人艱，服闋，以贈朝議年老請養，家居十二年。後服闋，選授陝西洵陽縣。洵陽處萬山中，流民賃山種稞，自立下手書曰「稞莿」，取木石耳曰「耳莿」，燒炭曰「炭莿」。黠者不立期，遂多訟。公令種稞期五年，耳、炭期三年，民安之。山南州縣地日墾，大府歲檄升科，公言流民開荒，食數年之利，不可使失所他徙。國家賦額已定，徒飽吏胥耳。終公去洵陽，不報升科。旋署岐山，調寶雞。寶雞臨棧道，轄陳倉、東河二驛，冠蓋旁午，驛馬多疲損。前政以給里民，需其值曰「領馬」。有急，復摟私馬應官，曰「里馬」。公令「領馬」皆交見馬，驛遂充，非大差不撥「里馬」。逆回田五作亂，陷通渭。公斷仙靈谷石道爲守計，後馬文熹屯底店，公料丁壯登陴，賊未至而罷。旋擢商州知州，署西安府，擢漢中府知府，護漢興道。因事鐫級，大府以教匪方熾奏留公。後病濕累，上記乞休，年七十五矣。

始公家居時，知浮梁黄君泌治頗辨而性卞急，請益於公。公曰：「聽訟，末也，雖然，有本焉。古之人先治己之好惡矣，至聽訟，則察人之好惡爲好惡焉。夫天下固有得其辭而失其意者，豈有舍其辭而得其意者哉？當官難於慎，守官難於和，緩求其難焉可也。」自公爲州、爲府，所屬皆喻以此意。而公持大綱不苛察，故皆治。

公年二十四，陳恭人來歸，孝謹守婦道。年七十有二，先公十一年卒。子一，傳安，進士，福建羅源縣知縣。女一，適國子監生吴篤照。孫二，世疇、世畬，皆縣學生。

公爲學，自少時以小學、《近思録》、《洛學編》爲宗，後從座主蔡文恭公新遊，窺閩中道學源流，終身守師説。所著有《楙亭文稿》十六卷，詩稿八卷。銘曰：

養魚勿煩，治民勿殘。勿煩者清其池，勿殘者察其辭。池濁而漚浮，魚之仇也。辭差而聽惑，民之賊也。登山不可趨，學道不可愚。如公者，儒術之所與也。

【校記】

〔一〕「瘐死」，原作「庾死」，刻誤，今據文意改。

〔二〕「阱」，原作「陷」，同治八年本同，嘉慶二十年本、同治二年本、光緒十四年本作「阱」，今據改。

國子監生錢君墓志銘

君諱伯坰，字魯思，自號僕射山人。曾祖安世，南和縣知縣。祖枝起，歲貢生，工部營繕司行走。父勷著，國子監生。母莊氏，繼母高氏。君未成童即孤露，力學以至於有成。敬幼聞君名，後遊京師，與張惠言皋文交，始見君之書若詩。書學顔平原、李北海，詩學杜陵，兼學誠齋、石湖。有傳君捐館者，張皋文曰：「魯思必不死，何也？魯思事繼母孝，今中歲未有子，天豈使之長往傷孝子心哉？」已而果不死。敬再娶於高，君之繼母爲敬妻之祖姑。敬妻嘗言祖姑之來，君扶輿行，祖姑下輿，則執蓋隨之，嚶嚶如孺子語。嘗日坐臥抑搔之，必得喜語方止。弟辛才感末疾，君在吴中聞之，一夕鬚髮盡白。辛才卒，大慟曰：「吾何以慰吾母乎？」後莊太孺人〔一〕以九十五卒。君年逾七十，舉三子矣。

君性邁往，多飲酒，高步雄視，知交遍天下。不問賢不肖皆交之，然有爲非禮者未嘗與。君從叔父文敏公維城享大名，呼吸可致人青雲，君自少依之，歉然自退，終於國子監生。嘉慶十七年六月十七日卒，年七十五。娶莊氏，無出。子三：山簡、小晉、又男，側室潘氏出。銘曰：

醇行其陳仲弓乎，何氣之不可壓也？隱節其梁伯鸞乎，何與世之狎也？書人歟？詩人歟？何言之狹也！

【校記】

〔一〕「後莊太孺人」，沈校：「與上繼母高氏文不合，此『莊』字疑『高』之訛。」

孫九成墓志銘

君諱韶，字九成，自號蓮水居士。先世浙江餘姚人，曾祖文〔一〕光，官廬鳳兵備道，始遷江蘇上元。祖必榮，官終廣信府知府。父蒲，上元縣學生。妣徐氏。君年十八補縣學生。爲人和易，喜交遊，所交皆名公卿，而能自矜重，無詭隨之習。爲詩以清雅有蘊蓄爲宗。嘉慶十六年十月二十日，卒於江西巡撫先福公署中，年六十。公自守黄州即與君交，至是殮君，助使歸葬。君娶楊氏，子若霖，江寧府學生。

君少時嘗及錢塘袁枚子才之門，子才以巧麗宏誕之詞動天下，貴遊及豪富少年樂其無檢，靡然從之。其時，老師宿儒與爲往復，而才辨懸絶，皆爲所摧敗，不能出氣且數十年。敬遊京師時，子才已年老頹退矣。而天下士人名子才弟子，大者規上第、冒膴仕，下者亦可奔走形勢，爲囊橐酒食聲色之資。及子才捐館舍，遂反唇睽目，深詆曲毁，以立門户。聲氣盛衰至於如此，亦可歎也。子才久寓白門，君生長其地，垂髫束紒即以詩名，不能不爲子才所鑒識。君爲詩不學子才，亦未得子才絲粟之力上階雲霄。然君至江西，髮已斑白，常推子才爲本師，不背其初。敬與君無間，然每見君，君必先言子才之美，以拄敬平日之論説。嗚呼，此可以見君之所守，不以死生而易師門友席，推之君父之事，豈有異耶？

敬前自江西歸常州，與君别於章江之濱。後返江西，過上元，聞疾甚，恐有不幸。

至章江，而君之喪已東下矣。追惟往昔，深用恤然。如君者，亦吾同好中不數數然者也。會若霖以狀來，將卜葬，爰爲銘以詒若霖，使納君之扃焉。銘曰：

嗇其遇，昌其詩。子居友，子才師。淄澠之别誰能之？

【校記】

〔一〕「文」，原作「父」，同治八年本同，嘉慶二十年本、同治二年本、光緒十四年本作「文」，今據改。

莊經饒墓志銘

莊經饒，名儁甲，陽湖人。曾祖柱，浙江按察司副使。祖存與，禮部侍郎。父通敏，左春坊中允。母錢氏。經饒以縣學生乾隆五十一年鄉試中式，屢赴會試不第，大挑一等，試知縣不就，改教諭，選歙縣教諭。在官六年，辭歸。歸三年，卒，年四十五，嘉慶十三年十月乙亥也。

與同歲生張惠言皋文交，皋文言黄叔度漢末第一流，在郭有道之右。若經饒者，可以觀古人之概矣。娶汪氏，子繽濟、繽澍。銘曰：

其視端然，其立頎然，其行圈然，其色夷然。骨肉斃於下，陰爲野土，魂氣則無不之也。萬物之爭，百世之日積而成，此經饒之所知也，而又何所疵乎？

林太孺人墓志銘

林太孺人諱桂，福建閩縣人。祖及父母皆早世，無兄弟。幼依族姑之寡者，屢徙居。稍長，求其系，姑老耋不復省記，遂亡之。年十五，爲前恭城縣知縣陸君廣霖側室。三十年，而恭城君即世。又三十年，而太孺人卒，年七十五，嘉慶十有四年六月二十二日也。

敬與太孺人之子繼輅交，繼輅次年譜請銘。按譜，恭城君以進士官福建、廣西，屢起仆。太孺人所以事恭城君者甚敬，恭城君劾官，處患難甚勤，長子女甚愛，理婚嫁喪葬甚肅，祭祀甚誠，教繼輅甚嚴，皆有事實可紀。繼輅泣曰：「繼輅無似，無以顯揚太孺人。吾子之力足以及百世者也，願備書之無遺。」敬謹對曰：「此太孺人之常德也，書之譜足矣。若大節，則請爲太孺人大明之。」何也？

太孺人歸恭城君，嫡正夫人莊宜人已没三年矣。太孺人六十年中未嘗干嫡正之禮，至屬纊時尚以勿斂正寢爲命。此始終於禮者也。古者，人君不再娶，夫人卒，娣升於嫡，其嫡死，不更立者，祭宗廟則攝焉。夫先王之禮，一而已矣，何以或升於嫡或不升於嫡哉？蓋媵之未及事女君者得爲夫人，如聘嫡未往而死，媵繼往是也，《白虎通》所謂「立其娣，尊大國也」。媵之及事女君者不得爲夫人，如元妃死，次妃稱繼室是也，《白虎通》所謂「明無二嫡，防篡殺也」。太孺人不及事女君矣，殆可升於嫡者歟！雖然，太孺人非娣姪也。敬蓋又質之於禮焉。古者，大夫士皆媵娣姪，大夫爲貴妾緦，此娣姪也。士妾有子，則爲之緦，此不必姪娣而視娣姪也。太孺人有子且賢，殆可升於嫡者歟！自春秋時以妾爲夫人，皆其君夫人之，然其端必由妾之自僭始。太孺人之志，以爲强附於禮之變而求榮，不若退守乎禮之常而去辱，於以成恭城君之賢，爲子若孫之令望，此閨門之理所以正，推之家國天下而皆順者也。

太孺人生子繼裴，嗣恭城君之弟廣森；次即繼輅，本省舉人。女三，長未嫁卒，次適儲，次適黄。恭城君初娶高宜人，生子三；繼娶莊宜人，生女三；皆太孺人成立之。銘曰：

治於讓，亂於僭。中闈樞蠹不可芟，家如爛魚腹中陷。以禮已僭宜吉祥，恭城之後今其昌。

萬孺人祔葬墓志銘

孺人姓萬氏，先世於宋政和中由進賢遷南城之青綏柳塘，遂世爲南城人。曾祖維淙。祖國寧，康熙五十一年武進士，仕終福州左營遊擊。父選，廣西潯州府同知。母崔氏。孺人年十七歸同縣建昌府學生鄧君漢，二十九鄧君卒，孺人矢志撫諸孤成立。嘉慶十六年九月丁丑卒，年八十。越明年八月乙丑，祔葬於洛硝石羊角山鄧君之兆。子三人：樹槐，國子監生；樹齡，縣學生；樹梅，國子監生。女三，皆適名族。

古者，女史以成法書后、夫人之行，後世史家外戚傳、列女傳，其遺意也。周、秦以來，婦人有彝鼎之銘，有箴，有歌、頌。其卒也，有葬記，有題墓，有石闕，而志銘之用最廣。宋人入家事頗有巧縱不應程式者，唐人用漢碑法，以美言泛頌之。

夫婦人教於父母，無違於夫，宜於家，貞於一，以順成於子孫，言之從同同爾。敬故次孺人家世、生卒,志之石而不爲溢辭焉。

樹齡之子熾昌從敬遊,有才行,因并以告之。銘曰:

是維五十一年守節,萬孺人從夫之穴。四正四維應之子孫,其有興焉者乎!

卜孺人墓志銘

孺人姓卜氏,世爲武進人。曾祖一夔,祖起鳳,父夢齡,母賀氏。孺人年十九歸同縣鄭旦興,敬舅氏清如先生之子也。旦興負異才,有大志,舉於順天,再會試不第,單車出都欲遊天下阨塞,訪奇士,遂不知所之。時孺人之子國子監生良弼甫六歲,舅清如先生及姑朱孺人已老,而家甚貧。清如先生爲儒,一錢不義不取。其治家儉而急,如吴康齋、婁一齋之爲人。

孺人恒與婢僕之下者同甘苦,有加甚焉。方暑煬於竈,婢僕反得清。甚寒,扣冰滌器,色怡然,未嘗使婢僕,以爲舅姑之人也。其順於舅姑由於中之誠,孺人亦不自知爲順也。自旦興去家垂三十年,未嘗敢言其夫於舅姑之前。有告以蹤迹所在者,色喜,而中夜常與良弼飲泣。積久内傷，晨起方舂，目眩黑，抱杵仆地，遂失明，尚時時舂不止也。與敬母太孺人相得，太孺人嘗慰之。孺人曰：「命也，能與命争乎？且性亦安之，無苦也。」年六十卒，嘉慶十五年八月丁酉也。清如先生前已捐館舍，惟朱孺人在堂哭之慟，復念旦興，亦失明。是年十一月壬戌，良弼葬孺人於河北之祖塋。銘曰：

夫之生不可知，夫之死不可知，舅歿姑病不可死而竟死，吾之子孰恃之？

黄太孺人墓表

番禺之有學行者，推張維屏子樹。一日，子樹奉行狀頓首於當楣，曰：「此家君所次先祖妣黄太孺人行狀也。家君主講新會，道遠不得遽至，命維屏爲謁以乞銘。更月，家君歸治祭事，當謹持謁謝。」敬以子樹賢，不敢辭。

按狀，太孺人姓黄氏，錢塘人。曾祖曙，府學生。祖鍾，官廣州守備，始籍番禺。父騏，國子監生。母陳氏。太孺人生六年而孤，二十四年歸張君元，山陰人也。張君始娶於王，亦山陰人。無子，早卒。張君侍父載吕府君廷望客番禺，後亦籍番禺。太孺人歸三年，而張君卒於潮州。卒十日而訃至，是時子炳文生十日矣。太孺人號踊絶而蘇。迨張君之喪至，復號踊絶而蘇。始終以載吕府君之命撫孤，故不死。後八年，載吕府君卒，期功之戚無可倚，遂攜子居母家。共室而自爲爨，母及兄軫之以爲言，則涕泣曰：「吾母子依吾母吾兄，惟母兄保護之，然苟不自食，此髫齡者長無立志矣。且張氏之祖宗子孫何以爲門户乎？」如是者十二年始異居。嗚呼，可謂知大體矣！太孺人卒於嘉慶十有六年三月二十五日，年八十有五。奉聖旨旌表節孝，建坊於門。子一，炳文，嘉慶六年舉人。孫二，長即維屏，嘉慶九年舉人；次維翰，國子監生。

敬又按狀，太孺人卒之年十有一月葬於番禺柯木朗之原，訖今四年矣。禮不可埋銘，世有刻銘於祠堂者，非古也。婦人無外事，又無表墓之法。然古列女之賢者，天下皆繪畫之，鐫於廟垣，刻於墓闕，凡以風示後世而已。碑碣之禮取可風示後世者表之。今太孺人不使其子食於外氏，以長以成，使張氏至今有卓然之氣，此可爲不幸依外氏之式矣。能自太孺人之意推之，凡行於鄉黨，交於公卿，立於朝廷，其不可苟然而食者皆自此始，故特表之以告後世之有志者。嘉慶二十年十月壬子朔，陽湖惲敬謹表。

南儀所監掣同知署揚州府知府護兩淮鹽運使李公墓闕銘

高宗純皇帝御極之初年，大臣以清直重者，在山右曰孫文定公嘉淦；其在聖祖朝，曰于清端公成龍。文定起家侍從，天下知其清而諓言其直；清端以外吏顯，天下知其直而諓言其清；皆朝廷偉人也。文定同年生而爲婚姻者，曰南儀所監掣同知李公暲。李公之孫，曰今廣東按察使鑾宣。按察亦以清直聞於時，懼同知之事勿永述於後之人，且没勿章，具狀請敬銘之墓闕，敬不敢辭。

按狀，公諱暲，字闇成，姓李氏。明洪武中，始祖茂欽自南直隸鳳陽遷山西静樂縣，遂世爲静樂人。曾祖耀然。祖室明，光禄寺署丞。父之檀，高郵州知州，崇祀名宦鄉賢。母劉恭人，生母楊恭人。公幼有至性，長益以孝友自力。年二十六鄉試中式，三十七以例授汀州府同知，旋以采買洋銅輕重不如格，吏議革職。世宗知公清，參本上，即日特旨授太平府知府，榷蕪湖關，調池州，改調淮安府。河決，復革職。高宗亦知公清，發江南以同知用，補揚州水利同知，調南儀所監掣同知，署揚州府知府，旋護兩淮鹽運使，乞長假，歸二年卒，年六十有九。

公爲監掣及榷蕪湖關，人皆視爲脂膏之地，公歲赢悉歸之官，前後且數十萬，無入己者。湖北解京木出蕪湖，夾私木，公如令式税之。其人飾辭愬於湖北巡撫，遂劾公，奉旨置對，欲以侵課罪。公使健吏求之，無所得。後數年，公復榷蕪湖關。大府令求前事侵課狀，公力白之。其廉而不刻皆如此。

守太平時，所屬於歲終持金來謁，出之橐，其封皆布政司印也。曰：「此縣中養廉，非取之民者，願酬知我。」公笑曰：「朝廷以此養公廉，今饋我，是養吾之貪也。」飲之酒而歸之。太平治當塗，官中謂之首縣，嘗朝夕見，後其令調含山，爲含山民所愬。公奉臺檄治其事，令以舊屬遣[二]家奴爲公女治奩，公曰：「汝主貨我巧矣，吾發之，則含山事雖虚亦實，吾不爲也，速持去，無汙我。」

嗚呼，人之能保其節，豈易言哉？自有史傳以來，凡以賄始終者，饋者必飾其辭，爲可饋之説；受者亦必飾其辭，爲可受之計。是故位可以日增，罪可以日脱，使權可以日巧，取貨可以日工。若號於人曰「吾行賄」，曰「吾受賄」，此行道之人所不爲也。如公者可以爲居官之法矣。敬聞清端暮年，饋人參少許者必受。公有故人子饋之，公辭焉。

蓋清端天子大臣，宜通下情，且數十年取大信於天下，無敢干以私者。公則自守峻絶不可弛，即謂之善學清端可也。

公娶閻恭人，繼娶孟恭人。子三：長冀俻，次念祖，皆陳孺人出。冀俻副貢生，嗣公之兄長楊君恂。念祖，候選州同知，娶于孫，爲文定公女。次學夫，沈太恭人出，候選司務。司務亦娶于孫，爲文定公之弟、國子監丞揚淦之女，是生按察，故按察嘗私淑文定焉。銘曰：

府於縣，如家人。近則習，習則親。涅不緇，磨不磷。宜民人，昌子孫。

【校記】

〔一〕「遺」，原作「遺」，同治八年本同，嘉慶二十年本、同治二年本、光緒十四年本作「遺」，今據改。

浙江提督李公墓闕銘

嘉慶十有二年十二月壬辰，浙江提督李公剿洋匪蔡牽於廣東潮州之黑水洋，卒於行間。皇上軫悼，封三等壯烈伯，謚忠毅，予祭葬。十四年，公舊部王得禄、邱良功殲蔡牽於浙江温州之黑水洋，洋匪平。二十年，前揚州府知府、寧化伊君秉綬以公之事請敬銘之墓闕。

公諱長庚，字西巖，福建同安人也。曾祖思拔，祖崇德，父希岸，皆贈建威將軍。母王氏，贈一品夫人。公乾隆三十六年武進士，由藍翎侍衛補衢州都司，升提標前營遊擊、太平參將、樂清副將，因勦林爽文入福建。護海壇總兵緣事革職，公罄家財，募精勇，捕洋匪，獲戕參將張殿魁之林明灼、陳禮。禮以遊擊起用，署銅山參將，丁父憂去官，服滿，補海壇左營遊擊。時浙江、福建洋匪北接山東，西通廣東、西，三面數千里皆盜出没。其内地曰洋匪，蔡牽最大，朱濆次之。外地曰夷匪，多中國人挾安南人爲之，鳳尾最大。一艇載數百人，洋匪曰匪艇，夷匪曰夷艇。夷艇至輒數十艇，蔡牽百數十艇，朱濆亦數十艇，其大較也。五十九年，夷艇始入福建之三澎。公敗之，嘉慶二年升澎湖副將，浙江定海總兵。三年，擊洋匪於衢港及普陀，敗之。四年，鳳尾引夷艇入温州洋，敗之，賜花翎。五年，浙江巡撫阮公元以公可任，奏請總統浙江、福建水師，得俞旨。公申號令，嚴標識，束部伍，信賞罰，自偏裨至隊長、柁工、水手，耳目皆一。於是水師皆可用，能立功。鳳尾引夷艇入台州松門，遇颶風，覆溺幾盡，登岸者悉就俘，獲安南僞侯倫貴利，磔之。自後夷艇不敢至，鳳尾不知所終。是年升福建水師提督，調浙江提督。

先是，匪艇皆高大，我軍仰攻，殊失勢，而匪艇用晋石及鼇脂浴帆，禦火箭，帆下渴烏車，發水及數丈，滅餘火。其舷以錫傅之，不能傷，故不易敗。公與阮公議造大艇，凌匪艇上，至是成，名曰「霆船」，連敗蔡牽於岐頭、東霍，獲匪目張如茂、徐業，兵威大振。其明年，以霆船大敗蔡牽於定海，牽南走福建，乞降。是時，牽已窮蹙糧盡，艇亦朽壞，公窮追，不日可擒，而總督以令箭止公兵，牽得以其間修艇揚帆去。是役也，功垂成而中廢，天下皆惜焉。蔡牽畏霆船，厚賂福建商人，造大艇高於霆船，出洋以被劫歸報。牽得之大喜，渡橫洋，劫臺灣米數千石，分餉朱濆，遂與濆合。九年，戕温州總兵胡振聲，公追之，及於馬迹，敗之。至盡山，復敗之。牽以大艇得遁去，委敗於朱濆，濆怒，於是復分。公與阮公議禁商人造大艇，牽計不行。是年，敗朱濆於金〔一〕、廈，調福建提督。十年，敗蔡牽於龍灣，復調浙江提督。十一年，蔡牽合大隊攻臺灣，別部屯仔尾州，沉舟鹿耳門阻官兵。公至，不得入，諜知南汕、北汕大港門可通小舟，遣金門總兵許松年、澎湖副將王得禄乘澎船攻仔尾州，敗之。其明年，復敗之。二月己卯朔，松年夜率銳師跳海水登仔尾州，焚其寮，牽反救，公遣師出南汕，自後焚其舟，松年出仔尾州夾擊，大敗之。庚辰，復夾擊大敗之。牽棄仔尾州，屯北汕，以鹿耳門沉舟自塞走路也。甲申，潮驟漲，沉舟漂起，牽奪鹿耳門遁去。奉旨革翎頂。是役也，許松年爲軍鋒，前後奪舟大小數十，焚寮及舟無算，殺賊數萬人，尸横數十里，臺灣獲全。公所將止三千人耳。是年，蔡牽復合朱濆走福寧，追敗之。皇上知公臺灣功，復翎頂。十二年，敗蔡牽於廣東之大星嶼，復敗之於福建之浮鷹。十二月，率福建提督張見升追牽。是時朱濆已爲許松年所擊敗死，其弟渥降，牽亦屢敗，羣黨散没，止三舟矣。初，公以謀勇耐辛苦受皇上深知，屢立功，軍事悉主阮公，福建忌之，故主招撫。後被紿，益恚怒，而阮公又以事去浙，福建益撓阻公。公以聞皇上，逮治總督，代以阿林保公。阿林保公初至福建，劾公逗撓，皇上以問浙江巡撫清安泰公，公得直。於是皇上眷公益厚，勑福建不得撓阻，責公專擒蔡牽，與世職。蓋公天性忠勇，皇上拔之廢棄之中，推心委任，不使節制大臣得掣其肘，至是而公不得不死矣。蔡牽雖止三舟，皆百戰之餘，合死力拒公於黑水洋。公自將親軍當蔡牽大艇，公前後臨陣，多親搏戰，至是自擂鼓合戰。良久，冒煙火麾火船挂蔡牽大艇，將焚之，忽礮彈掠過，傷公喉，血湧出不可止，遂仆。而張見升見中軍舟亂，引師退，牽得走安南。蓋見升官福建，每戰必自全，其師不敢縱也。然公雖授命，後卒遵公部勒滅蔡牽，故言水師良將，皆推公第一。既明日，潮州知府至舟斂公，得載櫓，蓋公之誓死非一日矣。

公無子，嗣子廷鈺襲爵，葬公於同安之祖塋。銘曰：

妖鯨叩天飛駿〔二〕雲，長鼉大黿紛輪囷，刳胸剔腹搜其羣。手提雙桴桴不歇，天狗奔空襲明月，誰甕貯之烈士血。煌煌前績銘旗常，五等之錫邦家光，子孫保之噫勿忘。

【校記】

〔一〕「金」，原作「全」，刻誤。案：「金」指金門。

〔二〕「駿」，王校：「潘云：『駿』當是或『馭』或『礮』之訛。」

朝議大夫董君華表銘

君諱大鯤，字北溟，姓董氏，系出唐吏部侍郎申。子孫世居銀城，自銀城遷婺源者曰成祖，至明而族始大。曾祖世源，登仕郎。祖起予，拔貢生，考授州同知。父正台，歲貢生，誥贈朝議大夫。母祝氏，誥贈恭人。君兄弟八人，次居第三。兄弟之子孫皆盛，而君之子孫取科第歷中外者數十人。居東門，是爲東門董氏。敬與君之孫潮青同舉於鄉，後與錬金交，因過婺源，去君之卒四十七年矣。錬金以狀請書君之行於華表，敬作而曰：

太史公爲《萬石君傳》，記一二小事耳，於〔一〕諸子乃記建之誤書、慶之數馬，訖今盎然諄然之意尚見於數千年之後。蓋孝謹之行，累書之皆無奇者也，要在得其意而止，後人反油然而動焉。若後世史家，别爲孝義傳，事事實之，則無所餘矣。敬觀董氏羣從，皆恂恂如不勝衣，於父執進退唯諾必以禮，猶可想見朝議之家法。而門巷之外，朝夕有言朝議之德者，董氏之盛，不其宜乎！且敬行天下故家，未有不以浮薄敗，而以質行興者，則請條朝議爲人之大綱，而詳書子孫名爵於左方，以實朝議之所以能裕其後，亦古者表墓勸善之遺意也。

按狀，君少補縣學生，自祖父爲素封，家君擇人任時，而貲益息，凡長者之事皆力爲之，以行其德，有天幸終不至損其貲，貲且至逾萬而德益行。事親定省之節，中衣廁牏之役，數十年如一日。兄弟至老相愛如幼稚時，娣姒〔二〕皆能喻其意，撫幼弟及孤兄弟子，尤有恩遇。性喜下士，同縣汪君紱、江君永爲儒有盛名，皆折節交之。所著有《十三經音畫辨譌》二卷、《春秋四傳合編》三十卷、《喪服圖考》一卷、《二十一史編年》十卷。卒年七十八，乾隆三十五年也。例授朝議大夫，候選知府。配戴氏，封恭人。子三：兆熊，縣學生，候選衛千總；兆鳳，附貢生；兆謙，例貢生。銘曰：

雙桓之間，朝議之阡也。知其德者，過而下之。其孝謹可賢也。

兆熊房：孫四人。邦超，候選布政司理問；鍊金，舉人，授太常寺博士；邦和，國子監生；朝偉，附貢生。曾孫十六人。桂秋，候選從九品；桂山，舉人，揀選知縣；桂中、桂先，皆縣學生；桂丹，國子監生；桂洲，優貢生，候補訓導；桂標，國子監生；桂莊，附貢生；桂時、桂文、桂堂、桂海，皆國子監生。玄孫二十三人，來孫五人。

兆鳳房：孫五人。國英，縣增生；邦直，國子監生；潮青，舉人，揀選知縣；朝紱，廪貢生，銅陵縣教諭；朝勳，縣增生。曾孫十四人。桂森，舉人，揀選知縣；桂林，拔貢生，鑲黄旗教習，分發山西知縣；桂臺，縣增生；桂敷，翰林院編修；桂新，翰林院庶吉士；桂科，縣廪生；桂開，候選從九品；桂春、桂榮，皆縣學生。玄孫二十二人，惠笙、產彬皆縣學生。來孫七人。

兆謙房：孫二人。之屏，例貢生；朝端，縣學生。曾孫十一人。桂攀、桂煌皆縣學生。玄孫六人。

【校記】

〔一〕「於」，原作「其」，嘉慶二十年本、同治八年本同，同治二年本、光緒十四年本作「於」。王校：「劉云：『其』疑作『於』。」案：作「於」語意較通，今改從。

〔二〕「姒」，原作「似」，據諸校本改。

翰林院庶吉士金君華表銘

君諱式玉，字朗甫，姓金氏，世爲歙人。曾祖茂宣，候選州同知。祖長溥，吏部主事，以君從兄應琦官巡撫，贈榮禄大夫。父杲，國子監生，以君官庶吉士，封文林郎，以君之仲兄應城官禮部主事，封朝議大夫。前母黄氏，母鄭氏，皆贈恭人。

君以國子監生應嘉慶五年順天鄉試中式，考取景山宫官學教習。明年會試中式，殿試賜進士出身，改庶吉士。是年六月三日卒，年二十有八。配黄氏。子二，長讓恩，縣學生；次書恩。

金氏自同知公徒步萬里，輦親骨於甘肅之蘭州，遂以孝聞於時。吏部公與其兄奉直公長洪孝而甚友，用閎濟其宗，蓋有至性而兼能取富貴者也。君之伯父養泉先生雲槐以侍從起家，檠齋先生榜繼冠多士，推文附質，引義合禮，而君之尊甫朝議公壂茨丹雘，贊佑華盛，蓋不忘其祖而能庇其子孫者也。自君之羣從，外陟方面，内奉省闥，玉珂金車，照耀門第，而君獨單衣陋食，闇闇粥粥，從事於竈觚槧簡之間，乃未遂其志而君竟死矣。

君美風儀，善談詠，其學悉宗本師張惠言皋文。君之子書恩，爲敬弟敷之子壻。敬久交於皋文及君，於養泉、檠齋兩先生皆有淵源之誼。今過君之里而君之卒十五年矣。朝議公尚康寧，君之伯兄應瑔、叔兄應珪已前卒。仲兄官京師。弟日瑩、日璡、應玗黽勉侍養。敬心爲恤然，爰作銘於華表。銘曰：

朗甫其有知乎？朗甫其有知乎？銘君者陽湖惲子居也。是亦君魂魄之所期，而凡親君者之所悲也。

大雲山房文稿言事

卷一

與朱幹臣（其一）*

東垣之遊已二十五年，鄙人雖有一日之長，然彼此切磨，斯道之常耳。吾弟前書稱老夫子大人，鄙意頗不願從俗。何也？古者，弟子面稱師曰子；其爲他人言之，不面稱，曰夫子。顏淵「夫子循循然」、子貢「夫子之文章」，與子太叔「吾早從夫子，不及此」、臾騈「夫子禮于賈季」從同，皆非面稱也。至戰國時方面稱夫子，漢、唐亦有此稱，然不必弟子。明嚴分宜當國，其門下諛之，始有老夫子之稱。後人又加以大人，諛而又諛，鄙人不願以此施之于人，尤不願人以此施之于我。雖出之于口，筆之于

* 按：「言事」卷中所録書信，與同一人往來者往往標題相同。現於標題後加注小字「（其一）」、「（其二）」、「（其三）」等，以便讀者檢索使用。

書，人必以爲矯異，吾弟必不以爲矯異也。自漢傳經者曰先，曰生，曰先生，皆祖春秋以來之號。後，唐之韓門、宋之程門皆此稱也。將來吾弟來書，止稱古山先生何如？凡同志皆示之。

與朱幹臣（其二）

七載之別如一須臾。比聞令德勤修，義問宣暢，慰甚慰甚。敬于先儒之説，至四十始樂觀之，然無躬行之得，故所見惝怳，其大端是非，則頗能辨之。前在都中，吾弟問王龍溪《天泉成道記》得失，時未見其書，未有以答。至瑞金始得見之，乃禪之下乘語也，沙門如宗杲等已高龍溪數籌。然《龍溪語録》亦有驚動透快、鞭策學者之言，擇之可也。聞湯敦甫深于此事，前達一書至今未復，殊爲懸望。往歲託秋農之事，吾弟手爲料量，節其所出，則僕于所入易檢，所全甚大，感何如之！僕近狀如常，詳秋農書中，可互觀也。

答秦撫軍

古名人畫，無不古穆深厚，精能奇邁，即逸品亦無率爾之作，故一望可知；且紙絹必精，丹墨必得法，再以各家宗法求之，可千不失一。然骨董牙人尚可顛倒强辨，惟以時代制度折之，則不能辨矣。承示畫卷四匣，每匣分考呈還。鄙見未必是，以大雅垂詢，非世俗苟爲藏弆之見，敢竭其愚，惟原諒之。

趙千里《九如圖》下筆謹細，人物有古意，非吴下俗工所能，然結構平近，少士大夫氣，絹亦非六七百年之物，其裂處皆人力爲之，非自然也，當是前朝内院所作耳。卷尾「臣趙伯駒進上」六小字殊不佳。千里，宗臣，不當稱趙伯駒，宋亦無款書「進上」者，千里别畫皆稱「臣伯駒奉聖旨畫」可證也。圖後光堯書《天保》詩，精麗可觀，其體甚似光堯，然意味凡下，以光堯各石刻較之，有徑庭〔一〕焉。宋帝王畫多無〔二〕押書，惟手勅有押，若寫經語及題畫不必押，贋者見光堯各手勅仿爲之，不知不合法也。光堯書之後，記紹興庚申，乃紹興十一年。范石湖隆興中方還秘書正字，楊誠齋淳熙中方還右司郎中，周益公亦淳熙中方遷起居郎，豈有前數十年已官兩府侍從之理？卷中各結銜可笑也。又進士結銜始于明，在宋無之。奉旨亦始于明，宋多稱奉聖旨。贋者大都不諳故事，是以有山谷寫誠齋詩、天寶稱年各謬誤也。卷後鮮于伯機、王元美兩跋更凡下，其贋不待言。

米襄陽山水畫無氣韻，已失神矣。字係雙鉤，印章一手僞刻，印色亦一色，其裝褫則高手也。

趙子昂《晝錦堂記》。子昂一日書萬字，何至拒手狰獰如此？書款及用印均不合法。

黄〔三〕小癡《桃源圖》。本朝有兩黄璧，其一江西人，字元白，以寫照名；其一廣東人，即小癡也。此圖有意致，而墨非歙製，水用嶺北者，故氣韻不雅馴，其畫樹則形迹矣。

【校記】

〔一〕「庭」，原作「廷」，王校作「庭」，今據改。

〔二〕「無」，原作「有」，王校：「潘云：『有』應作『無』。」今據改。

〔三〕「黄」，原作「王」，王校：「當作『黄』。」案：乾隆《潮州府志·人物》：「黄璧，字爾易，海陽人。晚年慕元人黄大癡筆意，因自號小癡。」即是文中所言之「黄小癡」，今據改。

與饒陶南

月之三日得手書，具知一切。吾弟就試至十三科而不與解額，此天下不可解之事。然有可解者，謬種流傳已數十年。夫已氏所録文，瑣猥益甚，豈能録吾弟淵雅雄古之文耶？然方元英、羅江東之名至今不滅，其時成名而去、青紫被體者當不下千萬人，胥歸于臭腐，天道未嘗不公也。

敬于古今士君子之所知能者，尚有菽麥之辨，吾弟當翩然而至，商略其然否。其樂當不啻如造朝堂，進退百司，而使天下大治也。獻歲于南昌專俟，或僕不至南昌，吾弟亦買舟南上，以踐此諾，將使兒子輩受業門下，佇望佇望。

與周菊伻〔一〕

軍門客次，始識清顏，嗣後彼此投謁，均致相左，然稠人廣坐，未常〔二〕不心儀閣下及蕭宜黄、朱安義諸君子，慺慺之誠不可解也。春中發棹南還，舟駐虔州，大兄奉檄穀山，乃成邂逅，何快如之？

貴治山多田少，民氣凋敝，與敝邑相當。然大兄通才遠識，定可轉移；若敬者，坐困五年，言之有愧。昔人曰「東南民力竭矣」，以今觀之，官力其尚有餘耶？前倉猝舟行，致以瑣事奉托，方深惶悚。大兄乃給札來人，足徵精審，所謂謝幼度〔三〕使才，履屐亦得其任也。

【校記】

〔一〕篇名嘉慶二十年本、同治二年本作「與陶菊枰」，同治八年本作「與陶菊平」，而三本書前目録皆作「與周菊枰」。

〔二〕「常」，嘉慶二十年本、同治八年本同，同治二年本作「嘗」。

〔三〕「度」，原作「慶」，刻誤。案：此用東晉謝玄故事，玄字幼度。

答顧研麓（其一）

前月接奉手書，復示大著，敬服敬服。敬前客真定，小韓先生方分守清河、常山，左右有名士、名幕、名宦之語，敬始知鄉前輩中有如是文章政事不可及者。往歲留滯章門，知閣下爲先生令子，綽有家風，然未知清才遠想，能盡空凡迹，真爲喜而不寐也。

敬于詩文，埋頭三十年，以頑鈍無所得，然好之不已。將來萍蓬流轉，或得乍合，當與閣下窮日夜討論以相證，此吾輩未忘之結習也。蒙鈔示《匡謬正俗》兩條，而平頭于氈梠中遺失，亦由敬之不慎，可愧之至，希復鈔示爲感。

答顧研麓（其二）

頃奉手書，具知一切。委題尊照，勉力應命。此後題詠者必多，但此題不可著迹，一著迹非腐即滯矣。同人必以此告，庶無冬烘之詞玷佳卷也。

尊大人詩集，略爲詮次，未知有當否。若付梓之時，一切行款敬當盡其愚。蓋刻書大忌體例不一也，如集首下行載尊名，稱恭録皆不妥，蓋其地宜載尊大人名與字，尊名校刊當在每卷之後，不可淩雜。又凡御製詩目，下書恭録，家集宜避，最爲緊要。其餘不合法者尚多，梓時細定可耳。古者一集不再序，今時賢屢序，徒爲聲氣而已，一何可笑。尊大人集已有三序，敬意削其不可者二篇，留一篇，改其不合法字句冠集。如敬再作，是疊床架屋，深可不必，裁之裁之。如以鄙意爲然，明年省中付梓，或石城付梓，皆可盡其愚也。

與聞茂才

往歲聞尊府君捐館，深爲駭悼。來書以伐石之辭，非下走不足以信尊府君之言行，下走何人，敢當斯語耶？此事榛蕪五百餘年，近代所稱作者，尚各有短長，而世之名公鉅卿，上牽功令，下沿習俗，益卑猥不可言狀。下走以處下位，可以力求古人尺度，而才又劣弱，不足以達其所見，甚愧甚愧也。然于尊府君有一日之知，誼不敢辭，謹序草稿如别紙。

金石文字，一語不可輕下，題識尤不可率爾。舉人不當結銜，止書勑授文林郎可也。漢人金石文三公稱公，餘皆稱君；唐人則監司以上有稱公者，曾爲之屬也。尊府君銜應照來式入石，至下走列銜宜書見官。其餘俗人，結銜累累，雖一品，詒笑大方，不可從也。

答黎楷屏

往歲仁弟移入行省，敬奉檄還縣，未及言别，至今歉然。年逼事稠，前書乃書記屬草，曹史寫送，荒陋可弢。發春得手報，讀之殊增内愧，藉悉興居萬福，德懋業勤，復爲欣慰。敬吳下小生，未嫻時務，名公卿諒其心迹誠直，每加意優容，敬事過輒悔。昔人知四十九年之非，敬今知五十年之非矣。受事後以柔道拊循，而蠹役預請退卯。在鄉婪索者，聞輿過，遺衣物而逃。鷹鸇不如鸞鳳，斯言當不吾欺。治下如此，事上能折節行之，豈有不諒者耶？

《彌勒贊》甚佳，此體自諸經偈語發源，北宋張無盡等祖禰之，至有明益大其流。敬前題沙白君《跏趺圖》偈，足相發，兹附上。又近作《楞伽經書後》亦附上，仁弟以爲何如？

與黎楷屏

夏間朝夕過從，吟琴讀書〔一〕之外，復窺仁弟立身之謹而能斷，擇交之和而能別，真令鄙人有珠玉在前之歎。

至詩之爲道，仁弟既好而習之，其意不患不精，其才不患不博。然仁弟喜禪，敬請進以禪言之。「即心即佛」者，格與調之説也；「非心非佛」者，不必格與調之説也；「這老漢惑亂人，憑他非心非佛，我這裏是即心即佛」者，格與調皆至，不旁睨不格與調之説也。近時，袁子才有「格調增一分則性情減一分」之説，鄙意以爲無性情之格調必成詩囚，無格調之性情則東坡所謂「飲私酒喫瘴死牛肉」發聲矣。蓮水出於子才之門，而其詩渾雅，前書所謂無琵琶聲也，可知非廢格調，專任性情矣。試以鄙意商之，然乎？否乎？以禪言詩自嚴滄浪，而虞山大之，已成窠臼，敬復云云者，以爲仁弟所喜耳。

【校記】

〔一〕「讀書」，同治八年本同，嘉慶二十年本、同治二年本作「讀畫」。

與吴良園

往歲于廖觀察處得手書，知有粤中之行，當即作報，後竟未聞油旌過嶺，殊爲懸繫也。敬勞勩一生，無所成立，可愧可愧。待質之事，姻朋共引翼之，得免隕越。竊念敬於口舌之事不能容人，而常爲人所容〔一〕；仕宦貨財之事不能緩急人，而常爲人所緩急。如此不悔悟，真敝人矣。曉帆并各相知處，希用鄙意釋之。

【校記】

〔一〕「而常爲人所容」，諸本皆無「人」字，王校：「應有『人』字，原刻亦無。」今據上下文意補。

與福子申

往歲由九江太守官封遞到手書，知仁弟赴官粤東，喜慰之至。後詢之贛州，則騶從早已過山。未得一見，叙六年中别〔二〕愫，并不及專遣童奴祗候道周，甚爲歉歉。由江西各府，九江極北，贛州極南，而瑞金又在贛州之東，去九江二千里，是以仁弟所發書到瑞金計一月有餘，致此差誤。今歲得手書亦由九江遞到，然自贛州北至九江，復自九江南至瑞金，往返四千里矣。嗣後，當止託贛縣邱君，可速到也。

粤東官事如焦原火發，非一手所能撲；漏防雨潰，非一簣所能障。雖然，天下事皆天下人爲之，非仁弟之望而誰望耶？方今制府精鍊，撫軍和厚，可大有爲之時，敬方傾耳而聽也。順德近接省會，民情土俗，仁弟必一一措置得宜，無煩進説。所念念者，張藥房久爲昔友，其二子聞甚有才，仁弟其有以教之。夫人油幢想同南指，令郎君讀書何如？京中逋負，想不至多多。蓋此物一累則才爲所局，德亦爲所拘，敬即已覆之前車，故詢及此耳。

敬隨常調官，爲衣食計，無謂之至。至瑞金後，鬚已蒼白，日中昏昏欲卧，曉卧不能起，已頹然就衰，真無志於世。癸、甲、乙三載，連得三女，頗能聰慧，堂上康强，細弱皆安善。子寬十一月二十九日到署，今歲教兒子輩讀書。子由理内外之事，頗爲竭蹶。蓋瑞金所入之數，公使之銀已去其三之二也。目下因三命之案赴南昌，如可退，不復戀此雞肋矣。

【校記】

〔一〕「别」，原作「刖」，刻誤，同治八年本同，嘉慶二十年本、同治二年本作「别」，今據改。

與廖永亭

月初，侍老母至贛，諸蒙厚念，感謝感謝。舍利橙子，舟中藉禦嚴寒。近至縣，已漸和煦，而仁弟方將北行，今冬出都必需此，是以專人奉上，非介介也。

仁弟所示古銅器，乃夷矛頭耳。敬作《古兵器圖考》附呈，可按圖索之。古有以玉石爲兵者，自蚩尤以後皆以銅爲兵。《考工記》斧斤、戈戟、大刃、殺矢之齊，皆銅也。戰國始兼用鐵，而用銅至西漢尚行。《漢書·食貨志》「收銅勿令作兵」、《韓延壽傳》「取官銅作刀、劍、鉤、鐔」是也。所示夷矛頭，製甚巧，而銅不精，其西漢所鑄歟？

投壺，古皆并席危坐，手投之，矢用棘。今京師士大夫削竹爲矢，并足立，自上擊矢入壺，失古意矣。

所詢演禽之書，此出近世，古無是書也。以十二生配十二支，始于《論衡·物勢篇》，以日月五星加二十八宿，見於西域《宿曜經》，皆鄙淺無深義。至以二十八禽配二十八宿，乃自十二生附會之，明人方著其說。今演禽書中屢舉許真君，當由近世道士所演，孔子之時豈有是耶？不可信也。仁弟不恥下問，故一一詳之。

附上素心兩器，惜無好〔一〕磁斗，然已伏盆，不必易也。

【校記】

〔一〕「好」，原脱，同治八年本同，嘉慶二十年本、同治二年本有，今據補。

與廖聽橋

去歲十二月在贛，見大姪行止安詳，言語平正，甚爲欣喜；又見書法大進，惟未見近日文字耳。

承示銅器，均非佳者。其大雷紋花觚，近今俗工所鑄也。銅洗無銘識，工亦不細，大姪能多讀書則自能辨矣。

敬回縣後，悤悤年事，殊無好懷，幸闔署均安善而已。耀仙詩稿前曾略窺津涘，清老之作，時賢所難至。作序之説，前諾未忘，然此事不可草草。第一，須耀仙不請他人作序及自序方可爲之。蓋古法無重序也。今時疊牀架屋以爲聲氣，不知見笑于大方之家。其二，須盡讀其所作，方有運思遣辭徑路，否則公家言耳。其三，亦須稍識耀仙生平踪迹及交遊之人，方能不諂不瀆。蓋以言諛人，以文諛人，皆非君子之事也。其四，作耀仙詩集序，自當耀仙專致一書，不可大姪代爲請序。四者皆不易之理也。大姪有俠腸，有豪氣，有勝情，有遠志，然每事必須于不易之理斟酌盡善，則成大器矣。

青面手本乃官場惡模樣，敬與大姪如一家骨肉，豈可用此？兹謹璧還，嗣後不可復用也。

與徐耀〔一〕仙

虔州得晤，如見王長史、劉尹一流人。鄙人塵容俗狀，不滌自去矣。大集悾愡中稍一涉獵，沈著老脱，無一語不自古人來，無一語似古人，非三折肱不能至。聞聽橋有付刻之説，此天下所快睹也。前從聽橋索得夢樓太守集一部，舟中反復觀之。夢樓詩名五十年，豈無所得？然敬頗有未當意者，以其意太淺，詞太華，用筆太巧也。

尊見以爲本朝詩人近體似唐，古體多似宋；鄙意《國風》之諷，大、小《雅》之正，《周頌》之和，《魯頌》、《商頌》之奮厲，皆爲聖人所取，唐亦可，宋亦不惡，惟忽似唐忽似宋，進退無據，則爲可笑，誠如尊見耳。

【校記】

〔一〕「耀」，嘉慶二十年本、同治二年本作「曜」。

答曹侍郎

去歲吴萬載到江西，得奉手書，藉悉台侯萬福，當即肅復，由姚秋農修撰呈達矣。今至章門，當局不以爲狂以爲狷，和〔一〕之者亦復不少，先生以爲然乎否乎？前二十年在都，張臯文、王悔生諸人目爲亦狂、亦狷、亦隘、亦不恭。至今已年五十矣，自視茫然，豈敢自附于有不爲之説？然人人之云必達之先生者，先生知我，必有以進我也。

瑞金去章門一千餘里，邸鈔數月始一至，朝廷政治，在下位者聞不聞俱無所輕重，惟一二大君子心甚懸懸，而先生則敬之所企仰者，一切動定望詳悉見示。

近得劉海峰先生集，筆力清宕，然細加檢點，于理多有未足，先生以爲何如？

【校記】

〔一〕「和」，同治二年本作「知」。

與舒白香（其一）

前登舟之後復得天香館暢飲，坐中蓮水、楷屏又俱雅流，可謂快意。越日發棹，爲風水所阻，不及二十里便泊舟。每日如是，至前月初三日方至南城，十五日方至寧都，二十五日至瑞金。溽暑奔馳，面目可想，惟得免分校，不致再勞往返。而途次廣昌，得家慈書，精神如常，仍能燈下讀書，一家細弱俱平善，可慰仁弟記注耳。

文章之事，工部所謂天成，著力雕鎸，便覿面千里。儷體尚然，何況散行？然此事如禪宗箍桶脱落、布袋打失之後，信口接機，頭頭是道，無一滴水外散，乃爲天成。若未到此境界，一鬆口便屬亂統矣。是以敬觀古今之文，越天成越有法度。如《史記》，千古以爲疏闊，而柳子厚獨以潔許之。今讀伯夷、屈原等列傳，重疊拉雜，及删其一字一句，則其意不全，可見古人所得矣。至所謂疏古，乃通身枝葉扶疏，氣象渾雅，非不檢之謂也。敬于此事，如禪宗看話頭參知識，蓋三十年。惜鈍根所得，不過如此。然于近世文人病痛，多能言之。其最粗者，如袁中郎等乃卑薄派，聰明交遊客能之；徐文長等乃瑣異派，風狂才子能之；艾千子等乃描摹派，佔畢小儒能之；侯朝宗、魏叔子進乎此矣，然槍棓氣重；歸熙甫、汪若文、方靈皋進乎此矣，然袍袖氣重。能擗脱此數家，則掉臂遊行，另有蹊徑。亦不妨仍落此數家，不染習氣者，入習氣亦不染，即禪宗入魔法也。

《恭勤墓志銘》及《萬公祠記》在春州處，便中可索觀并正之。

與舒白香（其二）

前月，天香鄰館飲酒之後，即解維東還，果堂先生來，始知仁弟復有敗意事。天始既置白香于愉適之外，今乃置白香于憂患之中，如之何？如之何！嵇〔一〕生有言，「又讀《老》《莊》，重增其放」。敬以爲善《老》《莊》者愉適，憂患不能干之，則性情皆本然者耳，得其和則有之，豈至增其放哉？仁弟于《老》《莊》可謂善矣，以鄙言爲何如？近有調蔣權伯詩，無一語是《老》《莊》，然得《老》《莊》至處，録呈是正，可爲知者道耳。

二十三日往潯陽，歸途遊天池，視壁間第一語即知爲仁弟詩，二僧同行皆大笑也。

【校記】

〔一〕「嵇」，原作「稽」，嘉慶二十年本、同治八年本同，同治二年本改作「嵇」。案：姓作「嵇」字，今據改。

與鄧過庭〔一〕

得手書，具知一切。今年秋闈，敬不料能整齊如此，方悔前之力辭入簾，爲過于避事。然夫已氏者素日悉其能，榜前已豫料多屈滯矣。足下清才，何慮不達？遲速命也，何足介懷？况年力富甚，方將遠追賈、董，近躡歐、曾，豈效小生俗儒硜硜望售耶？丁贊府舊交，不可輕告去；温南城爲人詳密，且可近奉晨昏。二者望大雅裁奪。至寒署荒陋，又處嶺徼〔二〕，無可推轂。足下如不棄，翩然來儀，止可商訂古今，若溝渠之水，圖潤百里，足下亦知其力不任此也。

【校記】

〔一〕篇名目録作「答鄧過庭」。

〔二〕「嶺徼」，同治二年本作「嶺嶠」。

與裘春州

前曾與蓮士先生商《恭勤墓志》，其意以未竟用爲綱領，兹已擬就，録呈大裁，敬即日録寄京師矣。

于文襄所作《文達公墓志》，乃墓表體；袁子才所作《文達公神道碑》，又雜墓志體，其間書法不合處甚多。鄙作雖弇鄙，不足以揄揚恭勤，然不敢妄下一語也。其書法既以墨圍別之，仍標義于行首，非敢如東方先生之自譽，不過望將來天下操筆墨者不率爾而已。奏疏、文集附上，《三江圖考》擬欲作一文辨之，暫存敬處可也。

答陳雲渠（其一）

大著清刻幽雋，得山谷、誠齋諸老筆意，俗人不能措手也。鄙見詩文當從一家入，至能兼諸家，然後自成家。高明以爲何如？佳處已用墨圍圍之，未信者細書卷中。△一人之論未足概諸君子，暇中自定之。

敬至貴處已一載，今數日内連診三命案，復有逆倫者，深用自愧，至貧乏非所計也。彭躬庵文氣甚和，而鋒不可犯。丘邦士文奇瀒，不蹈襲前人一語一意。明季年多異才，吾宗遜庵先生文亦然。然皆非正宗，擇之可也。

答陳雲渠（其二）

前過黄安，山水清佳，可以遊賞。若治形家之説，應於此處求之。縣東同登之山，土氣巖獷，未必善也。

輿中閲《後漢書》，如《馬援》《袁紹傳》不讓孟堅，《董卓傳》閲之殊苦，不了了。鄙見如是，未知高明意中何如？

承祚《三國志》魏繫於吴，吴繫於蜀，地勢事迹不得不然。帝魏之説本不足憑，卷帙多寡更不必置論。《魯肅傳》有「但諸將軍單刀俱會」之言，非雜劇妄題，然詩文中難用。

凡經史事，世俗所習知習言者，宜用意鍛鍊之，或暗用，或翻用，不得不然。識之。

答陳雲渠（其三）

十四日得手書并闈藝三篇。首藝前已于貫汀處見之，加墨圍寄還矣，是必雋之作。次藝、三藝亦佳，深以爲喜。不意十五日晚間，省中題名録至，則相知中無一人雋者，大奇大奇。此科文如仲岳之才氣、貫汀之清拔、允中之愜適、守齋之瀟灑，與吾弟之平正駘蕩，皆宜雋而不雋，豈果有命耶？雖然，君子盡其在我者而已，其他則何尤焉。

今晨貫汀來，適敬讀《張睢陽列傳》，因同讀之，爲之氣充神溢，如置身青雲中，下視高爵厚禄與糠粃何異，況區區一舉哉？睢陽豪傑忠義之士，能使一千餘年後如此，則上自聖賢，下及一技一能之士，其有得于後世，雖淺深大小不同，而引人著勝地則一也。

少遲當來署中快談數日，貴體想可如常。敬自八月中旬患手疔，至今腕弱頭暈，不能自作報書，因令小胥抄録。前玉箸篆及草書，頗有進境，疾後又廢。令叔挽聯尚未寫也。

答陳雲渠（其四）

得手書，推許過甚，不敢當，不敢當。敬少時詩學太白，後漸入香山、東坡，所嗛嗛不足者太似耳。析骨還父，割肉還母，方能現清浄身説法，詩何獨不然？至文亦太似韓、曾，高深處尚不及，未知何時能自立一家也。象山之説益不敢當，不敢當。

昨與相知言及近事，敬告以陽明先生田州之事，幾敗于賓僚，何况不如陽明者，豈敢望象山耶？

前書所言藥玉即罐子玉，雖精華，不可寶。漢銅有贋，而宋銅無贋，故可寶。吾弟在縣，有翰林公相投契之言，恐吾弟眩其所寶，故爲此隱語耳。

答陳雲渠〔一〕（其五）

得手書，知體中違和，竟不應舉，謹疾之道，必當如是。今天下清才正學多矣，使皆不應舉如吾弟，豈非有心斯世者所當慮耶？然家庭大和，文史足用，仰不愧古俯〔二〕不愧今，吾弟固有以自樂矣。

敬交代之事，籌畫三千有餘，可以集事。復因多年命案，爲大府搘搿，幾于車覆。少定當北行。世路茫茫，未知脱〔三〕駕何地也？

【校記】

〔一〕篇名嘉慶二十年本、同治二年本、同治八年本作「與陳雲渠」，底本殆據目録改。

〔二〕「俯」，原作「仰」，嘉慶二十年本、同治八年本同，同治二年本校改作「俯」，今據改。

〔三〕「脱」，同治二年本作「税」。

與李守齋〔一〕

得手書，辭旨清妙，即此便非俗人所辨。不俗與俗，如水火陰陽，夫已氏豈有大雅之識耶？敬八月中已決饒陶南與足下之不能雋矣。闈卷加墨圈奉還，勿使俗人見，彼方謂吾輩相標榜耳。然敬所以告足下者，曰安命，曰力學而已，固非絶人以不可知，亦非求人之必知，于天下後世尚然，况科名一事耶？得閒可來荒署作十日遊，敬亦將示以所得也。

【校記】

〔一〕篇名目録作「答李守齋」。

答楊貫汀

允中來，知吾弟與雲渠俱以疾不應舉，繼即得手書，所云同同，深爲歎惜。今歲江西闈又失二奇矣！雲渠來書，波委雲連，動蕩可喜。吾弟書緻，潔如玉映，徹如水晶，其人可知，其人可知。敬古文一支，當在綿水左右，然老重下筆，及一瀉千里之處，尚望留意焉。是道止争識力耳。

與鄒立夫

前日見過，以諸事沓來，未得永日談笑，深以爲歉。昨得手書，慰甚，然何言之謙耶！僕與吾弟爲文章道義之交，當每事質言，毋過爲推挹也。

大著一册，尚未下籤，然已繙竟。大都瑞金諸詩人，多枯槁之士，故邊幅不廣，雖極高如南岡，極雋如狎鷗，皆不免此病。吾弟氣逸體縱，有不可羈靮〔一〕之概，而風回雨止，仍復寂然，此得天之最厚者。由是而充之，排金門，上玉堂，與時賢頡頏；再充之，吞曹、劉，奪蘇、李，與古人頡頏，分内事耳。然不可自高，自高則所見浮；不可自阻，自阻則所進淺。浮與淺，則下筆俳巧、甜俗、粗率皆來擾之，而且自以爲名家大家矣。吾弟用吾所戒，久久行之，何慮不傳？傳何慮不遠？以敬爲識途之馬則不敢辭，若以敬爲千里之驥而附之，恐亦百步而止耳，賢于十步幾何？

今少年人詩集序至四五，題辭至數十，無謂之至。俟吾弟至四十，敬不過七十，當爲作序，今且以此書書之卷首如何？

【校記】

〔一〕「的」，同治二年本作「勤」。

答鄒立夫

前席問問及沈休文韻書，此久已亡失。明末嶺外妄男子乃僞撰行世，朱錫鬯檢討《廣韻序》常〔一〕言之。世間學問不可盡，即考訂一家已有僞學、俗學、僻學種種不同，非多讀書、親近大君子不能別也。吾弟少年，自勉而已。

來書問等韻之學，此事近儒江慎修先生《四聲切韻表》最爲詳慎，其勝前人處有數條：字母用三十六，不妄意增減，一也；韻用二百六部，不用十二攝，二也；入韻分系各韻，皆推明其故，三也；翻切用音類母位取切之音和，不用舌頭、舌上、輕唇、重唇之類隔，四也；清、濁、次清、最濁用字標明，不用黑白圍之暗記，五也。吾弟守此，用力足矣，不必他求。蓋音韻易淆，求密反疏，求全反漏，取其師承之詳慎者從之可也。不然，齒牙爲猾，寧有既耶。

來書問《字彙》所列之二圖，其第一圖自公至鳩四十韻，各爲一章，緯以四聲，經以字母三十二，所謂《韻法直圖》，得之新安者也。第二圖平、上、去各爲二章，入爲一章，上列字母三十六，旁列各呼讀，所謂《韻法横圖》，得之宣城者也。前一圖删知、徹、澄、孃四母，并合敷、非二母，于微母上增一虚位，故不用字母本字，而以一至三十二掩之，真臆説也。

來書問《字典》所列之三圖，其第一圖共一章，别開口、闔口、正韻、副韻，而以十二攝經之。第二圖十二攝各爲一章，而以三十六字母緯之，與第一圖相發明，蓋一人之作也。第三圖，十二攝分爲二十四章，而開口、闔口分廣、狹、通、偈四門，即第一圖之開闔也，十二攝各有内外，即第一圖之正副也。《字彙》、《字典》各圖之義不過如此。

大抵古人翻切生于雙聲叠韻，後因雙聲有字母，因叠韻有韻書，既有字母、韻書，即可列之爲圖，易于標射。蓋有翻切而後有圖，非有圖始可翻切也。然方言之不同，今古音之各異，雖聖人不能齊焉。故古人所作各圖，人自爲學，家自爲書，互相攻詆，如邵堯夫、司馬君實諸大儒所傳之圖尚各有出入，何况近時之學哉？善學者求其能詳慎者用之，如《四聲切韻》及《音韻闡微》、《古音表》皆可用也。

來書問三合之説，考《華嚴》四十二字母有三合一音曰「揭多羅」，乃三合爲一母耳。古人翻切皆止二合，無三合之法，三合、四合至本朝始大行。

來書又問發送收之説，此一音具三音，欲音之準耳，非三音合一音，如「揭多羅」也。錢辛眉先生曰：「西域字母，《婆羅門書》用十四字，《涅槃經》用二十五字，《華嚴經》四十二字，若三十六字者，乃唐末人爲之。」此通人之論也。其集中答問及《養新録》論字母者，遣曹史寫送，可留意焉。

吾弟爲學，慎無速求多，當以漸積之則多矣，《小畜》「懿文德」之義也，况君子多乎哉！

【校記】

〔一〕「常」，嘉慶二十年本、同治八年本同，同治二年本作「嘗」。

與邱怡亭

乙巳夏首，始識尊顔，鄙見以爲少年貴公子，中年豪客，老年巧宦而已，殊有不足之意。往歲過贛，而二兄適被劾，窺二兄意言之間，非猶夫豪客巧宦之胸次也，然後不以悠悠視二兄。及今歲至章門，始知二兄之爲人非敬之所能及也。二兄才甚奇，氣甚高，而遇甚蹇，不得已黽勉于君子之所務，馳騖于衆人之所争，胸次中其有必不願人知，而人亦不能知者乎？敬奔走半天下，所遇之人多矣。今僻處嶺嶠，願通言于二兄，使知江西有一惲子居，則邱怡亭亦非萬萬人不能知者，二兄必爲之酣然而笑，瞿然而傷也。

與章澧南

四月中旬，疾中草草叙話，即卧輿中南返，旋至雩都，至贛幾兩月矣。奔馳之苦，所不堪言。回縣後得書，深爲欣慰。承見示《海峰樓文集》〔一〕，二十餘年前在京師一中舍處見之。今細檢量，論事論人未得其平，論理未得其正，大抵筆鋭于本師方望溪先生，而疏樸不及，才則有餘于弟子姚姬傳先生矣。前閣下以潔目之，鄙見太史公之潔，全在用意捭落千端萬緒，至字句不妨有可議者。今海峰字句極潔，而意不免蕪近，非真潔也。姬傳以才短不敢放言高論，海峰則無所不敢矣。懼其破道也。又好語科名得失，酒食徵逐，胸中得無滓穢太清耶？狂瞽之言，未必有當，惟閣下擇之。

【校記】

〔一〕「海峰樓文集」，「樓」字疑衍文或「詩」字之誤刻。

與湯敦甫

春間得復書，儒者之氣盎然楮墨。及讀其辭，益知先生之所養非歲年所能至也。瑞金去京師六千里，去江西省城一千五百里，所傳聞多不實，然時于邸抄中見先生名，則爲之一喜。及閲事實，皆先生所齟齬者，想有道必不介然。然敬辱在下風，爲不寧者久之，又不詳其事始末，何以能乘流雲，御飛鴻，一盡其拳拳于先生之前耶？

近作數首在來卿所，亦不足觀覽，故未寫送。舍弟子寬在都，惟先生進而教之，如敬身受益也。

與楊鹿柴

前所送《采菽堂古詩》并郭茂倩《樂府》，下走意欲以數日點定。病懶未涉筆，昨見兒子穀架頭歸愚尚書《古詩源》，其點定頗無大謬，足下可照録一過，則所獲多矣。貴邑謝南岡先生詩甚佳，七言少遜，然其格尚在《狎鷗亭集》之上也。足下自號鹿柴主人，而欲引鹿門、柴桑之事，此則甚非。龐、陶二公皆衰年處亂，各有所寄；足下方當壯盛，侍奉庭闈，于二公何所似耶？若如王右丞、裴蜀州之偃仰輞川，是亦曾點異乎三子之意矣。下走以此意爲之説，足下當亦犂然于心，若其他穿鑿之言，則非大雅所尚，下走理不可陳也。

與余鐵香

得書，知侍奉萬福，興居勝常，甚慰甚慰。至試事得失，不願吾弟介然也。君子遇失意，爲人必有所進；小人遇失意，爲人必有所退。吾所見人才，得天下大半，如吾弟天資傑出，可以上追古人。所不可料者，講習無專門之師，結契無高世之士，以放蕩爲筆墨上流，以詭僞爲酬酢公法，浮沈于詩盟酒社之中，滅没于高科上爵之内而已。今不稱意，必反而思，起而悔，求其是者，去其非者，方將掉韓、歐之鞅，叩朱、陸之門，摩范、富之壘，而何爲介然耶？千里開函，當爲氣盛，勉之而已。

與胡桐雲

前者，騶從遠臨，甚慰甚慰。復蒙惠賜荔枝二盒，瓊玉之膏，溢于齒頰，逮及童稚，感何如之？昔彭淵才以海棠香國爲善州，敬前在渝水聞檄調瑞金，賓客皆言過遠不可往，敬答以但往可飽噉荔枝。乃三年之内，荔枝熟時皆不在署，今始得償願，真不虚瑞金一行矣。

大著清新雅飭，惜敬不敢當耳。數次泚筆，欲爲和章，皆爲吏事敗意。稍暇，當勉强爲之也。墨卿太守風流照映，不愧昔賢。敬常謂翠庭先生爲道學而不迂，墨卿太守爲文苑、爲循吏而不矜不肆，乃寧化必傳之人也。

墨卿于閣下爲丈人〔一〕行，閣下朝夕相從，其饒益甚廣。惟目下溽暑，寧化至臨汀皆山道，敬若至府中，閣下斷不可邀墨卿，將來相見有期，不必急急也。

【校記】

〔一〕「丈人」，原作「大人」，嘉慶二十年本、同治八年本同，同治二年本改作「丈人」，今據改。

與孫蓮水

舟中執手，不及暢言。翼日解維，順流東下，每逢勝賞，追挹高懷，安得如先生者數十人，分住山水佳處，爲惲子居作主人耶？

十月下旬過金陵，見令郎甚英尚可喜，略觀制義及排律詩各數首，辭意俱有法門，氣甚清旺。然鄙意不願其爲作家之文，蓋少年當以才子之文爲主，壯年、老年再入作家，方得此中法華三昧也。令郎挽留作竟日談，敬以欲訪覺修吏部，即往城北而竟未遇，覺修來舟中，又未遇，彼此奔馳，可弥也。

十一月至家，婆羅巷賃屋已爲主人索去，老母寄居江鄉，幸大小俱藉庇平安，無勞遠念。誦贈詩至「還扶白髮看娑羅」之句，老母甚爲解顔。敬歲底中寒大病，正月十三日方北行。二月初十日過德州，吾鄉劉申甫孝廉先行一日，屬淵如分巡設饌作痛飲。而敬酣卧車中，竟行至二十里坡方覺，其爲可歎益甚于金陵之事矣。申甫，文定公之孫，治經行文俱冠流輩，將來相遇可交也。

與瞿秩山

一别十三年，敬髮已華矣，如何如何！聞大兄家居之時，始終不入州郡，此事吾鄉蓋難言之，得一二有志者挽回，甚幸甚幸！趙恭毅、劉文定去人其間豈甚遠耶？曩者同赴禮闈，敬與仲甫皆好爲議論，大兄退然默然而已。然爲部郎則辭賑差，爲侍御則劾朝審，而家居又能如此，是躬行則常在前，口語則常在後，古人所尚，非大兄而誰？惜蜀中險遠，不得親見設施，然可信其必異乎人之爲矣。瑞金多頂凶案，敬前後六年，力反之，于是各案皆遲延，至銷去加三級、紀録七次，罰俸二千三百兩，若再回任，將何級、何紀録抵銷？真不可不慮。

又舊日會匪未浄，私硝、私磺充斥，雖屢次設法清理，而根株難盡，望之如畏途。兩淮都轉廖復堂先生係敬舉主，如維揚〔一〕有可休息之處，便當棄官而歸。然古人有言，仙人尚肯耶否耶？以敬負累，欲望之都轉一人，亦非易易事也。

【校記】

〔一〕「維揚」，原作「維陽」，同治八年本同，嘉慶二十年本、同治二年本作「維揚」，今據改。

與秦筠谷

半載灌城，晨夕過從，朋友之樂，乃借冠蓋之地商確〔一〕性情，慰甚慰甚！歸途復藉緩急，得無阻滯，月内已抵縣矣。

小峴先生未及修書，以鄉閭大君子不可一札申候，如南華老人所云「竿牘」而已，是以遲遲，仁弟必賞契此言也。長寧有風調氣格，此次過虔，彼此相左，竟未得見。仁弟北上之事，所以處人已甚能得其平，然世人必有以爲迂者。敬常謂今之士大夫不病其迂，病其常不迂，且以其不迂排人之迂，此吏治之所以日偷，士大夫之氣節所以日壞。在有志者自勉〔二〕之耳。

劉于宋之案，官、吏、役皆欲蔽罪此人，其寃惟敬一人知之，而不能白之，真可恥；然格殺賊盜，罪止杖耳，敬何必苦争，使再延緩，致斃囹圄。仁弟顧我厚，故敢陳之如此。銀三十兩希付司籍，敬有所需可再貸也。

【校記】

〔一〕「碓」，同治二年本作「摧」。

〔二〕「勉」，原作「免」，據同治二年本改。

與左仲甫

丙寅秋中，曾得手書，至今五載有餘矣。中間敬一離任，三調省，其奔走可知，兼之賓從雨散，傔僕無解事者，又時病時起，是以不及通問，二兄必諒之也。去冬舟過皖江，遇通判鄒君，詢知二兄興居，深爲喜幸。至都，都人士皆道二兄之美，比之張、趙，比之應、劉，何快如之！

敬駑下之資，露才揚己，蹭蹬半生，幸老母康强，細弱均安善。四月中，摒擋出都。如維揚有可休息之地，移家過江，與南山南、北山北何異？若不如願，則一身挂帆西上，當如武侯出師，先爲可退之地也。秋間旌旆在皖，或可一遇。世事日多，舊交日少，日多者久非從前面目，日少者尚有此後性情，然能遇不能遇又未知何如，真可浩歎者也。

與陳寶摩

前在瑞金，兩奉手書均未作答，非敢爲無禮及遺忘也。敬于大兄言之不誠不如不言，言之不盡不如不言，誠乎盡乎，幕中賓客無任此者，况瑞金竟無賓客耶！大兄必知我諒我也。

前書并示懷舊詩，後并示全集。全集爲人持去，昨至都，雲伯復以見詒，得盡讀之。大兄胸次本高，故下語翛然自得。不求異今人，今人自不能及；不求避古人，古人自不能掩。非尋常詩人所解也。

敬質性粗獷，又埋没風塵之中，此事輸大兄一百籌矣。雖然，古今詩人，少年多失之華，中年多失之整，老年多失之平淺。華之中而實寓焉，整之中而變寓焉，平淺之中而高與深寓焉，斯善矣。敬與大兄已近老年，宜如何如何，望大兄之教我也。二十年前，長安道中所遇，貴賤死生不可一一數，而最相知者皋文竟作古人。仲甫雖轉官，而泥淖益深，無以自樂。賓麓朝夕吟咏，上游以其方正，時以吏事累之。惟大兄擅性情之勝，得朋友之樂，富山水之遊，饒魚酒之味，人生百年，如此足矣。爲轅駒，爲檻羊，于事何益？敬前就知縣，本意一出即還，不意牽挽遂至于此。上游五次欲調首縣，皆爲人所阻，敬之迂愚豈任首縣耶？五十老翁，房中并無侍者，而且謗之曰：娶同官孤女爲妾；三次力辭分校，而且謗之曰：多門弟子求薦達者；訪獲傳習邪教之犯，而且謗之曰邀功，曰日前何以容奸民。《楞嚴》曰：「因地不真，果招迂曲。」敬心雜如康樂，故内根不浄，外塵雖不來，而塵之影已如波之泛，火之然，不必怨尤，亦無可怨尤也。

子由鬚髮皆白，子寬同車入都，而一事無成，或作中州之遊。敬或回江西，或别圖去就，未定也。

與趙石農（其一）

前日旌旆入都，得快瀉胸臆，惲子居又得數日浩落矣。而廖永亭適至，如飲醇酒，酌東西二尊，均爲異味，大奇大奇。

仁兄所乘索倫馬，幾於周家八尺以上，殊有駿氣。敬久官南中，腰脚疲軟，又笨車日行百里，單騎隨車，不必善馬，是以不敢拜惠。能於馬房中擇一中者見賜，最得力也。薩哈克即古大宛，馬極高，然離索倫東西萬里，不知索倫、薩哈克馬俱高大，抑即薩哈克馬中國誤呼索倫，并望示知。

頤園先生清望冠世，出都時當往一見。永亭十八日已出都，留朱提爲敬治行裝。諸事沓來，近日略有端緒矣。茫茫天壤，知己幾人？以惲子居三十年埋頭故紙中，燕齊之士當亦爲之短氣也。

與趙石農(其二)

前送馬圉人回州,曾有書奉謝,并陳一切,想達左右。敬羈滯五月,戴昆禾大兄假朱提四百,子寬別假三百,于二十一日料理南行矣。

拙集文既不佳,刻工以時促,甚觕率,兹呈已裝者一部,大兄存案頭,如見惲子居進退抑揚、議論指畫于大兄前也。外未裝者十部,内一部大兄批示見寄,餘九部分贈諸同志。有能指摘瑕疵,千里相告者,即敬之師也,勿吝勿吝。此事天下公器,不可樹門户。近有言漢人文多如經注,唐宋文乃漢之變體者,吾誰欺,欺天乎? 漢人文如經注者,止經師自序之文,其他奏疏、上書、記事、言情之文具在,皆與唐宋之文出入者也。推而上之,聖人之六經,文之最初者矣,唐宋諸大家悉與之相肖。《儀禮》之細謹,《考工記》之峭宕,其相肖者如《畫記》、《説車》是也。若漢之經師,肖六經何體耶? 且文固不論相肖也。敬不敢黨伐,惟大兄裁之。

卷二

與秦省吾

前過府中，悤悤就道，所言未盡，别後復思如有物在胸，急欲吐露，而棹聲已過梁溪之口矣。蓋緣「寄暢園」中山水清佳，應接不暇，侯君妙才，同攜遊屐，是以遥情遠興，蒼莽而來，而入理切情之言反不能暢也。

侯君文清瀏見底，波折皆出天然。以初作，膽未堅，神未固。此事如參禪，必須死心方有進步，所謂絶後再蘇，欺君不得，及當觀時節因緣是也。若止於行墨中求之，則章子厚日臨《蘭亭》一本，書格能不日下耶？敬甚愛侯君文，苦無暇細檢，止評數首，所言不出行墨中，恐侯君止於此等處用意，故爲仁弟言其大端。侯君見此書，必能萬丈深潭，不呼而出；千尋高樹，放身而下矣。

敬事事掣肘，而陳明府處三數減爲一數，復未知何時事成。要之，天下豈有餓死惲子居哉？仁弟亦信其必無也。

與李汀州（其二）

八月初一日得手書，擲還手版，命此後并此去之。敬當如命去之去之。然書中舉簡堂之號，繼以先生之稱，不敢當不敢當。自隋唐學禪者以山名、寺名稱其本師，南、北宋道學諸儒踵行之，各舉本師所居之地爲先生之稱，後漸行之於非受業者，近則公卿大人之門皆此稱矣。宋人于朋友稱官，漢人稱弟、稱兄，此亦古法也。閣下以爲何如？寧化雷副都未得親炙，亦未見其著述，惟彭二林集中見其事述，朱梅崖集中見其墓銘，不足以傳學問所得，未知其淺深何如。墨卿太守雖以詞翰名，然大德信其無出入，故繼副都言之閣下，并孟詞進士爲之等差，不護交，不背友，可敬也。

羅臺山與二林交最久，旁涉佛氏，乃二人性之所近，是以二林作臺山身後文，持論或過或不及，蓋由耽心禪悦〔一〕，障閡未除，過推其虚，反没其實也。顧亭林先生斥明之學者出入儒釋，如金銀銅鐵攪作一爐，以爲千古不傳之秘，此病今尚遍天下，臺山、二林皆其人也。然趙大州、陶石簣諸儒何嘗不立氣節，何嘗不建事功，何嘗不敦倫紀？雜則有之，庸則免矣。楊鴻臚謹慎無過，然非出格人，其近體詩、古詩具見雅飭，古文則非所長。江右乾隆間古文家如魯潔非、宋立厓皆識力未至，束縛未弛，用筆進退略有震川、堯峰矩矱而已，鴻臚更未辨此也。

上杭丞誠如尊見，然鄙見責己則攻短，論人則取長，前書止言其讀宋儒書并涉釋典，不及其他，可以知敬之置辭矣。

拙集文既不佳，刻復粗惡，祈是正之。内《羅臺山外傳》，其人真性情也，有宜書之而不書者，竊用微顯志晦之義，閣下當瞭然焉。

【校記】

〔一〕「悦」，同治二年本作「説」。

與李汀州（其二）

自往歲八月下章江，時時念先生不能置，得手書又五閲月矣。春間病足幾百日，夏首腹疾綿痼，不及作答書，非敢懈也。先生切磋以千秋之事，敢不敬循始終。敬前書可謂刻劃無鹽、唐突西子矣。

鹿耕大令來，知治益清，文益潔，敬賀敬賀。士大夫得世間富貴未必可賀，此則真可賀也。伊揚州二次書來，止達後書，其前書不知沉閣何所，祈一訊之。稚存編修、愓庵郎中遺事述不可不呈之左右，褒貶不敢率〔一〕然，編修貶在褒之中，郎中褒在貶之外，求如其人而已。至事迹多取年譜，并折衷上諭，不敢妄飾。先生裁之，以詒伊揚州何如？近詩數首并呈伊揚州，祈即達是幸。

【校記】

〔一〕「率」，原作「卒」，同治八年本同，嘉慶二十年本、同治二年本作「率」，今據改。

與莊大久

爲别十三載，不得音問七年，然私心拳拳，如終日侍左右也。大兄勤學力行，老而彌篤，神明之用能不衰，耳目之官可以不變，未知齒髮尚如昔否？敬少而弱，壯而病，今幸恒言不稱，若僭較之盛〔一〕孝章，已爲永年矣。酒肉漸漬，清虚日往，膚充乳發，如少年屠沽兒，唯有時舊疾復發，則吐如銀者數升〔二〕，手足戰掉，胸背寒重，爲可虞耳。

子振改外，實出非意。大兄于世事，得之如雲之來，失之如雲之去，然恐後日之雲且挾風雨而至。子振將車，如失落車轍中，大兄必洗其泥淖，整其韁鞅，方可就道。尊性斷不耐此，然鄙意必欲大兄耐此也。中州人物與本朝初年何如？懷慶當太行、黄河之阻，朝夕瞻眺，定多勝賞，何時當入都或南歸？

敬匏繫江西，智竭於胥吏，力屈於奴客，謗騰於上官，怨起於巨室，所喜籬落畊氓、市墟販豎尚有善言。去秋東歸，雖卧具未質，優于從前，然十月無裘，則與在都時平等矣。正月入都，三月引見，四月當復出都。老母精神如五十人，大兒已生孫，殊雋快。秋間山妻尚有生子消息，但得噉飯處，世間升沉是非，一切不較矣。

【校記】

〔一〕「盛」，原作「稱」，同治八年本同，嘉慶二十年本、同治二年本作「盛」。案：盛孝章，三國時人。孔融《論盛孝章書》曰：「海内知識零落殆盡，惟會稽盛孝章尚存。」今據改。

〔二〕「升」，原作「聲」，同治八年本同，嘉慶二十年本、同治二年本作「升」，今據改。

與李愛堂

夏間春明得遇，暢寫生平，幸甚幸甚！旌旆南行之後，賤體抱暑疾，愈後爲出都事勞弊，是以不及通問。頃由金閶返棹，忽奉手書，喜慰無任。仁弟交道之篤、處事之精，開椷具見。敬之疏狂，能不俯首自愧耶？令子之變，言之動心，然達人用情，斷不可過。仁弟方在壯年，福禄之來未艾，勿介介也。

春麓先生乃天下後學典型，不止仕宦上流而已。敬初至浙江，即蒙異賞，今先生身後得操筆墨以論次功德，何樂如之！惟是墓表之法，止表數大事，視神道碑、廟碑體不同，視墓志銘體亦不同。墓志銘可言情，言小事，表斷不可；神道碑、廟碑凡崇宏寬博之言皆可揄揚，墓表必發明實事。故墓表之善最難。今止表浙江二事，其二事自爲首尾，文即以之爲首尾，而中間檃栝諸事以隔之。此法《史記》、《漢書》常用之而能使人不見，韓公偶用之即見，乃才之大小淺深也。昔歐公志尹河南，不知者頗有他説，歐公至爲文力辨。今敬表春麓先生，自謂舉一羽而知鳳，睹一毛而知麟。世間下手存買菜之見者，仁弟必能斥其不然，所可慮者指爲忌諱耳。然其事皆已奉上諭，見邸鈔，非一家私言，可與頤園先生商之再行上石何如？

答方九江

前過九江，留數日，視署舍如山居，僚屬循循如，如文學掌故，甚善甚善。然席間時以言挑敬，欲觀其酒狂。敬前者在浙，當事以言利之事魚肉府縣官，故與之争。至江西，當事決大獄不平，且欲庇梟惡無狀之人，使久爲民害，故與之争。若酒場花局，詩席文壇，敬方折節天下士大夫，醒固不狂，醉亦如醒也。

《遊廬山序》格殊卑，竟流元明游記習氣，然無可奈何。如此奇境，若圖高簡，不下手暢寫，山靈有知，後日遊山必有風雨之阻矣。詩數章并奉呈，祈是正之。《靖節集書後》二篇，千古之冤雪矣，先生必爲之大快。《書楞伽經後》附呈。如此下語，人以惲子居爲宋學者固非，漢唐之學者亦非，要之男兒必有自立之處，不隨人作計，如蚊之同聲，蠅之同嗜，以取富貴名譽也。

秋色漸佳，觴詠之興何如？旌旆過吴城，當攜廚人并佳醖來，庶不至敗興耳。

與報國寺沙門無垢

前月天池之遊，生平未有。茶山太守、雪鷺茂才，雨阻均不得與，亦有數存乎其間耶？天池雲最奇，松最古，石最靈，慧持〔一〕向此中開山，當未忘山水結習，然鷲頭鷄足，又何説處之？大師勿笑惲子居傍葛藤樹爲戲論也。

盱江〔二〕茂才鄧過庭高才博學，其畫由白厂居士來，兹送竹一幀，乞换青精一枝，爲同參木上坐何如？

【校記】

〔一〕「持」，原作「特」，同治八年本同，嘉慶二十年本、同治二年本作「持」，今據改。

〔二〕「盱江」，原作「吁江」，同治二年本改作「盱江」。案：盱江，水名，在江西省境内，今據改。

與陳薊莊

承示《絳州重修孔子廟記》。考明趙子函《石墨鐫華》，記乃宋李垂撰，集右軍書。子函言懷仁《聖教序》集墨迹，故能師後世，此記集石刻，止形似。然敬觀此本，并形似失之矣。蓋宋人不尚《聖教序》，此記及晉祠碑亦不行；明人尚《聖教序》，此記及晉祠碑大行。故此碑宋人無題跋，明人多有題跋也。大行故多翻刻，敬前開帙即言明人鈎摹，以神理得之，記後重立字，其證也。賈人顛倒其辭，截去年號，詭作古帖求善價，可笑之至。今坊中有全碑拓本，視此本更下，可校對整齊之，即以敬此札書後何如？

與黄香石

昨日奔走，至日夕方還。飯罷，相知來談至三鼓。今晨草草作《同遊海幢寺記》，又爲客所曠幾一時。午後始脱稿，無鈔録者，謹將原稿送呈。希飭貴高足鈔録後即見擲，并無底本也。

此文儒爲主中主，禪爲主中賓，琴與詩爲賓中主，畫與棋與酒爲賓中賓。其序次，前五節皆以禪消納之，爲後半重發無和尚張本。而儒止瞥然一見，如大海中日影，大山中雷聲。此子長《河渠》、《平準書》，《伯夷》、《屈原賈生列傳》法也。海幢形勢佳勝，先于獨遊時寫足，入同遊後不必煩筆墨，此子長《項羽本紀》、《李將軍傳》法也。

敬古文法盡出子長，其孟堅以下，時參筆勢而已。所以屑屑自表者，諸君子遇我厚，庶幾留古文一支在海南，勿使野牛鳴者亂頻伽之聽耳。作詩賦雜文，其法亦然，舍是皆外道也，足下當不以爲狂。

答姚秋農

得沙井、建昌兩書，知首路平安，幸甚。敬别後泛月渡江，至家始三鼓。宅崇大，識賓主分義，相安已一月矣。

五兄夢中題孔子廟櫺星門柱聯，有「泰山北斗，景星慶雲」之語，敬意如此者，士之望、人之瑞，一代不過數人，然揆之聖學，俱未入門，止涉檽星門耳。敬三十後，遍觀先儒之書，陸、王固偏，程、朱亦不無得此遺彼之説。合之《大學》、《中庸》，覺聖賢與程、朱、陸、王下手有偏全大小之分，佛、道二氏之書不足言矣。所稱士之望、人之瑞，較「中天下而立，定四海之民」，如行潦之于河海，丘垤之于泰山，況所性耶？其爲門外，斷斷無疑。然能于門内有所得，則二者皆門内矣。

來示説《先天圖》簡明包孕，極妙極妙。漢人納甲之説，以月之升降方位配八卦，雖可比附，乃術家之一端，假《易》以傳，不如〔一〕卦氣之自然。尊見《先天圖》位上應日躔之説，較納甲用月爲近理，大要與卦氣出入，總之由陰陽推之四時，由四時推之四獸，由四獸推之日躔，自然吻合無間。今人之學者，言《先天圖》則詆之，言卦氣則附之，不識其胸中何等疆界也。

子寬到京，萬望屬其不可高興。乃兄五十無聞，屈首下僚，子寬亦已三十六矣，内反爲要，何興之可高耶？曉帆處不及作書，到瑞金再發也。

【校記】

〔一〕「如」，原作「知」，同治八年本同，嘉慶二十年本、同治二年本作「如」，今據改。

與姚秋農（其一）

六月中得手書，慰甚。因未得來卿書，且聞鍾刑曹將歸，必有託寄之信，是以日復一日不及作答。不意鍾刑曹竟因河淺，至十月六日方歸，亦未攜五兄及來卿書。敬甚爲懸念。九月中，知奉山左主試之命，爲彼都人士慶幸。又知决意不外轉，則爲五兄慶幸，將來且爲天下蒼赤慶幸也。

七月中，五兄五十誕辰，堂上康强，門内雍睦，子舍競爽，可賀可祝。而鄙人之意，以五兄言行無愧前人，處事則思力深厚，能行於逶迤之中，庶幾吕聖加之在宋，彭純德之在明，乃可賀可祝耳。薄儀當俟妥便寄呈，勿弥也。

與姚秋農（其二）

敬江右之事，如治亂絲，千萬頭緒，止一人手力，是以寓書王奉新之後并未發書。

往歲十月，自滕王閣放舟東下，十一月三日抵家。老母康强，小大均安善，毋勞遠注。

十三日接奉手書，具知一切。中州人文淵藪，昔聖先賢，流風在人。五兄課士之外，必有提唱發揮、守先待後之事。其餘如考古迹〔一〕，搜碑刻，聚周、漢器物，今世士大夫優爲之，然五兄亦不可不爲之，其中亦有一種學問也。

來卿本屬異才，又五兄家世多陰德，何慮不成？其一時弛蕩，敬于前八年早知之，曾有書至粤中，反復數百言，五兄當尚能記憶。又前還浙過新喻，子由、子寬歎其雋上，敬即寓言深規，并告以所攜已多，不可復加，此處不再加膏秣，意欲阻其豪興，來卿亦尚能記憶也。總之，聰明子弟不能無過差，在能改不能改耳。來卿多好而易動，五兄如攜之寓維揚，尚有約束，或京中士大夫有强直者，託之防閑，庶知顧忌。今遠離膝下，上無嚴師，中無益友，下無幹僕，且市井之人引之多事，便于銷算，故至於此耳。敬行年五十有五，止一嗣子，才雖中人，頗能孝謹，非但不加責備，且未嘗厲色疾言，時以不能延師教之，并衣食不使如願爲愧。來卿女壻相隔千里，别經十年，豈能代五兄訓飭耶？此不敢承，亦不可承之説也。

敬二月十六日至都，二十三日驗到，三月初間可引見，後事當續報。志意漸灰，鬢眉澌老，功無毫髮，過有丘山，又不能豐草長林，與麋鹿共息，如何如何！五兄當原之諒之也。

【校記】

〔一〕「迹」，原作「磧」，據同治二年本改。

與姚來卿

得正月書後，久不得書，念甚念甚。今歲秋闈，未知何如？瑞金僻地，直隸、江南、浙江録均未見；然不佞所望于吾壻者，爲文章、事功、道德中人，科名遲速，聽之可也。蘭畦先生、陳柏府皆不佞所願見，然趨走之人滚滚塞門，乃外官常局，不佞俟稍定當請事也。

正月中，家慈、五弟歸常州，恐有離任處分，故先爲此，使老人不受驚恐。八月中，三弟攜弟媳歸。明歲春間，内人或歸，或接家慈來江西，暫寓南昌。蓋瑞金接近閩、廣，時虞意外；又近數年間，州、縣有一交代，則前後相齮齕并及其眷口，不如住南昌爲愈耳。惟官帑私債，累累相附，不知何如處置。然不佞鄙性，易則使兩弟爲之，難則自理，如在浙不使五弟算漕帳，在江不使三弟送交帳，皆是也。今瑞金所入不及溝渠，日用必須江海，甚難著手，非不佞身任而誰？其濟則家慈之福，其不濟則不佞所自召也。豐城極弊之區，彭秋潭敗于臨川，深可鑒戒。或有以不調豐城爲不佞迂闊者，此不權禍福、緩急、大小之數也。蓋一至豐城，必擔捐雜一萬有餘，合之瑞金，不下二萬，再累數年，非五萬不已。而民之刁惡，足敗官之守、決官之防，是名與利兩失，所得者重耗酷刑之孽，如何可行？不佞凡事主退不主進，主苦不主甘，實亦參透世情也。

八月二十一日，不佞復舉一女，行第六矣。所謂此亦天地蒼生，無可開口而笑，亦無可皺眉而歎。三女、四女、五女强項如其父，不知將來如何教成。吾壻如有湖州之行，可攜小女至常州見家慈，或單車至江西，與不佞商確〔一〕古今，亦快事也。

【校記】

〔一〕「確」，同治二年本作「搉」。

與來卿(其一)

去歲[一]十月，曾兩次作書，由提塘至京，想已收到。十一月，甫回任，有福建脚子過瑞金，立等作書，已寫大綱付寄，想亦收到矣。家母生齔齒，髮落復生，可喜之至，餘一切詳大女書中。

近作《後二僕傳》，兹寫送一通，可釋然其事。此種不可入書事體，以無大關係也。僕人止可作小傳，若將陳明光緣起叙入，亦非法，且筆下糾擾矣。吾壻細審之。其法皆自《史記》、《漢書》來，無他謬巧，不過安放妥當耳。觀此，便可知前明及國朝諸家僕人傳之非法也。

張彦遠《名畫記》曰：「失于自然而後神，失于神而後妙，失於妙而後精。精之爲病也，而成謹細。自然者，上品之上；神者，上品之中；妙者，上品之下。精者，中品之上；謹細者，中品之中。」不佞之文，其精與謹細之間乎？然《名畫記》不列中下品以下者，即所謂近今之畫，焕爛而求備，錯亂而無旨者是也。畫如是，文可知矣。《上曹侍郎書》一通，亦寫送吾壻，并觀之可也。

【校記】

〔一〕「歲」，原作「步」，同治八年本同，嘉慶二十年本、同治二年本作「歲」，今據改。

與來卿（其二）

吾壻來書，望尊公得江表一道，可相近盤桓，商訂古文。不佞觀之，如有外放之事，大半當在廣東，相去亦不遠也。或得湖北、湖南學差亦可。

至古文之訣，歐陽文忠公已言之，曰多讀書，多作文耳。然必有性靈、有氣魄之人，方能語小則直湊單微，語大則推倒豪傑。本源穢者，文不能浄；本源粗者，文不能細；本源小者，文不能大也。吾壻于性靈氣魄四字上均不讓人，勉之勉之，在有恒而已。

至體裁所在，亦不可忽。宋景文曰：「文章必自名一家，然後可傳之不朽。若體規畫圓，准方作矩，終爲人之臣僕。五經不同體，百家奮興，類不相沿，前人先得此旨。」景文此言，誠哉作文之要也。雖然，《易》有《易》之體，《書》有《書》之體，各經皆然，不相雜也。即百家之體，亦不相雜，若一切妄爲之，豈可藉口景文之説耶？譬之横目縱鼻、穢下潔上者，人也；必横鼻縱目、潔下穢上，新則新矣，奇則奇矣，恐非復人形也。凌雜之文，何以異是？大抵意可新不可奇，詞可新可奇，文之體、文之矩矱無所謂新奇，能善用之，則新奇萬變在其中矣。不佞嘗告陶南明經，以爲「字字有本，句句自造，篇篇變局，事事搜根」，古人不傳秘密法也。

清如先生捐館舍，世間又少一讀書力行之人矣。如何如何！

答來卿（其一）

劉會昌至十二月始到任，得手書并各件，俱已知悉。前冬有信寄都下，想亦收到。秋闈之事，前數年常與内人言不在此科。不佞與吾壻非世間戚屬可比，又不佞頗有知人料事之鑒，豈不預知之？吾壻當早信之也。

來書需批本韓文，知有事于古文矣。然不在乎批本，蓋批本即滯于一隅，不如不佞略舉學韓文之指，吾壻自繹之。如一人獨行，其衢路曲折，皆歷歷可記，隨人行則恍惚也。作文之法，不過理實氣充，理實先須致知之功，氣充先須寡欲之功。致知非枝枝節節爲之，不過其心淵然，于萬物之差别一一不放過，故古人之文無一意一字苟且也。寡欲非掃浄斬絶爲之，不過其心超然，於萬事之攻取一一不黏著，故古人之文無一字一句塵俗也。其尺度則《文心雕龍》、《史通》、《文章宗旨》等書，先涉獵數過，可以得典型焉。若其變化之妙，存乎一心而已。不佞就韓文言之，《平淮西碑》是摹《書》、《詩》二經，已爲人讀爛，不可學。《南海廟碑》是摹漢人文，亦不可學。如書字摹古之帖，若復摹之，乃奴婢中重臺也。《送李愿序》淺而近俗，《與于襄陽書》俳而近滯，《釋言》窠臼太甚，《上宰相書》亦有窠臼。其後兩篇，夭矯如龍矣。學韓文先須分别其不可學者，乃最也。此外可學者，大都識高則筆力自達，力厚則詞采自腴，而其用意用法之巧勝有不可勝求者，略舉數篇，以爲體例。如《汴州水門記》，節度使是何官銜，隴西公是何人物！水門之事則甚小，若一鋪叙，不成話矣。故記止三行，詩中詳其事業，于水門止一兩語點過。此是小題，不可大作也。有大題亦不可大作者，李習之《拜禹言》是也。禹之功德從何處贊揚？故止以數言唱歎之。知此，雖著述汗牛充棟，豈有浮筆浪墨耶？如《殿中少監墓志》，竟用點染法。韓公何以有此種筆墨？蓋因少監無事可書，北平王事業函蓋天地，若不叙北平王，于理不可，然輕叙則不稱北平王，重叙則少監一邊寥落，誼客奪主矣。是以并叙三代，均用喻言，使文體均稱，翻出異樣采繪，照耀耳目。且恐平叙三代，有涉形迹，是以將納交作連絡，存没作波瀾，真鬼神于文者也。如《滕王閣記》，有王子安一篇在前，其文較之韓公，乃瑜珈僧之于法王，寇謙之、杜光庭等〔一〕于仙伯，何足芥蒂！然工部所謂「當時體」也，其力亦足及遠。既有此文，不可不避，故韓公通篇從未至滕王閣用意，筆墨皆烟雲矣。如《貞曜先生》、《施先生墓志》，不列一事，以貞曜詩人、施先生經師，止此二意便可推衍成絶世之文；若列一事，體便雜也。又如《曹成王碑》、《許國公碑》，盡列衆事，以二人均有大功于民生國計，其事皆不可削，須擇之、部署之、鋪排之，以成吾之文。若一虚摹，文與人與官皆不稱也。

以上意法，引而伸之，可千可萬，可極無量，歐公蓋能得之而盡易其面貌，故差肩于韓公。若各大家、各名家均有所得，不如歐公所得之多也。倘不如此看，則歐公之文與凡庸惡軟美之文何别哉？吾壻極聰明人，能留心於此，終身不間斷，定將上下五千年，縱横一萬里。望之望之。

【校記】

〔一〕王校：「俞云：『于仙伯』上應加『之』字。」

答來卿(其二)

來書言每日讀古文一篇，知其法而不知法之所自出，此言可見近日功候。然由求之過深，反不得灑然；稍繚緩之，則所自出可知矣。又言著意合拍，著意收束，欲法古人而爲古人所懾伏，此言甚是。南宋以後文人，皆爲此病所誤，不過爲古文之見存耳。治之之法，須平日窮理極精，臨文夷然而行，不責理而理附之；平日養氣極壯，臨文沛然而下，不襲氣而氣注之。則細入無倫，大含無際，波瀾氣格，無一處是古人，而皆古人至處矣。看文可助窮理之功，讀文可發養氣之功。看文看其意，看其辭，看其法，看其勢，一一推測備細，不可孤負古人。讀文則湛浸其中，日日讀之，久久則與爲一。然非無脱化也。歐公每作文，讀《日者傳》一遍，歐文與《日者傳》何啻千里？此得讀文三昧矣。今舉看文之法爲吾壻言之。譬如《史記·李將軍列傳》：「匈奴驚，上山陣。」一

「山」字便是極妙法門。何也？匈奴疑漢兵有伏，以岡谷隱蔽耳。若一望平原，則放騎追射矣。李將軍豈能百騎直前，且下馬解鞍哉？使班孟堅爲之，必先提清漢與匈奴相遇山下，亦文中能手。史公則於「匈奴驚」下銷納之，劍俠空空兒也。此小處看文法也。《史記·貨殖列傳》千頭萬緒，忽叙忽議，讀者幾于入武帝建章宮、煬帝迷樓，然綱領不過「昔者」及「漢興」四字耳，是史公胸次真如龍伯國人，可塊視三山〔一〕，杯看五湖矣。此大處看文法也。其讀文之妙則無可言，當自得之而已。

【校記】

〔一〕「三山」，同治二年本作「山林」。

答來卿（其三）

四月中得書，知小女舉男子，喜甚，當即專差回常州報家慈矣。今年吾壻入闈，手筆不必求高，官卷中無甚出色者，有書有筆，緊切題目，便可望中。瑞金私礦之案，未知福建曾否洛部？望寄信來。今年各用更加困乏，春間有諸相好勸刻書彌補，尚未動手，目下真屬萬難。五月至章門，蘭畦先生以爲狷者，各人便多排擠。蓮士先生回籍，不佞無一語干求，而各人復多排擠。夫知縣之升遷不過同知、通判，若調美缺，不過攘君奪民，不佞雖不及古人，何至與今人相軋？因此速返瑞金，幸簾差得免，稍爲遂意耳。柏府諄諄下問，然政事何可盡言？言亦何可盡行？不佞非前明諸君子，惟以訐直爲事者，然柏府之意則厚矣。

子寬在都，未知何如，竟無一書寄江西，何也？前年所寄各銀物，詢之經手之巡捕錢君，據稱交南城縣温君帶入京，而詢之温君，又稱專差家人送至鐵門，如未收到，必係其家人乾没耳。人情如此，可笑。然大富貴人所爲亦有同此者，亦可笑也。

與來卿（其三）

往歲新建余生來中州，曾寓一書。其時，公私之迫、燕遊之困、詩文之煩并來，是以屬草稿，令余生自寫之。余生天質，吾壻必深賞嘆，然氣未醇，學未實，于尊公之鑒，未知何如？余生本有山東、河北之行，今馬首已東矣，便中望一詳蹤迹。

自前年冬至今，不得小女書，懸懸之至。小女性雖孝謹，而負氣好高，恐胸中積念深思，有不能形之紙筆者，遂爾疏闊，吾壻以爲何如？十一月十三日，得尊公書，辭甚憤激，不佞不得不婉辭致復，恐小女聞之不樂故也。其事不過八千金，古之鴻達君子擲若箇物有之矣。然吾壻不可爲此言，何也？裴公所助者乃張徐州，范公所助者乃石學士，其人事業文章迥出常輩，此爲用財得其當。若郭公太學之事，必其人氣象風格足以照人，故不問姓名而與之。至事後終得其報，非如滔滔者也。不佞常言，宋、明以來，士大夫以儒林之聲氣爲游俠，以游俠之勢力爲貨殖，以貨殖之贏餘復附于儒林。若輩心術事爲，盡于此數語，吾壻豈可爲所惑耶？況市井之人，以飲食歌舞爲交遊，以鑽營把持爲才智，較前所云云之人更下數格，吾壻豈可爲所惑耶？

前過新喻往浙江，不佞不助行資，反有撙節之言，并言枚皋十七上書，古人有先我者，折吾壻喜心盛氣，蓋知吾壻心性豪奇，必有出流之事，故痛下鉗錘耳。此種作用，不佞幾于石霜圓、昭覺勤，子由、子寬不能即，尊公亦不能也。然自此知謹於用財，明于擇交則可，若一變而爲迂鄙之夫，非不佞之願矣。

二月十六日，同子寬抵都劉編修芙初處，得手書，痛自抑損，後幅書迹潦草，恐因不得意所致。不知少年人改過宜急，不宜因有過而頹唐；進取宜緩，不宜因難進而衰颯。以可聖、可賢、可忠、可孝、可學人、可才人之資，而以貨財科第之心敗之，自待不太小乎？

望元聞甚英異，尊公鍾愛異常，不佞引見後當由河南繞道一看小女，兼識望元；或仍窘乏，則先往維揚部置子寬，當來河南也。

答來卿（其四）

八月中，得南昌郵筒中書，并行省公事狀，具知一切。因摒擋下省，未作復書。至省後又無河南差可託帶《文稿》者，遂至遲遲。今《文稿》托硝差生米司巡檢、常州丁小山二兄帶行，約明年六月到河南，恐吾壻懸懸，是以仍由南昌遞復書也。

敬去年出京後，竭力求退閑地步，請金蘭畦先生書二函，欲于蘇州借銀，還常州親友并廖復堂先生，祈諸事一清，在揚州坐書院，可仰事俯畜。誰知在蘇州無成，而常州言及退閑，竟無可借貸，不得已仍爲下車之馮婦，可謂無謂之至。正月至江西，三月還瑞金，家慈并眷屬留省中，以家慈欲避瑞金山嵐濕氣也。五月有調南昌之信，已而中止。八月至省，陳笠帆先生護院委署吴城同知。此地稍可息肩，養親之暇讀書，吾之素願也。瑞金前後交務積算一清，應交尚可措置，吾壻聞之亦爲我欣喜也。

家慈濕氣漸輕，耳目如前，山妻往年之疾悉愈，慶官從周先生與七弟竟知用力讀書。和尚兄弟頑劣異常，柔官姊妹讀書其名，頑〔一〕劣則本色也。小媳〔二〕亦安善，唯瀼泉親家捐館廣中，渠家事甚掣肘耳。五弟在常州與户外事，不佞設法使在揚州。不意秋間即回常州，聞又管開盂河事，非吾意也。三弟謹慎，家用無多，易料理也。望元認字，可即以《説文》爲形之本，《廣韻》爲聲之本，則長成後易爲學問。宜孫腹中食積，三弟能治之。小女分娩，是否得男？可寄信來，佇望佇望。

不佞閱歷多年，大抵人在世途，有一分聰明享一分聲名，有一分度量受一分福澤，而根柢自在孝弟。其孝弟之道日處于薄者，不過偏執己見，誤聽人言。惟有聰明度量，則諸事歸于厚矣。能于此用力，則天下事業舉而措之可也。

【校記】

〔一〕「頑」，嘉慶二十年本、同治八年本誤作「頭」。

〔二〕「媳」，原作「壻」，同治八年本同，嘉慶二十年本、同治二年本作「媳」，今據改。

與二小姐

前年得手書後，至今未得，心甚懸懸。吾十月十三日江西開船，各帳未清，人間非笑之。然爲知縣者窮，庶自愧處少，富則自愧處多，吾窮至此，無怨悔也。

十一月初三日到家，由奔牛至於巷，祖母大人甚是喜歡，然見子孫窘迫，不能不動念。初八日至城，汝母居高二舅家，即日賃房玉帶橋移居。唯妹妹太多，朝夕纏擾，柔官略知人事，申官、瑞官仍居舅家。小瑞官甚伶俐，與柔官隨汝母過日。十三日祖母至玉帶橋，悤悤過年，今擬同汝母移居顧塘橋管宅矣。慶官性情平和，吾以官事多故，耽誤他讀書，然自此有安静之日，未嘗不可用功也。去年四月，一家寄居娑羅巷，巷對門失火，家中孩子方出痘子，驚荒奔走，致長孫陳孫夭殤，言之可憫。所幸汝弟媳安静，能辛苦，次孫滎孫相貌英發，聲音宏朗，或可有成。子由弟鬚全白，精神則如四十餘人。方官已娶親，汝二弟媳亦安静，唯方官信意胡行，而子由又極力管教，吾以爲方官本無知，不可責之太急也。五弟家都好，歡喜寶、三寶從賀先生讀書。弟婦生一妹妹名璋官，戚姐生一妹妹名蘭官，俱聰明。三弟婦亦好，唯家事瑣碎耳。

吾正月十三開船，二月十六日到京。高二舅借一千二百兩應用，寄江西一百兩，饋親友二百餘兩，留家中七十兩，製皮襖一百餘兩，還家中債及賃房過年二百五十餘兩。又在鎮江兩次耽閣，各用開發之後，止餘一百五十兩上路，目下又虧空矣。

來卿科名心急，而屢次失意，必多鬱結，此大不可。鬱結則氣不舒，氣不舒則與五行之衰氣合，非但科名不稱意，一切皆齟齬矣，吾即前車之鑒也。大抵下場不中式，能平心處之，反求諸身，其人必不久飛騰而去。切記切記。又官卷難中，人人所知，然則官卷者皆受國家深恩，享祖父餘福，若稍存屈抑怨望之意，則上背國家，下背祖父，于科名更有礙，此理動而數隨之驗也。來卿聰明，以此書示之，不久則中式矣。五弟同至京，得中式固佳，否則取一謄録，吾願亦滿矣。

汝身子要緊，不可將閑事遂日啾唧。望元好好照看，不可聽老婆子帶領也。

答董牧唐（其一）

前月，胡黄海書來，道及盛意，愧悚無已。昨白香處得手書，有進於黄海所言者，敬何以得此聲於朋好耶？益愧悚甚矣。先生處己之高，進道之勇，同志往來，久飫聽聞，乃以敬之無似，而先生千里殷殷，欲引而教之，計其出處，虞其乖合，敬不可不一一陳之左右，以當介紹之先。覼縷之辭，幸勿掩耳也。

敬門族單微，先世執君子之行，讀書講學不妄于時。其時，人心和厚，百物繁阜，爲儒者仰事俯育，可以充繼。及敬之長，而事漸迫矣。不揣迂薄，欲求升斗之禄以贍其家，又恐州縣之官不容疏戇，遲之者數載。大父棄養，先府君抱痾，暑無室可清，寒無衣可禦，親知勸駕，遂赴微官。不意二年之間，遠役黔楚，遂換須江。上事一月，聞先府君之訃，雖官錢、官穀銖粒無虧，而前後相持，逗遛半載。此則呼搶之所不能通，竹素之所不能罄也。葬事未舉，旋至悼亡。骨肉戚好，亡喪相繼。乞米百家之聚，求衣五都之庫。弟兄奔走，不救饑寒。半廛之屋，以推叔氏。十畝之田，歸之小宗。孑然三人，餬此百口。先生觀之，敬豈羨九卿之榮，冀封君之富者乎？不得已耳！

玄黓之夏，注官渝水，丞尉生隙，中部致嫌，一牘可以十翻，一檄可以百下，他人得以扼吭紾臂，摶裳奪食，初以入闈爲停官之計，繼以調繁爲遠貶之法。此四年之中，所以無一晷之安，一事之定也。

旃蒙之春，東上象湖，士女盛殷，禮文亦富。中間求盜、亭父〔一〕，法獵貧民，功令所牽，解官就質。乃復一夫發難，羣儒就殲，寺門横尸，都亭流血。老母驚爲盜賊入室，大府疑爲反側復生。自此之後，歲上省臺，呼之不敢不來，揮之不得不去。此五年之中，所以奔走如救頭〔二〕，然俯仰如止心癄〔三〕也。一舉治行，五鐫首功，都吏舞文，意尚未足。春明之轉官無望，金閶之貸粟復虛。無田可歸，有債難避，所以摒擋家室，復上西州。犯坑火而夜行，攀繩橋而朝渡也。

大抵敬自服官以來，并非作意與世相午，不過率性行之，以古人之所能望之今人，以士夫之所能望之市井，至數四齟齬之後，即不必齟齬之人，不必齟齬之事，而亦格不入矣。事勢至此，百舉皆廢。馴至鳥喙之毒，發於繞根；鷹視之憤，洩於側翅。奴隸之所揄揶，禽獸之所蹈藉，豈一日故哉？奇正相循，輕重相停，極嚴之後必極怠，大勝之後必大敗，自然之理也。然而反身之訓，聞之弱年，怨天既不敢，尤人又不能。冬間料量一切，奉母東行。行止之機聽之天，毀譽之口聽之人而已。

至敬少喜讀書，謬思作述，行年五十，未得要領。先生所推，非所敢任也。拙集復更定數處，意欲并二集及詩改刻之，今先呈原刻，以求大教。舟車甚便，時惠德音。佇望佇望。

【校記】

〔一〕「求盜亭父」，王校：「馮云：求盜、亭父皆漢時官人名目，見《高帝紀》『使求盜之薛治』注：『亭兩卒，一求盜，一亭父。』此兩句蓋差役之意。」

〔二〕「救頭」，王校：「馮云：東坡詩：『頭然未爲急。』注引《梵網經》：『當求精進，如救頭。』然下句未詳，兩句似用成語，俟考。」

〔三〕「心痻」，王校：「雷云：字書無『痻』字，或是『痒』字之訛。《詩》：『哀我小心，癙憂以痒。』」

答董牧唐（其二）

往歲奉手書并徵拙稿，適無刷本，候西原太守南康來，索得一部寄呈，并附報書，由周西麋處交貴縣俞君澄炯轉寄，想采覽矣。

先生結廬山水勝處，嘯歌古人，仲長統樂志之言、嵇〔一〕叔夜養生之論，兼而有之。敬從塵埃中仰望，真如天際。乃昨者白香見過，攜所惠臘月八日書，復拳拳於不佞，何處己之高而待人之恕如此耶！

令兄春江孝廉遺詩格正氣和，可想見其爲人，何以中道淹忽？不勝愴然。敬幸附青雲，而生平未得一見；猶幸得見遺詩於身後，如朝夕相接也。王悔生係在都中兄事之人，觀其序可以知交春江之道矣。

敬四十後方學作文，海内大君子碑銘，以朋舊之故不敢辭，然較之古人，真所謂無能爲役。朝議公墓志，如不棄鄙賤，即寄狀來。近作《伊光禄祠堂銘》録本奉寄，過不及處祈示之。今年正月中，遣五舍弟侍家慈回常州，秋間或有黄山之遊，當圖相見也。

【校記】

〔一〕「嵇」，原作「稽」，同治八年本同，嘉慶二十年本、同治二年本作「嵇」。案：姓多作「嵇」字，今據改。

與胡竹村一

昨論及劉君端臨《攝齊釋》，有不可解者二。《説文》：「攝，引持也。」「齎，緶。」徐鍇曰：「鍬衣下也。」此爲「攝齊」正釋。劉釋「攝」爲「整」，與「引持」義不徑庭耶？《論語》何不書「整齊」，而書「攝齊」耶？古者，衣與裳皆有齊。衣有大帶束之，再加鞶帶；齊止掩裳腰，不待整；裳正幅襞積下垂，亦不待整。此劉釋于字義不可解也。劉釋此章引《聘禮》。今考《聘禮》：賓執圭自門入，三揖三讓，皆執圭。若于「公升二等」之後，賓忽佇立，自整其齊，此于儀得毋傎耶？且聖人左執圭耶，右執圭耶？此劉釋于禮文不可解也。

近世學者，説經多此類，敬竊有疑焉。聖人之經，豈在立新義耶？敢以復之執事，惟留意焉。

與胡竹村二

蒙詳示劉君端臨《攝齊釋》。學問之事，貴相往復，來示何言之謙耶！敬説經不敢有偏見，不敢有争説。請陳其愚，惟是正焉。

《士冠禮》「再醮攝酒」注：「猶整也。整酒，謂撓之。」《有司徹》「司宫攝酒」注：「更洗益整頓之。」《有司徹》不言猶者，蒙《士冠禮》也。是「整」爲「攝」借義，非正義也。凡文正義不可通方用借義，酒不可言「引持」，故以猶整釋攝，以撓釋整，撓于整義不應，故復以洗益申之。古人釋經，精密如是，豈可搴擥一借義附之他經耶？齊則可引持矣，《論語》何取乎借義耶？若可以猶整釋攝齊，撓與洗益亦可釋攝齊耶？此所不敢從也。又《士冠禮》、《有司徹》「攝酒」下皆注曰：「今文攝爲聶。」蓋聶有就義，故與攝通；就有附義，故與牒通。若展轉引之，豈説經之道耶？此所不敢從也。

《聘禮記》：「賓入門皇，升堂讓，將授志趨。」「下階，發氣怡焉，再舉足又趨。」注皆引《論語》正文，此劉君所據也。然有不可解者五。《玉藻》：「賓入不中門，不履閾。」鄭以聘禮言之。《曲禮》：「大夫士出入君門由闑右，不踐閾。」鄭以朝禮言之。是《論語》此章首節，非專爲聘禮言也。首節非專爲聘禮，「攝齊」二節何以專屬聘禮？不可解也。《聘禮記》：「執圭入朝，鞠躬焉。」疏：「入廟門也。」鄭不引《論語》，以廟門與公門不可混也。是《論語》此章首節益非專爲聘禮言也。首節益非專爲聘禮，「攝齊」二節何以專屬聘禮？不可解也。「過位」一節，《聘禮記》無其文，以《論語》次第言之。若釋首節爲入廟門，則廟門之内賓主皆在位，不得言過位。若釋首節爲入大門，則與鄭注入廟門之釋不應，且聘禮庫門内即東行，不過外朝治朝之位，過位節指何地？不可解也。「賓入門皇」注：「皇，自莊盛也。」「自莊盛」不得釋圭而整齊。「升堂讓」注：「讓，舉手平衡也。」「舉手平衡」不得釋圭而整齊。不可解也。《聘禮記》記升堂之儀如此之詳，不記「攝齊」，不可解也。記下階與降一等不同文，記再三舉足則趨與没階不同文，雖强比之可通其義焉，然聖門何必爲此强比之經文？不可解也。

鄙意《儀禮》各記以爲出于子夏者未必然，自以顔氏七十子後之説爲信。夫曰七十子後，則通秦漢言之矣，其作述豈能與《論語》本經抗行？即如《論語》以入公門章爲朝，執圭章爲聘，甚次第自《聘禮記》勦入，并作聘禮，致出降一等之下又追記執圭，次第全袠，雖注家强爲分別，而罅隙顯然。《論語》最精密，無此法也。其諸古者朝聘之儀多相通，故《聘禮記》勳入公門節，并攝齊二節，其不相通者則不可勳，故過位一節無文也。高明以爲何如耶？至劉君發此解，亦潛心讀書而得之。敬指爲立新義者，此章包注主朝禮。包氏建武時人，在鄭氏前二百年。自唐、宋、元、明至本朝諸儒皆承包義，故謂鄭氏于包氏立新義，劉君于古今各注家立新義耳。惟留意焉。

大雲山房文稿補編

蔣子野字説

鉛山蔣心餘先生之孫權伯，名其仲子曰志份，字子野，而言于陽湖惲子居曰：「《説文》：『份，文質備也。從人，分聲。《論語》曰：「文質份份。」臣鍇曰：「文質相半也。」』今《論語》從古文作彬。志份今之人也，今之人與其文勝而史，毋寧質勝而野乎？故從今文名曰志份，字子野。先生其爲之説。」子居曰：「權伯之言盡矣，吾何加？無已則請陳字説之始末，以爲志份進何如？」

古者冠而字，字有字辭，即祝辭也。漢之後或移之詩，或移之文，至南宋而字説遂甚行，嘗有一人之集多至數十首者。夫一世必有數十人能文，一人能文必有字説數十首，何不憚煩若此哉？其美者不乏惡者，如腐粟然，體敗而精銷亡矣。將以爲實乎？則是如腐粟者自治之不給，而焉能給人？以爲名乎？則自一世而積之，自數十人而積之，自數十首而積之。嘻，溢矣！然抽卷則知其名，掩而問之，士人有不知者。若夫匹夫匹婦，目不與簡牘相接，聲不與文章之士相聞，至性所爲，照耀日月，百世聞之皆爲起立。是故美言不足以章身，美譽不足以飾人，君子之道，自盡而已。心餘先生在乾隆中，文質皆有以自見，權伯教其子，蓋於心餘先生求之。若吾之碌碌者，無足以云。感權伯之意，故略陳之如此。

博婦

武進游民陳以博破産，朝夕不繼。妻頗有姿首，嫁時衣飾，久償博負矣，陳復泥索之不已。妻曰：「存一銀簪耳，昨落牀下。」陳即睨牀下，得簪，笑，匍匐入。妻隘其出，撻之，走至母家，無何遂死。

丹陽賀生亦好博，妻束氏善持家，賀所破産，輒陰贖之，寄母家。後賀産盡，從妻之母家居。一日于市場縱博，輸其裩，遂裸而返。束氏恥之，終身不與言，而日治夫饌甚謹，衣冠皆手料量之。夫死，攜其子與寄産還賀宗，爲富人。

惲子居曰：吾於束氏見陳平、狄仁傑之爲人臣焉。雖然，二君子者，委虵以適變，堅忍以藏用，期於復漢、唐之祚而已。若束氏者，即季札之於吳，叔鱄之於衛，奚以尚焉？後之君子遇難處之故，毋謂事不可爲，爲之且毁吾之節，則或幾於道也已。

楊批夾簽曰：「初刻本此處《得姓述》上尚有《蔣子野字説》、《博婦》兩篇。」

答莊珍藝先生書

珍藝先生閣下：往歲八月之下旬得賜書，喜甚。至所奬云云，敬豈敢任邪？敬年二十時，常有志於古人。後年益長大，世事益逼，頽然俗人耳。今又以不嫺强作吏，而諸事叢脞，至與負販兒争短長，其何以見有道君子邪？敬方自慚之不暇，而先生大進之，敬不得不易慚爲懼，非特慮辜先生，且慮吾黨以先生之言爲然而深待敬，是先生之言不實於天下也。雖然，不敢以不勉。何也？敬二十時，不知後此之日下有今日也。自二十至今二十五年耳，又安知後二十五年不日上如二十時邪？是先生之言未嘗不可實於天下也，敬不敢不勉也。

十二月望前回縣，行臺省俱以方外待之，若束縛少弛，敬所以實先生之言，將於是乎始。春寒，惟一切珍攝，不盡及。

楊批夾簽曰：「初刻本此處《與紉之論文書》上尚有《答莊珍藝先生書》一篇。」

與衛海峰同年書

海峰大兄足下：十月中得所賜書，以年伯六十壽序見屬，鮑畹香茂才來書亦屢以爲言，敬已諾矣。因官事不暇，及今兩月餘，深以負此諾爲愧。然不敏之見，有不可不爲足下告者，足下如不以爲狂愚，請得畢陳之。

壽序非古也，其原出於唐之中葉，天子以所生日爲節，賜天下酺，而臣之諛者，臚功德而頌之，今世所傳賀生日表皆諛者之詞也。浸假而用之以諛權貴有力者，浸假而有位大君子亦諛之，浸假而大君子亦受此諛，以爲固當。於是販夫販婦，牛童馬走，苟有年必有諛者爲之壽，苟爲壽必有諛者爲之功德之言，此非黄帝、蒼頡以來書契之不幸也，天下之勢也。然自唐歷宋、元至有明之初，其文無一傳者，何也？違心之言，澳涩齟齬，必不能工；工矣，而羞惡之心不泯，則逸之而已。正德、嘉靖以後，士大夫文集始有壽序之名，爲詞要無可取。震川先生有明文格之最正者，集中壽序八十餘首，皆庸近之言，稍善者以規爲諛而已，不諛者未之見也。本朝魏叔子多結交淡泊奇瑋之士，爲壽序抑揚抗墜，横驅别鶩，力脱前人之所爲；然不諛其事諛其志，要之亦諛而已。夫震川先生、魏叔子，近世所推作文之巨擘也，而尚如此，其他則又何責焉？

且今之壽序，不經之甚者有二，曰名稱，曰有事。《白虎通》云：「伯者，長也；仲者，中也；叔者，少也；季者，幼也。」兄弟長幼之義也。父之晜弟，《爾雅》曰「世父」、「叔父」，至漢尚沿之，疏廣、疏受「父子并爲師傅」是也。晉人始去父稱叔，王濟曰「始得一叔」是也，於義爲不可通。姪者，女子對姑之稱，唐人始稱姪男，於義亦爲不可通。今天下於父之友，皆從而伯之、叔之、姪之，同歲者年之，同官者寅之，同學者世之，士大夫之口嘈嘈如市儈之相呼，不可訓已。尺牘往來，苟且從俗，已不足稱，况筆之於序記雜文，是何説也？天有十日，人有十等，至賢不肖相去，其等不啻累千萬而上下之。今壽草野者，非嚴子陵、陶元亮不足名其高也；朝廷之臣，非寇忠愍、范文正不足爲其任也。彼四人者所遇之時，所行之事，於今之天下何與哉？

敬與足下，交至厚也，故敢陳之如此，足下如然之，則敬向者之諾，非季布也，以爲出蘇秦、張儀之口可矣。如足下以敬稍知作文次第，謂年伯高行，宜一表白之，則是書之力未必不足以垂之于後。惟足下裁之。

楊批夾簽曰：「初刻本此處《上秦小峴按察書》之上尚有《與衛海峰同年書》一篇。」

上座主戴蓮士先生書

惲敬謹上書蓮士先生閣下：敬與弟子籍，二十五年於兹矣。中更多事，從遊之日或及四五年而一遇，今且幾及十年。前者，伏聞騶從南還，走千五百里，以冀速見。在先生久諒其無奔走之習、干謁之私，敬又非敢妄附古人高義，忘其卑陋與國家修政用才之説，所以急急如此者，何哉？竊見先生爲修撰之日，有侃然立身之言；爲侍郎之日，有淵然籌國之言。然敬之迂愚，未敢遽以爲必如是也。及至新喻五年，而聞之欣然；至瑞金四年，而聞之益欣然。昔人云：欲知宰相賢愚，視天下治亂。今天下事已定矣，敬以朝廷嘉慶七年後之設施，推之先生嘉慶五年前之計議，如軍籍之賞罰、計簿之裒益，刑書之輕重、吏職之進退，均有可意得其符驗者，固知聖神作述，權不下移，而陪輔遺忘，增繼高厚，今無有人居先生之右者。夫揣測之心可極至微，盡至廣，天下後世必以爲知言，此敬之所願見願見者也。

且敬之在門牆，蓋無以自拔于衆人者。見爲才則投之多齟齬，見爲德則守之多差池，終至名位後人，事業瓦散。然而先生視之，加於顯名高位、盛事大業之上，一則號於衆曰氣節之士，再則號于衆曰鴻達之才。往者西山中侍坐終日，所以期之于道藝者，益進之以不敢承不敢冀之言，此敬之所以願見願見，而爲之至今不安者也。慺慺之忱，不覺覼縷，惟曲諒之。

回縣後，事尚平寧，惟無暇讀書，又筋力智慧皆不如前，恐終于無成，常深悚愧耳。

七月十九日惲敬謹上。

【評語】

「虛中間實，微中間顯，與《上董中堂書》同用《後漢書》奏記法。」案：此條據王批過録。

楊批夾簽曰：「初刻本《答吳白厂書》之上尚有《上座主戴蓮士先生》一書。」

上陳笠帆按察書

瑞金縣知縣惲敬謹上書按察大人閣下：曩者敬居京師，曾於鹿園檢討處一識清顔。今奔走於下吏十三年矣，而所至聞數朝廷君子者，大人必居一焉。自傷卑〔一〕遠，不得朝夕近左右以盡其慺慺之忱。及旌節莅江西，喜甚。然不敢遽請見者，敬之私意，竊以爲漢之陳仲舉、唐之李文饒，使天下爲善者亟亟然如舉旛於市以相附，則君子之異於小人又幾何？是以不敢。然心之望大人知之，如敬之竊自附於知大人，未嘗一日不往復也。今得手教，以爲非流俗之人而開之以盡言，敬不敢遠爲言，請就江西之已事比於大人之問言之，且即縣官之可以興其事，而敬之所及見者言之。

夫水旱感召之説，雜家之所言皆附會也，不足以取信。而儒者又疏闊，其言庸迂，陳陳相因，然于理有可信者。和則豐，戾則凶。故或天地之氣先至，而人之氣應焉，是以水旱之氣亂政也。或人之氣先動，而天地之氣應焉，是以水旱之政亂氣也。今皇上嘉慶之七年，江西之旱者，南昌、瑞州所屬數縣耳。其時主議者，以爲皇上愛民，宜通十府爲緩徵。夫歲豐而緩徵，民之衣食婚嫁不如歲凶之慎也。稍溢之，則所緩者盡矣。至帶徵之歲，有司必嚴督之。故民之財緩徵之時不能有餘，帶徵之時必至不足。且明明豐矣，曰吾緩徵，户部之有餘不足不計也，倉場之有餘不足不計也。是故江西之政，莫弊於七年之緩徵。然而且緩徵不足，繼之以請糴。請糴則米價之貴可上聞，是故請糴者所以飾緩徵也。然而且請糴不足，繼之以臺估，臺估則米價之賤不至於上聞，是故臺估者所以飾請糴也。大人以爲和乎？戾乎？迨至户部以爲誤會計，倉場以爲誤支銷，朝廷以及天下之人皆以爲不知事體。於是十二年之收歉於七年，而勢不得議緩徵矣。夫官方懲七年之事而以爲宜徵，民又狃於七年之事而以爲斷不宜徵，於是督漕者行令如救火，辦漕者設法如轉輪，而泄泄如故，大人以爲和乎？戾乎？由此觀之，敬恐江西之歲日惡，江西之民日貧，江西之政亦日冗，不止如今日之事勢也。

方今天下之民情無勿達也，其患在於屈意以達民情，又民情既達而拂之使不得如其情。敬請以瑞金一縣計之：共三十三萬人，奸民不安分者千餘人而已，其餘皆耕耘負販，取給足則無他求焉，無求達之情也。其有匹夫匹婦之銜恤者可訴之縣，縣不允可訴之州，訴之州，訴之院司。今皇上以大智大仁臨馭宇内，有朝叩閽〔二〕而夕得旨者，何憂其不達邪？

敬所謂今之患在於屈意以達民情者，蓋三代以上，民養生之事未備，故能生民養民者爲善政。三代以下，民養生之事已備，故聽民自生自養而不擾之者爲善政。今部院懼院司之壅民情也，而侵院司之權；院司懼府州之壅民情也，而侵府州之權；府州懼州縣之壅民情也，而侵州縣之權。於是內而幕中賓客，外而吏卒，皆竊攘而侵所屬之權。夫至於如是，則告訐鑽刺之風大行，而奸民之不安分者皆起矣。即如瑞金一縣，以不安分之千餘人排笮三十三萬人，雖不至遍受其毒，然民之失業者不少矣。況告訐鑽刺之風大行，則州縣不得不設法以調停之，院司府州亦不得不縱州縣設法以調停之，遂使民益驕，官益弱。即如萬載之部案，以大清之民，居大清之土，爲大清之士。本籍，士也，棚籍，亦士也，合考已百年矣。然而議讞助之曰分考，陳言助之曰分考，且有詆諆之辭曰羞與爲伍。夫科、歲考可分，江西鄉試不可分，則舉人伍矣；禮部會試不可分，則進士伍矣。而於生員曰羞與爲伍，是萬載之生員知廉恥，而萬載之舉人、進士皆不知廉恥也。此不通之説也，而萬載之是非悖矣。即如雩都之部案，一以爲翁媳之奸不誣，一以爲翁媳之奸不實，而雩都之是非惑矣。即如樂安之部案，一以爲是竊非誣，一以爲是誣非竊，而樂安之是非惑矣。其時，當事者或以煆煉〔三〕之法行其調停，或以調停之法行其煆煉〔四〕，其始蓋由於屈意以達民情，故弊不至於此不止也。

敬所謂民情既達，而拂之使不得如其情者，耗羨之過加誰不知，能即已乎？搶竊之匿報誰不知？能盡發乎？顧役之盤踞誰不知？能變法乎？募軍之驕惰誰不知，能改律乎？黄次公曰：「凡治道，去其太甚者耳。」此古今之通論也。

敬之所欲言者無窮也，而所言者又未必皆是，然而不可以無言也。大人如不以爲戇且愚，則請繼自今日日言之。大人以爲可用邪，不可用邪，皆敬之幸也已。二月二十五日，瑞金縣知縣惲敬謹上。

【校記】

〔一〕「卑」，原作「悲」，同治八年本同，嘉慶十六年本、光緒十四年本作「卑」，沈校：「『悲』字當是『卑』字之訛。」今據改。

〔二〕「闇」，原作「闇」，刻誤，今據文意改。

〔三〕〔四〕「煆煉」，「煆」原作「煆」，嘉慶十六年本、同治八年本同，光緒十四年本作「煆」，今據改。

此篇見《初集》卷三目録，而後刻各本正文中均無，獨光緒十四年本《初集》卷三《上汪瑟庵侍郎書》後增補此篇，計有四葉，版心「大雲山房文稿補佚」。同治八年本刻入《補編》，光緒十年本沿之。

與王廣信書

簣山先生閣下：前月旌旆駐南昌，先生所以慰藉敬者良厚，甚感甚感。承命作《西園記》，幕府豪俊，海內賢士大夫衆矣，而以屬不肖，不肖雖庸劣，何敢固辭？然竊有復于先生者。

記之體始于《禹貢》，記地之名也；《考工記》，記工作之法也；《坊記》、《表記》、《樂記》、《檀弓》，記言、記事之法也。其體當辭簡而意之曲折能盡之，是故退之《畫記》、《汴州水門記》，其正也。子厚《八記》，正而之變矣，其發也以興，其行也以致，雜詞賦家言，故其體卑。其餘唐、宋、元、明諸名家，作記如作序，如作論，而〔一〕開其始者亦退之，《新修滕王閣記》是也。退之守袁州，不能至洪，故爲文不得不如是。

今先生所築之西園，敬未獲于燕閒之日與先生銜盃酒，彈琴賦詩，逶迤遊處其間。

若是，則所作之記亦如退之新修〔二〕滕王閣之記而已。夫滕王閣一也，三王作賦、序、記于前，退之作記于後。可言者，三王既言之矣，退之恥蹈之，故破壞文體而不顧。蓋陳陳之惡甚于破壞，如不羈之士尚可與言，而膩顔帢、高齒屐，挾兔園册子論古于大雅之堂，未有不粲千人之齒者也。夫退之于三王若是，今敬後退之千餘載，西園去滕王閣七百里，而爲記乃蹈退之，其粲千人之齒又當何如？

然而西園者，敬固未常至也，則欲如子厚之《八記》有所不能，如《汴州水門記》有所不能，如《畫記》有所不能，今所呈本，不得已之作也。而文采又劣甚，先生庶諒其謹慎而有以教正之。六月十八日惲敬謹上。

【校記】

〔一〕「而」，原作「而而」，沈校：「一『而』字是衍。」案：嘉慶十六年本作「而」，今據删一「而」字。

〔二〕「退之新修」，原作「新修退之」，沈校：「按此句語氣未順，當作『退之新修滕王閣記』爲順。」案：嘉慶十六年本作「退之新修」，今據乙。

楊批夾簽曰：「初刻本《答蔣松如書》上尚有《與王廣信》一書。」

秋潭外集序

敬爲縣官於越東及南楚，幾及十年。常意汲長孺恥爲令，其生平伉直〔一〕而已，而古者聖賢豪傑皆屈身爲之。於是欲於其間求深博非常之士，以圖爲天下之故。夫天下者，縣之積也，未有不能治小而能爲其大者。乃久之而於越得一人，曰李賡芸許齋；於楚得一人，曰彭淑秋潭。許齋爲人和而詳，其治一以休息爲務。秋潭沉毅，好切言高論，所歷崇仁、弋陽、瑞金、吉水、浮梁，振綱舉凡，釐條搜目，祈於大適而後已。二人皆喜學問，能文章。許齋與敬無交，獨於衆中察其爲人之所以然。秋潭於敬過從無時，所言皆相勉以不及。然秋潭獨身在楚，十有九年不遷。許齋則公卿多引重，天子亦不以常吏視之，雖止遷軍司馬，假守大府，不可謂得行其志，而秋潭益卑滯矣。秋潭得上考，且滿三年，復不遷，奏換臨川。其子弟與及門，刻其爲縣官雜文，曰《秋潭外集》。敬讀而悲之，以爲吾秋潭而所施止於如是，後之人見其書，當亦有所慨然也已。

【校記】

〔一〕「直」，同治八年本作「值」。

沿霸山圖詩序

余少讀退之《南山詩》，及子厚《萬石亭記》、《小丘記》，喜其比形類情，卓詭排蕩。及長，始知其法自周秦以來，體物者皆用之，非退之、子厚詩文之至者也。《莊子》曰：「芻狗之已陳也，行者踐其首脊，蘇者取而爨之而已。」昔人之已言，其諸亦能言者之芻狗乎？

瑞金多石山，往往一石爲一巒，一石爲一嶺一厓，惟沿霸諸山皆千萬石爲一巒、一嶺、一厓。余數過欲狀之，終無以自別于退之、子厚之所言者，爰使户曹史賴穀分爲十圖，以盡其勢，而余與諸同志舉觴而詠之。至退之以重望，自山陽改官京曹，方有大行之志，故其詩恢悦；子厚負釁遠謫，故其文清瀏而迫隘。余小生樂志下僚，所言亦有相稱者焉。

南華九老會詩譜序

嘉慶元年，詔徵孝廉方正之士，武進以莊宇逵達甫應。達甫辭之，不獲，自是不應進士舉，曰：「吾愧此名甚，無厭，是辜詔旨也。」敬時吏於浙，聞而賢之。四年，敬請檄吏部，復往浙就吏，過達甫。達甫以《南華九老會詩譜》命敬叙其後。

九老會者，達甫之祖勁庵先生與宗之致仕者共九人，皆宜祿壽子孫，於燕閒爲會以衎之者也。敬觀其所爲詩，始知九人皆清白恬退，去時俗，尚古昔，於是知達甫之賢爲有所自矣。

已而思之，士當年少氣壯，束脩〔一〕自進，曰：「吾將以爲天下也。」一旦宦達矣，名溢於朝，祿豐於室，又相率引去以爲高。其進也，將以謀其實也，而以名飾之；其退也，實已至矣，而名可惟吾之所取。此豈聖賢者之所許耶？達甫未通籍，其高尚宜矣。如九老者，當求其治民之道、勤慎爲國之意，所以不愧去者何在，不當徒羨其退也已。

又思之古之纖人，其初非有他也，不過嗜進不喜退耳。君子則進不得已也，退常不可已而已。是故過於進，將爲患失之鄙夫；過於退，不失爲引身之君子。敬今仕宦方始，恐進退皆負，無以復見達甫。自今日以往，庶幾其念之哉？是達甫之益我也已。

【校記】

〔一〕「束脩」，「脩」原作「修」，今據文意改。

莊達甫攝山采藥圖序

攝山在金陵迤東四十里，江總持《棲霞寺碑》曰：「山多藥草，可以攝生，故名曰攝山。」莊達甫遊而樂之，爲《攝山采藥圖》。其友惲敬子居爲之序。序曰：

吾始聞達甫之名于張皋文，皋文不妄譽人，而以達甫爲有道之士。及見達甫，其貌充然，其色油然，而其神端然，若有不可干者。更七年，復見達甫，充然、油然者猶是，而窮窮然而歛，休休然而止，達甫於道其益進耶！

吾聞古之有道者，其血脉、心志、事爲無不治也，故年壽可至大齊。記曰：「親親而仁民，仁民而愛物。」曰「能盡其性」、「能盡人之性」、「能盡物之性」是也。至秦漢方士，乃有不死藥之說。是故由至人言之，以人治物之生也；由方士言之，以物治人之生也。以物治人之生，必其生本不全；生本不全，則物之能治與不能治，俱在不可知之數矣。是故以金石或暴吾氣，以禽獸蟲魚或亂吾神，以草木或瘠吾形、槁吾藏，自有方士以來，效可睹也。《列子》曰：「肆之而已，勿壅勿閼。」《莊子》曰：「安時而處順，哀樂不能入也。」彼二子者，于道未爲至也，然言養生若此，無他説也。

達甫志古之道，躬敦潔之行，其于二子，不相師也，而豈爲二子之不爲者耶？雖然，達甫之于世蓋泊然矣，陟山之高，循水之深，此圖其有所托耶，抑性情有得乎此，而不能喻之人也？是又非吾之所能盡也已。

小河馬氏譜序

敬年十九，從先府君授經小河馬氏。後十年，子寬從，而子由復往授經，故敬兄弟於馬氏多同舍生及受業弟子。嘉慶二年，馬氏修其宗支譜，徵序於敬。

按譜，明永樂中始輯，迄今凡十一修矣。敬爲之條其前後，去其衍復，得若干卷。

序曰：

小河著姓，王氏、馬氏爲最。王氏凡二十一望，或自殷，或自周，或自齊、自魏，今天下多冒太原、瑯邪，傎矣。馬氏專望扶風，自趙將馬服君，然馬適氏、馬師氏、乘馬氏、騶馬氏、馬矢氏，世無有行者，其諸皆冒馬氏歟？今小河馬氏，由小河而上之爲臨安，由臨安而上之爲和州，由和州而上之爲扶風，皆明白有原委，其自馬服者爲猶信。且其譜自扶風至臨安爲繫以屬之，而表不及焉，以爲不可盡信也；自臨安至小河爲繫以屬之，而表及焉，以爲可信也。夫以遠爲不可盡信，以近爲可信，則譜信矣。譜信而後宗無淆，宗無淆而後子孫可以親，可以殺，可以孝弟，此不易之理也。蘇洵氏之言曰：「觀吾譜者，孝弟之心可以油然生矣。」夫所謂孝弟者，其究極何哉？居田里，則率仁義以化其鄉；守爵禄，則率仁義以化其官。如是爾矣！敬既與馬氏交，又善其譜之可信，故推其義如此。

楊批夾簽曰：「《先塋記》上初刻本尚有五篇：《秋潭外集序》、《沿霸山圖詩序》、《南華九老會詩譜序》、《莊達甫攝山采藥圖序》、《小河馬氏譜序》。」

羅坊鄉塾記

自北宋以後，天下府、州、縣學之師皆注於吏部，弟子則提舉遴而進之，期會考課皆束以官中三尺之法。故其敝，師與弟子相羈縻而已。書院盛于南宋，師弟子皆有道德者，聚同志以爲學。其後大者屬之行臺省，小者屬府之守、州之刺史、縣之令長。師多得之游揚請謁，弟子以當事者之好惡爲去取往來。其敝也，不歸於盡廢不止。

新喻綵山書院始於康熙三十二年，有屋二十楹，田二頃，其所入不足以豐學人；又以年久，規法多損失。縣之士李世輔等請建鄉塾於羅坊。凡鳩資若干萬，買田若干頃，爲屋若干楹。

嗚呼，世輔之意則善矣，然有不得不爲世輔進者。大率府、州、縣學，官學也。書院，私而歸之官之學也。鄉塾，私學也。官則其情易疏，私則其法易紊，豈可不思其卒哉？且今之程於學以爲之等者，經義、詞賦、策論而已。其善教之，則經義、詞賦、策論皆可以驗其修身、齊家、治國、平天下之所得。不然，又何取乎是哉？爰爲之定其條教之有益者而爲之記。

楊批夾簽曰：「舊刻本此處（《新喻東門漕倉記》之上）尚有《羅坊鄉塾記》一篇。」

西園記

敬行天下山水，浙西嚴陵江上最爲清遠，其山南至衢州，西折入廣信。衢州之南，廣信之西，山多赤而瘠，無夷猶澄徹之觀，唯廣信清遠如嚴陵江。敬前自浙往貴州，過廣信，樂之，今不至已十五年；而朝暮之頃，開欞拓幔，巡廊廡，涉籬落，常若有廣信之山遇于吾目中者。

諸城王簣山先生以曹郎出守是邦，因事至南昌過敬，言及廣信之山。且言治西有廢園，周幾五百弓，多古樹，暇日稍理之，窪者爲池，高者爲山，爲亭一，爲廊一，爲草堂三，左右雜蒔花藥，羅羅然，而古樹數十章，亦如得知己遇勝遊，濯然有異於昔。堂之四圍皆山也，顔之曰「見山」，常與有性情能文章者遊詠其間，而以記屬敬。

敬思子瞻《凌虚臺記》近于傲，子厚《永州新堂記》近于諛。傲與諛皆非也，然子厚比政事言之，子瞻感慨廢興而已，豈非子瞻爲失，而子厚爲得邪？夫守令未有不宜于民，而可自逸于山水者。簣山先生至廣信，未幾而治行之善達于遠邇，敬知四圍之山不騰笑于堂上矣，遂書所言而爲之記。

楊批夾簽曰：「舊刻本《重修瑞金縣署記》之上尚有《西園記》一篇。」

曹孝子小傳

曹孝子名良輔，陽湖人。幼孤，父遺屋一間，孝子業薙髮養母。母病，聞人言縣西觀音山有仙人草能治，冒大雪走厓下求得之，母病愈。更十年，復病。孝子復往求，恍惚見僧伽藍所事觀音尊者，謂曰：「汝母不起矣。汝孝，葯聽持去，然無益也。此後三年，汝當來吾所。」孝子得葯，持歸，母已氣絶。鬻屋以葬，因寓其姊之夫家。三年，而孝子卒。

鄭清如先生曰：「仙人草華于雪中，華赤者黄金色爲緣，白華青緣，生厓石隙。子、弟、妻爲父母、爲兄、爲夫求，皆得之，他不能得也。」

論曰：世多事觀音尊者，敬嘗觀《法華普門品》，直喻言耳。元沙門以爲見優婆夷身，益飾妄不可信。然孝子所感何哉？誠之至則物生焉，天地之道也。錢塘天竺山，自宋祀尊者無虚禱，以天下人之心，信之至七百餘年，其應宜矣。敬于是知聖人之所以動天地致萬物者，亦非有異道也。

楊批夾簽曰：「舊刻本《二僕傳》之上尚有《曹孝子小傳》一篇。」

書圖欽寶事

乾隆四十六年，回子馬明生煽亂，事未起，就禽，送蘭州獄。其徒蘇四十三統賊數萬來圍城，涼州總兵圖欽寶以兵三千赴援，不得入。圖欽寶者，索倫人，從誠謀英勇公、大學士阿桂平大小金川，宿將也。時布政使王廷贊率民兵固守，誅馬明生於堞下，賊氣懾，攻不利，退屯城西南黄華山。山東塹深澗，澗東爲龍尾山。尾注澗身，環城南迤而東。圖欽寶乘賊退入城，復出營龍尾山，扼賊衝要，賊不敢攻城。户部尚書和珅者始用，奉命視師。至軍之日，促戰。圖欽寶諫不聽，跪而請曰：

「賊氣尚盛，兵過澗，澗斗絶，不可退，悉糜爛矣。總兵已諜探山後路，兵得貫賊屯，由山後歸乃可。今諜未反，勢必敗。且事重，上會遣大將軍來。」大將軍者，大學士阿桂也。和珅聞圖欽寶需大將軍，遂叱曰：「汝梗令邪？明日不戰，吾斬若矣！」圖欽寶起，至軍門，泣曰：「死耳，如軍事何？」

既明日，率五百人過澗，賊披靡，轉戰益深，隔山望塵坌益遠，賊嘩甚。壯勇侯海蘭察遂望塵坌奪入，期拔出圖欽寶，圖欽寶已盡没。而圖欽寶所遣諜適至，乃力戰，自山後路還入城。是時，和珅立馬龍尾山觀戰，賊伏精騎襲之。龍尾山大營隨和珅入城，城復閉。後大將軍至，斷黄華山汲道，賊亂，連戰破之，禽蘇四十三。而購圖欽寶尸卒不可得，得所服褌，招魂以殮。軍中皆下泣焉。

朱石君尚書梅石觀生圖頌代張皋文

有大比丘，出閻浮提，得自在身。于是身中，因心爲因，緣眼爲緣，和合諸色。日光月光，及燈燭光，照上照下，大千世界，所有衆生，生滅顛倒。有色住色，有想住想，無色無想，住無色想，因生得住，因住得生。如是生住，亦俱變滅，如是變滅，復爲生住。於是比丘，發大慈悲，隨諸有生，觀無生法。生既無有，無亦歸無，于無無無，我生衆生，一切自在。

吾問比丘，生既云無，觀于何着？眼觀住眼，心觀住心，心眼住觀，復非無義。譬如如來，住世演教，五十六年。其住世時，生則爲有，有則非無。若言此生，于無無中，因無忽有，即此忽有，已非無無。若言此生，于有執有，亦歸無無，當其未歸，已定爲有。若言此生，即有爲無，即無爲有，非無非有，已將無有，對作因緣，于無無義，亦爲歧誤。是知比丘，無生之説，無有是處。

有大尊師，隨九種仙，跨月躡日，入人間世。于人間世，見諸種種，不浄因緣。守尸鍊尸，作逆理法。常于屏處，授受秘密。妄語坎離，作諸譬況。令被徒衆，如入千門，重叠屋壁，迷不得出。豈知有形，終于腐朽。雀鼠五年，鵲兔十年。如是相乘，及百千年，百千萬年，各有因緣，非可强者。其中能智，不爲戕損，或加節養，于定數外，得更延久。如何秘爲，長生妙訣？又或矯説，殺生長生，學死不死，以此貪戀，遂成墜落。心覯眼遇，涉諸魔怪。于是尊師，發大慈悲，隨諸有生，觀長生法。以形納氣，以氣納神，神得氣得，形得委脱。合體虚漠，爲性命根。先後天地，無不存者。

吾問尊師，長生之理，既同虚無，虚無無體，無形氣住。則此形氣，必非長生，如何又言，納形納氣？若言形氣，歸納虚無，形氣既無，已名爲死。若言性命，不立形氣，形氣澌泯，性命長生。則彼凡夫，亦同澌泯，如何不言，性命常在？若言性命，必修鍊成，始不隨形，同歸澌泯。則此性命，純藉作爲，于其本體，虚無之説，亦爲歧誤。是知尊師，長生之説，無有是處。

惟吾導師，大人先生，隨衆生生，心生形生，無障礙法。如微妙華，生大雪中，胚胎蓓蕾，應時怒茁，上下參差，因風動摇，日喜露歡，一切因緣，如是如是。如陂陁石，安着大地，水沃不入，火藏不爇，雲蒸濕浮，苔妍草英，歷落布濩，藴積金寶，光怪發鬱，一切因緣，如是如是。

楊批夾簽曰：「舊刻本《祭張皋文文》之上尚有《朱石君尚書〈梅石觀生圖〉頌代張皋文》一篇。」

輯佚

佚文

子夏喪明説

儷笙先生令兄以哭子喪明，作《子夏喪明説》貽之。

《檀弓》「子夏喪其子而喪其明」，曾子以三罪責之。惲子居曰：子夏其無罪歟？西河之民疑汝于夫子，子夏居之乎？不居之乎？是子夏無罪也。喪爾親，使民未有聞焉，堯、舜、禹、湯、文、武皆未有聞者也，循乎禮而已。子夏既除喪而見，曰：「先王制禮，不敢過焉。」是也。是子夏無罪也。「喪爾子，喪爾明」，噫，甚矣！雖然，血氣之病，固有哀已竭而不喪明、哀未竭而喪明者，是子夏亦無罪也。然則曾子責之，奈何？曰：子夏之罪狂，自言其無罪，而歸其罪于天，則喪明以怨懟得之。由是，自其處子者比之于親，自其處親者比之于師，皆不能中乎情中乎理，而「未有聞」、「疑汝于夫子」皆罪矣。故曾子始弔而終責之。不然，其弔之而哭也，不幾于涕之無從哉？

鹿柴説

余至瑞金之三月，楊生家騂謁而請曰：「家騂學于詩，竊有意于右丞、蜀州之相酬酢也，而以『鹿柴』名騂之室，先生其以一言志之。」余曰：「是可以言詩〔一〕矣。蜀州之詩曰：『日夕見寒山，便爲獨往客。不知松林事，但有麏麚迹。』以迹言鹿，猶之乎不言鹿也。而右丞之詩曰：『空山不見人，但聞人語響。反景入深林，復照青苔上。』而已并無蜀州之説也。雖然，其境則與蜀州所言一也。且林深矣，林深而苔没矣，以反景入之，則密者疏，幽者明。蜀州所言麏麚之迹，不歷歷遇之邪？二詩殆如鼓之應聲、鏡之襲影也已。此詩之一端也。若充之，則所謂正得失、動天地、感鬼神，將于是乎在。吾子其勉之矣。」

＊輯自上圖藏嘉慶十六年本《大雲山房文稿》卷一。

【校記】

〔一〕「詩」，原作「時」，據文意改。

遊南屏書舍記

*輯自上圖藏嘉慶十六年本《大雲山房文稿》卷一。

密溪環山，山峰如削成。有巨石矗其南，如屏，望之庳而扈。石三成，其麓多草木，是名爲珊瑚石。

密溪爲羅氏世居，其屋於屏之下者，曰南屏書舍，予往遊焉。過溪之小橋，漸崎嶇，樹木雜植，已極幽邃。至書舍，山林之氣豁然。堂于中，前後翼以精室，檽檽井井，芭蕉隱之，几篳皆碧。周垣果實離離下垂，雜花相間而發，其隙則高者亭之、樓之，行者廊之。憩息之餘，神爲之爽矣。

書舍之左有田，高下疏爲畦。右則平原，有林陰翳。中有石，玲瓏羅置。書舍之後枕樹竹，森然拔起。諸生讀書於此，倘亦有不扶自植之意歟！

復右涉磴，縱目所之，曰月形岡，曰遊魚洲，曰文運閣，皆見於斜陽之內。隔溪曰鐘石，曰鼓石，喁喁焉，蹲蹲焉，雖輞川畫圖，不過如是也。

吾聞羅氏，世有聞人。敬亭先生作倣梅樓寒翠軒，以爲臺山兄弟讀書之所，卒能以所業名天下。今其孫巨卿、蘊輝，復闢幽創構，子姓雍雍，互相劘切，余豈能窮其所至耶？是爲記。

＊輯自清道光間蔣方增纂修《瑞金縣志》卷十四《藝文志》。

三劉先生祠記

荻塅在新喻治東北七十里，隸擢秀區十八都三圖。南唐保大中彭城劉逵自吉之安福始遷居之。再傳爲工部式，生立之。立之生敞、攽，即公是、公非先生也。敞生奉世，安上。奉世爲自省先生，安上子雅因、儒因，遷居水西。水西隸振藻區六都三圖，去治二十里。故三先生祖父子孫世爲新喻人。歐陽文忠公爲公是先生墓誌曰「吉州臨江人」者，宋淳化三年以筠之清江置臨江軍，隸吉州，新喻自袁來屬。文忠吉人，私公是，故以吉州書也。《明一統志》曰「清江人」者，當臨江置軍時，分新喻建安鄉入清江鄉，有思賢里，劉氏之思賢樓在焉。思賢樓者，思三先生也。清江榮之，故以清江書也。

宋自中葉多故，士大夫或意有所左右，以相比立朝。三先生歷仕絶去附麗，而事功氣節沉摯踔厲，無迂回求濟之念。其文章爾雅，治經一依古義，海内諸説變亂，終不爲所惑。夫士之與世俯仰者，其自立必薄。如三先生者，後世所宜急師法〔一〕，因謹與學博士、丞、尉及劉氏子孫之賢者議立三賢祠於雲津門内。竣事，請春秋祀於朝，而詳考其遷徙里居如此。

【校記】

〔一〕「後世所宜急師法」，原作「後死世所急師法」，據《江西通志》所收是文改。

＊輯自清同治間文聚奎纂修《新喻縣志》卷三《建置志·壇廟》之「三劉祠」條。又見於清光緒修《江西通志》卷七十四，據以對校。案志，三劉祠建於嘉慶六年，則先生此文當作於是時。

修城記

新喻縣舊城在今治西北三十里，居四山之阿，無通渠。唐大曆中，遷於虎瞰山。虎瞰山者，耽然瞰袁河之流，如虎負嵎，即今治也。宋建土城，明知縣祝爾慶始甓之。廣九尺，高一丈三尺，堞三尺，周九百六十丈有奇。本朝總督張朝璘增其高爲二丈五尺。嘉慶元年，敬以浙江富陽縣知縣餉貴州平苗軍，道新喻，舟泊城下，遂自納凱門登，循城行，堞多壞壓於河垣，裂其地者數所。喟然於當事者，以爲不事事。五年，奉命來知是縣，復循城行，引前之喟然者自愧而已。七年六月，與儒學訓導胡君謀舉國子監生周爲林、府學廩膳優生萬介齡司其事，計定工式。會縣中私帑有羸者，以漸葺治之。九年四月，偕二生告蕆事，而城復完。

夫城，令所職也，今敬乃委難於胡君等，不誠愧耶？然敬聞諸君子，凡成天下之事者，當與天下之能其事者共之。胡君同二生實能其事者也。敬以于役感兹城之惡，天適以兹城官之，復得胡君等之能其事者，以訖敬之志，皆非偶然者也。遂爲之記，以志胡君并二生之勤，且道敬之厚幸焉。

＊輯自清同治間文聚奎纂修《新喻縣志》卷三《建置志・城池》。

曉湖尊德性齋記

宋程允夫先生居婺源之韓溪，其讀書之齋名曰「道問學」，朱子易之曰「尊德性」而銘之。先生七世孫留耕自韓溪遷曉湖，二十世孫昌復於曉湖建尊德性齋，桐城姚鼐書其榜。昌之子均寓書於陽湖惲敬，請爲之記。

均之書曰：齋背山臨流，中爲堂，左右翼以亭，後爲寢，寢之右爲小軒，其餘皆乙丙舍也。經始於嘉慶十有七年十月癸卯，至十有九年正月癸巳落其成。凡爲木之工二千四百有八、雕礱之工四百五十有二、銕之工百有二，板築百四十有五、穿池千有十、運土石千二百有三。敬觀古者作記之法，是書之言盡矣。若以論多多附之，其體爲不正。雖然，是齋之義不可不明於天下後世，則請得詳語之，即以爲是齋作記之體宜如是，君子當亦無尤焉。

夫性也者，自天而之人者也。德性也者，自天而之人之仁、義、禮、智、信是也。自老子、莊子不以五者爲性而斥而棄之，後之言性者反之於心，芴乎芒乎，不得性之所在。

見其倪之貫百骸、揔萬事，以爲吾之性在焉。故爲佛氏之書者，其始以作用言性。作用即知與能也，是所謂性者，貿貿然飲食、甃甃然男女而已。於是以爲未足，遂舍能而言知，而以真智爲性。是所謂性者，熉然而來、窅然而往而已。於是又以爲未足，遂舍推測之知而言湛定之知，而以性海爲性。是所謂性者，澄然而内明、耀然而外朗而已。世之儒者，其言性大半出入於是焉，而陽明先生良知之説爲最近。合之老子不皦不昧、莊子真知之説，皆無殊異。其弊由於不以五者爲性，故不得不屢遷數變，求其説於汪洋溟涬之域，如此也。

夫性如元氣，五性如五行。元氣不可以言狀，故聖人即五行之可見者反其初，以言元氣。性不可以言狀，故聖人即五性之可見者反其初，以言性。舍五行無以見元氣，舍五性豈可以見性哉？《文言》曰：「敬以直内。」《論語》曰：「修己以敬。」敬之義奈何？本經首章曰：「戒慎乎其所不睹，恐懼乎其所不聞。莫見乎隱，莫顯乎微。是故君子慎其獨。」數言是也。聖人之言敬用力如是，蓋急敕之至，則肌膚會、筋骸束、氣順體從、識明力健。其始也勉强以企，其繼也服習而適，其後合動静始終，皆行於不得不行、止於不得不止。五者如芽之在孚不能茁，如泉之在石而能達，如帝天之臨、師保之輔而不敢褻，此尊德性之義也。

後人言德性既雜於佛氏矣，其尊之之功能不入於佛氏哉？觀氣象，養端倪，皆是也。朱子此銘平正而切近，然平日言存養而曰提撕、曰管帶，不以大力全功言之，於義有未備焉，不可不察也。嘉慶二十有二年正月乙丑後學惲敬謹記。

「性如元氣」一段，推明孟子之意；「勉强以企」一段，發明程子之説。能使吾儒之書一無滲漏，異端欲指摘而不能。子居自記。

＊輯自程洵《尊德性齋小集》補遺，《知不足齋叢書》本。

評趙懷玉

本朝自汪堯峰、姜湛園、邵青門諸君子引有明以來數人爲正宗，修飭邊幅，選言擇貌，桐城方靈皋雖高識冠流，厚力企古，而波瀾鋒鍔未饜聰明。於是矜奇務博者起而摧之，如褒衣博帶之儒，舉動繩尺不能制遊俠之亂禁、斂貨殖之多畜，而能言之士範於軌物者蓋亦鮮矣。先生獨不惑於貴勢，不牽於友朋，硜硜自立，不厭不倦。故集中所存，無有雜言詖義、離真反正者，可不謂難歟？《大雲山房集》

＊輯自《國朝詩人徵略》卷四十七，清道光十年刻本。

佚詩

遊環可園四首

（其一）

遥遥渝水奉臺符，便報園林滿象湖。城外碧流同汗漫，橋東緑竹最森疏。三年百度停金勒，二月千花擁玉觚。休笑習家池上事，今朝真是倩人扶。

（其二）

海棠枝畔絳桃枝，一樣春來淡蕩時。老大愛吟枯樹賦，風流惜唱拗花詩。仙家日月應長駐，香國因緣倘再窺。慚愧疏才偶相狎，肯教一片落深墀。

（其三）

紫塵青琴白木牀，偶然獨起繞遊廊。爲謀幽徑穿苔石，故放遥山過荔牆。試手欲收千丈外，引身須築十弓强。吴中不乏閑鷗鳥，好逐春流過野塘。

（其四）

漸漸輕陰送雨來，城中畫鼓隔江催。新旗試士無嚴武，病榻論文有柳開。忘世久安懸磬室，畏人如入避風臺。知君此後留吾醉，芍藥盆中已破荄。

案：據楊光洙《環可園自記》：「環可園在縣治雙清柳渡下數百步之左。」雙清柳渡爲瑞金（今江西瑞金）八大勝景之一，汀州河、綿水在此匯合，故稱雙清。詩中象湖即瑞金縣城象湖鎮。惲敬于嘉慶十年起知瑞金縣事，前後共四年，頗負政名、文名。他與當地文士過從甚密，集中所見陳雲渠、楊貫汀、鄒立夫均是其中代表。

惲敬詩作，據其《大雲山房文稿通例》已入外集，實則未見，《清史稿·藝文志》、《書目答問》、《販書偶記》等均未見著録。此詩録自道光本《瑞金縣志·藝文志》。

佚詞

蒹塘詞六首

阮郎歸·畫蝴蝶

（其一）

粤亭天與宓妃腰。雌雄一様描。雙魂如縷恐飄摇。曉來風露鐃。　吹乍散，玉人簫。香叢影亂飄。游絲難畫可憐朝。粉痕看漸消。

（其二）

少年白騎放驕憨。踏青三月三。歸來未到捉紅蠶。化蛾真不甘。　江橘葉，一分含。那防仙嫗探。雙雙鳳子出花龕。繭兒風太酣。

（其三）

輕須薄翼不禁風。教花扶著儂。一枝又逐月痕空。都來幾日中。　曾有伴，去無踪。闌前種豆紅。蜜官隊裏且從容。問心同不同。

（其四）

拗花人影過雙鬟。玉釵飛上寒。開簾瞥見轉彎環。放簾山外山。　人去後，影空闌。花英分是單。天風吹下亂紅間。羅浮夢未還。

（其五）

江南風暖草初齊。花迷蝶不迷。尋芳攙過海棠西。簷前紅日低。　三兩點，向人飛。林間積漸稀。莫隨柳絮涴香泥。蝶歸花不歸。

（其六）

心情不耐月兒青。輸他深夜螢。竹間香霧幾曾停。飛來三兩星。　穿繡檻，度銀屏。階前路慣經。輕輕不礙護花鈴。阿奴枝上聽。

＊輯自張惠言《詞選》，清道光間湖南思賢書局重刻本。

案：《清史稿·藝文志》著録「《蒹塘詞》一卷，惲敬撰」。《武陽志餘》稱「是編未刊入《大雲山房集》，今存者惟張氏《詞選》附録中《畫胡蝶》詞六闋而已」，則在清末已佚。今查書目，僅《清詞别集知見目録彙編·見存書目》第四七五五條著録「《蒹塘詞》一卷，惲敬撰，光緒十九年潘飛聲鈔茗柯詞本」，藏於加拿大卑詩大學亞洲圖書館。其所稱「茗柯詞本」，即張惠言所編《詞選》，當係潘飛聲從張惠言《詞選》中抄録所選的六首詞，訂作一本，而著録成此鈔本。另葉恭綽所編《全清詞鈔》卷十三選惲敬詞作三首，爲《阮郎歸·畫蝴蝶》其二、其三、其四。丁紹儀《清詞綜補》卷十七收惲敬詞作一首，爲《阮郎歸·畫蝴蝶》其六。亦無出茗柯《詞選》之右。因《蒹塘詞》已無傳本，今附此六首佚詞於文集以行。

惲寶惠《惲氏家乘》評曰：「考毘陵詞家亦自成一派，張皋文先生著有《茗柯詞》一卷，其詞學專主意内言外，旨約辭深，由北宋諸家以上規南唐二主，淵源温、韋。一時如先子居公、劉申受、丁若士、陸祁孫、左仲甫、李申耆、周保緒諸老皆宗之。海内詞家至推爲毘陵詞派正宗。公所著《蒹塘詞》已無傳本，《詞選》雖僅存此六闋，亦略可窺公之詞學矣。」

又陳廷焯《白雨齋詞話》卷四（清光緒二十年刻本）評曰：「惲子居《阮郎歸·畫蝴蝶》六首俱見新意，余尤愛其次章云：『少年白騎放驕憨。踏青三月三。歸來未到捉紅蠶。化蛾真不甘。江橘葉，一分含。那防仙嫗探。雙雙鳳子出花龕。蘮兒風太酣。』哀感頑艷，古今絶唱。又三章云：『輕須薄翼不禁風。教花扶著儂。一枝又逐月痕空。都來幾日中。曾有伴，去無踪。闌前種豆紅。蜜官隊裹且從容。問心同不同。』情深意遠，不襲温、韋、姜、史之貌，而與之化矣。」

楊鍾羲《雪橋詩話》初集卷十（《求恕齋叢書》本）評曰：「惲子居《阮郎歸·蝴蝶》詞，傷不過也。」

另案：近出清詞選本，多收《浣溪沙·白門春望和張平伯》「桃樹遮門柳拂堤，春光多在石城西，胭脂井畔曉鶯啼。不見美人青玉案，空聞游女白銅鞮，畫輪歸去草萋萋」一闋，謂惲敬之作。考之實凌廷堪之作也，見其詞集《梅邊吹笛譜》。

佚句

一、春風懶於人，花枝日嬌惰。誰澆花間酒，折花眉上鎖。

二、每於七椀風生後，萬斛泉源筆下來。

*輯自張維屏輯《國朝詩人徵略》，清道光十年張氏刻本。

附録一

《大雲山房文稿》版本考

林振岳

陽湖惲敬，精擅古文，所著《大雲山房文稿》，海内推重，流傳甚廣。此書清代六度傳刻，至民國又有國學扶輪社石印，《四部叢刊》影印，中華書局《四部備要》，商務印書館《萬有文庫》、《國學基本叢書》，世界書局等排印，民國惲寶惠《惲氏家乘·先世著述考略》云：「所著《大雲山房文集》海内承學之士幾於家置一編，傳刻至再至三，誠可謂立言不朽者矣。」

然此書清代諸刻，跋記沿襲，容易誤判。且陸續增補，又有印次之别，更是混淆難辨，即其裔孫惲寶惠所編《惲氏家乘》前編卷十八《先世著述考略》，對於族中刊刻此集之版本已不甚了了，誤將翻刻當作原刻。今日幾種清集書目，於此書著録亦多有不備。民國《四部叢刊》影印此書，其第三版縮印本牌記將光緒十年本誤改爲同治八年本，今日一些大型叢書、古籍數據庫所收此書亦因之沿誤。

今因校理是書之故，對其版本作了一番梳理，以成此文，文中間亦論及本書整理情况。

一、《大雲山房文稿》的篇帙及刊刻源流

《大雲山房文稿》，其正集及後人補輯者，計有《初集》四卷、《二集》四卷、《言事》二卷、《補編》一卷，共十一卷。《初集》、《二集》，收惲敬之論説、序跋、書信、傳記、碑銘之文。《言事》二卷，彙集尺牘之未收入正集者，「皆論學論理之書，涉民事者不存焉。雖尺牘，亦古文也」（惲寶惠《先世著述考略》）。《補編》爲後人所輯的集外文。據其《通例》及自序所言，尚有《外集》，然未刊行。

《大雲山房文稿》各集付梓時間不一。最早是嘉慶十六年（一八一一）在京師琉璃廠刻《初集》四卷，今稱之爲「**嘉慶十六年本**」。嘉慶二十年，惲敬對文稿加以删定，四月重刻《初集》四卷於南昌甲戌坊，八月續刻《二集》四卷於廣州西湖街，二十一年刻成，此《初集》、《二集》八卷，爲惲敬生前手定，後來的翻刻本都源自此本。此本嘉慶末年有後印本，又增刻尺牘《言事》二卷，疑爲惲敬家人在其身後所輯刻。今合稱之爲「**嘉慶二十**

年本」。此套書版藏其故里常州，咸豐十年（一八六〇）在太平天國戰亂中被毁。至同治二年（一八六三）九月，其從子惲世臨重刻於湖南，牌記、版式一仍嘉慶二十年本之舊，是爲「**同治二年本**」。同治八年七月，其嗣孫惲念孫又重刻於四川，且新輯《補編》一卷，共十一卷，所增補的篇目多是嘉慶二十年本重刻《初集》時删入外集者，是爲「**同治八年本**」。此本校勘不精，手民之誤很多。光緒十年（一八八四）據同治八年本重刻，并由無錫宣穎達、吴縣許敦仁重校，是爲「**光緒十年本**」，民國《四部叢刊》即據此本影印。光緒十四年，其族曾孫惲元復又據嘉慶二十年本重刻《初集》、《二集》八卷，其中《初集》四卷刊刻有圈點評語，是爲「**光緒十四年本**」。

要而言之，《大雲山房文稿》之版本可分爲三類：一爲初刻本，即嘉慶十六年所刻《初集》四卷，陸續有增刻，爲未定本。一爲惲敬生前手定之本，即嘉慶二十年本。一爲翻刻本，同治二年本、同治八年本、光緒十四年本皆翻刻自嘉慶二十年定本，版式行款一沿其舊，光緒十年本則是據同治八年本再翻刻。

二、《大雲山房文稿》版本分述

（一）嘉慶十六年初刻本

初集四卷

嘉慶十六年，惲敬的文章初次結集，刻《初集》四卷，爲未定本。嘉慶二十年定本《初集》自序稱：「嘉慶十有六年刻于京師琉璃廠，工冗雜，不應尺度，且未竟。九月補刻，并修治于常州府小營前，以稿本篇自爲葉，不用漢唐寫書首尾相銜法，爲日若干而竣。二十年三月，武寧盧宣旬幼眉改定二十篇入外集，復刻于南昌甲戌坊，附《通例》于後。」

上海圖書館（以下簡稱「上圖」）所藏嘉慶十六年本無刊刻牌記，半葉十一行，行大字二十四，小字雙行等。版心「大雲山房文稿初集」，無魚尾。版心下刻篇名、葉碼，每篇葉碼自爲起訖，即所謂「以稿本篇自爲葉」。各篇俱另起葉，篇末留白，即所謂「不用漢唐寫書首尾相銜法」。因書稿未定，以單篇付刻，以便於新作隨時刻板增入，故其不同印次，篇目亦有不同。

每卷分别編目，列於卷首，書前無序例。嘉慶二十年定本的《初集》篇目與之相比，略有增損，如自序所稱「改定二十篇入外集」。但序中所稱「外集」最終并未付梓，同治八年其嗣孫惲念孫在四川重刻是書時，方將這些刪入外集的文章收入《補編》。

今對比上圖所藏嘉慶十六年本與嘉慶二十年本《初集》篇次，其不見於嘉慶二十年本者，卷一有三篇：《蔣子野字説》、《子夏喪明説》、《鹿柴説》；卷三有六篇：《答莊珍藝先生書》、《上陳笠帆按察書》、《與王廣信書》、《秋潭外集序》、《沿霸山圖詩序》、《西園記》；卷四有一篇：《書圖欽寶事》；共計十篇。其中除卷一《子夏喪明説》、《鹿柴説》二篇外，餘八篇均收入同治八年本之《補編》。這個數字未合「改定二十篇入外集」之説，蓋如前所述，嘉慶十六年本是個未定本，刻出後還陸續有增刻新篇，上圖藏嘉慶十六年本并非最後付印的完整本，故所收篇目不全。此外上圖所藏楊葆彝批點本，中有不少夾簽提及定本與「初刻本」篇目之異，對比其所記篇目，尚多《博婦》、《與衛海峰同年書》、《上座主戴蓮士先生》、《南華九老會詩譜序》、《小河馬氏譜序》、《羅坊鄉塾記》、《曹孝子小傳》、《朱石君尚書梅石觀生圖頌代張皋文》八篇（皆見同治八年本《補編》）。合以上述十篇，則差近「改定二十篇入外集」之數。

嘉慶十六年初刻本除篇目與定本有差異外，集中文字也有出入，較之他本更接近稿本原貌。可知嘉慶二十年重刻時，惲敬對舊稿有所潤色。如《初集》卷一《雜説》，嘉慶十六年本篇名原作《西域望北斗説》。《三代因革論三》文首，嘉慶十六年本無「《孟子》曰：夏后氏五十而貢，殷人七十而助，周人百畝而徹」之句，徑云「昔者三代之授田也，曰貢、曰助、曰徹」。又如卷四《彭澤縣教諭宋君墓志銘》，「伯兄昌國」、「季弟光國」，嘉慶十六年本作「伯兄某」、「季弟某」，不載其名，當爲惲敬初作文時未及填入，至嘉慶二十年重刻時則潤色補全其名。此種事後補全之例也見於惲敬書信中文字，如惲敬曾修書問伊秋水：「光禄公之曾祖司鐸何地，望示知，可填入拙集中。」（《言事》卷二《答伊揚州書四》）可爲一佐證。

惲敬集中與友人書札常常談及對初刻本的修訂：「續刻《文稿》，於原刻多改正」（見《二集》卷二《答趙青州書》）。案：此書作於嘉慶十八年，故其所言「續刻《文稿》」，是指嘉慶十六年九月補刻并修治于常州之後的嘉慶十六年本，非指嘉慶二十年刻本），

「拙集復更定數處，意欲并《二集》及詩改刻之」（《言事》卷二《答董牧唐一》）。嘉慶十六年本面世後，惲敬曾反復修訂，直至嘉慶二十年重刻。

惲敬生前用來分贈親友的文集，大多也是這個初刻本。《二集》卷二《答伊揚州書二》、《答趙青州書》，《言事》卷一《與趙石農》，卷二《與李汀州》、《答來卿》其一、其四，《答董牧唐》其一、其二皆提及寄贈此文稿之情況。其中《與趙石農》述説惲敬贈書的心態尤爲詳細：「拙集文既不佳，刻工以時促，甚觕率。兹呈已裝者一部，大兄存案頭，如見惲子居進退抑揚議論指畫于大兄前也。外未裝者十部，内一部大兄批示見寄，餘九部分贈諸同志，有能指摘瑕疵千里相告者，即敬之師也，勿吝勿吝。此事天下公器，不可樹門户。」惲敬分贈師友會多寄一部，以便師友在其上批點後寄還，指正自己的文章得失。這些反饋的意見，大概也吸收到了嘉慶二十年的定本中。

如此看來，嘉慶十六年本較爲接近稿本原貌，其文字比較可靠，對於糾正後人翻刻本所産生的錯誤有非常大的幫助。如《新喻縣文昌宫碑銘》中「爲殿三楹，祀文昌帝君三代，爲位于八年四月戊辰，越六月己巳落其成」。「六月己巳」，光緒十年本作「翼日己巳」，若言此宫次日便落成，未免謬於事理。參照嘉慶十六年初刻本，文作「六月初六日己巳」，可知嘉慶二十年重刻時删去「初六日」三字，原文作「越六月己巳」爲是，光緒十年本刻誤。又如《初集》卷四《前臨川縣知縣彭君墓志銘》中彭氏任官地名，各本皆誤作「戈陽縣」，嘉慶十六年本作「弋陽縣」，是。此類情況尚有多處，嘉慶十六本與嘉慶二十年本皆爲惲敬生前所刻，不似後人翻刻本之改動無據，因此在校勘時對此二本比較重視。

如前所述，此本不同印次差異較大，在此僅是根據上圖所藏一個印本及楊葆彝所記録的印本篇次作出考察，所見未廣，或有疏誤。此外，將此本所載定本之外的佚篇《子夏喪明説》、《鹿柴説》兩篇，收入書末輯佚。

（二）嘉慶二十年刻本

初集四卷　二集四卷　言事二卷

此本黑口，雙魚尾，雙框。半葉十行，行二十二字。《初集》牌記爲「嘉慶二十年武寧盧旬宣（案：當作「盧宣旬」）。宣旬，字幼眉，號來庵，齋號略識字齋。武寧貢生。好刻書。同年阮元調任江西，刻《十三經注疏》於南昌，即盧宣旬董理其事）幼眉刻于南昌甲戌坊」,《二集》爲「嘉慶二十一年長洲宋揚光吉甫刻于南海西湖街」。

如前所言,嘉慶十六年初刻本爲未定本,以稿本單篇付梓,合而訂之,刻工冗雜,尺度不一。惲敬未能滿意,平時雖用以贈人,但在書信中常常抱怨:「拙集文既不佳,刻工以時促,甚觕率」(《言事》卷一《與趙石農》)。故有意續刻《二集》時,將《初集》也重刻了。

考惲敬生平,嘉慶十七年任南昌吴城同知,十九年因家人受賂,以「不察」被劾罷官。嘉慶二十年三月,惲敬離職無事,乃重理舊稿,對嘉慶十六年所刻的《初集》四卷增删篇目,重新雕版於南昌甲戌坊,并撰自序及《通例》。重刻的《初集》篇目增多,對舊刻也有删裁,武寧盧宣旬爲之編訂,將其中二十篇編入外集(詳前嘉慶十六年本之考述)。同年六月,惲敬至廣州,與張維屏等人遊。八月,宋揚光在廣州爲其刻《二集》於西湖街,版式與《初集》同。二十一年,惲敬歸常州故里途中,二月至贛州,六月至歙縣,又得文十篇,武進董士錫復爲之排次增入集中(據《二集》序目,此十篇中《醴泉銘跋》一篇已佚)。二十二年八月二十三日,惲敬卒於常州,春秋六十有一。惲敬生平著作大多散佚,而文集在其生前最後三年編成,實爲大幸。

故此《初集》四卷、《二集》四卷，係經惲敬生前手定之本。此本於初刻本有較多改動，除上述部分文字、篇名出入之外，全書體例也有所更動。如嘉慶十六年本有的篇目正文中原有雙行夾注，嘉慶二十年重刻時盡删之，使得全書無自注。如卷一《三代因革論二》「武王封太公于齊，百里之國也，益之至五百里」下，嘉慶十六年本原有雙行夾注：「《鄭氏詩譜》。」又「成王封伯禽于魯，百里之國也，益之亦至五百里」下，原有雙行夾注：「《詩正義》：魯地七百里。兼附庸言，實止五百里。」此外，嘉慶二十年本文末所附的惲子居「自記」，不見於嘉慶十六年本，則是重刻時惲敬所增。

嘉慶二十年本又有初印本與後印本兩種（二者牌記、字體、書版缺口皆一致，爲同版之兩印，後者缺口更多）。初印本僅有《初集》、《二集》，且有錯版。後印本對舊版有所修正，又增刻尺牘集《大雲山房言事》二卷。

後印本與初印本相比，有兩處是補版，版框皆較原版短，字體生硬。一處是《通例》的首葉，後印本的補版版框比原版低一行，且原版首行「襍著」之「襍」字，補版改作「雜」。另一處是《二集》卷二第十九葉《壇經書後一》一篇，初印本書版誤刻成《説仙三》文末「或附之於莊列……因識之」三行文字（光緒十年翻刻本《二集》目録於此篇甚至標明「已佚」，但是正文中收録了）。後印本作了改正，補刻《壇經書後一》全篇，版框亦略短，同前者。

後印本新刻《言事》二卷，但惲寶惠《先世著述考略》著録此本無「《言事》二卷」，且又在《大雲山房雜記》著録中謂「姚序稱《二集》刻於廣州者，後附《言事》一卷，但所見各本除蜀刻外皆未見」，認爲只有同治八年蜀刻本始附有《言事》。那麽如何判定所見的《言事》二卷是嘉慶間所刻而非後來的翻刻本所爲呢？

後印本的《言事》二卷版框與前所提到的兩處補版版框高度一致，字體亦同，筆劃較原版秀細，故推斷爲修補舊版的同時所增刻。書中「寧」字不避諱，可知是在道光之前所刻，故定以爲嘉慶本（後之翻刻本「寧」字皆避諱作「甯」）。《言事》卷二最末《答董牧唐一》、《答董牧唐二》、《與胡竹村一》、《與胡竹村二》四篇，嘉慶本版心葉碼爲「十二」至「十七」，與前面葉數不相銜接（後之翻刻各本葉數皆已改作「三十二」至「三十七」，此本存其編輯之原貌），目録亦無此四篇篇名（同治二年本目録此四篇標明「續刻」，光緒十年本則標明「以下補遺」，同治八年本目録則仍無此四篇）。

嘉慶本《言事》二卷刊刻的確切時間不得而知，當在嘉慶二十一年《二集》刻完之後至道光之前，但未見有記載是惲敬生前所刻還是身後其家人所爲。按照吴仲倫所撰《行狀》，稱「君卒之三月，余始從穀（據譜，惲敬無子，以弟之子穀爲嗣）求遺書，得《大雲山房文稿》都若干卷，外集及詩詞若干卷」，陸繼輅所撰《墓志銘》亦云「初、二集都八卷，外集及詩詞若干卷」，并未提及《言事》二卷。如此看來，是惲敬身後其家人將書札彙爲一編付刻的可能性比較大。

此本爲惲敬文集之定本，後來翻刻諸本，皆源自是本，版式行款亦一沿其舊。今合稱此《初集》、《二集》、《言事》爲「嘉慶二十年原刻本」。

（三）同治二年重刻本

初集四卷　二集四卷　言事二卷

是本翻刻嘉慶二十年本，非徒版式一致、字體相似（版式著録參見嘉慶二十年本，以下各翻刻本皆同），其《初集》、《二集》牌記亦一仍其舊，仍作「嘉慶二十年武甯盧旬宣幼眉刻于南昌甲戌坊」、「嘉慶二十一年長洲宋揚光吉甫刻于南海西湖街」，若據此著録，即誤以爲是嘉慶原本了。惟《初集》牌記「武寧」之「寧」改作「甯」，避道光之諱，據此可以分辨(書中「寧」字亦皆避諱作「甯」)。

書末附其從子惲世臨之重刻附記:

先伯父簡堂先生所著《大雲山房文稿》,《初集》、《二集》共八卷,外附《言事》二卷。嘉慶丙子歲刻於南海西湖街,版藏故望,越咸豐庚申燬於兵火。世臨大懼先伯父著述泯没不傳也,爰議鳩工重鋟,越五月工竣。始終董其事者,劉刺史如玉力也。同治二年秋九月從子世臨謹識於楚南節署。

據其所記,可知咸豐十年太平軍略地常州,嘉慶二十年的原刻書版毁於兵火。其從子惲世臨「懼先伯父著述泯没不傳」,在湖南重刻此書(據譜,惲世臨爲惲敬弟惲敷之子。原名侗,字次山,號聽雲,晚號櫟叟,道光癸卯科舉人)。

此本亦有前後印本之别。後印本《通例》後有吴德旋《惲子居先生行狀》四葉,與正文書版相比,字體筆劃較粗,當係後來補入。惲寶惠《先世著述考略》未著録此本,而著録嘉慶本帶《行狀》,則其所見「嘉慶本」,實質是帶《行狀》的後印同治二年本。館藏著録常誤是本作嘉慶二十年本,可據牌記避諱字及書末附記細辨之。

（四）同治八年重刻本

初集四卷　二集四卷　補編一卷　言事二卷

是本版式同嘉慶二十年本。書前有牌記：「同治八年歲次己巳秋七月重刻於蜀，板存山西館街口半濟堂側雷信述齋。」

其《二集》卷末有附記：

先祖大雲山房古文兩集共八卷。咸豐庚申歲，家藏原板燬於兵燹。今念孫重刻於蜀，又行笥中攜有尺牘一卷，附置於後。其《通例》向刻卷末，今刻於卷首，以便省覽。同治八年秋七月孫念孫謹記。

據此可知是本爲其嗣孫惲念孫同治八年在蜀重刻之本（念孫爲惲敬嗣子穀之子，原名鈺，字叔嗣，官四川候補鹽使）。

書前有同治八年七月完顏崇實序，稱惲敬「身後之推崇過於生前」，故重刻此集，以應世之求者。

是本據嘉慶二十年本重刻《初集》、《二集》和《言事》，又新輯《補編》一卷，爲惲敬文集之補遺。《言事》二卷,即附記中所稱「又行笥中攜有尺牘一卷,附置於後」(同治八年本《言事》二卷翻刻自嘉慶本,以目録無末四篇之篇名可知也。若翻刻自同治二年本,則已補刻此四篇目録,標明「續刻」。參前嘉慶二十年本相關部分。對比集中校記異文亦可證明)。新輯《補編》,大多是嘉慶二十年重刻《初集》時改定入外集的二十篇,惲念孫重新據嘉慶十六年初刻本補入(參前嘉慶十六年本所列篇名),但并非全部,當有其他來源。

此本手民之誤甚多。如《二集》卷三《遊廬山記》脱「生平所未睹也」、「敬故於是游所歷皆類集之,而於雲獨記其詭變」兩段文字,《遊廬山後記》脱「名殊不佳,得紅蘭數本,宜改爲紅蘭谷」一段。王秉恩跋是本謂之「較諸本譌誤差少」(據上圖藏王秉恩批校本),可謂結論迥然。惟其《補編》一卷,搜輯遺文,有功斯集。

惲念孫所言「其《通例》向刻卷末,今刻於卷首,以便省覽」,大概是據惲敬《初集》自序所稱「附《通例》于後」爲言,但所見嘉慶本、同治二年本皆《通例》在前,與蜀刻本無異。又惲寶惠《考略》稱有顧復初後序一篇,今亦未見,也可能是所見本殘缺之故。

（五）光緒十年重刻本（《四部叢刊》影印底本）

初集四卷　二集四卷　言事二卷　補編一卷

是本版式亦同嘉慶二十年本。書前有牌記：「初集四卷、二集四卷、言事二卷、補編一卷。光緒十年四月懿榮題記。」全書末有惲念孫同治八年重刻之附記。

《四部叢刊》影印的《大雲山房文稿》以此本爲底本，但其牌記前後有變動。早期印本作「上海涵芬樓景印光緒十年刊本」，至縮印本（三版）則改「上海商務印書館縮印同治年刊本」（上海書店一九八九年據商務印書館一九二六年二版重印，在原「光緒十年刊本」旁加注「本書應爲同治八年刻本」）。惲寶惠《先世著述考略》未著録此本，其著録《四部叢刊》本亦謂影印同治八年本。那二者是否可能爲同治八年本的書版在光緒十年重刷，一版而兩印呢？

經對比，可以確定二者非同一書版。光緒十年本爲同治八年本之翻刻本，除了書前牌記不同，光緒十年翻刻本與同治八年本之區别還有如下幾處：

1. 同治八年本版框較光緒十年翻刻本大，書前完顔崇實序，爲光緒十年本所無。

2．同治八年本卷末無校者姓名，光緒十年本每卷末記「無錫宣穎達麗中、吴縣許敦仁愛杉同校」。

3．同治八年本《補編》一卷在前，《言事》二卷在後。且惲念孫之重刻附記在《二集》之末，以接《言事》二卷，説明來歷（「又行笥中攜有尺牘一卷，附置於後」）。而光緒十年本《言事》二卷在前，《補編》一卷在後，惲念孫之附記在《補編》之末。

4．同治八年本《補編》最末四篇《答董牧唐一》、《答董牧唐二》、《與胡竹村一》、《與胡竹村二》，因係後來補刻，不見於卷端目録。光緒十年翻刻本目録補入，并説明「以下補遺」。

光緒十年本應當刻於江浙一帶，流布很廣。同治八年本刻於四川，傳本稀少。上圖藏的唯一一部同治八年本是王秉恩的舊藏，因爲王氏是華陽人，大概由四川帶出。真正的同治八年本不易見到，而光緒十年本因爲《四部叢刊》未影印原牌記，且書末又翻刻了同治八年附記，所以被當成了同治八年本。

從目前所知各本情況來看，只有此本及同治八年本是《初集》、《二集》、《言事》、《補編》俱全，最爲完整。但如前所述，同治八年本手民之誤甚多，此本翻刻自彼，大概主持刊刻者也深知前本之疏漏，而請了無錫宣穎達、吴縣許敦仁同爲校勘，雖仍有不少未校出來的疏漏，但已有所改觀。加之其刊行時間較近，比較易得，故《四部叢刊》選擇此本爲影印底本，亦即我們此次整理所用底本。

《四部叢刊》影印本存在改字的情況，如《通例》「大傳書名不書字」條「或書別號、道號者，性情也」，各刻本皆作「或書別號、道號，著性情也」，《四部叢刊》初版印本亦同，二版重印本及三版縮印本則改「著」爲「者」，當屬後來描改。

（六）光緒十四年重刻本

初集四卷　二集四卷

是本版式亦同嘉慶二十年本，牌記有初印本與後印本之別。初印本牌記作「光緒十四年歲次戊子春正月重刊」，後印本牌記作「光緒十四年歲次戊子官書處重刊」。每卷末記「曾孫元復謹校」，則爲其族曾孫惲元復所刻（據譜，元復字伯初，號祖南，官同知銜湖北候補知縣）。

光緒十四年本翻刻自嘉慶二十年本，但《初集》四卷加刻了圈點和評語。如《原命》

篇，文末附評：「《易》、《中庸》從氣上説理，二氏及諸儒所言多與之背者，作《原命》正之。」其上又印有眉批：「有轉有折，有抽有補，有暗渡有明過，有緩趨有急赴，如渾天儀旋行，無累黍缺陷，而其巧至不可言，非止以雄古見才，正實見學也。」《初集》文之圈點，不見於他本。其圈點僅於句子首尾兩字旁刻圈，中間簡省，大概是爲了減省刻工。郭象升跋是本云：「此本第一集有評論，有圈點之變例，但以首尾爲標記，而不連下，乃從來文集所無，當是子居創爲之。」（《郭象升藏書題跋》）

《初集》四卷之圈點、評語，根據流傳的過録批點本跋文，皆被認定是惲敬自爲。關於這些評語的來源，在後面批點本部分將詳作説明。

此本卷三《上汪瑟庵侍郎書》後較他本多《上陳笠帆按察書》一篇，目録原有此篇，而各本漏刻。其版心題「大雲山房文稿補佚」，框略小，葉碼單獨編號。此篇同治八年本、光緒十年本收入《補編》中。

初印本版框比較完整、清晰，後印本書版略有破損不清。如《原命》篇眉批，初印本印刷清晰，後印本則缺了一角：「■■■折，■■有補，■■渡有■過，有緩■有急赴，如渾天儀旋行，無累黍缺陷，而其巧至不可言，非徒以雄古見才，正實見■也。」（原版式

四字一行豎排）

此本去光緒十年所翻刻者不遠，似不必四年後又重新刊版。其重刻之原因，大概是想保存家藏「大雲山人手評本」（據陶濬宣跋）的評語。通過分析文本的異文可知，此本翻刻的底本是嘉慶二十年本。如《初集》卷二《康誥考上》葉三左版行四「邶」字，嘉慶二十年本及此本作「⿰比阝」，同治二年本、八年本改作「邶」（光緒十年本同）。卷二《金剛經書後二》葉四十六右版行三「恒」字，嘉慶二十年本及是本字形作「恆」，而同治二年本、八年本作「恒」。又此本書中「寧」本當皆避諱作「甯」，而因爲翻刻自「寧」字避諱之前的嘉慶本，有的地方當改而漏改了。如卷三《上曹儷笙侍郎書》葉五右版行二，此本「寧」字不避諱，而同治二年本、八年本皆已避諱作「甯」。

光緒十四年本對嘉慶原本有所校改。如《初集》卷一《釋夢》，引《列子》文「不識感變之所由起者」原多一「由」字，光緒十四年本「由」字旁刻「衍文」二小字，意謂此字爲衍。

刻本小結

《大雲山房文稿》的版本情況如上，共初刻本一種，原刻本一種，翻刻本三種，再翻本一種。

當中很容易混淆的，是把同治二年重刻本誤當作嘉慶二十年原刻本，光緒十年再翻本誤當作同治八年重刻本。這都是因爲翻刻的牌記、附記的誤導。查圖書館的館藏目録，著録爲「嘉慶二十年」者很可能是同治二年的翻刻本，一些平日我們使用的叢書影印本、數據庫等，其所用的《四部叢刊》影印同治八年本，實質是光緒十年本，須多加注意。

三、《大雲山房文稿》的批校本及評語來源

光緒十四年本的《初集》有評語，但未交代其來源。上圖所藏幾種批本，也有過録的評語，與光緒十四年本同源，爲探討其來源提供了材料。

上圖所藏，有沈成章校本一種，陶濬宣、關豫、王秉恩、楊葆彝及佚名過録批語本五種。觀各家過録批語，與光緒十四年本所刊者大致相同，當是源自同一個批點底本。

各家跋文都指出這些評語出自惲敬自己之手。陶濬宣跋稱「予從陽湖惲氏假得大雲山人手評本」，其過録評語下標「自記」，意謂惲敬自評。關豫跋稱「假得惲子居、吴仲倫評點本」。郭象升跋稱：「其評論亦子居筆也，前此劉海峰、朱梅崖皆自加贊語，公然刊行，子居聊效法之耳。」（《郭象升藏書題跋》）

後人刊行作者生前之自評以作標榜，如劉大櫆《海峰先生集》歐陽霖刻本、朱仕琇《梅崖居士文集》乾隆間刻本，文末附評，有例在前。但與惲敬一樣的是，這都是作者身後所刻，不是生前刊行。

那麽各家所云評語出自惲敬己手的説法是否可信？試舉兩例以證成之：

如《初集》卷一評語：

柳子厚《説車》學《考工記》，此文斬截似柱下吏。（《説地》篇評語）

周詳如《儀禮》，古宕如《檀弓》、《考工記》。（《釋拜》篇評語）

對比《言事》卷一惲敬自己的文字：

《儀禮》之細謹、《考工記》之峭宕，其相肖者，如《畫記》、《説車》是也。（《與趙石農》）

上兩條評語陶濬宣過録批點本末識「自記」二小字，意謂惲敬自評。對比可見與《與趙石農》信中文字相近，當是出自惲敬己手。

又如《初集》卷三評語：

微而顯，志而晦，應書而不書，即書法也。（《羅臺山外傳》評語）

對比《言事》卷二惲敬自己的文字：

內《羅臺山外傳》，其人真性情也，有宜書之而不書者，竊用微顯志晦之義，閣下當瞭然焉。（《與李汀州（其二）》）

兩條亦大意相同，可知前者亦惲敬自爲。

由上兩例可知，評語確有出於惲敬己手者。但當中亦有部分友朋往來之批點評語。當時諸君子交遊互評之風甚盛，作爲書札集的《言事》記録了很多友朋間文章互評之事，惲敬送友人此書往往多寄一部，望友人「批示見寄」，故評語之中會有一些是友人讀後反饋的評語：或是直接批在文後者，或自書信中揄揚文字摘録。

此外，這個「大雲山人手評本」的評語也有其家人所加者。《三代因革論》的批語，陶濬宣過録本標識爲「自記」，但楊葆彝過録本有加案語：「初刻本上本有此評語，惟多『子寬曰三代因革論八篇』十字，即接以『國制』句。」楊葆彝所言初刻本即嘉慶十六年本，上圖所藏嘉慶十六年本没有此評語，且此本《三代因革論》只有五篇，評語可能是刻完八篇後所加。惟其提到這段批語原有「子寬曰」三字，則是惲敬之弟惲子寬所爲。因此，陶濬宣標記爲「自記」的評語，不一定都是惲敬所自記。

時人自評，標榜聲價，定本當刊落爲是。但是，惲敬自評之語，對於研究其對自己古文的看法還是有所幫助的。如陶濬宣跋所言：「實齋章氏謂作史貴自注，予謂詩文亦須自評方能得其奥窾。後人評點學識不及，即下語不當，隔鬢搔癢，復何取焉。試讀山人自評，何等切當，他人何能道出隻字。」郭象升跋亦云：「定本删之是也。然啓發人意，即亦何妨，故余仍并存之。」故整理時仍然保留了這些評語，以便讀者瞭解惲敬自視其文如何。

各家評語皆源自「大雲山人手評本」，而輾轉過録的過程中，各家又加上了一些新的内容：或輯惲敬《言事》與友人書信中論及《初集》、《二集》文章的文字爲「自評」，過録到相應的篇目下；或過録王先謙《續古文辭類纂》之評語（主要見於王秉恩批點本）；或據他人集中相關評騭文字過録，如王秉恩過録陸繼輅、李元度等人文集中評論惲敬文章的文字。但光緒十四年刻本文末所刻的評語，當是據家藏「大雲山人手評本」刻的，主要還是出自惲敬己手。光緒十四年本與各家過録批點本的圈點、評語皆集中在《初集》四卷，《二集》及《言事》無批語，僅王秉恩批點本有寥寥數條，可能是王氏所施，或據他本所過録。

（一）沈成章校本

底本：光緒十年本。存初集四卷，二集四卷，言事一卷，補編一卷（闕言事卷一）。是書有校點。卷端目録題「戊子春仲秀水沈達卿點校一過」，則爲光緒十四年校點完。文中朱筆點斷，圈點校勘，校語原以簽條夾在書中，現已用墨筆過録到天頭，而將原簽條夾在葉心，不知是沈氏自爲還是後來藏者所爲。過録文字略有簡省，故今校語過録仍以沈達卿原簽條文字爲準。

案沈成章，字達卿，别號陸湖老漁，秀水人。諸生。咸豐至光緒間人。師事柳以蕃，受古文法。喜藏書，室名敬止堂。撰有《敬止堂文存》、《陸湖老漁行吟草》（據《桐城文學淵源考》引《杏廬文鈔》）。

沈校頗爲用心，如《三代因革論二》：「沈案：『封三百里百里』，『三』字當作『二』字。」嘉慶本及其它翻刻本正作「二」字。《前臨川縣知縣彭君墓志銘》「弋陽」各本皆作「戈陽」，沈校：「按瑞昌無戈陽縣，當是弋陽縣之訛。」嘉慶十六年初刻本正作「弋陽」。《與紉之論文書》「王載言」各本皆作「王載」。沈校曰：「按《李文公集》中有《答王載言書》，此文『載』字下當是脱一『言』字。」所論皆是。今於沈校中擇要過録於整理本校記中，標記爲「沈校」。

（二）陶濬宣過録批點本

底本：光緒十年本。存初集四卷。

是本僅有《初集》四卷，卷端鈐「稷山陶氏收藏校訂印」、「陶文沖讀書記」朱文方印、「陶濬宣」白文方印。書中有圈點批語，亦略有校字。

其《原命》篇末有跋文，曰：

予從陽湖惲氏假得大雲山人手評本，因寫録一周，標圈分段，一一依寫。實齋章氏謂作史貴自注，予謂詩文亦須自評方能得其奧竅。後人評點，學識不及，即下語不當，隔釁搔癢，復何取焉。試讀山人自評，何等切當，他人何能道出隻字。光緒庚寅五月寫録於都下宣武城南。越十年歲在庚子五月十七日補記於漳州城南環玉樓。稷山居士陶濬宣，時年五十有四。

下鈐「陶文沖讀書記」朱文方印、「陶濬宣」白文方印。

案陶濬宣，原名祖望，字文沖，號心雲，晚號東湖居士。室名稷山館、通藝堂，會稽陶堰人。光緒二年舉人，官候選直隸州知府。民國元年卒，年六十有六。工書，尤擅魏碑。觀書中批點字迹，筆力宏厚，頗有氣象。爲陶方琦從弟，姚振宗親家，亦精於目録版本之學，曾輯《稷山館輯補書》，又編有《國朝紹興詩録》。其詩集雜文稿本有藏於上圖。

是本過録惲敬自評語，下標識「自記」。另録吴仲倫評語三條，爲光緒十四年本所無。

案吴德旋，字仲倫，江蘇宜興人。古文名家。生前與子居友，撰《惲子居先生行狀》。其文集《初月樓文鈔》中有《書大雲山房文稿》兩篇及《與程子香論〈大雲山房文稿〉書》、《與王守静論〈大雲山房文稿〉書》，皆論惲敬古文之作（今俱收入本書附録）。

陶濬宣過録之批語，與光緒十四年本刊刻之批語大致相同，但互有多寡。其不見於刊本的評語，今即據之過録，而標記爲「陶批」。

（三）關豫過録批點本

底本：光緒十年本。僅存初集四卷。

卷端鈐「註齋啓事」印。卷端記云：「辛卯季秋，假得惲子居、吴仲倫評點本重録一過。泉唐關豫記。」下鈐「豫印」印。

關豫，字承孫，浙江仁和人。同治至民國時人。合衆圖書館捐贈人有其名，葉景葵《卷盦詩存》有《壽關承孫丈八十》詩二首。其家傳書目、文稿皆藏於上圖。另藏有其批校本若干種，此爲當中之一種。

據關豫跋語，知其過録評語在光緒十七年。全書無校語，僅過録「自記」、吴仲倫評語。其過録的評語與陶濬宣批點本大致相同，個别字的異文也相同，可能是自同一批點原本過録。如《康誥考下》評語「淮陰侯治兵」，陶批、關批皆作「淮陰侯軍」，關豫以爲有缺字，故「軍」前空一格，另一佚名批點本則作「淮陰將軍」。《黍離説》評語「買櫝還珠」，陶批、關批「還」皆誤作「遺」。《重修萬公祠記》評語，陶批、關批「鈎染」皆作「鈎深」。但兩本的批語亦有不同處，詳見各篇文後所録。

今過録此本批語，標記爲「關批」。

（四）王秉恩過録諸家校語及評語本

底本：同治八年本。初集四卷，二集四卷，補編一卷，言事二卷。

是本底本爲同治八年本。封面有朱筆題：「大雲山房文稿。蜀刊本。王雪岑過録各家批點并校刊各刻本。余有原刻本，僅《初集》耳。」爲藏者所記，然不詳何人。《初集》卷一端鈐「雪岑長壽」、「王秉恩審定舊槧精鈔書籍記」、「秉恩颿籀」、「王雪澂經眼記」、「華陽王雪澂手讀書記」朱文方印，「弇安八十以後校勘經籍之記」白文方印；卷二末鈐「雪岑校勘」白文方印；卷三端鈐「王雪岑讀」白文方印、「王氏雪塵」朱文方印。《二集》卷一端鈐「强敎宧隨身書卷」、「秉恩長壽」、「臣秉恩印」白文方印，「宛平王氏」、「伯勤」朱文方印；卷二末鈐「奎叟」白文方印，「雪澂手校」朱文方印；卷三端鈐「葛井翁」、「王秉恩印」白文方印；卷四末鈐「彊學宧校讀古籍朱記」朱文方印。《言事》卷一端鈐「成都西樓老人」白文方印，「秉恩」白文花印；卷二末鈐「蝌鼪遺日」朱文方印。皆王氏秉恩之印（王氏生前所用章多爲黄牧甫所刻，見《黄牧甫印存》）。

書前有王秉恩跋：

同治丙、丁間，余應社課賦，爲陽湖湯秋史師成彦拔置首選，因往贄請業，先生授以此集暨孫、洪諸公纂箸，余始知常州學。此集爲先生朱墨平點，叚讀照録，常度篋衍有年。辛亥避地滬瀆，得湘刻本，中多名人校讐，爲武進劉洵之遵燮，烏程汪謝城曰楨，吴縣葉調生廷琯、雷甘（亭）［谿］浚，元和馮林一桂芬，長洲潘麟生鍾瑞，德清俞蔭甫樾所校，互有得失同異，因迻録此本。先生文集原刻外有贛本、湘本、粤本，余此本爲川刻，完顔文勤公崇實有序，較諸本譌誤差少，復得諸公勘定，尤臻美備。湯先生平點，蓋不匱云。華陽後學王秉恩識。

下鈐「秉恩私印」白文方印。

又《原命》篇題下識語：「以湖北光緒十四年刻本加朱雙圍。」文末題：「文後評語，皆從陽湖湯秋史師本迻録，墨朱圜同。」其文後所録評語，大致同光緒十四年本及陶批、關批，是據湯秋史本過録。而天頭所録墨筆校語，則是據「中多名人校讐」的湘刻本過録。

案王秉恩，字息存，一字雪岑，又作雪澄、雪瀓、雪塵，號息塵盦主（印有「息盦」、「息堪」、「息塵」）、三好堂主人、强敎宧主人等，華陽人。同治十二年舉人。與繆荃孫同受業於陽湖湯成彦，即跋中所稱湯秋史師。深爲張之洞器重，光、宣之際任廣東布政司，充廣雅書局提調，協刻《廣雅叢書》。民國後寓居上海。平生藏書籍字畫金石甚富，藏書樓名「强敎宧」、「養雲館」。晚年鬻所藏古器書畫自食。著有《息塵盦詩稿》、《强敎宧雜著》。一生校書刻書不倦，曾輯刻《石經彙函》，校刻《書目答問》、《方言》、《文史通義》、《校讎通義》等。（參見《華陽縣志·人物》）

王秉恩於是書用功甚勤，一再過讀。書中鈐印題記累累。卷末記起讀是書之時間：

《初集》卷二末記：

己巳臘日蜀後學王秉恩點讀一過。（案：同治八年，一八六九）

辛丑正月，秉恩再讀一過，距己巳三十三年矣。（案：光緒二十七年，一九〇一）

己巳夏又讀一過。

凡前有圍之◎者多不合，抹之。己巳夏三讀。（案：民國十八年，一九二九）

《初集》卷二末記：

己巳臘日點讀一過。（案：同治八年，一八六九）

辛丑正月再讀。（案：光緒二十七年，一九〇一）

己巳夏再讀一遍，息存時年八十又五。（案：民國十八年，一九二九）

《初集》卷四末記：

光緒二十七年春正月十八日息存點讀一過。（案：光緒二十七年，一九〇一）

宣統己巳夏讀訖。（案：民國十八年，一九二九）

王氏至八十五高齡，題記字迹已頽唐，尚手持丹黄，批讀不休。其先是在同治五年、六年間借得陽湖湯秋史批本過録圈點評語。辛亥間避地滬瀆，得到了一個有諸多名人批校的同治二年本，根據此本過録各家校語。（案今人物辭典多載王秉恩卒年爲

一九二八年，觀此書手記，可知一九二九年王氏尚健在，其具體之卒年有待再考）

跋文當中提到的幾種版本，「贛本」即嘉慶二十年在南昌刻的《初集》四卷，「粤本」是嘉慶二十一年廣州刻的《二集》四卷，「湘本」即同治二年惲世臨在湖南翻刻本。

當中提到的七家校語，有劉遵燮、汪曰楨、葉廷琯、雷浚、馮桂芬、潘鍾瑞、俞樾。今略述各家生平事略如下：

劉遵燮，字濬之，又字洵之，江蘇武進人。道光二年舉人，選太倉州學正，以老不赴。主講龍城書院。《國朝詞綜補》收其《露華》、《疏影》詞兩闋。（參見《（光緒）武進陽湖縣志・人物》）

汪曰楨，字仲維，一字剛木，號薪甫，又號謝城，烏程人。咸豐壬子舉人，官會稽教諭。著有《儷花小榭詩草》，嘗修《烏程縣志》、《南潯鎮志》，義例精嚴，另刊有《荔牆叢刻》。（參見《兩浙輶軒續録》）

葉廷琯，字調生，吴郡人。廩貢生，候選訓導。淡於榮進，潛浸樸學，一以考佐經史爲營。著有《楙花盦詩》四卷、《吹網録》六卷、《鷗陂漁話》六卷，編有《蜕翁所見詩録》十卷。（參見《（同治）蘇州府志》及《清史稿・藝文志》）

雷浚，字深之，號甘谿，吴郡人。歲貢生，就職訓導。少從江沅游，受《説文》之學。復與宋翔鳳、陳奐相切礲，壹意著述，遂爲吴中經學大師。光緒十五年任學古堂學長。著有《説文外編》十六卷、《韻府鈎沉》五卷、《睡餘偶筆》二卷、《説文引經例辨》三卷、《道福堂詩》四卷、《乃有廬文》一卷。光緒十九年卒，年八十。馮桂芬纂《蘇州府志》時，曾爲分纂藝術、流寓、長元人物若干卷。（參見曹允源《復盦續稿》卷三《雷甘谿先生傳》）

馮桂芬，字林一，號景亭，吴郡人。道光二十年一甲二名進士，官至詹事府右春坊右中允。同治十三年卒，年六十六。少工駢體，後乃肆力古文。著有《顯志堂集》十二卷、《校邠廬抗議》二卷等，編有《蘇州府志》。（參見《清史稿》本傳）

潘鍾瑞，字麟生，一作麐生，別字瘦羊，晚號香禪居士，長洲人。諸生，候選太常寺博士。光緒十六年卒，年六十有八。著有《香禪精舍集》。（參見《吴郡志·列傳》）

俞樾，字蔭甫，德清人。道光三十年進士，改庶吉士。咸豐二年散館授編修，五年簡放河南學政。主杭州詁經精舍三十餘年。同治三十二年卒，年八十有六。所著經史詩文雜纂皆收於《春在堂全書》（據《清史稿》本傳）。其《茶香室續鈔》頗引惲敬《大雲山房雜記》説。

各家批校，於集中文字各作是正，有功於此集不少，今校記中俱爲採入。此外，諸家校勘之餘，也對惲敬文中用字用詞有所闡釋。如《二集》卷三《前濟南府知府候補郎中徐君遺事述》中「遂手絞子并子婦，磬之桑園」，雷云：「《禮・文王世子》『公族有死罪，則磬於甸人』，此磬字所出，蓋謂既絞而復懸之如磬也。」是釋惲氏用「磬」字之意。又《楊中立戰功略》中「頂帶」一詞，光緒十年本、同治八年本作「頂戴」。俞云：「『革花翎并四品頂帶』，蓋止革去翎頂耳，其官無恙，故下文亦止言復四品頂帶，不言復官也。都司本四品，則『四品』字似贅。『頂帶』似應作『頂戴』。本朝品級，頂有異，帶無異也。乃近來公牘多作『頂帶』，此字宜核之。」是論「頂戴」之用詞。又《言事》卷二《答董牧唐》，馮桂芬云：「求盜、亭父皆漢時官人名目，見《高帝紀》『使求盜之薛治』注：『亭兩卒，一求盜，一亭父。』此兩句蓋差役之意。」又曰：「東坡詩：『頭然未爲急。』注引《梵網經》：『當求精進，如救頭。』然下句未詳，兩句似用成語，俟考。」是對「求盜、亭父」、「救頭」等語作闡釋。此類本非校勘範圍，但因其闡釋詞意可取，頗便讀者，故也收録，以注記形式附在文後。

王秉恩據湯秋史過録的批語，與光緒十四年本所刻亦大致相同。當中也有一些其他來源的評語，主要有如下幾方面：

有據他書評論過録。如《通例》後所録「陸繼輅曰」，出自陸繼輅《合肥學舍札記》；《初集》自序後所録「李次青曰」，出自李元度《天岳山館文鈔》。

有據古文選集的評語過録。如《讀張耳陳餘列傳》「王葵園曰：筆力雄大而識足以緯之」、《讀貨殖列傳》「周自庵曰：心思獨到」兩條批語，皆出自王先謙《續古文辭類纂》。

亦有從惲敬自述文字摘録爲自評。如《太子少師體仁閣大學士戴公神道碑銘》王批：「前以排比叙次家世、科名、官位，至此提筆作數十百曲，盤空擣虚，左回右轉，以極力震蕩之。古山自言用東坡《司馬温公碑》之法，而顛倒其局。至變化則取子長，嚴整則取孟堅也。」「古山自言」以下爲《二集》卷二《上舉主陳笠帆先生書》中文字，録爲「自評」。

今過録此本校評，簡稱「王校」、「王批」。

（五）楊葆彝過録批點本

底本：同治二年本後印帶行狀本。初集四卷，二集四卷，言事二卷。卷端鈐「大亭山館藏書」、「佩瑗收藏」朱文方印，卷末鈐「遯阿手校」白文方印，是爲清代大亭山人楊葆彝過録批點本。書中《初集》四卷有過録評語，墨、藍兩色。墨筆評語與刊本評語大體相同，文字略有出入，藍筆評語則爲刊本所無。并有校記幾條。《初集》以後即無評語、校記，僅有藍筆點斷。《言事》卷末抄録陸繼輅《瑞金知縣惲君墓誌銘》、《記惲子居語》文兩篇。

案楊葆彝，字佩瑗，號遯阿，别號大亭山人，室名大亭山館，陽湖人。同治光緒間人。官署桐廬知縣，除海鹽知縣。能詩文，工書，善畫。著有《書藝知服》、《畫藝知服》，輯刊有《毗陵楊氏詩存》、《大亭山館叢書》。

楊本書中多夾帶簽條言「初刻本（舊刻本）某篇前尚有某篇」（參見書中校記）。此所言初刻本、舊刻本，即嘉慶十六年最初刻本。其所言缺漏之篇次，除了《香山先生家傳》一篇誤記外，皆見於《補編》一卷之中。

楊本也有摘録《言事》中惲敬與友人談及自己某文的文字，録爲自評，如《楞伽經書後一》「先生自言：『如此下語，人以惲子居爲宋學者固非，漢唐之學者亦非也。男兒必有自立之處，豈肯隨人作計。』」實際是《大雲山房言事》卷二《答方九江》中文字，故題「先生自言」。

今過録此本校評，簡稱「楊校」、「楊批」。

另有一佚名過録批點本（簡稱：佚名批點本），底本爲同治二年本（上圖：綫普551918－25），《初集》亦過録批語，大致同光緒十四本，《讀貨殖列傳》、《楞伽經書後一》兩篇評語與楊批本同，爲其餘諸本所無。

批校本小結

綜觀四個過録批語本，其批語與光緒十四年本同源，而各家另有補輯。故今整理本所附之批語，以光緒十四年刊本爲準，而各家所批出於刊本之外者，亦補入并注明所據。

四、民國的一些版本

民國間的版本主要有《四部叢刊》影印本及《四部備要》排印本。《四部叢刊》本之情況已詳刻本考中。《四部備要》排印本，名爲《大雲山房全集》，有《初集》四卷、《二集》四卷、《言事》二卷、《補編》一卷。書前附有《行狀》，與同治二年本同。《補編》一卷後有同治八年惲念孫重刻附記，全書後有同治二年惲世臨附記，可見是用了多本校勘。排印本還有商務印書館的《萬有文庫》本、《國學基本叢書》本和世界書局的排印本。

民國間選本主要有宣統二年國學扶輪社石印本《惲子居文鈔》四卷。此本鳩合《初集》、《二集》之文，以文體爲類重新編次，并加句讀。另有民國十四年上海文明書局印行《注音惲子居文》（與《管異之文》合刊），係據王先謙《續古文辭類纂》所選篇目，由秀水王楚香加斷句標點，文中注音，文末附注，簡單易明，如其書前《編輯大意》所言「本編程度適合中學師範及家庭自修課本之用」。書前有《惲子居文揭要》謂：「仁和禮部有《某大令》文，譏其亦儒亦釋，非漢非宋，入主出奴，狡變無常，晚乃借文章以自遁。當時謂指子居而言。平心論之，惲文頗近法家言，刻覈深切處，得力於韓非、李斯，而其雄辨軼思，上下馳騁，又與蘇明允相驂靳。後人目之爲陽湖派。」所言「仁和禮部」，殆即龔自珍。《定盦續集》卷三有《識某大令集尾》一文，所論者正惲敬也。（民國世界書局本《龔定庵全集類編》此文有龔橙注：「大令爲惲敬，陽湖人。以文鳴一時。文筆非無取，唯好名無信根，甘爲佛法外道，大人書以示戒。橙記。」）

另有八篇遊記選入《小方壺齋輿地叢鈔》。《尺牘叢刻》選有《惲子居先生尺牘》一卷。

五、海外版本

《大雲山房文稿》一書，除了在國内一再傳刻之外，亦爲東瀛文家所推崇。日本刻有《大雲山房文鈔》一書，爲其一例。

《大雲山房文鈔》二卷，日本鈴木魯編，日本明治十一年（一八七八）鈴木虎一刻本。内封署：「大雲山房文鈔，明治十一年三月新鐫。川田甕江先生閲，鈴木蓼處先生鈔。

松香山房藏梓。」白口，單魚尾，左右雙框。半葉十行，行二十字。天頭略有校語。卷端署「清陽湖惲敬子居著，日本越前鈴木魯敬玉鈔」。選文四十二篇，分上下兩卷。前有川田剛序，評述子居文章。又有鈴木魯自序，謂《大雲山房文稿》舶載至日本甚鮮，其友矢島立軒購得一部，曾與之同讀。其後鈴木氏罷官杜門，乃寄書立軒，千里借閱，始得盡讀其集，因手録其佳者四十餘篇，題名《大雲山房文鈔》。有感於同爲一惲氏，惲南田之畫世莫不知，而子居之文則或有未知之者，故剞劂公之於世，以頒同好。

自序又論《大雲山房文稿》之書名：「其《遊廬山記》云：『頃之，香爐峯下白雲一縷起，遂團團相銜出。復頃之，遍山皆團團然。復頃之，則相與爲一，山之腰皆弇之。』予乃率然下評語曰：『廬山之雲，可以喻子居之文矣。』……廬山之雲，其似子居之文耶，抑子居之文有所得於廬山之雲也。」以惲敬所述廬山之雲釋「大雲山房」之名，亦別爲一解。

鈴木魯選鈔之底本爲矢島立軒藏本，比勘其異文，可知其本爲嘉慶二十年本。如《潮州韓文公廟碑文》「而夷狄、猛獸之侵暴亦仍世有之」，《文鈔》無「狄」字，而天頭處附校記曰：「『夷』下恐脱『狄』字，今姑從原本。」嘉慶二十年本無「狄」字，後刻諸本皆已補「狄」字。又「愚夫愚婦膜手梵唄」，「膜」字嘉慶二十年本作「摸」，《文鈔》同之。由此可以斷定其選鈔之底本爲嘉慶二十年本。

六、《大雲山房文稿》的集外文

同治八年惲念孫在四川重刻《大雲山房文稿》時，刊印《補編》一卷，多係據嘉慶十六年初刻本補入。而據惲寶惠《惲氏家乘·先世著述考》著録，尚有《大雲山房集外文》一卷，當時著録爲「輯刊中」：

長汀江丈叔海瀚藏有公集外文十三篇舊鈔本，先府君借而鈔録，原有硃色圈點，亦爲手過，以付不肖。迨府君捐館後，惠曾照録校刻，板舊存都寓中，尚未付印。今遍閲各本目録無一同者，擬與蜀刻本《文稿補編》中之十八篇并成一卷，續爲付刊，名之曰《大雲山房集外文》，以補其闕，藉廣流傳，特先附識於此。

據惲寶惠之言，則此集外文十三篇已經刻板，而未付印，本欲與《補編》一卷中的十八篇合刻爲一本，名爲《大雲山房集外文》。此書之舊鈔本與刻板今尚在天壤間否已不可知。

今所輯佚，據上圖藏嘉慶十六年本輯得佚文《子夏喪明説》、《鹿柴説》兩篇。在惲敬任過職的地方縣志，也見到一些未收入文集的文字，今據《（道光）瑞金縣志・藝文志》輯得《遊南屏書舍記》一篇，《（同治）新喻縣志》輯得《三劉先生祠記》、《修城記》兩篇。另據程洵《尊德性齋小集》補遺輯得《曉湖尊德性齋記》一篇。此外，張維屏所編《國朝詩人徵略》中「趙懷玉徵略」有一段評語，謂出自《大雲山房集》，今亦存之，原題不可知，今擬題《評趙懷玉》。

《二集》序目的佚篇有《醴泉銘跋》一篇，《補編》目録上的佚篇有《南宋論》、《上秦小峴按察書二》（另有《外舅高府君墓志銘》一篇注佚而實不佚，存《初集》卷四）。

今所輯七篇，存目三篇。遺憾未見江瀚所藏惲敬集外文十三篇舊鈔本之目，未知與今所輯篇目之異同。

《大雲山房文稿》不過是一個晚近的清人文集，但就其實際情況來看，其翻刻版本之近似，著録之混淆，極易導人歧途，在校理此書之前不作一番梳理實在無法著手，故與萬陸先生商量，撰寫這篇版本考。

校者根據近一年來查閱資料之所見及校勘所得，一則以所調查的家譜、著録、傳略，所見各本的題跋、批點等資料作爲外證，一則結合校勘上文字異文的證據，及校閱惲敬文章過程中所摘録的關於本書刊刻、修訂及評價的文字作爲内證，希望還原其刻本之傳刻、校改情況，以及現存數量不少的「評點本」的評語來源和流傳情況。但因爲所見實物有限，一些推論可能還需推敲。當中一些問題本可略去不談，但零篇碎簡，於研究者亦或有用，故不避而言之，皆欲有所交代。其錯謬之處，望讀者不吝賜正。

附錄二

一 傳略資料

《清史稿》本傳

惲敬，字子居，陽湖人。幼從舅氏鄭環學，持論能獨出己見。乾隆四十八年舉人，以教習官京師。時同縣莊述祖、有可，張惠言，海鹽陳石麟，桐城王灼集輦下，敬與爲友，商榷經義，以古文鳴於時。既而選令富陽，鋭欲圖治，不隨羣輩俯仰。大吏怒其强項，務裁抑之，令督解黔餉。敬曰：「王事也。」怡然就道。後遭父喪，服闋，選新喻。吏民素横暴，繩以法，人疑其過猛。已乃進秀異士與論文藝，俗習大變。調知瑞金，有富民進千金求脱罪，峻拒之。關説者以萬金相啗，敬曰：「節士苞苴不逮門，吾豈有遺行耶！」卒論如法。由是廉聲大著。卓異，擢南昌同知。敬爲人負氣，所至輒忤上官，以其才高優容之，然忌者遂銜之次骨。最後署吴城同知，坐奸民誣訴隸詐財失察被劾。忌者聞而喜曰：「惲子居大賢，乃以贓敗耶！」

敬既罷官，益肆其力於文。深求前史興壞治亂之故，旁及縱横、名、法、兵、農、陰陽家言。會其友惠言歿，於是敬慨然曰：「古文自元、明以來漸失其傳，吾向所以不多爲者，有惠言在也。今惠言死，吾安敢不并力治之？」其文蓋出於韓非、李斯，與蘇洵爲近。卒，年六十一。著《大雲山房稿》。其治獄曰《子居決事》，附集後。

（《清史稿·文苑二》，中華書局一九七七年版）

《富陽縣志》惲敬傳

惲敬字子居，號簡堂，江蘇武進人。幼負異才，持論驚長老。舉於鄉，充官學教習。與同州張惠言友，治古文得力於韓非、李斯，成一家言。乾隆五十九年，奉選至縣。高材大器，不肯隨羣輩俯仰，惟縣内知名士若高傳古、周凱輩與其在幕之張惠言，則傾心待之。嘗登春江第一樓，甚歡，撰聯云：「幾人憂樂與民共，如此江山作畫看。」一時爲之閣筆。然終不得行其志。退與三子謀將纂修縣志，而大憲抑苦之，令解黔餉。起曰：「王事也，顧趨之。」反役，調江山縣去，縣志不果修，賫志卒，嘉慶二十二年也。

爲人負氣矜名節，時嫉之，故官止吴城同知，而聲滿天下。所製古文，世以與方望溪先生并列，稱方爲桐城派，稱惲爲陽湖派。著《大雲山房文集》八卷、《書事》二卷，其治獄别有《子居决事》四卷。嘗謂其文皆自史遷出，下史公無北面者。李元度撰《國朝先正事略》載入《文苑》。新纂。

（〔清〕汪文炳等修《（光緒）富陽縣志・名宦》，清光緒三十二年刻本）

《瑞金縣志》惲敬傳

惲敬，字子居，江蘇陽湖舉人。初任浙江富陽知縣，遷江西新喻，調補瑞金，嘉慶十年莅任。性剛介，數以事忤上官，有强項吏風骨稜稜之意。前後治瑞十年，多善政，操守清潔，人不敢干以私。嚴禮法，絶苞苴，鋤奸民，懲蠹役，遠近質成者隨至立判，書牘尾輒數十行，無不貼服。比之張用濟、劉玄明，不過是也。於學則無所不窺，而散體文尤擅長。持論謹嚴，顧濟以辯博之才，汪洋恣肆，自成一家。著有《大雲山房文集》及《續集》若干卷，識者珍之。更喜推獎寒士，論詩課文，娓娓不倦。常題詩人謝南岡墓，贖松竇僧采若田，亦餘韻之可想者。任滿後署南昌府倅，被議，旋卒。士民至今猶哀慕之。

（《（道光）瑞金縣志·名宦》）

瑞金知縣惲君墓誌銘

〔清〕陸繼輅

嘉慶二十二年八月甲午，故瑞金知縣惲君卒於常州嗚珂里寓舍。越十月戊子，葬石橋灣祖塋。君弟敷奉太夫人命，徵銘于余。余愧謝不敢任，會敷將之官，葬期迫，不可固辭。

謹按狀，君姓惲氏，諱敬，字子居，陽湖人。祖諱士璜，考諱輪，并以君貴，贈封文林郎。母鄭孺人。

君中式乾隆四十八年本省舉人。五十二年，充咸安宫官學教習。五十五年，期滿引見，以知縣用，選浙江富陽。嘉慶元年，調江山，父憂去官。既喪，選山東平陰，引見，改授江西新喻，調瑞金。

君先後爲知縣十八年，所至輒忤其上官，而上官之賢者亦輒保護之，使忌者不得逞。君又自以勤廉明決，無可乘也。即可乘，固不以一官得失介吾意。故雖屢瀕于危，益侃侃無所瞻徇。最後署吴城同知，爲奸民誣告家人得贓，遂以失察被劾。當是時，前撫刑部尚書金公光悌先已薨逝，今兩廣總督阮公元自河南調撫江西未至，布政使方護理巡撫印務，唶曰：「惲子居大賢，乃今以賄敗！」君既奉部議革職，自南昌還至瑞金，頓首謝鄭孺人曰：「爲吏不謹，貽太夫人憂。」鄭孺人笑曰：「吾知此獄無愧于汝心，故不汝責也。且汝好直，不能爲非理屈，得禍當不止此。今以微罪行，幸矣！」初，君之再謁選也，石橋灣故居已奉君考文林府君遺命，讓兩從父居之，而君挈兩弟及妻子奉鄭孺人之官。至是別假館所親，未獲寧處。屬有門下士官安慶知府，試往謀之，得疾歸。歸寢十日而殁，春秋六十有一。

君少年好爲齊梁駢儷之作，稍長棄去，治古文。四十後益研精經訓，深求史傳興衰治亂得失之故，旁覽縱横、名、法、兵、農、陰陽家言，較其醇駁，而折衷于儒術，將以博其識而昌其辭，以期至于可用而無弊。蓋於本朝諸公方苞、劉大櫆、姚鼐，非徒不愧之而已。而同州之爲古文者張惠言、秦瀛、趙懷玉、吴德旋、吴育、董士錫、顧翃，亦推君無異辭。余年十九即獲交於君，幸得君文以銘先太孺人之墓。甫四易歲，而余乃銘君墓也。嗚呼，可感也！

夫君文初、二集都八卷，外集及詩詞各如干卷，他所著書并有序刻集中。其治獄別有《子居決事》四卷，後當有考，故不具配。

孺人陳氏，繼配孺人高氏。丈夫子一人，穀；女子子七人，吾友歸安姚晏聖常其壻也，餘未行。孫二人，榮孫、玉孫。銘曰：

嗚呼，以君之才與其所學，宜大有爲于世，而顧止于斯耶？即以君爲御史給事中，補闕拾遺，亦其選也，而厪以正言讜論，博從政者之一怒耶？嗚呼，此造物之所主而又誰尤耶？後之人，當有讀君之遺書而致其無窮之思者否耶？

（《崇百藥齋文集》卷十七，清嘉道間刻彙印本）

惲子居先生行狀

〔清〕吴德旋

先生姓惲氏，諱敬，字子居，一字簡堂。世居武進縣之石橋灣。祖諱士璜，考諱輪，兩世并以先生貴，贈封文林郎。母鄭孺人。

先生幼學於父，少長從舅氏鄭環夢楊遊，然持論好獨出己見，長老皆驚異焉。中式乾隆四十八年癸卯科本省舉人。五十二年，充咸安宫官學教習。時同州莊述祖珍藝、莊獻可大久、張惠言皋文，海鹽陳石麟子穆，桐城王灼悔生先後集京師，先生與之爲友，商榷經義古文，而尤所愛重者皋文也。五十五年，教習期滿，引見以知縣用。五十九年，選授浙江富陽縣知縣。皋文爲序以送其行，其略曰：「夫爲令之道，六經孔孟之所述，皆子居向時之所道也。以子居爲之，其不可以至耶？曰吾不爲彼之所爲而已，豈子居向時之所道耶？君子出其言則思實其行，思其行則務固其志。固志莫如持情，實行莫如取善，子居勉之矣。」先生曰：「善，敬敢不求從良友之規？」既至富陽，鋭欲以能自效，矯然不肯隨羣輩俯仰。大吏憚其風節，欲裁抑之，令督解黔餉。先生曰：「王事也。」怡然就道。返自黔中，調知江山縣。父喪，去官，時嘉慶元年十一月也。

四年，服闋，入都謁選。明年四月，選授山東平陰縣知縣，引見，改授江西新喻。新喻吏士素横，藐視官長，輕朝廷法。先生至，痛懲創之，人疑先生之爲治過猛也。已乃進其士之秀異者，與之講論文藝。斷事不收聲，必既其實。士民懷德畏威，翕然大變於其舊。

七年，張皋文歿於京師。先生聞之，慨然曰：「古文自元明以來，漸失其傳。吾向所以不多作古文者，有皋文在也。今皋文死，吾當并力爲之。」先是，皋文與今禮部侍郎蕭山湯公金釗講宋儒之學，是時先生方究心於黄宗羲《明儒學案》，有所見輒筆記之，未及與皋文辯論往復也。及皋文卒，先生爲書與侍郎，其略曰：「濂、洛、關、閩之説，至明而變，至本朝康熙間而復。其變也多歧，其復也多仍。多歧之説足以眩惑天下之耳目，姚江諸儒是也；多仍之説足以束縛天下之耳目，平湖諸儒是也。二者如揭竿于市以奔走天下之人，故自乾隆以來多慗置之。慗置之者，非也；揭竿于市者，亦非也；且如彼此之相詈，前後之相搏，益非也。夫所謂濂、洛、關、閩者，其是耶？其揆之聖人，猶有非是者耶？其變之仍之者，是非其孰多耶？知其是非矣，何以行其是、去其非耶？」蓋先生嘗自言其學非漢非宋，不主故常，故其説經之文能發前人所未發，而世之論先生之文者，乃以爲善於紀述而説經非所長焉。

十年，調知瑞金縣。瑞金在萬山中，俗好訟鬭，素稱難治。先生張弛合宜，吏民咸就約束。有所論决，問法何如，不可干以非義。瑞金諸生楊儀招倚富奸逼佃户女，事發到官，願進千金求脱罪，先生峻拒之。後屢邀人關説，至以萬金相啗。先生曰：「吾自作令以來，苞苴未嘗至門，今乃有此，豈吾有遺行耶？」卒論如律。先生廉名素著，至是人益信之。

十五年，大吏以先生治行第一，保舉卓異。十一月，至京師。明年三月，引見，回任候陞。是歲刻《大雲山房文稿》成。又明年，守南昌府吴城同知。

十九年，以奸民誣告家人得贓失察，被劾黜官。先生爲人負氣，矜尚名節，所至輒與上官忤。上官以其才高，每優容之，而忌者或銜之次骨。及誣告事起，當是時，前撫刑部尚書金公光悌薨於位，今兩廣總督阮公元自河南調撫江西未至，布政使方護理巡撫印務，唶曰：「惲子居大賢，乃今以賄敗！」先生既擯不見用，士大夫之賢者咸爲先生惜且冤之，而先生不以介意，益務爲文自壯。初先生之再謁選也，石橋灣故居已奉其先府君遺命，讓兩從父居之，自挈兩弟奉鄭孺人之官。至是假館所親，無寧居。屬有門下士官安慶知府，試往謀之，道遇疾歸，歸寢十日而卒。

先生生於乾隆二十二年丁丑二月初一日，卒於嘉慶二十二年丁丑八月二十三日，春秋六十有一。配孺人陳氏，繼配孺人高氏。子一人，弟之子縠也，嘗從予遊。女七人，長適歸安姚晏，餘皆未行。孫二人，尚幼。

先生既卒之三月，余始從轂求遺書，得《大雲山房文稿》都若干卷，外集及詩詞各若干卷，《歷代冠服圖説》未成。其治獄別有《子居決事》四卷。

先生之治古文，得力於韓非、李斯，與蘇明允相上下，近法家言。敘事似班孟堅、陳承祚，而先生自稱其文自司馬子長而下無北面。先生所欲有爲於天下者，具見文集中，以在下位不獲有所施設，然後之人讀其書，足以知其志之所存也。先生於陰陽、名、法、儒、墨、道德之書既無所不讀，又兼通禪理，以爲心之故惟聖賢能知之而言之，佛與學佛者亦能知之而言之，《大學》「正心修身」章與《金剛經》「應無所住而生其心」句相合。故嘗謂余云：「論學貴正而不執，然不可雜，雜則不正矣。」蓋其所自得者如此。

轂以所述先生年譜示余，余病其未備也，乃更參以所聞見及先生文集，爲狀如右。謹狀。

（《初月樓文鈔》卷八，清道光三年康兆晉刻本）

案：清張維屏輯《國朝詩人徵略》「惲敬」條生平事迹引録《行狀》全文，而篇首稱先生「號簡堂」；又録《大雲山房文稿通例》、《三代因革論》等文，後附評語，見「彙評」部分。

惲子居先生事略

〔清〕李元度

先生姓惲氏，諱敬，字子居，號簡堂，江蘇武進人。幼負異才，持論好出獨見，長老皆驚異焉。舉乾隆四十八年鄉試，充官學教習。居京師，與同州張惠言皋文友，商榷經義，治古文。

五十九年，授富陽知縣。鋭欲以能自效，矯然不肯隨群輩俯仰。大吏憚其風節，欲裁抑之，令督解黔餉。先生曰：「王事也。」怡然就道。返役，調江山縣。父憂去官。嘉慶五年，補江西新喻縣。新喻吏素橫黠，先生痛懲之，人疑其治過猛也。已乃進其士之秀異者，與講論文藝。士民懷德憚威，俗大變。十年，調瑞金縣。諸生楊儀招倚富逼奸佃户女，事發，願進重金求脱罪，峻拒之。至以萬金相啗，先生曰：「吾自作令以來，苞苴未嘗及門。今若此，吾豈有遺行耶？」卒論如律。舉卓異。十七年，守南昌府吳城同知。逾年，以奸民誣告家奴得臟失察，罷。

先生爲人負氣，矜尚名節，所至輒與上官忤。上官以其才高，每優容之，而忌者益衆。既免官，士大夫之賢者咸惋惜，先生一不以綴意，益務爲文自壯。張臯文之歾京師也，先生聞之，慨然曰：「古文自元明以來，漸失其傳。吾向不多作者，以有臯文在也。今臯文死，吾當并力爲之。」先是，臯文與湯文端金釗講宋儒之學，時先生方究心於黄梨洲之《明儒學案》，有所見輒筆記之，未及與臯文辨論往復也。及是，始致書湯公，其略曰：「濂、洛、關、閩之説，至明而變，至本朝康熙間而復。其變也多歧，其復也多仍。多歧之説足以眩天下之耳目，姚江諸儒是也；多仍之説足以束縛天下之耳目，平湖諸儒是也。二者如揭竿於市以奔走天下之人，故自乾隆以來多憗置之。憗置者，非也；揭竿於市者，亦非也；且如彼此之相詈，前後之相搏，益非也。夫所謂濂、洛、關、閩者，其是耶？其揆之聖人，猶有非是者耶？其變之仍之者，是非其孰多耶？」蓋先生嘗自言其學非漢非宋，不主故常，於陰陽、名、法、儒、墨、道德之書，既無所不讀，又兼通禪理。臯文嘗稱其亦狂亦狷，亦隘亦不恭。其治古文得力於韓非、李斯，與蘇明允相上下，近法家言。叙事似班孟堅、陳承祚，而先生自謂吾文皆自司馬子長出，子長以下無北面者。

卒於嘉慶二十二年，年六十有一。著《大雲山房文集》八卷、《書事》二卷，其治獄别有《子居決事》四卷。

（《國朝先正事略》，清同治五年循陔州堂刻本）

惲子居別傳

〔清〕尚鎔

惲子居名敬，陽湖人。乾隆癸卯舉于鄉，會試者屢矣，終不成進士。嘉慶初，宰富陽，忤大吏，轉餉黔楚，旋歷新喻、瑞金二縣，皆以廉敏稱。子居淹貫羣書，工著述，與同州張惠言共爲古文。時天下言古文者多以袁枚、姚鼐爲宗，子居謂：「枚猖狂無理，鼐亦未爲至。」厲然以馬、班、韓、蘇自命。俄而惠言卒，益鋭精不少輟。越十年，裒然成集，自鏤板以行世，凡祝壽、贈行、時文之序概不著，由是惲子居古文之名大重于時。當其爲令也，所至每與上官抗，或面肆譏評，賢者以其富才學，多優容之，然亦不力薦；忌者遂銜之次骨。既自矜其能，浮沉下僚，不得志。母老家貧，又爲養不能舍去，人皆危之。及署吴城鎮同知，卒以失察家人削職。忌者曰：「惲子居大賢，今乃以墨敗耶！」聞者莫不扼腕云。

子居爲文沉毅，尤長于序事，高者橫絶一世，直追南宋以前。然刻酷近法家言，且雜以佛、老，有議其不醇正者，弗顧也。晚年理《明儒學案》，欲與中朝士大夫講學，而持論好異，無有起而應和者。罷官後，挾其集衣食于奔走，南游至粵，作《丹霞山記》、《韓文公廟》、《光孝寺碑銘》，尤奇闢雄偉。人多以得交爲幸，競傳其文。嘉慶丁丑卒于家，年五十九。著有《大雲山房文集》八卷。

尚鎔曰：吾生晚，不及見諸老先生。歲在丙子，猶幸與惲子居謀面于章江之上，今十八年矣。其文極爲吾鄉所稱，而吴人各尊所聞，顧不甚推許，然世豈復有此才哉？至其性狂而褊，僅罷官而死，則未爲不幸也。子居無子，與魏叔子、全謝山相同，人或以工古文爲戒，悲夫！

昌黎誌柳子厚墓，瑕瑜互見，益見交情而傳信。近人概爲隱諱，非古法矣。文之精切生動，卓然可傳。（婁澗筠）

（《持雅堂文集》卷三，咸豐六年《持雅堂全集》本）

記惲子居語

〔清〕陸繼輅

子居之葬也，其弟子寬徵銘於余。余以子居平生抱負既已見諸文辭，其爲令善治獄，又自有《決事》四卷，故皆未之及，而第述吴城罷官一事，後人參觀之，可以知君矣。其明年，吴仲倫復爲君著行狀，頗採取余文，而他事加詳焉。因憶君官新喻時，嘗爲大府所器，從容語君曰：「吾與君文字交，質疑辨難，何所不可？然孔子與下大夫言侃侃，與上大夫言誾誾，此不足爲君法邪？」子居起立應曰：「孔子所與言之上大夫，季孫氏也。其人小人，不能容君子，故聖人不得不稍遜其辭。使遇伊、傅、周、召，必不然矣。某不敢以待季孫者待閣下。」大府無以難。子居言論雋永，多類此。筆記之以示仲倫，宜可補入狀中，亦使世之驕諂者兩知所警也。

子居讀相人書，自言精其術。余年十九與子居初相見，遽目余曰：「狀元也。」後七年，見子居錢唐，復相之曰：「當爲臺諫。」比子居罷官歸，乃熟視余曰：「君非仕宦中人，曩相君皆誤。」已而告魏曾容曰：「吾非真能相人也。祁孫弱冠時，正堪作狀元耳。」

因撫掌大笑。嗟乎，歲月逝邁，志氣銷歇，如君言反復，勝耶？抑憫其頹廢而將有以振之邪？惜當時未以質君也。（《崇百藥齋文集》卷十六，清嘉道間彙印本）

惲敬傳

〔民國〕錢基博

惲敬，字子居，號簡堂，江蘇陽湖人。父輪，績學不顯。母鄭，亦有志節；生敬四歲即教以四聲，八歲學爲詩，十一歲學爲文，十五歲學六朝文、學漢魏賦頌及宋元小詞。十七歲學漢、唐、宋、元、明諸大家文，而父始告以讀書之序，窮理之要，攝心專氣之驗，非是不足以爲文。於是復反而治小學，治經史百家。凡父所手録天官、地志、物理、人事諸書，亦次第發篋觀之，然未有所發也。時於一二日中得一解而油油然；數十日中得一解而油油然；至索之心，誦之口，書之手，仍芒芒乎摇摇乎而已！父詔之曰：「此心與氣之故也，不可以急治，當謹而俟之，減嗜欲，暢情志。嗜欲減則不淆雜，情志暢然後能立，能立然後能久大。」自是之後，敬不敢言文者十年。旋舉乾隆四十八年鄉試，以計偕赴京師。五十二年，充咸安宫官學教習。時同郡莊述祖、莊獻可、張惠言，海鹽陳石麟，桐城王灼，皆世所稱博學通人，先後集京師。敬與之友，商榷經義古文。而尤所愛重者，張惠言也。竊窺其言行著述，因復理乃父之所詔告，欲有所論撰。而下筆迂回細謹，塊然不能自舉；因喟然曰：「嗚呼！天地萬物，皆日變者也；而不變者在焉！不變者，所以成其日變也。文者，生乎人之心。天地萬物之日變，氣爲之；心之日變，神爲之。神之變，速於氣之變；而迂回之弊，循循然而緩；謹細之弊，切切然而急；於神皆有所閡焉，敢不力充之以求所以日變者哉！然而有不可變者！《典論》曰：『學無所遺，辭無所假。』《史記》曰：『擇其言尤雅者著於篇。』可以觀矣！」惠言曰：「然！吾子勉之矣！毋望其速成，毋誘於勢利也！」

既而敬以五十五年教習期滿，引見，以知縣用。五十九年，選授浙江富陽縣知縣，惠言爲序以送其行曰：「夫爲令之道，六經孔孟之所述，皆子居向時之所道也；以子居爲之，其不可以至耶！曰吾不爲彼之所爲而已，豈子居向時之所道耶？君子出其言，則思實其行；實其行，則務固其志。固志莫如持情，實行莫如取善，行矣勗哉！」敬謝曰：「敢不求從良友之箴規！」既之富陽，鋭欲以能自效，矯然不肯隨羣輩俯仰。大吏憚其風節，欲裁抑之，令督解黔餉。敬曰：「王事也！」怡然就道。返自黔中，調知江山縣，父喪去官，時嘉慶元年十一月也。

四年，服闋，入都謁選。明年四月，選授山東平陰縣知縣。引見，改授江西新喻。新喻吏士素橫，藐視官長，輕朝廷法，敬至，痛懲創。人疑其爲治之猛也。已乃進其士之秀異者，與之講論文藝；而斷事不收聲，必既其實。士民懷德畏威，翕然大變於其舊。

十年，調知瑞金縣。瑞金在萬山中，俗好訟鬥，素稱難治。敬張弛合宜，吏民咸就約束。有所論決，問法何如，不可干以非義。瑞金諸生楊儀招倚富奸傴佃户女，事發，到官，願進千金求脱罪，敬峻拒之。後屢邀人關説，至以萬金相啗。敬曰：「吾自作令以來，苞苴未嘗至門，今乃有此，豈吾有遺行耶！」卒論如律。敬廉名素著，人益信之。

十五年，大吏以先生治行第一，保舉卓異，至京師。明年三月引見，回任候升。明年，擢南昌府吴城同知。十九年，以奸民誣告家人得贓失察，被劾。敬爲人負氣，矜尚名節，所至輒與上官忤。上官以其才高，每優容之，而忌者或銜之次骨。至是前巡撫刑部尚書金光悌薨於位；而河南巡撫阮元調任未至，布政使方護理巡撫印務，啃曰：「惲子居大賢，乃今以賄敗！」尋奉部議革職。歸頓首謝母鄭曰：「爲吏不謹，貽太夫人憂！」鄭笑曰：「吾知此獄無愧於汝心，故不汝責也。且汝好直，不能爲非理屈，得禍當不止此；今以微罪行，幸矣！」

敬既擯不見用，士大夫之賢者，咸爲冤痛。而敬一不以綴意，益務爲文自壯。

張惠言之殁京師也，敬聞，慨然曰：「古文自元明以來漸失其傳，吾向不多作者，以有皋文在也。今皋文死，吾當并力爲之！」惠言晚年締交侍郎蕭山湯金釗，頗講宋儒之學。而敬方究心讀黃宗羲《明儒學案》，意有異同，未及與惠言辯論往復也。及惠言卒，乃貽書金釗以申其指曰：「濂、洛、關、閩之説，至明而變，至本朝康熙間而復。其變也多歧，其復也多仍。多歧之説，足以眩惑天下之耳目，姚江諸儒是也；多仍之説，足以束縛天下之耳目，平湖諸儒是也。二者如揭竿於市以奔走天下之人，故自乾隆以來，多慭置之。慭置之者，非也；揭竿於市者，亦非也；且如彼此之相訾，前後之相搏，益非也！夫所謂濂、洛、關、閩者，其是耶？其揆之聖人，猶有非是者耶？其變之仍之者，是非其孰多耶？知其是非矣，何以行其是，去其非耶？」自言其學非漢非宋，不主故常；於陰陽、名、法、儒、墨、道德之書，既無所不讀，又兼通禪理。

惠言嘗稱其亦狂亦狷，亦隘亦不恭。其論佛經之文曰：「凡佛經之説，其辭旨無甚大異。《楞伽經》不立一義而諸義皆立，悉與《金剛經》相比，惟艱晦過當。達摩至中國，掃除一切文字，以此經付慧可大師。蓋艱則難入，晦則難出。難入，則意識無所用；難出，則怡然涣然者皆得之自然，乃即文字中斷文字障也。至鴻忍大師易以《金剛經》，簡直平易，人皆樂從，故道法大行而禪復流於文字，此五宗語録之所以歧互也。經中開卷斥百八句皆非，則全經語句無著爲最勝處。蓋《金剛經》先説法，後説非法；此經先説非法，後説法，一而已矣！其言不離妄想，即見正智，與《楞嚴》『無始生死根本』、『無始元清浄體』義同；與《法華經》『是法非思量分别之所能解，惟有諸佛乃能知』之義亦同。佛法豈在多求耶！」見《楞伽經書後一》「如此下語，人以惲子居爲宋學者固非，漢唐之學者亦非。要之，男兒必有自立之處，不隨人作計，如蚊之同聲，蠅之同嗜，以取富貴名譽也。」見《答方九江》「《維摩詰經》，鳩摩羅什所譯大乘經，史稱與釋道安相合。證無生忍，造不二門，住不可思議解脱，莫極於《維摩經》。而行文則弇陋平雜不足觀也。其經之全指，在注明維摩詰示疾爲緣起。蓋佛教人出家，而維摩詰以居士見身，故此經《佛道品》言『煩惱泥中有衆生起佛法』，乃即病與藥耳；然執藥治病，藥即病矣。故下章《入不二門品》，盡掃除之，所以爲大乘經也。如此義諦，惟佛地位能決之！諸弟子并大菩薩，豈任問此疾耶！蓋全指皆出於佛，而筆授非過量人，雖釋道安、鳩摩羅什無如之何也。」見《維摩詰經書後》輯有《五宗語録删定》一書以明指歸。嘗謂：「心之故，惟聖賢能知之而言之；佛與學佛者，亦能知之而言之。《大學》正心修身章，與《金剛經》『應無所住而生其心』句相合。論學貴正而不執，然不可雜，雜則不正矣。」見《〈五宗語録删存〉序》蓋自道其所得者如此。

敬之爲學好融通儒釋，不以爲混；而論文則推本經子，必裁以義。其論古文之源流及治法曰：「昔者班孟堅因劉子政父子《七略》爲《藝文志》，序六藝爲九種，聖人之經，永世尊尚焉！其諸子則别爲十家，論可觀者九家，以爲雖有蔽短，合其要歸，亦《六經》之支與流裔。敬嘗通會其説：儒家體備於《禮》及《論語》、《孝經》；墨家變而離其宗；道家、陰陽家支駢於《易》；法家、名家疏源於《春秋》；縱横家、雜家、小説家適用於《詩》、《書》；孟堅所謂『《詩》以正言，《書》以廣聽』也。惟《詩》之流復别爲詩賦家，而《樂》寓焉。農家、兵家、術數家、方技家，聖人未嘗專語之，然其體亦六藝之所孕也。是故六藝要其中，百家明其際會；六藝舉其大，百家盡其條流。其失者，孟堅已次第言之；而其得者，窮高極深，析事剖理，各有所屬。故曰：『修六藝之文，觀九家之言，可以通萬方之略。』後世百家微而文集行，文集弊而經義起，經義散而文集益漓。學者少壯至老，貧賤至貴，漸漬於聖賢之精微，闡明於儒先之疏證，而文集反日替者，何哉？蓋附會六藝，屏絶百家，耳目之用不發，事物之賾不統，故性情之德不能用也。敬觀之前世，賈生自名家、縱横家入，故其言浩汗而斷制；鼂錯自法家、兵家入，故其言峭實；董仲舒、劉子政自儒家、道家、陰陽家入，故其言和而多端；韓退之自儒家、法家、名家入，故其言峻而能達；曾子固、蘇子由自儒家、雜家入，故其言温而定；柳子厚、歐陽永叔自儒家、雜家、詞賦家入，故其言詳雅有度；杜牧之、蘇明允自兵家、縱横家入，故其言縱厲；蘇子瞻自縱横家、道家、小説家入，故其言逍遥而震動。至若黄初、甘露之間，子桓、子建氣體高朗，叔夜、嗣宗情識精微。始以輕儁爲適意，時俗爲自然，風格相仍，漸成軌範，於是文集與百家判爲二途。熙寧、寶慶之會，時師破壞經説，其失也鑿；陋儒襞積經文，其失也膚。後進之士，竊聖人遺説，規而畫之，睇而斲之，於是文集與經義并爲一物。太白、樂天、夢得諸人，自曹魏發情；静修、幼清、正學諸人，自趙宋得理；遞趨遞下，卑冗日積。是故百家之敝，當折之以六藝；文集之衰，當起之以百家。」見《二集序目》「是何也？孔子曰：『辭達而已矣。』孟子曰：『詖辭知其所蔽，淫辭知其所陷，邪辭知其所離，遁辭知其所窮。』古之辭具在也，其無所蔽、所陷、所離、所窮四者，皆達者也。有所蔽、所陷、所離、所窮四者，皆不達者也。然而是四者，有有之而於達無害者焉，列禦寇、莊周之言是也，非聖人之所謂達也；有時有之，時無之，而於達亦無害者焉，管仲、荀卿之書是也，亦非聖人之所謂達也。聖人之所謂達者何哉？其心嚴而慎者，其辭端；其神暇而愉者，其辭和；其氣灝然而行者，其辭大；其知通於微者，其辭無不至。言理之辭，如火之明，上下無不灼然，而迹不可求也；言情之辭，如水之曲行旁至，灌渠入穴，遠來而不知所往也；言事之辭，如土之墳壤鹹瀉而無不可用。此其本也，蓋猶有末焉。其機如弓弩之張，在乎手而志則的也；其行如挈壺之遞下而微至也；其體如宗廟圭琮之不可雜置也，如毛髮肌膚骨肉之皆備而運於脈也，如觀於崇岡深巖進退俯仰而橫側喬墮無定也。如是，其可以爲能於文者乎？若其從入之途，則有要焉。曰：其氣澄而無滓也，積之則無滓而能厚也；其質整而無裂也，馴之則無裂而能變也。」見《與紉之論文書》「然必有性靈、有氣魄之人方能。語小則直湊單微，語大則推倒豪傑。本源穢者，文不能浄；本源粗者，文不能細；本源小者，文不能大也。」見《與來卿》

「治之之法，須平日窮理極精，臨文夷然而行，不責理而理附之；平日養氣極壯，臨文沛然而下，不襲氣而氣注之。則細入無倫，大含無際，波瀾氣格，無一處是古人，而皆古人至處矣！看文可助窮理之功，讀文可發養氣之功。看文，看其意，看其辭，看其法，看其勢，一一推測備細，不可辜負古人。讀文，則湛浸其中，日日讀之，久久則與爲一。然非無脱化也。歐公每作文，讀《日者傳》一過。歐文與《日者傳》，何啻千里？此得讀文三昧矣！今舉看文之法。譬如《史記·李將軍列傳》『匈奴驚，上山陳』，一『山』字便是極妙法門。何也？匈奴疑漢兵有伏，以岡谷隱蔽耳。若一望平原，則放騎追射矣，李將軍豈能百騎直前，且下馬解鞍哉？使班孟堅爲之，必先提清漢與匈奴相遇山下，亦文中能手。史公則於『匈奴驚』下銷納之，劍俠空空兒也！此小處看文法也。《史記·貨殖列傳》，千頭萬緒，忽叙忽議；讀者幾於入武帝建章宫、煬帝迷樓，然綱領不過『昔者』及『漢興』四字耳。是史公胸次，真如龍伯國人，可塊視三山，杯看五湖矣！此大處看文法也。其讀文之妙無可言，當自得之而已！」見《答來卿》「至於作文之事：曰典。典者所以尊古也。若單文無故實，則比於小學諸書，當時語據制詔及功令是也。曰自已出。毋勦意，毋勦辭是也。曰審勢。能審勢，故文無定形。古之作者，言無同聲，章無同格是也。曰不過乎物。不過乎物者，必稱其物也。言事，言理，言情皆以之。」見《初集序目》「作文之法，不過理實氣充。理實先須致知之功，氣充先須寡欲之功。致知非枝枝節節爲之，不過其心淵然於萬物之差別，一一不放過。故古人之文，無一意一字苟且也。寡欲非掃淨斬絶爲之，不過其心超然於萬事之攻取，一一不黏著。故古人之文，無一句一字塵俗也。其尺度，則《文心雕龍》、《史通》、《文章宗旨》等書，先涉獵數過，可以得型典焉。若其變化之妙，存乎一心而已！」見《答來卿》

其論古今文家利鈍，如論太史公曰：「敬十五六時，讀《史記》，以孟子、荀卿與諸子同傳，不得其說。問之舅氏清如先生。先生曰：『此法史家亡之久矣！太史公傳孟子，曰受業子思之門人，曰道既通，蓋太史公於孔子之後，推孟子一人而已！而世主卒不用。所用者，孫子、田忌，戰攻之徒耳！次則三騶子、淳于髡諸人，其術皆足以動世主，傳中所謂牛鼎之意也。而孟子獨陳先王之道，豈有幸耶？荀卿者，非孟子匹也，然以談儒、墨、道德廢，況孟子耶！蓋罪世主之辭。其行文如大海泛蕩，不出於厓；如龍登玄雲，遠視有悠然之迹而已。孟堅、蔚宗，不能至也。然世主所以不用孟子者，何也？陷於利也，而不知即所以亡。故以梁惠王言利發端，又引孔子罕言利以明孟子之所祖。是以荀卿形孟子，以諸子形孟子、荀卿，故題曰《孟子荀卿列傳》。若孟堅、蔚宗，當題「孟二騶〔一〕淳于列傳」矣！此《史記》所以可貴也。』後見敬讀《文選》，曰：『汝知縱橫之道乎！言相并，必有左右；意相附，必有陰陽；錯綜用之，即縱橫也。』敬思之竟日，仍於先生之言《史記》得之，於是讀天下之書皆釋然矣！」見《〈孟子荀卿列傳〉書後》又曰：「作史之法有二，太史公皆自發之。其一《留侯世家》曰：『所與上從容言天下事甚衆，非天下所以存亡，故不書。』此作本紀、世家、列傳法也；而表、書亦用之。其一《報任少卿書》曰：『究天人之際，通古今之變。』此作表、書法也；而本紀、世家、列傳亦用之。《史記》七十列傳，各發一義，皆有明於天人古今之數，而十類傳爲最著。蓋三代之後，仕者惟循吏、酷吏、佞倖三途，其餘心力異於人，不歸儒林，則歸游俠，歸貨殖，天下盡於此矣！其旁出者爲刺客，爲滑稽，爲日者，爲龜策，皆畸零之人。」見《讀〈貨殖列傳〉》

讀《論衡》曰：「吾友張皋文嘗薄《論衡》，詆爲鄙冗；其《問孔》諸篇，益無理致。然亦有不可没者！其氣平，其思通，其義時歸於反身。蓋子任稟質卑薄，卑薄故迂退，迂退故言煩而意近。其爲文以荀卿爲途軌，而無其才與學，所得遂止此！然視爲商、韓之説者有徑庭焉！卑薄則易近於道，高強則易入於術，斯亦兼人者所宜知也！」

論漢人文曰：「近有言漢人文多如經注，唐宋文乃漢之變體者，吾誰欺？欺天乎！漢人文如經注者，止經師自序之文。其它奏疏、上書、記事、言情之文具在，皆與唐宋之文出入者也。推而上之，聖人之六經，文之最初者矣！唐宋之大家，悉與相肖。《儀禮》之細謹，《考工記》之峭宕，其相肖者，如《畫記》、《説車》是也。若漢之經師，肖六經何體耶？且文固不論相肖也。」

論韓愈曰：「《平淮西碑》是摹《詩》、《書》二經，已爲人讀爛，不可學。《南海廟碑》是摹漢人文，亦不可學。如書字摹古之帖，若復摹之，乃奴婢中重臺也！《送李愿序》淺而近俗，《與于襄陽書》俳而近滯，《釋言》窠臼太甚，《上宰相書》亦有窠臼。其後兩篇，夭矯如龍矣！學韓文，先須分别其不可學者，乃最要也。此外可學者，大抵識高則筆力自達，力厚則詞采自腴。而其用意用法之巧，有不可勝求者，略舉數篇以爲體例。如《汴州水門記》，節度使是何官銜，隴西公是何人物！水門之事則甚小，若一鋪叙，不成語矣。故記止三行，詩中詳其事業，於水門止一兩語點過。此是小題不可大作也。有大題亦不可大作者，李習之《拜禹言》是也。禹之功德，從何處贊揚？故止以數言唱歎之。知此，雖著述汗牛充棟，豈有浮筆浪墨耶！如《殿中少監墓志》，竟用點染法。」見《與趙石農》

韓公何以有此筆墨？蓋因少監無事可書，北平王事業函蓋天地，若不叙北平王，於理不可。然輕叙則不稱北平王，重叙則少監一邊寥落，諠客奪主矣！是以并叙三代，均用喻言，使文體均稱，翻出異樣采繪，照耀耳目。且恐平叙三代，有涉形迹，是以將納交作連絡，存殁作波瀾，真鬼神於文者也！如《滕王閣記》，有王子安一篇在前，其文較之韓公，乃瑜珈僧之於法王，寇謙之、杜光庭等於仙伯，何足芥蔕！然工部所謂『當時體』也，其力亦足及遠，既有此文，不可不避；故韓公通篇從未至滕王閣用意，筆墨皆烟雲矣！如《貞曜先生》、《施先生墓志》，不列一事，以貞曜，詩人，施，經師，止此二意，便可推衍成絶世之文；若列一事，體便雜也。又如《曹成王碑》、《許國公碑》，盡列衆事，以二人均有大功於民生國計，其事皆不可削，須擇之，部署之，鋪排之，以成吾之文。若一虚摹，文與人與官皆不稱也！以上意法，引而伸之，可千可萬，可極無量！歐公蓋能得之而盡易其面貌，故差肩於韓公。若各大家、各名家均有所得，不如歐公所得之多也。儻不如此看，則歐公之文，與凡庸惡軟美之文何別哉！」見《答來卿》又曰：「余少讀韓退之《南山詩》及子厚《萬石亭記》、《小丘記》，喜其比形類情，卓詭排蕩。及長，始知其法自周秦以來體物者皆用之；非退之、子厚詩文之至者也！退之以重望自山陽改官京

曹，方有大行之志，故其詩恢悦；子厚負譽遠謫，故其文清瀏而迫隘。」見《〈沿霸山圖詩〉序》

其論明清人文曰：「文章之事，工部所謂天成。著力雕鐫，便覿面千里。儷體尚然，何況散行！然此事如禪宗箍桶脱落、布袋打失之後，信口接機，頭頭是道，無一滴水外散，乃爲天成。若未到此境界，一鬆口，便屬亂統矣。是以敬觀古今之文，越天成，越有法度。如《史記》，千古以爲疏闊；而柳子厚獨以潔評之。今讀伯夷、屈原等列傳，重疊拉雜，及删其一字一句，則其意不全；可見古人所得矣！至所謂疏古，乃通身枝葉扶疏，氣象渾雅，非不檢之謂也！敬於此事，如禪宗看話頭，參知識，蓋三十年。惜鈍根所得，不過如此！然於近世文人痛病，多能言之。其最粗者，如袁中郎等，乃卑薄派，聰明交游客能之；徐文長乃瑣異派，風狂才子能之；艾千子等乃描摹派，佔畢小儒能之。侯朝宗、魏叔子進乎此矣，然槍棓氣重；歸熙甫、汪苕文、方靈皋進乎此矣，然袍袖氣重。能捭脱此數家，則掉臂游行，另有蹊徑，亦不妨仍落此數家；不染習氣者，入習氣亦不染，即禪宗入魔法也。」見《與舒白香》又曰：「古文，文中之一體耳，而其體至正。不可餘，餘則支；不可盡，盡則敝；不可爲容，爲容則體下。方望溪曰：『古文雖小道，失其傳者七百年。』望溪之言若是！明之遵巖王愼中、震川歸有光，本朝之雪苑侯朝宗、勺庭魏禧、堯峰汪琬諸君子，皆不得與乎望溪之所許矣！蓋遵巖、震川，常有意爲古文者也。有意爲古文，而平生之才與學不能沛然於所爲之文之外，則將依附其體而爲之，則爲支、爲敝、爲體下，不招而至矣！是故遵巖之文贍，贍則用力必過，其失也少支而多敝；震川之文謹，謹則置辭必近，其失也少敝而多支。而爲容之失，二家緩急不同，同出於體下。集中之得者十有六七，失者十而三四焉；此望溪之所以不滿也。李安溪先生曰：『古文韓公之後，惟介甫得其法。』是説也，視望溪有加甚焉。敬當即安溪之意推之，蓋雪苑、勺庭之失，毗於遵巖，而鋭過之，其疾徵於三蘇氏；堯峰之失，毗於震川，而弱過之，其疾徵於歐陽文忠公。歐與蘇二家，所蓄有餘，故其疾難形。雪苑、勺庭、堯峰，所蓄不足，故其疾易見。然望溪之於古文，則又有未至者，是故旨近端而有時而歧，辭近醇而有時而窳。近日朱梅崖等於望溪有不足之辭，而梅崖所得，視望溪益庳隘。文人之見日勝一日，其力則日遜焉。敬生於下里，同州諸前達，多習校録，成考證專家。爲賦詠者，或率意自恣。而大江南北以文名天下者，幾於昌狂無理，排溺一世之人，其勢力至今未已。疑指袁枚言之。敬幸少樂疏曠，未嘗捉筆求若輩所謂文之工者而浸漬之，其道不親，其事不習，故心不爲所陷而漸有以知其非。後與同州張皋文、吳仲倫，桐城王悔生游，始知姚姬傳之學出於劉海峰，劉海峰之學出於方望溪。及求三人之文觀之，又未足以饜其心所欲云者，由是由本朝推之於明，推之於宋，推之於漢與秦，齗齗焉析其正變，區其長短；然後知望溪之所以不滿者。蓋自厚趨薄，自堅趨瑕，自大趨小。而其體之正，不特遵巖、震川以下未之有變，即海峰、姬傳亦非破壞典型、沉酣淫詖者，若是則所謂爲支、爲敝、爲體下者，皆其薄、其瑕、其小爲之。如能盡其才與學以從事焉，則支者如山之立，敝者如水之去腐，體下者如負青天之高，於是積之而爲厚焉，斂之而爲堅焉，充之而爲大焉。然所謂才與學者何哉？曾子固曰：『明必足以周萬事之理，道必足以適天下之用，智必足以通難知之意，文必足以發難顯之情。』如是而已。皋文最淵雅，中道而逝；仲倫才弱，悔生氣敗。」見《上曹麗笙侍郎書》又曰：「《海峰樓文集》，細檢量，論事論人未得其平，論理未得其正。大抵筆鋭於本師方望溪而疏樸不及，才則有餘於弟子姚姬傳矣。而或者以潔目之，鄙見太史公之潔，全在用意捭落千端萬緒，至字句不妨有可議者。今海峰字句極潔，而意不免蕪近，非真潔也。姬傳以才短不敢放言高論，海峰則無所不敢矣，懼其破道也。又好語科名得失，酒食徵逐，胸中得無滓穢太清耶！」見《與章澧南》又曰：「朱梅崖，始終學韓公者也。大抵韓公天資近聖賢豪傑，而爲文從諸經、諸子入，故用意深博，用筆奧衍精醇。梅崖止文人，而爲文又從韓公入，故詞甚古，意甚今，求鍊則傷格，求遒則傷調。自皇甫持正、李南紀、孫可之以後，學韓者皆犯之。然其法度之正，聲氣之雅，較之破度敗律以爲新奇者，已如負青天而下視矣！」見《答伊揚州書二》又謂：「南宋以後，束縛修飾。有死文，無生文；有卑文，無高文；有碎文，無整文；有小文，無大文。韓昌黎詩曰：『想當施手時，巨刃摩天揚。』南宋以後，止於水航之尺寸粗細用心，而不想施手時，故陵夷至此也。」見《上舉主陳笠帆先生書》獨盛自揚詡，以爲所作文，能生，能高，能整，能大。變化取子長，嚴整取孟堅。其孟堅以下，時參筆勢而已！

今觀其文，言厲氣雄，若肆意出之，而下筆特矜慎，與桐城姚鼐得法於劉大櫆同，而境詣不同。姚鼐如斂而促，意餘於辭而不欲盡。敬則特悍以肆，氣溢於篇而不敢盡。厥後曾國藩用揚雄、馬司馬相如以救姚鼐之希淡，而瑰麗間出，其蔽也雜；敬則學馬司馬遷、班固以異姚鼐之蕪近，而遒變時臻，其蔽也矜。其辭淨而無滓，斯敬之所以同於姚鼐，而與曾國藩爲異；其氣厲而爲雄，斯敬之所以異於姚鼐，而與曾國藩爲同。著有《大雲山房文稿初集》四卷，《二集》四卷，《補編》一卷，《言事》即尺牘二卷，而自爲《文稿通例》刊卷末，辨析義法，咸有援據。其治獄別有《子居決事》四卷。以嘉慶二十二年卒，年六十一歲。

錢基博曰：余讀陽湖陸繼輅《崇百藥齋文集》有《七家文鈔序》曰：「我朝自望溪方氏別裁諸僞體，一傳爲劉海峰，再傳爲姚惜抱。桐城一大縣耳，而有三君子接踵輝映其間，可謂盛矣！乾隆間，錢伯坰魯思親受業於海峰之門，時時誦其師説於其友惲子居、張皋文。二子者，始盡棄其考據駢儷之學，專志以治古文。蓋皋文研精經傳，其學從源而及流。子居泛濫百家之言，其學由博而反約。二子之致力不同，而其文之澂然而清、秩然而有序，則由望溪而上求之震川，又上而求之廬陵如一轍也！」於戲！敬之於桐城，若是班乎？是未可知也。桐城姚鼐自稱聞古文法於同鄉劉才甫先生，而陸氏則稱敬與張惠言之治古文，户牖開設自劉海峰。然就文章論之，惲、張二子於劉大櫆爲近，而姚鼐則相去不啻以千里。大櫆力摹昌黎，鼐則希蹤歐、歸。敬得大櫆之恣縱，惠言得大櫆之矜麗；而鼐則變以閒適。惲、張二子能取異己者之長而時濟之，鼐則避所短而不犯，而陸氏乃以一轍概之。其然，豈其然？余故著其離合異同之迹，以俟言文章流別者有所考焉。至敬之文，精察廉悍，肖其爲人。其紀畸人逸士，以微知著，常數語盡生平。持論有本末，言氣化、言仙釋，皆率臆而談，洞達真契，推勘物情，不事谿刻，而終莫能遁。然叙述膴仕富子，則支離掩沓；有所諍議，必揶揄顯要。性不欲有所後於人，而義味蓋闕，故於古先賢哲所不言，與言而不敢盡者，則莫不言之。又不耐受譏彈，負氣強辯，此不能無蔽也！其震讋一世以此，而不能無貽識者之譏亦以此！

（《江蘇教育》一九三五年第四卷第七期）

【校記】

〔一〕「二騶」，當作「三騶」，參見《初集》卷二《〈孟子荀卿列傳〉書後》校記。

案：錢基博《中國文學史》附録《讀清人集别録》有《大雲山房文稿》提要一篇，與此傳内容大體相同。傳文爲求通俗，引文皆不識出處，今據提要補識出處，以「見某篇」小字識於下。

子居明府

〔清〕錢泳

武進惲子居明府名敬，乾隆癸卯舉人。其先爲漢平通侯楊惲，因名爲氏。惲之子梁相遷毘陵，自漢至今，未嘗他徙。南田翁其族也。子居以官學教習出爲浙江富陽知縣。其爲官也，剛方正直，清廉自守，而訟斷如流，雖老吏莫能窺其奧，一時有神君之目。與同邑張皋(聞)〔文〕爲莫逆交，兩人俱以古文自命。而子居之文尤爲傑出，以韓、歐爲宗，以理氣爲主，如長江大河，浩乎其不可測也。丁艱，起服後歷官江西瑞金、新喻知縣，卒以剛方爲上官所忌，詿誤。後隨一僕遨游山水間，數年而卒。余嘗有書寄之云：昔司馬子長有言，如方枘欲納圜鑿，其能入乎？良可歎也！

（《履園叢話・耆舊》，清同治九年重修本）

送惲子居序

〔清〕張惠言

余少時嘗服馬少游言，求爲鄉里善人以没吾世。年二十七來京師，與子居交。觀其議論文章，礪切道德，乃始奮發自壯，知讀書，求成身及物之要。八年之間，共躓于舉場，更歷困苦。出頫仰塵俗，入則相對以悲，已相顧自喜益甚。凡余之友，未有如子居之深相知者。《詩》曰：「無言不讎。」子居之益余多矣。于其選而爲令，余可以無言？

始子居之語余也，曰：「當事事爲第一流。」余愧其言，然未嘗忘也。凡余之學，嘗求其上矣，自以爲不足，則姑就其次，故往往無成焉。夫爲令之道，六經孔孟之所述，子居向時之所道者，皆其上者也。以子居爲之，其不可以至耶？曰：「吾不爲彼之所爲者而已。」豈子居向時之所道耶？君子出其言，則思實其行；思其行，則務固其志。固志莫如持情，實行莫如取善。是乃子居之所以益余者也，子居勉之矣。

（《茗柯文編》初編，清光緒七年重刻本）

送惲子居序

〔清〕吴德旋

五十九年，惲子居以咸安宫教習期滿，謁選得浙江之富陽縣。余年十五六時識子居於家，及來都，與子居交益親。子居之友張皋文，予師友也。予之學爲古文，得子居、皋文兩人爲助。於子居之行，其能已於言邪？德旋聞之古之君子，其學也學其所行，其行也行其所學。唐宋人如韓退之、歐陽永叔、蘇子瞻、曾子固之徒，以古聖賢人爲師，其發於言，爲文章，美矣善矣，而施之政事，多可述者，不徒以言之已也。子夏曰：「仕而優則學，學而優則仕。」今子居之于學其果優乎否邪？若猶未優，則學固未可以已也。如曰：「吾已仕矣，學非吾事也。」則吾未敢信爲仕之獨優也。往年皋文作《吏難》四篇，言曲而中，極爲子居所賞。今其爲之也，于皋文之言者實能體而行之，吾見富陽之民之蒙其澤也。子居行矣，余何以告子居哉？曰：信以爲本，敏以出之，寬以居之，廉以守之。斯於仕與學也思過半矣。

（《初月樓文鈔》卷三，清道光三年康兆晉刻本）

與惲子居書

〔清〕吴德旋

子居先生足下：伏維比日政履綏和，侍奉堂上安吉，欣慰欣慰。

德旋自皋文南還後，益落寞無所向。近與族子子方同主西華門外李員外家，惟朝夕以誦讀爲事。時之人未有能知德旋者，德旋亦不願人知也。竊嘗以古之賢人雖交滿天下，其號爲知己者，不過數人。然得此數人者知之，愈於羣天下之人知之也。今使羣天下之人知有德旋，而足下及皋文者乃反鄙夷而不屑道，則雖羣天下之人知之，如未嘗有知之者也。今德旋幸爲足下及皋文所知矣，雖時之人未有能知德旋者，德旋固以爲愈於羣天下之人知之也。足下前在京時，以孟、韓之學爲己任。及今從政，務益推而大之，斯德旋之見知於足下其爲幸愈不淺。德旋雖不敢自謂於古有得，但心竊志之久矣。古之道，不譽人以求悦己，故敢進其説如此也，足下其亦詳察之。不宣。德旋頓首。

（《初月樓文鈔》卷二，清道光三年康兆晉刻本）

祭惲子居文

〔清〕姚文田

維年月日，具官姚文田謹遣使，以清酌庶羞致祭於前任江西瑞金縣知縣子居惲大兄之靈曰：

嗚呼！昔在甲子，予經豫章。見君館舍，拜君高堂。款洽終夕，紛羅酒漿。及君北來，予之大梁。蹤迹相避，遂如參商。越兹不見，十有四霜。何期一别，泉路悠長。君性狷急，行己以剛。下視世俗，塵垢秕糠。與物微忤，氣奮膽張。予每獻規，亦云孔臧。及其遇事，則又如忘。屢宰下邑，澤流惠滂。傲睨大吏，如其輩行。衆雖嫉之，謂爲吏良。鄙夫安能，卒用大傷。勇於爲文，軼宋睎唐。詆訶異趨，詞鋒莫當。科舉學行，古文久亡。沿波討源，爲世津梁。嗟予於學，早不自蘉。老而求助，非君誰望。乃不憖遺，哀哉彼蒼。思我親串，德如珪璋。惟惲與胡，情愛相方。胡君前逝，宿草墳荒。白髮慈親，支離在牀。今君復然，摧肝裂腸。懷舊臨風，流淚浪浪。南北各天，不能飛翔。緘詞寄哀，衹酹一觴。

（《邃雅堂集》，清道光元年江陰刻本）

二　著述考略

《惲氏家乘·先世著述考略》惲敬著述考

〔民國〕惲寶惠

惲　敬北分石橋杲公派（魁元公支）第六十五世

考公字子居，一字簡堂，學者稱子居先生，東麓公之九世孫也。中乾隆癸卯科本省鄉試舉人，充官學教習。在京師即與同邑張皋文惠言商榷經義古文，於諸友中尤所愛重。選授浙江富陽縣知縣，丁憂。服闋，改授江西新喻，調瑞金縣知縣，署吴城同知，被劾罷官。事詳吴仲倫所爲《行狀》，不具述。

皋文先生殁，公聞之慨然曰：「古文自元、明以來漸失其傳，吾向所以不多作古文者，有皋文在也。今皋文死，吾當并力爲之。」公嘗自言其學非漢非宋，不主故常。其説經之文能發前人所未發，治古文得力於韓非、李斯，與蘇明允相上下，近法家言。叙事似孟堅、承祚，而公自稱其文自子長而下無北面。當是時，舉世方宗桐城方、姚之文，而公及同里張皋文、陸祁孫繼輅、董晉卿士錫、李申耆兆洛諸先生講求經世致用之學，以發爲文章，世稱之曰陽湖派。陸祁孫所爲公《墓志》，稱其研精經訓，深求史傳興衰治亂得失之故，旁覽縱横、名、法、兵、農、陰陽家言，較其醇駁而折衷於儒術，將以博其識而昌其辭，至於可用而無弊。所著《大雲山房文集》，海内承學之士幾於家置一編，傳刻至再至三，誠可謂立言不朽者矣。兹將已見著録者分考其略如次。

《十二章圖説》邑志有著録（註存），刻入《咫進齋叢書》

考是書公自有序，略謂古者十二章之制，漢諸經師不親睹其制，多推測摹擬之辭。然搜遺祛妄，各有師承，考古者必以爲典要。至歷代《輿服志》具載不經之制，而冕弁服則兢兢然不忘乎古焉。某頗窺各家禮圖得失，今上采箋註，下揆史志，爲十二章，分圖若干，合圖若干，歷代圖若干，附其説於後云云。草稿藏歸安姚覲元處。光緒乙亥，理而出之，黯昧蝕損，莫可究詰。僅存分圖十二，又歷代圖三，而按之後説，均屬參差，未敢臆定何代。仍附説一卷刊行，寶此叢殘，不敢失墜，俟禮家之考訂云爾。以上見覲元跋語，原圖説則刊入姚氏《咫進齋叢書》。

《古今首服圖説》邑志有著録(註存)

考是書公有自序,略謂自漢以後喜趨於苟簡,三代首服之制以意增損之。增損既久,與古全乖。其燕閒所服,更無故實。牽彼就此,以古合今,故禮圖所繪不能無失。某考各家經注及史傳,參伍始終,錯綜正變,爲圖説若干卷,冠、纚、冒各從其類。若朝祭之用,則經史具有明文,考古者可自得之云云。按上列兩種圖説,公集中僅存序文,其原書則各種刻本皆所未見。惟《十二章圖説》尚爲姚氏刊行,此書恐未易尋覓矣。按吴仲倫撰公《行狀》,云《歷代衣冠圖説》未成。

《子居决事》四卷邑志有著録(註存)

考是書公有自序,略謂本朝法皆畫一,行臺省大吏權不敵漢郡守,州縣吏權不敵漢户賊曹,皆謹奉功令,無敢恣意者。某初領縣事,然褊中,遇事輒任氣擊斷之。昔友張皋文過縣,曰:「凡天下以易心言吏事者,與手殺人一間耳。」某聞此言,爲之愧汗。今年五十矣(按公卒於嘉慶丁丑,年六十一,則作此序之時當爲嘉慶丙寅,公在瑞金縣任),精力志意漸不如前,始患過者,今未必不患不及。天道之盛衰、人事之進退,不可不防其流失也。因類前後所决事爲若干卷,以自觀省焉。其目曰稟,以達上官；曰批，以受民辭也。此書早見著録，可以覘公之吏才，惜亦未有刻本。

《大雲山房文稿初集》四卷《二集》四卷《言事》二卷邑志有著録（註存）

考是書經公手自編次，前列《通例》，爲金石文字及編集者之法式。《初集》目録瑞金陳蓮青雲渠排次讎校，凡雜文一百六十篇，嘉慶十六年五月刻於京師琉璃廠，工冗雜，不應尺度，且未竟。九月，補刻并修治於常州小營前。二十年三月，武寧盧旬宣幼眉改定二十篇入《外集》，復刻於南昌甲戌坊。公自爲《序録》云，皆嘉慶建元以後論撰，以年次其目録，而各記明某年某月至某地得文若干首。《二集》目録凡雜文九十六篇，嘉慶二十年（護頁作二十一年）長洲宋揚光吉甫刻於廣州西湖街。二十一年，自贛往歙，武進董士錫晉卿復爲排次，增定十篇。公自爲《序録》，以年次其目，與《初集》同。今參校所見各本，互有同異，爰臚列如次（其《言事》二卷，則專見於蜀刻本，爲他本所無）。

一、《初集》四卷二册。嘉慶十六年九月補刻於常州小營前，是爲家刻最初本。後定本入《外集》各文均未删，篇目與以後各刻本異。

一、《初集》四卷《二集》四卷，共八册。《初集》嘉慶二十年盧旬宣刻於南昌，《二集》翌年宋揚光刻於南海。兩集合訂一部，卷首《通例》後增吴德旋《行狀》一篇。是刻删文二十篇入《外集》，但所謂《全集》者并無《外集》。

一、《初集》四卷《二集》四卷《補編》一卷《言事》二卷，共九册。公孫念孫（按公無子，以弟之子爲嗣；念孫字叔嗣，官四川候（補）鹽大使）於同治八年七月重刻於四川，是爲蜀刻本。跋云：「咸豐庚申，家藏原板燬於兵燹，今重刻於蜀。又行篋中攜有尺牘一卷，附置於後。」按：即《大雲山房言事》也。《補編》所刻，即南昌本所删文二十篇，惟其註佚者，核之實只兩篇。其《上秦小峴按察書》之一及《外舅高府君墓誌》則仍見於他刻本也。此本初、二集篇目與贛、粤本皆同，但多完顔崇實前序、顧復初後序各一篇。又《言事》二卷據《武陽志餘》稱附文稿以行，皆論學論理之書，涉民事者不存焉。雖尺牘，亦古文也。又此本第一册護頁「某年月重刻於蜀，板存山西館街口半濟堂側雷信述齋」。

一、《初集》四卷《二集》四卷，共八册。光緒十四年正月，公曾孫元復（時官於鄂）重刻於湖北。篇目排次與盧、宋合刊本同，惟《初（集）》四卷有圈點起訖及評語，而《二集》無之。《初集》卷三多補佚一篇。

一、《初集》四卷《二集》四卷，共八册。光緒十四年，湖北官書處刊印本。其板本與前完全相同，僅護頁「春正月」易「官書處」三字。

一、《初集》四卷《二集》四卷《補編》一卷《言事》二卷，共六册。商務印書館《四部叢（刊）》内影印蜀刻本。又中華書局印行《四部備要》排印本同。

一、《惲子居文鈔》四卷，共四册。宣統紀元上海國學扶輪社石印本。文僅四卷，篇目與以前各刻異，似係據一選鈔本付印。文皆斷句。

《大雲山房雜記》二卷刻入《咫進齋叢書》

考是書有同治十二年九月歸安姚覲元刻。《大雲山房雜記序》略謂先生所著《大雲山房文稿》初、二集（按姚序稱《二集》刻於廣州者後附《言事》一卷，但所見各本除蜀刻外皆未見），蓋不知幾經删定而後成書，而先生畢生精力亦萃於此矣。先世父比部公（按即姚晏，字聖常）爲先生女夫，藏手稿數十篇，某幼時常得見之，今都散佚。其存者《十二章圖説》二卷，圖已不全，及此《雜記》二卷而已。《雜記》不見於文集，或所手删，或成於刻集之後，均未可知，故刻之以質世之讀先生文者。

《大雲山房集外文》一卷 輯刊中

長汀江丈叔海瀚藏有公集外文十三篇舊鈔本，先府君借而鈔録，原有硃色圈點，亦爲手過，以付不肖。迨府君捐館後，惠曾照録校刻，板舊存都寓中，尚未付印。今遍閲各本目録，無一同者，擬與蜀刻《文稿補編》中之十八篇并成一卷，續爲付刊，名之曰《大雲山房集外文》，以補其闕，藉廣流傳。特先附識於此。

《蕪塘詞》見《武陽志餘》

《志餘》稱是編未刊入《大雲山房集》，今存者惟張氏《詞選》附録中《畫胡蝶》詞六闋而已。考毘陵詞家亦自成一派。張皋文先生著有《茗柯詞》一卷，其詞學專主意内言外，旨約辭深，由北宋諸家以上規南唐二主，淵源温、韋。一時如先子居公、劉申受、丁若士、陸祁孫、左仲甫、李申耆、周保緒諸老皆宗之，海内詞家至推爲毘陵詞派正宗。公所著《蕭塘詞》已無傳本，《詞選》雖僅存此六闋，亦可略窺公之詞學矣。

（《惲氏家乘》前編卷十八）

《桐城文學淵源考》惲敬條

〔民國〕劉聲木

惲敬，字子居，一字簡堂，武進人。乾隆癸卯舉人，官吴城同知。初聞古文義法，未及爲。後因張惠言早歿，遂并力以治古文。研精經訓，深求史傳，得力于韓非、李斯，近法家言。叙事似班孟堅、陳承祚，義法一本司馬子長。雖氣必雄厲，力必鼓努，思必精刻，然綜核廉悍，高簡有法。其鎔鍊淘洗之功用力甚久，用能澄然而清，秩然而有序，仍屬桐城家法。撰《大雲山房文稿》初集四卷、二集四卷、補編一卷、續編一卷，雜著□卷。《武進陽湖合志》、《富陽縣志》、《初月樓詩文鈔》、《萇楚齋書目》、《崇百藥齋集》、《藝舟雙楫》、《國朝先正事略》、《國朝文匯》、《碑傳集》、《皇朝經世文編》、《國朝耆獻類徵》、《皇朝續文獻通考》。

（《桐城文學淵源考》，民國十八年直介堂叢刻本）

《桐城文學撰述考》惲敬撰述考

〔民國〕劉聲木

《大雲山房言事》二卷

《大雲山房文稿補遺》一卷

《子居決事》四卷

《大雲山房文稿外集》

《兼塘詞》

《大雲山房雜記》二卷《咫進齋叢書》本

《十二章圖説》二卷《咫進齋叢書》本

《古今衣冠圖説》未成

《古兵器圖考》

《明儒學案條辨》

《五宗語録刪存》五集

《富陽縣志》□卷張惠言同修

(《桐城文學撰述考》，民國十八年直介堂叢刻本)

刻《大雲山房雜記》序

〔清〕姚覲元

簡堂先生文直溯子長，孟堅以下不屑道也。所著《大雲山房文稿》，《初集》四卷先刻于京師，補刻于常州，復刻于南昌。《二集》四卷刻于廣州，後附《言事》一卷，蓋不知幾經删定而後成書，而先生畢生精力亦萃於此矣。此外若《外集》，若詩詞，若《十二章圖説》、《古今首服圖説》、《子居决事》，皆存其序目於文集中，而其書世不數覯。先世父比部公爲先生女夫，藏先生手稿數十篇。覲元幼時常得見之，今都散佚。其存者《十二章圖説》二卷，圖已不全，及此《雜記》二卷而已。《雜記》不見於文集，或所手删，或成於刻集之後，均未可知。要亦文之畸零，於先生無足輕重者。雖然，世固謂睹一鱗而知龍，見一翼而知鳳，非龍之體具此一鱗，鳳之美萃此一翼，蓋即此一鱗、一翼，已非凡有鱗者之鱗與凡有翼者之翼所可及也。故刻之以質世之讀先生文者。同治十二年九月歸安姚覲元撰。

（見《大雲山房雜記》卷首，清光緒九年歸安姚氏刻《咫進齋叢書》本）

案：《大雲山房雜記》、《十二章圖説》皆刻入姚覲元《咫進齋叢書》。

《大雲山房雜記》提要（《筆記小説大觀》）

〔清〕惲敬撰。敬爲一代博洽工文之士，有《大雲山房文稿》行世。此記獨佚而不載，是否爲敬所手删，或成於刻集之後，無從臆揣矣。記雖寥寥二卷，而長於考據，精深明碻。如「税船之始」、「門神之始」、「禁博戲之始」、「倡優名班之始」，窮源遡委，具見根柢，非泛爲徵摭者比也。吉光片羽，彌足珍貴，是固不以多寡論也。

（《筆記小説大觀》第七册，上海進步書局印行，江蘇古籍刻印社重版）

惲子居《紅樓夢論文》

〔民國〕李葆恂

往在鄂省，聞陽湖惲伯初大令云，其曾祖子居先生有手寫《紅樓夢論文》一書，用黄、朱、墨、緑筆，仿震川評點《史記》之法，精工至極，兼有包慎伯諸老題跋，今在歸安姚方伯覲元家。大令擬刻以行世，乞方伯作序，未及爲而方伯卒，此書竟無下落。或云已爲其女公子抽看不全，真可惜已。否則定能風行海内，即有志古文詞者亦或有啓發處。子居爲文自云司馬子長以下無北面者，而於曹君小説傾倒如此，非真知文章甘苦者何能如是哉！

（《舊學盦筆記》，民國五年《義州李氏叢刻》本）

案：此篇據南師大古籍所編《江蘇藝文志·常州卷》檢得。其原文著録惲敬著作大抵本諸《惲氏家乘·先世著述考略》，故不俱録。

三　評論

吴德旋評（五篇）

書《大雲山房文稿》一

〔清〕吴德旋

吾觀竺乾氏之書，恣睢奡悍，無所顧畏，直而不撓，前而不却，文之傑然者也。惲子居得之以言儒言，而佐之以秦人之精刻，故雄悍舉無與比。然欲進而儕於詩書作者之列，則闕乎優柔澹邈温純之美，其高者乃幾及於鼂家令之爲焉。鼂家令以刻覈之資，治申、商之學，非必專意爲文也。子居專意爲文，而適焉鼂家令之似，則固其性之所近，而非盡由於學。非其性之所近而强學之，鮮有不敗矣。余謂漢人之文可師法者，無過劉子政。子政文端慤淵懿，足以徵君子之所養，學之雖不成，不失爲謹厚士，無險厲佻薄之習。其成者，在宋爲曾子固，在明爲歸熙甫，在我朝爲姚姬傳，皆絶異乎子居之爲之之人也，固異乎榮古虐今者之識歟！而其於退之亦游其藩而已，其窔奧則未之睹也。者也。其與子居爲孰勝乎？非蒙之所能定也。世有推高子居，謂其文直與韓退之并。

（《初月樓文鈔》卷一，清道光三年康兆晉刻本）

書《大雲山房文稿》二

〔清〕吴德旋

子居《與湯編修書》文甚工，論臯文語甚當。夫臯文，世所推奉而信其説之不謬者也。然臯文其始以漢人之學爲賢於宋，猶不免於隨時俗之好以就名。後既遷而爲濂、洛、關、閩之説，則爲時無幾，而其説之存於著述者不少概見。嗚呼，天不欲使斯道大章顯於世耶？胡奪斯人之酷也！然而世之溺於功利辭章之習久矣，臯文即幸而獲永其年，大聲疾呼以震發一時之聾聵，人之羣焉推奉而信其説之不謬者，未必如其始之爲漢學時。子居之論臯文當矣。而子居好己勝而自多其能，其才愈高而言乎質之近道，則臯文爲愈於子居。臯文之稱子居也，曰「亦狂亦狷，亦隘亦不恭」。狂者進取，狷者有所不爲，子居信皆有之。其狷而至於矜也，似隘；其狂而入於肆也，似不恭。夫隘與不恭，非夷、惠之病，學夷、惠者之病也。子居兩似之而自喜益甚，故卒遠於中行。雖然，以子居之才而循循乎先聖賢之規矩繩墨，則横渠、康節之儔也，豈直爲文士已哉？

（《初月樓文鈔》卷一，清道光三年康兆晉刻本）

與程子香論《大雲山房文稿》書

〔清〕吴德旋

前往惲子居《大雲山房文稿》，頗悉心究其利病否？子居文有得於「遷、固之雄剛」，然頗似法家言，少儒者氣象。《上秦小峴按察書》乃絶似《戰國策》，唐以後如此等文甚少也。其言云「仲倫之於道也儉」，此語誠中吾病；其言「仲倫達心而懦」，此非知予者。予性實剛介，特不喜與人競是非耳，豈遂懦哉？其論王惕甫謂「惕甫强有力而自恃」，又云「惕甫之於道也越」。此二語恐子居亦所不免，惕甫或較甚耳。古之學者，厚於責己而恕以待人，故其氣和，其詞婉。自明以來，文士不知此義，而好貶人以自高，故其矜情勝氣時時流露於楮墨間，去「孟、韓温醇」之境遠矣。或謂子居文似毛西河，予以爲西河冗雜，子居高簡有法，相懸不可以階級計，但詞氣特相近耳。然使子居和其氣，婉其詞，其文未必能若是之雄且傑也。使子居能和其氣，婉其詞，而其文仍若是之雄且傑，不且將差肩於子長、退之，而陵轢孟堅、子厚矣乎？ 然今子居之所就，固已在持正、可之上，而方之明允、介甫，猶爲未足焉。 吾之文，位置當在震川、望溪間，固子居之所甚不滿者。 而子居之文，予亦以意量其高下如此。 此千古之事，豈一人之私能軒之而輕之哉？ 大弟究心斯事久矣，其以予之言爲何如也？ 不宣。

（《初月樓文鈔》卷二，清道光三年康兆晉刻本）

與王守静論《大雲山房文稿》書

〔清〕吴德旋

子香歸，得手書二，藉悉近狀，甚慰遠懷。《與子香論〈大雲山房文稿〉書》，因子香之問而及之耳，不欲傳聞於人也。 子香與足下觀之，過矣。 足下欲書此文而藏之，抑又過矣。 無已則請得與足下申論之。

僕於文所見與子居異。 子居爲文氣必雄厲，力必鼓努，思必精刻。 而僕所深好者，柔澹之思、蕭疏之氣、清婉之韻、高山流水之音。 此數者皆子居所少。 然子居文固遠出雪苑、勺庭諸公上。 其字句皆經鎔鍊淘洗，誠爲得力於周秦諸子之書，非苟作者。 然亦但可謂之文而已，若謂道即因之而見，恐矜氣太甚，未爲得中道也。 至其論文之語，則僕往往求其解而不可得。子居以爲古文其體至正，此語恐非是。經、史、子皆文也，安得別有所謂古文體乎？唐宋人文集中亦有言古文者，對當時場屋中取士之文言之，非別立一體，以爲古文之式也。其言「不可盡」、「不可餘」，吾不知其所謂盡，以何人之文之體較之而謂之盡；其所謂餘，以何人之文之體較之而謂之餘也。子居述安溪先生言謂「古文韓公後介甫得其法」，而子居推其意言之，則自歐陽文忠公而下均有貶詞，似古文之體當以韓公爲正矣。而子居又嘗以爲文必宗經，唐宋人作贈序，是謂不經。贈序韓公之作最佳，而子居一筆抹倒，則又似不以韓公爲正。究不知其所謂盡，以何人之文之體較之而謂之盡；其所謂餘，以何人之文之體較之而謂之餘也。夫經、史、子皆文，文固不始於韓公。僕竊以爲有文字來，當以虞夏之書爲文祖。虞夏之書簡而易明，殷《盤》、周《誥》何其爲之難也，言之又何其曉曉也。殷周人已不能得虞夏人作文之法，而況於戰國之世，道術分裂，諸子百家之紛紜雜出者乎？而又況乎唐、宋、元、明諸人之各名一家者乎？欲以一律繩之，難矣。子居之論震川也，謂震川之文謹，謹則置詞必近，以是爲震川之失。夫謹莫謹於《春秋》，《春秋》將有失耶？置詞之近，莫近於《論語》，《論語》將有失耶？以震川之文較之聖人之爲言，其淺深、大小、高下誠不可以同日語。然其所以不可同日語者，當別自有在，而非謹之失與置詞之近之失也。故僕又以爲下六經之文一等者，司馬子長之《史記》是也。《史記》文無美不具，自茲已降，即不能無少欠缺。以此人之所有傲彼人之所無，無不可者。子居以其雄厲之氣、鼓努之力、精刻之思，傲廬陵、震川諸君子，諸君子必俯首而願爲之屈；而諸君子以其柔澹之思、蕭疏之氣、清婉之韻、高山流水之音傲子居之所短，子居能無避席乎？僕於古人之文好而學之二十餘年矣，近以饘粥不繼，方汲汲治生，此事蓋已廢棄，非欲與子居競名者。然僕於文自有見處，不能於子居之所是者而即是之，所非者而即非之也。子居高才盛志，幾欲掩迹韓、柳。僕之荒言，固知必爲有識者所訶。足下其藏之篋中，勿以宣示於人，幸甚幸甚。德旋頓首。

（《初月樓文鈔》卷二，清道光三年康兆晉刻本）

《初月樓古文緒論》評惲子居語

〔清〕吴德旋

惲子居文多縱横氣，又多徑直説下處，不善學之，便易矜心作意而氣不和。其續集氣息較好，筆力又不逮前集矣。惟作銘詞古質不可及。文章説理不盡醇，故易見鋒鍔。

子居自命似欲獨開生面，然老泉已有此種，不可謂遂能出八家範圍也，但不可謂其學老泉耳。老泉文變化離合處，非子居所能。

（《初月樓古文緒論》，《別下齋叢書》本，民國十二年上海商務印書館影印清海昌蔣氏刻本）

包世臣評（一篇）

讀《大雲山房文集》

〔清〕包世臣

右《初集》、《二集》共八册，故友陽湖惲敬子居之所作也。子居文精察廉悍如其爲人，其紀畸人逸士，以微知著，常數語盡生平。持論有本末，言氣化、言仙釋，皆率臆而談，洞達真契，推勘物情，不事谿刻而終莫能遁，近世言文未有能先子居者也。然叙述膴仕富子，則支離拖沓，有所諍議，必揶揄顯要，即誚訕守土長吏，率多府罪于下，是其不能無蔽也。子居性不欲有所後於人，而義味蓋闕，故於古先賢哲所不言，與言而不敢盡者，則莫不言之。又不耐受譏彈，流輩固無以加子居震讋氣矜，罕能以所欲言進及進而得盡者。子居之文必傳於後世，然其必以是數者致累亦無疑也。然古文自南宋以來，皆爲以時文之法，繁蕪無骨勢。茅坤、歸有光之徒程其格式，而方苞系之，自謂真古矣，乃與時文彌近。子居當歸、方邪許之時，矯然有以自植，固豪傑之士哉！其兩集目録，述古人淵源所自當已，然與人論文書十數首，仍歸、方之膚説。將毋所與接者，庸凡不足發其深言耶？抑能行者，固未必能言也？予將訪哲弟敷子寬於海寧，子寬心成之士，能言其兄文所至者也，故書以詢之。

（《小倦遊閣集》卷十四，清包氏小倦遊閣鈔本）

李元度評（一篇）

書《大雲山房集》後

〔清〕李元度

子居治古文，從周秦諸子入，尤得力於韓非、李斯、鼂錯，近法家言。敘事近班孟堅、陳承祚，深於《史記》，能得其法外之意。本朝文家，於太史公書得其深者，推魏叔子、方望溪及先生。先生謂自子長而下無北面者，其篤自信如此。集中無詩文集及贈送序，雖以韓、歐所嘗爲者，皆堅謝弗爲，自謂義例固於金湯。其論文曰典，曰自己出，曰審勢，曰不過乎物，皆不愧古之立言者。惜其好牽引釋氏書，援儒入墨，推波助瀾，如《金剛經》、《楞伽經》、《楞伽經》續、《維摩經》、《壇經》書後，《五宗語録删存序》、《光孝寺碑銘》等篇，皆不應入正集。張南山嘗欲盡芟之，爲别刊一本，真知言也。古今文章家，惟韓、歐二公及望溪集不闌入二氏一語，此所以爲正宗歟！子居斷斷辨晰，其蔽乃若此，殆賢智之過，而結習未能忘也。

（《天岳山館文鈔》卷三十，清光緒六年爽谿精舍刻本）

陸繼輅評（三篇）

〔清〕陸繼輅

封贈應書某階某官

《大雲山房文稿通例》極精核，惟云子孫封贈止應書階非是。謹按制誥，兹以覃恩封贈爾爲某大夫某官，是明以子孫之官官之也。若止書階，則編修、知縣、教授并文林郎，講讀學士、祭酒、知府并朝議大夫既無所分别，而京朝官加級請封，益不知用何官得封矣。（《合肥學舍札記》卷六）

有心相難

〔清〕陸繼輅

惲子居敬論震川之文謹，謹則置辭必近。其言甚當。吴仲倫德旋非之，謂謹莫謹於《春秋》，近莫近於《論語》，斯言過矣！今人有失之隘者，仲倫將曰莫隘於伯夷邪？有失之不恭者，仲倫將曰莫不恭於柳下惠邪？震川之謹，非《春秋》之所謂謹；震川之近，非《論語》之所謂近也。故知此文乃有心相難之作，未足以服子居之心也。（《合肥學舍札記》卷一）

三國正統

〔清〕陸繼輅

友惲子居云：《三國志》以評易贊，何也？吴、魏君臣皆亂世之雄，從而贊之，是長亂也。惟蜀君臣宜有贊，故於其終全録楊戲之文。壽之奪魏、吴而與蜀如此，可謂微而顯矣。其識益精。……（《合肥學舍札記》卷十一）

龔自珍評（一篇）

識某大令集尾

〔清〕龔自珍

某大令，我不暇與之言佛儒之異同矣。言大令，大令爲儒，非能躬行實踐、平易質直也。以文章議論籠罩從游士，士懾然。聰明旁溢，姑讀佛書，以炫博覽。於是假三藏之汪洋恣肆以沛其文章，文章益自憙。此其弟一重心。然而漸聞佛氏之精微似不盡乎此，恧焉，怯焉，退焉，阻焉，悔焉。此其弟二重心。名漸成，齒漸高，從游之士之貌而言儒與貌而言佛者益附之矣。則益傲慢告人曰：佛未可厚非。若以佛氏蒙其鑒賞者然，若以其讚佛爲佛教增重者然。此其弟三重心。有聊竊其旁文剩義以詁儒書，頗有合者。於是謗儒之平易質直、躬行實踐者曰：聰明莫我及。又深没其語言文字，諱其所自出，以求他年孔廡之特豚。此其弟四重心。如之何而可以諱之也，莫如反攻之，乃猖狂而謗佛。其謗佛也，無以自解其讀佛也，於是效宋明諸儒之言曰：不入虎穴，焉得虎子。我昔者讀佛，正爲今者之闢佛。於是并其少年之初心而自誣自謗。此其弟五重心。見儒之魁碩而尊嚴者，則憚而謝之曰：我之始大不正，不敢卒諱。與前説又岐異，所遇强弱異，故卑亢異。然而又謗儒書，所謗何等也？孔子、孟子之言窮理盡性以至於命之事，《易》、《詩》、《書》、《中庸》之精微，凡與佛似則謗之曰：儒之言絶不近佛，儒自儒，佛自佛。如此立言，庶幾深没其迹矣。此其弟六重心。儒之平易者受謗，儒之精微者又受謗，讀儒謗儒，讀佛謗佛，兩不見收，覆載無可容。其軍敗，其居失，其口呷嗄，其神沮喪，其名不立，其踝旁皇，如嬰兒之號於路，丐夫之僵於野。老矣理故業，仍以文章家自遁。遁之何如？東雲一鱗焉，西雲一爪焉，使後世求之而皆在或皆不在。此其弟七重心。或告之曰：文章雖小道，達可矣，立其誠可矣。又告之曰：孔子之聽訟，無情者不得盡其辭。今子之情何如？又不應，乃言曰：我優也，言無郵。竟效優施之言，以迄於今死。

（《定盦續集》卷三，清同治七年吴煦刻本）

案：民國世界書局鉛印本《龔定盦全集類編》此篇文末有龔橙注：「大令爲憚敬，陽湖人。以文鳴一時。文筆非無取，唯好名無信根，甘爲佛法外道，故大人書以示戒。橙記。」

李慈銘評（四條）

〔清〕李慈銘

擁衾閲惲子居敬《大雲山房集》。子居與文僖爲婚姻，其學亦出入漢、宋，而雜于佛氏。喜爲高古簡奥之文，頗盛自標置，詆訾明以後諸家，無一當意。其文其學，殆與姚姬傳并時驂靳，而碑誌諸作，峭潔精嚴，自成一子，乃遠非姬傳所及。其《大庾戴文端碑文》，尤極用意，固近世之奇作也。

同治癸亥十一月初六日

跋《大雲山房集》一通。略謂其文從子家入，由史家出，故簡潔峭深，其學本于法家，故其言峻刻寡情，然嘉慶以來，無其敵也。

十二月初五日

感涼小病，卧閲《大雲山房集》。大雲文自足傳，惜其標置過高，好自爲例，乃時失之紛雜，此包慎伯所以病其破碎也。又喜説經，而議論無根據，令人有蛇足之歎。

同治丁卯八月十九日

閲惲子居《大雲山房集》。其《潮州韓文公廟碑》、《廣州光孝寺碑》，皆稱奇作，而議論皆有過當處。

光緒丁亥十二月十二日

（《越縵堂讀書記》，中華書局一九六三年版）

《國朝詩人徵略》所輯有關評論

〔清〕張維屏輯

古文體例，有有定者，有無定者，然必先明於有定，而後可以言無定。明以來金石之文往往不考古法，漫無矩度，是體例不可不講也。如潘氏昂霄之《金石例》、王氏行之《墓銘舉例》、黄氏宗羲之《金石要例》，皆援據賅洽，辨論精詳，治古文者所當考究。至惲子居自爲文集通例，不過一家之言，然亦足見其矜慎不苟，且條列簡明，亦足爲初學

治古文者之一助也。（《聽松廬文鈔》）

國朝古文，論者多推望溪方氏苞，前乎方氏者，有侯方域、魏禧、汪琬、姜宸英、朱彝尊、邵長蘅諸家，後乎方氏者，有劉大櫆、袁枚、朱仕琇、魯九皋、彭紹升、姚鼐諸家，而數十年以來，則袁、姚兩家爲尤著。子才之文爽健近於肆矣，然未足以言古人之肆也，且好爲可喜可愕以動人目，其流弊將入於小説家；姬傳之文謹嚴近於醇矣，然未足以言古人之醇也，且拘守繩尺不敢馳騁，其流弊將如病弱之夫，懨懨不振。故就諸家而論，愚以爲文氣之奇推魏叔子，文體之正推方望溪，而介乎奇正之間則惲子居也。諸家爲古文，多從唐宋八家入，唯魏叔子、惲子居從周秦諸子入，而皆得力於《史記》。夫善學古人者，非徒學其形貌，貴得其神氣也；非徒學其文中之辭，貴得其文外之意也。叔子、子居之文於《史記》未嘗貌似，而吾謂其善學《史記》者，謂其得《史記》言外之神、法外之意也。然世人貴遠而賤近，推魏叔子或以爲偏嗜矣，至推惲子居或且以爲阿好矣。雖然，文章公器，願與知言者共審之。（《聽松廬文鈔》）

嘉慶乙亥六月，常州惲子居敬初至廣州。一日，葛衣葵扇訪余於城西，一見如舊相識。次年春，子居即度嶺北旋，其寓羊城僅數月。時余館西關外，相隔重城，亦未能數數把晤也。一日，謂余曰：「吾將爲文贈君，以誌永好。」余曰：「微先生言，屏亦願有請也。先大母苦節數十年，既蒙朝廷旌，屏欲得賢而工文者爲文，表諸墓，以示後嗣，敢以爲請。」子居曰：「敬諾不敢辭。」越日，屏具衣冠，奉行狀詣寓齋，再拜子居，於是爲撰《黄太孺人墓表》，今載集中。

又一日，過余談至日暮，留宿齋中，固索余古文稿觀之，辱承獎許，且勸并力爲之。將行，執余手曰：「子，嶺外柳仲塗也，他日文集編成，作序者其惲子居乎？」孰意別後曾不二年，遽聞微疾辭世。古文一道失此良友，每一念及，輒令人意沮心孤，不禁太息歔欷而不能自已也。至《柳仲塗集》雖曾瀏覽，實非所好，且生平性情亦與之不類，不知子居曷爲舉以相况？惜當時匆匆握別，不暇詳矣。（《聽松廬文鈔》）

一日，與子居飲，酒酣，余曰：「子之文必傳於後世無疑，唯集中有牽引釋氏之言，此種最爲可厭。余他日爲子別刊一本，當盡删之。」子居曰：「《佛遺教經》云：『若有人來節節支解，當自攝心，無令嗔恨。』支解且不恨，况删文字耶？」余曰：「子欲以酒解酒耶！」相與大笑。（《松軒隨筆》）

朝鮮金正喜評（一篇）

上權彝齋（敦仁）

朝鮮　金正喜

《大雲稿》收在籤厨云。曾一寓目，可稱歐、曾正派，近來巨擘。議論稍涉縱横，或似坡公規制。大有嚴整，無愧介甫，無一放倒罅漏，直欲上掩方、劉，未可以突過。特其魄力稍大，至於姬傳之澹雅處，終遜一籌。如袁子才、王念豐諸人，當辟易矣。其人品極高伉，擇言而發，必當徵信於後人。碑志有可讀者，無諛辭，東人眼境所不能及。如東人之飣餖湊砌，乳語屁説，無所一遺者，可以此卞之耳。初、二集外，又有外集。厨收中若具存，可暫抽示？伏望又或近出文字之可觀者，并有以獲睹，幸甚。

（《阮堂全集·阮堂尺牘》，果堂文化社影印本）

四　提要序跋

《四部備要書目提要》惲敬集提要

《大雲山房全集》十一卷

著者小傳

惲敬，清陽湖人，字子居，號簡堂，乾隆舉人，歷知富陽、江山二縣，遷江西吴城同知，以事去官。爲人負氣，矜尚名節，所至以振興文學爲務。自言其學非漢非宋，不主故常。治古文得力於韓非、李斯，與蘇明允相上下，近法家言，世稱陽湖派。有《大雲山房文集》。

本書略述

《大雲山房初集》四卷，《二集》四卷，《言事》二卷，《補編》一卷，清惲敬撰。

惲氏古文，世稱爲陽湖派之祖。吴德旋撰惲氏行狀，稱先生之治古文得力於韓非、李斯，與蘇明允相上下，近法家言，叙事似班孟堅、陳承祚。而先生自稱其文自司馬子長而外無北面。其《上曹儷笙侍郎書》有與同州張臯文、吴仲倫，桐城王悔生遊，始知姚姬傳之學出於劉海峰，劉海峰之學出於方望溪，及求三人之文觀之，又未足以饜其心之所欲，乃由本朝推之於明，推之於宋、唐，推之於漢與秦，齗齗焉析其正變，區其長短等語。是知惲氏陽湖之學，其根本實出於桐城，并無與桐城派有角立門户之見也。

李氏慈銘謂惲氏之學出入漢、宋而雜於佛氏，善爲高古簡奥之文，頗盛自標置，詆訾明以後諸家無一當意，其文其學殆與姚姬傳并時驂靳，而碑誌諸作峭潔精嚴自成一子，乃遠非姬傳所及。所作《大庾戴文端碑文》尤極用意，固近世奇作等語。李氏讀書獨具特識，其言自當不誣。至與惲氏同時，亦以陽湖派卓然成家者，尚有張氏惠言。

（《四部備要》）

《清人文集别録》惲敬集提要

張舜徽

《大雲山房文稿初集》四卷《二集》四卷《言事》二卷《補編》一卷 同治八年刻本

陽湖惲敬撰。敬字子居，乾隆四十八年舉人。以教習官京師。期滿，以知縣用。歷官富陽、平陰、新喻、瑞金等縣。嘉慶二十二年卒，年六十一。吴德旋稱其爲人負氣，矜尚名節，所至輒與上官忤。上官以其才高，每優容之，而忌者或銜之次骨。卒爲人誣告家人得贓失察，被劾黜官。（見吴氏所撰《行狀》，載《初月樓文鈔》卷八）又稱其文有得於遷、固之雄剛，然頗似法家言，少儒者氣象。（見《初月樓文鈔》卷二《與程子香論〈大雲山房文稿〉書》）包世臣亦稱其文精察廉悍，如其爲人。（見《藝舟雙楫·論文三·讀〈大雲山房文集〉》）今觀是集卷首有通例及叙録，高自標置，悍然自擬于子史，其自待已不淺。究其所至，大抵以碑誌之作爲最佳，簡潔謹嚴，頗具史法，遠非并世文家所能逮。説經非其所長，好逞己見而無義據。蓋有見於當時以説經爲尚，故亦數數爲之，因置之集中以自重耳。其實敬文辭足以自立，不説經何害？殆亦囿于風氣，猶未能免俗也。敬始在京師，獲交張惠言、吴德旋、王灼，以學問文章相切磋。知姚鼐之學出于劉大櫆，大櫆之學出于方苞，因求得三家文讀之，未足以饜其心，由是推之于明，推之于宋、唐，推之于漢與秦，而後有所得。《文稿初集》卷三《上曹儷笙侍郎書》，既已自道之矣。可知其從事之始，固自桐城三家之文入門也。其文之足以自立者，在其入而能出，不爲桐城義法所囿耳。後之論清世文派者，必立桐城、陽湖二目，一似壁壘嚴峻，有可分而不可合之勢，豈其然乎！

（《清人文集别録》卷十，中華書局一九六三年版）

同治二年本惲世臨重刻附記

先伯父簡堂先生所著《大雲山房文稿》，《初集》、《二集》共八卷，外附《言事》二卷。嘉慶丙子歲刻於南海西湖街，版藏故望，越咸豐庚申，燬於兵火。世臨大懼先伯父著述泯没不傳也，爰議鳩工重鋟，越五月工竣。始終董其事者，劉刺史如玉力也。同治二年

秋九月從子世臨謹識於楚南節署。（同治二年本書末）

同治八年本惲念孫重刻附記

先祖《大雲山房古文》兩集共八卷。咸豐庚申歲，家藏原板燬於兵燹。今念孫重刻於蜀，又行笥中携有尺牘一卷，附置於後。其通例向刻卷末，今列於卷首，以便省覽。同治八年秋七月，孫念孫謹記。（同治八年本書末）

同治八年重刻本完顔崇實序

陽湖惲子居先生以高才博學，洞悉古文原流支派，生平嘗挾其能以號召學者，學者亦推尊之。顧但聞其倡而已，未聞有和者也。以是鬱鬱天壤間，窮老以終。然而積今數十年，世之言古文者以先生爲一大宗，身後之推崇過於生前，則豈非以其精神之所寄不可得而澌滅邪？先生讀書雜，出入於諸子百家，傍及道藏禪乘，無不畢究，而一以孔孟之理爲歸宿。其爲文不專一體，自唐宋以來迄於本朝各家，無不瀏覽，而一以《史》、《漢》爲標準。其包羅甚宏富，其考核甚精要，其議論諸家得失甚切當。而其自爲文，則意量甚闊大，理解甚超遠，體例甚嚴謹，堅卓而不可越。蓋其於古文，譬如身居九天之上，下視人世，妍媸美惡，燭照無遺。屈子云：「攬冀州兮有餘，横四海兮焉窮。」先生殆有焉。而當時學者，其才識或不逮先生，又習聞先生緒論引繩批根、洞筋擢骨，則又無不咢眙逡巡，窮於攀躋，無門可入，宜乎其有倡而無和也。

數十年以來，世之言古文者大抵皆師桐城，謂爲正宗。其爲古文者，無論某甲某乙，開卷數行，無不可知爲桐城私淑，若和鼓然，同然一音，是亦可云盛矣。然而文質不相襲，狂狷不同科，率天下之人羣然一其耳目、同其軌轍，墨守之過，殆無心得。余嘗謂：爲桐城之文，可以守經而不騖於歧；爲先生之文，可以達變而不詭於正。凡學，積久必變，惟古文亦然。然則先生之文之著於今兹，殆亦理數之自然。且亦見力學之士苟能自立，雖當時無公卿之揄揚、交游之推助，而精氣所鬱，積久益彰。彼依附門户以取聲譽者，其中之所存固已薄矣。

余家與惲氏爲中表，今先生之嗣孫念孫將刻先生《大雲山房集》，以應世之求者，爰序而論之，與學者折衷焉。

同治八年己巳七月完顔崇實序。（同治八年本卷首）

同治八年本王秉恩跋

同治丙、丁間，余應社課賦，爲陽湖湯秋史師成彦拔置首選，因往贄請業，先生授以此集暨孫、洪諸公纂箸，余始知常州學。此集爲先生朱墨平點，叚讀照録，常庋篋衍有年。辛亥避地滬瀆，得湘刻本，中多名人校讐，爲武進劉洵之遵燮，烏程汪謝城曰楨，吴縣葉調生廷琯，雷甘（亭）〔谿〕浚，元和馮林一桂芬，長洲潘麟生鍾瑞，德清俞蔭甫樾所校，互有得失同異，因迻録此本。先生文集原刻外有贛本、湘本、粤本，余此本爲川刻完顔文勤公崇實有序，較諸本譌誤差少，復得諸公勘定，尤臻美備。湯先生平點，蓋不匱云。華陽後學王秉恩識。（上圖藏王秉恩批點本《大雲山房文稿》）

川田剛《大雲山房文鈔》序

大儒之文，以學殖勝；文人之文，以才情勝。譬之水，學殖淵源也，才情波瀾也。苟無淵源，行潦爾，溝渠爾。則文人之文，雖曰以才情勝，亦且不可無學殖。而世或忘本務末，雕蟲篆刻，欲以比肩於古作者之流，惑矣。惲子居《大雲山房集》，文人之文也，以才情勝者也。今鈔而刻之，豈不幾乎淈其泥而揚其波耶？

且士不學則已，苟學焉，孰不欲爲大儒。姑就清人論之，道學如陸氏、湯氏，辨博如毛氏，考據如顧氏、閻氏、胡、惠、段、錢諸氏，流派雖不同，皆所謂大儒，其文莫不可觀。乃是之不講，而從事於此，何哉？蓋陟遠自邇，欲探其源，先問其委。今夫康熙以還，號稱文人者，侯、方、汪、朱、袁爲巨擘，而邵青門、王畛石、黄石牧、劉海峰、姚惜抱輩次之。子居特在伯仲之間，未能駕而上焉。然今讀其文，藻思泉湧，波瀾老成。以發性理之藴者有之，資見聞之博者有之，辨經義史傳之是非者有之。夫文人之文，非第一流者，亦能藉學殖以助才情如此，況侯、方、汪、朱、袁乎？又況陸、湯、毛、顧、閻、胡、惠、段、錢諸氏乎？

然則斯書行於世，覽者飜然，以悟夫本末源委之所在，而問津於大儒之域者，或從此始。嗚呼，滄海橫流，迴狂瀾於既倒者誰也？余援筆以三歎云。甕江川田剛撰。

右余二十年前舊稿，亡友鈴木君搜之簏底，以弁此卷，使人慚汗沾背。蓋惲氏之文，氣格高古，以精錬勝，乃專稱其才情，殊覺失當。然仍舊不改，亦記昨非之感耳。戊寅三月，剛又識。（日本藏鈴木魯編《大雲山房文鈔》）

鈴木魯《大雲山房文鈔》序

清惲子居《大雲山房文》，前後二集如干卷，舶載在我者極少。曩年亡友矢島立軒偶購獲一本，同予讀之。其《遊廬山記》云：「頃之，香爐峯下白雲一縷起，遂團團相銜出。復頃之，遍山皆團團然。復頃之，則相與爲一，山之腰皆弇之。」予乃率然下評語曰：「廬山之雲，可以喻子居之文矣。」夫清初之文，才力橫溢如勺庭、雪苑、堯峰無論已。其後諸子群起角逐，各争其長，而子居則以奇變勝。子居學問浩博，兼攻百家，故經説及《三代因革》諸論自儒家入，而其他有如自道家入者，有如自詩賦家入者，有如自雜家、小説家入者，奇變出没，不執一體以言之。廬山之雲，其似子居之文耶？抑子居之文有所得於廬山之雲也。於是相共抵掌論談者數刻。嗣後予就仕途，風塵奔走，不從事鉛槧者數年于此矣。頃者罷官杜門，乃寄書立軒弟某，千里借覽，始得盡讀全集。因手録其尤者四十餘篇，以付剞劂氏，題曰《大雲山房文鈔》。嗚乎，立軒逝矣，欲尊酒從容重論子居之文而不可得，是爲憾耳。抑一惲氏也，而南田之畫世莫不知焉，子居之文則或有未知之者。今公諸世，以頒同好之士，蓋亦立軒之意也。是爲序。明治十年冬至後三日，蓼處鈴木魯撰。

（日本藏鈴木魯編《大雲山房文鈔》）

郭象升跋

《大雲山房文稿》八卷，清惲敬撰，清光緒刻本。

此爲余最初購書時所托人購之上海者，妄有評論，字迹極劣，悔而以刀割去之，則又加一重悔，污之如黥耳，割之乃如刖也。五刑之屬以髡黥爲輕，惟余惡其書迹如蛟蛇之螫，故寧出於斷腕也。曾有長歌自訟其罪，友人多讀而笑之。

余既悔此本污損，因別收一部，雖爲子居氏初刻，然不及此本之善。此本第一集有評論，有圈點之變例，但以首尾爲標記，而不連下，乃從來文集所無，當是子居創爲之。其評論亦子居筆也，前此劉海峰、朱梅崖皆自加贊語，公然刊行，子居聊效法之耳。定本删之是也。然啓發人意，即亦何妨，故余仍并存之。

右二跋不記在何年矣，經丁丑之變藏書淪於浩劫，及再到太原，收拾奇零，此本尚存，所謂子居初刻者亡矣。緣初刻附有《子居決事》等一、二種不易見之書（子居有《雜記》二卷刊入《咫進齋叢書》，今亦亡之），故保守者扣留之也。凡余此次亡書多同此例，漫記之以爲一笑。雲舒。（扉頁）

《上董中堂書》「入官寺如甘寧」，此子居誤記也，當作「入官寺如凌統」耳。《吴志·凌統傳》：「過本縣步入寺門，見長吏懷三版恭敬盡禮。」統父爲甘寧射殺，相仇久之，吴王爲之解釋乃止。子居因凌、甘有此事，二人又皆吴之勇將，故涉筆致誤也。庚辰（一九四〇）雲舒記。（卷二前）

文章之道本美術也，當魏晉六朝時，駢麗之詞曲盡其美，而散形之作乃官文書所用，或家書小簡（試觀《淳化閣帖》所摹晉宋人尺牘有一四六對偶之文乎）不及運思徵典、加意刻畫者亦用之，故曰筆。然筆亦有佳惡，當時頗不薄視，但不視爲美術耳。唐世初復古文，如元次山，宋世初復古文，如柳仲塗，只似六朝人之筆，彼以美相競，我以醜獨居，彼以華相競，我以朴獨居，矯而已矣，未得文章之理也。六朝、三唐、五季之浮艷也，有其惡劣也；戰國、二漢之高簡淳古也，有其優美華瞻矣。韓、柳知之，歐、蘇知之，其文一出，舉世耳目爲之丕變，以其不以筆與文争，而自以散行之美奪駢偶之美也。散行文之不講音節者仍筆耳，故韓、柳、歐、蘇并於此加意，此非韓、柳、歐、蘇創之也。西京文字載在班書者有一不如此乎？司馬子長，西京第一大作手也，《報任安書》鏗鏘如金石，舒卷如雲霞，固有音節入神也；至於《史記》一書，體大物博，錯錯落落，蹇蹇仡仡，固古文之所可也，而美不在焉（此指《史記》一半言之耳）。今觀惲子居文，多學《史記》之了無音節者，此其一生之失計也。幸不至元次山、柳仲塗耳，然以望韓、柳、歐、蘇遠矣。（卷三前）

王叔和之名從來無知之者，章太炎《葑漢微言》始考得之其名熙也，叔和蓋以字行。《脉經》近年有影雕宋本甚精，吾舊有楊惺吾影宋本《傷寒論》，合一處藏弆，之後爲馬君圖借閲失之。（卷三重刻序）

清代自朱竹垞《曝書亭集》開端以生平考證所得載之文中，後世讀其書者，即於文中有所不足而增益學問多矣。是故施愚山人品賢於竹垞，其古文意度波瀾亦最相近，而閱《學餘集》者無所得焉，不如竹垞之有裨也。其後則《王白田集》出，世亦争相寶重。然白田尚是講宋學者，特考據精密，不爲空言耳。及漢學之説起，錢竹汀、盧抱經、翁覃溪、王蘭泉莫不以考據行文。而稍前於諸公如全謝山、杭大宗、沈冠雲、汪韓門之集均同風旨。繼諸公而起者，段茂堂、孫淵如、阮文達公，其多尤不可勝道，於是南皮張氏《書目答問》遂別設一門，以列諸集。世人珍重，視之過於古文駢體之集十倍也。桐城派古文，姚惜抱已稍用考據；陽湖派惲、張二氏本漢學之雕也；子居之學尤博雜，幾與竹垞類矣。《大雲山房二集》謂之古文乎？則此等篇什筆墨與錢、盧、翁、王諸公實無少別，或且不及諸公之翩躚自得，然而世人固不討厭之也。數百年後，國粹長存，文章家言當以空泛見廢，其能參入考評者定不磨滅矣。文章何足孤仗耶？陽湖人其知之矣。（卷三圖説序）（《郭象升藏書題跋》）

秋笳集	[清]吴兆騫撰　麻守中校點
漁洋精華録集釋	[清]王士禛著　李毓芙、牟通、李茂肅整理
聊齋志異會校會注會評本	[清]蒲松齡著　張友鶴輯校
敬業堂詩集	[清]查慎行著　周劭標點
納蘭詞箋注	[清]納蘭性德著　張草紉箋注
方苞集	[清]方苞著　劉季高校點
樊榭山房集	[清]厲鶚著　[清]董兆熊注　陳九思標校
劉大櫆集	[清]劉大櫆著　吴孟復標點
儒林外史彙校彙評	[清]吴敬梓著　李漢秋輯校
小倉山房詩文集	[清]袁枚著　周本淳標校
忠雅堂集校箋	[清]蔣士銓著　邵海清校　李夢生箋
甌北集	[清]趙翼著　李學穎、曹光甫校點
惜抱軒詩文集	[清]姚鼐著　劉季高標校
兩當軒集	[清]黄景仁著　李國章校點
惲敬集	[清]惲敬著　萬陸　謝珊珊　林振岳標校　林振岳集評
茗柯文編	[清]張惠言著　黄立新校點
瓶水齋詩集	[清]舒位著　曹光甫點校
龔自珍全集	[清]龔自珍著　王佩諍校點
水雲樓詩詞箋注	[清]蔣春霖著　劉勇剛箋注
人境廬詩草箋注	[清]黄遵憲著　錢仲聯箋注
嶺雲海日樓詩鈔	[清]丘逢甲著　丘鑄昌標點

湯顯祖詩文集	[明]湯顯祖著　徐朔方箋校
湯顯祖戲曲集	[明]湯顯祖著　錢南揚校點
白蘇齋類集	[明]袁宗道著　錢伯城校點
袁宏道集箋校	[明]袁宏道著　錢伯城箋校
珂雪齋集	[明]袁中道著　錢伯城點校
隱秀軒集	[明]鍾惺著　李先耕、崔重慶標校
譚元春集	[明]譚元春著　陳杏珍標校
陳子龍詩集	[明]陳子龍著 施蟄存、馬祖熙標校
牧齋初學集	[清]錢謙益著　[清]錢曾箋注 錢仲聯標校
牧齋有學集	[清]錢謙益著　[清]錢曾箋注 錢仲聯標校
牧齋雜著	[清]錢謙益著　[清]錢曾箋注 錢仲聯標校
牧齋初學集詩注彙校	[清]錢謙益著　[清]錢曾箋注 卿朝暉輯校
李玉戲曲集	[清]李玉著 陳古虞、陳多、馬聖貴點校
吴梅村全集	[清]吴偉業著　李學穎集評標校
歸莊集	[清]歸莊著
顧亭林詩集彙注	[清]顧炎武著　王蘧常輯注 吴丕績標校
安雅堂全集	[清]宋琬著　馬祖熙標校
吴嘉紀詩箋校	[清]吴嘉紀著　楊積慶箋校
陳維崧集	[清]陳維崧著　陳振鵬標點 李學穎校補

淮海居士長短句箋注	[宋]秦觀著　徐培均箋注
清真集箋注	[宋]周邦彦著　羅忼烈箋注
樵歌校注	[宋]朱敦儒著　鄧子勉校注
李清照集箋注(修訂本)	[宋]李清照著　徐培均箋注
陳與義集校箋	[宋]陳與義著　白敦仁校箋
蘆川詞箋注	[宋]張元幹著　曹濟平箋注
劍南詩稿校注	[宋]陸游著　錢仲聯校注
放翁詞編年箋注(增訂本)	[宋]陸游著　夏承燾、吴熊和箋注 陶然訂補
范石湖集	[宋]范成大撰　富壽蓀標校
于湖居士文集	[宋]張孝祥著　徐鵬校點
稼軒詞編年箋注(定本)	[宋]辛棄疾撰　鄧廣銘箋注
姜白石詞編年箋校	[宋]姜夔著　夏承燾箋校
後村詞箋注	[宋]劉克莊著　錢仲聯箋注
雁門集	[元]薩都拉著 殷孟倫、朱廣祁校點
揭傒斯全集	[元]揭傒斯著　李夢生標校
高青丘集	[明]高啓著　[清]金檀注 徐澄宇、沈北宗校點
唐寅集	[明]唐寅著　周道振、張月尊辑校
震川先生集	[明]歸有光著　周本淳校點
海浮山堂詞稿	[明]馮惟敏著 凌景埏、謝伯陽標校
滄溟先生集	[明]李攀龍著　包敬第點校
梁辰魚集	[明]梁辰魚著　吴書蔭编集校點
沈璟集	[明]沈璟著　徐朔方輯校

玉谿生詩集箋注　　[唐]李商隱著　[清]馮浩箋注
蔣凡校點
樊南文集　　[唐]李商隱著　[清]馮浩詳注
錢振倫、錢振常箋注
皮子文藪　　[唐]皮日休著　蕭滌非、鄭慶篤整理
鄭谷詩集箋注　　[唐]鄭谷著
嚴壽澂、黄明、趙昌平箋注
韋莊集箋注　　[五代]韋莊著　聶安福箋注
二晏詞箋注　　[宋]晏殊、晏幾道著　張草紉箋注
梅堯臣集編年校注　　[宋]梅堯臣著　朱東潤編年校注
歐陽修詩文集校箋　　[宋]歐陽修著　洪本健校箋
蘇舜欽集　　[宋]蘇舜欽著　沈文倬校點
嘉祐集箋注　　[宋]蘇洵著　曾棗莊、金成禮箋注
王荆文公詩箋注　　[宋]王安石著　[宋]李壁箋注
高克勤點校
王令集　　[宋]王令著　沈文倬校點
蘇軾詩集合注　　[宋]蘇軾著　[清]馮應榴注
黄任軻、朱懷春校點
東坡樂府箋　　[宋]蘇軾著　[清]朱孝臧編年
龍榆生校箋
欒城集　　[宋]蘇轍著　曾棗莊、馬德富校點
山谷詩集注　　[宋]黄庭堅著　[宋]任淵、史容、
史季温注　黄寶華點校
山谷詩注續補　　[宋]黄庭堅著　陳永正、何澤棠注
山谷詞校注　　[宋]黄庭堅著　馬興榮、祝振玉校注
淮海集箋注　　[宋]秦觀撰　徐培均箋注

陳子昂集(修訂本)	[唐]陳子昂撰　徐鵬校點
孟浩然詩集箋注(增訂本)	[唐]孟浩然著　佟培基箋注
王右丞集箋注	[唐]王維著　[清]趙殿成箋注
李白集校注	[唐]李白著　瞿蜕園、朱金城校注
高適集校注	[唐]高適著　孫欽善校注
杜詩趙次公先後解輯校	[唐]杜甫著　[宋]趙次公注　林繼中輯校
杜詩鏡銓	[唐]杜甫著　[清]楊倫箋注
錢注杜詩	[唐]杜甫著　[清]錢謙益箋注
岑參集校注	[唐]岑參著　陳鐵民、侯忠義校注
戴叔倫詩集校注	[唐]戴叔倫著　蔣寅校注
韋應物集校注(增訂本)	[唐]韋應物著　陶敏、王友勝校注
權德輿詩文集	[唐]權德輿撰　郭廣偉校點
韓昌黎詩繫年集釋	[唐]韓愈著　錢仲聯集釋
韓昌黎文集校注	[唐]韓愈著　馬其昶校注　馬茂元整理
劉禹錫集箋證	[唐]劉禹錫著　瞿蜕園箋證
白居易集箋校	[唐]白居易著　朱金城箋校
柳宗元詩箋釋	[唐]柳宗元著　王國安箋釋
柳河東集	[唐]柳宗元著　[宋]廖瑩中輯注
元稹集校注	[唐]元稹著　周相録校注
長江集新校	[唐]賈島著　李嘉言新校
三家評注李長吉歌詩	[唐]李賀著　[清]王琦等評注
樊川文集	[唐]杜牧著　陳允吉校點
樊川詩集注	[唐]杜牧著　[清]馮集梧注
温飛卿詩集箋注	[唐]温庭筠著　[清]曾益等箋注

《中國古典文學叢書》已出書目

詩經今注	高亨注
楚辭今注	湯炳正、李大明、李誠、熊良智注
司馬相如集校注	[漢]司馬相如著　金國永校注
揚雄集校注	[漢]揚雄著　張震澤校注
張衡詩文集校注	[漢]張衡著　張震澤校注
阮籍集	[魏]阮籍著　李志鈞等校點
陶淵明集校箋(修訂本)	[晉]陶潛著　龔斌校箋
世説新語箋疏(修訂本)	[南朝宋]劉義慶撰　余嘉錫箋疏　周祖謨等整理
世説新語校釋	[南朝宋]劉義慶撰　[南朝梁]劉孝標注　龔斌校釋
鮑參軍集注	[南朝宋]鮑照著　錢仲聯增補集説校
謝宣城集校注	[南朝齊]謝脁著　曹融南校注集説
文心雕龍義證	[南朝梁]劉勰著　詹鍈義證
詩品集注(增訂本)	[梁]鍾嶸著　曹旭集注
文選	[梁]蕭統編　[唐]李善注
王梵志詩集校注(增訂本)	[唐]王梵志著　項楚校注
盧照鄰集箋注	[唐]盧照鄰著　祝尚書箋注
駱臨海集箋注	[唐]駱賓王著　[清]陳熙晉箋注
王子安集注	[唐]王勃著　[清]蔣清翊注